HEYNE <

Das Buch

Kerrin war schon immer anders: Mit ihren langen roten Haaren und ihren rätselhaften grünblauen Augen, die das Meer widerzuspiegeln scheinen, fällt sie auf in der kleinen Inselgemeinde auf Föhr. So manch einer verdächtigt sie der Hexerei. Dennoch suchen die Menschen Kerrins Hilfe, wenn sie krank sind. Denn die junge Frau hat sich den Ruf einer äußerst begabten Heilerin erworben. Als sie jedoch die kleine Kaiken, die uneheliche Tochter ihres Bruders, bei sich aufnimmt, bringen diejenigen, die ihr Übles wollen, böse Gerüchte über sie in Umlauf. Kurzerhand beschließt Kerrin, als Schiffsärztin ein Walfängerschiff nach Grönland zu begleiten, um Föhr eine Weile zu entfliehen. Außerdem hat sie eine Mission: Sie will ihren Vater Roluf wiederfinden, der seit Jahren als verschollen gilt. Doch auf die Gefahren der Reise ist die unerschrockene Kerrin nicht vorbereitet: Einige der Männer sind alles andere als erfreut über ihre Anwesenheit an Bord. Und als sie Grönland endlich erreichen, ist die junge Frau ganz auf sich allein gestellt ...

»Karla Weigand hat es geschafft, ein atmosphärisch dichtes Bild vom Leben auf Föhr Ende des 17. Jahrhunderts zu zeichnen.« Histo-Couch.de

Die Autorin

Karla Weigand wurde 1944 in München geboren. Sie arbeitete zwanzig Jahre lang als Lehrerin, bevor sie sich dem Schreiben zuwandte. Die Autorin lebt mit ihrem Mann in der Nähe von Freiburg.
Mit *Die Friesenhexe und ihr Vermächtnis* knüpft Karla Weigand an den großen Erfolg des Vorgängerromans *Die Friesenhexe* an.

Lieferbare Titel

978-3-453-47031-6 – Die Kammerzofe
978-3-453-40846-3 – Das Erbe der Apothekerin
978-3-453-47113-9 – Die Friesenhexe

Karla Weigand

Die Friesenhexe und ihr Vermächtnis

Roman

WILHELM HEYNE VERLAG
MÜNCHEN

Verlagsgruppe Random House FSC® N001967
Das für dieses Buch verwendete FSC®-zertifizierte Papier
München Super für Taschenbücher liefert Mochenwangen.

Vollständige Erstausgabe 05/2014
Copyright © 2014 by Karla Weigand
Copyright © 2014 dieser Ausgabe
by Wilhelm Heyne Verlag, München,
in der Verlagsgruppe Random House
Printed in Germany 2014
Redaktion: Lisa Scheiber
Umschlaggestaltung und -illustration: Nele Schütz Design, München,
unter Verwendung eines Bildes von © Angelika Kaufmann
Karte: Andreas Hancock
Satz: hanseatenSatz-bremen, Bremen
Druck und Bindung: GGP Media GmbH, Pößneck
ISBN: 978-3-453-47130-6

www.heyne.de

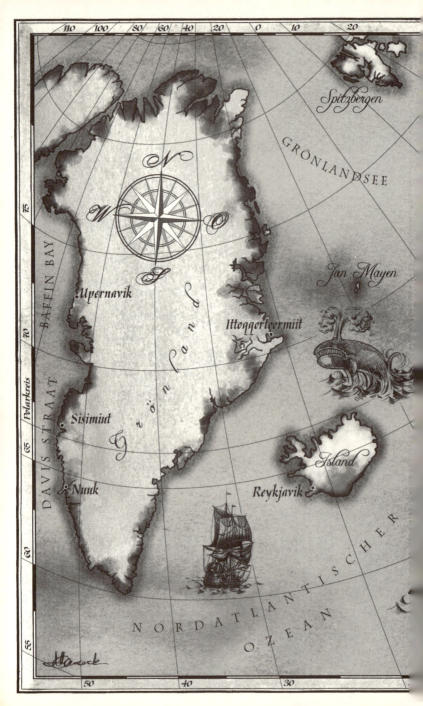

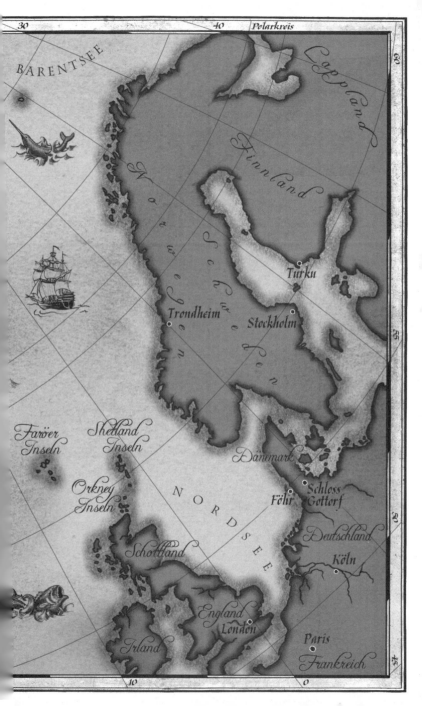

PROLOG

» Hoch über all den Wellenhügeln
Die lichtumflossen zieh'n zum Strand
Entschwebt mein Geist auf Sehnsuchtsflügeln
Ins ferne, unbekannte Land.«

Stine Andresen (1849–1927), *Abend am Meer*

Anno 1704, am Tag vor der Wintersonnenwende

»UUN GODS NÖÖM!«

Die älteste der Mägde auf dem Commandeurshof machte sich daran, die süßen Weihnachtsbrote zu backen. Keine beherrschte dies so vorzüglich wie Eycke, die auf die siebzig zuging.

Vorwiegend die Frauen waren es, die an den Tagen vor dem Fest von Christi Geburt alle Hände voll zu tun hatten. Haus und Wirtschaftsräume waren gründlich zu reinigen und ordentlich aufzuräumen, weihnachtlich mit Zweigen von Stechpalmen und Misteln zu schmücken – über jeder Tür wurde ein Büschel angebracht, selbst in den Stallungen. Das Dekorieren war Sache der Hausfrau.

Ganz besonders dem *pesel* galt ihre Aufmerksamkeit, der guten Stube jedes friesischen Hauses, wohin man die Gäste einlud, die an den Tagen zwischen Heiligabend und Neujahr ihre Glückwünsche überbrachten und kleine Geschenke überreichten – und dafür eine Aufforderung zu Teepunsch und Gebäck erwarten durften.

Seit dem frühen Morgen hatte die junge Hausfrau Kerrin Rolufsen zusammen mit Eycke und anderen Mägden in der *köögen* gestanden, hatte Mehl abgewogen, Nüsse gehackt, Butter schaumig gerührt und Eiweiß geschlagen. Das mehrmalige Kneten des Teiges und das Formen der Gebäckstücke überließ sie Eycke.

Sie wurden anschließend, ähnlich wie Brotlaibe, auf dem Grasterbrett aufgereiht, mit Fett bestrichen und schließlich in den Ofen geschoben, wo sie mit ihrem Zimtaroma und dem Geruch nach kandierten Zitronenschalen im ganzen Haus einen himmlischen Duft verbreiteten, den jedermann unwillkürlich mit Weihnachten verband.

Die Nacht zum 21. Dezember, der Wintersonnenwende, nannte man allgemein Thomasnacht. Sie war zugleich die erste der sogenannten Raunächte, in denen in Pelze gehüllte böse Geister umgehen und die Menschen piesacken sollten – aber nur jene, die daran glaubten.

Pastor Lorenz Brarens, Kerrins Oheim und einer der drei Föhrer Inselgeistlichen, predigte jedes Jahr mit Vehemenz gegen den Aberglauben an und ließ seine Gemeinde, die fleißig die Gottesdienste im Friesendom Sankt Johannis besuchte, wissen, dass bloß noch »rückwärts gewandte, katholische Leute in Süddeutschland und in den Alpenländern für diesen Unsinn zu haben seien«.

Viel schienen seine Bemühungen bei den meisten nicht zu fruchten. Die Furcht vor Dämonen saß wohl noch zu tief.

Kerrin selbst war im Zweifel, ob es böse Geister gab oder nicht. An die guten glaubte sie dagegen unbedingt. So wäre es auch nicht ganz unlogisch, folgerte sie, die bösen ebenfalls für bare Münze zu nehmen …

Normalerweise blieben die ängstlichen Menschen mindestens bis Mitternacht auf, um die draußen tobenden und gegen die Haustüren polternden, in Tierfelle gehüllten Dämonen zu hören. Durch die nicht vollständig geschlossenen Läden waren sie auch zu beobachten – man konnte sich mächtig dabei gruseln.

Kerrin war an diesem Abend jedoch so müde, dass sie früh schlafen gehen wollte. Es stand ihr noch einiges an Vorbereitungen bevor: Immerhin erwartete man zu den Feiertagen besondere Gäste! Ihr um drei Jahre älterer Bruder Harre hatte mit seinen sechsundzwanzig Jahren in Spanien als Maler Fuß gefasst; spontan hatte er sich dieses Jahr entschlossen, seine Verwandten in Nordfriesland zu besuchen, worüber Kerrin sich ungeheuer freute. Seit Kindertagen waren die mutterlos aufgewachsenen Geschwister einander zutiefst verbunden.

Harre würde auch einen Freund mitbringen, einen Holländer, der ebenfalls malte, sowie seinen spanischen Diener, mit dem es vermutlich nicht leicht sein würde, sich zu verständigen. Im Augenblick hielten sich alle drei irgendwo in Schleswig-Holstein auf dem Festland auf.

Kaum berührte Kerrins Kopf das Kissen, sank sie auch schon in tiefen Schlaf.

Als Eycke sich eine Stunde später neben ihre Herrin ins Wandschrankbett legte, bekam diese nichts mit, obwohl die alte Frau sich nicht gerade leise verhielt. Erst schnäuzte sie sich geräuschvoll, dann musste sie husten, gleich darauf fiel ihr etwas mit Getöse auf den Boden der *komer*, das sie mühevoll ächzend aufhob, um sich anschließend laut stöhnend wieder aufzurichten.

Kerrin aber sah und hörte nichts. Sie lag da, mit dem Gesicht zur hölzernen Wand des wie ein breiter Kasten gebauten Bettes gewandt, und schlummerte seelenruhig weiter.

»So gut möchte ich auch wieder einmal schlafen können«, brummte Eycke, ehe sie das Kerzenlicht löschte und zu der Hofherrin unter die Schafwolldecke schlüpfte; wobei sie zumindest achtgab, sich nicht auf Kerrins rotblonder Haarflut niederzulassen. Ein schmerzhaftes Ziepen hätte sie womöglich doch geweckt …

Die Stimmen – melodisch und fein gleich Harfenklängen – hatten sie schon lange Zeit nicht mehr aufgefordert, ihnen zu folgen; hinaus aus der häuslichen Enge, die schmalen holprigen Gässchen zwischen den Höfen entlang, der Dorfstraße von Naiblem folgend, über die mit Reif überzogenen, winterlich gelbbraunen Wiesen, den breiten grauen Sandstrand querend, bis dicht an den feuchten, schwarz schimmernden Ufersaum, an dem die allmählich in langen flachen Wellen wiederkehrende Flut leckte und auf spielerische Weise ihr angestammtes Territorium erneut in Besitz nahm …

Sie war nicht allein auf ihrem Weg zum nächtlichen Strand. Eine Heerschar zart leuchtender, gespinstleichter Gestalten begleitete sie, umwaberte sie in ihren langen, fließenden, spinnwebfeinen Gewändern und strebte gleich ihr zum Ufer des gemächlich anrollenden Meeres.

Die Gestalten lächelten ihr zu; wie immer vermochte sie eine leise Melodie zu vernehmen, die vom nächtlichen Sternenhimmel zu kommen schien, während sie jenem heiteren Traumgebilde entgegenschwebte, das sein verklärtes, beinah göttlich schönes Antlitz all die Jahre über nicht verändert hatte.

Obwohl ihr die Lichtgestalt dieser jungen Frau mit verändertem, weil vergeistigtem Aussehen erschien, zweifelte Kerrin keinen Augenblick daran, dass es sich um Terke handelte, ihre Mutter, die bei der Geburt des dritten Kindes ihr Leben verloren hatte.

In unregelmäßigen Abständen rief Terke ihre Tochter zu sich und weissagte ihr Ereignisse, die sich bisher noch immer bewahrheitet hatten.

Es war eisig kalt in dieser Thomasnacht. Das Wasser in den Prielen war gefroren. Dennoch verspürte die junge Heilerin in ihrem Nachtgewand die Kälte nicht. Es schien, als wärme sie das helle, in zarten Pastellfarben schimmernde Licht, das sie umfloss; selbst ihre nackten Füße blieben vom beißenden Frost verschont; scheinbar berührten sie den gefrorenen Boden nicht. Es war ihr, als schwebe sie über Steine, Sand und auflaufendes Meerwasser ...

An der Art der Musik und am lieblichen Gesang der auf einmal wie Nebelschwaden zerfließenden Gestalten, die ihr den Weg gewiesen hatten, vermochte Kerrin jeweils zu erkennen, ob Terkes Botschaft eine gute sein werde – oder das Gegenteil.

Was würde es dieses Mal sein? Ihr Herz frohlockte; Musik und Gesang hatten weder Schwermut, Trauer noch Ängste ausgedrückt, sondern überaus heiter geklungen. Voll Erwartung blickte sie der Mutter entgegen ...

Am nächsten Morgen, dem Tag des heiligen Thomas – der einst die Auferstehung des Herrn verleugnete, ehe Jesus selbst den Ungläubigen überzeugte –, erwachte Kerrin voller Tatendrang und Lebensfreude. Auch Eycke, die sich kurz vor ihr erhoben hatte, um nach dem Herd in der neben der *komer* liegenden *koögen* zu sehen, fiel die gute Laune ihrer Herrin auf.

»Sind wir heute wieder mal bei guter Stimmung, ja?«, erkundigte sie sich mit leichtem Spott, während sie die dünnen grauen Haare zu einem mageren Zöpfchen flocht und auf dem Kopf mit Haarklemmen aus Fischbein feststeckte.

Kerrin, die den nassen Saum ihres Nachtgewands bemerkt hatte und daraus schloss, während der Nacht wieder einmal von ihren Gesichten heimgesucht worden zu sein – auch wenn sie sich nicht mehr daran erinnern konnte, während der Nacht Bett und Haus verlassen zu haben –, schaute auf und musterte die Magd mit Unverständnis.

Die alte Frau ließ ein kurzes Lachen hören.

»*Masmudig heest weesen, wegenloong, Kerrin!*«

»Wochenlang soll ich schlecht gelaunt gewesen sein?«

Das beschämte Kerrin ein bisschen, und sie errötete. Vor den Knechten und Mägden sollte man sich nicht gehen lassen. »Es tut mir leid, Eycke. Ab heute geht es mir besser; das spüre ich – wenn ich auch den Grund dafür nicht kenne. Mir kommt aber vor, als hätte ich von meiner Mutter geträumt, die mir irgendetwas Tröstliches über meinen Vater gesagt hat!«

»Wenn es wichtig war, wirst du noch öfter davon träumen, Kerrin.«

Die alte Eycke kannte sich aus mit den Vorahnungen ihrer jungen Herrin.

EINS

MIT EINER MISCHUNG AUS RÜHRUNG, Dankbarkeit und leichter Belustigung ließ Kerrin Rolufsen den Brief ihrer herzoglichen Freundin Hedwig Sophie in den Schoß sinken. Seit die vierundzwanzigjährige verwitwete Herzogin von Schleswig-Holstein-Gottorf die Insel Föhr im Spätherbst verlassen hatte, um in ihr Schloss zurückzukehren, verging kaum eine Woche, in der sie der Freundin keine Nachricht zukommen ließ.

Meist beklagte sie ihre Einsamkeit – trotz wahrer Heerscharen von edlen Gästen samt illustrem Gefolge. Nicht selten beschwerte sie sich über die lästigen Unarten enger wie entfernter Verwandter, die zu ihrem großen Verdruss nicht davon abließen, ihr ganz offen einen neuen Gemahl nahezulegen.

Ein Unterfangen, von dem die nur um ein Jahr jüngere Kerrin mit Sicherheit wusste, dass es zum Scheitern verurteilt sein werde. Hedwig Sophies verstorbener, anfangs über alles geliebter und verehrter Gemahl, Herzog Friedrich IV., hatte ihre Gefühle zutiefst verletzt.

Schlimm erwies sich für Kerrin jedes Mal der Hinweis der Herzogin, dass Hedwig Sophies Sohn, der kleine Herzog Carl Friedrich, beinahe jeden Tag nach ihr verlangte.

Sie musste dann jedes Mal gegen ihr schlechtes Gewissen ankämpfen, denn auch ihr war der Knabe im Laufe der Zeit ans Herz gewachsen, und sie vermisste ihn sehr.

»Beinah kommt es mir wie schändliche Fahnenflucht vor, dass ich den kleinen Herzog verlassen habe«, murmelte sie auch jetzt nach der Lektüre des Briefes beschämt. In solchen Augenblicken wurde sie regelrecht von Sentimentalität übermannt – was keineswegs ihrer nüchternen friesischen Art entsprach.

Zudem verstand es die Herzogin ausnehmend geschickt, in jedem ihrer seitenlangen Schreiben die besonderen Umstände der schweren Geburt hervorzuheben, unter denen seinerzeit ihr Sohn in Schweden das Licht der Welt erblickt hatte – als sich sogar die königliche Hebamme feige aus der Verantwortung gezogen und Kerrin das Feld allein überlassen hatte.

Hedwig Sophie wurde nicht müde, Kerrins damaligen Beistand als Ursache des glücklichen Verlaufs der Entbindung zu preisen – natürlich stets verbunden mit einer herzlichen Einladung an den Hof zu Gottorf.

Was Kerrins schlechtes Gewissen ein wenig abmilderte, war der Umstand, dass es der Herzogin gelungen war, nicht nur die liebenswürdige Gabriele von Liebenzell – ihre und ihres Bruders einstige Gouvernante – an den Herzogshof zu holen, sondern auch Frau Alma von Roedingsfeld, die geschätzte Hofdame ihrer verstorbenen Mutter, Königin Ulrika Eleonore.

Frau Alma war eine ältere Dame, die sich nach wie vor bester Beziehungen zum russischen Hof erfreute. Sie würde dafür sorgen, dass am Schleswig-Holsteinischen Herzogshof zumindest der Gesprächsstoff über Zar Peter und seine Eskapaden nicht versandete.

Jäh unterbrochen wurde Kerrins Gedankenfluss durch das ein wenig poltrige Eintreten der alten Magd Eycke. Pastor Lorenz Brarens, Kerrins Oheim und Ziehvater, hatte zugestimmt, dass die im Kopf noch hellwache, aber auf den Beinen zunehmend schwache Greisin ihren Lebensabend bei Kerrin auf dem von den Föhringern Commandeurshof genannten Anwesen verbringen durfte. Obwohl der Hausherr verschollen und vermutlich längst tot war, bezeichneten die Einheimischen Kerrins Elternhaus nach wie vor mit diesem ehrenvollen Namen.

»Was gibt es denn, Eycke?«

Kerrin erhob sich von dem Hocker, auf dem sie sich zum Lesen des herzoglichen Schreibens niedergelassen hatte, und sah der alten Frau, an der sie von Kindesbeinen an wie an einer Großmutter hing, freundlich entgegen.

»Kerrin, du musst dir unbedingt das Kind anschauen, das seine Mutter uns angeschleppt hat. Ich denke, es hat Fieber und zwar heftig! Auch das Luftholen macht dem Kleinen große Schwierigkeiten. Und schwach kommt er mir vor, äußerst schwach«, fügte die alte Frau gewichtig hinzu. »Und ich finde, trotz der roten Flecken auf den Wangen ist er unheimlich blass.«

»Und? Wo ist der Junge?« Kerrin sah sich um. »Herein mit ihm und seiner Mutter!«

»Ich dachte, du wolltest in Ruhe den Brief der Herzogin lesen und habest vielleicht keine Zeit für eine Behandlung. So hab' ich sie geheißen, draußen im Hof auf dich zu warten. Komm und schau dir den Kleinen an, Kerrin!«

»Das sind ja ganz neue Sitten, Eycke! Damit wollen wir gar nicht erst anfangen!«

Die hübsche junge Frau mit dem langen, mit einem Band im Nacken zusammengebundenen rotgoldenen Haar schüttelte den Kopf. »Du weißt, jeder Kranke – egal woran er leidet – darf jederzeit in mein Behandlungszimmer. Ich bin schließlich Heilerin und keine Adelsdame, die gnädig Audienzen gewährt!«

Um dem Tadel etwas von seiner Schärfe zu nehmen, lächelte sie der alten Magd, die rot angelaufen war, ins Gesicht und strich ihr sachte über den mageren sehnigen Arm.

»Ich geh die zwei holen«, murmelte die alte Frau und wandte sich zum Gehen.

»Lass nur, Eycke! Das machen wir jetzt ganz einfach!«

Kerrin trat zum Fenster ihrer *komer*, drückte einen der beiden Flügel nach außen auf, wo Mutter und Sohn dick eingemummt im Hof ausharrten, mit den Füßen immer wieder gegen die winterliche Kälte aufstampften und zum Wohnhaus herüberspähten.

»He! Kommt nur herein! Die Tür steht bei mir immer offen!«

Um ihre Worte zu unterstreichen, winkte sie ihnen zu. Insgeheim wunderte sie sich über das Sehvermögen der alten Dienstmagd: Sie selbst vermochte nämlich beim besten Willen nicht, die Gesichtsfarbe des Kindes zu erkennen …

Während sie das Fenster schloss, um nicht unnötig eisige Kälte in den Raum zu lassen, beobachtete sie, wie die Frau, deren Kopf und Hals ein grobes Tuch aus grauer Schafwolle verhüllte, nach der Hand ihres etwa fünfjährigen Kindes griff und – erst noch zögernd, dann immer sicherer – den teilweise gepflasterten, sorgfältig vom Schnee blank gefegten Hof überquerte und dem Hauseingang zustrebte, das erschöpfte Kind mehr oder weniger hinter sich her zerrend.

Kerrin und Eycke hörten die Haustür ins Schloss fallen. »Ich geh' dann mal in die *köögen*«, nuschelte die alte Magd, »und werde eine Kanne Salbeitee aufsetzen!«

»Ja, mach das, Eycke! Die zwei Durchgefrorenen werden sich darüber freuen!«

Nach schüchternem Anklopfen an der Zimmertür und Kerrins freundlichem »Tretet nur ein!«, tauchten zwei, wegen ihrer schützenden Umhänge und Schals nicht kenntliche Personen in der *komer* auf. Die Frau grüßte mit leiser Stimme, der kleine Junge blieb stumm.

Leicht verlegen begann Kerrin, verstreut liegende Bücher beiseitezuräumen. Das Zimmer diente ihr auch als Schreibkabinett und Leseraum, sooft es sie danach drängte, allein zu sein und in aller Ruhe ihrer Lieblingsbeschäftigung nachzugehen, dem Lesen von Oheim Lorenz' schlauen Büchern.

Mit Besuch hatte sie heute nicht gerechnet, und überall – sogar auf dem Fußboden – lagen Bücher herum. Sie hatte sich nämlich eine kleine Bibliothek zugelegt, worauf sie nicht wenig stolz war, wenn auch ihr um drei Jahre älterer Bruder Harre sie ab und an mit mildem Spott bedachte. Er glaubte, seine Schwester übertreibe es hin und wieder mit ihrem Drang nach Bildung.

»Legt Eure dicken Sachen ab«, forderte Kerrin die Besucherin auf, »sonst kommt Ihr womöglich noch ins Schwitzen!«

Sie war gespannt, wer sich aus den Hüllen herausschälen würde. Solange sie nicht wusste, wer sich unter der Winterkleidung verbarg, duzte Kerrin die Person auch nicht, wie es sonst auf der Insel üblich war.

Es könnte sich ja immerhin um die Frau eines dänischen Gangfersmannes handeln, eines hohen königlichen Beamten, der mit der Verwaltung der westlichen Hälfte der Insel Föhr betraut war, die nicht dem Herzogtum Schleswig-Holstein unterstand, sondern zum Königreich Dänemark gehörte.

Obwohl die Friesen mit den Dänen im Allgemeinen sehr gut auskamen, hatte Pastor Brarens seiner Nichte eingeschärft, dass es klüger wäre, die Untertanen des Dänenkönigs mit besonderer Höflichkeit und Respekt zu behandeln.

Als Kerrin allerdings sah, wer da unter Schal, Kapuzenumhang und Kopftuch zum Vorschein kam, stockte ihr erst einmal der Atem.

»Nein! *Du* wagst dich zu mir her? Ausgerechnet *du*! Du hast wohl überhaupt kein Schamgefühl?«

Zornig schwoll Kerrins in aller Regel leise und freundliche Stimme an.

»Willst *mich* um Hilfe bitten – die Frau, die du vor einiger Zeit liebend gerne auf dem Scheiterhaufen hättest brennen lassen? Das ist ja wirklich ein starkes Stück!«

Ehe Kerrin es zu verhindern vermochte, fiel das Weib, eine junge Bäuerin und Ehefrau eines Fischers aus dem Dorf Övenum, vor ihr auf die Knie und griff nach ihrer Hand, um diese mit Küssen zu bedecken. Dabei vergoss sie Ströme von Tränen, während ihr kleiner Sohn verlegen danebenstand.

Brüsk entzog Kerrin der Frau ihre Hand und stieß sie grob von sich.

»Steh sofort auf, Frigge Harmsen, und mach augenblicklich, dass du …« Sie stockte, als ihr Blick auf den Jungen fiel.

ZWEI

»Wie lange hat er das schon?«

»Drei Ta… Ta… Tage«, stotterte Frigge.

Aufgebracht fuhr Kerrin die Mutter an. »Dummes Ding! Damit wärest du besser gleich zu mir gekommen!«

»Ich hab' mich nicht getraut, dir unter die Augen zu kommen, Kerrin Rolufsen«, stammelte die offensichtlich betroffene Bäuerin kleinlaut. »Ich hatte gehofft, es vergeht von allein. Aber es ist noch schlimmer geworden. Nicht wahr, du kannst doch meinen kleinen Ketel wieder gesund machen?«

Kerrin achtete bereits nicht mehr auf die Frau. War sie doch eine von denen, die sich damals dem eifernden Aushilfspastor Jonas Japsen, der ihren Onkel Lorenz Brarens vertrat, angeschlossen hatten, sie gefangen genommen und zu einem geheimen Platz verschleppt hatten, um sie als angebliche Hexe dem Feuertod zu überantworten.

Aber hier handelte es sich um ein unschuldiges Kind, das offenbar an einer höchst gefährlichen, lebensbedrohenden Lungenentzündung litt.

Weil der schwer fiebernde Knabe kaum noch Atem schöpfen konnte und bei jedem quälenden Nach-Luft-Schnappen ein grässliches Rasseln in seiner Lunge zu hören war, ließ dies Kerrins berechtigte Wut gegen seine Mutter augenblicklich zur Nebensache schrumpfen. Deutlich war zu sehen: Der kleine Ketel Harmsen befand sich kurz vor dem Zusammenbruch.

»Hilf mir, ihn auf das Sofa zu legen!«, wies sie Frigge barsch an. »Ehe mir der Kleine, so schwach wie er bereits ist, völlig zusammenklappt!«

»Sag, du kannst ihm doch helfen, Kerrin, ja?« Das Weib heulte jetzt noch lauter.

»Ich bin zu allen, die meine Hilfe suchen, stets ehrlich. Und so sage ich dir jetzt: Ich weiß es nicht!«, meinte Kerrin kurz angebunden.

»Ach Gott! Ach Gott! Mein Ketel darf nicht sterben!«, fing die Bäuerin zu jammern an. Aber dafür hatte Kerrin kein Verständnis. Sie hatte dem Kleinen die Stiefel ausgezogen und begonnen, die Brust des Kindes frei zu machen, um daran zu horchen.

»Reiß dich ja vor deinem Sohn zusammen, Frigge! Was fällt dir ein, so etwas vor ihm auch nur anzudeuten?« Leiser raunte sie ihr zu: »Jedenfalls kann ich dir die Zusage geben, alles zu versuchen, was möglich ist.«

Lauter befahl sie gleich darauf: »Du solltest jetzt gehen und zu Hause für ihn beten, Frigge!«

Kerrin riss die Tür auf und rief nach der alten Magd. »Lass das mit dem Tee, Eycke! Bring mir eine Schüssel voll Schnee herein; ich muss sehen, wie ich das Fieber des Jungen senken kann!«

»Und? Gibst du mir auch Arznei für ihn mit?«, erkundigte die Mutter sich schüchtern.

»Dein Sohn bleibt bei mir und wird hier von mir behandelt. Ein weiteres Mal der weite Weg bis in euer Dorf wäre zu viel für ihn. Wie hast du es überhaupt hierher geschafft, Frigge? Gelaufen kann Ketel ja nicht sein; und zum Tragen ist er zu schwer.«

»Girre, mein Mann, hat uns mit dem Wagen hergebracht! Er wartet am Dorfeingang von Naiblem auf uns.«

Demnach war Fischer Girre Harmsen, der vor Jahren als Harpunier mit ihrem Vater zur See gefahren war und sich schon seit einigen Jahren als Robbenfänger und Herings-fischer verdingte, zu feige gewesen, um sich bei ihr blicken zu lassen. Auch er hatte sich damals als angetrunkener Hexen-jäger hervorgetan und war einer von denen gewesen, der am lautesten »lasst die *Towersche* brennen!« geplärrt hatte ...

Dummes, hinterhältiges und feiges Pack, dachte Kerrin. Laut aber sagte sie: »Lass ihn nicht länger warten, sondern mach dich auf den Heimweg! In drei Tagen magst du wie-derkommen und dich nach deinem Sohn erkundigen. Sollte sich vorher etwas Wichtiges ergeben, werde ich dir umgehend Botschaft schicken.«

Während sie die sich vor Verlegenheit windende Frau kurz angebunden abfertigte, war Kerrin ständig um den kleinen Patienten bemüht. So hob sie seinen hochroten Kopf mit ei-ner Hand hoch und versuchte, ihm Wasser zwischen die auf-gesprungenen Lippen zu träufeln. Der Junge schluckte gierig.

In diesem Augenblick betrat die alte Eycke die *komer* mit

einer irdenen Schüssel voller Schnee, den sie mit bloßen Händen aus dem Haufen geschaufelt hatte, der von den Knechten in eine der Hofecken gefegt worden war. Dazu hatte sie auch gleich mehrere dicke Tücher mitgebracht.

War ihr doch Kerrins im Winter angewandte Methode geläufig, Fieber mittels um die Unterschenkel gebundener Schneekompressen zu lindern.

Als auch sie jetzt Frigge Harmsen erkannte, erschrak sie sichtlich. Dann allerdings kroch Zorn in der alten Frau hoch. Kerrin schüttelte jedoch energisch den Kopf und starrte ihr mit deutlicher Abwehr in die Augen. Worauf die Magd gehorsam ihren zum Protestschrei geöffneten Mund wieder schloss.

Ohne ein Wort zu wechseln, begannen Kerrin und Eycke, den mittlerweile vor sich hindämmernden Knaben ganz auszuziehen. Die schweißgetränkten Kleidungsstücke warfen sie auf den Boden. Leise jammernd und händeringend stand Frigge daneben, bis Kerrin es endgültig satthatte. Sie richtete sich auf und blickte der Frau kalt ins Gesicht.

»Nimm deine Sachen und verschwinde endlich!«

Der knappe Befehl und eine entsprechende Handbewegung: Mehr bedurfte es nun nicht mehr, um Frigge, die nur kaum verständlich »danke, tausend Dank!« schluchzte, vom Hof zu scheuchen.

Leise schloss sich die Tür hinter der schwer geprüften Mutter. Die beiden Frauen am Lager des Knaben aber warfen einander einen bangen Blick zu: Ob hier noch etwas auszurichten war, das wusste nur der Herrgott.

»Alles hängt davon ab, wie kräftig das Kind im Allgemeinen ist«, flüsterte Kerrin ihrer Magd zu, nachdem sie Ketel ein Mittel aus Weidenrindenextrakt eingeflößt und ihn zusätzlich in eine zweite Decke eingewickelt hatte.

»Soweit ich sehen konnte, ist der Junge wohlgenährt«, gab

Eycke ebenso leise zurück, um das Kind, das jetzt vor Erschöpfung eingeschlafen war, nicht zu wecken.

»Das ist Ketels Glück! Ich vermute, dass er es schaffen kann – wenn es denn der Wille unseres Herrn Jesus ist.«

Von ganzem Herzen hoffte Kerrin, gerade dieses Kind, Sprössling einer ihrer ärgsten Feindinnen, vor dem Tod retten zu können. Das Wichtigste war, des enorm angestiegenen Fiebers Herr zu werden, ehe es den Kleinen umbrachte.

Als Nächstes galt es, ihn bei Kräften zu halten, seinen Körper zu stärken, um gegen die lebensbedrohende Entzündung seiner Lungen anzukämpfen. Dazu war es unumgänglich, Ketel Kraftnahrung zuzuführen. Bei einem so kleinen, noch unverständigen Kind ein äußerst schwieriges Unterfangen.

Die kommende Nacht sollte er von Kerrins Base, Catrina Lorenzen, die sich spontan dazu angeboten hatte, sowie von Kerrin selbst im Wechsel betreut werden. Mit Arznei, Tee und heißer Milch mit Honig würde man den armen Ketel versorgen, sooft er aufwachte. War der Schnee in den Tüchern geschmolzen, würde man ihn so lange ersetzen, bis die ärgste Fieberglut aus dem Fünfjährigen gewichen war.

Ohne es laut auszusprechen, war Kerrin unendlich dankbar für Catrinas Hilfe. Das kluge, aber einst ausnehmend faule Ding, das sich zu Göntjes und des Pastors Kummer mit List vor jeder Aufgabe gedrückt hatte, war mittlerweile zu einer vernünftigen jungen Frau herangewachsen, der das Herz auf dem rechten Fleck saß.

»Schon morgen werden wir mehr wissen«, prophezeite Kerrin. »Ich glaube Anzeichen entdeckt zu haben, die uns eine gewisse Hoffnung auf Besserung erlauben.

Aber sag, was führt dich zu mir, Catrina? Krank bist du ja nicht – bloß schwanger!«

Kerrin lachte laut und umarmte dabei spontan die nahezu Gleichaltrige.

»Woher weißt du das denn schon wieder?« Die junge Frau schien verblüfft. »Nicht einmal meinem Mann Knut habe ich bisher davon erzählt! Und dünn bin ich doch nach wie vor!«

Dabei strich sich Catrina über ihre schlanken Hüften.

»*Hiar ens, miin Deern!*« Verschmitzt lächelnd legte Kerrin ihrer Cousine den Arm um die Schulter, wobei ihre meergrünen Augen vergnügt funkelten. »Schließlich bin *ich* hier die Friesenhexe und sehe so etwas sofort in deinen Augen!«

Das brachte beide Cousinen zum Kichern.

»Komm mit in die *köögen*! Ich denke, es ist noch genug frisches Brot da und Schafskäse. Du wirst hungrig sein, Catrina! Ich werde eine Magd rufen, dass sie einstweilen Wache am Bett des kranken Jungen hält.«

Die jungen Frauen suchten die Küche auf, deren großer Herd ständig brannte und das ganze Haus mit seiner wohligen Wärme versorgte – dank des Beilegerofens in der *dörnsk*, der Wohnstube nebenan, die man normalerweise benutzte.

Die beiden hatten sich lange nicht mehr gesehen; demzufolge gab es vieles zu bereden. Schließlich gestand Kerrin, dass sie sich daheim ziemlich überflüssig fühle.

»Was? Wie kommt das denn? Wie Mutter mir sagte, führst du Harre doch den Haushalt! Wo ist dein Bruder überhaupt? Wieder einmal auf Motivsuche?«

Kerrin zuckte die Schultern. Wer wusste schon, wo der junge Maler sich ständig herumtrieb? Seine beiden aus Spanien mitgebrachten Begleiter hatte er jedenfalls vorgestern Morgen mitgenommen, einen norddeutschen Malerkollegen und einen spanischen Diener. Sie hatte ihn weder gefragt, wohin er wollte, noch wann er wiederkäme. Wahrscheinlich wusste er es selbst noch nicht.

Sie hoffte nur inständig, er werde nicht wieder eine der verheirateten Frauen der Insel verführen, wie er es schon einmal mit Thur Jepsen getan – und damit ungewollt eine Katastrophe ausgelöst hatte.

»Im Grunde braucht mich hier niemand«, vertraute Kerrin Catrina an. »Die Knechte und Mägde, die mein Vater einst eingestellt hat, sind so vertrauenswürdig und geschickt, dass sie von alleine wissen, was zu tun ist. Meine Anordnungen als Bäuerin sind überhaupt nicht notwendig. Ich habe selbst viel zu geringe Kenntnisse von der Bauernarbeit.

Selbst Fisch- und Muschelfang finden recht gut ohne mich statt. Das Kochen erledigen Eycke und die Mägde; um die paar Kühe, Schweine, Pferde und unsere Schafherde kümmern sich die Knechte aus Jütland. Und was das Hühner- und Entenfüttern anbelangt, verstehen die Kinder unserer Bediensteten genauso viel davon wie ich. Es läuft alles bestens, so wie es immer gewesen ist!

Fähig und loyal wie sie sind, bedürfen unsere Leute keiner Anweisungen. Ich bin nur imstande, alles durcheinanderzubringen. Sobald ich keine Kranken zu versorgen habe, fühle ich mich hier immer mehr fehl am Platz!«

»Na, deine Sorgen möchte ich haben!«, meinte Catrina und lächelte ungläubig. »Ich würde sofort mit dir tauschen. Ich weiß manchmal nicht, wo mir der Kopf steht. Da hätte ich gern ein paar Leute, die alles von sich aus richtig machen!«

»Lass uns nicht nur von mir sprechen«, schlug Kerrin vor. »Harre geht es gut mit seiner Pinselei. Dein Vater hilft ihm, Käufer für seine Bilder zu finden, und ist damit recht erfolgreich. Zum Glück! Von sich aus würde mein Bruder kein einziges seiner Gemälde loswerden. Er ist nun mal nicht sehr geschickt im Verhandeln.

Oheim Lorenz ist nicht nur, wie ich behaupte, der beste Pastor in ganz Friesland, sondern dazu noch ein ausgezeichneter Kaufmann.«

Nachdem die jungen Frauen alle Neuigkeiten, nahe und ferne Verwandte und Bekannte betreffend, weidlich durchgekaut hatten, blieb eigentlich nur ein Thema übrig, das Catrina bisher noch nicht berührt hatte – aus Sorge, seine Erwähnung werde Kerrin nur wieder sehr traurig stimmen: Commandeur Roluf Asmussen, Kerrins und Harres auf Grönland verschollener Vater.

Kerrin selbst war es schließlich, die von ihm zu sprechen begann: Wie sehr sie ihn noch immer vermisse und dass der Schmerz über sein Verschwinden noch kein bisschen geringer geworden sei – im Gegenteil.

»Du Arme! Du hörst dich beinah so an, als würdest du dir selbst eine Mitschuld an seinem Schicksal geben, Kerrin«, stellte Catrina mit bemerkenswertem Scharfsinn fest.

»Wie kommst du darauf, meine Liebe?«

Kerrin war über Catrinas unübliche Feinfühligkeit verblüfft. Vielleicht trug ja der Umstand, dass sie schwanger war, dazu bei?

»Es stimmt, Catrina! Irgendwo tief in meinem Herzen fühle ich, dass ich versagt habe. Wenn ich nur wüsste, wie ich diesen Fehler wiedergutmachen kann!«

»Rede dir ja keinen Unsinn ein, Kerrin! Gab es denn nicht genügend erwachsene und erfahrene Männer, die nach meinem Oheim Roluf hätten suchen sollen?«, erkundigte sich ihre Base.

»Oh! Das haben sie getan – tagelang sogar! Aber es nützte nichts. Vater blieb verschollen.«

Ehe sie beide noch ganz trübsinnig wurden, regte Kerrin an, nach dem kranken Ketel zu sehen. Vielleicht hatte sich we-

27

nigstens der Zustand des Kindes schon ein klein wenig zum
Besseren gewendet …

»Immerhin schläft er jetzt ruhig«, erklärte Kerrins Magd
Gondel flüsternd. »Der arme Junge hat zuerst im Schlaf um
sich geschlagen und laut geschrien!«

Kerrin legte dem Kleinen die Hand auf die Stirn, um seine
Körpertemperatur zu überprüfen.

»Wie steht es?«, wollte Catrina wissen, wobei sie sich das
weizenblonde Haar unter die Haube strich.

»Das Fieber ist in der Tat heruntergegangen«, freute sich
Kerrin. »Ich werde mit dem Schnee noch eine kleine Weile
weitermachen! Holst du noch ein wenig davon, Gondel?«

Kerrin reichte der Magd die Schüssel, und die machte sich
auf nach draußen, um Nachschub zu holen.

»Wenn du jetzt die Wache übernimmst, Kerrin, werde ich
dich in drei Stunden ablösen, falls es dir recht ist!«, schlug ihre
Base vor.

»Das ist sehr lieb von dir, Catrina. Du kannst dich einstweilen in der hinteren *komer* in mein Bett legen! Ich wecke dich,
sobald es Zeit für deine Nachtschicht ist.«

DREI

DIE KOMMENDEN STUNDEN am Bett des schwerkranken
Kindes verbrachte Kerrin in großer Nachdenklichkeit. Sie
tauschte die warm gewordenen Wadenwickel gegen eiskalte
aus, trocknete dem Jungen regelmäßig die Stirn vom Schweiß
und befeuchtete seine Lippen mit Kräutertee. Dabei gingen
ihr die unterschiedlichsten Gedanken durch den Kopf.

Dass sie Harre trotz all ihrer Bemühungen, ihm ein schönes und bequemes Zuhause zu bieten, nicht auf der Insel würde halten können – dessen war sie sich beinah sicher. Ihr Bruder war in erster Linie ein Künstler, erst dann ein Inselfriese, der sich mit Haus und Hof und einem Segelboot beschied.

Ihn wird es immer in die weite Welt hinausdrängen, dachte sie bedrückt. Das war ja so weit in Ordnung – so empfanden die Männer hier alle.

»Robben, Heringe und Wale fängt man eben nicht im Wattenmeer gleich vor der Haustür!« Damit trösteten sich die friesischen Frauen jedes Frühjahr, sobald es galt, sich von Mann, Verlobtem, Vater, Sohn oder Bruder für viele Monate zu verabschieden.

Aber Harre war kein Seemann, sondern Maler, stets auf der Suche nach Motiven und nach Inspirationen – und die fand er nicht mehr in der für ihn zu klein gewordenen Heimat, sondern im Ausland, im Süden Europas. Am liebsten in Südspanien, wo er die kunstvollen Überreste der Kultur der Mauren entdeckt hatte, der Araber, die dieses Land einst erobert und regiert hatten.

Das wiederum hatte die Idee in ihm reifen lassen, irgendwann das Ursprungsland dieser großartigen Kunstschöpfungen aufzusuchen – ein Vorhaben, das bei seiner Schwester immer noch blankes Entsetzen hervorrief.

Seit der Kaperung der *Fortuna I* war ihr Bedarf an allem, was irgendwie mit den Barbaresken zu tun hatte, für ewige Zeiten gedeckt.

Ich sollte vielleicht den Rat meiner Muhme Göntje und den meines toten Vaters befolgen und mir einen Ehemann suchen, überlegte sie nicht zum ersten Mal. Dann bekäme ich wahrscheinlich Kinder und litte nie mehr an Langeweile, sinnierte Kerrin. Hier braucht mich kein Mensch, außer den Kranken.

Für die aber stehen noch andere Heiler und mehrere Heilerinnen auf der Insel zur Verfügung.

Aber woher soll ich einen Mann nehmen, wenn mir doch kein einziger auf Föhr so richtig zusagt?

In Gedanken ging sie noch einmal alle im Alter ungefähr passenden Junggesellen und Witwer durch, auch die ledigen Männer auf den Nachbarinseln Amrum und Sylt sowie die von den Halligen.

Viele von ihnen sahen gut aus, waren nett und fleißig und keine Trunkenbolde. Aber nicht ein einziger war dabei, der sie ernsthaft gereizt hätte. Allen fehlte … Ja, was eigentlich? Erziehung, Bildung, Wissen, Willensstärke, Verantwortungsgefühl, ausgeprägtes Einfühlungsvermögen und vor allem jene Souveränität, die sie von ihrem Vater und von Oheim Lorenz gewohnt war.

Kerrin seufzte tief.

Wie es aussieht, werde ich wohl allein bleiben, dachte Kerrin, unverheiratet und kinderlos und weiter das Leben einer Prinzessin führen, die zwar dem Nichtstun frönen könnte, dies aber nicht tut, weil sie sonst vor Langeweile einginge. Womöglich wäre es nicht verkehrt, mich endlich mit den Möglichkeiten einer ertragreichen Landwirtschaft zu befassen.

Kerrin stand, nachdem sie Ketel die schweißnasse Stirn abgetrocknet hatte, vom Hocker auf und streckte sich, um nicht kreuzlahm zu werden.

Ackerbau und Feldwirtschaft fielen auf der Insel, die teils aus trockener Geest und teils aus feuchter Marsch bestand, reichlich karg aus. Vielleicht gelänge es ihr irgendwann, eine neue Methode zu ersinnen, welche die mageren Böden fruchtbarer machte?

Wiederum seufzte Kerrin. Daran glaubte sie auch nicht wirklich. Stünde es im Bereich des Möglichen, den dürftigen

Untergrund ergiebiger zu machen, hätte sich Oheim Lorenz schon längst damit befasst.

Das kranke Kind wälzte sich unruhig von einer Seite zur anderen und streifte immer wieder die Decke ab, die Kerrin jedes Mal geduldig vom Boden aufhob. Längst waren die ersten drei Stunden ihrer Nachtwache um, aber sie beschloss, Catrina nicht aufzuwecken. Werdende Mütter bedurften dringend des Schlafs, während sie selbst sich irgendwann bei Tage Ruhe gönnen konnte.

Die Nachtstunden verstrichen, ohne dass sich im Befinden des Kindes etwas Wesentliches änderte. Nur das Fieber war nicht mehr so heftig. Gegen Morgen wurden auch die Atemzüge ruhiger, das rasselnde Geräusch in der Brust hatte beinah gänzlich aufgehört.

Hatte sie Ketel anfangs für einen Jungen im Alter von etwa fünf, höchstens sechs Jahren eingeschätzt, schien er ihr jetzt bei genauerem Betrachten älter zu sein.

Sie beschloss, ihn, sobald sein Zustand es erlaubte, genauer zu befragen. Bis auf die Tatsache, dass beide Eltern fanatische Anhänger des Aushilfspastors gewesen und ihren grausamen Tod gewünscht hatten, wusste sie wenig von den Harmsens.

Nur, dass Girre Harmsen seine kleine Familie als Fischer und gelegentlicher Robbenschläger ernährte, nachdem er nach einem Unfall für die gefährliche Waljagd nach Ansicht Roluf Asmussens nicht mehr tauglich war. Girre selbst hätte liebend gerne wieder als Walfänger angeheuert. War sein Hass gegen die Tochter seines ehemaligen Commandeurs von daher begründet?

Kerrin seufzte.

Nachdem Harre sie damals buchstäblich in letzter Minute vor den Flammen gerettet und man die Übeltäter abgeurteilt hatte, war es Pastor Brarens gewesen, der für sämtliche von seinem Stellvertreter verblendeten und aufgehetzten Hexenjäger um Gnade gebeten hatte – deren Leben nach Ansicht des Gerichts verwirkt war.

Eine ganze Nacht lang hatte es gedauert, ehe er seine Nichte davon überzeugt hatte, dass christliche Vergebung Gott wohlgefälliger sei als blinde Rachsucht. Anfangs hatte Kerrin sich beharrlich geweigert, Gnade vor Recht ergehen zu lassen. Es fiel ihr ausnehmend schwer, Christi Gebot »so dich einer auf die linke Wange schlägt, reiche ihm auch die andere dar« auf sich selbst zu beziehen und ihren Todfeinden zu verzeihen. Erst in den frühen Morgenstunden hatte der Pastor für sein Werben um Barmherzigkeit bei ihr Gehör gefunden.

Es bedeutete, dass die Urteile nachträglich gnadenhalber reduziert und der Vollzug stark abgeschwächt wurde. So fielen die Wiedergutmachungen reichlich milde aus; die meisten kamen mehr oder weniger mit einer einfachen Entschuldigung davon.

Auch Frigge und Girre waren seinerzeit bei ihr angekrochen und hatten versichert, wie leid ihnen ihr Irrtum tue – aber gerade diesen beiden Eiferern hatte sie den plötzlichen Gesinnungswandel nicht abgenommen. Sie war froh gewesen, als sie die zwei Heuchler nicht mehr hatte sehen müssen.

Da die Kammertür einen Spalt weit geöffnet war, drang Kerrin im Morgengrauen aus der *koögen* ein heftiges Rumoren ins Ohr. Wie üblich säuberte Gondel den Ofen, der im Winter als einzige Wärmequelle im Haus diente und Tag und Nacht durchgeheizt wurde.

Es war Brauch: Wer sich als Letzter der Hausgemeinschaft in sein Wandbett schlafen legte, kontrollierte noch einmal das Feuer und bedeckte es mit Asche – damit zwar die Flammen erstickten, die Glut jedoch erhalten blieb –, sodass nur noch ein schwaches Glimmen im Herd zu sehen war.

Sie konnte bis in ihr Zimmer hören, wie Gondel ein Lied vor sich hin trällerte, während sie aus dem Ofenloch Asche und Holzkohlenstückchen ausfegte. Dann fachte sie die Glut durch kräftiges Betätigen des Blasebalgs an, ehe sie diese mit dünnen Spänen zum Auflodern brachte. Schließlich legte sie noch etliche Holzscheite nach.

Brennholz war auf der nahezu baumlosen Insel knapp, musste vom Festland bezogen und teuer bezahlt werden. Meist ersetzten es die Föhringer durch getrocknetes und klein geschnittenes Schilf und Heidekraut, während man auf den Halligen den in Ditten abgestochenen und getrockneten Schafmist verfeuerte.

Auch in wohlhabenden Haushalten ging man mit Holz sparsam um und verwendete zum Feuern meist allerlei trockenes Gestrüpp von Sträuchern und Büschen, die im Innern der Insel wuchsen oder die Uferwege säumten.

Die Handgriffe der alltäglichen Arbeitsschritte waren stets die gleichen, und Kerrin wusste genau, was die Magd als Nächstes tun würde: Gondel holte aus der Vorratskammer Milch, Honig und die Hafergrütze, um den Morgenbrei aufzusetzen.

Ehe jeder Hausbewohner seine Schüssel mit dieser sättigenden Morgenmahlzeit vorgesetzt bekam, würde Gondel noch eine kleine Menge geschmolzener und gebräunter Butter darübergießen. Auch mit der Butter verfuhr man eher geizig.

Es gab nur vereinzelt Kühe auf der Insel, und die Schafe mussten mit ihrer Milch die Lämmer nähren. Die geringe Menge an Schafsbutter verwendete man hauptsächlich für andere Zwecke: zum Braten, zum Backen, zum Schmieren von Wagenrädern, zum Einfetten von Schiffstauen, zum Abdichten von Fischtonnen oder – und nicht zu knapp – zur Herstellung von Heilsalben.

Kerrin spürte, dass sich hinter ihrem Rücken die Tür ein Stück weiter öffnete.

Ohne sich umzuwenden, meinte die übernächtigte junge Frau »*Gudmaaren, Eycke!*«.

»Ob's ein guter Morgen wird, wird sich erst noch zeigen; aber woher weißt du denn, dass *ich* es bin?«, fragte Eycke. Dann musste die alte Frau über sich selbst lachen. »Ja, ich weiß, mein Tapern auf dem Flur kann man nicht überhören!«

Sie näherte sich dem Krankenlager, wo der Knabe immer noch sehr unruhig schlief. »Es geht dem armen Kerlchen also weiterhin schlecht, ja? Aber ein bisschen besser sieht er aus, der arme Jung'!«

Eine Antwort wartete Eycke erst gar nicht ab. »Weißt du übrigens, wer bereits seit einer Stunde draußen im Hof wartet und gotterbärmlich friert? Nein? Ketels Mutter ist seit fünf Uhr morgens da und möchte wissen, was mit ihrem Sohn los ist.«

Zu Kerrins Verwunderung klang die Stimme der alten Magd irgendwie mitleidig.

Etwas, das Kerrin verstimmte.

»Soll sie ruhig warten.« Ihre Stimme klang kalt.

»Frigge Harmsen wird sich den Tod in der Eiseskälte holen«, wagte die alte Magd vorzubringen.

Aber Kerrin reagierte nicht.

»Soll ich Frigge hereinholen?«, fragte die alte Frau daraufhin leise.

»Wage es ja nicht!«

Unwillig funkelten Kerrins meerblaue Augen die erschrockene Magd an. »Ich möchte nicht einmal, dass du nur ihren Namen vor mir erwähnst! Allein dem unschuldigen kranken Kind gilt meine Sorge – das Weib hingegen kann meinetwegen zum Teufel gehen!«

Zwar hatte sie dabei ihre Stimme gedämpft, um den Knaben nicht zu wecken, dennoch fröstelte Eycke plötzlich. Sie begriff, dass ihre junge Herrin der Mutter des Kindes keineswegs verziehen hatte – und es wahrscheinlich auch niemals tun würde.

Ein Gedanke, der ihr einerseits eine gewisse Furcht einflößte – wusste sie doch, dass Kerrin über besondere Kräfte verfügte –, sie aber gleichzeitig auch beruhigte, denn es zeigte, dass ihr Herz nicht völlig vom Hass gegen die Harmsens zerfressen war: Vermochte sie doch noch zu unterscheiden zwischen den verblendeten mordlüsternen Eltern und ihrem schuldlosen Kind.

»Wie du meinst, Hausfrau!«, sagte sie kurz angebunden. »Sag mir lieber, wie es kommt, dass du immer noch an Ketels Bett sitzt! War es nicht Catrina, die dich ablösen wollte? Und warum hast du mich nicht geholt?«

Der Vorwurf war deutlich und entlockte Kerrin ein Lächeln. »Du kannst jetzt hierbleiben, Eycke, und den Knaben versorgen, wenn du magst! Catrina habe ich absichtlich nicht geweckt, denn sie erwartet ein Kind und braucht ihren Schlaf.«

»So? Sie erwartet Nachwuchs? Das ist schön! Da wird sich ihr Mann Knut Detlefsen aber freuen! Natürlich bleibe ich gerne.«

»Ich werde dir deinen Morgenbrei aus der *köögen* holen, Eycke – nachdem ich Ketels Mutter über ihren Sohn Bescheid gegeben habe.« Letzteres erwähnte sie betont beiläufig.

Damit begab sich Kerrin in den Flur und vor zur Haustür, deren obere Hälfte nach außen aufzuklappen war, während man den unteren Teil geschlossen halten konnte. Durch die obere Öffnung, die Klönschnackdoor, rief sie Frigge Harmsen an.

»Hör zu! Dein Sohn hat die Nacht überlebt. Das Fieber

plagt ihn nicht mehr ganz so heftig. Er hat Milch mit Honig und Heilkräutertee getrunken – und vor allem viel geschlafen.«

»Gott sei Lob und Dank! Und auch dir, Kerrin Rolufsen, sei für deine Mühe gedankt! Darf ich meinen Jungen sehen – nur ganz kurz?« Die Stimme der Mutter klang kleinlaut. Die brennende Laterne in ihrer Hand zitterte.

»Komm meinetwegen übermorgen wieder!«, beschied Kerrin die Fischersfrau mit Nachdruck; so, als habe sie deren Bitte überhört. Damit schloss sie geräuschvoll die obere Türhälfte und ließ Frigge draußen stehen.

Alle, die im Haus bereits auf waren, hatten den Wortwechsel mitbekommen und konnten beobachten, wie Frigge mit ihrem dicken Umhang über dem gebeugten Kopf und den eingezogenen Schultern durch den über Nacht frisch gefallenen Schnee in der winterlichen Finsternis davonstapfte.

»Sie soll froh sein, dass unsere Herrin ihr krankes Balg bei sich aufgenommen hat! Das täte bei Gott nicht jeder, der durch die Eltern einst so schandbar behandelt worden ist!« Damit sprach Gondel dem Großteil der Hausbewohner, deren zustimmendes Gemurmel aus der Küche bis auf den Flur hinaus zu hören war, aus dem Herzen. Auch Kerrin – auf dem Weg in die Küche – hörte diese Worte. Sie war sich nur zu sehr der Tatsache bewusst, dass sie sich keineswegs so verhielt, dass auch ihr verehrter Oheim, Pastor Brarens, es gutheißen würde. Was er sie als Kind über christliche Demut, Barmherzigkeit und Vergebung gelehrt hatte, entsprach nicht dem, wie sie mit Frigge verfuhr …

Sie wünschte den um den Tisch versammelten, bereits seit dem Morgengrauen im Stall beschäftigten Knechten und Mägden ein freundliches »*gudai!*« und eine »*gud bekimene mialtidj!*«, leerte ein Glas warmer Schafsmilch auf einen Zug, nahm dann zwei gefüllte Breischalen und einen weiteren Becher Milch für Eycke mit und verließ die *koögen* wieder.

Sie würde mit der alten Magd essen und so den übrigen Domestiken die Möglichkeit geben, sich den Mund über ihren kleinen Patienten und vor allem über dessen Mutter zu zerreißen.

Und auch über mich, dachte sie bitter. Nicht alle werden finden, dass ich gut daran tue, die arme Frau nicht zu ihrem kranken Kind zu lassen. Aber – der Herr ist mein Zeuge – ich ertrage die Gegenwart dieses heimtückischen und grausamen Weibes einfach nicht!

Hatte sie doch heute noch die bösartig geifernde Stimme Frigges im Ohr, die seinerzeit ihren Mann Girre angestachelt hatte, Waltran auf den Reisig- und Spänehaufen zu gießen, »um für die Hexe das Höllenfeuer besonders schön lodern zu lassen!«.

VIER

»Schön, dass du es noch geschafft hast, zum Weihnachtsfest bei uns zu sein, Harre!«

In einem bei ihr seltenen Anfall von öffentlich zur Schau getragener Geschwisterliebe fiel Kerrin ihrem Bruder um den Hals und küsste ihn auf die stoppelige Wange. Während des tagelangen Herumstreifens auf dem Festland hatte er keine Zeit gefunden, sich barbieren zu lassen.

»He! Womit habe ich das verdient?«

Harre fasste seine jüngere Schwester um die schmale Taille und schwenkte sie übermütig im *pesel* herum.

»Ich habe mich vorhin bei Eycke eingeschmeichelt«, verriet er Kerrin und grinste verschmitzt. »Sie hat mir verraten, welches Festtagsessen du für morgen geplant hast. Da wäre es doch jammerschade gewesen, wenn ich und meine Begleiter es versäumt hätten!

Überhaupt, meine Liebe, deine Fürsorge für mich, deinen unnützen Bruder, ist geradezu überwältigend. Wie du weißt, bin ich kein Mann großer Worte – und von Schmeicheleien halte ich nicht viel. Aber es ist endlich an der Zeit, dir, meine liebste Kerrin, ein dickes Lob auszusprechen!«

Er ließ sie endlich los, und Kerrin, von leichtem Schwindel erfasst, griff flink nach seinem Arm, um nicht das Gleichgewicht zu verlieren.

»Es ist erstaunlich, wie großartig du mittlerweile den Haushalt in Schwung hältst – ich jedenfalls genieße deine weibliche Fürsorge außerordentlich!«

Kerrin strahlte den hochgewachsenen jungen Mann mit den schulterlangen braunen Haaren und den intensiv blauen Augen, die so manche Frau schon zum Träumen gebracht hatten, an. Komplimente von Harre waren in der Tat etwas Rares – und damit etwas ganz Besonderes.

Vielleicht hatte sie sich getäuscht, und ihr Bruder liebte doch das Leben auf der Insel – und das Zusammensein mit ihr. Könnte sie sicher sein, dass Harre bei ihr bliebe, wäre alles für sie um ein Vielfaches leichter; sie besäße eine Aufgabe, der sie mit Freude und Eifer nachkäme.

»Es wäre zu schön, Kerrin, wenn ich dich nach Spanien als meine Haushälterin mitnehmen könnte«, fügte der junge Künstler nun hinzu und lachte, während sein holländischer Freund applaudierte. »Überlege es dir gut, ob du mein Angebot nicht annehmen möchtest – die spanischen *señores* sind ganz verrückt nach blonden Frauen mit hellen Augen! Deine

Aussichten, einen geeigneten Mann zu finden, wären ausgezeichnet!«

Kerrins Miene versteinerte, das Strahlen in ihren Augen verebbte. Wie eine Seifenblase war der schöne Traum zerplatzt.

»Danke für das Angebot, Harre. Leider wirst du dir eine andere suchen müssen, die dich künftig versorgt!«

Abrupt wandte sie sich ab, um einer Magd einen Auftrag zu erteilen, die diesen von sich aus längst erledigt hatte.

Die Stimmung am Weihnachtstag war etwas gedrückt, obwohl die Entenfleischsuppe, der Lammbraten mit Minze nach englischer Art sowie der Wein – ein Geschenk Herzogin Hedwig Sophies – ausgezeichnet mundeten und Kerrin sich große Mühe gab, sich ihre Enttäuschung nicht allzu deutlich anmerken zu lassen.

Dass Harre offenbar nicht im Mindesten daran dachte, für immer auf Föhr zu bleiben, betrübte sie sehr.

»Du wirkst so traurig, Schwesterchen«, stellte Harre am Weihnachtsabend fest. »Was ist los?«

Es war ganz offensichtlich, dass er ihre gedrückte Stimmung keineswegs mit sich und seiner Absicht, bald nach Spanien abzureisen, in Verbindung brachte.

»Bist du traurig, weil dein kleiner Patient dich zu Weihnachten verlassen hat?«

»Sprichst du von Ketel?«

Reichlich verblüfft blickte Kerrin ihrem Bruder ins Gesicht.

Wieder einmal fiel ihr beinahe schmerzlich die starke Ähnlichkeit seiner feinen und doch sehr männlichen Gesichtszüge mit dem Antlitz ihres Oheims Lorenz auf, während er ganz offensichtlich die kräftige Statur ihres Vaters Roluf geerbt hatte.

Kein Zweifel, ihr Bruder war einer der ansehnlichsten Männer auf der Insel. Ein Dutzend Mal hätte er sich bereits mit hübschen und wohlhabenden Frauen verheiraten können. Aber von engen Bindungen hielt er offenbar herzlich wenig.

»Wo denkst du hin, Harre? Ich habe mich doch für den kleinen Jungen gefreut«, widersprach Kerrin vehement Harres absurder Vermutung.

»Für Familie Harmsen muss es gewesen sein, als käme das Christuskind persönlich zu ihnen! Kerrin, was täten die Leute hier nur ohne dich? Eigentlich beneide ich dich manchmal, Schwesterchen! Dir ist es gegeben, etwas Sinnvolles zu tun, indem du vielen Gesundheit und Lebensfreude schenkst – während ich nur Überflüssiges zustande bringe! Ohne Bilder kann man sehr gut leben. Was vom gesundheitlichen Wohlbefinden nicht zu behaupten ist!«

»Sag das um Himmels willen nicht, Harre! Kunst verschönert und bereichert das ganze Leben! Alles, was du als Künstler auf die Leinwand bannst, wird noch lange nach deinem Tod weiterwirken – vielleicht für viele Hundert Jahre, wenn von mir längst nicht mehr die Rede sein wird!«

»Wenn du es so sehen willst, Kerrin …«

Harres Blick blieb ein wenig skeptisch; aber wie seine Schwester erkannte, mischte sich ein gewisser Stolz hinein, verbunden mit Genugtuung.

»In diesem Zusammenhang habe ich ein Anliegen an dich, Harre! Und ich bitte dich sehr, schlage mir meinen Wunsch nicht ab«, nützte Kerrin die günstige Gelegenheit aus. »Ehe du dieses Mal Föhr verlässt, möchte ich, dass du von Oheim Lorenz ein Porträt anfertigst, im Gewand eines Pastors!«

Harre lächelte geschmeichelt.

»Warum nicht? Wenn Monsieur Lorenz nichts dagegen hat, mir Modell zu sitzen, soll es mir ein Vergnügen sein, ihn für die Zukunft auf Leinwand festzuhalten.

Wie steht es im Übrigen mit dir selbst? Auch dich würde ich – wie schon des Öfteren angeboten – sehr gerne malen!«

Aber das lehnte Kerrin nach wie vor strikt ab. Es kam ihr anmaßend vor. Ja, es erschien ihr geradezu unziemlich, sich auf diese Art zur Schau zu stellen, ganz so, als sei sie etwas Besonderes.

Nach anfänglichem Zögern erklärte der Nieblumer Seelenhirte sich dazu bereit, sich von seinem Neffen porträtieren zu lassen. Allerdings setzte er sich anfangs energisch gegen Kerrins Plan zur Wehr, das Gemälde in seiner Kirche aufzuhängen – nicht einmal im dunklen Seitenschiff, unter den in der oberen Etage angebrachten Sitzbänken, oder in einer Nische der geräumigen Vorhalle wollte er das Bild dulden.

»Für derlei Eitelkeiten bin ich nicht zu haben! Das Porträt soll im Pfarrhaus hängen und einst meine geistlichen Nachfolger an mich erinnern; aber in einem Haus des Herrn hat es nichts verloren«, erklärte er kategorisch. Kerrin fand das äußerst schade und gab nicht so schnell auf.

Harre hatte sich beinah selbst übertroffen, indem er seinen Verwandten so naturgetreu wie möglich dargestellt hatte, die edlen Gesichtszüge mit den intelligent blickenden blaugrauen Augen, der scharfen Nase und dem breiten vollen Mund, das Ganze gepaart mit pastoraler Milde, die ihn zeitlebens auszeichnete.

Gleichzeitig schimmerte auch die moralische Strenge auf, die Lorenz Brarens gleichfalls innewohnte – allerdings ohne jene eifernde Unerbittlichkeit, die so manchen Geistlichen im Umgang mit seinen Schäfchen auszeichnete.

Seine Frau Göntje und seine Kinder beknieten den Pastor regelrecht, seine Meinung zu ändern. Harre wusste zum Glück etliche Beispiele ins Feld zu führen, wo hohe Geistliche

auf dem Festland sich hatten abbilden lassen und deren Kon-
terfeis nun in diversen Gotteshäusern hingen, den Gläubigen
zur gefälligen Erinnerung an ihre geistlichen Hirten.

Endlich gab Lorenz Brarens nach. Seitdem hing das Brust-
bild eines älteren Geistlichen mit vollem schulterlangem ei-
sengrauem Haar, in schwarzem Talar und weißer, penibel ge-
fältelter Halskrause im Nieblumer Friesendom. Darunter
hatte der Künstler seines Oheims Namen, seinen geistlichen
Titel, Geburtsort und -datum eingetragen sowie den Tag seiner Ernennung zu einem der drei Föhrer Inselpastoren.

»Das Einzige, was jetzt noch fehlt, ist mein Todestag«,
meinte Lorenz Brarens trocken – eine Bemerkung, die seine
Frau beinah zum Weinen brachte.

Mitte Januar erfolgte ein unüblicher Wärmeeinbruch, den
Harre und seine Begleiter nutzen wollten, um die Insel Föhr
zu verlassen und den weiten Seeweg auf die Iberische Halbinsel anzutreten. Ihr Ziel war die Stadt Valencia, im Mittelmeer
am gleichnamigen Golf gelegen.

»Dann ist das heute unser letzter gemeinsamer Ausritt, lieber Bruder!«

Kerrin und Harre bestiegen die von ihrem langjährigen jü-
tischen Knecht, Jon Gaudesson, gesattelten Pferde und schlu-
gen den kurzen Weg zur Küste ein. Es war bereits der fünfte,
für die Jahreszeit viel zu warme, sonnige und windstille Win-
tertag. Dennoch standen Atemwolken vor den Mäulern und
Nüstern der Tiere sowie vor den Mündern und Nasen der beiden einsamen Reiter.

Eine ganze Weile schwiegen die Geschwister, um sich ganz
dem Genuss dieses Ausritts, dicht am Ufer des Meeres entlang, hinzugeben. Es war auflaufende Flut, und gelegentlich
umspielten kleine Wellen sanft die Hufe der Pferde.

»Wie wunderschön sich das Licht im tiefgrünen Wattenmeer spiegelt«, entfuhr es Harre plötzlich. »So müsste man es
malen!«

»Das hast du gewiss schon hundertmal getan«, entgegnete
Kerrin und lächelte ihn an.

»Sicher, Kerrin! Aber es drängt mich stets aufs Neue, das
Schöne auf Leinwand zu bannen, wo und wann immer es mir
begegnet. Deshalb ist es auch seit Langem mein Wunsch, dich
in einem Gemälde festzuhalten, Schwester. Ich habe nie verstanden, warum du es ablehntest.«

»Ich bin nicht eitel, Harre. Und Kinder, die etwas damit anfangen könnten, werde ich wohl niemals bekommen.«

»Sag doch nicht so etwas! Du bist noch so jung und …«

»Lass gut sein, Harre! Lass uns einfach diesen letzten Tag,
der uns noch gemeinsam gehört, genießen!«

»He! Das klingt ja, als sollten wir uns nie mehr wiedersehen! Ich beabsichtige durchaus, nach Föhr zurückzukehren!
Spätestens in drei Jahren bin ich wieder hier.«

Kerrins Miene verdüsterte sich.

»Meine Gesichte sagen mir etwas anderes«, wäre ihr um ein
Haar entschlüpft. Gerade noch rechtzeitig gelang es ihr, den
Mund zu schließen. Weshalb sollte sie Harre mit ihrem Traum
der vergangenen Nacht ängstigen? In ihrem Innersten aber
wusste Kerrin, dass dieser Ritt ihr letzter gemeinsamer sein
würde. Wieder einmal stünde ein Abschied für immer an.

»Diese pittoresken Sonnenuntergänge über der Nordsee
werde ich in den südlichen Breiten vermissen«, behauptete
Harre.

»Ich denke, auch in Spanien wird sowohl am Mittelmeer
als auch am Atlantik dieselbe Sonne hinter dem Horizont verschwinden, Bruder!« Kerrin ließ ein angestrengtes Lachen hören. Sie bemühte sich verzweifelt, keine Sentimentalität auf-

kommen zu lassen. Andernfalls wüsste sie nicht, ob sie ihre böse Vorahnung für sich behalten könnte …

»Jedenfalls wirst du mir jedes Mal in den Sinn kommen, sooft ich einen Blick auf das Porträt unseres Oheims werfe. Es ist ein wunderbares Geschenk, das du unserer Familie gemacht hast, Harre. Ich halte es für eines deiner bislang besten Bilder«, behauptete sie nach einer Weile. »Mit deiner ganz speziellen Begabung, lebende Personen naturgetreu abzubilden, kannst du einmal sehr reich werden«, meinte sie, »sofern du es nur geschickt anstellst.«

»Oje!« Harre verbiss sich das Lachen. »Denk dran: Nicht alle Menschen sehen so gut aus wie Monsieur Lorenz. Und nicht jeder wird davon erbaut sein, sich samt seinen äußerlichen Unzulänglichkeiten auf die Leinwand gebannt zu sehen. Aber mich zu verstellen, indem ich Garstiges schön gestalte – dazu werde ich mich niemals bereitfinden, Kerrin.«

FÜNF

Nachdem Harre Rolufsen am 25. Januar 1705 Föhr verlassen hatte, ging Kerrin mit Feuereifer daran, sich wiederum jener Tätigkeit zu widmen, die sie tatsächlich am besten beherrschte: die Behandlung von Leiden und Krankheiten aller Art. Wobei sie ihrer üblichen Gepflogenheit treu blieb, für ihre Dienste nichts zu verlangen.

Falls ihr jemand zum Dank eine Kleinigkeit schenkte, nahm sie die Gabe meistens an, um sie dann an Bedürftige weiterzugeben. Jeder auf der Insel wusste darum. Nur bei Ketel Harmsens Eltern hatte sie sich nicht erweichen lassen: Von ihnen wollte sie nichts annehmen.

Hatte sie vor Harres Abreise noch zahlreiche Patienten mit irgendwelchen Bagatellen an andere Heiler auf der Insel verwiesen, so kümmerte sie sich nun wieder um jeden Einzelnen – selbst wenn es sich um Kleinigkeiten wie Schnupfen oder Ohrenschmerzen handelte.

»An manchen Tagen geben sich die Kranken bei dir förmlich die Klinke in die Hand, meine Liebe«, lobte sie der Pastor, der sich regelmäßig auf dem Commandeurshof sehen ließ, dem seine Nichte sich nun ganz allein als Haushaltsvorstand widmen musste.

»Falls du einmal meiner Hilfe bedürfen solltest, bin ich immer für dich da«, bot er ihr auch an diesem Tag an.

Es war der erste Februar 1705. In einigen Tagen, am *Piadersdai*, würden die Seeleute wiederum für die Frühjahrs- und Sommermonate die Insel Föhr verlassen, um dem Walfang auf Spitzbergen oder rund um Grönland nachzugehen. Nach diesem Peterstag wäre die Insel für lange Zeit erneut weitgehend männerfrei …

Für Kerrin bräche dann erneut eine schlimme Zeit an, voll der Erinnerungen an ihren geliebten, in der Eiswüste Grönlands verschollenen Vater Roluf. Stillschweigend – ohne dass es großer Erörterungen bedurft hätte – war die Pastorenfamilie übereingekommen, sich um Kerrin zu kümmern.

Sei es, dass man sie jeden Tag aufsuchte, um mit ihr zu plaudern oder sie um Rat zu fragen, sei es, dass man sie in den Pfarrhof einlud, um sich bestimmte Dinge anzusehen oder mit der restlichen Familie die Abendmahlzeit einzunehmen.

Vor allem dem Geistlichen fielen für seine Nichte mannigfache Ablenkungsmanöver ein, indem er ihr beispielsweise frisch eingetroffene Bücher und Abhandlungen bedeutender Verfasser oder neu angefertigte Land- oder Seekarten zeigte.

Göntje hingegen war auf die Idee verfallen, Kerrin neuerdings unbedingt als Helferin beim Brotbacken zu benötigen. Eine der wichtigsten hausfraulichen Arbeiten, ja, eine geradezu heilige Handlung, woran Kerrins Muhme sie jahrelang nicht hatte teilnehmen lassen.

Heute konnte Kerrin ihrem Oheim erneut einen Brief der Herzogin vorweisen, den ein Bote ihr am Vormittag ausgehändigt hatte, worin Hedwig Sophie ihre Freundin wieder einmal von ferne am Gottorfer Hofleben teilnehmen ließ.

Neben höchst amüsanten Nebensächlichkeiten, wie den üblichen Empfängen oder Tanzveranstaltungen, beschwerte die Herzogin sich dieses Mal bitter über zwei Herren des Hofes, die mit allen Mitteln um die politische Vorherrschaft kämpften und dabei versuchten, die Herzogin selbst in ihren Streit miteinzubeziehen und zur Entscheidung zu zwingen, welchem von beiden sie den Vorzug geben wolle.

Dass sie sich die Vormundschaft über den dreijährigen Carl Friedrich mit Christian August, dem Bruder ihres gefallenen Mannes, teilen musste, machte ihr nach wie vor nichts aus. Mit ihm war unschwer ein gutes Auskommen möglich.

Er war ein liebenswürdiger frommer junger Mann, ein protestantischer Geistlicher, der gewiss auf der kirchlichen Karriereleiter noch weit nach oben klettern würde und ihr in Fragen der Erziehung des künftigen Herzogs weitgehend freie Hand ließ.

Die Herren jedoch, denen Hedwig Sophies Klage galt, waren Kerrin nicht unbekannt. Während ihres Aufenthalts im Gottorfer Schloss war sie ihnen beinah täglich begegnet. Auch Pastor Brarens war mit beiden wohlvertraut. Bei dem einen handelte es sich um den Geheimen Rat Magnus Wedderkop aus Husum, bei dem anderen um einen hessischen Baron namens Heinrich von Schlitz, allgemein Görtz genannt.

»Die beiden waren sich von jeher nicht grün«, überlegte

46

Kerrin laut, indem sie dem Pastor das Schreiben aushändigte. »In der Tat buhlte jeder von ihnen um die Gunst des Herzogs. Es war vorauszusehen, dass nach dem Tod des Landesfürsten die Gegnerschaft der zwei Ehrgeizlinge offen ausbräche.«

Eine Einschätzung, die auch Pfarrer Brarens teilte.

Kerrin selbst konnte Wedderkop als umgänglichen, überlegten und zuverlässig wirkenden Mann gut leiden, während sie dem aalglatten und schwer einzuschätzenden Görtz zutiefst misstraute.

Man würde abwarten müssen, wem die Herzogin letzten Endes eher zutraute, das kleine Herzogtum sicher durch die Stürme der Zeit zu navigieren. Im Augenblick ruhte der Große Nordische Krieg nur, aber zu Ende war er beileibe noch nicht, wie Kerrins Oheim wusste.

»Er gewährt uns gerade mal eine kleine Atempause«, klärte Monsieur Lorenz seine Nichte auf.

Wegen der Jahre, die er in seiner Jugend in Frankreich verbracht hatte, hatten ihn die Insulaner einst mit diesem Beinamen bedacht und taten das immer noch.

»Der russische Zar ist mit anderen Dingen beschäftigt. Als Peter Ende des vergangenen Jahrhunderts von seiner Reise ins westliche Ausland, wo er in Holland und England den Schiffsbau gründlich studiert hat, nach Moskau zurückgekehrt war, hielt er als Erstes ein blutiges Strafgericht über den aufständischen Adel, die Strelitzen, ab und führte seine inneren Reformen, sobald er nur den geringsten Widerstand spürte, mit brutalsten Methoden durch.«

Kerrin genügten die wenigen Worte, mit denen ihr Oheim den grausamen Rachefeldzug des Zaren gegen den russischen Adel schilderte, der sich während seines Auslandsaufenthalts gegen ihn empört hatte, um ihre herzogliche Freundin insge-

47

heim zu beglückwünschen, seinerzeit nicht zur Gemahlin dieses Barbaren ausgewählt worden zu sein …

»Sogar ein ganz modernes Heer hat der Zar in kürzester Zeit aus dem Boden gestampft und den Grundstein zu einer anständigen russischen Flotte gelegt«, behauptete Pastor Lorenz Brarens. »Und bestimmt nicht allein zu seinem Vergnügen. Gnade Gott seinen Feinden!

Die schmähliche Niederlage bei Narwa im Jahr 1700, die ihm der Bruder unserer Herzogin, der schwedische König Karl XII., zugefügt hat, hat er gewiss noch nicht vergessen. Peter ist – trotz charakterlicher Defizite – ein großer Herrscher, der ungeachtet des militärischen Debakels noch die Kraft hatte, während des Krieges 1703 seine neue Hauptstadt, Sankt Petersburg, zu gründen!«

Aus Monsieur Lorenz Brarens' Worten glaubte Kerrin, aller Kritik zum Trotz, eine gewisse Bewunderung herauszuhören.

Im Übrigen mochte dies ja alles sehr wichtig sein, aber Kerrin erging es wie allen anderen Föhringern: Solange man sie auf ihrer Insel in Ruhe ließ und die Walfangflotten im Nordmeer nicht gestört wurden, interessierte sie der Krieg nicht besonders.

Natürlich blieb Kerrins Desinteresse ihrem Oheim nicht verborgen. Er wechselte das Thema und ließ seine Nichte im Laufe der Unterhaltung an der Freude teilhaben, welche ihm die Beförderung seines Freundes Gottfried Wilhelm Leibniz bereitete, der sich als Leiter der im Jahr 1700 gegründeten Sozietät der Wissenschaften aufs Höchste gewürdigt sah.

»Vor allem Leibnizens Ansicht, unsere Welt sei die vollkommenste aller möglichen Welten – einen Satz, den er zur Rechtfertigung Gottes heranzieht und somit als Gottesbeweis betrachtet – macht ihn mir als Freund überaus lieb und teuer, Kerrin. Nicht alle Koryphäen der Wissenschaften können heutzutage mit dem Gottesbegriff noch etwas anfangen; es gibt immer mehr Zweifler an der Existenz eines göttlichen Schöpfers – auch wenn die meisten aus verständlichen Gründen den Mantel des Schweigens darüber breiten, um ihre berufliche Laufbahn nicht zu gefährden.«

Kerrin wusste, wie schmerzlich es ihn traf, dass intelligente Menschen das göttliche Wirken leugneten. Ein Wirken, das seiner Ansicht nach jedermann überdeutlich zu sehen vermochte, der nur ein klein wenig die Augen aufmachte, um all die kleinen und großen Wunder des Lebens zu bestaunen.

Kerrin selbst unterließ es lieber, sich mit ihrem Oheim auf eine Diskussion darüber einzulassen. Was Theologie anbelangte, war sie ihm heillos unterlegen.

Ganz persönlich verspürte sie jedoch die Gewissheit, dass es keineswegs nur ein einziger Gott war, der alles bewirkte, am Leben erhielt – und nach seinem Gutdünken auch enden ließ. Wobei Letzteres bei ihr zu großen Zweifeln an der Güte und Barmherzigkeit des Herrn geführt hatte …

Sie selbst glaubte an viele, ja, an unzählige wirkmächtige Geister, gute und böse gleichermaßen, denen alles in der Natur unterworfen war. Aber sie ahnte, dass es bei Weitem klüger war, Stillschweigen zu bewahren, als ihren geistlichen Verwandten mit ihren Ansichten zu erschrecken oder gar zu erzürnen. So war sie bemüht, ihn behutsam wiederum auf ein anderes Gesprächsthema, das ihm am Herzen lag, zu lenken, die Musik nämlich.

So hatte Monsieur Lorenz von einem erst neunzehnjährigen, in Eisenach geborenen jungen Mann namens Johann Sebastian Bach, Sohn eines Stadtmusikers, gehört, der bereits seit einem Jahr Organist in Arnstadt war und angeblich zu großen Hoffnungen Anlass geben sollte.

»Wie man mir berichtet hat, soll die Grundlage seiner Musik das Kirchenlied sein«, sagte der Pastor mit großer Genugtuung. Ein Gedanke, der ihn plötzlich auf seinen Neffen Harre brachte, der sich leider bisher als Maler niemals religiöse Themen zu eigen gemacht hatte.

»Vielleicht dauert es bei Harre einfach länger, bis er zu dem Sujet findet, das ihn sein weiteres Leben über beschäftigen wird«, glaubte Kerrin den Bruder verteidigen zu müssen.

»Das war keineswegs als Kritik gemeint«, beeilte sich der Geistliche sie zu beschwichtigen. »Ich empfinde große Hochachtung vor seinem Talent und bin der Meinung, er wird es noch zu Großem bringen!«

Dazu hätte Kerrin einiges zu sagen vermocht – zog es jedoch vor, ihre nächtlichen Gesichte, die anderes prophezeiten, nicht zu erwähnen …

Es war Frühling, genauer gesagt April 1705, und seit Harres Weggang von der Insel waren exakt drei Monate vergangen. An diesem Tag, der versprach, wiederum ungewöhnlich warm zu werden, ruhte Kerrins Blick auf einer blutjungen Magd mit Namen Antje Erkens. Etwa ein Dutzend Frauen vom Commandeurshof hatten sich versammelt, um nach dem Frühmahl gemeinsam zum Schollenpricken ins Wattenmeer zu gehen.

Antje, bleich wie der Tod, stützte sich schwer auf den Pricker, einen langen Holzstab, vorne mit einer eisernen Spitze versehen, der dazu diente, die begehrten Plattfische im seichten Wasser aufzuspießen.

Sie konnte sich kaum noch auf den Beinen halten, und Kerrin hielt sie zurück, als die Mägde losmarschierten.

»Was ist los mit dir, Antje?«

Das hübsche magere Ding – vergangenes Weihnachten war es sechzehn geworden – zuckte nur die Achseln und gab sich völlig unwissend.

»Weiß nicht, Frau Kerrin.«

Dabei hielt Antje die blassblauen Augen gesenkt und kämpfte tapfer gegen ihr Unwohlsein an.

Kerrin konnte man allerdings nicht so leicht hinters Licht führen; sie besaß durchaus eine Ahnung, was mit dem Mädchen los war.

Um das Ganze abzukürzen, sagte sie ihr auf den Kopf zu, schwanger zu sein, und löste damit heftige Proteste der jungen Magd aus. »Schwanger? Niemals! Unmöglich! Ich habe doch nie … Von wem sollte das Kleine denn sein? Die Herrin muss sich irren!«

Eine Weile hörte Kerrin sich das an, ehe sie energisch wurde.

»Du musst es nicht länger abstreiten, Mädchen! Ich weiß, was ich sehe. Ich möchte bloß wissen, wer dir das Kind gemacht hat, Antje! Schau mich an und sag es frei heraus!«

Dabei blickte sie der Jüngeren eindringlich in die Augen, bis diese schließlich heulend mit der Wahrheit herausrückte: Harre war es, der sie geschwängert habe – kurz bevor er Föhr verlassen hatte.

Über dieses Geständnis war Kerrin zwar keineswegs sehr überrascht, aber es machte sie unsagbar wütend.

Wenn es sich nicht gerade um eine Frau handelte, die doppelt so alt war wie er, wie einst diese unsägliche Thur Jepsen, musste es für Harre ein halbes Kind wie Antje sein! Was dachten sich diese jungen verantwortungslosen Kerle eigentlich? Harre hatte das große Glück, außer Kerrins Reichweite zu sein. Andernfalls hätte sie ihm ordentlich den Kopf gewaschen.

Gegen das junge Mädchen hegte sie hingegen keinen Groll. Antje war jung und dumm – und offenbar ohne jegliches Wissen, was man tun konnte, um so ein Malheur zu verhindern. Was wiederum in gewisser Weise für ihre Unschuld sprach.

»Nun wohl, Antje, wir werden dann schon sehen, wie wir mit dieser Sache umgehen wollen«, begann Kerrin etwas vage.

Aber die Betroffene, ganz offensichtlich erleichtert über ihre Beichte, schien sich bereits einen Plan zurechtgelegt zu haben.

»Herrin«, fing sie mit bittender Miene an, »Ihr seid doch eine weise Frau und kennt Euch mit derlei Sachen aus …« Sie stockte.

»Ja, und?«

Kerrin dachte nicht daran, Antje entgegenzukommen. Unter gar keinen Umständen würde sie das Wort aussprechen. Wenn, dann musste es von der Geschwängerten selbst kommen …

»Frau Kerrin, ich bitte Euch um ein wirksames Mittel, das mir hilft!«, platzte das Mädchen heraus und rang dabei die Hände.

»Ich verstehe dich nicht! Was für ein Mittel denn? Und welche Hilfe sollte das sein?«

Absichtlich stellte Kerrin sich dumm. Es dünkte sie keineswegs gut, falls auf der Insel auch noch das Gerücht aufkäme, sie würde Ungeborene töten; ihr geheimer Ruf als Hexe war schon schlimm genug.

»Ihr wisst doch, Herrin, irgendeine Arznei, die mir die Frucht abgehen lässt«, flüsterte Antje.

»Du möchtest das Kind also nicht bekommen. Habe ich das richtig verstanden?«

Kerrins Stimme klang sehr ernst, und Antje begann, ängstlich zu werden. Empfängnisverhütende Mittel und Maßnahmen – darüber sah man im Allgemeinen hinweg. Aber was das Mädchen beabsichtigte, war sowohl von der Kirche als auch vom staatlichen Gesetzgeber streng verboten – obwohl es viele Frauen praktizierten; meist die verheirateten, die ein weiteres Familienmitglied nicht mehr verantworten wollten.

»Jawohl, Herrin!«, erwiderte das Mädchen tapfer. »Seht, Frau Kerrin«, versuchte Antje es auf andere Weise, »der Kindsvater, Euer Bruder, weiß nichts davon! Und wenn er es wüsste, würde er wohl kaum aus Spanien zurückkehren und mich zur Frau nehmen!«

Das allerdings glaubte Kerrin auch nicht. So gut kannte sie Harre mittlerweile. Vielleicht würde er der Mutter eine größere Summe anweisen lassen – und ansonsten erwarten, gefälligst in Ruhe gelassen zu werden.

»Ich möchte das hier und jetzt noch nicht entscheiden, Antje. Ich will darüber nachdenken und dir bald Bescheid geben, was wir tun werden.«

Damit entließ sie die sichtlich enttäuschte Magd, die anscheinend geglaubt hatte, von Kerrin auf der Stelle ein Mittel zu erhalten, das ihr die Schande ersparen sollte, ein uneheliches Kind zur Welt zu bringen.

Kaum stand das junge Ding jedoch draußen vor der Tür, gewann erneut Antjes jugendlicher Optimismus die Oberhand: Es würde schon alles gut werden, glaubte sie. Es hätte ja auch ganz anders ausgehen können …

Es war erstaunlich, wie widerspruchslos die Herrin ihr geglaubt hatte, Harre sei der Erzeuger. Eine andere hätte ihr vielleicht diese Behauptung als Lüge und bodenlose Frechheit ausgelegt. Antje hatte von Höfen gehört, auf denen die Bäuerinnen ihre schwangeren Mägde mit Schimpf und Schande hinausgeworfen hatten, ohne Geld, ohne Unterstützung, ohne jede Hilfe.

Commandeur Rolufs Tochter war offenbar aus anderem Holz geschnitzt – wofür Antje ihr ewig dankbar sein wollte. Gleichgültig, wie ihre Entscheidung letztendlich lauten würde.

Bereits am kommenden Tag ließ Kerrin Antje Erkens zu sich rufen.

»Ich habe gründlich nachgedacht und bin zu dem Entschluss gelangt, dass du das Kind bekommen wirst, meine Liebe!«, eröffnete sie ihr kurz und bündig. »Es ist schließlich Harres Kind, das du in deinem Bauch trägst …«

Antje schwindelte; instinktiv suchte das Mädchen Halt, indem es sich an Kerrins Arm klammerte.

»Wie soll ich denn für ein uneheliches Balg sorgen?«, fragte die werdende Mutter verzweifelt und blickte ihrer Herrin kummervoll ins Gesicht, während bereits wieder die Tränen liefen.

»Das lass nur meine Sorge sein, Antje«, bemühte Kerrin sich, das aufgebrachte junge Ding zu beruhigen. »Ich weiß, du bist noch grün hinter den Ohren. Ich möchte keineswegs, dass dein Leben von Anfang an durch ein uneheliches Kind verpfuscht sein soll.

Ich selbst werde für das Kleine sorgen – schließlich handelt es sich um meinen Neffen oder um meine Nichte. Mach dir darüber also keine Gedanken. Ich verlange nur von dir, dass du während der Zeit, die du es in deinem Leib trägst, auf dich und das Kind achten wirst, damit es gesund zur Welt kommt.

Ab jetzt bist du von allen schweren Arbeiten auf dem Hof, auf dem Feld oder im Wattenmeer befreit. Ich werde dir auch einen besonderen Speiseplan erstellen, nach dem du dich richten wirst, Antje. Und ich werde dir auch sagen, wann du zu schlafen hast – alles zum Wohle dieses Kindes! Solltest du Beschwerden haben, wirst du mir sofort darüber Bescheid geben, damit ich mich darum kümmern kann.

Und dass ich persönlich dich von dem Kind entbinden werde – davon darfst du ebenfalls ausgehen, meine Liebe!«

Abrupt versiegten daraufhin Antjes Tränen. Besser konnte sie es wirklich nicht treffen. Kerrin erschien ihr nachgerade wie eine Heilige – was sie jedoch keinem protestantischen Pastor jemals anvertrauen würde. Das roch allzu sehr nach verpöntem Katholizismus …

Natürlich blieb in der Familie die Tatsache, dass Harre außer dem Porträt des Pastors der Familie noch ein weiteres Geschenk auf Föhr hinterlassen hatte, nicht lange geheim. Oheim Lorenz begrüßte Kerrins großzügigen Entschluss von ganzem Herzen. Er ahnte wohl den heimlichen Entschluss seiner Nichte, das vaterlose Kind als eigenes anzunehmen und aufzuziehen und hieß ihr Vorhaben gut.

Muhme Göntje hingegen, ihr Leben lang in Konventionen gefangen, dachte in erster Linie an die Schande, die ein unehelich geborenes Mitglied für die Pastorensippe bedeuten würde.

Ohne dass sie es eigens auszusprechen hatte, sahen Kerrin und der Geistliche ihr förmlich an, dass Göntje es insgeheim vorgezogen hätte, wenn die schwangere Antje den Commandeurshof bei Nacht und Nebel verlassen und ihrer Wege gegangen wäre. Vor allem war Göntje darauf bedacht, Harre als Erzeuger nicht ins Spiel zu bringen.

Doch nachdem Kerrin ihren Entschluss gefasst hatte, ließ sie sich durch nichts mehr beirren und sorgte dafür, dass es Antje an nichts fehlte.

SECHS

EINES VORMITTAGS, Mitte August – fast zwei Monate zu früh – begannen bei Antje die Wehen.

Für Kerrin keineswegs überraschend; seit Tagen hatte sie registriert, dass Antjes hochgewölbter Leib tiefer sackte. Ein

Zeichen, dass die Geburt in Kürze beginnen würde. Soweit es möglich war, war für die Entbindung alles vorbereitet.

Mehrfach ausgekochte Stapel von Leinentüchern für die Gebärende sowie eine Menge blitzsauberer Windeln für das Kind lagen in einer eigens von Simon für Antje gezimmerten Truhe bereit. Wie Kerrin nicht entging, begann der junge Jüte zärtliche Gefühle für Antje zu entwickeln.

Falls Antje diese Empfindungen zu teilen vermochte, sollte es ihr nur recht sein. Das würde Simon hoffentlich dazu veranlassen, auf Dauer auf der Insel zu bleiben und nicht jeden Spätherbst seine Heimat Jütland aufzusuchen.

Ein Knecht wie Simon Darre, anstellig, loyal und fleißig, dazu stark wie ein Ochse, war Goldes wert. Ähnlich verhielt es sich mit Jon Gaudesson, der allerdings daheim eine Ehefrau besaß, die auf ihn wartete. Seit Langem nahm Kerrin sich schon vor, ihn daraufhin anzusprechen, ob er sich einen Umzug samt Frau und Kindern von Jütland nach Föhr vorstellen könne.

Eycke, trotz ihres hohen Alters wie immer hellwach und eifrig bei der Sache, hatte ihre Hilfe bei der Entbindung angekündigt, und sogar Göntje hatte ihren Widerwillen überwunden und sich Kerrin als Helferin bei der Geburt zur Verfügung gestellt.

Dass ihre Muhme sich dazu durchgerungen hatte, war zwar eindeutig dem Inselpastor zuzurechnen, der ein ernstes Wort mit seiner Frau gesprochen hatte, dennoch freute sich Kerrin darüber und akzeptierte die Unterstützung.

Antje war jung und gesund, hatte sich während der vergangenen Monate sehr geschont, war von Kerrin bestens vorbereitet worden und würde sich vermutlich bei der Entbindung nicht allzu schwertun.

Dennoch stellte jeder Geburtsvorgang ein gewisses Risiko dar, und so war jede helfende Hand willkommen.

Von Vorteil war auch, dass Kerrin mittlerweile schon etlichen neuen Erdenbürgern auf die Welt geholfen hatte, da Moicken Harmsen für derlei Anstrengungen bereits zu alt war. Im Kopf zwar noch wach, versagten ihr mittlerweile ihre Beine den Dienst.

»Eine Wehmutter, die sich nicht mehr auf den Füßen halten kann, ist ein Unding!«, entgegnete Moicken allen Frauen, die glaubten, die altgediente Geburtshelferin doch noch überreden zu können, weiterhin ihrem zum Wohle vieler Frauen und Kinder über Jahrzehnte ausgeübten Beruf nachzugehen. Auf der Insel gab es mittlerweile drei Hebammen – und eine davon, die jüngste, war Kerrin Rolufsen.

Auch auf Föhr waren die Frauen seit vielen Jahren dazu übergegangen, ihren Nachwuchs im Bett liegend zu gebären. Angeblich hatten kluge und studierte Ärzte herausgefunden, dass es »am besten sei, das Kind in der Lage auf die Welt zu bringen, in welcher es auch gezeugt worden sei«. Und das war nun mal überwiegend im Liegen …

Kerrin hielt diese Ansicht für grundfalsch. Diese Stellung erschien ihr überhaupt nicht zweckmäßig – im Gegenteil eher hinderlich zu sein.

»Das Gewicht der Leibesfrucht drückt *nach unten* – und so sollte sich auch der Weg, den das Kind nimmt, *nach unten* neigen! Ich bin dafür – wie es über Jahrhunderte üblich war –, den guten alten Gebärstuhl zu benutzen!«

Keine Frage, dass Simon auch dieses Mal wieder zu Axt und Säge griff und solch ein Möbel zusammenbaute, das vollkommen aus der Mode gekommen war. Auf der ganzen Insel fand sich kein solcher Stuhl mehr. Aber dank Oheim Lorenz, der in einem alten medizinischen Folianten in dem Kapitel über Geburtshilfe einen Gebärstuhl abgebildet fand, hatte Simon eine gute Vorlage gefunden. Selbst Antje fand ihn, als er endlich fertiggestellt war und sie sich probeweise darauf niederließ, für ausnehmend bequem.

»Da kann ich ja die Füße auf das Trittbrett stellen und die gespreizten Beine mit Macht dagegenstemmen«, wunderte sie sich. Dass ihr diese Haltung, die ihr zudem erlaubte, die Arme aufzustützen, zusätzliche Kräfte verlieh, um durch Pressen das Kind aus dem Leib zu befördern, leuchtete ihr sofort ein.

»Als vor dir, zwischen deinen Beinen, hockende Wehmutter, habe ich von vorn zudem leichteren Zugang zum Geburtskanal«, erklärte Kerrin der jungen Frau. »Die Handgriffe, um etwa das Köpfchen des Kleinen zu packen und vorsichtig zu drehen, sind so um vieles einfacher auszuführen.«

Kerrin reichte Antje einen Becher mit Mohnsaft, vermischt mit Wasser und etwas Wein. »Trink, Mädchen! Das wird dir die Wehen erleichtern!«

Nach Göntjes säuerlicher Miene zu urteilen, hatte Kerrins Muhme auch daran einiges auszusetzen. Ihre Nichte tat ihr jedoch keineswegs den Gefallen, sich darüber auf eine Diskussion einzulassen. Glaubte sie doch durchaus zu wissen, welche Gedanken der Pastorenfrau durch den Kopf gingen.

Wie ich meine gute Göntje kenne, glaubt sie, es würde Antje, die ihr Kind in Sünde empfangen hat, nicht schaden, wenn sie zur Strafe ein bisschen mehr leiden müsste, dachte Kerrin. Aber solange ich es verhindern kann, wird kein Weib mehr Schmerzen bei der Geburt erdulden müssen als unbedingt nötig.

Allzu viel von dem Mohnzeug vermag ich der Ärmsten sowieso nicht zu verabreichen, sonst schläft sie mir noch ein und kann nicht mitarbeiten bei der Austreibung des Kindes.

Ferner riet Kerrin der Kreißenden, ihren Empfindungen durch lautes Schreien Luft zu machen: »Sobald du das

Schmerzgefühl gewaltsam zu unterdrücken versuchst, verkrampfst du dich, und es tut noch ärger weh. Also, plärr ruhig, so laut du kannst – es ist keine Schande.«

Auch dies war etwas, was die meisten Frauen – der Himmel mochte wissen, warum – für eher ungehörig hielten. Zu einer ordentlichen Geburt gehörte nach landläufiger Meinung der schreckliche Schmerz, der möglichst stillschweigend zu erdulden war. So stand es ja auch schon in der Bibel, als Strafe für Evas Sündenfall …

Nach neun Stunden war es endlich soweit: Ein winziges Mädchen, mit Ärmchen und Beinchen so dünn wie Schwefelhölzchen, glitt in Kerrins auffangbereite Hände, wobei das aufgesperrte Mündchen gleich einen erstaunlich kräftigen protestierenden Schrei ausstieß.

Alles war in Ordnung mit Mutter und Kind, wie Kerrin nach eingehender Besichtigung laut verkündete.

»Alle Zehen und Fingerchen sich dran an deiner süßen, kleinen Tochter! Augen, Ohren, Mund und Näschen sind ebenfalls vorhanden, so wie es sich gehört.«

Sie reichte Göntje das rote schrumpelige und glitschige Wesen, damit diese es in einer Wanne mit warmem Wasser behutsam wusch, ehe Eycke das jetzt jämmerlich greinende Kind mit einem an der Ofenstange hängenden, angewärmten Tuch sanft abtrocknete und es behutsam in Windeln packte.

Kerrin half Antje beim Aufstehen aus dem Gebärstuhl und führte sie zu dem Wandbett in der *dörnsk*, wo sie sich endlich ausruhen durfte.

Göntje war es dann, die das Kind, gewaschen und gewickelt, in den Arm seiner Mutter legte, die mit Freudentränen in den Augen auf das Köpfchen mit dem spärlichen blonden Flaum niederblickte.

Eycke und Göntje sprachen Antje ihre Glückwünsche aus und zogen sich alsbald zurück. Nur Kerrin blieb noch bei Mutter und Kind.

»Recht klein ist sie«, murmelte Antje. Es klang beinah so, als wollte das junge Ding sich dafür entschuldigen. Kerrin lachte.

»Was glaubst du denn? Wie kann es denn anders sein? Sie ist ein Siebenmonatskind! Eigentlich hätte sie noch zwei Monate gebraucht, um so groß zu sein, wie Neugeborenes in aller Regel sind. Äußerst zart ist sie, das ist wohl wahr, aber Hauptsache ist doch, dass die Kleine gesund ist. Hast du dir schon einen Namen für sie überlegt?«

Mit dieser Frage überfiel Kerrin die junge Mutter regelrecht; die hatte insgeheim mit einem Jungen gerechnet und sich nur Männernamen überlegt.

»Wenn du es mir erlaubst, suche *ich* dem Mädchen einen Namen aus«, schlug Kerrin vor. »Ich weiß sogar schon einen, der mir überaus passend erscheint.«

»Nennt sie, wie Euch gut dünkt, Herrin! Ich bin Euch ja so dankbar für alles, dass ich Euch sowieso vorschlagen wollte, einen Namen für mein Kind auszuwählen.«

»Ich danke dir, Antje! So sei es denn: Dieses wunderbare kleine Wesen soll *Kaiken* heißen.«

»Diesen Namen habe ich zwar noch nie gehört, aber ich finde, er klingt schön«, meinte Antje.

»Eine Vorfahrin von mir, eine äußerst tapfere junge Friesin, die vor zweihundert Jahren auf Föhr elend umgekommen ist, hat so geheißen«, sagte Kerrin leise. Mehr äußerte sie nicht dazu.

Es erschien ihr nicht tunlich, die junge Frau im Wochenbett mit der verstörenden Mitteilung zu erschrecken, die frühere Trägerin dieses Namens sei eines grausamen Todes auf dem Scheiterhaufen gestorben, weil bereits damals schon verblendete Föhringer sie als Hexe hatten brennen sehen wollen …

Fortan lebte die kleine Kaiken, die von Antje ein paar Wochen lang genährt wurde und prächtig gedieh, auf Kerrins Hof. Mit der Zeit ergab es sich, dass man stets Kerrin mit der Kleinen auf dem Arm sehen konnte, während Antje ihre Tochter lediglich zum Stillen gereicht wurde.

Der jungen Magd war das nicht unrecht; wünschte sie doch, Föhr so bald wie möglich zu verlassen und zu ihren Eltern heimzukehren, um unbeschwert und unbelastet ein neues Leben zu beginnen.

Auf der Insel gefiel durchaus nicht allen, was sich in Nieblum auf dem Commandeurshof ereignete.

»Man könnte glatt denken, die Deern wär' Kerrins Kind«, sagten viele und schüttelten empört die Köpfe, wenn sie Zeuge wurden, wie Roluf Asmussens Tochter mit der kleinen Kaiken spielte und scherzte.

Einige nahmen sogar richtiggehend Anstoß: Ein lediges Balg in einem vornehmen Haushalt, verwandt mit dem angesehensten Inselpastor – und zu allem Übel trug es noch den Namen einer verurteilten und hingerichteten Hexe.

Die Erinnerung an die erste Kaiken war bei den Insulanern auch nach zwei Jahrhunderten noch überaus lebendig …

Das war eindeutig zu viel der Provokation und beinah geeignet, das Fass wieder einmal zum Überlaufen zu bringen. Gerade unter den besseren Familien der Insel rumorte es gewaltig, und etwa ein Dutzend von ihnen entsandte einen Vertreter zu Lorenz Brarens, um in aller Form Protest einzulegen.

Dass der Pastor sie äußerst ungnädig empfing und sie mehr oder minder eigenhändig aus dem Pastoratshof hinauswarf, nachdem er sie über christliche Nächstenliebe und Barmherzigkeit belehrt hatte, erboste die meisten ungeheuer. Dass sein Neffe der Erzeuger war – darüber schwieg er auf Kerrins Bitten hin.

Einige Insulaner drohten, sich an höchster Stelle über die moralische Verfehlung der Kerrin Rolufsen zu beschweren. Einer diesbezüglichen Beschwerde beim zuständigen Bischof sah Lorenz Brarens allerdings mit Gelassenheit entgegen: War der hohe Herr dem Nieblumer Pastor doch seit Langem freundschaftlich verbunden, nachdem ihm dieser glaubhaft versichert hatte, ihm niemals den Posten als kirchliches Oberhaupt in Schleswig-Holstein streitig zu machen.

Keinen versetzte es jetzt noch sonderlich in Erstaunen, dass auf Föhr hinter vorgehaltener Hand erneut die alten Vorurteile aufgewärmt und Vorwürfe ausgestreut wurden, Kerrin selbst sei moralisch verkommen, was bei ihr als einer *Towerschen* ja wohl kaum anders zu erwarten sei.

Obwohl der Pastor und seine Familie alles taten, um die gemeinen Unterstellungen zu unterbinden und sie vor allem vor Kerrin geheim zu halten, blieb es nicht aus, dass sie doch davon erfuhr.

»Erst war ich unheimlich wütend«, gestand Kerrin Sabbe Torstensen, ihrer Freundin seit Kindertagen, die bereits zwei Ehemänner auf See verloren hatte und zu ihren Eltern nach Ööwenem zurückgekehrt war. »Danach machte mich das bösartige Gerede sehr betroffen – und jetzt bin ich bloß noch traurig darüber, dass es eine unabänderliche Tatsache zu sein scheint, dass dumme Menschen dumm bleiben – zumindest einfach nicht klüger werden wollen!«

Sabbe gelang es jedenfalls nicht, Kerrin aufzumuntern. Der Aufenthalt auf der Insel wurde ihr zunehmend verleidet. Zum Glück bereitete ihr die kleine Kaiken jeden Tag große Freude.

Das kleine Mädchen war ein ausnehmend hübsches Kind mit Harres Mund, Kinn und Nase, mit einem süßen Gesichtchen, in dem die gleichen grünblauen Meeraugen leuchteten, die auch Kerrin zu eigen waren; sogar Kaikens anfangs hellblonde Löckchen erlangten mit der Zeit den ganz besonderen kupferfarbenen Rotton, der auch den Haarschopf ihrer Ziehmutter so attraktiv machte.

Eine Woche nach Antjes verfrühter Niederkunft bat der Pastor seine Nichte Kerrin zu sich in seine Studierstube, wie er den Raum im Pfarrhof nannte, in dem er seine Bücher aufbewahrte, die Predigten vorbereitete, die Kirchenchronik seiner Gläubigen verfasste, junge Paare empfing, die heiraten wollten, oder Trauernde tröstete, die den Verlust eines geliebten Menschen beweinten.

»Hierherein habt Ihr früher Harre und mich immer gebeten, wenn Ihr uns unterrichtet habt, lieber Oheim!«

Kerrin folgte der Aufforderung, sich zu setzen. »Ihr wirkt etwas bedrückt, Monsieur – oder irre ich mich?«

»Ein Brief der Herzogin ist es, der mir ein wenig Kummer macht, Kerrin. Sein Inhalt ist es auch, der mich veranlasst hat, dich zu mir zu bitten. Wir müssen darüber sprechen.«

»Ist Hedwig Sophie etwa krank? Ist etwas mit ihrem Sohn?« Kerrin war sofort aufs Höchste alarmiert. Aber da vermochte der Pastor sie zu beruhigen. Nein, krank sei derzeit niemand am Gottorfer Herzogshof. Es sei die Politik, die ihn beunruhige, verriet Lorenz Brarens.

SIEBEN

»ICH DENKE, es ist dir bekannt, dass der russische Zar, nachdem er in den Jahren 1697 und 1698 Europa bereiste und sich vieles Wissenswerte aneignete, von dem er vorher noch nie etwas gehört hatte, nach Moskau zurückkehrte und sein Land in größter Unordnung vorfand.«

»Ja, Oheim, davon weiß ich. Ich weiß auch von dem empörend grausamen Strafgericht, welches er über die aufständischen Strelitzen verhängte! Es soll Tausende von Toten gegeben haben; wobei Zar Peter sich als der Barbar erwies, der er nach wie vor ist – aller westlichen Tünche zum Trotz.«

»Nun ja, Kerrin! Überlege, was ein Herrscher wie etwa Ludwig XIV. von Frankreich täte, wenn er die Entdeckung machen müsste, die französischen Adeligen hätten seine Abwesenheit ausgenutzt, um das Land mit Rebellion gegen ihren gesalbten König zu überziehen.

Denkst du nicht, er würde gleichfalls zu drakonischen Strafmaßnahmen greifen, um die Ordnung in Frankreich gewaltsam wiederherzustellen? Glaubst du ernsthaft, er würde Gnade vor Recht ergehen lassen, anstatt den Frevel der Aristokraten aufs Härteste zu sühnen?

Die Rache des französischen Königs – wie irgendeines anderen Herrschers auch – fiele um kein Jota geringer aus als jene Zar Peters!«

»Ich fürchte, Ihr habt recht, Oheim«, gab Kerrin nach kurzer Überlegung zu. »Aber was wolltet Ihr mir eigentlich sagen?«

»Nach dem Großreinemachen in Russland begann Peter, innere Reformen in seinem Land durchzusetzen – oft gegen nicht geringe Widerstände, vor allem von Seiten der orthodoxen Kirche – und nicht selten mit Brachialgewalt.

Es war ihm sehr ernst mit seinem Anliegen, Russland zu einem modernen Staat umzukrempeln. So schuf er in Kürze ein schlagkräftiges Heer. Ferner legte er den Grundstein für sein Hauptanliegen, nämlich eine russische Flotte.«

»Ich bestreite ja nicht, Oheim, dass der Zar ein kluger und durchsetzungsfähiger Herrscher ist – aber ein Barbar scheint er mir trotz allem zu sein.«

Es war deutlich, dass Kerrins Sympathien nicht unbedingt dem Herrscher aus dem Osten gehörten. Der Pastor schmunzelte.

»Du musst ihn nicht mögen, meine Liebe! Er ist ein ebenso mächtiger wie intelligenter Mann, maßlos im Guten wie im Schlechten. Aber einer, mit dem die Regierenden Europas noch werden rechnen müssen, Kerrin.«

»Aber Hedwig Sophies Bruder, der schwedische König Karl XII., hat ihm im Jahr 1700 bei Narwa eine gewaltige Niederlage zugefügt! Von dieser Schlappe wird der Zar sich wohl nicht so schnell erholen, Monsieur. Bei all seiner Schläue: Peter ist keineswegs unbesiegbar.«

Lorenz Brarens schüttelte sein Haupt, das mittlerweile weiße, knapp über die Ohren reichende Locken zierten. Vom schulterlangen Haupthaar hatte er sich – seines fortgeschrittenen Alters wegen – mittlerweile getrennt.

»Bedenke, mein Kind, des großen militärischen Rückschlags ungeachtet, hat es Peter erreicht, bereits im Jahr 1703 den Grundstein zu seiner neuen Hauptstadt an der Ostsee, Sankt Petersburg, zu legen, indem er gegen viele Widerstände als Erstes die Peter-und-Pauls-Festung gründete, im sumpfigen Mündungsdelta der Newa, das erst mühsam trockengelegt werden musste. Und dies gegen viele und gewaltige Widerstände – von denen die der wahrlich ungünstigen Geografie nicht die geringsten gewesen sind. Im Schutz der gewal-

65

tigen Festung soll ein bedeutender Hafen entstehen und dazu eine Stadt.«

Kerrin überlegte.

»Wenn er so ein gefährlicher Fürst ist, wäre mir wohler, er stünde auf unserer und nicht auf Dänemarks Seite, Oheim!«

»Die Hoffnung darauf dürfte leider vergebens sein. Bereits vor vielen Jahren hat man eher halbherzig versucht, ihm eine schwedische Prinzessin zur Frau anzutragen. Wie du weißt, ohne Erfolg!«

»O ja, Monsieur! Und da kann ich nur sagen, dass ich von Herzen froh bin, dass Hedwig Sophie dem Schicksal entgangen ist, diesen Halbwilden zum Mann nehmen zu müssen.«

Eine Überlegung Kerrins, die Pastor Brarens durchaus nachzuvollziehen vermochte. Was der Geistliche seiner Nichte jedoch klarzumachen versuchte, war der Ernst der politischen Lage. Nach seinem Verständnis war der Große Nordische Krieg noch längst nicht beigelegt – er gönnte den Menschen lediglich eine kurze Verschnaufpause, ehe er mit brutaler Macht erneut über die Völker des Nordens hereinbräche.

»Die Herzogin bittet mich, mich darauf einzustellen, vielleicht an den Hof zu kommen, um mein Amt als Berater – wie schon einmal unter ihrem Gemahl – erneut wahrzunehmen.«

»Oh! Was nichts anderes bedeuten würde, lieber Oheim, als dass Ihr Euch mit den anderen Ratsherren, vor allem mit Wedderkop und Görtz, auseinanderzusetzen hättet! Die beiden bekriegen sich doch bereits seit Jahren – und Ihr stündet zwischen den zwei Kampfhähnen.«

»Du bist eine kluge junge Frau, Kerrin! Der Gedanke gefällt mir zwar auch nicht, aber wenn die Landesherrin mich ruft, werde ich mich diesem Ruf natürlich nicht verweigern. Ich wollte dich nur darauf vorbereiten, dass es so kommen könnte, damit du nicht allzu überrascht bist.«

»Was sagt Muhme Göntje dazu?«

»Vorläufig habe ich nur dich eingeweiht, Kerrin. Göntje würde es einerseits das Herz brechen, andererseits wäre sie vermutlich mächtig stolz darauf, einen vermeintlich bedeutenden Ehemann zu haben.«

So ernst die Lage auch war, lachten beide wie befreit auf.

»Entschuldigt, Monsieur Lorenz, dass ich scharfen Protest einlege«, tat Kerrin dann ganz bewusst ein wenig geziert, »Ihr *seid* ein sehr bedeutender Mann. Auf den auch ich ungeheuer stolz bin – und zwar zu Recht, liebster Oheim!«

Nachdem Kerrin den Pfarrhof verlassen hatte, verspürte sie noch keine rechte Lust, ihr eigenes Heim aufzusuchen. Es drängte sie plötzlich danach, das Grab ihrer Mutter Terke auf dem Gottesacker des Friesendoms zu besuchen. Es handelte sich um einen zunehmend flacher werdenden, begrünten Erdhügel, den ein mit Namen und Daten der hier Ruhenden versehener Grabstein aus Granit überragte.

»Vor achtzehn Jahren hat man dich hier begraben, Mutter! Ich erinnere mich daran, als sei es erst gestern gewesen, liebste Mama!«

Wie so oft standen Kerrin Tränen in den Augen beim Anblick des Grabsteins, in den der Steinmetz Terkes Namen, ihr Geburts- und Sterbedatum eingraviert hatte sowie den Namen und die traurigen Daten ihres kleinen Bruders, der seinen ersten Lebenstag nicht hatte überleben dürfen und der heute bereits ein junger Mann wäre …

Nachdem Kerrins Vater, Commandeur Roluf Asmussen, nicht nach Föhr zurückgekehrt war, sondern als verschollen galt, hatte es im Ort Stimmen gegeben, die anregten, auch seinen Namen in den Gedenkstein meißeln zu lassen. Auch Harre hatte anfangs den Vorschlag befürwortet – es war üblich bei auf dem Meer gebliebenen Seeleuten, dass man ihrer auf den Friedhöfen gedachte, obwohl ihre Leiber nicht in der Heimaterde ruhten.

Aber der Commandeur war ja keineswegs den üblichen Seemannstod gestorben, sondern war auf geheimnisvolle Weise auf Grönland verschwunden; so hatte Kerrin partout nichts davon wissen wollen, ihn auf dem Grabstein verewigen zu lassen.

Zuletzt hatte auch Harre Abstand davon genommen, obwohl er seine Schwester und ihre Gründe für die hartnäckige Verweigerung nicht recht verstehen konnte. Nur so viel verriet Kerrin ihm auf drängendes Nachfragen: dass ihr Nein mit ihren Gesichten zusammenhinge. Seitdem hatte Harre das Thema ruhen lassen.

Seit ihr Bruder sie verlassen hatte, hatte Kerrin einen Gedanken in ihrem Kopf gewälzt, der – seiner Absurdität zum Trotz – ständig drängender wurde und nur durch Antjes Schwangerschaft und Niederkunft zeitweilig auf Eis gelegt war.

Insgeheim zweifelte Kerrin nicht mehr im Geringsten daran:
Irgendwo in Grönlands eisigen Weiten lebte der Vater noch – und erwartete seine Tochter, dass sie käme, um ihn heimzuholen auf seine geliebte Insel Föhr!

Diese Gewissheit vermochte ihr niemand zu nehmen. Kerrin selbst war auch nur zu gern bereit, dem Ruf des Vaters zu gehorchen, der ihr durch die verstorbene Terke in etlichen Traumgesichten kundgetan worden war. Ihre Mutter hatte gar von einem Vermächtnis gesprochen, dem sich Kerrin als liebende Tochter nicht verweigern dürfe …

Die Schwierigkeit bestand letztlich darin, dorthin zu gelangen.

Für einen Mann, einen Seemann zumal, stellte dies kein

Problem dar; jedes Jahr fuhren genügend Segler ins Nordmeer, um auf Walfang zu gehen. Auch einen älteren Mann,
der zur Jagd nicht mehr taugte, würde jeder Commandeur un-
gefragt an Bord mitnehmen – sofern er für die Überfahrt ordentlich bezahlte.

Das nötige Geld war zum Glück auch für Kerrin kein Problem. Dass sie uneingeschränkte Vollmacht über Rolufs Vermögen besaß, dafür hatte Harre gesorgt, der mit der Schwester
in Gottorf die Kanzlei eines herzoglichen Notars aufgesucht
und Kerrin als alleinige Erbin hatte eintragen lassen.

Das war ohne Schwierigkeiten möglich, da der Commandeur offiziell von Amts wegen für tot erklärt war. Für sich
selbst hatte Harre nur einen gewissen Betrag beansprucht, der
weit weniger als die Hälfte des Besitzes ausmachte. Er wollte
sich dank seiner Kunst sein eigenes Vermögen schaffen.

Obwohl Kerrin in der Lage war, mehr als genug für ihre
Passage zu bezahlen, wusste sie von keinem friesischen Kapitän, der sie ohne Weiteres auf seinem Schiff mitgenommen
hätte: »Weiber an Bord bringen Unglück!«, war eine gängige
Seefahrerweisheit.

Der nächste Punkt war: Wer sollte sie in Grönland begleiten? Es war wohl ausgeschlossen, dass eine junge Frau alleine
durch Grönlands Eiswüste zog, um einen Mann zu suchen, von
dem sie nicht wusste, wo genau er sich aufhielt – und bei dem
mehr als unsicher war, ob er überhaupt noch am Leben war.

Besaß sie auch nur den geringsten Anhaltspunkt – von einem Beweis ganz zu schweigen –, der auch nur im Mindesten
dafür sprach, nicht bloß einem Phantom hinterherzujagen?

Würde man sie nicht für geisteskrank erklären, sobald sie
ihren Wunsch offenbarte, sich auf die Suche nach ihrem verschollenen Vater zu machen?

Wo sollte sie einen beherzten Begleiter finden, der mit ihr

das Risiko einging, kreuz und quer durch Grönland zu ziehen, zumindest an der zerklüfteten Küste entlang, in der vagen Hoffnung, Commandeur Asmussen zu finden?

Kerrin durchlebte schlimme Wochen. Da waren die immer wiederkehrenden Träume, in denen ihr Terke erschien und in ihr den festen Glauben erweckte, ihr Vater lebe noch. Die meisten Erinnerungen an Terke waren längst aus Kerrins Gedächtnis getilgt – war sie doch noch sehr jung gewesen, als ihre Mutter verstarb.

Für sie lebte die Mutter jedoch weiter in jener feenhaften Traumfigur, die wie ein zartes Nebelgespinst in ätherischer Schönheit durch Kerrins Träume spukte; wobei Terkes Füße niemals den Boden berührten, sondern stets zwei Handbreit über dem Meeressaum schwebten.

»*Roluf hält sich nach wie vor in Grönland auf und wartet auf dich, mein Kind!*«, behauptete die durchscheinende zauberhafte Traumgestalt, ehe sie sich erneut wie ein Nebelhauch über dem nachtdunklen Wattenmeer verflüchtigte …

Kerrin zweifelte nicht daran. Aber da war ihre kummervolle Gewissheit über ihr Unvermögen, dem mütterlichen Auftrag, obwohl er ihrem eigenen Gewissensgebot entsprach, gerecht zu werden.

Die beiden folgenden Tage sollten ihr einen kurzen Aufschub in ihren Überlegungen bescheren.

Simon war der Erste, der Kerrin, die gerade auf dem Weg zum Pferdestall war, auf das Bevorstehende hinwies.

»Da hinten im Westen braut sich mächtig was zusammen, Herrin!«, rief er ihr von Weitem zu. »Ich werde das Vieh zusammentreiben und in den Pferch beim Hof schaffen lassen! Schaut, dass die Mägde sämtliche Fenster im Haus schließen. Es wird ein Unwetter geben, das seinesgleichen sucht!«

Da erst wurde auch die in Gedanken versunkene Kerrin aufmerksam.

O ja! Der Himmel hatte sich dunkel, gegen Westen aber schwefelgelb verfärbt, die herbstliche Mittagssonne erschien auf einmal milchig trüb, wie hinter einer lange nicht geputzten Glasscheibe.

Das gedämpfte Licht ließ auf der wie im Schlagschatten der Sonne liegenden Erde alles in einem seltsam grauen Farbton erscheinen, so als habe der plötzlich aufkommende kräftige Wind jegliche Färbung weggeblasen. Binnen weniger Minuten steigerte sich der Wind zu einer Sturmböe; diese wiederum verwandelte sich innerhalb kürzester Zeit in einen wahren Orkan.

»Es ist die Zeit der auflaufenden Flut! Herr Jesus, der Sturm wird das Wasser in Massen ins Land hineindrücken«, befürchtete Kerrin, die so etwas nicht zum ersten Mal erlebte. Zunächst überzeugte sie sich davon, dass Sissel, die zehnjährige Tochter einer Magd, die kleine Kaiken wohlbehalten ins Haus geschafft hatte.

In Kürze bescherte Wettergott Odin den Insulanern eine Sturmflut, so gewaltig, dass sie nach der vereinten Schaffenskraft sämtlicher Bauern, Hofbesitzer und der Bediensteten verlangte, um wenigstens die schlimmsten Schäden von Föhr abzuwehren.

Trotz jahrhundertealter Christianisierung, trotz Überwindung des als götzendienerisch empfundenen Katholizismus und eines seit langer Zeit gewachsenen und durchaus verinnerlichten Protestantismus, erwachte in kritischen Momenten, wie es ein verheerendes Unwetter nun einmal war, das alte germanische Heidentum im Herzen der Insulaner – und niemand fand etwas dabei.

Dass alte Mägde, Bäuerinnen und Fischersfrauen während der draußen tosenden und heulenden Gewalten den alten Heidengott anriefen, nahm man als selbstverständlich hin. Auch Eycke gehörte zu ihnen, und Kerrin tat, als bemerke sie es nicht.

Als eine ältere Stallmagd eine schwarze Wachskerze in der *dörnsk* anzündete – Reminiszenz an frühere katholische Zeiten –, ließ Kerrin sie stillschweigend gewähren. Selbst ihr geistlicher Oheim pflegte in solchen Augenblicken lieber wegzuschauen und wegzuhören …

Zwei lange Tage und Nächte dauerte die Sturmflut an und richtete naturgemäß einiges an Schäden an: Reetdächer flogen wie Tischtücher davon, Priele liefen über und ließen Lämmer ersaufen, die man nicht rechtzeitig in Sicherheit gebracht hatte. Der Verlust an Roggen, das einzige Getreide, das neben der anspruchslosen Gerste auf Föhr gedieh und kurz vor der Ernte stand, war verheerend.

»Man wird in diesem Herbst zukaufen müssen, um die ärmeren Leute den Winter über nicht verhungern zu lassen«, kündigte Pastor Lorenz Brarens am nächsten Sonntag in seiner Kirche an. »Am Ende des Gottesdienstes wird eine Kollekte abgehalten, und ich hoffe, dass alle vermögenden Familien der Insel sich angemessen daran beteiligen.«

Mancher mochte insgeheim vielleicht seufzen, aber jedermann hielt diesen Akt der Solidarität für gut und richtig: Auf der Insel war man aufeinander angewiesen. Das hatte sich auch gleich nach dem Abflauen des Unwetters gezeigt, als sich umgehend Freiwillige versammelten, um die Schäden an Zäunen, Gebäuden, Dämmen und Deichen zu beheben.

Die Frauen machten sich daran, frisches Reet für die Dächer zu schneiden und die toten, in den Prielen ertrunkenen Tiere zu bergen. Niemand machte einen Unterschied zwischen eigenen Schäden und denen seiner Nachbarn. Pastor Lorenz Brarens war es immerhin möglich, den Herrn für seine Güte zu preisen, dass dieses Mal keine Menschen den Gewalten der Natur zum Opfer gefallen waren.

Trotz des ungewollten Aufschubs wirkte Kerrins Traum in ihr nach und ließ in ihrem Herzen den Wunsch jeden Tag stärker werden, sich nach Grönland aufzumachen und nach dem verschollenen Vater zu suchen. Irgendwie würde es ihr gelingen, dorthin zu gelangen; sie musste es nur aufrichtig wollen.

Felsenfest glaubte sie an die Worte der verstorbenen Terke – hatten sich diese bisher doch immer als wahr erwiesen. Es stimmte: Rolufs Leichnam war nie gefunden worden; kein Kapitän eines Walfängerschiffes hatte je auch nur das Geringste von einem Beweis für seinen Tod vernommen.

Kerrin war der Meinung, das Ableben eines so bekannten Commandeurs wie Asmussen hätte sich in Seefahrerkreisen mit Sicherheit herumgesprochen: Man hätte seinen Leichnam finden müssen; allzu weit konnte er sich mit den grönländischen Jägern noch nicht vom Lager entfernt gehabt haben …

Für die junge Frau stand fest: Roluf musste irgendwo auf Grönland leben. Sie würde ihn suchen, finden und heil und gesund nach Hause bringen. Ebenso wusste sie, dass sie bei ihrer Suche männlicher Unterstützung bedurfte.

Nachdem ihre Überlegungen so konkret gediehen waren, dachte sie über eine geeignete Strategie nach, wie dieses sehr spezielle Vorhaben zu verwirklichen war. Vorerst würde sie keiner Menschenseele etwas darüber mitteilen; selbst ihrem geschätzten Oheim nicht. Zu sehr quälte sie der Verdacht, man könne versuchen, ihren Plan zunichtezumachen – aus Sorge um sie und ihre Sicherheit.

ACHT

VOLL UNGEDULD WARTETE KERRIN in diesem Spätherbst 1705 auf die Rückkehr sämtlicher Walfänger. Sie hatte es sich zur Aufgabe gemacht, aus der Schar der Rückkehrer einen geeigneten Begleiter auszuwählen, der imstande und willens war, ihr bei ihrem nordischen Abenteuer zur Seite zu stehen.

Selbstverständlich müsste sie dafür tief in die Geldschatulle greifen, um den Mann für die ihm entgehende Walfangsaison des Jahres 1706 zu entschädigen. Da Bargeld rar war, würde sie ihr gesamtes Erbteil daransetzen, wenn es sein musste. Ihr blieben immerhin der Hof samt Wiesen, Feldern und Äckern, sowie das Vieh.

Möglichst jung sollte der Bursche deshalb sein, damit er noch keine Ehefrau hatte, die Anstoß an der Begleiterin ihres Mannes nehmen konnte – aber auch nicht zu jung! Mit einem unerfahrenen Heißsporn, der unnötige Risiken einging, wäre ihr nicht gedient.

Ihr schwebte ein kräftiger, vernünftiger Mann vor, verlässlich und durch nichts aus der Ruhe zu bringen – seien es nun dramatische Wetterumschwünge oder eventuell feindlich gesinnte Einheimische.

Und noch etwas war wichtig: Bei einer Unternehmung, die sich möglicherweise über Monate hinzog, konnte sie keinen Begleiter an ihrer Seite brauchen, der ständig sein Glück bei ihr versuchte und ihr durch unerbetene Avancen auf die Nerven fiel.

Außerdem war es unumgänglich nötig, dass er sie als Herrin der ganzen Unternehmung achtete und ihren Anordnungen widerspruchslos Folge leistete. Nichts wäre verheerender als andauernde Machtkämpfe, wer nun das Sagen hatte.

Ein wenig bange war Kerrin durchaus. Dennoch wollte sie sich, nachdem die Föhringer Walfänger dieses Mal ohne jeden Verlust an Menschenleben heimgekehrt waren, unverzüglich zu jenen begeben, die sie sich bereits im Vorfeld als geeignet ausgesucht hatte. Allzu viele waren es allerdings nicht …

Was ihr zunehmend zu schaffen machte, war die Tatsache, dass es ihr bis jetzt an Mut gefehlt hatte, sich ihrer Familie anzuvertrauen. Wenn sie fündig geworden wäre, würde sie als ersten Oheim Lorenz ins Vertrauen ziehen – hoffend, er zeige sich nicht allzu ablehnend. Was Muhme Göntje davon hielt, konnte sie sich lebhaft ausmalen.

Als allerersten suchte Kerrin schließlich Fedder Nickelsen auf, von dem sie sicher wusste, dass er noch keine Braut besaß. Ihn bevorzugte sie vor allen möglichen Männern, obwohl er ein einfacher Heringsfischer war und noch nie auf Grönland gewesen war.

Fedder, ein ansehnlicher Mittzwanziger, verfügte über einen tadellosen Leumund, war bekannt als hilfsbereiter, intelligenter und friedfertiger Bursche, der kräftig anzupacken vermochte, in der Lage war, auch selbstständig vernünftige Entscheidungen zu fällen, und es nach Meinung der Inselkapitäne noch weit bringen konnte; darüber hinaus galt er als zuverlässig und fleißig.

Wie Kerrin, als sie sich vorsichtig bei Bekannten umhörte, erfuhr, betrank er sich nur höchst selten. »Und wenn er einen sitzen hat, bleibt er friedlich, grölt und rauft nicht, sondern geht nach Hause und schläft seinen Rausch aus«, hatten ihr einige der jüngeren Mägde kichernd verraten. Kerrin vermutete, dass ihn jede der Befragten ganz gerne als Ehemann eingefangen hätte …

Zu Kerrins großer Freude und Überraschung war der junge

Fedder ohne Weiteres bereit, sich auf das grönländische Abenteuer einzulassen, und ließ sich von ihr als Begleiter für das kommende Frühjahr anheuern.

»Warum nicht, Frau Kerrin?«, fragte er. »Da Ihr gut bezahlt, ist es für mich in Ordnung. Die Mühen scheue ich nicht – der Fischfang vor Helgoland ist auch kein Honigschlecken. Aber das wisst Ihr ja selbst. Seid ja sozusagen eine von uns!«

Insgeheim atmete Kerrin auf. Er war demnach keiner, der Anstoß daran genommen hatte, dass sie mit ihrem Vater einst zur See gefahren war – wenn auch nicht als Matrose, sondern als Schiffsärztin … Sie hatte sich also, gottlob, nicht in ihm getäuscht.

Bei Fedder Nickelsen handelte es sich um den einzigen Sohn von Nickel Volmers, Kerrins ehemaligem Kerkermeister, der vor langer Zeit für ihren Vater als Harpunier tätig gewesen war.

Nickel hatte sie vor Jahren effektiv vor den Übergriffen eines gemeinen Gefängnisaufsehers beschützt, und sie wiederum hatte ihn später nach ihrer Befreiung aus Dankbarkeit von seinem schmerzhaften Hüftleiden befreit, das den Alten seit dem gewaltigen Flukenschlag eines harpunierten Wals gequält und behindert hatte.

Wie es scheint, ist der Sohn aus dem gleichen Holz geschnitzt wie sein Vater, dachte Kerrin und war ungeheuer erleichtert.

Ehe die beiden ihre Abmachung mit dem üblichen Handschlag besiegelten, hatte Fedder doch noch ein Anliegen.

»Was ist es, was du gerne hättest, Fedder? Sag es nur frei heraus. Ist dir der Lohn zu gering? Wir können über alles verhandeln!«

»Nein, nein«, wehrte er sofort ab. »Ihr seid sehr großzügig, Frau Kerrin. Ihr bietet mir beinah das Doppelte, was ich bestenfalls in einer Fangsaison erwirtschaften könnte. Das ist es nicht!«

Es stellte sich heraus, dass Fedder Nickelsen ein sehr kluger und vorausschauender Mensch war.

»Was ist, wenn mir etwas zustoßen sollte? Dann steht Ihr allein da in der weißen Wildnis. Grönland, habe ich mir sagen lassen, ist nicht gerade das Paradies für eine einzelne Frau. Die Spur Eures Vaters kann uns leicht ins Landesinnere führen – wie wollt Ihr dann alleine mit dem nötigen Gepäck zur Küste gelangen, um ein Schiff zu finden, das Euch wieder in eine zivilisierte Gegend bringt, Meisterin?«

Kerrin musste zugeben, dass der junge Bursche, der sie so respektvoll anredete, wie die Seeleute sie einst als Schiffsärztin angesprochen hatten, absolut recht hatte mit seinem Einwand.

»Du bist ein kluger Kopf, Fedder. Was schlägst du also vor?«

»Wir müssen mindestens noch einen weiteren Mann finden, der einspringen kann, wenn ich aus irgendeinem Grund ausfallen sollte.«

»Das heißt also, du bist nach wie vor dabei?«, erkundigte sich Kerrin vorsichtshalber.

»Aber natürlich, Meisterin! Ich will mich auch umhören, ob ich einen geeigneten Kerl finde, den wir gebrauchen können.«

Kerrin Rolufsen vermochte ihr Glück kaum zu fassen. Das lief ja um vieles besser, als sie befürchtet hatte. So schwer konnte es doch gar nicht sein, noch ein weiteres Mal fündig zu werden.

Jetzt besaß sie auch den Mut, sich ihrem Oheim anzuvertrauen. Was sie plante, geschah nicht aus Übermut, sondern sollte einem hehren Zweck dienen. Also konnte Lorenz Brarens doch eigentlich gar nichts dagegen haben?

Zu Kerrins Überraschung verbot ihr ehemaliger Ziehvater Lorenz ihr keineswegs die abenteuerliche Reise auf jene nahezu unbekannte riesige Insel im hohen Norden. Gelassen hörte er seine Nichte an und machte sich vertraut mit ihrem Plan, wofür ihm Kerrin überaus dankbar war.

»Du bist eine beherzte und kluge junge Frau, Kerrin«, begann der Geistliche, nachdem sie ausgesprochen hatte. »Und du hast bereits Erfahrung. Sowohl mit der Seefahrt als auch mit den miserablen Gegebenheiten in Grönland. Wenn du glaubst, dich auf die Suche nach deinem Vater machen zu müssen, dann will ich es dir nicht verbieten, mein Kind.

Obwohl ich selbst den Sinn dieser tollkühnen Aktion bezweifle, meine ich doch, du solltest es wenigstens versuchen. Deine Gesichte, die du zuweilen hast, geben mir ehrlich gestanden zu denken – doch du wärest dein Leben lang unglücklich bei dem Gedanken, ihnen nicht nachgegangen zu sein!«

Sinnend schwieg Lorenz Brarens eine kleine Weile, und Kerrin wagte nicht, ihn zu stören. Sie konnte ihr Glück kaum fassen: Er hielt sie nicht für verrückt.

»Mein einziger Kritikpunkt bezieht sich auf deine mangelnde Begleitung, meine Liebe«, fuhr der Pastor schließlich fort. »Fedder ist ein gescheiter Bursche, dass er darauf dringt, sich nur darauf einzulassen, wenn ihr zu mehreren seid. Besser wären zwei Mann extra, aber ein zusätzlicher Begleiter mag euch zur Not auch genügen.

Ich will dich bei allen Vorbereitungen nach Kräften unterstützen, Kerrin. Ich selbst werde dir den zweiten Mann aussuchen, damit ich weiß, dass du im Notfall bei ihm gut aufgehoben sein wirst. Wenn du das akzeptierst, hast du mein Einverständnis und genießt meine volle Unterstützung – auch gegenüber unserer Familie, die sich vermutlich dagegen aussprechen wird.«

Kerrin, die ihrem Oheim vor Freude und Erleichterung um den Hals fiel – etwas, das sie seit Kindertagen nicht mehr getan hatte –, war selig. Für sie war Roluf Asmussen bereits so gut wie gerettet. Den Kampf mit Muhme Göntje würde sie erfolgreich ausfechten und auch der Ablehnung und dem möglichen Spott der Basen und Vettern glaubte sie souverän begegnen zu können. Eine große Erleichterung bedeutete auch das Angebot ihres Onkels, den zusätzlichen Begleiter auswählen zu wollen.

Gleich wollte Kerrin mit den Vorbereitungen beginnen. Es war an so vieles zu denken. Ein Commandeur musste gefunden werden, der sie und ihre zwei Mann Begleitung an Bord ließe; passende Bekleidung für sie selbst und die Männer musste besorgt werden. Dann waren Decken, Kissen, Zeltstangen, Planen, Öltuch, Trockennahrung, Schwefelhölzchen, Tee, wasserdichte Behälter, einigermaßen brauchbare Landkarten von Grönland, mindestens zwei Kompasse und – ganz wichtig – eine Menge an Medizin und sonstigen Heilmitteln mitzuführen. Unbehandelt konnten ein gewöhnlicher Husten oder eine kleine Schürfwunde sich zur Katastrophe auswachsen, wie sie als Heilerin und ehemalige Schiffsärztin nur zu gut wusste.

Außerdem durften sie nicht an Werkzeugen sparen. Beile, Hämmer, Schaufeln, Nägel, große und kleine Säge, Drahtspulen, Eimer, Angelzeug … Obwohl sie Letzteres, wie auch ein Boot, vor Ort erwerben konnten.

Unwillkürlich lebte in Kerrin die Erinnerung auf an den freundlichen Grönländer Kutikitok und seinen Großvater, den alten Schamanen Inukitsok, dem sie ihren exotischen Talisman, den aus Walrossbein geschnitzten *tupilak* verdankte.

Das Heidending werde ich auf jeden Fall mitnehmen, dachte Kerrin. Wer weiß, wozu es gut sein kann?

Alles lief prächtig. Als sie jedoch erfahren musste, wie sehr Fedder unter dem derben Spott seiner Seemannskameraden zu leiden hatte, war sie betroffen.

Sie lachten ihn schallend aus, dass er für »die Eingebungen eines völlig verrückt gewordenen Weibsbilds«, das obendrein verdächtig war, sich mit Vorliebe magischer Praktiken zu bedienen, seine Gesundheit, ja, sein Leben opfern oder zumindest aufs Spiel setzen wollte. »Sie muss dich verhext haben, dass du so einen Wahnsinn überhaupt jemals auch nur einen Augenblick lang ins Auge gefasst hast, Fedder!«

Das behauptete sogar sein bester Freund Drefs Brodersen von der Hallig Hooge; auch er ein Harpunier, der einst unter der Leitung Roluf Asmussens gearbeitet hatte.

»Wie wollt ihr beide ganz allein Grönland nach einem einzigen Mann absuchen?«, erkundigte sich Drefs und tippte sich dabei vielsagend an die Stirn. »Weißt du, wie riesengroß dieses verfluchte Land ist?«

Aber Fedder pflegte nur zu grinsen. »Lasst mich mal machen, Freunde«, sagte er und entzündete umständlich den Tabak, den er neuerdings zu rauchen pflegte, in einer teuren Meerschaumpfeife.

Unschwer gelang es ihm, die irritierte Kerrin zu überzeugen, dass er sich aus den Spötteleien der anderen Seeleute absolut nichts machte. »Ich lass' die Kerle reden. Was ausgemacht ist, gilt!«

Nachdem Fedder erfahren hatte, dass der allseits geachtete Inselpastor Brarens persönlich sich um eine weitere Begleitperson kümmern wollte, war auch er rundum zufrieden.

Etwas anderes bedrückte Kerrin jedoch in zunehmendem Maße. Je weiter die Zeit voranschritt und der *Piadersdai*, der Sankt-Peters-Tag, zu Anfang Februar 1706 wiederum näher rückte, der ihr die Abreise von Föhr ermöglichen würde, desto zögerlicher wurde sie.

Ihr Oheim, ein Mann von außerordentlicher Sensibilität, dem selten eine Gefühlsregung seiner Mitmenschen entging, sprach sie Mitte Januar direkt darauf an.

»Meine Liebe, was ist los? Seit dem Weihnachtsfest beobachte ich dich nun schon und muss zu meinem Bedauern feststellen, dass deine Laune immer trübsinniger wird. Wann habe ich dich das letzte Mal lachen gesehen? Selbst als ich dir mitteilte, dass ich einen passenden Begleiter für dich gefunden habe, entlockte dir das keineswegs irgendein Anzeichen von Freude.

Willst du mir nicht verraten, was dich bedrückt? Hast du es dir anders überlegt? Möchtest du die Grönlandreise absagen? Noch ist es nicht zu spät! Fedder Nickelsen wird es verstehen und mit einer anständigen Entschädigung, falls er nirgends mehr anheuern kann, zufrieden sein.«

»Nein, nein, Oheim! Natürlich will ich immer noch nach Grönland. Die Vorbereitungen sind nahezu abgeschlossen.«

»Was ist es dann, was dir Kummer bereitet? Ich ahne es bereits – möchte aber von dir selbst hören, ob ich mich irre oder nicht. Also: Was ist der Grund für deine gedrückte Stimmung, Kind?«

»Es ist Kaiken, Oheim!«, brach es aus der jungen Frau heraus. »Kann ich sie denn zurücklassen? Sie ist noch so klein … Und ich liebe sie so sehr.«

Monsieur Lorenz lächelte. »Ich habe es gewusst! Harres Kind liegt dir am Herzen. Es ist schön, dass du deine kleine Nichte so lieb hast. Aber sei versichert, ich persönlich werde ein Auge auf die Kleine haben. Ich habe bereits mit meiner Frau darüber gesprochen; Göntje ist bereit, das Mädchen während deiner Abwesenheit zu uns zu nehmen und es zu hüten wie einen ganz besonderen Schatz. Vergiss nicht: Immerhin ist Kaiken unser Fleisch und Blut!«

Kerrin blieb nur, sich über die Hand des Geistlichen zu beugen und sie dankbar zu küssen. »Mir fällt ein Stein vom Herzen, Oheim! Dennoch wird mir die Trennung nicht leichtfallen. Sie ist zwar gesund und kregel, aber doch ungemein zart und …«

»Keine Sorge, mein Kind, wir werden sie hegen und pflegen und alles tun, was nötig ist, um das Mädchen gesund zu erhalten, bis du zurückgekehrt bist. Schließlich ist es doch gleichgültig, wo Birte ihr die Brust gibt: im Pfarrhof oder im Commandeurshaus, nicht wahr?«

Das brachte Kerrin zum Lachen.

»Das ist wahr, Oheim. Was für ein glücklicher Zufall, dass unsere Magd beinah zur gleichen Zeit entbunden hat wie Antje Erkens und genug Milch für zwei Säuglinge hat.«

»Du siehst, unser Herr lässt die Seinen auch in Kleinigkeiten nicht im Stich.« Dabei schmunzelte der Pastor und rieb sich die Hände.

»Wollt Ihr mir immer noch nicht verraten, *wen* Ihr als zweiten Begleiter für mich ausgesucht habt, lieber Oheim? Bei der Abfahrt von Wyk in einigen Tagen werde ich ihn sowieso kennenlernen. Warum nicht heute schon? Es gäbe noch einiges zu besprechen und …«

»Ich kann dir versichern, mein Kind, es handelt sich bei ihm um einen sehr erfahrenen Seemann aus Amrum, der Grönland überdies aus eigener Anschauung kennt und dir und Fedder von großem Nutzen sein wird! Überdies ist sein Naturell ein ruhiges und friedfertiges – und er versteht und spricht sogar etwas Grönländisch! Du darfst mir vertrauen, dass du mit ihm sehr zufrieden sein wirst. Nur so viel sei verraten: Es handelt sich bei ihm um einen entfernten Verwandten!

Im Übrigen wirst du ihn nicht in Wyk an der Ablegestelle kennenlernen, sondern erst in Amsterdam. Er hat dort Verschiedenes zu erledigen und wird dich beim Hafenmeister erwarten, um das Abenteuer mit euch gemeinsam zu wagen; und überdies dir und Fedder behilflich sein, einen ordentlichen Kapitän zu finden, der bereit ist, Passagiere auf seinem Segler mitzunehmen – ohne dich allzu sehr übers Ohr zu hauen. Lass dich überraschen, mein Kind!«

Wieder einmal war Kerrin entzückt über die Fürsorge ihres Onkels, der wirklich an alles dachte. Was täte sie nur ohne diesen nicht mehr jungen Mann, dessen Anwesenheit für sie von Kindheit an so selbstverständlich war wie der alltägliche Sonnenaufgang?

»Lieber Vater im Himmel, segne Oheim Lorenz und lass ihn noch viele lange Jahre gesund unter uns weilen! Ich brauche ihn so sehr«, flüsterte sie, als sie spätabends endlich in ihrem Bett lag, das sie neuerdings mit ihrer kleinen Ziehtochter Kaiken teilte. Kerrin genoss es ungeheuer, das kleine Wesen atmen und Laute von sich geben zu hören, die sie an das Piepsen eines Vögelchens erinnerten. Wenn Kaiken weinte oder schrie, drückte sie das Kleine sachte an ihre Brust, um es durch ihren eigenen Herzschlag zu beruhigen …

»Was kann es Schöneres geben für eine Frau, als ihr Kind im Arm zu halten, es zu wärmen, zu beschützen, zu nähren?«, sagte sie sich des Öfteren leise vor. Dass ihr Letzteres nicht möglich war, machte sie mitunter etwas traurig; sogar Gefühle der Eifersucht – erst gegen Antje, dann gegen Birte – hatte sie zu überwinden gehabt.

Aber Kerrin war eine Frau von Vernunft, und diese Phase war schnell vorbei. Jetzt überwogen Erleichterung und Freude darüber, dass ihr dieses Geschenk ihres Bruders zuteilgeworden war.

»Ich komme bald wieder, mein Kleines«, flüsterte sie dem schlafenden kleinen Mädchen mit den rotblonden Löckchen ins Ohr, »und ich verspreche dir, ich werde dir deinen lieben Großvater mitbringen, hörst du?«

Sie küsste das Kind zärtlich auf die Stirn, ehe sie zu einem Schwur ansetzte:

»Bei allen Ober- und Unterirdischen schwöre ich, Kerrin Rolufsen, dich, meine geliebte Pflegetochter Kaiken Harresen, allzeit zu beschützen vor jedwedem Übel, soweit es in meiner Macht steht. Vor allem vor jenen Menschen, die danach streben, dir Böses zuzufügen.

Solange ich lebe, will ich dir den fernen Vater ersetzen, dein Schutz und Schirm sein und dich halten wie mein eigen Fleisch und Blut. Das schwöre ich bei Gott, dem Herrn, sowie meiner ewigen Seligkeit!«

NEUN

TROTZ FLEISSIGEN BRIEFWECHSELS mit der Herzogin hatte Kerrin es wohlweislich – und ohne schlechtes Gewissen – unterlassen, ihre Freundin von ihrem riskanten Plan zu unterrichten. Dass sie vorhatte, ihren Vater in Grönland ausfindig zu machen – oder zumindest sein Schicksal aufzuklären –, sollte Oheim Lorenz Frau Hedwig Sophie erst dann mitteilen, wenn sie ihre Fahrt längst angetreten hätte.

So gab es vorerst auch keinen schriftlichen Abschied von der Herzogin. Kerrin befürchtete nicht ganz zu Unrecht, Hedwig Sophie werde alles in ihrer Macht Stehende unternehmen, um sie von dieser vermeintlichen Torheit abzubringen. Kerrin wollte es sich und der edlen Frau ersparen, eine Debatte zu führen, deren Ausgang für sie längst feststand.

»Ich habe alles in meinem letzten Brief niedergeschrieben, Oheim! Seid so gut und schickt ihn nach Gottorf, sobald ich Föhr verlassen habe. Ich hoffe sehr, die Herzogin kann mir verzeihen!«

Endlich war der bewusste Tag, der so vieles ändern konnte, gekommen. Bereits im Morgengrauen ließ Pastor Brarens seine Nichte mit ihrem Begleiter und Beschützer Fedder Nickelsen in seiner eigenen Kutsche zum Wyker Hafen bringen, wo beide mit umfangreichem Gepäck das Schmackschiff besteigen sollten, das sie, zusammen mit den übrigen Föhrer Seeleuten, die bis zum Herbst auf Walfang gingen, nach Amsterdam bringen sollte.

Im letzten Augenblick war Kerrin noch eingefallen, dass sie beinahe das Wichtigste vergessen hätte: Ihre Lappdose nämlich, eine Kiste, bis zum Rande angefüllt mit allerlei Arznei, verschiedenen Teesorten, Salben, Bandagen, Pflastern, Schröpfgläsern, Pinzetten, Nähgarn und Nähnadeln, Zangen und etlichen anderen nützlichen Dingen.

»Es wäre eine schlimme Überraschung gewesen, wenn ich erst in Amsterdam festgestellt hätte, dass meine gesamte Ausrüstung als Schiffsmedica fehlt!«, gestand sie Fedder, nachdem sie in Wyk an Bord des Schmackschiffes gegangen waren.

»Gewiss wäre das medizinische Instrumentarium in Holland zu kaufen gewesen – aber die ganzen anderen Sachen? Ich verlasse mich lieber auf die Pillen und Salben, die ich selbst hergestellt und auf die Heiltees, deren Kräuter ich persönlich gesammelt, gereinigt, getrocknet und gemischt habe!«

Fedder musste lachen. »Ja, das glaube ich Euch gern, Herrin!«

Da bat Kerrin ihn, sie nicht weiter in dieser Weise anzusprechen: »Ich bin nicht deine Herrin und du nicht mein Knecht, Fedder Nickelsen! Wir sind auf dieser Reise gleichberechtigt und genauso aufeinander angewiesen, wie es die Besatzungen zweier Walfangschiffe sind, die miteinander Mackerschaft geschlossen haben, nicht wahr?«

»Soll mir recht sein, Frau Kerrin«, gab Fedder nach einer kurzen Bedenkpause nach. Er bestand jedoch darauf, sie zwar zu duzen, jedoch das respektvolle »Frau« vor ihren Namen zu setzen.

Gut so, ganz vernünftig, dachte Kerrin, das zeigt allen, dass wir eine Geschäftsbeziehung pflegen und keineswegs ein Paar sind.

Da Kerrin dieses Mal nicht als Teil einer Schiffsbesatzung auf dem kleinen Küstensegler mitfuhr, sondern als zahlender Passagier, ließen die Matrosen sie auch mit ihrem Spott in Ruhe; dafür hatte Fedder sich allerlei höhnische Bemerkungen anzuhören.

Ob er auch schon angesteckt sei von dem Gespensterwahn, wollten sie wissen, und ob er tatsächlich glaube, man könne einen Mann nach so langer Zeit noch lebend auf Grönland finden?

»Du jagst einem Spuk hinterher, Fedder! Falls Commandeur Asmussen überlebt hätte, wäre er längst über Holland wieder heimgekehrt! Ich prophezeie dir, dass du es noch bitter bereuen wirst, dich mit Kerrin Rolufsen auf diese verrückte Spökenkiekerei eingelassen zu haben!«, sagte sein bester Freund Drefs Brodersen. »Und das sage ich dir, obwohl mein Weib Ingke Kerrins Muhme ist!«

»Glaubt, was ihr wollt, Leute«, meinte der junge Seemann seelenruhig, »und lasst mich machen, was ich will!«

Ehe der Streit eskalieren konnte, griff der Kapitän ein.

Streng untersagte er den Matrosen, den zahlenden Passagier künftig zu belästigen.

Die holländische Hafenstadt Amsterdam erreichte man zum Glück ohne größere Probleme. Dass der Seegang aufgrund einer steifen Brise ziemlich heftig ausfiel, damit kamen alle zurecht. Niemand war ein Neuling auf See.

Kaum an Land, steuerte Kerrin das Hafenamt an, um dort nach dem von Pastor Brarens engagierten Begleiter zu fragen. Doch zu ihrer Überraschung wusste man dort von überhaupt nichts.

Man verwies sie an den Wasserschout, die holländische Seefahrtsbehörde. Vielleicht könnten die etwas dazu äußern? Aber auch dieser Versuch endete ergebnislos. Wie es aussah, würde es also nichts werden mit dem zweiten Mann.

Kaum hatte Kerrin die anfängliche Enttäuschung überwunden, ging ihr ein weiteres Problem auf: Sie hatten jetzt niemanden, der ihnen helfen konnte, ein geeignetes Schiff unter all den mehr oder weniger stolzen Seglern, die im Hafen von Amsterdam vor Anker lagen, zu finden.

»Da wir beide jeglicher Erfahrung entbehren, kann es gut möglich sein, Frau Kerrin, dass wir einem Halsabschneider in die Hände fallen, was den Preis für die Überfahrt anbelangt«, unkte Fedder trübsinnig.

»Mal den Teufel nicht an die Wand, Fedder!«

Um Geld zu sparen, war Kerrin zu dem Entschluss gekommen, auf dem Walfänger, auf dem man sie und Fedder mitnähme, ihre medizinischen Dienste als zusätzlicher Schiffsmedicus anzubieten. Ihre Lappdose hatte sie gottlob mitgenommen …

Fedder fand die Idee großartig.

»Wer weiß, Frau Kerrin, wie viel Geld wir in Grönland noch

loswerden? Viele der Eingeborenen wissen inzwischen wahrscheinlich auch den Wert des Geldes zu schätzen. Umsonst werden uns die wenigsten bei unserer Suche behilflich sein. Da wäre es ganz gut, wenigstens bei der Schiffspassage einiges einzusparen.«

Der junge Mann war gespannt, wie schwierig es sich gestalten werde, einen geeigneten Commandeur zu finden, der bereit war, sie mit an Bord zu nehmen. Insgeheim rechnete er damit, dass Kerrin bequemlichkeitshalber ihm die Suche übertragen werde.

Umso überraschter war er, als ihm klar wurde, dass Kerrin längst schon einen weiteren Plan geschmiedet hatte, wie die Sache am effektivsten zu handhaben sei.

So lernte er Madame van Halen kennen, die beinahe Kerrins Stiefmutter geworden wäre. Mijnfrou Beatrix, jetzt Ende dreißig, eine ebenso reizende wie vermögende Dame, vergoss Freudentränen, als sie Kerrin erkannte, die so unverhofft vor der Haustür ihres stattlichen Wohnhauses an der Prinsengracht stand.

Nie hätte sie damit gerechnet, noch einmal in ihrem Leben etwas von der jungen Frau zu hören, nachdem der Commandeur auf so tragische Weise verschollen war. Kerrins innere Distanziertheit hatte sie damals sehr wohl gespürt … Aber da war Kerrin noch ein junges Mädchen gewesen und hatte auch das Alter der holländischen Witwe um einiges höher geschätzt.

»Selbstverständlich werde ich meine Beziehungen spielen lassen, meine Liebe! Ich werde dir mit Freuden behilflich sein, den besten Commandeur, den es gibt, zu finden, Kerrin!«

Nachdem Madame Beatrix gehört hatte, dass die beiden unterwegs waren, um ihren geliebten Roluf Asmussen zu suchen, hätte sie gern noch viel mehr getan.

»Kann ich dir mit Geld unter die Arme greifen, mein Kind?«, fragte sie mehrere Male. »Um Roluf wiederzufinden, bin ich zu jedem Opfer bereit!«

Aber dieses freundliche Angebot vermochte Kerrin guten Gewissens abzulehnen.

»An Geld mangelt es mir nicht, Mijnfrou, aber mir fehlen die Beziehungen, um einen vertrauenswürdigen Kapitän aufzutun!«

»Das lass nur meine Sorge sein! Gleich morgen will ich meine Fühler ausstrecken. Ich wette, in ein paar Tagen ist dein Problem gelöst. Bis dahin seid ihr, du und dein netter Begleiter, natürlich meine Gäste!«

Anstandshalber wehrte Kerrin das Angebot ab, im Haus der liebenswürdigen Dame zu übernachten. Beatrix van Halen ließ jedoch keine Widerrede gelten. »Ihr würdet zurzeit gar kein Quartier in Amsterdam finden – alle sind überfüllt mit Commandeuren, Kapitänen und höheren Seeoffizieren, die sich einige Tage in der Stadt aufhalten, ehe sie an Bord gehen und ablegen.«

Kerrin legte keinen Wert darauf, in irgendeiner Kaschemme, die vielleicht noch Zimmer frei hatte, ihr müdes Haupt auf ein schmuddeliges Kissen zu betten. So nahm sie gern die Einladung jener Frau an, die ihr Vater ihr vor Jahren als seine Braut vorgestellt hatte.

Am Vormittag des übernächsten Tages bereits kam Mijnfrou Beatrix mit der Freudenbotschaft an, sie habe einen Commandeur, einen äußerst liebenswürdigen und vor allem kundigen Fahrensmann, gefunden.

»Er kannte meinen verstorbenen Mann schon seit seiner Jugend, und auch mir ist er seit Jahren ein verlässlicher und treuer Freund. Sein Name ist Knut Johannsen, und sein Schiff ist die *Seeadler III*. Er erwartet euch morgen früh mit Sack und Pack an der Pier zwei.«

Das war also auch geschafft!

Kerrin war Beatrix van Halen sehr dankbar, und sie versprach, ihr umgehend Bescheid zu geben, sobald sie Näheres über den Verbleib ihres Vaters herausgefunden hätte.

Das Einzige, was bisher tatsächlich nicht geklappt hatte, war das vereinbarte Treffen mit dem von Oheim Lorenz beschafften Begleiter. Kerrin ging jedoch ziemlich gleichgültig darüber hinweg.

»Du wirst sehen, Fedder, wir brauchen gar keinen zweiten Mann. Wir schaffen das spielend alleine!«

Fedder, der ihre Euphorie nicht durch kleinliche Kritik beeinträchtigen wollte, war jedoch nicht sehr glücklich über die Aussicht, dieses Abenteuer nur mit Kerrin an seiner Seite anzugehen. Aber was sollte er machen? Wieder umzukehren – darauf würde sich Kerrin niemals einlassen.

Vielleicht kannte ja Commandeur Knut Johannsen einen tüchtigen Mann, der bereit war, sie zu begleiten? Aber die Skepsis blieb.

Während Kerrin vor freudiger Erregung kaum ein Auge zutat, in dieser für längere Zeit letzten Nacht an Land, fand auch Fedder Nickelsen keinen Schlaf. Plagten ihn doch wahre Horrorszenarien, die wahr werden konnten, falls ihm etwas Schlimmes zustieße und Kerrin allein in der weißen Wildnis zurückbliebe …

So waren beide froh, als der Morgen endlich graute.

Ziemlich schweigsam nahmen sie, zusammen mit Beatrix van Halen, die Frühmahlzeit ein, die nicht wie auf Föhr aus Haferbrei oder Gerstengrütze und einem Becher Schafsmilch bestand, sondern aus weißem Brot mit frischer Butter, einem Fruchtaufstrich aus süßen roten Beeren und gebratenen Eiern mit Speck und Käse. Dazu gab es für jeden ein Glas Wasser und Wein, so viel man wollte.

Fedder lobte die Mahlzeit über den grünen Klee, während Kerrin so tat, als wäre es für sie selbstverständlich, bereits nach dem Aufstehen so üppig zu speisen. In Wahrheit kannte sie derlei Luxus nur von ihrer Zeit, die sie zusammen mit Herzogin Hedwig Sophie am königlichen Hof in Stockholm verbracht hatte. Dass in den Städten auch normale Bürger so komfortabel lebten, war ihr neu.

Insgeheim war sie begeistert. Auf einmal erschien ihr die Tugend der Sparsamkeit, die sie von klein auf von Muhme Göntje fraglos übernommen und bisher immer für angemessen befunden hatte, unpassend und kleinlich. Gerade was das Essen anbetraf, lebte man im Commandeurshof äußerst bescheiden. Die Küche unterschied sich in nichts – höchstens in der Menge – von der Verpflegung der Inselarmen. Ob es sich dabei um echte Bescheidenheit handelte, oder ob die friesischen Frauen von der Zubereitung wirklich guten Essens keine Ahnung hatten, konnte Kerrin nicht sagen.

Sie nahm sich vor, nach ihrer Rückkehr für mehr Abwechslung im Speiseplan zu sorgen, schon ihrem Vater zuliebe. Es kam ihr überhaupt nicht in den Sinn, am Erfolg ihrer Expedition zu zweifeln.

ZEHN

»Wo der Pastor nur wieder bleibt?«

Auch nach fünfundzwanzig Jahren Ehe brachte es Göntje nicht über sich, ihren Mann vor den Dienstboten und anderen Leuten mit seinem Vornamen zu benennen. Anfangs hatte sie ihn sogar, selbst wenn sie allein waren, mit »Pastor« oder gar »Herr« angesprochen – aber diesen Unfug hatte er ihr schnellstens ausgetrieben.

Die Magd Birte, derzeit Amme der kleinen Kaiken, setzte sich zur Wehr, als Göntjes vorwurfsvoller Blick sie traf.

»Ich habe ihn schon dreimal durch die Tür seines Studierzimmers hindurch zum Essen gerufen, Frau Pastorin! Aber der geistliche Herr hat mir nicht einmal geantwortet.«

Mit einem Seufzer erhob sich die Hausfrau. »Ich werde lieber selber nach ihm schauen! Neuerdings ist er so sehr in Gedanken versunken, dass er sogar aufs Abendessen vergisst.«

Als Göntje das Zimmer ihres Mannes betrat – sogar auf ihr Klopfen hatte er nicht reagiert –, erschrak sie im ersten Augenblick. Lorenz Brarens, wie üblich zu Hause nicht als Priester gewandet, sondern wie ein Bauer in einfachem Leinenhemd und ausgebeulten braunen Wollhosen, kauerte gebeugt in seinem Sessel und starrte zum Fenster hinaus, in Richtung Friedhof, dessen Gelände sich rund um die Sankt-Johannis-Kirche ausdehnte.

»Die Kirchgemeinde ist in den letzten Jahren ganz ordentlich gewachsen, was immer ein gutes Zeichen ist«, murmelte der Pastor, ohne seine Frau anzusehen. »Wenn die Familien größer werden, spricht das dafür, dass es ihnen wirtschaftlich besser geht und sie sich wohlfühlen. Und dass die Heilkunst Fortschritte macht. Und das tut sie – nicht zuletzt dank unserer Kerrin!«

»Wirklich sehr schön, Lorenz! Umso mehr ist es zu bedauern, dass unsere Nichte Föhr verlassen hat und sich stattdessen lieber weiß Gott wo herumtreibt!«

Der Geistliche drehte sich zu Göntje um und betrachtete sie, als sähe er sie zum ersten Mal.

92

»Aber Frau«, begann er und klang leicht überdrüssig, »wir wissen doch, was sie antreibt und warum sie es tut!«

»Ja, ein Hirngespinst hat ihr den Gedanken eingegeben – und ein gewisser Pastor hat ihrem verrückten Plan zugestimmt. Was hast du da in der Hand, Lorenz?«, lenkte sie dann ab.

Brarens blickte auf das Schreiben nieder. »Es ist ein Brief der Herzogin.«

»So? Was schreibt Frau Hedwig Sophie denn?«

In ihrer Neugier vergaß Göntje im Nu, dass sie ihren Mann eigentlich zum Essen hatte holen wollen. Die charmanten Plaudereien über höfische Belanglosigkeiten, amüsante Intrigen und witzige Bosheiten, die vom Gottorfer Hof auf die Insel Föhr gelangten, entzückten die Pastorin und ihre Freundinnen, an die diese Neuigkeiten natürlich weitergegeben wurden, jedes Mal aufs Höchste.

»Unter den Höflingen, die der Frau Herzogin beratend zur Seite stehen, scheint es Uneinigkeiten, ja, ernsthaften Zwist zu geben.«

»Ha! Diese vornehmen Herren und ihre Eitelkeiten! Die Herzogin könnte einen Mann, wie Ihr es seid, Lorenz Brarens, an ihrer Seite gebrauchen. Da wüsste sie wenigstens, dass sie weder einem Unwürdigen noch einem Dummkopf ihr Vertrauen schenkt. Selbst ihr Gemahl, der verstorbene Herzog Friedrich IV., hat auf Euch gehört!«

Aus lauter Hochachtung für seine Qualitäten unterließ es die Pastorin, ihren Mann weiterhin zu duzen.

Jetzt oder nie, dachte dieser. Eine bessere Gelegenheit, seiner Frau den Wunsch der Herzogin schmackhaft zu machen, würde es nicht mehr geben.

»Wie recht du hast, ma chère! Denk dir nur, Ihre Durchlaucht ist der gleichen Meinung wie du! Sie bittet mich da-

93

her, so bald wie möglich am Hof zu erscheinen und Frieden zu stiften zwischen den verfeindeten Parteien. Hedwig Sophie erträgt den Streit nicht länger.

Ihrer Durchlaucht Wunsch ist mir natürlich Befehl, nicht wahr? So bitte ich dich ganz herzlich, Göntje, mir beim Packen meiner Habseligkeiten behilflich zu sein.«

»Was?«, stotterte Göntje. Die arme Pastorenfrau war vollkommen durcheinander. »So habe ich das doch nicht gem…« Sie verstummte. Was sie meinte oder nicht – darauf kam es vermutlich nicht an.

»Schön, dass man bei Hofe weiß, was man an dir hat, Lorenz! Und ich bleibe wieder einmal allein auf Föhr. Aber das ist schon gut so. Ich will ja gar nicht weg von hier. Fern von der Insel würde ich keine drei Tage überleben! Natürlich helfe ich dir bei den Reisevorbereitungen.«

Göntje nahm Platz in dem zweiten Sessel, der nahe der Tür stand, und begann bereits an den Fingern aufzuzählen, was ihrer Meinung nach für einen Berater der erlauchten Frau nötig war, um auf Schloss Gottorf eine gute Figur zu machen:

»Zwei schwarze Seidentalare, zwei Paar schwarze Schuhe, vier weiße Beffchen, zwei große und zwei kleinere Halskrausen aus weißer flandrischer Spitze, fünf Hemden …«

Göntje war nun beschäftigt und hatte daher keine Muße, sich darüber den Kopf zu zerbrechen, dass ihr Mann eine ganze Weile von Föhr, von der Familie und von ihr selbst weg sein würde. Lorenz Brarens hatte erreicht, was er wollte. Längst hörte er Göntje beim Aufzählen nicht mehr zu. So gerne er im Allgemeinen reiste, um wieder einmal neue Eindrücke zu sammeln, und ungeachtet der Zuneigung, die er der jungen verwitweten Regentin und ihrem kleinen Sohn entgegenbrachte, träte er dieses Mal die Fahrt mit keinem sehr guten Gefühl an.

Er war sich der Schwierigkeiten, mit denen er sich konfrontiert sähe, durchaus bewusst. Es ging keineswegs nur um kindisches Kompetenzgerangel zwischen eifersüchtigen Höflingen, sondern immerhin um die künftige politische Weichenstellung des kleinen Herzogtums.

Eine falsche Entscheidung konnte den Untergang bedeuten – so viel war dem Geistlichen klar. Noch war der Nordische Krieg nicht beendet. Der Konflikt ruhte lediglich eine Weile, lauerte jedoch nur auf einen neuen Funken, der Europas nördliche Reiche wiederum in Flammen setzte, wie ein Feuersturm über sie hinwegfegte – und schließlich die Karten der Macht erneut mischen und ganz neu verteilen würde.

Wie leicht konnte ein kleines Herzogtum zwischen den Mühlsteinen so bedeutender Kontrahenten wie Schweden, Russland und Dänemark zermalmt werden? Zudem spielten so gewichtige Staaten wie Frankreich und das Habsburger Reich mit – von den keinesfalls zu unterschätzenden Türken ganz abgesehen …

Es galt gut zu überlegen, wem man sich anschlösse, um am Ende nicht zu den Verlierern zu gehören und die Zeche bezahlen zu müssen. Lorenz Brarens kam zu dem Schluss, dass es wohl am klügsten wäre, Neutralität zu bewahren. Doch die Lage war ausgesprochen vertrackt: Die Herzogin war die Schwester des schwedischen Königs, der künftige Herzog ein halber Schwede und sein deutsches Herzogtum ein Lehen Dänemarks.

Der Pastor seufzte.

Obwohl Karl XII. von Schweden es geschafft hatte, August den Starken vom Königsthron in Polen zu stoßen und durch Stanislaus Leszyński zu ersetzen, einen jungen polnischen Adligen, der sich durch bescheidene Intelligenz, aber unerschütterliche Verbundenheit mit dem schwedischen König auszeichnete, bedeutete das noch keineswegs eine Garantie dafür, dass das kleine Schleswig-Holstein sich außer Gefahr befände.

Der Sieg über August bei Klissow im Jahr 1702 – wobei der Herzog von Holstein-Schleswig-Gottorf sein Leben verloren hatte – war nicht das Ende, sondern bloß der Anfang eines jahrelangen Krieges in Polen gewesen. Daran vermochte auch Karls spätere Einnahme von Krakau nichts zu ändern.

Wiederum stieß Pastor Brarens einen Seufzer aus. Jahr um Jahr häuften sich jetzt Schlachten und Erfolgsmeldungen, doch ein endgültiger Sieg schien nicht näher zu rücken. Im Gegenteil!

Inzwischen erreichte die friesischen Inseln Kunde von anderen Siegen, russischen an der Ostsee nämlich: Belagerung und Fall von Schlüsselburg, Eroberung des Flusses Newa in gesamter Länge, die Gründung einer neuen Stadt Zar Peters und eines Hafens an der Mündung der Newa in den Finnischen Meerbusen, die Zerstörung der schwedischen Flottillen auf dem Ladoga- und Peipus-See, die Verwüstung der schwedischen Kornkammer Livland und die Gefangennahme einer großen Anzahl schwedischer Untertanen.

Die Hilferufe der Bevölkerung in den baltischen Provinzen, Beschwörungen des schwedischen Parlaments, inständige Bitten der Generäle – und sogar das Flehen seiner älteren Schwester Hedwig Sophie untermauerten die nicht abreißende Folge schlechter Nachrichten.

Alle ersuchten König Karl, sein Engagement in Polen endlich zu beenden und schleunigst nach Norden aufzubrechen, um die baltischen Provinzen vor den Russen zu retten.

Wie hatte die Herzogin sich in ihrem Brief verärgert ausgedrückt? Lorenz Brarens suchte die betreffende Stelle. »Für Schweden sind die Vorkommnisse an der Ostsee um ein

Mehrfaches bedeutsamer als die Frage, wer auf dem polnischen Thron sitzt! Mein erlauchter Herr Bruder will sich jedoch darum nicht kümmern!«

Das sah der Pastor genauso. Für einen schwedischen König dürfte es nichts Wichtigeres geben als sein Land und seine schwedischen Untertanen. Er beschloss, seiner Frau gegenüber nichts davon verlauten zu lassen. Wozu die Gute damit belasten?

Weder Lorenz noch Göntje kehrten an diesem Tag zum Abendbrottisch zurück. Jeder war mit seinen ganz eigenen Aufgabenstellungen beschäftigt.

Wenn der Pastor gewusst hätte, welche unangenehmen Überraschungen auf Kerrin warteten, wäre er ungleich besorgter gewesen. Zum Glück wähnte er alles in trockenen Tüchern:

Matz Harmsen, ein Jugendfreund und entfernter Verwandter seiner Mutter aus Amrum, kinderloser Witwer und ehemaliger Commandeur mit beträchtlichem Vermögen, der sich vor Jahren zur Ruhe gesetzt hatte, um seine todkranke Frau zu pflegen, hatte ihm in die Hand versprochen, sich um Kerrin zu kümmern.

Nach ihm hatte Lorenz sogar seinen jüngsten Sohn getauft.

Wenn er daran dachte, welche Augen Kerrin machen würde, einen Verwandten vorzufinden, den sie zwar mit Sicherheit nicht mehr erkennen würde, von dem sie aber viele amüsante Geschichten kannte, musste er schmunzeln: Vetter Matz Harmsen hätte er jederzeit bedenkenlos sein eigenes Leben anvertraut.

ELF

DIE SEEADLER III war eine schmucke Zweimastbrigg, die stolz und behäbig im großzügig angelegten Hafengelände von Amsterdam lag.

Der Hafenmeister erwartete Kerrin und ihren Begleiter bereits, und ein junger Matrose, ein richtiges Milchgesicht, stand mit einem Handkarren für ihr umfangreiches Gepäck bereit. Der Kleine mit Namen Olaf, der behauptete, bereits vierzehn zu sein, obwohl man ihm höchstens zwölf Jahre und keinen Tag mehr zugebilligt hätte, blickte bedenklich drein, als seine Augen auf die Mengen an Gepäck fielen, die die neuen Passagiere an Bord geschafft sehen wollten.

»Du musst keinen Schrecken kriegen, min Jung«, beruhigte ihn Fedder sogleich. »Ich helfe dir beim Aufladen, damit du dir keinen Bruch hebst!«

Sie mussten eine hübsche Strecke im Hafen zurücklegen, bis sie endlich an Ort und Stelle waren, wo sie der Commandeur des Walfängers überaus freundlich in Empfang nahm.

Beatrix van Halen schien keineswegs übertrieben zu haben, als sie den Kapitän der *Seeadler III* so sehr gelobt hatte. Er machte den Eindruck eines echten Seebären, der schon lange durchs Nordmeer schipperte und sich mit Wind, Wellen und den Widrigkeiten launischer Witterung bestens auskannte.

Im Stillen beglückwünschte Kerrin sich zu der Bekanntschaft mit der adretten Witwe, der sie diesen liebenswürdigen Kapitän verdankten. Mittlerweile hegte sie keine Vorbehalte mehr gegen eine neue Ehe ihres Vaters; Hauptsache, Roluf Asmussen war glücklich.

Commandeur Johannsen ließ es sich auch nicht nehmen, sie und Fedder über sein Schiff zu führen und ihnen die wichtigsten Dinge zu zeigen.

»Mit Fug und Recht könnt Ihr stolz sein auf Euren Segler, Herr Johannsen! Ich bin sehr glücklich, dass Ihr mich und meinen Begleiter, Fedder Nickelsen – übrigens auch ein tüchtiger Seemann – auf Eurem Schiff mitnehmen wollt!«, sprach Kerrin ein wohlverdientes Lob aus.

»Wie Euch Mijnfrou van Halen sicher erzählt hat, bin auch ich kein Neuling in der Seefahrt mehr. Mein Vater nahm mich zweimal als Schiffsmedica mit! Ich habe auch jetzt meine gut gefüllte Lappdose dabei und biete Euch gern meine Dienste an, falls es gilt, erkrankte Seeleute zu versorgen!«

Davon allerdings wollte der Commandeur keinen Gebrauch machen. Eine Frau als zahlender Gast an Bord – das mochte seinethalben gerade noch angehen; aber dieses schöne junge Weib in direktem Kontakt mit seiner Mannschaft aus rauen Kerlen im besten Alter – davon würde er lieber Abstand nehmen.

»Ich weiß Euer freundliches Angebot zu schätzen, Fräulein Asmussen«, wand er sich elegant heraus, »aber das wird nicht nötig sein! Wir haben einen sehr erfahrenen und tüchtigen Meister an Bord, der die Mannschaft aufs Beste behandeln wird!«

Kerrin, die eigentlich gehofft hatte, dadurch einen Teil der fälligen Passage einzusparen, war ein wenig enttäuscht. Natürlich wünschte sie, dass die Männer bei guter Gesundheit blieben und keinerlei medizinische Hilfe benötigten – aber trotzdem hätte sie gerne gezeigt, was in ihr steckte.

Dass die Föhringer sich nur zu zweit nach Grönland wagen wollten, kam dem Commandeur ein wenig seltsam vor. Er nahm an, die junge Frau wüsste Bescheid, wo ihr Vater sich aufhielt.

Als er die Wahrheit erfuhr, verdüsterte sich seine Miene bedenklich. Da gestand Kerrin, dass ihr Oheim mit einem erfahrenen, ihr noch unbekannten Seemann vereinbart hatte, sich erst in Amsterdam im Hafen vor der Abreise zu treffen.

»Aber da war niemand – auch im Hafenamt wusste man von keinem, der auf mich gewartet hätte. Vielleicht hat er sich nur verspätet und kommt noch vor dem Ablegen der *Seeadler III*. Der Hafenmeister weiß jedenfalls Bescheid!«

Kerrin klang bemerkenswert sorglos, und der Kapitän hatte keineswegs im Sinn, der jungen Dame Angst einzujagen.

»Zu den jeweiligen Mahlzeiten seid Ihr und Euer Begleiter natürlich herzlich in die Offiziersmesse eingeladen«, ließ Knut Johannsen sie wissen, ehe er sich seiner Pflichten wegen verabschiedete und sie der Obhut seines Stellvertreters, Steuermann Jonas Paulsen, überließ.

Dem oblag es nun, Kerrin ihre winzige Kajüte anzuweisen, während für Fedder nur ein Schlafplatz mit Hängematte bei der Mannschaft vorgesehen war. Keiner der beiden fand daran etwas auszusetzen – schließlich wussten sie Bescheid, wie eng es auf Walfängern zuging.

Bei der *Seeadler III* handelte es sich um ein größeres, ziemlich verwinkelt gebautes Schiff mit etlichen sehr schmalen und steilen Niedergängen; es dauerte eine Weile, bis Kerrin vor ihrer Kajüte stand. Ihr Gepäck würde ein Matrose bringen.

Ehe sie das Quartier endlich betreten konnte, um ihre Sachen zu verstauen, widerfuhr ihr allerdings eine Begegnung, auf die sie liebend gerne verzichtet hätte.

Der Seemann, der vor ihr stand, war kein anderer als Boy Carstensen, der vor Jahren versucht hatte, ihr einigermaßen dreist auf den Leib zu rücken und, als er kein Glück bei ihr hatte, auch noch unverschämt geworden war.

Nur weil sie ihn energisch zurückgewiesen und ihm mit Repressalien ihres geistlichen Oheims und ihres Vaters gedroht hatte, war es ihr seinerzeit gelungen, den aufdringlichen Kerl, der sich für unwiderstehlich hielt, abzuwehren.

Noch einmal war sie ihm nahe gewesen; auch damit verbanden sich für Kerrin böse Erinnerungen: Ausgerechnet auf der Heimfahrt, als ihr Vater verschollen war, man ihn für tot erklärt und ihr selbst bittere Vorwürfe wegen der missglückten Walfangsaison gemacht hatte, stellte sich besonders ein Seemann vehement gegen sie: Boy Carstensen. Er war auf dem Schiff gewesen, das sie nach Holland brachte, und er hatte die Feindseligkeiten der Matrosen gegen sie zusätzlich angeheizt.

Und auch dieses Mal ließ er ihr keine Ruhe.

»Ach, sieh da! *Wat 'n tufaal!* Jetzt sag nur nicht, Kerrin, dass unser Commandeur dich als Schiffschirurg angeheuert hat! Das wäre ja ein Grund, auf der Stelle abzumustern.«

Kerrin, die im ersten Augenblick tatsächlich erschrocken war, würdigte ihn keiner Antwort, und Boy grinste hämisch.

»Ich werde meine Kameraden jedenfalls warnen, sich dir zu nähern; *bluat di tu sä, määnt, at ünlok berep!*«

»Ja, wirklich? Wenn du tatsächlich glaubst, dass mein Anblick schon genügt, um das Unglück herbeizurufen, dann ist es wohl am besten, du gehst mir aus dem Weg, Boy, und machst dich möglichst unsichtbar!«

Damit ließ sie ihn stehen, betrat ihre Kajüte und warf wütend die Tür hinter sich zu. Sie beschloss, ihm während der Überfahrt keinerlei Beachtung zu schenken.

Während der nächsten Viertelstunde richtete sie sich einigermaßen häuslich ein – wobei sie sich darüber freute, nicht unterhalb der Wasserlinie einquartiert zu sein, sondern über ein Bullauge zu verfügen, das ihr im Augenblick einen Blick auf die Hafenmole gewährte.

Am nächsten Tag sollte die *Seeadler III* nach einem an Bord

101

abgehaltenen Gottesdienst ablegen; bis zum Ende dieser Gebetsstunde nährte Fedder noch die schwache Hoffnung, der von Lorenz Brarens angekündigte zweite Mann werde noch im allerletzten Augenblick auftauchen – eine Hoffnung, die sich leider nicht erfüllte.

Eine böse Vorahnung zog durch Fedders Gemüt und verdüsterte es beträchtlich. Das beinah greifbare Gefühl großen kommenden Unheils, das vor allem ihn selbst beträfe, ohne dass er wusste, worum genau es sich drehte, ließ ihm kalte Schauer über den Rücken laufen.

ZWÖLF

WAREN DIE ERSTEN BEIDEN TAGE auf See noch ganz erträglich – zu dieser frühen Zeit im Jahr war in aller Regel mit allen möglichen Wetterkapriolen zu rechnen –, gestalteten sich die folgenden dagegen ausgesprochen unangenehm. Am dritten Tag drohte ein gewaltiges Unwetter.

An Deck wimmelte es von Matrosen, aber es herrschte keineswegs Chaos; jedermann wusste, was er zu tun hatte. Knut Johannsen ließ alles, was nicht niet- und nagelfest war, unter Deck schaffen beziehungsweise aufs Sorgfältigste vertäuen.

Die Segel wurden schleunigst gerefft, die Masten sicherheitshalber umgelegt. Sogar Fedder gestand, dass er einen solchen Sturm selten erlebt habe. Als er seine Hilfe anbot, nahm man sie widerspruchslos an; in solchen Situationen konnte man jede Hand gebrauchen.

Als man die Nordsee durchfahren hatte und sich auf Höhe der Orkneyinseln befand, begann das Unheil erst richtig. Kapitän und Steuermann fassten bereits eine riskante Anlandung im nahe gelegenen norwegischen Stavanger ins Auge, aber ein aus Osten kommender Orkan verhinderte es.

Aufgepeitschte Wogen, die den Segler hilflos hin und her taumeln ließen und alles überspülten, machten es kaum noch möglich, sich an Deck aufzuhalten. Dazu herrschte am hellen Tage bedrohliche Finsternis.

Auf der Höhe von Bergen war das Schiff dann vollkommen unmanövrierbar; die *Seeadler III* wurde unerbittlich nach Westen getrieben, in Richtung der Shetlandinseln.

Alarmrufe gellten durchs Schiff, die im Brüllen des Orkans kaum zu vernehmen waren und schleunigst alle Mann unter Deck beorderten. Ab jetzt befand man sich allein in Gottes Hand.

Fedder gelang es noch unter großen Mühen, den Schiffsjungen Olaf beim Kragen zu packen, als dieser drohte, durch eine haushohe Woge über Bord gespült zu werden. Er zerrte den Jungen, dem die Todesangst ins Gesicht geschrieben stand, in Kerrins Kajüte, wo sie sich zu dritt die nächsten Stunden über nicht vom Fleck rührten.

»*Hergood uun hemel, almächtigh Halper …*«, begann Kerrin nach einer Weile. Automatisch falteten auch Fedder und Olaf die Hände.

Weiß Gott, lange war es her, seit Kerrin dieses *Beed bi en Sturemflud*, das Gebet, das gegen Unwetter helfen sollte, gesprochen hatte. Dennoch kam es ihr jetzt wie selbstverständlich über die Lippen; auch ihre Kajütengenossen murmelten leise mit.

Alle drei kauerten auf dem Boden der winzigen Kajüte und fuhren verzweifelt fort mit dem aus alter Zeit stammenden Gebet, von dem die weisen Frauen auf Föhr behaupteten, damit habe man bereits zu Zeiten der altfriesischen Vorfahren

103

Gott Thor angerufen, sooft dieser gar zu heftig seinen Hammer geschwungen habe …

Gegen Ende mussten sie fast schreien, so sehr verschluckten der brüllende Sturm und die knarrenden und ächzenden Schiffsplanken jeden anderen Ton.

Anschließend verharrten sie, dicht aneinandergedrängt, am Boden hockend und hielten sich fortwährend an den Händen. Diese Berührung spendete ihnen, solange der Segler stampfte und rollte, etwas Beruhigung und ein klein wenig Trost. Zu sehen vermochten sie einander nicht – herrschte doch absolute Finsternis, nur hin und wieder durch grelle Blitze kurzzeitig aufgehellt.

Noch etliche Stunden dauerte das grässliche Unwetter an, ehe es im Nordmeer abrupt endete. Wie so häufig geschah der Wechsel von Inferno zu blauem Himmel und Sonnenschein beinah übergangslos. Nur ganz im Westen war bei genauem Hinhören noch leises Donnergrollen zu vernehmen.

Zum Glück war alles vorübergegangen, ohne besondere Schäden anzurichten – von Kleinigkeiten, die sich schnell reparieren ließen, abgesehen. Was jedermann befreit aufatmen ließ, war der glückliche Umstand, dass keine Menschen zu Schaden gekommen waren.

»Ich schätze, backbords haben wir die Färöer schon hinter uns gelassen und befinden uns steuerbords in Kürze auf Höhe von Trondheim«, meinte Fedder.

»Wenn du dich nicht irrst, bedeutet das, dass wir die halbe Strecke nach Jan Mayen bereits hinter uns haben«, freute sich Kerrin.

»Das wäre großartig! Von dort aus sollte es uns wohl nicht allzu schwerfallen, einen anderen Kapitän zu finden, der uns an die Ostküste Grönlands mitnimmt!«, bemerkte der junge Mann.

»Wie meinst du das?«, erkundigte Kerrin sich verblüfft. »Warum sollten wir auf einen anderen Segler wechseln?«

Jetzt war es an Fedder, sich gehörig zu wundern. »Ich dachte, Ihr wüsstet es schon, Frau Kerrin? Vor Beginn des Sturms habe ich Matrosen sagen hören, dass der Commandeur seine Route überraschend geändert hat und zum Walfang nicht Grönland, sondern Spitzbergen ansteuert. Das muss er Euch doch mitgeteilt haben!«

»Kein Wort hat Johannsen verlauten lassen! Das muss ein Irrtum sein. Ich werde gleich zu ihm gehen und mit ihm sprechen. Ich habe mich darauf verlassen, als es um das Ziel seiner Fahrt ging. Du warst doch auch dabei und bist Zeuge, genau wie Frau Beatrix van Halen.«

Tatsächlich hatte Knut Johannsen sein Ziel kurzfristig geändert. Und es war durchaus nicht sicher, ob so zeitig im Frühjahr auf Jan Mayen Schiffe vor Anker lägen, deren Kapitäne beabsichtigten, die grönländische Küste anzusteuern.

»Wenn wir großes Glück haben, ist ein einziger Segler da, Kapitän! Aber ob der uns an Bord nimmt, ist fraglich – außerdem würde ich mir gerne selbst den Commandeur aussuchen, dem ich mein Leben und das meines Begleiters anvertrauen möchte!«

Kerrin war immer noch außer sich, als sie zu Fedder zurückkehrte.

»Ja, die Auswahl wird nicht gerade groß sein«, pflichtete Fedder ihr bei. »Aber es wird Euch kaum gelungen sein, unseren Kapitän umzustimmen.«

»Da hast du recht, Fedder! Um ehrlich zu sein, war Knut Johannsen nicht gerade liebenswürdig zu mir. Er hat getan, als wäre es von Anfang an so abgemacht gewesen und Mjinfrou Beatrix habe ihn falsch verstanden … Ein ausgemachter Unsinn!

Als ich ihn damit konfrontierte, dass du die Seeleute darüber hast sprechen hören, dass er urplötzlich von seiner geplanten Route abweichen wolle, wurde er reichlich unwirsch.«

Kerrin glaubte auch den Grund zu kennen, weshalb Johannsen bestrebt war, sie möglichst bald von Bord zu haben. Als sie die Kajüte des Commandeurs betreten wollte, wäre sie nämlich um ein Haar mit Boy Carstensen zusammengestoßen, der offenbar eine Unterredung mit Johannsen gehabt hatte. Boy, als ein auf jedem Walfänger höchst angesehener Harpunier und damit einer der am besten entlohnten Seeleute, hatte in aller Regel einen guten Draht zu seinem Kapitän. Harpuniere waren die eigentlichen Helden des gefährlichen Walfangs. Sie riskierten in den kleinen schwankenden Booten Gesundheit und Leben, liefen Gefahr, von der riesigen Fluke eines Wals zerschmettert zu werden oder durch die im Fleisch des Tieres festsitzende Harpunenleine mitgerissen und unter eine Eisscholle gezogen zu werden, wenn der angeschossene Wal die Flucht ergriff.

In jeder Seefahrernation des hohen Nordens begegnete man den wagemutigen Männern, die sich nicht scheuten, mit den tonnenschweren Kolossen des Nordmeeres Auge in Auge zu kämpfen, mit dem allergrößten Respekt. Auch Kerrin verbeugte sich im Stillen ehrfürchtig vor ihnen – nur bei Boy Carstensen empfand sie nicht so.

Einst hatte er so getan, als liebe er die schöne Sissel Andresen. Die jedoch machte sich anfangs gar nichts aus ihm, sondern hatte ein Auge auf Kerrins Bruder geworfen, obwohl Harre mit seinen siebzehn Jahren ganze vier Jahre jünger als sie gewesen war.

Aber mit der Zeit – Harre hatte sein Herz bekanntlich einer doppelt so alten, verheirateten Seemannsfrau geschenkt –

hatte Sissel sich in Boy, der heftig um sie warb und ihr das Blaue vom Himmel versprach, unsterblich verliebt.

Ganz Föhr wusste damals, dass Boy Carstensen im Haus von Sissels Eltern ein und aus ging – sogar die Nächte sollte er bereits in Sissels *komer* verbracht haben, sodass Pastor Brarens mit dem baldigen Aufgebot der beiden rechnete.

Aber als Boy bald darauf genug von ihr hatte, ließ er sie schnöde stehen und machte anderen Mädchen zweifelhafte Avancen – unter anderem auch Kerrin.

Die Erinnerung daran ließ Kerrin noch heute vor Scham und Wut erröten. Sie hätte ihre Lappdose verwettet, dass der gewissenlose Kerl, den sie seinerzeit hatte abblitzen lassen, ihr die Zurückweisung nie verziehen hatte und dass er es war, der sie bei Commandeur Johannsen so sehr in Verruf gebracht hatte, dass der nur den einen Wunsch hatte: sie baldmöglichst loszuwerden!

Um ihre Vermutung zu verifizieren, schnappte sie sich den Schiffsjungen Olaf und begann, ihn geschickt auszufragen. Der arglose Junge rückte nach einigem Zögern mit der Wahrheit heraus.

»Boy Carstensen aus Föhr hat dem Commandeur berichtet, dass man sich auf Eurer Insel erzählt, Ihr wäret eine *Towersche*, vor der man sich in Acht nehmen müsste! Ihr verstellet Euch nur, indem Ihr vorgebt, eine Heilerin zu sein und den Kranken helfen zu wollen. In Wahrheit« – und jetzt sank Olafs Stimme zu einem Flüstern herab – »würdet Ihr den Leuten jedoch den Tod bringen!

Er sagte auch, Ihr hättet schon Hunderte von kleinen Kindern daran gehindert, lebend zur Welt zu kommen, weil Ihr ihre Mütter gegen deren Willen mit einer Teufelsmedizin dazu gebracht hättet, die Kleinen viel zu früh zu gebären!«

Kerrin schnappte nach Luft und wurde aschfahl. Das war ja geradezu ungeheuerlich! Olaf war jedoch noch keineswegs fertig.

»Als Herr Johannsen ihm sagte, Ihr hättet freiwillig angeboten, bei Bedarf die Seeleute auf seinem Schiff zu behandeln, lachte Harpunier Carstensen wie närrisch auf. Dann meinte er: ›Das habt Ihr hoffentlich abgelehnt, Herr Commandeur! Andernfalls bedeutete das den Tod für viele brave Matrosen!‹«

Kerrin fühlte sich am Boden zerstört. Wie gemein konnte ein rachsüchtiger Mensch eigentlich sein? Und es gab keine Möglichkeit, sich gegen diese Anschuldigungen zur Wehr zu setzen!

In der nächsten Nacht, die sie erneut weitgehend schlaflos verbrachte, fiel ihr wieder ihr *tupilak* ein, jener Talisman, den ein alter Eskimoschamane ihr einst zum Geschenk gemacht hatte. Wohlweislich hatte sie ihn mitgenommen in jenes Land, aus dem er stammte – und auf dessen Boden er vermutlich auch die stärkste Wirkung zu erzielen vermochte.

Aber auch hier – noch weit weg von Grönland – würde er seinen Zweck erfüllen! Als der Schiffsjunge fort war, begann sie in ihren Sachen zu wühlen. Zuunterst in einem Beutel fand sie das aus Walrossbein geschnitzte kleine Ungeheuer, das angeblich über gewaltige Zauberkräfte verfügen und imstande sein sollte, ihren Feind zu besiegen.

Sie hielt das merkwürdige Mischwesen aus Bär, Mann und Fisch in ihrer Hand und betrachtete es sinnend. Im Laufe der Jahre war das gelblich weiße Elfenbein ein klein wenig nachgedunkelt. Sollte sie ihn wirklich gegen Boy Carstensen einsetzen?

Seltsam entrückt war sie auf einmal. Wie in Trance fühlte sie sich zurückversetzt nach Kalaallit, wie die Einheimischen Grönland nannten, zu dem alten Schamanen, der sie in sei-

nem Boot mitgenommen und ihr diesen mächtigen Schutzgeist als Geschenk überlassen hatte.

Gleichzeitig hatte der alte Mann – Inukitsok war sein
Name – sie davor gewarnt, ihren *tupilak* mit Namen *Kora Tukuta* leichtfertig zu verwenden, denn es war möglich, dass dieser, darüber erzürnt, sich gegen sie selbst erheben könnte.

»Prüfe deine Beweggründe genau – und sobald du sicher
bist, dass deine Rachegefühle nur gekränktem Stolz zu verdanken sind und dass es dir möglich ist, das Unheil durch eigene Anstrengungen abzuwenden, bemühe deinen Schutz-
zauber auf keinen Fall!«

Kerrin fuhr auf, als hätte sie in tiefem Schlaf gelegen, hielt
jedoch das Amulett fest in ihrer Hand. Sie verspürte dessen
seltsame Wärme, die durch ihren Arm strömte und von da aus
durch ihren gesamten Körper, noch immer. Auf einmal fühlte
sie sich kraftvoll und überlegen.

»Ich bin stark und mutig – und nicht allein! Fedder und ich,
wir werden schaffen, was wir uns vorgenommen haben, ungeachtet der Missgunst übelwollender Menschen.«

Sie wickelte den zauberkräftigen Gegenstand in das Tuch
ein und versenkte ihn erneut in dem Stoffbeutel. Weshalb
sollte sie niemanden finden, der sie mitnahm nach Grönland?
Ein absurder Gedanke – vor allem, da sie bereit war, gut dafür zu bezahlen.

DREIZEHN

DIE WETTERLAGE HATTE SICH entscheidend gebessert; dennoch kam man auf der *Seeadler III* nicht zur Ruhe. Bereits am
nächsten Tag nach dem schweren Gewittersturm klagte die

halbe Mannschaft über diffuse Beschwerden, die der durchaus erfahrene Schiffsmedicus nicht einzuordnen und noch weniger zu behandeln wusste.

»Die Merkmale der Erkrankung wollen nicht zusammenpassen«, ließ Fedder Kerrin wissen. »Die Seeleute verspüren ein seltsames Gefühl von Hitze; auch ihr Kopf fühlt sich angeblich heiß an, der Puls klopft viel zu schnell – und dennoch haben sie kein Fieber. Die Männer klagen über Durst; aber sobald sie trinken, wird das Verlangen nach Wasser immer noch stärker.

Einer der Matrosen soll gesagt haben, es sei, als ob er innerlich verbrenne! Ferner finden sie, trotz großer Schlappheit, keinen Schlaf.«

»Das klingt in der Tat sehr sonderbar!«

Kerrin war ratlos. Ohne mehr über die Einzelheiten der Krankheit zu wissen, war auch sie außerstande, ein Gegenmittel zu empfehlen. Aber man zog sie selbstverständlich nicht zurate – und es fiel ihr auch nicht ein, sich aufzudrängen, zumal das Verhalten der Seeleute ihr gegenüber zunehmend abweisend, ja, geradezu feindselig wurde.

Es fehlt nur noch, dass sie mir die Schuld an der Erkrankung ihrer Kameraden geben, dachte Kerrin niedergeschlagen.

Meistens beschränkte sie sich darauf, in ihrer engen Kajüte zu bleiben, aus dem Bullauge hinauszuspähen und den Himmel und die Wellen zu beobachten.

Nur zu den Mahlzeiten erschien sie in der Messe, verließ diese aber sofort wieder, nachdem der letzte Bissen verspeist war. Nicht einmal der Commandeur besaß die Höflichkeit, mit ihr auch nur ein einziges Wort zu wechseln: Man übersah sie einfach.

Auch gut! Kerrin zuckte die Achseln – und hoffte im Übrigen darauf, möglichst bald die Insel Jan Mayen zu erreichen. Zum Glück ließ ihr Begleiter sich nicht von der allgemeinen Ächtung anstecken; nach wie vor war Fedder zuvorkommend und freundlich – obwohl er sich von den Seeleuten einiges anhören musste.

Aber Fedder Nickelsen verzog nur lächelnd die Mundwinkel und sagte ihnen, er habe noch nie irgendwelche sündigen Machenschaften von Kerrin Rolufsen bemerkt. Und außerdem wüsste er sich gewiss zur Wehr zu setzen …

Auch er wünschte sich unter diesen Umständen nichts sehnlicher als die Ankunft auf Jan Mayen. Er war noch nie auf der sich aus dem Nördlichen Eismeer erhebenden Insel gewesen.

Was er bis jetzt über sie gehört hatte, klang zwar wenig vertrauenerweckend, aber alles erschien ihm besser als ihre gegenwärtige Situation.

Wie unerfreulich die Stimmung auf dem Schiff war, zeigte sich in einer wüsten Massenschlägerei unter den einfachen Matrosen. Später wusste niemand mehr genau zu sagen, weshalb es überhaupt zu diesem unerklärlichen Ausbruch von Gewalt gekommen war. Als der Steuermann dem Commandeur von der tätlichen Auseinandersetzung der Männer unter Deck berichtete, war bereits wieder alles unter Kontrolle. Dennoch verlangte Knut Johannsen völlige Aufklärung des vollkommen unakzeptablen Vorfalls.

Es war ehernes Gesetz an Bord, dass es niemals körperliche Auseinandersetzungen geben durfte. Auf dem Schiff musste unbedingt Friede herrschen – war man auf See doch aufeinander angewiesen. Kameradschaft war zwingend notwendig.

Jeder der an der Prügelei beteiligten Matrosen wurde zu einer saftigen Geldbuße vergattert, zu zahlen in die allgemeine Seemannskasse an Bord. Die drei Hauptträdelsführer sperrte

111

man, mit Stricken gebunden, auf unbestimmte Zeit in den Kielraum, ganz unten im finsteren stinkenden Schiffsbauch, wo es vom Bilgenwasser immer feucht war und von Ratten wimmelte …

Sollte der Kapitän nicht Milde walten lassen, bedeutete dies für sie nicht weniger als den Verlust eines gesamten Jahresverdienstes. Außerdem gäbe es einen vernichtenden Eintrag in der Heuerkladde, sodass jeder künftige Kapitän, bei dem sie anheuern wollten, vor ihnen als üble Schläger gewarnt wäre.

Ende März, im unergründlich tiefen Nördlichen Eismeer, sichtete man endlich eine düstere Erhebung, die Insel Jan Mayen.

Kerrin hielt es nun nicht mehr in ihrer Kajüte. Sie ging an Deck und versuchte, neben den anderen an der Reling stehend und durch dichten Nebel spähend, das Eiland zu entdecken.

»Ein seltsamer Name für eine Insel, woher kommt er?«, wandte sie sich an den neben ihr stehenden Bootsmann.

»Das ist eine etwas verworrene Geschichte«, bequemte der sich zu antworten.

»Ach ja? Ich mag solche Geschichten, Bootsmann; sind sie doch meistens recht spannend!«

Der Seemann, dem Kerrin eigentlich ganz gut gefiel – dass sie eine Hexe sein sollte, konnte er nicht so recht glauben –, erzählte also, was er über die Namensgebung Jan Mayens wusste; und zwar so laut, dass jedermann mithören konnte.

»Als Erste haben wohl die Wikinger die Insel entdeckt – der ewig rauchende Vulkan Beerenberg wird sie aufmerksam gemacht haben. Aber wie sie die Insel genannt haben, ist nicht überliefert. Danach herrschte jahrhundertelang Ruhe, bis ein gewisser Henry Hudson am Anfang des 17. Jahrhunderts die Insel neu entdeckte. Er nannte sie Hudson's Touches.

Englische Walfänger, die Anfang des 17. Jahrhunderts auf die Insel stießen, gaben ihr hingegen den Namen Trinity Island, also Dreifaltigkeitsinsel, und kurz darauf taufte sie der französische Walfänger Jean Vrolicq um in Île de Richelieu.«

Der Bootsmann machte eine Pause und schaute sich selbstgefällig um.

»Und woher stammt dann der Name Jan Mayen?«, erkundigte sich Kerrin ungeduldig.

»Den heutigen Namen erhielt die Insel nach dem holländischen Walfänger Jan Jacobsz May, der sie im Sommer 1614 ansteuerte.«

Das hatten sogar die meisten anderen Seeleute noch nicht gewusst. Nur eines war allen bekannt: dass man beim Anlegen höllisch aufpassen musste, weil man auf dem kargen Eiland in aller Regel miserable Sicht hatte, wegen des aus dem Krater des riesigen Beerenberges ausgestoßenen vulkanischen Pulverstaubs und des beinah ganzjährig vorherrschenden Nebels.

»Weiß man eigentlich den Grund für den Dauernebel?«, wollte Kerrin nun noch wissen. »Auf Föhr haben wir auch oft schlechte Sicht wegen dichten Nebels; vor allem im Herbst und im Frühjahr. Aber der Wind verbläst ihn für gewöhnlich schnell, und es herrscht wieder Sonnenschein. Und an Wind scheint es hier ja auch kaum zu mangeln!« Sie bemühte sich, das Tuch, das sie um Kopf und Hals geschlungen hatte, festzuhalten.

»Das hängt mit den Strömungen zusammen«, erklang hinter Kerrins Rücken die Stimme des Commandeurs, der sich inzwischen zu seiner Mannschaft an Deck gesellt hatte. Er gedachte gleichfalls Ausschau zu halten und war dabei in Sichtkontakt mit dem Matrosen, der als Späher im Krähennest hockte.

113

Von seinem luftigen Ausguck aus gab der Mann verschiedene Zeichen und berichtete über Dinge, die nur er sichten konnte. Viele waren es nicht: Die graubraune Nebelwand erlaubte es auch aus solcher Höhe nicht, eine größere Fläche von Meer oder Insel zu überblicken.

»Westlich von Jan Mayen fließt in Nord-Süd-Richtung der kalte Polareisstrom. Dieser, sowie der östlich nach Nord-Osten vorbeistreichende warme Golfstrom brauen den Nebel zusammen«, beantwortete der Commandeur Kerrins Frage. »Fast genau über der Insel prallen so Warm und Kalt aufeinander. Wetterwechsel und Temperaturunterschiede können auf Jan Mayen sehr stark ausfallen und vor allem unheimlich schnell auftreten. Dass sich das Wetter innerhalb von Minuten von feinem, trockenem Schneefall zu prasselndem Regen ändert, ist nichts Außergewöhnliches.«

»Klingt nicht gerade verlockend, Commandeur Johannsen«, äußerte Kerrin trocken. »Da können mein Begleiter und ich nur hoffen, dass ein Kapitän uns schnellstens von hier weg und nach Grönland bringt!«

Dazu äußerte Knut Johannsen sich nicht.

»Es gibt kaum einen düstereren und unheimlicheren Ort als dieses seltsame Eiland!«, behauptete der Bootsmann. »Von nahezu allen Seiten umzingelt von einer donnernden Brandung, ist es schwer zugänglich und fast immer umgeben von einer Mauer weißgrauen Nebels. Auch das Innere bietet – außer mehreren spuckenden Vulkankratern – wenig Verlockendes«, fuhr der Seemann fort.

Er hörte sich beinah an, als wolle er seinen Commandeur dazu bewegen, die Passagiere nicht von Bord zu schicken.

»Es ist nicht verwunderlich«, meldete sich einer der Harpuniere zu Wort, »dass die nicht gerade zimperlichen norwegischen Eismeerfahrer und Seehundjäger der Insel insgeheim

114

den Namen Teufelsinsel verliehen haben und sich, wenn möglich, in respektvoller Entfernung halten.«

Selbst dieser wenig schmeichelhafte Kommentar entlockte dem Kapitän kein Zeichen eines Einlenkens. Er hatte sich nun einmal entschieden. Kerrins Mut sank noch weiter. Das hörte sich ja wahrlich nicht gut an. Eine Weile sagte niemand etwas. Auch der Mann oben im Ausguck schwieg jetzt. Die Nebelwand war inzwischen noch dichter geworden, und es wehte ein eisiger Wind.

»Wann werden wir voraussichtlich den Hafen erreichen, Herr Commandeur?«

Kerrin glaubte, ein Anrecht darauf zu haben, dies zu erfahren – müsste sie sich doch darum bemühen, möglichst bald eine Passage nach Grönland zu bekommen. Ehe der Erste Mann an Bord ihr zu antworten vermochte, erklang dröhnendes Gelächter der umstehenden Mannschaft.

Die junge Frau erstarrte. Warum lachte die Besatzung sie wegen dieser harmlosen Frage aus? Auf einmal konnte es ihr gar nicht mehr schnell genug gehen, der *Seeadler III* den Rücken zu kehren.

Weshalb tat sie sich das Ganze eigentlich an? Bildete sie sich am Ende doch alles nur ein? Gab es vielleicht überhaupt keine Möglichkeit, den geliebten Vater noch lebend zu finden und nach Hause zu holen?

Andererseits bestand für sie in den nächsten Monaten gar keine Chance, nach Föhr zurückzukehren. Die Walfangsaison begann jetzt im Frühjahr; die Fangschiffe würden erst im Herbst den Heimweg antreten, und Handelssegler verkehrten in aller Regel nicht in der Gegend von Jan Mayen.

Der Commandeur, der die Stimmung der jungen Frau ahnte, hob beschwichtigend die Hand, und augenblicklich verstummten die Männer.

»Bitte verzeiht, Mademoiselle, meine Leute meinen es nicht böse, aber es klang ein wenig komisch, als Ihr nach einem Hafen fragtet. Glaubt mir, nichts würden sich Seeleute sehnlicher wünschen als einen natürlichen Hafen auf Jan Mayen! Aber so etwas sucht man hier leider vergebens. Jedes Anlandemanöver auf der Insel ist ein Abenteuer und birgt nicht selten ein nicht ungefährliches Risiko. Aber Euch zuliebe werden wir es auf uns nehmen und einen einigermaßen geeigneten Ankerplatz suchen, damit Ihr unbeschadet von Bord gehen könnt!«

Kerrin lag auf der Zunge, den Kapitän daran zu erinnern, dass es nicht *ihr* Wille war, sein Schiff zu verlassen. Schließlich war er es gewesen, der die vereinbarte Route überraschend geändert hatte. Aber es war müßig, zuletzt noch einen Streit zu beginnen. Kerrin knickste nachlässig vor dem Commandeur, drehte sich um und suchte ihre Kajüte auf, um ihre Sachen zu packen.

VIERZEHN

DAS WARTEN DARAUF, endlich das Schiff verlassen zu können, dessen abergläubische Besatzung sie nicht länger dulden wollte, erschien Kerrin endlos. Ängstlich, nervös und unruhig wanderte sie in der kleinen Kabine herum und überprüfte zum hundertsten Mal ihr Gepäck.

Auch Fedder Nickelsen, üblicherweise sehr geduldig, spürte, wie die Ungewissheit an seinen Nerven zerrte.

»Wenigstens hat sich das Wetter beruhigt«, versuchte er die angespannte Stimmung aufzulockern. So ließ er Kerrin etwa wissen, dass die Entfernung von Jan Mayen zur Küste Grönlands nur etwa zweihundertfünfzig Seemeilen betrug.

Kerrin verkniff sich die Bemerkung, dass dies nichts an der Tatsache änderte, dass sie ein Schiff brauchen würden. Um einen gelassenen Tonfall bemüht, meinte sie schließlich:

»Lass uns das Wahrzeichen der Insel, diesen Beerenberg, anschauen, Fedder. Im Augenblick ist es einigermaßen klar. Ohne den Nebelschleier erkennt man, wie gewaltig er ist!«

»Bei guter Sicht, habe ich mir sagen lassen, erscheint dieser Riese dem Seefahrer schon auf eine Entfernung von mehr als einhundert Seemeilen. Zum Glück hat der Vulkan schon lang kein Feuer und kein glühendes Gestein mehr ausgespuckt!«

»Wahrlich überaus beruhigend! Was meinst du, Fedder: Vielleicht sollten wir überhaupt hierbleiben auf diesem lieblichen Eiland und darauf hoffen, dass irgendwann im Herbst ein anderer Segler vorbeikommt, um uns wieder abzuholen?«

»Malt den Teufel nicht an die Wand, Frau Kerrin!«

Die *Seeadler III* manövrierte mittlerweile dicht am zerklüfteten Ufer entlang. Jan Mayen schien nur aus Fels und Eis zu bestehen. Der Strand war ziemlich flach, der Uferbereich jedoch derart mit Baumstämmen verschiedenster Größen bestückt, dass einem Schiff das Durchkommen verwehrt war.

Es handelte sich um Tausende und Abertausende von Stämmen, mittlerweile weiß gewaschen vom salzigen Meerwasser.

»Treibeis und Packeis des Nordmeeres haben sie zersplissen. Drum sehen die Bäume auch so zerfleddert aus.« Kerrins Stimme klang ein wenig mutlos. »Gewiss haben sie eine enorm weite Reise hinter sich!« Schweigend beobachteten sie das vorsichtige Manövrieren ihres Seglers.

»Oh, sieh mal!«

Aufgeregt deutete Kerrin durchs Bullauge nach draußen zur Küste, wo knapp oberhalb der Meeresoberfläche unzählig viele scharf aufragende Klippen sichtbar wurden – eine zusätzliche Erschwernis, um ein Schiff ans Ufer zu bringen. Welcher Kapitän würde riskieren, sich von unterseeischen Felsen den Schiffsbauch aufreißen zu lassen?

Den schmalen Südteil der Insel hatten sie mittlerweile hinter sich, und die *Seeadler III* näherte sich einer lang gezogenen Bucht. Der Commandeur plante offenbar, genau hier Anker zu werfen.

Wenig später teilte ihnen dies der Küper mit, jener Seemann, der unter anderem für die Fässer an Bord verantwortlich war, in denen der oftmals gleich an Bord ausgekochte und zu wertvollem Tran verarbeitete Walspeck transportiert wurde. Der Mann bereitete die zwei Reisenden darauf vor, in Kürze von Bord der *Seeadler III* zu gehen. Der Commandeur zog es nämlich vor, sich nicht mehr bei ihnen blicken zu lassen …

»Commandeur Johannsen ist auf der Brücke unabkömmlich, aber er wünscht Euch alles Gute! Das soll ich Euch von ihm ausrichten«, sagte der Mann, wobei er es vermied, Kerrin in die Augen zu sehen. Was sie vermuten ließ, er befürchte, von ihr verhext zu werden.

Sie zuckte die Achseln; mittlerweile war es ihr gleichgültig, was er glaubte. Schon sehr bald würde sie dieses Schiff und seine Besatzung hinter sich gelassen und vergessen haben.

Immerhin war Knut Johannsen so anständig und erließ ihr die fällige Summe, welche für die Mitnahme nach Grönland ausgemacht war. Nicht einmal die Teilstrecke nach Jan Mayen wollte er vergütet haben …

»Betrachtet es als Geschenk – und als Zeichen seines zu Recht schlechten Gewissens«, meinte Fedder Nickelsen, der meistens sehr praktisch dachte. »Dass er uns von zweien seiner Seeleute bei der Ausladung des Gepäcks helfen lässt, spricht dafür, dass ich richtig liege«, murmelte er, als Kerrin über die Vermutung, dieser Mensch könne überhaupt so etwas wie ein Gewissen besitzen, bloß bitter auflachte.

Im Grunde war sein Verhalten unverantwortlich und kam einer Aussetzung Schiffbrüchiger gleich: Mutterseelenallein, auf einem baumlosen Eiland, überhaupt ohne jeglichen pflanzlichen Bewuchs – von Flechten und Moosen einmal abgesehen –, ohne die Spur einer menschlichen Behausung, ohne Nahrung, ohne Brennholz und bar jeglicher Gewissheit, überhaupt ein Schiff zu finden, das sie mitnähme …

»Was haben wir bloß verbrochen, dass man uns so behandelt?« Auch Fedder Nickelsen war mittlerweile von heißem Zorn erfüllt. »Sobald wir zurück in Holland sind, solltet Ihr sofort bei den zuständigen Behörden schärfsten Protest einlegen, Frau Kerrin! Der Teufel soll diesen Käpt'n holen!«

»Keinen einzigen Wal soll er in Spitzbergen fangen!«, murmelte Kerrin und sandte der stolzen *Seeadler III* einen wütenden Blick hinterher. »Die wenigen, die seine Harpuniere an der Leine haben, sollen sich losreißen, sodass er mit leeren Tranfässern nach Hause ziehen muss!«, fügte Fedder einen weiteren Fluch hinzu.

Wo in aller Welt sollten sie eine Mitfahrgelegenheit auftun? Üblicherweise umfuhren Walfänger, die nach Spitzbergen wollten, die Insel Jan Mayen weiträumig. Meist ließ man sie steuerbords liegen – aus welchem Grund sollte man sich auch diesem unwirtlichen Überbleibsel aus der Urzeit nähern?

Auch Segler, die Grönland zum Ziel hatten, pflegten in aller Regel einen großen Bogen um Jan Mayen zu machen. Die Zeiten, als sich die Wale um die Insel herum nur so tummelten, waren seit einigen Jahren vorbei. Wohl gab es immer noch vereinzelte schöne Exemplare, aber die einstigen Unmengen hatten die Seefahrer der verschiedenen Nationen längst ausgerottet.

Unschlüssig liefen Kerrin und Fedder am sandigen Ufer entlang, das sich durch Anschwemmung gebildet hatte. Ihre Habseligkeiten ließen sie liegen – es gab ja niemanden, der sie hätte entwenden können.

Der vorneweg marschierende Fedder stolperte plötzlich über ein merkwürdiges, nahezu kniehohes Gebilde, das sich aus dem Schwemmsand erhob. Er fluchte leise, ehe er begann, mit dem Fuß den dunkelgrauen pulvrigen Belag zu entfernen. Dann wandte er sich nach Kerrin um, die ihm langsam folgte.

»He! Schaut mal, Frau Kerrin!«

»Herrje! Das ist ja der Rückenwirbel eines Grönlandwals!«

So etwas erkannte Kerrin sofort. Sie sah es nicht zum ersten Mal: Auch an Grönlands Küste hatten damals die Überreste von gestrandeten Meeresriesen herumgelegen, sauber von hungrigen Seevögeln oder Polarfüchsen abgenagte Gerippe.

»Da liegen noch andere Knochen!«, rief Fedder. Er musste bereits wieder schreien; erneut war eine steife Brise, dieses Mal aus Nordwesten, aufgekommen.

In Kürze entdeckten sie das gesamte Rückgrat eines riesigen Wals. Da sie sonst nichts zu tun hatten, befreiten sie es so gut es ging von dem pulverfeinen Staub, der die ganze Insel unter einer tristen grauen Decke begrub; Vulkanasche, die Jan Mayen mehreren, einst Feuer speienden Bergen verdankte.

»Ganz nett, aber es hilft uns auch nicht weiter.« Kerrin klang verzweifelt. »Dieser entsetzliche Wind und der nicht minder abscheuliche schwarze Sand legt sich bereits wieder auf die Walknochen – und auf uns!«

Sie wandte sich dem Meer zu, beschirmte ihre Augen mit der Hand, um ins Weite zu spähen. Aber der gesamte Horizont war erneut ihren Blicken entzogen. Eine breite graugelbe

Nebelwand kam rasend schnell auf die Insel zu. In Bälde würden sie die Hand nicht mehr vor den Augen erkennen …

»Lass uns zu unserem Gepäck zurückgehen, Fedder. Wir sollten uns einen Unterschlupf errichten. Irgendwo müssen wir ja schlafen.«

Zum Aufschlagen des Zeltes war es bereits zu stürmisch. So würden sie sich auf die Decken legen und unter die Planen kriechen, um der rauen Natur nicht vollkommen schutzlos ausgeliefert zu sein.

Eine Weile stapften sie schweigend dahin. Dabei verloren sie die Orientierung, weil der Sandsturm mehr und mehr die Sicht behinderte. Abrupt blieb Kerrin stehen.

»Ich denke, wir laufen in die falsche Richtung, Fedder!«

»Kein Wunder, man sieht ja kaum noch was bei dem verdammten Dreck!«, knurrte der junge Mann. »Der Sturm heult so laut, dass er sogar das Donnern der Brandung übertönt, an der wir uns hätten orientieren können! *Her Jiisus noch ens! Det hee üüs jüst noch waant!*«

Ziellos stolperten sie noch ein paar Schritte weiter, als Fedder plötzlich verharrte und sichtlich erregt auf etwas Dunkles deutete, das seitlich vor ihnen im Nebel aufragte.

»Was mag das jetzt wieder sein? Noch mehr alte Knochen?« Missmutig verzog Kerrin das Gesicht.

»Das müsste dann schon ein arg hoher Haufen sein, den da jemand aufgeschichtet hat! Wer hätte sich denn die Mühe machen sollen?«

»Wir werden es gleich wissen!«

Auf einmal wurde Kerrin von einem Gefühl der Hoffnung erfasst …

Dass sie diese Vorahnung nicht getrogen hatte, erkannten sie innerhalb der nächsten Minute. Was zuerst nur ein Schemen gewesen war, entpuppte sich nämlich als Hütte!

»Gott sei gedankt!«

Das winzige, windschiefe, fensterlose Ding, dessen eine Hälfte Regen, Schnee und Sturm längst platt gewalzt hatten und von dessen drei Türangeln aus Lederschlaufen nur noch eine einzige halbwegs zum Verschließen taugte, würde nur den dürftigsten Ansprüchen genügen.

Aber alles war besser, als im Freien zu übernachten. Die Seeleute der *Seeadler III* hatte Fedder von Polarfüchsen erzählen hören, deren Pelz allerdings nicht weiß, sondern – angepasst an ihre staubdunkle Umgebung – meist blaugrau war, sodass man die gefräßigen Biester nicht leicht erkannte. Außerdem war man angeblich auch nicht vor Eisbären gefeit, die hin und wieder auf Eisschollen bis nach Jan Mayen treiben sollten …

»Eine Hälfte dieser Bretterbude ist zwar bereits hinüber, aber die andere mag für unsere Zwecke genügen! Wer sich diese Schutzhütte aus Treibholz wohl gebaut hat? Wahrscheinlich Leute, denen es erging wie uns. Menschen, die man einfach ausgesetzt und ihrem Schicksal überlassen hat.«

Vor den schlimmsten Unbilden der Witterung gerettet, jedoch von Durst, Hunger sowie der Furcht gequält, nie mehr von diesem grässlichen Ort loszukommen, verbrachten Kerrin und Fedder die Nacht weitgehend schlaflos in der jämmerlichen Holzhütte.

Wären überraschend irgendwelche Feinde – zwei- oder vierbeinig – in ihrem Verschlag aufgetaucht, hätten sie sich zumindest mit den langen Messern verteidigen können, die sie bei sich trugen, während Jagdgewehre und Munition in ihrem Gepäck verstaut waren, irgendwo am Strand. Aber zum Glück erfolgte keinerlei Angriff.

Am folgenden Morgen, der einen überraschend wolkenfreien Himmel und Sonne zeigte – und ihnen sogar einigermaßen staubfreie Luft zum Atmen gewährte –, war es ihnen ein Leichtes, ihre Sachen am Ufer zu finden, wo sie sie am gestrigen Tag zurückgelassen hatten.

»Wie es scheint, hat sich kein Tier daran zu schaffen gemacht«, freute Fedder sich. Dann bereitete er Kerrin eine große Überraschung, indem er sie zum Essen einlud.

Kerrin warf ihm einen verdutzten Blick zu, der Fedder zum Lachen brachte. Erklärend fügte er hinzu: »Jonas Paulsen, der Steuermann der *Seeadler III*, anscheinend ein Mann mit Herz – im Gegensatz zu seinem Kapitän und den meisten anderen –, hat mir, kurz bevor wir von Bord gingen, heimlich mehrere Päckchen zugesteckt, außerdem etliche Flaschen mit Trinkwasser. Er hatte nur Sorge, ein anderer Seemann könnte es bemerken – dann hätte er uns womöglich Gesellschaft leisten müssen. Ewig werden die Vorräte zwar nicht reichen, aber falls es länger dauern sollte, bis Hilfe kommt, fangen wir uns Seevögel und braten sie! Vielleicht schießen wir auch eine von den Ringelrobben, solange es noch Treibeis vor Jan Mayen gibt.«

»Jawohl, das tun wir«, stimmte Kerrin gut gelaunt zu. »Und Möweneier werden wir genug finden. Und was das Trinkwasser anbelangt, sammeln wir in einer Plane das Regenwasser, das andauernd vom Himmel fällt. Im Westen ziehen schon wieder schwarze Wolken heran.«

Die Aussichten, ihr Überleben betreffend, waren also gar nicht so übel.

Von jener anderen Sache, die wie ein Damoklesschwert über ihnen hing, schwieg Kerrin wohlweislich: Der schlimme Scharbock, manche nannten ihn auch Skorbut, würde sie über kurz oder lang krank machen oder sogar töten, sofern es ihnen nicht gelang, essbares Grünzeug zu finden.

Ein in der Tat schwieriges Unterfangen auf dieser Insel, die den Eindruck vollkommener Unfruchtbarkeit erweckte. Aber zuerst wollten sie dem Herrn danken, der sie bis jetzt vor Schlimmerem bewahrt hatte.

Noch ehe sie sich daranmachten, ihren Hunger zu stillen, knieten sie im schwarzen Lavasand nieder und sprachen jeder für sich ein stilles Gebet.

Dann lag ein langer Tag vor ihnen, der ihnen hoffentlich einen Schiffsführer schickte, der ein Einsehen hatte.

FÜNFZEHN

DER SIEBTE TAG war angebrochen. Er sollte alles verändern. Als Kerrin nach einer Nacht voller Träume und Gesichte am Morgen erwachte, war sie überraschend guter Dinge – im Gegensatz zu Fedder, den bereits seit Tagen die schlimmsten Befürchtungen quälten.

Die von dem freundlichen Steuermann gespendeten Lebensmittel, wie Brot und Speck, waren längst aufgezehrt; aber Fedder war es gelungen, mehrere Lummen zu überlisten, während Kerrin einen Beutel voll Möweneier gesammelt hatte. Der Hungertod drohte ihnen demnach nicht so bald.

Am fünften Tag hatte Kerrin angeregt, Grünzeug zu suchen, um dem drohenden Scharbock ein Schnippchen zu schlagen.

»Sogar auf Grönland habe ich es gefunden. Gezeigt hatte es mir ein den Weißen wohlgesinnter Eskimo namens *Kutikitok*!«

Ehe sie sich in unnütze Grübeleien versenken konnte, machten sie sich auf den Weg über die vegetationsfeindliche Felseninsel. Die Flora Jan Mayens war mehr als dürftig.

Nur hin und wieder stießen sie auf einen Flecken Grün, gebildet von den typischen Polarpflanzen, darunter verschiedene Moosarten und Farne, kleine Gewächse, die sich kaum mehr als handspannenhoch über dem felsigen Boden erhoben.

Ausgerechnet Fedder war es dann, der einen Teppich mit grünen Blättchen entdeckte. Laut rief er nach Kerrin, die etwas seitlich von ihm den steinharten Boden absuchte.

»Du bist ein wahrer Glückspilz – und ich mit dir!«, jubelte sie. »Du hast Grönlandsalat gefunden, das Beste, was uns widerfahren kann! Selbst die Eskimos verschmähen ihn nicht, und für die europäischen Walfänger bedeutet er oft genug die Rettung vor dem sicheren Tod.«

Sie pflückten von dem saftig grünen Kraut, so viel sie zu tragen vermochten, und nahmen sich vor, sich diese Stelle, die förmlich damit übersät war, genau einzuprägen, um sie bei Bedarf auch wiederzufinden.

Schon waren zwei weitere öde Tage verstrichen, und immer noch war nicht die kleinste Spur eines Schiffes zu entdecken.

»Warum bist du bloß so gut gelaunt heute Morgen, Frau Kerrin?«

Fedder hörte sich beinah gekränkt an. »Selbst das Grünzeug wird unseren Untergang lediglich eine Weile aufhalten …«

Seine Worte ließen Kerrin vergnügt auflachen.

»Im Traum habe ich gesehen, dass heute ein Schiff kommt und uns mitnimmt.«

»So? Na, wenn du davon geträumt hast, dann muss es ja stimmen!«

Fedder bemühte sich, etwas Gottvertrauen in seine Stimme zu legen; was Kerrin erneut zum Lachen reizte.

»Lass den Kopf nicht hängen, mein Lieber! Es wird so eintreffen, wie ich es dir sage.«

Darauf erwiderte Fedder lieber nichts. Obwohl er eine ganze

Menge von ihren Vorahnungen und Gesichten hielt, weigerte er sich, an eine baldige Rettung zu glauben, weil er es nicht ertragen hätte, erneut enttäuscht zu werden. Die Erfahrung mit Kapitän Knut Johannsen steckte ihm immer noch in den Knochen und ließ ihn an positiven Vorhersagen zweifeln.

Inzwischen bereute Fedder es, sich auf das riskante Abenteuer eingelassen zu haben.

Reichlich kalt war es an diesem Morgen. Aber die schwarzen Aschewolken aus dem Krater des mächtigen Vulkankegels hatte der kräftige Wind fortgeblasen; er hatte sich mittlerweile gelegt, und der tiefblaue Himmel wirkte wie rein gewaschen und erlaubte einen weiten Blick über die beinah spiegelglatte See.

Lediglich weiter draußen war die Dünung zu erkennen, die das Wasser in gleichmäßig langen Wellen gegen das Ufer drängte.

»Erkennst du das auch, Fedder, was ich da gerade zu sehen meine?«

Fedder, eben dabei, erneut ihren bescheidenen Vorrat an Lebensmitteln und Ausrüstungsgegenständen zu inspizieren, horchte auf.

»Was meinst du, Frau Kerrin?«

Erneut fiel ihr auf, dass Fedder sie zwar immer noch mit »Frau« ansprach, sie neuerdings aber duzte – was sie keineswegs störte, im Gegenteil! Das Duzen war in Friesland üblich, und nicht nur von Herr zu Knecht, sondern auch in der Gegenrichtung.

»So schau doch bloß!«

Aufgeregt deutete Kerrin aufs Meer hinaus, wo sich aus Richtung Island ohne jeden Zweifel ein Schiff mit geblähten Segeln näherte. Während es auf der Insel beinah windstill war, musste draußen auf See mehr als eine leichte Brise herrschen.

»Großer Gott! Ich glaub's ja nicht!«, schrie Fedder euphorisch. »Falls der Segler weiterhin so gute Fahrt macht, ist er in weniger als einer Stunde hier bei uns!«

Außer sich vor Freude, ließ er den Kochtopf, den er gerade in der Hand hatte, fallen, fasste Kerrin an beiden Händen und tanzte übermütig mit ihr am Strand entlang.

Die folgende halbe Stunde mussten sie noch mit Bangen verbringen: Noch war keineswegs sicher, dass der fremde Kapitän das gottverlassene Eiland auch tatsächlich ansteuerte. Was würden sie machen, falls er Jan Mayen steuerbords liegen ließ und einfach weiter gen Norden segelte?

Aber es schien, als hielte er weiterhin Kurs auf die Insel. Immerhin vermochten sie nach einer Weile die Flagge, unter der der Segler unterwegs war, als eine dänische auszumachen. Das löste zwiespältige Gefühle aus:

Einerseits waren die Dänen mit Schleswig-Holstein, das Schweden unterstützte, offiziell immer noch verfeindet, andererseits war die Hälfte von Föhr dänisch, Nordfriesen und Dänen verstanden sich dort seit Jahrhunderten bestens, heirateten untereinander und scherten sich keinen Deut um die Konflikte.

»Hoffen wir, der Kapitän ist vernünftig und sieht in uns einfach Menschen, die seiner Hilfe bedürfen, und keine politischen Feinde!«

Noch wagte Fedder nicht, an ihr Glück zu glauben. Kerrin hingegen dachte pragmatisch: »Sobald er Schwierigkeiten machen will, gebe ich mich als Dänin aus! Ganz perfekt beherrsche ich die Sprache zwar nicht, aber er wird den Unterschied nicht bemerken; unsere Inseldänen daheim sprechen auch ein wenig anders als im dänischen Mutterland üblich!«

»Ein guter Einfall, Kerrin! Ich verstehe Dänisch auch sehr gut und spreche es auch noch einigermaßen verständlich. Ich habe nämlich Verwandte in der Nähe von Kopenhagen, bei denen ich als Kind mehrere Jahre verbracht habe.«

»Na also! Lass uns schnell zusammenpacken. Und das Grünzeug nehmen wir auch mit! Wer weiß, wann und wo wir auf Grönland Ersatz finden? Danach wollen wir die Arme schwenken und laut schreien, damit man nur ja auf uns aufmerksam wird!«

Es verlief alles ohne Komplikationen.

Der Commandeur des Seglers schien ein Mensch mit dem Herzen auf dem rechten Fleck zu sein. Kaum war man der beiden Menschen, die da am Ufer herumsprangen und durch lautes Rufen die Aufmerksamkeit auf sich zogen, ansichtig geworden, stand der Kapitän, ein wahrer Wikingerhüne mit weißgrauen wallenden Haaren und bis zur Brust reichendem Vollbart, an der Reling und winkte ihnen zu.

Dann legte er beide Hände wie einen Trichter um seinen Mund und rief sie auf Dänisch an, sich dabei als »Commandeur Jens Brevensen aus Kopenhagen« vorstellend. Wohin sie denn wollten und ob man sie auf seiner *Meerjungfrau* mitnehmen könne, wollte er wissen.

»Für ihn scheint ziemlich klar zu sein, dass wir auf dieser paradiesischen Insel nicht bleiben wollen!« Kerrin lachte mit blitzenden Augen, und auch Fedder erlaubte sich ein zaghaftes Grinsen.

Sie antwortete dem Kapitän in seiner Muttersprache, dass sie eigentlich nach Grönland wollten und nichts lieber täten, als an Bord seiner *Meerjungfrau* zu gehen – falls er dort hinfahren sollte.

Mittlerweile waren beide so weit, sogar eine Passage nach Spitzbergen in Kauf zu nehmen, um von dort aus weiter nach Grönland zu gelangen, was gewiss ein gigantischer Umweg gewesen wäre. Aber alles erschien ihnen mittlerweile besser als ein weiterer Verbleib auf diesem Eiland, bar jeder menschlichen Zivilisation.

»Auf Jan Mayen scheint die Zeit kurz nach der Erschaffung der Welt stehen geblieben zu sein – und zwar noch ehe Pflanzen, Menschen und Tiere die Erde bevölkert haben«, drückte Fedder Nickelsen es jeden Tag mindestens einmal aus. Die Polarfüchse und Möwen ließ er großzügig außer Acht.

Auf Spitzbergen gab es immerhin winzige Ortschaften mit einigen Einwohnern, mehrere Basislager für Robbenschläger und Eisbärenjäger sowie eine Station für Walfänger, die aus irgendwelchen Gründen den Winter im eisigen Norden verbringen mussten.

»Kann man hier an dieser Stelle der Küste gefahrlos ankern?«, rief der Kapitän zurück.

»Freilich, Herr Brevensen! Die *Seeadler III*, die uns hierhergebracht hat, hat genau hier Anker geworfen – und das bei ordentlich steifer Brise! An dieser Stelle gibt es keine unterseeischen Klippen – bloß Sand!«

Der war allerdings auch recht tückisch. Die *Meerjungfrau* blieb dem Ufer vorsichtshalber etwa dreißig Schritte weit fern, sodass Kerrin und Fedder die Schuhe ausziehen und ins eisige Wasser steigen mussten, um dann auf einer heruntergelassenen Strickleiter die Bordwand hochzuklettern.

Das Gepäck trugen ihnen zwei vom Kapitän beauftragte Matrosen hinterher. Der eine bot sich sogar an, Kerrin an Bord zu tragen, damit ihre Füße nicht nass würden – aber da kannte er sie schlecht.

»Eine echte Friesendeern ist nicht wasserscheu«, lachte sie bloß und schürzte ihren knöchellangen Rock ein Stück weit bis zum Knie, ehe sie ins eiskalte Wasser watete – was die Seeleute, die es beobachteten, mit anerkennenden Pfiffen registrierten. Eine Art der Huldigung, die umgehend von einem ihrer Vorgesetzten unterbunden wurde: Die Dame sollte sich auf keinen Fall belästigt fühlen …

An der Reling stehend, ließ es sich Kerrin nicht nehmen, noch einmal einen Blick zurückzuwerfen: Jan Mayen im bereits wieder schwindenden Sonnenschein – ein höchst seltener Anblick!

»Wenn man kein Christ wäre, könnte man glatt glauben, bei dem hohen Berg da hinten handele es sich um *Fensal*«, hörte Kerrin ihren Begleiter murmeln.

Das entlockte ihr ein Schmunzeln: Fedder fühlte sich offenbar an Friggas Palast auf einer Insel im Meer erinnert, auf der die Gemahlin des germanischen Göttervaters Odin lebte. Ein Vergleich, dem Kerrin vorbehaltlos zustimmte – trotz des zutiefst heidnischen Bezugs: Hatte sie doch als Kind den Geschichten der angeblichen Hexen von Alkersum und Oevenum mit großer Andacht gelauscht …

Sie atmete tief durch und sog dabei die salzhaltige Luft in ihre Lungen; ihr Herz war erfüllt von Dankbarkeit gegen den Kapitän der *Meerjungfrau*. Er würde sie ein wesentliches Stück weiterbringen bei der Suche nach ihrem Vater; längst war geklärt, dass die Fahrt tatsächlich nach Grönland ging.

Ehe Kerrin sich umwandte, um sich und ihren Begleiter dem Commandeur ordnungsgemäß vorzustellen und ihm zu danken, brachte sie die Beobachtung eines kleinen Vorfalls zum Schmunzeln, der sich genau an jener Stelle ereignete, wo sie bis vor Kurzem noch gelagert hatten.

Ein Schwarm Möwen fiel laut krächzend und heftig zankend über die Reste der gebratenen Lummen her, während sich vorsichtig zwei Füchse den von ihr gesammelten, jetzt im Ufersand liegenden Vogeleiern näherten.

Eines der Tiere war weiß, wie es sich im Allgemeinen für Polarfüchse geziemte, während das andere einen Pelz in dem

130

auf Jan Mayen üblichen Blaugrau trug – und dadurch kaum von seiner Umgebung zu unterscheiden war.

Auch aus der Nähe betrachtet machte der Commandeur einen guten Eindruck; so sah Kerrin auch keinen Anlass, ihre Herkunft zu verleugnen. Als sie den Namen ihrer Heimatinsel erwähnte, geriet Jens Brevensen geradezu ins Schwärmen.

»Da habe ich doch vor gut dreißig Jahren in Frankreich einen blutjungen Geistlichen von Föhr kennengelernt, der sich für die berühmten französischen Geistesgrößen interessierte und auch sonst mit wachen Sinnen durchs Leben ging«, brummte der gutmütige Seebär mit tiefer Stimme.

»Ich glaube mich zu erinnern, dass der Mann mit Vatersnamen Brarens hieß! Wir waren damals eine ganze Weile recht gut befreundet – bis ich für zwei Jahre auf einem französischen Handelsschiff angeheuert habe, dessen Fahrt nach Südostasien ging. Von da ab haben wir uns aus den Augen verloren. Von ihm weiß ich aber, dass er wieder auf seine Heimatinsel zurückkehren wollte, um seine Braut zu heiraten.«

Als ihm Kerrin eröffnete, dass dieser ehemalige Freund ihr über alles geliebter Oheim Lorenz Brarens sei, kannte die Freude des Commandeurs keine Grenzen. Der Kapitän höchstpersönlich überließ ihr für die Dauer der Überfahrt nach Grönland seine eigene bequeme Kajüte. Er wollte sich solange zusammen mit dem Steuermann, seinem Stellvertreter, in dessen breiter Koje einrichten.

Als Kerrin protestieren wollte, winkte er nur ab. Es dauere ja höchstens ein paar Tage – und so lange sei das dem Steuermann, mit dem er im Übrigen gut Freund sei, durchaus zuzumuten. Auch Fedder war mit seiner Unterkunft zufrieden.

Als Brevensen erfuhr, welch bösen Streich der Holländer Knut Johannsen den beiden gespielt hatte, wurde er fuchsteu-

131

felswild. Er persönlich werde ihn beim Seefahrtsamt in Amsterdam anklagen, kündigte er an.

Den Vorwurf der Hexerei gegen Kerrin empfand er als lächerlich und im Jahre 1706 eines vernunftbegabten Mannes in höchstem Maße unangemessen: »Lebt die Besatzung der *Seeadler III* etwa noch im Mittelalter?«

SECHZEHN

IN DIESER NACHT SCHLIEFEN sowohl Kerrin als auch ihr Begleiter Fedder um einiges besser als in den Nächten zuvor – obwohl es eine Weile dauerte, bis zumindest Kerrin in einen erholsamen Schlummer versank. Es ging ihr so vieles durch den Kopf. Und auf einmal wurde sie ganz entsetzlich vom Heimweh nach Föhr geplagt.

Wie es Kaiken wohl ging? Ob man gut auf sie achtgab und sie liebevoll versorgte? Nach ihr sehnte Kerrin sich am meisten. Aber auch Oheim Lorenz und Muhme Göntje galten ihre sehnsüchtigen Gedanken, ebenso wie der greisen Magd Eycke und ihren zahlreichen Nichten und Neffen samt deren Familien. An Catrina auf Sylt, Knut Detlefsens Frau, dachte sie besonders intensiv.

Ihre Nichte hatte etwa zur selben Zeit wie Antje Erkens entbunden und einem kleinen Jungen das Leben geschenkt. Knaben waren nach der Geburt ganz besonders empfindlich, und ihre Sterblichkeit lag während der ersten vier Jahre um einiges höher als bei Mädchen.

Und Kerrin war nicht erreichbar, falls ihre Base Fragen hätte. Schlechtes Gewissen regte sich in ihr und hielt sie noch eine ganze Weile wach, ehe sie endlich, von Müdigkeit überwältigt, im bequemen Bett des gastfreundlichen Commandeurs in den Schlaf fand.

Fedder genoss diese komfortable Nacht zusammen mit zwei weiteren Matrosen unter Deck. Obwohl die beiden wie die Dachse während des Winterschlafs schnarchten, war es doch ein Vergnügen im Gegensatz zu den sieben, in der halb zerfallenen Blockhütte verbrachten Nächten auf Jan Mayen; zumal die Überfahrt nach Grönland bei erstaunlich schwachem Wellengang angenehm ruhig verlief.

Am nächsten Morgen war die *Meerjungfrau* umgeben von lauter kleinen und kleinsten Eisbergen, die – vom ewigen Eis des Nordpols abgelöst – der ganz allmählich sich abzeichnende arktische Sommer in Richtung Süden treiben ließ.

Es war ein wunderschöner, ja, ein ergreifender Anblick: Die smaragdgrüne See und die majestätisch vorübertreibenden Blöcke in schimmerndem Weiß, in Hellblau und Violett und darüber gespannt ein kornblumenblauer Himmel und eine blasse gelbgoldene Sonne, die das Eis glitzern und funkeln ließ, sodass es beinahe in den Augen wehtat.

Dieser Tag überraschte die Besatzung mit unverhofft großem Walfängerglück.

»Wale backbord voraus!«, ertönte der Ruf aus dem Krähennest und alarmierte die jeweils fünf Mann, die pro Schaluppe eine eingeschworene Fängermannschaft bildeten. Es gab sechs solcher Mannschaften an Bord der *Meerjungfrau*, die in aller Regel über Jahre hinweg Hand in Hand zusammenarbeiteten. Wobei vier Seeleute ruderten und einer, der Harpunier, mit der schweren Waffe im Bug bereitstand, um sie im geeigneten Augenblick auf das Ziel zu schleudern.

Es hatte sich bewährt – sollte der Harpunier aus irgendeinem Grund ausfallen –, einen zweiten Mann in der Schaluppe zu haben, der notfalls einzuspringen vermochte. Oft war es so, dass jeder der Insassen in der Lage war, die riesigen Tiere zu harpunieren.

Seit sie sie das erste Mal in Aktion erlebt hatte, war Kerrin von den Harpunieren, diesen »Helden der See«, zutiefst beeindruckt. Sobald die Schaluppen von Bord gelassen waren, riskierten diese Männer auf vielfache Weise ihr Leben.

Da war der meist hohe Wellengang, der die winzigen Boote hin und her schleuderte, sodass es für den Harpunier schwer war, festen Stand zu finden und die schwere, mehrere Meter lange Harpune einigermaßen zielgenau auf die Beute zu schleudern.

Um es ihm zu erleichtern, das Tier zu treffen, oblag es den Ruderern, das Boot möglichst nah an den Wal heranzusteuern. Die friedlichen Riesen, die noch nie Bekanntschaft mit den Menschen gemacht hatten, ahnten in aller Regel nichts von der tödlichen Gefahr, die auf sie lauerte.

»Sie denken vermutlich, diese merkwürdigen Wesen in den hölzernen Kisten wären nur neugierig und wollten mit ihnen spielen«, hatte Kerrins Vater ihr einst erklärt. »Sobald er sich jedoch von der Harpune getroffen fühlt, versucht der Wal zu flüchten.«

Stets war dies einer der kritischsten Augenblicke!

Auch an diesem Tag konnten Kerrin und Fedder, die vom Deck der *Meerjungfrau* aus das dramatische Geschehen mit Spannung verfolgten, beobachten, wie ein angeschossenes Tier sich von der Harpune zu befreien versuchte, mit der riesigen Fluke um sich schlug und das Fangboot um ein Haar zum Kentern brachte.

Da der Ausguck mit dem Ruf »sie blasen!« zahlreiche Wale, die sich rund um die *Meerjungfrau* tummelten, angekündigt hatte, gab der Commandeur den Befehl, sämtliche sechs Fangboote klarzumachen. Dreißig Seeleute verließen in ihren in Windeseile zu Wasser gelassenen Schaluppen das Mutterschiff und nahmen ihre festgelegten Plätze in den jeweils vorher zugewiesenen Booten ein.

An Deck blieben als Zuschauer Kerrin, Fedder, der Schiffs-Chirurgus sowie der Kapitän zurück. Alle anderen waren beschäftigt. Ein großer Teil der Mannschaft stand schon bereit, den jeweils erlegten Wal mittels einer Seilwinde bis etwa auf halbe Höhe der Bordwand hochzuhieven, um den Kadaver vor Haifraß zu schützen. An Deck würden sie dann mit ihren scharfen, dolchähnlichen Messern in die zähe graue Haut schneiden, sie abziehen und vom gehäuteten Wal die bis zu vierzig Zentimeter dicke Speckschicht abtrennen, eine Tätigkeit, die man »flensen« nannte.

Aber so weit war man noch lange nicht!

Für Fedder war der Anblick neu. Obwohl ebenfalls ein Seemann, war er bisher noch nie auf Walfang gewesen; neben dem Heringsfang hatte er nur Jagd auf Robben gemacht. In Kerrin jedoch wurden alte Erinnerungen wach; an ihre zweite Fahrt, wo sie zum ersten Mal die Dramatik des Walfangs miterlebt hatte. Sie fühlte noch einmal die anfängliche innere Erregung, ausgelöst durch die Jagd, die ungeheure Spannung, die erzeugt wurde, und schlussendlich das unsägliche Glücksgefühl, wenn die schier unmenschliche Anstrengung der Seeleute von Erfolg gekrönt war.

Sie erinnerte sich jedoch auch gegenteiliger Empfindungen.

Seinerzeit waren Erregung, Spannung und Befriedigung schnell umgekippt in Enttäuschung, Abwehr, ja, Ekel vor dem bloßen Abschlachten friedlicher, argloser Lebewesen. Mitleid hatte sie empfunden mit den freundlichen Giganten des

Meeres, die vor der tödlichen Gefahr nicht flohen, sondern zu glauben schienen, die Menschen wollten ihnen nur Gutes …

Was würde sie heute fühlen? Sie war älter geworden, erfahrener, abgeklärter; und sie wusste, wie dringend der Waltran als Brenn- und Leuchtmaterial benötigt wurde. Aber: Rechtfertigte dies die Barbarei des Waleschlachtens? Just in diesem Augenblick spielte sich vor Fedders und Kerrins Augen ein Drama ab. Unwillkürlich schrie die junge Frau laut auf.

Eine Schaluppe hatte sich einem der Tiere gefährlich dicht angenähert, und der Harpunier stieß die Harpune, die mit einer starken Leine mit ihm und somit auch mit dem Boot verbunden war, mitten ins Blasloch des nichts ahnenden Wals.

Eine Blutfontäne spritzte daraufhin hoch, und das verletzte Tier schoss wie ein Pfeil davon, um den todbringenden Fremdkörper loszuwerden, der ihm sicher starke Schmerzen zufügte und seine Atmung massiv beeinträchtigte.

Es gelang ihm nicht, auch wenn der Wal sich wie irrsinnig im Kreis zu drehen begann – die vergleichsweise winzige Schaluppe immer noch im Schlepptau. Von Deck aus war zu beobachten, wie die Mannschaft verzweifelt versuchte, sich an den Dollborden ihres kleinen Bootes festzuklammern, um nicht ins eiskalte Wasser geschleudert zu werden.

Es schien Stunden zu dauern, ehe der Kampf des Meeresriesen zu Ende ging. Er ermattete zusehends, bis der gewaltige Körper – unfähig, weiterhin Atem zu schöpfen – sich zur Seite neigte und verendete. Nun war er zum Abspecken bereit.

Haie, durch den Blutverlust angelockt, tummelten sich um den Kadaver, bereit, sich gierig darauf zu stürzen und ihn zu zerfleischen. So war es nötig, die Beute so rasch wie möglich zum Mutterschiff abzuschleppen. In der Zwischenzeit war auch drei anderen Schaluppen das Jagdglück hold.

Auf der *Meerjungfrau* hatten der Speckmeister und seine Gehilfen alle Hände voll zu tun, die gewaltigen abgeflensten Speckmassen in kleinere Brocken zu zerteilen und in den bereitgestellten Fässern zu verstauen.

Tran wurde auch auf der *Meerjungfrau*, wie auf vielen Walfangschiffen, nicht mehr selbst gekocht. Man würde die Ladung nach dem Ende der Fangsaison zu einer der eigens dafür errichteten Tran-Kochereien auf Grönland, Spitzbergen oder Island schaffen, wo Brenn- und Lampenöl daraus gemacht wurde.

Aus den Knochen fertigte man kleine Figuren, Perlenketten oder Schmuckdosen, und aus den Barten machte man Korsettstangen für elegante Damenkleider oder Billardstöcke für die vornehmen Herren. Das Fleisch konnte man essen, oder man machte es wie die Matrosen der *Meerjungfrau* und überließ die Überreste den Haien, die von Anfang an darauf gelauert hatten.

Die Männer lösten in diesem Augenblick die Haltetaue, und der zerfledderte Walkadaver, der bis jetzt beinah obszön an der Bordwand geschaukelt hatte, plumpste mit Getöse ins Wasser hinunter.

»Schau nur, Frau Kerrin, die blutgierigen Ungeheuer stürzen sich förmlich auf das Aas!«

Abgestoßen und zugleich fasziniert starrten Kerrin und ihr Begleiter auf die Schar von Haien, die sich wie toll auf die Beute stürzten, sich dabei gegenseitig beiseitestoßend und aus Futterneid nach jedem möglichen Konkurrenten schnappend.

»Ich denke, ich habe genug gesehen!«

Kerrin verließ das Deck, um sich in die Kajüte zurückzuziehen. Auch dieses Mal vermochte sie dem Gemetzel nichts abzugewinnen. Das Schlachten der friedfertigen Säugetiere kam ihr barbarisch vor. Licht und Feuer konnten ihrer Meinung nach auch auf andere Weise erzeugt werden – und niemand konnte ihr einreden, dass ausgerechnet Billardqueues und Korsettstäbe unbedingt vonnöten seien.

Außerdem sprach die außerordentliche Gefährlichkeit gegen den Walfang. Einigen mochte er ja zu Wohlstand verholfen haben – unwillkürlich kam ihr der »Glückliche Matthias« von der Insel Föhr in den Sinn, der sich als erfolgreicher Waljäger nicht nur einen Namen gemacht, sondern auch ein Vermögen erworben hatte.

Aber wie viele brave Seeleute hatte der Walfang zu Krüppeln gemacht oder sie gar das Leben gekostet?

Fedder hingegen wollte sich den Anblick nicht entgehen lassen. Wann würde ihm wohl wieder die Gelegenheit zuteil, so etwas aus nächster Nähe zu beobachten?

Eine der Bootsbesatzungen schien gleich zu Anfang vom Pech verfolgt zu sein; der Harpunier – ein kräftiger, noch junger, muskelbepackter Mann, jedoch ein Anfänger in diesem Geschäft – hatte seine Ziele mehrmals verfehlt und die übrige Besatzung durch seine Ungeschicklichkeit in arge Bedrängnis gebracht, sodass die Schaluppe einige Male zu kentern drohte.

Die Männer gerieten mit ihm deswegen in einen heftigen Streit, was von Deck der *Meerjungfrau* aus gut zu beobachten war. Ehe der Zwist eskalieren konnte, kehrte die Besatzung allerdings grollend zum Mutterschiff zurück.

Keine leichte Aufgabe für den Bootsmann, den Streit zu schlichten – immerhin ging es um das Geld der gesamten Schaluppen-Mannschaft, das der ungeschickte Harpunier in den Sand gesetzt hatte …

An einer weiteren Schaluppe war es, ein noch gefährlicheres Abenteuer – wenn auch ganz anderer Art – zu bestehen. Der Widerhaken an der Harpune hatte sich im Fleisch des angepeilten Wals festgesetzt, und es begann der übliche Ablauf: Das verwundete Tier versuchte zu fliehen und die Harpune samt den hartnäckigen Verfolgern in dem kleinen Boot loszuwerden. Die Verfolgungsjagd zog sich lange hin und führte weit weg von ihrem Walfänger, ein ganzes Stück quer durch die Grönlandsee in Richtung der Ostküste von Grönland.

Von der *Meerjungfrau* aus war das Boot nicht mehr zu erkennen. Aber auch das erschütterte die erfahrenen Waljäger noch keineswegs. Bedenklich dabei war lediglich, dass sich die herumtreibenden Eisschollen und Eisberge ständig zu vermehren schienen; und ganz offensichtlich versuchte das verletzte Tier seinen Todfeinden zu entkommen, indem es Zuflucht unter einer riesigen Eisscholle nahm.

»Jetzt galt es!«, berichtete später der Harpunier jener Schaluppe seinem Commandeur und den Offizieren. »Ich musste mich blitzschnell für das in so einem Fall einzig Richtige entscheiden: die Leine durchzuschneiden nämlich, die mich und das Boot samt den Kameraden mit dem Vieh verbunden hat! So ist es uns nach zweistündiger Hetzjagd kreuz und quer durch die Grönlandsee leider doch noch entkommen, mitsamt der Harpune im Buckel!«

»Gelobt sei der Herr, dass ihr alle heil geblieben seid! Ich denke, in den kommenden Tagen, Wochen und Monaten werdet ihr mehr Glück haben, Leute!«, versuchte der Commandeur die reichlich geknickte Schaluppenmannschaft wieder aufzumuntern.

Die übrigen vier Fanggemeinschaften hingegen freuten sich über reiche Beute: Zusammen waren es elf große Wale, die man erlegt hatte. Die Fangsaison des Jahres 1706 versprach, eine ausgesprochen ergiebige zu werden. Kerrin hoffte insgeheim, dass sich während der nächsten Tage keiner der Meeressäuger blicken ließe. Bedeutete doch jeder einzelne Fang ein weiteres Hindernis für die ersehnte Ankunft in Grönland.

Mittlerweile wussten sie, dass der Commandeur der *Meerjungfrau* versuchen wollte, Ittoqqortoormiit anzusteuern, eine winzige Anhäufung von Hütten auf einer im Sommer weitgehend eisfreien Halbinsel. Von da aus müssten sie selbst zusehen, wie sie vorwärtskämen.

SIEBZEHN

NACH EINEM SEHR herzlichen Abschied von Commandeur Jens Brevensen und seiner gesamten Mannschaft – die ihnen noch mit dem Gepäcktransport an Land, mit Lebensmitteln sowie mit vielen nützlichen Ratschlägen behilflich waren – waren Kerrin und Fedder Nickelsen an diesem gottverlassenen und schäbigen Ort, mit lediglich ein paar primitiven Hütten und einigen Zelten, auf sich allein gestellt.

Die Durchfahrt zwischen den unzähligen Eisbergen und riesigen Schollen nahe der Küste war nicht ungefährlich gewesen. Die Nächte konnten nach wie vor eisig sein, und nicht selten wurde ein Schiff von den Eisschollen eingekeilt.

So war es auch kein Wunder, dass der Bootsmann darauf gedrängt hatte, möglichst umzukehren, solange die Sonne noch schien und ein wenig wärmte. Kerrin wünschte den Männern weiterhin eine erfolgreiche Walfangzeit – teils in der Grönlandsee, teils in der Dänemark-Straße vor Angmagssalik sowie in der Gegend der Südspitze von Grönland – und nicht zuletzt eine gesunde Heimkehr.

Ehe die *Meerjungfrau* den Anker lichtete, um sich erneut durch die vielen in der Grönlandsee nach Süden treibenden

Eisberge hindurchzuschlängeln, trug der dänische Kapitän Kerrin noch besonders liebe Grüße an ihren Oheim Lorenz Brarens auf.

»Der Junge soll mal zusehen, dass er endlich Bischof wird!« Dieser Scherz war das Letzte, was Kerrin von ihm zu hören bekam.

»Als Erstes, Fedder, sollten wir dem Herrgott danken, dass wir es endlich geschafft haben, hier an Land zu gehen!«

»Weiß Gott, da kann man dir nicht widersprechen, Kerrin!«

Aha, mittlerweile ließ Fedder also auch die Anrede »Frau« wegfallen … Ihr sollte es recht sein.

Nachdem ihr Dankesgebet verklungen war – kein Mensch hatte sie gehört, da weder Europäer noch Grönländer sich blicken ließen –, wurde Kerrin mit einem Mal richtig bewusst, dass das eigentliche Abenteuer erst jetzt begann.

In etwa fünfzehn Gehminuten Entfernung machten sie ein paar schäbige Häuschen aus, aus Bruchsteinen zusammengefügt.

»Die wichtigste Frage lautet für uns: In welcher Richtung sollen wir eigentlich mit der Suche beginnen?«

Ziel- und planlos Kräfte zu vergeuden lag nicht in ihrem Interesse – und nicht in dem des Gesuchten. Dass Kerrin die Gebiete noch wusste, in denen man seinerzeit die Suche betrieben hatte, als die Spur ihres Vaters noch frisch gewesen war, erwies sich nach mehreren Jahren nicht mehr als hilfreich.

»Lass uns die Häuser dort hinten aufsuchen, Kerrin! Irgendein Mensch muss etwas über deinen Vater wissen. Ein weißer Mann wie Commandeur Asmussen fällt auf, man spricht über ihn; so eine Person kann nicht einfach spurlos verschwinden!«

Fedder, dem der plötzlich mutlose Gesichtsausdruck seiner

Begleiterin gar nicht gefiel, versuchte, ein wenig Optimismus zu verbreiten. Den hatte Kerrin auch bitter nötig. Unvermittelt brachen sich ihre Zweifel, die sie bis jetzt erfolgreich beiseitegeschoben hatte, Bahn.

»Vielleicht war alles umsonst«, seufzte sie, »und mein Vater liegt längst unter der Erde oder wurde von einem wilden Tier gefressen!«

Fedder erschrak. Das ließ sich nicht gut an.

»Weißt du was, Kerrin? Wir gehen jetzt zu diesen Hütten dahinten und befragen die Bewohner so lange, bis wir etwas Brauchbares erfahren haben! Ich verwette meine Stiefel, dass die etwas wissen – und das werden wir herausfinden. Verlass dich drauf!«

So machten sie es. Ihr Gepäck ließen sie einfach am Strand liegen; darum konnten sie sich später kümmern.

Als sie sich den bescheidenen Behausungen näherten, erwachten diese auf einmal zum Leben. Männer, Frauen und Kinder huschten aus den mit dicken Robbenfellmatten verschlossenen Eingängen und schlurften ihnen neugierig entgegen.

Der Sippenälteste begrüßte sie in einer Art Mischsprache aus Dänisch, Holländisch und Englisch. Zum Glück wurden Kerrin und Fedder einigermaßen schlau daraus und fühlten sich gleich besser.

»Es kam bisher noch nie vor, dass zwei Weiße allein an unsere Küste kommen – von denen einer überdies eine Frau ist«, stellte der alte Mann namens Kŭŭpik fest und lachte, wobei er ein enorm lückenhaftes Gebiss präsentierte.

Man lud die Fremden ein, ins Haus des Anführers dieser Eskimofamilie einzutreten und seine Gäste zu sein. Sofort fühlte Kerrin sich an eine ähnliche Situation erinnert, als sie vor Jahren zusammen mit einem Schiffsjungen die Gastfreundschaft des alten Inuit Inukitsok und seiner Frau Naduk in deren Quartier genossen hatte …

Auch hier war das Innere der aus kleineren Bruchsteinen zusammengefügten Hütte schmucklos bis auf einige wenige Dinge des täglichen Gebrauchs, die, an Nägeln aufgehängt, die vier Wände zierten: ein Topf, zwei Pfannen, mehrere Netze, Angelruten, Rührlöffel, Schürhaken und eine Art von Kehrbesen.

Das Haus des Schamanen hingegen war rund gewesen und das Lattendach mit Walrosshaut bespannt, während die Hütten hier ein Moos- oder Strohdach bedeckte, mit einem Loch als Rauchabzug. Der Geruch allerdings war genau der gleiche: ranziger Robbenspeck, getrocknete Kräuter und der Rauch der vor sich hin qualmenden, mittig angelegten, offenen Feuerstelle.

Rings ums Holzkohlenfeuer, auf dem eine tranig riechende Suppe in einem alten Eisentopf vor sich hin kochte, waren mehrere, aus Seerobbenfell gefertigte Matten ausgelegt, auf die der alte Küǔpik sie zum Niedersitzen einlud, während eine jüngere, sichtlich schwangere Frau ihnen Tee anbot.

Fedder, dem das alles ein wenig umständlich erschien, wollte gleich zur Sache kommen; aber Kerrin, die die Gepflogenheiten der Grönländer ein bisschen besser kannte, machte eine abwehrende Handbewegung und warf ihm einen warnenden Blick zu.

»Es wäre grob unhöflich«, flüsterte sie ihm heimlich zu, »sie daran zu hindern, sich als gute Gastgeber zu erweisen! Sie wären tief gekränkt und würden uns gar nichts verraten.«

Es blieb ihnen in der Tat nichts anderes übrig, als das tranig schmeckende Gebräu anzunehmen und unter den wachsamen Augen der gesamten Eskimosippe hinunterzuschlucken.

Wobei Fedder immer nur einen winzigen Schluck zu sich nahm – und dadurch seine Qual unnötig verlängerte, während Kerrin sich das heiße bittere Zeug auf einmal in die Kehle rinnen ließ. Was ihr zwar Tränen in die Augen trieb – aber sie hatte es wenigstens überstanden.

Als der alte Inuit ihnen allerdings auch noch von der fetten Suppe anbot, in der undefinierbare Brocken herumschwammen, schüttelte Fedder energisch den Kopf. Alle Blicke waren auf ihn gerichtet, und Stille trat ein.

Ehe es peinlich zu werden drohte, hatte Kerrin den rettenden Einfall, zu behaupten, ihre Religion verlange derzeit von ihnen – außer kleinen Mengen an Getränken –, keinerlei Nahrung zu sich zu nehmen.

Ah! Das änderte selbstverständlich alles! Für jede Art von Religion und ihre Gebote – waren sie auch noch so kurios – war man aufgeschlossen; man drängte sie nicht mehr zum Essen. Dafür legte eine andere junge Frau, fast selbst noch ein Kind, Kerrin ihren nackten Säugling in den Arm, damit sie den winzigen Knaben streicheln und liebkosen sollte. Das fiel Kerrin nicht schwer. Sie liebte Kinder, und der Kleine erinnerte sie doch stark an ihren Liebling Kaiken.

Allmählich schaffte Kerrin es dann auch, sich zu ihrem eigentlichen Anliegen vorzutasten, während Fedder doch zunehmend unruhig wurde und nervös auf seinem Robbenfell herumrutschte. Die ungewohnte Sitzhaltung mit den gekreuzten Beinen tat ein Übriges, dass er sich unwohl fühlte.

Die Einheimischen, darauf eingerichtet, den vor Anker gehenden europäischen Walfängern und Jägern zu Diensten zu sein, hörten sich Kerrins weitschweifige Schilderungen ihres damaligen Aufenthalts und des rätselhaften Verschwindens ihres Vaters an und reagierten dann längere Zeit überhaupt

144

nicht. Es war, als müssten sie das Gehörte erst einmal verdauen und richtig einordnen.

Als Kerrin den Besuch bereits als erfolglos abhaken wollte, schien auf einmal ein kleiner Durchbruch zu gelingen.

Ja, da wäre damals tatsächlich eine kleine Schar grönländischer Jäger gewesen, die von einem vornehm gekleideten weißen Mann erzählt hätten. Der habe Moschusochsen jagen wollen und sei bei der Verfolgung dieser Tiere in eine Felsenspalte gestürzt und hätte wohl längere Zeit bewusstlos in der Tiefe gelegen, ehe ihn Inuits entdeckten, heraufholten und versorgten.

Das berichtete Kŭŭpik in einer gemächlichen, nicht immer leicht verständlichen Sprechweise.

Kerrin entfuhr ein Freudenschrei. Sie hatte ihn nur zu gut verstanden! Sie sprang auf und umarmte den alten Eskimo: »Ihr sprecht von meinem Vater! Der Herr sei gelobt! Das ist eine erste Spur!«

Es gab außerdem Hinweise, dass Roluf Asmussen nach seiner Genesung mit einer Gruppe grönländischer Ureinwohner vor dem drohenden Wintereinbruch weiter nach Süden ausgewichen war. Mehr wussten weder Kŭŭpik noch andere Mitglieder seiner Sippe.

Immerhin war es doch ein vielversprechender Anfang.

»Mein Vater ist am Leben! Wir müssen auf jeden Fall nach Süden und uns dort weiter durchfragen, um seine Spur über die beiden Jahre, die seitdem vergangen sind, zu verfolgen!«

Kerrin fühlte sich stark, mutig und entschlossen – und vollkommen sicher, ihre heikle Mission zu einem guten Abschluss zu bringen. Mit ihrem Optimismus schaffte sie es, auch Fedder erneut zu begeistern.

Den hilfreichen Grönländern kauften sie drei kleine, aber äußerst kräftige und anspruchslose isländische Pferde ab; zwei

145

dienten zum Reiten, denn die gesamte Strecke zu laufen hätte viel zu lange gedauert, und eines war als Packpferd gedacht.

Voll Dankbarkeit verließen die beiden am nächsten Tag frühmorgens die Inuits, denen sie nebenbei auch ein einigermaßen akzeptables Nachtquartier verdankten.

Sie hatten das Angebot mit Freuden angenommen, nachdem klar war, dass sie nicht zusammen mit der Familie in einem einzigen Raum nächtigen sollten, sondern man ihnen eine eigene, wenn auch winzige Hütte zuweisen würde.

Der nächste Morgen, mit prächtigem Sonnenschein und klarem, fast südländisch anmutendem blauen Himmel, stimmte Kerrin so euphorisch, dass sie unwillkürlich ausrief: »Warum in aller Welt bin ich nicht schon viel früher nach Grönland gekommen, um meinen Vater aufzuspüren?«

»Weil du *mich* noch nicht kanntest, Kerrin!«, gab ihr Fedder, gleichfalls gut gelaunt, zur Antwort. Übermütig warf Kerrin ihrem Begleiter ein mit getrocknetem Moos und süß duftenden Kräutern gefülltes Kissen an den Kopf, das Geschenk einer von Kŭŭpiks Töchtern.

Sie waren jung, gesund und unternehmungslustig. Kerrin glaubte außerdem an die Zuverlässigkeit ihrer Gesichte. Bei Fedder spielten noch andere Beweggründe eine Rolle, aber die hielt er vorerst noch geheim. Irgendwann – das glaubte er sicher zu wissen – wäre der geeignete Zeitpunkt gekommen, sie Kerrin zu offenbaren.

Er ging nach draußen, um dem dritten Pferd einen gewaltigen Packen auf den Rücken zu laden.

»Viel zu schwer für das Tier«, stellte er fest. »Der Gaul wird schlappmachen.«

»Einen Teil des Gepäcks werden wir hierlassen müssen«, sah auch Kerrin ein. »Ich denke, zwei der Planen, etliche Decken, einen Teil der Töpfe und Pfannen und die Holzkiste, in denen die Medizinvorräte lagern, sollten wir bei den freundlichen Grönländern lassen.«

»Kochtöpfe und Planen, meinetwegen! Zwei Töpfe und eine Pfanne reichen, und mehr als drei Planen werden wir wohl auch nicht brauchen. Davon können wir uns ohne Weiteres trennen – aber die Decken, die Arzneimittel und das Verbandszeug werden wir womöglich bitter nötig haben!«, legte Fedder umgehend Einspruch ein.

Kerrin zeigte sich einsichtig.

»Die Säfte, Pillen, Tees und die medizinischen Gerätschaften nehmen wir natürlich mit – aber nicht in der schweren Kiste, sondern wir verstauen das Zeug in dem Stoffsack, in dem bis jetzt unsere ganz warme Kleidung und die Schneeschuhe stecken. Die bringen wir auch noch in den anderen Beuteln unter.«

Nachdem das Gepäck umgeschichtet war, wobei sie das Überflüssige aussortiert und an die Eskimos verteilt hatten, nahmen sie endgültig Abschied und machten sich auf den Weg nach Süden, immer an der Küste entlang.

ACHTZEHN

SEIT LORENZ BRARENS' letztem Aufenthalt in Gottorf hatte sich in dem kleinen Herzogtum vieles geändert. Nach dem Tod ihres Mannes lebte Herzogin Hedwig Sophie nun um einiges unbeschwerter und zufriedener als während der Dauer ihrer unglücklichen Ehe mit dem notorisch untreuen Friedrich – dennoch lastete die politische Verantwortung zunehmend schwerer auf ihren schmalen Schultern.

Einmal war da Dänemark, dessen König Friedrich IV. seit Langem versuchte, das Herzogtum Schleswig-Holstein-Gottorf seiner seit 1660 bestehenden Souveränität zu berauben und unter die Botmäßigkeit der dänischen Regierung zu zwingen. Aber auf der anderen Seite gab es Schweden – Hedwig Sophies Heimatland – als Schutzmacht des Herzogtums und zudem Sieger über den russischen Herrscher, Zar Peter.

So hätte man eigentlich in Gottorf einigermaßen beruhigt leben können – doch leider war dem nicht so. Dänemark rüstete erneut zum Krieg, und Peter tat desgleichen, indem er eine Kriegsflotte aus dem Boden stampfte und zur gleichen Zeit eine neue Hauptstadt samt Festung errichten ließ.

»Das bedeutet, mein lieber Pastor Brarens, wir sitzen wieder einmal zwischen sämtlichen Stühlen«, beklagte sich die Herzogin bei Kerrins Oheim, der am vergangenen Abend in Gottorf eingetroffen war. Zum Glück wusste der Pastor recht gut über die politischen Verhältnisse Bescheid – immerhin pflegte er regen brieflichen Kontakt mit etlichen hochstehenden Persönlichkeiten, die ihn stets mit den aktuellsten Neuigkeiten versorgten.

Von der Herzogin, einer zwar klugen und recht umgänglichen Frau, würde er nämlich vermutlich nicht viel erfahren. Und da fiel er auch schon, der berühmte Satz charmanter Adelsdamen:

»Aber lassen Sie uns doch von Angenehmerem plaudern, mon cher! Ich hoffe doch sehr, Sie hatten eine angenehme Reise?«

Scharf fasste der Geistliche die Herzogin ins Auge. Beinah gleich alt wie seine Nichte Kerrin, sah Hedwig Sophie bedrückt, ja, äußerst unzufrieden und besorgt – und dadurch um einiges älter – aus, ungeachtet ihrer großartigen Aufmachung mit viel Schminke, Puder, prächtiger Aufsteckfrisur und höchst schmeichelhaftem roséfarbenem Spitzenkleid, das wundervoll zu ihrem dunkelbraunen Haar passte.

Gerade ihr bekümmertes Aussehen sprach nach des Pastors Ansicht für ihre Intelligenz und politische Weitsicht. Er ahnte, dass sie sehr genau die Zeichen der Zeit erkannte, die keineswegs auf kommenden Frieden hindeuteten, sondern für das kleine Land nur Schlechtes bereitzuhalten schienen.

Dass sie ihren Bruder, den schwedischen König, gebeten hatte, sich der baltischen Provinzen anzunehmen, sprach in seinen Augen für den Verstand der schönen Witwe.

Damen ihrer Herkunft, mit einem üppigen und sorgenfreien Lebensstil, der ihnen so gut wie jeden Wunsch zu erfüllen vermochte, ließen sich in aller Regel von den Wirren der Zeitläufte nicht davon abhalten, ihr Leben in vollen Zügen zu genießen. Doch Hedwig Sophie war offenbar aus anderem Holz geschnitzt. Anstatt sich unter den Schutz ihres Bruders zu begeben und in Stockholm ein feudales Leben zu führen, harrte sie im relativ unbedeutenden Gottorf aus, um für das Erbe ihres sechsjährigen Sohnes Carl Friedrich zu kämpfen.

Die bisher schon große Hochachtung des Geistlichen für seine Herzogin stieg noch weiter. Wenn er sie nur dazu bewegen könnte, mit ihm brisantere Themen anzuschneiden! Er war schließlich nicht nach Gottorf gekommen, um das Leben bei Hof zu genießen.

»Danke für Eure liebenswürdige Nachfrage, Durchlaucht! Meine Anreise – erst zum Festland, dann nach Gottorf – war sehr erbaulich. Aber dennoch bin ich einigermaßen besorgt: In Eurem Schreiben, Durchlaucht, habt Ihr angedeutet, dass Eure beiden geheimen Räte, Herr Magnus Wedderkop sowie Baron Görtz, sich nicht zu einigen vermögen über den Kurs, dén das Herzogtum einschlagen soll ...«

Er versuchte, das Geplauder, das ins Banale abzuleiten

drohte, wieder auf ernsthafteres Terrain zu bugsieren. Zu seinem Erstaunen ging Hedwig Sophie sogar darauf ein.

»Leider verhält es sich so, lieber Pastor! Für mich ist es oft nicht leicht, zwischen beiden Herren das richtige Maß zu finden. Eine Aufgabe, bei welcher ich mir, wie ich offen gestehe, Ihre Mithilfe erwarte!«

Ein Wunsch, auf den Lorenz Brarens natürlich vorbereitet war – war dieses Anliegen der Herzogin doch der eigentliche Grund seiner Anwesenheit im Schloss zu Gottorf. Er beeilte sich, der Dame seinen guten Willen zu bekunden, ihr mit Rat und Tat zur Seite zu stehen – unabhängig von den Ansichten der beiden genannten Herren.

»Dass das Kriegsglück etwas sehr Launisches ist, wissen wir ja, aber etwas Gutes vermag ich Ihnen, Pastor, allerdings doch zu berichten«, teilte die Herzogin ihm dann mit.

»Am 3. Februar dieses Jahres ist eine insgesamt dreißigtausend Mann starke sächsische Armee, die auch russische und polnische Hilfstruppen enthielt, von einer nur achttausend Soldaten zählenden schwedischen Truppe bei Fraustadt an der schlesischen Grenze vernichtend geschlagen worden!

Damit hat General Rehnskjold den bisher glänzendsten Sieg seiner militärischen Laufbahn errungen. Mein Bruder Karl hat den General daraufhin umgehend zum Feldmarschall befördert und ihn überdies in den Grafenstand erhoben!«

»Dazu kann ich nur herzlich gratulieren, Madame!«

»Zar Peter hat der schwedische Sieg dazu veranlasst, seinen Soldaten den Rückzug aus der Festung Grodno zu befehlen«, berichtete die Herzogin. »Außerdem versenkten die Russen, um schneller fliehen zu können, am 4. April über hundert eigene Geschütze im Fluss Neman und wandten sich anschließend nach Südosten in Richtung Kiew, wobei sie die Pripjetsümpfe allerdings umgingen.

Mein Bruder war hocherfreut, als ihm der Abzug der Russen aus Grodno gemeldet wurde, und befahl seinerseits seiner Armee die sofortige Verfolgung.«

Die Herzogin schien recht vergnügt.

Pastor Brarens wurde hellhörig, sobald er das Wort »Sümpfe« hörte. Die Schweden wären nicht die Ersten, die sich heillos in sumpfigen Waldgebieten verirrten und darin stecken blieben! Er hoffte, dass Karl XII. klüger wäre und um die berüchtigten Pripjetsümpfe gleichfalls einen Bogen schlüge … Das Blatt könnte sich sonst ganz schnell zu seinen Ungunsten wenden.

»Zum Glück bereitet mir mein kleiner Sohn, Carl Friedrich, der sich sehr wohl an Ihre Nichte Kerrin, wie auch an Sie, Pastor, erinnert, nur Freude! Auch mit seinem zweiten Vormund, meinem Schwager Christian August, gibt es in Fragen der Erziehung des künftigen Herzogs keinerlei Differenzen!«

Damit war jetzt wohl endgültig das leidige Thema Nordischer Krieg vom Tisch – zumindest für diesen Tag.

Als Hedwig Sophie ihren Sohn erwähnte, strahlten ihre Augen, was sie augenblicklich um Jahre jünger und noch um vieles schöner machte.

Nicht nur Lorenz Brarens, der sich für das erste Treffen mit seiner Landesherrin nicht als Pastor, sondern in Zivil gekleidet hatte und in seinem grauen Anzug, der seine noch immer schlanke Gestalt mit den breiten Schultern gut zur Geltung brachte, einen ausgezeichneten Eindruck machte, fragte sich zum wiederholten Male, weshalb die Herzogin nicht längst ihre Hand einem neuen Gemahl gereicht habe …

Die Bewerber standen, wie man hörte, mittlerweile Schlange – durchwegs edle Herren aus besten Familien mit hohem Ansehen. Jedoch Hedwig Sophie schien, trotz ihrer jungen Jahre, mit dem Kapitel Ehe für immer abgeschlossen zu haben.

151

Als Nächstes erkundigte sich Hedwig Sophie nach ihrer Freundin Kerrin: »Eigentlich war ich ein wenig enttäuscht, dass Kerrin nicht mit Ihnen mitgekommen ist, Pastor! Sie kann sich wohl von Föhr nicht losreißen. Sehr schade! Wie geht es ihr?«

»Ich habe hier ein längeres Schreiben von meiner Nichte, das ich Euch übergeben soll, Durchlaucht!«

Brarens zog den Brief aus der Innentasche seiner Anzugjacke und reichte das Kuvert der Herzogin. Diese dankte erfreut.

»Ich werde es später in Ruhe durchlesen, Pastor! Aber vielleicht können Sie mir ja bereits etwas über den Inhalt verraten?« Sie lächelte ihn auffordernd an.

Nun, das konnte Brarens in der Tat. Wie gerne hätte er sich allerdings davor gedrückt …

Es nützte auch nichts, dass er es so behutsam wie möglich formulierte, die reinen Tatsachen mussten Hedwig Sophie zutiefst schockieren.

»O mein Gott! Das darf doch nicht wahr sein! Bitte sagen Sie mir, dass es sich um einen schlechten Scherz handelt!«

»Leider ist es die Wahrheit, Durchlaucht!«

»Sie hätten es nicht zulassen dürfen, Pastor! Sie hätten es ihr verbieten müssen! Als Frau alleine nach Grönland, um dort nach Roluf Asmussen zu suchen! Ich fasse es nicht!«

Die Herzogin wirkte regelrecht verstört. Pastor Brarens, der mit dieser Reaktion gerechnet hatte, versuchte abzuwiegeln; aber so leicht war Hedwig Sophie nicht zu beruhigen.

Selbst sein in gutem Glauben vorgebrachter Hinweis, dass zwei verständige, kräftige Männer an Kerrins Seite stünden, um für ihre Sicherheit zu sorgen, nützte wenig. Nach einer Weile rang sich die Herzogin zu der resignierten Feststellung durch: »Ich kenne Kerrin und ihren hartnäckigen Friesenkopf nur zu gut! Vermutlich wäre es vergebliche Liebesmüh gewesen, sie davon abhalten zu wollen. Ich werde jeden Tag dafür beten, dass sie bald heil zurückkehrt – zusammen mit Commandeur Asmussen.«

Als Nächstes ließ die Herzogin Frau Alma von Roedingsfeld rufen, einst Hofdame ihrer Mutter, Königin Ulrika Eleonore. Seit einiger Zeit diente die bereits ältere Edeldame Hedwig Sophie als Gesellschafterin und mütterliche Freundin.

Frau von Roedingsfeld war stets bestens über den neuesten Hofklatsch aus dem Kreml in Moskau informiert. Ihre Kenntnisse verdankte sie ihrem Bruder, dem Diplomaten Graf Christian von Roedingsfeld, der gute Kontakte zum russischen Zarenhof hatte, seine Neuigkeiten also aus allererster Quelle bezog und diese wiederum an seine Schwester Alma weitergab.

Pastor Brarens wurde der Hofdame vorgestellt und war höchst angetan von ihr und der lebhaften direkten Art, mit der sie Bericht über die Baumaßnahmen Zar Peters erstattete.

Der hatte es sich offenbar in den Kopf gesetzt, sich nicht nur als Herausforderer der Ostseemacht Schweden hervorzutun, sondern strebte danach, sich als illustrer Städtegründer und Festungsbauer einen Namen zu machen. Russlands neue Hauptstadt Sankt Petersburg sollte bereits große Fortschritte machen – ebenso wie der Kriegsflottenausbau angeblich unheimlich schnell vorankam.

Gerade Letzteres ließ den Pastor überlegen, dass es für das Herzogtum Schleswig-Holstein-Gottorf, rein machtpolitisch gesehen, womöglich klüger wäre, sich nicht mehr so eng an Schweden zu binden, sondern lieber die Nähe zu Dänemark zu suchen, das mit Russland verbündet war. Aber noch erschien es ihm zu früh, der Herzogin diesbezüglich Ratschläge zu erteilen – in der Politik waren Überraschungen ja bekanntlich niemals ausgeschlossen.

153

Das Wiedersehen mit dem künftigen Landesherrn hatte sich Lorenz Brarens nicht so vorgestellt. Eigentlich hatte er damit gerechnet, der kleine Junge erinnere sich gar nicht mehr an ihn, den langweiligen alten Inselpfarrer.

»Aber freilich kenne ich Euch noch, Pastor Brarens!«, meinte Carl Friedrich bei der Audienz am nächsten Tag. »Ihr seid der Oheim meiner lieben Freundin, der schönen Friesenfrau Kerrin, die sich leider nicht dazu durchringen kann, mir und meiner Maman in Gottorf das Leben mit ihrer geschätzten Gegenwart zu versüßen!«

Die unkindliche Ausdrucksweise zeugte davon, dass der kleine Junge ausschließlich mit Erwachsenen zusammen war, deren Hofsprache er übernommen hatte.

»Schön, dass *Ihr* wenigstens gekommen seid – und hoffentlich recht lange bleiben werdet«, fuhr er mit ernster Miene fort. »Die Herzogin rechnet sich viele gute Ratschläge von Euch aus, weil Ihr so gescheit seid, wie man allgemein sagt!«

Altklug schien der Kleine auch zu sein …

Das diskrete Hüsteln seiner Gouvernante, Frau Gabriele von Liebenzell, ließ den lebhaften Knaben innehalten. Verlegen warf er einen Seitenblick auf die ältere Dame.

»Oh, ich weiß, ich bin wieder einmal viel zu geschwätzig! Ich will mich bessern – das nächste Mal!«

Das brachte Frau Gabriele, die Herzogin, ihre Hofdame Alma von Roedingsfeld, Kerrins Oheim Brarens und eine Anzahl von Höflingen zum Lachen. Bis auf zwei Herren, die das Ganze anscheinend weniger amüsant fanden: Die beiden Kontrahenten Wedderkop und Görtz – in seltener Einmütigkeit – blickten im Gegenteil grämlich drein; auf gute Ratschläge eines friesischen Dorfpfarrers konnten sie offensichtlich gut verzichten …

Erst als die Herren die Blicke aller anderen auf sich ruhen

fühlten und das leise Befremden der Herzogin spürten, beeilten sie sich, überlaut ins allgemeine Gelächter einzufallen, um gleichfalls Erheiterung zu demonstrieren.

Ein Verhalten, das Lorenz Brarens zwar unwillkürlich zum Schmunzeln brachte, aber gleichzeitig auch abstieß. Keiner der beiden Herren erschien ihm geeignet, im entscheidenden Augenblick Rückgrat zu beweisen – vor allem Görtz traute er nicht recht über den Weg.

Er nahm sich vor, gerade diese speziellen Höflinge besonders scharf aufs Korn zu nehmen, von denen gut unterrichtete Kreise am Hof wissen wollten, dass sie sich hinter den Kulissen regelrecht – und durchaus nicht immer mit feinen Methoden – bekämpften. Instinktiv neigte er bereits jetzt dazu, Hedwig Sophie zu überzeugen, dass Wedderkop der geeignetere Mann sei, um den politischen Kurs zu bestimmen.

NEUNZEHN

Bis Kerrin und Fedder die winzige Siedlung Angmagssalik erreichten, dauerte es gute zwei Wochen. Um ein Vielfaches länger, als es sich beide in ihrer Ahnungslosigkeit vorgestellt hatten.

Der Weg war beschwerlich, manchmal kaum zu meistern. Da sie sich, aus Furcht, die Richtung zu verlieren, möglichst nah an der Küste hielten, bedeutete dies, dass von zügigem Vorwärtskommen keine Rede sein konnte. Der Pfad, den sie einschlugen, war schmal, uneben, felsig, teilweise noch mit Eis oder – falls mit Erde bedeckt – vom Schmelzwasser aufgeweicht.

Nicht selten mussten sie absteigen und die Pferde am Zügel

über rutschige Platten oder durch zähen Morast führen, damit diese nicht fehltraten oder im Modder stecken blieben. Ständig bestand die Gefahr des Aus- und Abgleitens in die Tiefe und damit ins eisige Wasser.

Zum Glück gab es noch so gut wie keine stechenden Insekten.

»Wir müssen die Last auf alle drei Gäule verteilen«, regte Fedder erneut an. »Unser einzelnes Tragpferd ist heillos überfordert!«

Von Anfang an hatte er wie selbstverständlich die Führung übernommen, und Kerrin ließ ihn gewähren.

Zum Glück spielte ihnen das Wetter keinen Streich: Es war zwar kalt, jedoch sonnig, und langsam wurden die Tage länger.

Endlich stießen sie erneut auf eine Gruppe Eskimos, die ihnen freundlich gesinnt zu sein schienen. Mit dem Sippenältesten einigten sie sich auf den Tausch einer kleinen Kiste mit Nägeln gegen mehrere aus Baumrinde gefertigte Behälter mit gedörrtem Fleisch von Moschusochsen, das zerkleinert und mit gekochten Beeren, Kräutern und Fett vermischt war und Pemmikan genannt wurde.

Von dem Alten stammte auch der Rat, sich für den weiteren Weg ein Boot zu beschaffen, am besten ein sogenanntes *umiak*, ein grönländisches Frauenboot, das sich um vieles besser eignete, um Lasten und Personen zu transportieren.

Rudern sei zwar anstrengender als Reiten, aber auf dem Wasser könne man abkürzen, was auf dem Landweg nicht möglich sei; da müsse man der vielen und oft tief ins Land einschneidenden Fjorde wegen jede Menge Umwege in Kauf nehmen.

»Alles in allem ist der Weg auf dem Wasser der günstigere!«, behauptete der Mann, und Kerrin und Fedder, denen seine

Argumente einleuchteten, glaubten ihm. So kam man überein, der Gruppe ein *umiak* abzukaufen.

»Aber wohin mit den Pferden? Die Tiere können wir unmöglich mitnehmen!«

Fedder schlug vor, sie den Eskimos zu überlassen. »So können wir den Preis für das Boot mindern.«

Aber da verhielt sich der Sippenanführer zu Anfang ziemlich abwehrend. Seine Leute hätten im Augenblick keine Verwendung für weitere Pferde, behauptete er. Ihre eigenen genügten ihnen.

Zum Schluss war es so, dass Kerrin regelrecht betteln musste, bis die Grönländer sich bereit erklärten, ihnen den Gefallen zu erweisen, die zusätzlichen Gäule zu übernehmen. Dass sich unter diesen Umständen der Preis für das Boot nur unwesentlich verringerte, war leider abzusehen.

So erwarben die Eskimos nahezu umsonst drei wohlgebaute, kräftige Pferde, gleichermaßen zum Reiten wie zum Tragen geeignet. Dass der schlaue Alte sie bei diesem Handel gehörig übers Ohr gehauen hatte, begriffen Kerrin und Fedder erst, als es für weitere Verhandlungen längst zu spät war.

Das Steuern des Bootes auf schwankendem Untergrund – beim Zu-Wasser-Lassen und beim Beladen hatten ihnen die Grönländer noch geholfen – war anfangs nicht leicht. Aber bald hatte Fedder den Bogen raus; mit Geschick umfuhr er felsige Hindernisse, von denen in Küstennähe mehr als genug vorhanden waren, und wich den rasch südwärts ziehenden Eisschollen und Eisbrocken aus.

Ungewohnt war, dass das *umiak* so niedrig war; Kerrin vor allem fiel es zuerst schwer, eine einigermaßen bequeme Sitzposition einzunehmen, bei der ihre Beine nicht taub wurden. Ihren Rock hatte sie mittlerweile gegen lange Hosen ge-

157

tauscht, was ihr vieles erleichterte. Alles in allem waren sie bisher leidlich zufrieden. Mit der ständigen Südströmung kamen sie nämlich überraschend schnell voran.

Nachdem Fedder mit kleinen Unterbrechungen nahezu acht Stunden seinen kräftezehrenden Dienst versehen hatte – Kerrin hatte immer wieder Pausen einlegen müssen –, gelang den beiden selbst das Anlanden und Vertäuen des Bootes zu ihrem eigenen Erstaunen geradezu meisterhaft.

Der etwas erhöhte Platz, auf dem sie übernachten wollten, war vom Ufer aus nicht schwer zu erreichen. Bald waren das kleine Zelt, die Decken, die Schlafsäcke, ihr Essensvorrat und noch so einiges, wovon Fedder glaubte, man dürfe es nicht aus den Augen lassen, an Land geschafft.

Dazu gehörten ihr gesamtes Bargeld und die Lappdose, aber auch so nützliche Gegenstände wie Gewehre und Munition, eine Taschenuhr, der Kompass und das Angelzeug. Natürlich oblag es wiederum Fedder, die schweren Gegenstände zu schleppen, während Kerrin sich bereiterklärte, beim Aufbau des Schlafzeltes zu helfen sowie beim Sammeln von dürren Zweiglein und trockenem Gras zum Feuermachen. Außerdem wollte sie in Zukunft das Kochen übernehmen.

Letzteres bestand an diesem Abend darin, dass sie über der Flamme in einem Topf Schnee zum Schmelzen brachte, in den sie etwas Pemmikan – eigentlich eine Erfindung der Indianer Nordamerikas – gab und etwas von dem getrockneten Grünzeug, das noch von Jan Mayen stammte, hinzufügte. Dazu gab sie nur ganz wenig Salz – das Fleisch war ohnehin gesalzen – und teilte jedem ein paar Scheiben steinhartes Brot zu, das in die Suppe eingetunkt werden musste, um es kauen zu können.

Pemmikan schmeckte gar nicht so übel, wenn man sonst

nichts hatte. Zusammen mit dem Brot wurden sie jedenfalls satt. Den Durst löschten sie mit Schmelzwasser.

Müde und zufrieden krochen sie bald darauf in ihre mit Daunen gefüllten Schlafsäcke. Die Strecke, die sie an diesem Tag dank des *umiaks* bewältigt hatten, ließ die Hoffnung in ihnen aufkeimen, bereits am übernächsten Tag die Siedlung Angmagssalik zu erreichen.

Eigentlich hatten sie ausgemacht, dass sie in zeitlich versetzten Abschnitten schlafen würden: Einer schlief, der andere müsste Wache halten, ehe man sich nach ein paar Stunden abwechselte. Aber an diesem Abend waren beide so erschöpft, dass sie unwillkürlich zur gleichen Zeit in Schlummer sanken.

Nach einer ruhigen Nacht, die vor allem Fedder wieder zu Kräften verholfen hatte, packten sie, noch ehe die Sonne sich über dem Horizont erhob, ihre Sachen zusammen. Sie schafften gemeinsam das kurze Stück hinunter ans Ufer, wo ihr Boot leise auf den Wellen schaukelte.

Alles kam ihnen heute leichter vor, die Handgriffe waren vertrauter, und sogar das Sitzen in dem niedrigen *umiak*, bestehend aus einem mit Seehundfellen überzogenen Holzgerippe, bereitete nur noch geringe Schwierigkeiten.

»Pass nur auf, Kerrin, mit der Zeit werde ich noch ein richtiger Experte im Umiakfahren!« Fedder grinste vor Vergnügen.

Kerrin, die mit dem Rücken an einem Gepäckballen lehnte, der ihre zusammengerollten Schlafsäcke enthielt, ließ ihre Gedanken schweifen, während das Boot steile, felsige Uferwände passierte, die von weit ins Landesinnere hineinreichenden Fjorden unterbrochen wurden.

»Den ganzen Weg zu reiten oder gar zu Fuß zu gehen hätte uns fünfmal so viel Zeit gekostet«, unterbrach Fedder nach ei-

159

ner Weile die Stille. Sie wurde sonst nur hin und wieder durch den Schrei einer Möwe, einer Seeschwalbe oder eines Seeadlers unterbrochen oder durch das Tosen eines der zahlreichen in Gischtwolken herabstürzenden Wasserfälle.

Menschen hingegen waren am Ufer keine zu sehen, auch keine Boote.

Lediglich ganz weit draußen – laut Fedder befanden sie sich nicht mehr in der Grönlandsee, sondern in der Dänemarkstraße – erspähten sie größere Schiffe mit geblähten Segeln.

»Das sind Walfänger«, behauptete Kerrin; ihr Begleiter nickte.

»Du magst mich für einen Feigling halten, Kerrin, aber für mich taugt dieses Geschäft nicht!«, murmelte er nach einer Weile und umschiffte elegant eine Eisscholle, auf der eine Robbe lag.

»Und warum ist das so?«, wollte Kerrin wissen, nachdem sie die gleichgültig zu ihnen herüberblinzelnde Robbe passiert hatten.

»Die Abschlachterei ist mir zu blutig … Auch wenn ich jetzt gewaltig in deiner Achtung sinke, muss ich gestehen: Ich finde den Walfang furchtbar!«

»Ganz meine Meinung, Fedder!«

Kerrin lächelte ihm zu, als er sich überrascht zu ihr umwandte.

»Ich bin der Ansicht, man kann auch ohne Waltran leben. Ich denke auch an die Männer, die ihre Gesundheit einbüßen oder gar ihr Leben bei der gefährlichen Jagd verlieren. Auf Föhr kenne ich mittlerweile nicht wenige Familien, die mindestens einen Mann verloren haben und nun über einen Gatten, Vater, Sohn oder Bruder trauern!«

»Du hältst mich also nicht für eine Memme?«, fragte Fedder ein wenig unsicher. Dabei warf er ihr einen so flehentlichen und um Wohlwollen heischenden Blick zu, dass ihr ein wenig seltsam zumute wurde. Er wird sich doch nicht in mich verlieben, schoss ihr durch den Kopf. Das wäre fatal. Solche Komplikationen könnte ich nicht gebrauchen! Sicher, Fedder Nickelsen war ein geschickter und anstelliger Bursche, stark wie ein Ochse und absolut loyal; dazu sah er noch gut aus: Groß, breitschultrig, blond und mit den typischen Friesen-augen in intensivem Blau, und er besaß – wie sie jetzt wusste – ein gutes Herz, das auch für Tiere schlug.

Und dennoch: Zum Ehemann wollte sie ihn nicht haben. Da war sie sich ganz sicher. Sie konnte nur hoffen, dass sie sich irrte und er auf Föhr längst eine andere im Auge hatte …

»Ich halte dich für sehr mutig, Fedder«, antwortete sie daher diplomatisch und bemühte sich, ihn umgehend mit dem Hinweis auf drei Seehunde, die in der Sonne faulenzten, ab-zulenken und auf andere Gedanken zu bringen.

ZWANZIG

DIE NÄCHSTEN BEIDEN TAGE verliefen ähnlich angenehm wie die vergangenen, dank des beständigen, windarmen und trockenen Wetters. An ihrer Steuerbordseite vermochten sie zwei wahre Bergriesen auszumachen, die sogar den mächtigen Beerenberg auf der Insel Jan Mayen um ein Vielfaches über-trafen.

Außer den üblichen Robben, die sich auf sachte treibenden Eisschollen sonnten, und einigen Kindern von Eingeborenen, die ihnen vom Ufer aus zuwinkten, sahen sie niemanden.

»Man könnte beinah glauben, die Erschaffung der Welt wäre erst vor Kurzem geschehen und wir zwei seien die einzigen Menschen!«, stellte Fedder fest, als sie erneut an Land ihr Zelt aufgebaut hatten und darauf warteten, dass der Schnee im Kochkessel schmolz und das Wasser zu sieden begann. Mittlerweile war es bereits schwierig, Flecken zu finden, wo noch Schnee vorhanden war. Im nächsten Ort müssten sie sich mit Wasser aus einem Bach oder Wasserfall versorgen. Vorsorglich hatten sie zu diesem Zweck Schläuche dabei.

Fedder ließ der Gedanke, dass Grönland ihn an das Paradies erinnerte, nicht los. Er fing erneut davon an. In Kerrin hatte er dagegen leisen Missmut erregt. Dass Fedder sie mit Adam und Eva im Paradies verglich, gefiel ihr – aus nachvollziehbaren Gründen – nicht besonders.

»Ich finde überhaupt nicht, dass man Grönland mit dem Garten Eden vergleichen kann!«, widersprach sie fest. »Dazu ist es viel zu kalt; es gibt kaum Tiere, und wachsen tut so gut wie nichts! Ich weiß wirklich nicht, was dich zu dem seltsamen Vergleich bringt!«, bemerkte sie, und ihre Stimme klang barscher als beabsichtigt.

Eine unangenehme Pause entstand.

Um sie zu beenden, brachte Fedder die Hoffnung zum Ausdruck, man werde spätestens am nächsten Abend in Angmagssalik anlegen.

»Das ist gut! Dann können wir uns frischen Proviant besorgen und versuchen, die Spur meines Vaters aufzunehmen«, ging Kerrin sofort auf den Themenwechsel ein.

Ihr war klar, dass sie ihren Begleiter mit ihrer übertriebenen Reaktion vor den Kopf gestoßen hatte. Sie ärgerte sich über sich selbst. Es war dumm, den einzigen Menschen, der bereit war, sich ihretwegen diesen Strapazen auszusetzen, zu verprellen. Es müsste ihr auch auf andere Weise gelingen, ihn auf Distanz zu halten …

Zu ihrer Überraschung war der Ort nicht nur ein mehr oder weniger ausgebautes Lager für Pelztier-, Robben- und Moschusochsenjäger, sondern tatsächlich eine kleine Siedlung. Die Bewohner hatten sich hier kleine steinerne Hütten mit Moosdächern gebaut und lebten überwiegend vom Fischfang oder machten sich mit unterschiedlichsten Dienstleistungen bei den weißen Jägern und Walfängern unentbehrlich.

Wozu bei den Eskimos auch die für Christen kuriose Sitte zählte, nachts besonders geschätzten Fremdlingen ihre Frauen zu überlassen …

Als Kerrin davon hörte, weigerte sie sich, es zu glauben.

»Da ist wohl bei manch einem, dessen Schiff vom Eis eingeschlossen ist und der die einsamen Wintermonate auf Grönland verbringen muss, der Wunsch der Vater des Gedankens«, wischte sie die Neuigkeit, die Fedder ihr grinsend präsentierte, als reines Märchen vom Tisch.

Sie hielt es erst für wahr, als mehrere Einheimische ihr seelenruhig bestätigten, dass dieses Gastgeschenk beim Ehemann nicht nur keinerlei Eifersucht erwecke, sondern im Gegenteil als vorteilhaft angesehen werde, um Inzucht in den kleinen Dörfern zu vermeiden.

Kerrin beschloss, darüber erst in Ruhe nachdenken zu wollen, bevor sie sich ein Urteil bildete, und dachte dabei mit einer gewissen Erheiterung an ihre prüde Muhme Göntje.

Durch den Erwerb von Proviant kamen Kerrin und Fedder mit den unterschiedlichsten Leuten ins Gespräch. Und tatsächlich erfuhren sie auch etwas über Kerrins verschollenen Vater.

Ja, da wäre vor zwei Jahren ein hochgewachsener weißer, ausgesprochen wortkarger Mann gewesen, in langen Elchlederhosen und mit einem merkwürdigen Hut auf dem Kopf, der einen Verband um seinen Kopf verdecken sollte.

Er sei offenbar mit einer Gruppe Inuit herumgezogen. Aber ob er bei ihnen geblieben und wohin er schließlich gegangen sei, das wüssten sie nicht.

Mehr war aus den Leuten nicht herauszubringen. Aber so leicht gab Kerrin nicht auf.

Eine zahnlose Inuit-Großmutter, die ihnen frisch gepflückten Grönlandsalat verkaufte und fast handtellergroße, braungrün gesprenkelte Vogeleier, wusste dann doch noch Entscheidendes. Mit ihrem Enkel als Übersetzer vom Grönländischen in holpriges Dänisch ließ sie Kerrin wissen, dass der Weiße, der, wenn er überhaupt den Mund aufmachte, sehr seltsam gesprochen habe, mit den Eskimos per Boot weiter nach Süden gezogen sei.

»Jedoch nicht ganz an die Spitze von Kalaallit«, nuschelte die Alte, deren schmale geschlitzte Augen fast in den zahllosen Falten und Runzeln ihres bräunlichen Gesichts verschwanden.

»Drei Tagesreisen weiter südlich von Angmagssalik wollten sie mit Schlitten und Hunden das Festland überqueren, um an die Westküste bei Kapisigdlit zu gelangen. Daran erinnere ich mich noch genau, weil einer meiner Enkel ein Stück weit mit ihnen gezogen ist!«

»Was sie wohl im Westen Grönlands wollten?«, überlegte Kerrin laut.

Da konnte auch Fedder nur raten: »Es gibt dort mehrere kleine Orte, wo Menschen sich angesiedelt haben – jedenfalls häufiger, als es im Osten der Fall ist. Das hat mir einer der Männer hier erzählt.«

»Wir sollten uns bald wieder auf den Weg machen«, mahnte Kerrin. »Je früher wir zur Westküste gelangen, desto eher können wir die Spur meines Vaters verfolgen.«

Odaq, ein jüngerer kräftiger Inuit, der seinen Lebensunter-

164

halt überwiegend mit dem Bau von Kanus und dem Errichten von kleinen Steinhäusern bestritt, winkte sie zu sich. Auch er habe ihnen etwas zu sagen. Er tat recht geheimnisvoll, hielt jedoch dabei die Hand auf.

Kerrin wollte sich nicht als kleinlich erweisen; vor allem wenn es möglicherweise dazu beitrug, etwas über ihren Vater zu erfahren. Sie drückte ihm ein paar Münzen in die Hand, die Odaq zuerst genau in Augenschein nahm, ehe er sein Wissen bereitwillig preisgab.

»Ich habe gehört, wie sie sich unterhalten haben«, behauptete der Grönländer in einer Mischung aus gebrochenem Holländisch und Englisch. Er strich sich dabei die mit ranzigem Robbenfett eingeölten, langen schwarzen Haare aus dem breitflächigen Gesicht.

Er stank so gotterbärmlich, dass Kerrin unwillkürlich Abstand hielt.

»Sie hatten nicht vor, sich nur an einem einzigen Ort im Westen aufzuhalten, sondern planten, nach Norden weiterzuziehen. Die kleine Gruppe wollte in Begleitung des großen weißen Mannes im Norden nach Robben und Eisbären jagen.«

»*Hergod uun hemel!*«, entfuhr es Kerrin unwillkürlich. »Mein Vater, der ganz offenbar verletzt war, ausgerechnet auf Bärenjagd!«

»Warum denkst du, dass Asmussen verletzt war?«, wollte Fedder wissen.

»Wozu sonst sollte er einen Kopfverband getragen haben?«, gab ihm Kerrin etwas unwillig zur Antwort. »Das Ganze passt auch irgendwie zusammen. Wenn er vollkommen gesund gewesen wäre, hätte mein Vater die Hilfe der Einheimischen nicht gebraucht und wäre folglich nicht mit ihnen durch dieses unwirtliche Land gezogen! Er hätte sich im Gegenteil auf-

165

gemacht und sich auf einem Walfängerschiff eine Passage nach Holland und später nach Föhr gesucht.«

»Das klingt logisch, Kerrin. So ergibt das Ganze jetzt Sinn. Nach Fug und Recht hätte er nämlich längst zu Hause sein müssen.«

Mit einem freundlichen »*Kujanak, kujanak!*«, was auf Grönländisch »Danke!« bedeutete, machten Kerrin und Fedder sich mit den erstandenen Waren auf zu ihrem *umiak*, das am Ufer vertäut lag. Sie wollten so schnell wie möglich aufbrechen, wobei Kerrin Wert darauf legte, möglichst den gleichen Weg zu nehmen, den auch Rolufs Gruppe eingeschlagen hatte.

»Es ist immerhin möglich, dass ihnen mein Vater lästig wurde und sie ihn auf dem Weg nach Norden zurückgelassen haben«, folgerte sie.

Ihr Vater konnte eigentlich nicht viel Bargeld bei sich getragen haben, um die Gruppe für ihre Hilfe zu bezahlen, hatte er doch ursprünglich mit den Eskimos auf die Pirsch nach Moschusochsen gehen wollen und da brauchte er kein Geld. Doch bis heute wusste sie nicht, wo damals die stattliche Summe abgeblieben war, die Asmussen mit sich geführt und in einer Kassette in seiner Kajüte verwahrt hatte …

Als sie erneut die Fahrt an der Küste entlang aufgenommen hatten, sank – der guten Nachricht zum Trotz – Kerrins Zuversicht wiederum beträchtlich.

»Rund zweieinhalb Jahre sind seit seinem Verschwinden vergangen, Fedder; jetzt ist beinah schon wieder Sommer, und wer weiß, wohin sich diese ganz bestimmte Gruppe Eskimos inzwischen gewandt hat – wenn er sich denn überhaupt noch bei ihnen aufhält. Es ist doch wie das Suchen einer Nähnadel im Heuhaufen, oder?«

Betrübt starrte die junge Frau auf den hölzernen Boden des

umiaks. In der Jacke, den langen Stoffhosen und den festen Stiefeln sah sie eher wie ein junger Bursche aus, vor allem mit den straff zurückgebundenen und unter einer bunt geringelten Strickmütze versteckten Haaren.

»Vielleicht sollten wir das Ganze abblasen, umkehren und uns ein Schiff suchen, das uns wieder Richtung Heimat bringt …«

Fedder brach es schier das Herz, sie so mutlos zu erleben. Am liebsten hätte er das Paddel eine Weile auf den Boden gelegt, sich zu ihr gesetzt und sie tröstend in den Arm genommen.

Aus gutem Grund unterließ er aber derartige Vertraulichkeiten, sondern blieb sitzen, wo er war, und paddelte mit kraftvollen Schlägen weiter.

»Noch etwas will mir nicht in den Kopf«, murmelte Kerrin nach einer Weile. Das Rauschen eines vor ihnen auf der Steuerbordseite aus großer Höhe herniederstürzenden Wasserfalls verschluckte beinahe ihre Worte. Mit Müh und Not konnte Fedder sie verstehen.

»Du wunderst dich, warum die Eskimos samt deinem Vater nicht schon weiter oben im Norden das Festland überquert haben, sondern erst etliche Tagesreisen weiter südlich von Angmagssalik, nicht wahr? Das kann ich dir sagen!

Daheim in Wyk habe ich eine Landkarte von Grönland studiert: Je weiter südlich man vordringt, desto schmäler wird das Land. Die Strecke von der Ost- zur Westküste verringert sich um ein Vielfaches, je weiter du dich im Süden bewegst.

Wenn man bedenkt, dass das Innere von Grönland auch im Sommer mit einer ungeheuer dicken Eisschicht bedeckt ist, ist das nicht gerade unerheblich! Es gibt Angenehmeres, als auf Eis zu laufen, keinen Erdboden mehr zu sehen, nicht einmal Felsengrund, sondern nur noch Eis, Eis, Eis!

Außerdem muss ich dich davor warnen, die Südspitze von Kalaallit per *umiak* umrunden zu wollen! Der Atlantische Ozean ist äußerst stürmisch und tückisch. Das Wetter ist unbeständig und schlägt üblicherweise vollkommen überraschend um, habe ich mir sagen lassen.«

»Ach ja? Du bist also dafür, dass wir es genauso machen sollen wie die Grönländer, das *umiak* verkaufen und uns Schlitten und Hunde besorgen sollen?«

»Genau das wollte ich dir vorschlagen, Kerrin! Es ist immer das Klügste, es genauso zu machen wie die Einheimischen, die schließlich am besten wissen, wie sich mit der Natur in Einklang leben lässt!«

Kerrin überlegte.

Was ihr Begleiter sagte, hörte sich nicht unvernünftig an – im Gegenteil! Die Aussicht, auf dem Eis sich selbst und ihr Gepäck mittels Schlitten durch Hunde transportieren zu lassen, gefiel ihr außerordentlich gut. Aber wie, *uun Gods nööm,* sollten sie diese Art von Fortbewegung jemals beherrschen?

»Alles, was du sagst, Fedder, hat Hand und Fuß! Aber hast du auch bedacht, dass es sich bei diesen Schlittenhunden nicht um niedliche Schoßhündchen handelt, sondern um große, kräftige Tiere, mit denen wir uns verständigen können müssen?«

Dieser Einwand brachte Fedder zum Lachen.

»Ich kann nur hoffen, dass die Viecher stark und muskulös sind – schließlich haben sie eine Menge an Last zu ziehen und sie sollen dabei ja auch noch möglichst schnell rennen! Natürlich muss uns derjenige, der sie uns verkauft, genau erklären, wie man mit ihnen umzugehen hat, aber so schwer kann das ja wohl nicht sein!«

Kerrin verspürte durchaus noch Zweifel – behielt ihre Skepsis allerdings für sich. Was soll's, dachte sie, nachdem der Weg rund ums Kap mit einer Nussschale wie der unsrigen nicht infrage kommt, bleibt ja kaum etwas anderes übrig – es sei denn, wir stapfen zu Fuß übers Eis und sind dabei unsere eigenen Lastesel …

Eine Alternative, die ihr noch viel weniger zusagte.

EINUNDZWANZIG

ZWEI ROBUSTE SCHLITTEN zu erwerben, auf die man gehörige Lasten packen konnte, sowie die dazugehörige Meute von Hunden war noch das Leichteste.

Aber wie diese Tiere anzuspannen und zu führen waren, welche Kommandos man zu geben hatte und wann man sie ausruhen lassen musste und ihnen Futter geben – ein Buch mit sieben Siegeln für Fedder, dem die Aufgabe zufiel, das Gespann zu lenken.

»Ich sehe schon, es wird längere Zeit dauern, bis wir es verstanden haben, mit diesen ganz speziellen Polarhunden umzugehen«, stellte Kerrin am Ende jenes Tages fest, an dem sie am Rande eines eisfreien Fjords in einem Basislager für Jäger einen Einheimischen getroffen hatten, der Schlittenhunde züchtete und zum Verkauf anbot.

Ihre Verwendung mochte zwar üblich sein, aber die Hunde waren ziemlich teuer. Sie fraßen eine Menge Fleisch und bedurften einer sorgfältigen Ausbildung. Meist interessierten sich ausländische Reisende für sie sowie Inuits, die durch den Handel mit Europäern zu einigem Wohlstand gekommen waren; die ärmeren mussten ihre Schlitten mit eigener Muskelkraft ziehen. »Erst ganz allmählich kommen meine Landsleute drauf, wie komfortabel das Von-Ort-zu-Ort-Ziehen mit

169

Schlittenhunden ist«, behauptete der Händler namens Klaas, der überraschend gut Holländisch sprach und überhaupt einen recht gebildeten Eindruck machte. Er lebte mit einer bildschönen jungen Einheimischen zusammen.

Später stellte sich heraus, dass er weit gereist war und sogar die Sprache der Samojeden beherrschte, eines Volks der Taiga im Nordosten Russlands, die große, anspruchslose und vor allem kälteunempfindliche Hunde mit dichtem Fell und überwiegend friedfertigem Gemüt züchteten. Sie setzten die Tiere zum Ziehen von Lasten ein. Klaas hatte ihnen zwei Paare abgekauft, sie nach Grönland mitgenommen und zog seitdem Schlittenhunde auf.

»In spätestens drei Tagen habe ich euch beiden beigebracht, wie man mit den Hunden umgeht!«, versprach er.

Klaas hatte in der Tat nicht zu viel versprochen. Am dritten Tag wussten Kerrin und Fedder, welches Tier sie als Leithund vorne als erstes anspannen mussten, welcher Hund als zweiter, dritter, vierter laufen musste, damit die Rangfolge innerhalb der Gruppe gewahrt blieb.

»Ein wirklich wichtiger Punkt«, schärfte der Hundezüchter ihnen ein. »Die Einhaltung der Rangordnung kann über Erfolg oder Misserfolg einer Reise entscheiden!«

»Das ist bei uns Menschen auch nicht viel anders.« Kerrin schmunzelte.

»Du hast nicht nur eine sehr schöne, sondern auch eine besonders kluge Frau«, beglückwünschte Klaas Kerrins Begleiter. Er hielt die beiden Fremden offensichtlich für ein Ehepaar.

Kerrin ließ es dabei bewenden – und Fedder freute sich diebisch darüber.

Der findige Grönländer mit dem ausgeprägten Geschäftssinn verkaufte ihnen auch noch den passenden, von ihm selbst hergestellten Schlitten. Kerrin hatte überlegt, ob man nicht besser zwei davon nehmen sollte, aber Klaas winkte ab. Das wäre reine Geldverschwendung! So viel Gepäck hätten sie ja nun nicht, und das Gewicht der jungen Frau sei sowieso kaum der Rede wert. Da seien die Polarhunde ganz andere Lasten gewohnt.

»Ihr müsst bloß aufpassen, nicht in eine Gletscherspalte oder in ein mit Wasser gefülltes Eisloch zu fallen! Wenn doch, wäret ihr allerdings ohne Ersatzschlitten arm dran!«

Ein Gedanke, der die zwei Föhringer schaudern ließ. Vor allem Kerrin plädierte dafür, auf der sicheren Seite zu sein, und kaufte doch einen weiteren Schlitten. Ihn konnte man ja an dem vorderen anbinden. Nur für den Fall, dass …

Ihre ängstliche Denkweise erstaunte Klaas, aber da er daran verdiente, hielt er den Mund und verbiss sich das Lachen. Dafür führte er ihnen noch einmal und bis ins kleinste Detail genau vor, auf welche Weise Schlittenhunde ein- und auszuspannen waren – ohne dass sich die ledernen Leinen heillos ineinander verhedderten.

Erneut zeigte er ihnen, worauf sie bei den Pfoten der Hunde zu achten hatten und wann man sie mit Heilsalbe behandeln und mit Stofflappen umwickeln musste.

Als Letztes trug er ihnen auf, das Füttern ihrer Hunde zu erledigen, damit sie ein Gespür für die angemessene Menge gefrorenen Rentierfleischs bekamen, das er ihnen verkaufte; wobei wiederum auf die unbedingt einzuhaltende Rangordnung zu achten war: Der Leithund bekam immer als erster zu fressen – und auch ein bisschen mehr.

Anschließend zeigte Klaas sich sehr zufrieden mit seinen Schülern. Am nächsten Morgen sollte es bereits losgehen.

Das richtige Anschirren der Leithündin und der übrigen Tiere, die äußerst aufgeregt waren und den Beginn der Reise kaum noch erwarten konnten, gelang Fedder erstaunlich gut – wofür Kerrin im Stillen ein Dankesgebet zum Himmel sandte.

Das Herumspringen und Gezappel der mächtigen und schönen Samojedenhunde, ihr nervöses Gebell und Gejaule hatten sie bereits das Schlimmste befürchten lassen. Zu ihrer Erleichterung schaffte es Fedder von Anfang an, sich Respekt zu verschaffen.

Wiederholt hatte Klaas ihnen eingeschärft, dass dieses Ansehen das Wichtigste überhaupt war: Nur wen die Hunde als Herrn anerkannten, dem würden sie gehorchen.

Der erste Schlitten war beladen, der zweite hinten angehängt, und Kerrin saß auf ihrem Sitzplatz, als Fedder sich vorne auf das Trittbrett stellte und mit den Leinen in beiden Händen das Kommando erteilte: »*Go!*«

Dann ging es los. Klaas, der es sich nicht nehmen ließ, ihre Abfahrt zu beobachten, reckte den Daumen nach oben zum Zeichen dafür, dass sie alles richtig gemacht hatten. Zuletzt winkte er ihnen sogar hinterher.

Erst verlief noch alles recht gemächlich; doch nach einer Weile wurde Fedder mutiger und ließ die Hunde, die förmlich danach gierten, das Tempo zu verschärfen, an Geschwindigkeit zulegen. Das relativ ebene Gelände und der vorhandene Schnee erlaubten es. Kerrin entspannte sich; die verkrampfte Haltung, die sie anfangs eingenommen hatte, löste sich, und bald vermochte sie die äußerst komfortable Art des Reisens zu genießen.

Es klappte alles so vorzüglich, dass sich in ihrem Kopf bald Bedenken regten, ob es tatsächlich so einfach war, quer durch Grönland zu reisen.

Irgendwo musste doch ein Haken sein.

Was geschähe beispielsweise, wenn die Eisschicht oder der Schnee, auf dem sie im Augenblick so problemlos dahinglitten, durch die sommerliche Erwärmung wegschmelzen würde? Dann könnten sie vermutlich ihre Schlittenhunde samt Schlitten vergessen und müssten sich erneut nach anderen Transportmitteln umsehen – für eine Reise per Boot waren sie mittlerweile viel zu weit vom Meer entfernt …

Kerrin malte sich wahre Horrorszenarien aus: Sie beide mutterseelenallein in der rauen Wildnis und ohne die geringste Aussicht, jemals wieder in zivilisierte Gegenden zu gelangen …

Ihre Zuversicht, ihren Vater jemals zu finden, sank erneut beträchtlich. Während ihrer ersten Rast war es wiederum Fedder, der sie aufrichtete, ihr Mut zusprach und von der Bedeutsamkeit ihrer Gesichte sprach, in denen sie doch erfahren habe, was sie letzten Endes erreichen würde. Außerdem dürfe Kerrin niemals vergessen, dass ihre tote Mutter Terke ihr den Auftrag erteilt habe, ihren Vater heil nach Hause zu bringen.

Dies und die verzweifelte Hoffnung, ihren geliebten Papa tatsächlich in einigen Tagen, Wochen oder Monaten umarmen zu können, verliehen der jungen Frau neuen Mut und die Kraft, durchzuhalten. Sie beschlossen, jedem noch so mageren Hinweis nachzugehen. Man konnte nie wissen, welcher von Erfolg gekrönt sein würde.

»Dass es lange dauern kann, das wussten wir ja von Anfang an!«, erinnerte Fedder sie. Damit brachte er Kerrin dazu, sich für ihre mangelnde Zuversicht zu schämen – handelte es sich doch schließlich nicht um Fedders Vater, sondern um ihren …

Des ewigen Pemmikans überdrüssig, beschlossen sie, sich mehr auf Eier zu verlegen, wobei Kerrin mit viel Geschick Vogelnester plünderte. Eine weitere Nahrungsquelle erschloss ihr Begleiter, der sich als wahrer Experte erwies, als es darum ging, in Wasserlöchern nach Fischen zu angeln.

»Ein wahres Festmahl«, schwärmte Kerrin nach der köst-

173

lichen Mahlzeit, die sie sich an einer geschützten Stelle über offenem Feuer zubereitet hatten. Zum Nachtisch gab es, als Mittel gegen den gefürchteten Scharbock, getrocknete Apfel- und Birnenschnitze, die Kerrin von Holland mitgebracht und bisher tatsächlich vergessen hatte.

Nach einer ausgedehnten Pause, die sie bei strahlendem Sonnenschein ausgiebig genossen, ging die Fahrt weiter. Fedders Kompass kam jetzt immer häufiger zum Einsatz. In einer Gegend, wo so gut wie nichts wuchs, es in der gleichförmigen Landschaft an Orientierungspunkten fehlte und alles nur in eintönigem Weiß erstrahlte, wären sie als unerfahrene Fremde ohne dieses nützliche Gerät ziemlich verloren gewesen.

Aber so war es geradezu ein Kinderspiel. Ziehen und rennen mussten nur die Hunde, die daran aber ganz offenbar ihr größtes Vergnügen hatten.

ZWEIUNDZWANZIG

DIE PASTORIN LITT an Schlaflosigkeit. Das tat sie jedes Mal, wenn ihr Ehemann, Pastor Lorenz Brarens, nicht zu Hause weilte. Auch sonst fehlte er ihr an allen Ecken und Enden. Obwohl eine in Ehren ergraute Hausfrau und erfahrene Bäuerin sowie bewährte Helferin ihres Gatten, hatte Göntje Brarens große Schwierigkeiten, sich gegen missgünstige Zeitgenossen und deren ungerechtfertigte Anschuldigungen zur Wehr zu setzen.

Nun war sie zwar keineswegs auf den Mund gefallen, wenn es sich darum handelte, auf Irrwege abgleitende Schäfchen auf den rechten Weg zu führen, aber sobald man sie persönlich zum Angriffsziel erkor, war sie unfähig, mit gleicher Münze heimzuzahlen. Sie vermochte sich nicht wirksam zu verteidigen und war sie auch hundertmal im Recht.

Es fehlte auf Föhr nicht an Gegnern, die, sei es aus Neid und Missgunst oder aus sonst einem unschönen Grund, nicht nur sie zu belästigen suchten, sondern bestrebt waren, die gesamte Pastorensippe in Misskredit zu bringen.

Ja, zumeist richtete sich der Groll der Kontrahenten gar nicht gegen Göntje, sondern in Wahrheit gegen ihre Familie; insbesondere gegen ihren Mann, der manch einem schon kräftig auf die Zehen getreten war.

Sooft der streitbare Pfarrer abwesend war, sahen all jene eine Gelegenheit, der Familie Brarens zu schaden, die jemals den Unmut des Pastors zu spüren bekommen hatten.

Da dies in nahezu allen Fällen völlig zu Recht erfolgt war, waren die heimliche Wut und der Wunsch nach Rache umso stärker. Lorenz Brarens bot selbst aufgrund seiner frommen, wahrhaft christlichen Lebensweise, seiner korrekten Amtsführung sowie seiner Gelehrsamkeit, die ihm weit über die Insel hinaus die Wertschätzung gelehrter Persönlichkeiten und sogar vom Herzog eingebracht hatte, kaum Angriffsflächen.

Auf Föhr wagte daher niemand, ihm direkt und ernsthaft zu nahe zu treten. Befürchtete doch jeder, sich heillos zu blamieren. Ganz abgesehen davon, dass es kaum jemand geschafft hätte, sich gegen seine geschliffene Rhetorik durchzusetzen.

Obwohl er als echter Inselfriese, sobald er es für angebracht hielt, den Leuten durchaus in heimischem Föhringisch seine Meinung sehr deutlich und gelegentlich derb kundzutun vermochte, war er ein wahrer Meister der deutschen Hochsprache, mit dem man sich besser nicht in Diskussionen einließ.

Was lag also näher, als sich an die Mitglieder seiner Familie zu halten, die – weitaus weniger beredt als ihr gelehrtes Sip-

175

penoberhaupt – mit haltlosen Vorwürfen leichter zu beeindrucken waren?

Seine Nichte Kerrin, als Heilerin nicht nur auf der Insel Föhr anerkannt, sondern außerdem befreundet mit der Herzogin Hedwig Sophie, war stets für heimliche Verdächtigungen, sich mit Hexerei zu befassen, gut.

Aber im Augenblick weilte sie ja in Grönland – in Begleitung eines jungen Mannes. Damit hatte sie genügend Anlass für Gerede geliefert.

Allerdings hatten sich die Klatschtanten beiderlei Geschlechts jetzt bereits seit Wochen darüber ausgiebig die Mäuler zerrissen – wobei Göntje mit Vehemenz ihre junge Verwandte verteidigt hatte. Für andere vermochte sie stets unerbittlich einzutreten – nur für sich selbst fehlte es ihr an der nötigen Courage. Aber allmählich wurden alle des Themas Kerrin und Fedder überdrüssig.

So wählten die missgünstigen Seelen der Gemeinde Sankt Johannis sich Göntje schließlich selbst als Opfer ihrer zu Anfang nur leisen, dann immer lauter und frecher formulierten Anschuldigungen aus.

Wie konnte die ehrsame Frau eines Pfarrers es dulden, dass ihre Nichte Kerrin als *Towersche* den Leuten Schaden zufügte? Ihr zweifellos brillantes Heilwissen konnte sie nicht auf rechtem Wege erworben haben – schließlich hatte sie nicht wie ein Mann die Kunst der Medizin auf einer Hohen Schule studiert. Ihre ärztliche Kunst, die sie zur Anwendung brachte, war ihr anscheinend zugeflogen – oder musste man nicht eher sagen, sie war ihr vom Teufel verliehen worden?

Und was unternahm Göntje gegen Kerrins Treiben? Nichts! Sie ließ die zauberische Verwandte gewähren. Hatte sich da nicht sogar einmal ein merkwürdiger Todesfall ereignet, wobei ein alter Mann in seinem Haus verbrannt war, nachdem er, wie man sich erzählte, medizinischen Rat bei Kerrin gesucht hatte? Oder hatte doch ihr Bruder Harre seinerzeit seine Hand im Spiel gehabt – aus welchem Grund auch immer? Der Fall Ole Harksen war bis heute nicht aufgeklärt.

Kerrins Bruder war auch so ein seltsamer Mensch! Anstatt sein Brot auf anständige Weise als Heringsfischer, Bauer, Walfänger oder Robbenschläger zu verdienen, wie tausend andere das auch machten, bekleckste er Leinwände oder Holzplatten.

Und zu allem Überfluss hatte er seine ehrsame protestantische Heimat verlassen und war nach Spanien gereist zu den Katholiken und Papisten! Höchst verdächtig auch er …

Und um dem Skandal die Krone aufzusetzen, hatte die dubiose Kerrin ein unehelich geborenes Mädchen mit roten Haaren als ihre Tochter angenommen, die nun während ihrer Abwesenheit von der Pastorin versorgt und verzärtelt wurde, als handele es sich um ihre eigene Enkelin!

Wo gab es denn so etwas? Durfte das auf einer anständigen, gut protestantischen Insel überhaupt sein?

Einige der sich besonders glaubenseifrig gebenden Lutheraner suchten die beiden anderen Inselpastoren von Sankt Nicolai in Boldixum bei Wyk und Sankt Laurentii in Süderende auf, um Beschwerde zu führen gegen solche Sündhaftigkeit. Ein außereheliches Balg, aufgezogen ausgerechnet in einem Pfarrhaushalt, der doch beispielgebend sein müsste für das übrige Kirchenvolk!

Was genau die beiden geistlichen Kollegen den frommen Leuten antworteten, drang zwar nicht an die Öffentlichkeit – allerdings musste die Abfuhr nicht zu knapp ausgefallen sein, denn auf Befragen schüttelten die Betreffenden nur betreten die Köpfe: Nein, das Ganze bekümmere die beiden Pastoren nicht, bekamen alle zu hören, die nachhakten.

Nun gut! Dass eine Krähe der anderen kein Auge aus-

177

hackte, das galt wohl auch für die Geistlichkeit, flüsterten sich die üblen Nachredner hinter vorgehaltener Hand zu. Man würde sich also weiter auf Göntje stürzen.

Man konnte der Frau das Leben auf Föhr durchaus verleiden. Es begann damit, dass man es unterließ, sie zu grüßen. Auf einmal übersah man sie, sobald sie sich im Dorf, im Watt beim Schollenpricken oder beim Möweneiersuchen sehen ließ. Sobald sie anfing, von der kleinen Kaiken zu erzählen, drehte man ihr den Rücken zu und ging nicht darauf ein.

Es reichte, dass Kerrin, der man bereits frühzeitig einen Ruf als *Towersche* angehängt hatte, das Kind – dessen Erzeuger man nicht einmal kannte – als ihre eigene Tochter ansah. Dazu das auffällig rote Haar und die grünen Augen der Kleinen: Was brauchte es noch mehr, um das in Unehre gezeugte Geschöpf als Teufelsbrut anzusehen?

Als das trockene Reetdach eines nahe gelegenen Bauernhauses brannte und von den Dorfleuten eiligst vom Dachstuhl gezerrt werden musste, um nicht das ganze Gebäude in Flammen aufgehen zu lassen, verwehrte die betroffene Bäuerin Göntje jegliche Mithilfe. »Geh nur wieder heim, Göntje; ich und die anderen Nachbarn schaffen das schon. Du wirst sicher nötiger von der kleinen roten Hexe gebraucht, die du neuerdings bei dir beherbergst!«, lautete die absurde Begründung für die schroffe Ablehnung.

»Ich vermute, das Feuer hat deinen Verstand verwirrt, Silke«, reagierte Göntje mit Verblüffung. »Was redest du für einen Blödsinn von einer roten Hexe? Aber wenn dir meine Hilfe nicht genehm ist, gehe ich natürlich!«

Noch hatte Göntje keine Ahnung, wie stark die Stimmung gegen sie bereits war. Kopfschüttelnd kehrte sie zurück ins Pfarrhaus. Dann erinnerte sie sich, dass die Dörfler am Brandort wiederum so getan hatten, als wäre sie unsichtbar. Was war nur los?

Sie nahm sich vor, die alte Magd Eycke zu befragen. Für die schweren Arbeiten zu schwach, leistete die alte Frau noch gute Dienste als Aufpasserin und Spielkameradin für die kleine Kaiken. Außerdem hielt Eycke ihre Ohren immer offen für Neuigkeiten und alle dummen Gerüchte.

Tief in ihrem Herzen dämmerte der naiven, im Allgemeinen gutmütigen Pfarrersfrau aber, dass ihr beträchtlicher Ärger ins Haus stand. Ein Gefühl, welches ihr nicht wenig Angst einjagte.

»Und immer, wenn mein Lorenz nicht da ist«, jammerte sie vor sich hin und schloss die Tür hinter sich. Etwas, das sie sonst in der warmen Jahreszeit tagsüber nicht zu tun pflegte: Der Hof des Pastors sollte nach seinem Wunsch für alle Mühseligen und Beladenen immer offen stehen. Auch während seiner Abwesenheit hatte jedermann das Recht, sich Trost, Zuspruch und materielle Hilfe von der Frau des Pastors zu holen.

»Wenn sie mir *so* kommen wollen, dann können sie bleiben, wo der Pfeffer wächst«, brummte Göntje verärgert. Aber ihre Sorge überwog.

Die Kummerfalten auf ihrer Stirn glätteten sich erst, als sie mitten in der *dörnsk* auf dem Boden die kleine Kaiken mit ihrer Strohpuppe spielen sah. Sie beschloss, der verschlissenen Puppe ein neues Kleid zu nähen, und griff nach ihrem Nähkorb und dem Beutel mit den Stoffresten; und während sie versuchte, den Faden durchs feine Nadelöhr zu fädeln, hatte sie den ärgerlichen Zwischenfall beinah vergessen.

DREIUNDZWANZIG

VOLLER ÜBERMUT trieb Fedder die Schlittenhunde an. Dann überließ er es der Leithündin, die auf den schönen russischen Namen Ninotschka hörte, eigenständig das Tempo ihres Rudels zu bestimmen. Diese Geschwindigkeit hielten die unermüdlichen Hunde über eine lange Zeit auch ein. Dann fiel Fedder plötzlich auf, dass Ninotschka unvermittelt das Tempo drosselte.

»He!«, schrie er protestierend, »was soll das? *Go! Go!*«

Ärgerlich, weil die Leithündin ihm ganz offensichtlich den Gehorsam verweigerte und die Gangart noch mehr verlangsamte, schrie er sie zornig an und schickte unbeherrscht englische Flüche und Befehle hinterher.

Als Ninotschka schließlich stehen blieb, beging er sogar den unverzeihlichen Fehler, die Peitsche als Züchtigungsmittel einzusetzen … Die Samojedenhündin jaulte auf vor Schmerz, als die dünne Peitschenschnur über ihren Rücken züngelte, aber deutlich war auch tief sitzender Groll, der aus ihrer Kehle aufstieg, zu vernehmen. Doch sie bewegte sich keinen Meter.

»Was in Jesu Christi Namen ist denn eigentlich los?«

Fedder, dem die Leinen aus der Hand geglitten waren, ließ den Bügel los, sprang vom Schlitten, wobei er stolperte, ausrutschte und unsanft auf seinem Hinterteil landete – gerade noch einen Meter von einem kaminartigen, beinah kreisrunden Felsabbruch entfernt!

»Was war *das* denn? Warum musstest du die Hündin schlagen?«, rief Kerrin vom hinteren Teil des Schlittens aus.

Fedder vermochte anfangs kein einziges Wort hervorzubringen. Schweigend und vor Schreck zitternd deutete er mit der Hand auf das, was sich unmittelbar neben ihm auftat: Ein wahrer Höllenschlund, tief, schwarz und tödlich für jeden, der das Pech hatte, dort hinunterzustürzen.

Kerrin verschlug es bei dem Anblick ebenfalls die Sprache. Erst nach einer Weile konnte sie flüstern: »O mein Gott! Ninotschka hat es irgendwie gewusst! Ihr verdanken wir unser Leben! Du warst verärgert, weil sie plötzlich nicht mehr laufen, sondern nur noch langsam vorwärtsgehen wollte. Das kluge Tier hat verhindert, dass du uns alle mit deinem Ungestüm in dieses Felsenloch gelenkt hast!«

»Und zum Dank dafür habe ich die Hündin gezüchtigt«, murmelte Fedder zutiefst beschämt. »Ob sie mir das je verzeihen wird?«

»Das weiß ich nicht, mein Freund!«, erwiderte Kerrin. Sie dachte an Odin, den Jagdhund ihres Vaters, der ungerechte Bestrafungen jahrelang nicht vergessen hatte.

»Du hattest kein Vertrauen in sie. Und ihre Zuneigung zu dir hat wegen der Schläge bestimmt ziemlich gelitten. Du musst alles versuchen, um ihren Respekt wiederzugewinnen. Wenn sie dich hasst und dir nur noch widerwillig gehorcht, wird sie das ganze Rudel anstecken, und diese Reise wird ein Albtraum! Außerdem brauchen wir ihren siebten Sinn für Gefahren – wie du eben gesehen hast …«

»Das klingt ja gerade so, als billigtest du einem Tier die Fähigkeit zum Denken und zu intelligentem Handeln zu«, protestierte Fedder schwach.

»Das tue ich, Fedder Nickelsen, das tue ich«, erwiderte Kerrin schlicht, aber sehr bestimmt. Sie näherte sich behutsam dem Rand des drohenden Abgrunds und schaute in die Tiefe.

»Keine Menschenseele hätte uns retten können – niemand unsere Leichen jemals finden; für alle Ewigkeit lägen wir unten in diesem Schlund.«

Unwillkürlich lag ihr Blick auf den Hunden, die wie erstarrt in geringer Entfernung verharrten und lautlos zu ihnen herüberäugten. Obwohl nicht angebunden, unternahmen sie keinen Versuch davonzulaufen.

Im Gegenteil; sie schienen auf etwas zu warten.

Für Kerrin war es hauptsächlich die Leithündin, die deutlich machte, bereit zu sein, dem dummen Menschen noch einmal zu verzeihen – aber nur, wenn *er* zu *ihr* käme.

Fedder sah seine Ungeschicklichkeit ein, die sie beide um ein Haar das Leben gekostet hätte. Er näherte sich der Samojedenhündin, beugte sich zu ihr hinunter und gestand Ninotschka so seinen Fehler ein. Dabei versprach er Kerrin – und den Hunden, ohne die sie in der eisigen weißen Wildnis verloren wären –, sich zu keiner weiteren Unbeherrschtheit hinreißen zu lassen.

So kam die Gruppe innerhalb kurzer Zeit zu einer nicht geplanten Rast. Fedder nutzte die Zeit, sich jedem einzelnen Hund zuzuwenden. Er kraulte ihnen das dichte, schwarzbraune oder grauweiße Fell und überprüfte ihre Pfoten auf Verletzungen. Ninotschka widmete er sich besonders lange, und es schien, als sei die kluge Hündin schließlich versöhnt. Nachdem die Hunde gefressen hatten, ließen sie sich ohne Widerstand anschirren, und nach dem üblichen »Go!« trabten sie in der Geschwindigkeit, die Fedder ihnen abverlangte.

Bereits am nächsten Tag sollte ihre Nervenstärke aufs Neue einer Prüfung unterzogen werden. Es begann damit, dass Kerrin etwas auffiel, das ihr zunehmend Sorge bereitete. Sie saß mit dem Gesicht in Fahrtrichtung, dicht hinter Fedder, der, eine Hand am Haltebügel, vor ihr stand, die Führleinen in der anderen Hand hielt und die Schlittenhunde in die gewünschte Richtung dirigierte.

Wollte Kerrin sehen, was direkt vor ihnen war, musste sie sich jeweils ein wenig nach rechts oder links beugen, um an seinen Beinen und Hüften vorbeischauen zu können. Schon vor einer Weile war ihr aufgefallen, dass der Schlitten sehr unruhig fuhr, was seine Ursache darin hatte, dass Fedder oft viel zu spät auf Hindernisse wie etwa kleine Bodenwellen oder tiefere Senken, in denen das Schmelzwasser abfloss, reagierte.

Im letzten Augenblick riss er dann ruckartig an den Leinen; die Hunde konnten nicht mehr oder nur knapp ausweichen, was den Schlitten ins Holpern brachte und Kerrin immer öfter kräftig durchschüttelte.

Nach dem nächsten Stoß, der der jungen Frau wie ein Blitz ins Kreuz schoss, reichte es ihr. Sie gab ihrem Vordermann ein Zeichen, dass er anhalten solle, indem sie ihn ziemlich heftig am rechten Hosenbein zupfte.

»Was ist los?«

Fedder, der das Gespann zum Stillstand brachte, wandte sich zu Kerrin um. Ihr genügte ein einziger Blick, um die Ursache der unruhigen Schlittenfahrt auszumachen.

»Was ist mit deinen Augen, Fedder? Sie sind ja ganz rot! Gewiss brennen sie wie Feuer! Warum hast du nichts gesagt? Ich habe doch ein Mittel dabei, das die Beschwerden lindert!«

Sie kramte bereits in dem Medizinbeutel, wo sie ihre Arzneien untergebracht hatte, nachdem man sich von der sperrigen Kiste getrennt hatte. Bald hatte sie die Augentropfen, einen selbst hergestellten Kamillenextrakt, sowie ein weißes Taschentuch gefunden, womit sie Fedders entzündete Augen auswusch. Anschließend bekam er noch Tropfen mit Augentrost.

Nur zu gern ließ Fedder sich verarzten. Die Linderung spürte er beinah sofort. Die schmerzlich verzogenen Gesichts-

züge entspannten sich, das Tränen seiner Augen hörte auf –
und vor allem das unerträgliche Brennen.

»Ich habe hier etwas für dich, was mir Klaas noch als Abschiedsgeschenk überreicht hat!«

Kerrin wühlte in einem der Gepäckstücke und förderte
schließlich zwei sorgfältig in einem Tuch verpackte, seltsame
Gebilde zutage. Eines davon drückte sie Fedder in die Hand,
das andere setzte sie sich selbst auf.

Es handelte sich um zwei aus Walrossbein geschnitzte Es-
kimo-Sonnenbrillen mit äußerst schmalen Sehschlitzen, welche die Sonnenstrahlen abhalten sollten, die, von Schnee und
Eis um ein Vielfaches verstärkt, die Augen unwiderruflich
schwer zu schädigen vermochten.

»Das wird künftig verhindern, dass du dir die Augen kaputt
machst! Ich hätte früher daran denken sollen – aber ich gestehe, ich habe es selbst nicht bemerkt. Vorsichtshalber werde
ich das komische Gestell jetzt auch tragen. Selbst wenn du
mich noch so auslachst!«

Fedder konnte sich tatsächlich das Grinsen nicht verkneifen. Kerrin sah aber auch zu seltsam aus mit dem Knochen-
ding auf der Nase, das beide Augen nahezu bedeckte und mit
einem Band hinter den Ohren zu befestigen war.

Aber er gab zu, dass die Grönländer ein schlaues Völkchen
waren, das sich in dieser unwirtlichen Gegend gut zu helfen
wusste.

»Wir werden, denke ich, noch eine Menge Lehrgeld zahlen
müssen!«, sagte Fedder seufzend, und Kerrin musste hellauf
lachen. Dass sie insgeheim befürchtete, ihr Begleiter könnte
sein Augenlicht bereits ernsthaft geschädigt haben – davon
schwieg sie lieber. Bei jedem Aufenthalt und jeden Abend vor
dem Schlafengehen würde sie nach seinen Augen sehen und
sie mit Augentrost und Kamille behandeln.

Der folgende Tag verschonte sie zum Glück mit unliebsamen Überraschungen. Das Gelände war ziemlich eben, es gab keine tückischen Erd- oder Felsspalten, die Hunde kamen gut voran, und beide vermochten die Fahrt aufrichtig zu genießen. Dann war es Zeit, den Hunden eine Pause zu gönnen, und Kerrin bereitete für sich und Fedder eine schlichte Mahlzeit zu.

»Hier wirkt alles um ein Vielfaches gigantischer – sogar die Luft ist anders«, meinte Fedder schließlich.

»Vielleicht liegt es daran, dass es nahezu windstill ist!«

Jetzt, wo Kerrin es aussprach, fiel es auch ihm auf: Je weiter sie sich vom Meer und der Küste entfernten, desto ebener war das hochgelegene Land, und desto weniger spürte man die Bewegung der Luft.

»Es ist einfach herrlich! Ich könnte mein Leben lang auf dem Schlitten so dahinsausen, an nichts Unangenehmes denken …«

Richtig ins Schwärmen geriet Kerrin – und bemerkte gar nicht, wie verzückt Fedder dreinsah. Wobei ihn allerdings weder die fantastische Umgebung noch die Sonne, die Luft oder die wie mit Millionen von Kristallsplittern verzierte Eisdecke derart faszinierten, sondern allein Kerrin.

»Du sagst ja gar nichts«, riss ihn plötzlich ihre Stimme aus seiner Versunkenheit. »Gefällt es dir etwa nicht? Für mich ist das hier das Reich des immerwährenden Friedens, der Stille, der Natur in ihrer ewigen Schönheit – und auch in ihrer unsichtbar lauernden Gefährlichkeit.

Es ist, als beginne hier mit jedem Wimpernschlag die Zeit. So als seien die vergangenen Jahrtausende gleichzeitig die Gegenwart und die Zukunft!«

Als sie Fedders fragenden Blick erkannte, lachte sie verlegen. »Du musst denken, dass ich den Verstand verloren habe.

185

Vielleicht habe ich das ja sogar«, fügte sie leise hinzu. Ehe er etwas zu entgegnen vermochte, stand Kerrin auf und sammelte die Reste der Mahlzeit ein, um sie den Hunden zu geben. Als sie zurückkehrte, sagte sie nur:

»Lass uns weiterfahren! Wer weiß, wie lange das herrliche Wetter noch anhält.«

VIERUNDZWANZIG

IN DER FOLGENDEN NACHT geschah, was Kerrin schon lange befürchtet hatte. Wie immer hatten sie das Abendgebet gesprochen und waren bereit, in die Schlafsäcke zu kriechen, als Kerrin noch einmal den Wunsch verspürte, nach den in Rufweite lagernden Hunden zu sehen.

Obwohl der Abend lange fortgeschritten war, war es noch ziemlich hell. Der arktische Sommer samt seiner Mitternachtssonne kündigte sich an. So war es Kerrin möglich, die verletzte Pfote des Schlittenhundes zu untersuchen, der für gewöhnlich als vorletzter lief. Er hatte sich an einem aus dem Eis ragenden, spitzen Stein eine Verletzung zugezogen, die Kerrin sofort verarztet hatte – aber sie wollte sich davon überzeugen, dass sich die Wunde nicht entzündete.

Galant bot Fedder seine Begleitung für die wenigen Schritte an.

Kerrin wäre gern mit den Tieren allein gewesen. Sie fand, die Hunde sollten sich auch an sie gewöhnen, aber sie konnte Fedder verstehen, der sich für die Samojeden verantwortlich fühlte und überdies darauf achten wollte, dass sie nicht zu Schaden kam: Immerhin handelte es sich um halbwilde, nur bis zu einem gewissen Grad gezähmte Hunde.

Sehr sorgfältig untersuchte sie den Lauf des Tieres, fand jedoch nichts zu beanstanden. Der Riss heilte überraschend gut.

»Dann lass uns schlafen gehen!«

Kerrin erhob sich, wobei Fedder ihr die Hand beim Aufrichten reichte. In diesem Augenblick verschlug es beiden regelrecht den Atem! Am nördlichen Himmel zeigte sich ein Schauspiel so fantastischer Art, dass sie nur schweigend dastehen und zum Firmament hinaufschauen konnten – ehrfürchtig staunend.

»Das Nordlicht!«, brachte Fedder nach einer Weile mit rauer Stimme hervor. »Lange habe ich mir schon gewünscht, es endlich zu erleben.«

In der Tat war es märchenhaft.

Spinnwebfeine Schleier – gleich den luftigen Gewändern von Feen – wogten in zartem Grün und Blau am jetzt nahezu nachtdunklen Himmel, verwandelten sich mit sachten Drehungen in grünlich schimmerndes Gelb – um schließlich als überirdisch anmutende, durchscheinende Gestalten in Rosa, Lila und Violett über den gesamten Nordhimmel zu tanzen …

»Das ist wahre Magie«, hauchte Kerrin ergriffen. Instinktiv hatte sie ihre Hände wie zum Gebet gefaltet, als sie unvermittelt Fedders Hände auf sich spürte und im nächsten Moment seinen Mund auf dem ihren.

»Oh, Liebste«, stammelte er, »wie habe ich mich danach gesehnt! Schon lange …«

In diesem Augenblick klatschte ihm ihre Rechte ins Gesicht.

»Du hast wohl den Verstand verloren, Fedder! Lass mich augenblicklich los!«

Energisch entwand sie sich seinem Zugriff und blitzte ihn zornig an. »Was fällt dir ein? Habe ich dir jemals Ursache geboten, dich mir in dieser Weise aufzudrängen? Wir haben eine rein geschäftliche Abmachung, hast du das vergessen?«

»Rein geschäftlich? Aber ja, natürlich! Du bezahlst mich ja für meine Dienste! Wie konnte ich das nur außer Acht lassen?«, entgegnete er bitter. »Narr, der ich bin, glaubte ich, du würdest die Gefühle, die ich für dich hege, erwidern! Verzeih mir, Kerrin! Es soll nicht wieder vorkommen!«

Er ließ sie stehen und rannte beinah zu dem Zelt zurück, das sie wie jeden Abend gemeinsam aufgestellt hatten, zerrte seinen Schlafsack heraus und legte ihn ein gutes Stück weit entfernt davon aufs Eis.

Nur langsam war ihm Kerrin gefolgt. Die Hunde waren ruhig geblieben, hatten jedoch aufmerksam die Auseinandersetzung der beiden Menschen beobachtet. Inzwischen hatte sich Kerrin zwar beruhigt, dafür bereitete ihr nun der Gedanke an die Zukunft Sorgen.

Wir werden noch lange gemeinsam unterwegs sein, dachte sie verzagt. Wie werden wir das durchstehen, wenn es so um ihn steht?

Nicht, dass sie Angst vor ihm empfand – hatte sie doch bereits andere Männer, unter anderem auch Herzog Friedrich, Hedwig Sophies Gemahl, mit Erfolg abgewehrt.

Würde Fedder jetzt noch bei ihr bleiben? Oder würde er die Suche abbrechen und sie allein zurücklassen? Diese Überlegung trieb sie um. In Kerrins Kopf drehte sich alles.

»Lieber Heiland! Was soll bloß aus mir und meinem Anliegen werden? War alles Bisherige umsonst?«

In dieser Nacht fand sie keinen Schlaf. Allzu ernst waren die Probleme, die sich urplötzlich vor ihr auftürmten – höher als die höchsten Eisberge, die sie bisher gesehen hatte.

Es wurde nicht mehr so zwischen ihnen, wie es bisher gewesen war. Ganz betont hielt Fedder von Kerrin Abstand. Der unbeschwerte, freundschaftliche Umgangston war vorbei. Ab jetzt herrschte zwar nicht gerade Eiszeit zwischen ihnen, aber sie sprachen miteinander nur noch das unabdingbar Notwendige.

Fedder nannte sie nun »Meisterin« – die Berufsbezeichnung, mit der man Kerrin früher als Schiffschirurgus bedacht hatte. Obwohl es ihr nicht gefiel, ließ sie Fedder gewähren, aus Angst, ihn sonst endgültig zu vertreiben.

Dass sie unbedingt einen Mann an ihrer Seite brauchte, wurde ihr bald darauf auf dramatische Weise bewusst.

Mit Felsabbrüchen und Gletscherspalten kamen sie nun zurecht. Die von den Inuits erfundenen Brillen, die vor den grellen, die Augen schädigenden Sonnenstrahlen schützten, ließen sie jede Unebenheit, jede Bodenwelle, jede Erdspalte und jeden Riss in der Eisdecke schon lange vorher erkennen, sodass Fedder nicht mehr der Hunde als Pfadfinder bedurfte, sondern sich auf seine eigenen Augen verlassen konnte und sie fortan nicht mehr in Gefahr brachte.

Anders stand es um die kleinen Bäche, die – bedingt durch die fortschreitende Eisschmelze – unvermittelt zu reißenden Flüssen wurden. Häufig war Fedder gezwungen, so ein Hindernis mit dem Gespann weiträumig zu umfahren. Wobei sie es dem glücklichen Zufall zu verdanken hatten, dass diese Wasserläufe fast nie in Nord-Süd-Richtung verliefen, sondern von Ost nach West, wo sie sich in die tief ins Festland eingeschnittenen Fjorde ergossen.

Meist lebten sie von selbst gefangenem Fisch aus Bächen oder Eislöchern, wobei sich Kerrin inzwischen als wahre Könnerin im Angeln erwies. Fedder wiederum war der bessere

Schütze. Um Munition zu sparen, versuchte er mit einer primitiven Steinschleuder Jagd auf Vögel und Schneehasen zu machen. Und auch er war erfolgreich: So manches Tier ließ sein Leben, um enthäutet, ausgeweidet und über dem Feuer gebraten, den beiden einsamen Reisenden als Nahrung zu dienen.

»Das Fleisch der Kaninchen, die du erlegt hast, hat wunderbar geschmeckt«, lobte Kerrin ihren Begleiter auch diesen Mittag, nachdem sie sich die zarten Leckerbissen hatten schmecken lassen. Sorge bereitete ihr nur der seit einigen Tagen anhaltende Mangel an Grönlandsalat.

»Immer nur Fisch und Fleisch ist auf die Dauer nicht sehr gesund.«

Fedder ging darauf nicht ein. Er nickte nur knapp, sammelte die abgenagten Knochen ein und trug sie, zusammen mit den Kaninchenköpfen und -pfoten zu den Schlittenhunden, worauf Ninotschka und die anderen schon eine ganze Zeit ungeduldig gewartet hatten.

»Ich muss einiges an den Leinen flicken; das Leder ist an etlichen Stellen abgenützt. Ich will nicht riskieren, dass es unterwegs reißt«, kündigte er an.

Kerrin, die Pfanne, Messer und Teller – mit Schnee gereinigt und mit einem Lappen trocken gerieben – im Gepäck verstaute, blickte zu ihm und nickte.

»Ja, mach das, Fedder! Ich will mich umsehen, ob ich vielleicht auf ein paar eisfreien Flecken etwas Grünzeug finde, um uns gegen den Scharbock zu wappnen.«

»Gut! Aber sei nicht enttäuscht, falls du heute keinen Erfolg hast. In ein paar Tagen haben wir die Küste in Grönlands Westen erreicht. Sie ist mit Sicherheit bereits eisfrei. Dann müssen wir uns auch von den Hunden und den Schlitten trennen. Was ich sagen wollte, ist: Geh nicht zu weit weg vom Lagerplatz, Meisterin! Das Gelände hier ist unübersichtlich – und man weiß nie, welche Gefahren um die nächste Ecke lauern. Am besten, du nimmst eins der Gewehre mit.«

Kerrin freute sich darüber, dass er sich Sorgen um sie zu machen schien, und nahm es als Zeichen, dass er ihr ihre Abfuhr nicht mehr übel nahm.

Längst bedauerte sie ihre allzu heftige Reaktion auf seinen plumpen Versuch, sie zu küssen. Um ihn abzuwehren, hätte es nicht unbedingt einer schallenden Backpfeife bedurft: Ein paar deutliche Worte hätten sicher auch genügt …

Sie hoffte so sehr, mit ihm wieder in Eintracht leben zu können, während der Zeitspanne, die sie auf Gedeih und Verderb zusammen verbringen mussten. Dass er sie im Stich lassen könnte, damit rechnete sie jedoch nicht mehr.

Als Fedder von Gefahren gesprochen hatte, die angeblich überall drohten, hatte er gewiss nicht an jene gedacht, die sie dann tatsächlich ereilte.

Dass die Samojeden sich heute unruhig verhielten, sich während der Mittagsrast niederlegten, gleich darauf wieder aufsprangen, sich gegenseitig ankläfften, um dann, auf den Hinterbeinen sitzend und die Schnauzen in den Himmel reckend, ein so schauriges Geheul ertönen ließen, dass es einem kalt den Rücken hinunterrieselte, hatten Fedder und Kerrin mittlerweile mit einem Achselzucken hingenommen.

»Sie werden schon einen Grund haben für ihr schauerliches Heulen«, meinte Fedder. Kerrin vermutete, es sei der Blutgeruch der geschlachteten Kaninchen, der sie immer noch aufregte.

In kürzester Zeit hatten die Hunde ihre Mahlzeit gierig verschlungen. Gleich darauf stimmten sie erneut ihr Geheul an. Als Kerrin sich mit einem Korb aufmachte, um das grüne Kraut zu suchen, begleitete sie lange noch das Jaulen

191

der Hunde. Irgendetwas schien sie mächtig zu erregen, aber weit und breit war keine Ursache zu erkennen.

Eine Schusswaffe mitzunehmen kam ihr nicht in den Sinn; allzu weit wollte sie sich nicht entfernen – außerdem war ihr ein Gewehr zu schwer und zu unhandlich. Sie hatte genug an ihrem Korb zu tragen. Nur einen langen Holzstecken führte sie mit sich.

FÜNFUNDZWANZIG

SIE KAM GUT VORAN. Die Schneedecke war in der letzten Zeit stark geschmolzen; die kommenden Tage über würde es nicht leicht sein, eine Strecke zu finden, wo man den Schlitten noch benützen konnte. Die schneefreien Flächen wurden von Tag zu Tag größer und zahlreicher; an manchen Stellen wuchs tatsächlich neben leuchtend gelben Mohnblumen der so bitter notwendige Grönlandsalat.

Kerrin musste über kleinere Bäche springen, und um sich das Queren der Rinnsale zu erleichtern, griff sie zu einer Methode, die man auch auf Föhr anwandte, um trockenen Fußes über die vielen Priele zu gelangen, die die Insel durchzogen: Mithilfe eines langen Stabes ließ es sich trefflich über das Wasser schwingen.

Im Stillen dankte sie Fedder, der die zwei Holzstecken, die er ein wenig abseits des Weges entdeckt hatte, ohne lange zu überlegen auf dem leeren zweiten Schlitten festgebunden und auf die Reise quer durchs Land mitgenommen hatte.

Ob es sich dabei um Diebstahl gehandelt hatte? Holz war äußerst rar in Grönland. Da keine Bäume wuchsen, war alles Hölzerne aus Treibholz gefertigt.

Es kam ihr immer noch seltsam vor, dass ein Grönländer die etwa zwei bis zweieinhalb Meter langen Stangen mit einem geschätzten Durchmesser von drei Daumenbreiten einfach am Wegesrand hätte liegen lassen sollen ...

Fedder jedoch hatte behauptet, dass weit und breit kein Besitzer zu sehen gewesen wäre, und ein zufällig des Weges kommender Inuit hätte nur genickt, als er mit dem Finger darauf gedeutet und ihn fragend angesehen habe.

Sei's drum. Ihr leistete jedenfalls einer der Stöcke gute Dienste. Zuletzt hatte sie einen solchen als junges Mädchen benützt, als die Jugendlichen auf Föhr einen Wettbewerb abgehalten hatten, wer am schnellsten mit dem Springstab einen bestimmten Priel überspringen und ein vorher bestimmtes Ziel erreichen konnte.

Selbst nach einer guten halben Stunde Gehzeit über blanken Fels und wässrigen Grund hörte Kerrin immer noch die Schlittenhunde heulen und kläffen. Da ihr Korb mittlerweile bis oben hin voll mit Salat war, beschloss sie umzukehren.

Da sie sich auf felsigem Untergrund aufhielt, wo man – anders als im jeden Laut dämpfenden Schnee – jeden Schritt hören konnte, wunderte sie sich, als sie hinter sich ein Geräusch ausmachte, das sich nach vorsichtigem Tappen anhörte. Wer, außer ihr, mochte sich hier im Gelände aufhalten?

Es kann sich nur um Fedder handeln, dachte Kerrin gerührt. Wie es scheint, hat der gute Bursche sich Sorgen um mich gemacht.

Erneut waren schleichende Tritte zu hören, und sie wandte sich um, um ihrem Begleiter den schweren Korb zu überreichen. Aber wie erschrak sie, als es keineswegs ihr Weggefährte war, der sie abholen kam: In einer Entfernung von etwas weniger als fünfzig Schritt stand – in angespannter Lauerstellung – ein Polarwolf!

Es handelte sich um ein ausgewachsenes großes Tier mit dichtem weißem Fell. Von Inuits hatte sie gehört, dass die Wölfe diesen weißen Pelz auch über den Sommer trugen. In Größe und Gestalt ähnelte dieser hier einem Schlittenhund; lediglich die Pfoten erschienen Kerrin größer; dafür war der Brustkorb etwas schmaler, und der Schwanz war buschig wie die Rute eines Fuchses und hing nach unten.

Im ersten Augenblick schoss ihr der Gedanke durch den Kopf, dass dieses Tier eigentlich gar nicht so weit südlich vorkommen dürfte! Der Lebensraum des Polarwolfs war in aller Regel um einiges weiter im Norden von Grönland angesiedelt. Nahrungsknappheit und Hunger mussten ihn nach Süden getrieben haben. Laut den Inuits ernährten sich die Wölfe normalerweise von Füchsen, Hasen, Mäusen, Vogeleiern und Vögeln. Aber in der größten Not konnten sie auch größeren Tieren gefährlich werden.

Die Erinnerung daran war geeignet, Kerrin vor Angst leise aufschreien zu lassen: Ein ausgehungertes Raubtier konnte durchaus eine Gefahr für sie bedeuten.

Jetzt war ihr auch klar, weshalb Ninotschka und die anderen Samojeden ihr Geheul angestimmt hatten: Sie hatten längst die Witterung des Wolfes aufgenommen.

Ich will so tun, als hätte ich keine Angst, und werde einfach den Weg zurück zu unserem Lagerplatz einschlagen – ganz so, als wäre überhaupt nichts, beschloss Kerrin, um vorgespielte Tapferkeit bemüht.

Klopfenden Herzens marschierte sie los, wobei sie ihr Gehör aufs Äußerste anstrengte, um zu erkunden, ob das Tier ihr folgte. Als sie sich des lauernden Blicks der runden, gelblich lodernden Augen erinnerte, der sie und ihre Wehrhaftigkeit abschätzend gemustert hatte, wurde ihr heiß und kalt vor Furcht. Der Wolf hatte genau in ihre Augen gesehen, vollkommen angstfrei, taxierend – und irgendwie siegesgewiss …

Aber kampflos würde sie sich nicht ergeben. Immerhin besaß sie den langen Holzstab, mit dem sie das Untier abwehren konnte. Die schleichenden Schritte in ihrem Rücken waren nun deutlicher zu hören. Offenbar hatte der Wolf aufgeholt.

Als sie sich erneut umwandte, war er ihr in der Tat ein gutes Stück näher gekommen. Sobald er ihren Blick spürte, wandte er den seinen scheinbar gleichgültig ab, blieb abrupt stehen und täuschte Desinteresse vor.

Kerrin beschloss, ihre Gehgeschwindigkeit zu beschleunigen, um den Lagerplatz schneller zu erreichen. Das war jedoch nicht ganz einfach, denn das Schmelzwasser machte den nackten, glatt geschliffenen Felsboden schlüpfrig – und hinzufallen war etwas, das sie in ihrer Lage tunlichst vermeiden wollte. Hinter sich hörte sie deutlich das Klacken der Krallen auf dem harten Untergrund.

Ein weiterer Blick über die Schulter hatte das gleiche Spiel zur Folge: Das Tier verharrte und schaute gleichgültig in eine andere Richtung.

Kerrin lief weiter; mittlerweile lief ihr der Angstschweiß in Strömen über Gesicht und Körper. Endlich kam das Lager mit den Schlittenhunden, die mittlerweile ihr Gejaule noch um ein Vielfaches gesteigert hatten, in Sicht.

Kerrin, die immer noch krampfhaft den Henkel ihres Korbes umklammerte, obwohl sie ihn am liebsten längst hätte fallen lassen, begann laut um Hilfe zu rufen.

In der klaren Luft trugen ihre Schreie weit; zum Glück reagierte Fedder sofort. Ein rascher Griff nach einem der stets geladenen Gewehre, und er schoss sofort in die Luft, als er das Raubtier erspähte, das Kerrin jetzt zielstrebig verfolgte. Der weiße Pelz des Polarwolfs – in seiner natürlichen arktischen

195

Umgebung die beste Tarnung – machte ihn hier, zwischen Felswänden und auf moosbedeckten Böden, zu einem höchst auffälligen Ziel.

Um ihn sicher treffen zu können, war er noch zu weit entfernt; aber auch so genügte der weit tragende Knall, um den Wolf innehalten zu lassen. Fedder lief Kerrin entgegen, verharrte kurz und gab erneut zwei Schüsse ab – gezielte dieses Mal, die das Raubtier jedoch verfehlten. Der massive Angriff genügte jedoch, um den hungrigen Räuber zu vertreiben.

Kerrin und Fedder konnten ihn noch eine ganze Weile mit Blicken verfolgen, als er sich mit eingezogener Rute aus dem Staub machte, dabei ein paar brütende Vögel aufscheuchend, die in einer Bodenkuhle ihr Nest gebaut hatten und jetzt laut protestierend aufflogen und kreischend ihren Brutplatz umkreisten, ehe sie sich, nachdem der Feind außer Sicht war, erneut auf den Gelegen niederließen.

Wieder an ihrem Rastplatz angekommen, sank Kerrin einfach auf dem blanken Erdboden nieder und ließ den Tränen freien Lauf. Sie zitterte; ihre Nerven lagen blank. Sie duldete es sogar, dass Fedder sich neben sie fallen ließ und eng die Arme um sie legte. Dankbar schmiegte sie sich an seine Brust und konnte sich eine ganze Weile nicht beruhigen.

Als sie die Beherrschung zurückerlangt hatte und sich ihrer Situation bewusst wurde, meinte sie schließlich: »Der Wolf hat mich ja gar nicht ernsthaft angegriffen; ich bin nichts weiter als eine feige Heulsuse.«

»Wölfe sind schlau«, widersprach Fedder. »Er hätte dich so lange gejagt, bis du zusammengebrochen wärest. Da hätte dir auch der Stab nichts mehr genützt. So machen die Räuber es auch mit Rentieren oder jungen Moschusochsen, die sie sich als Beute ausgesucht haben. Das hat mir ein Eskimo erzählt, Meisterin.

Ich finde, du warst sehr tapfer!«, lobte er sie. »Sogar den schweren Korb hast du mitgeschleppt und die wertvolle Holzstange.«

Seit das Raubtier sich entfernt hatte, hatten die Samojeden schlagartig aufgehört, sich wie toll zu gebärden. Kerrin fand, man müsse sie für ihre Wachsamkeit mit einer Extraration Futter belohnen: Hatten sie doch lange Zeit vor der Gefahr gewarnt – nur die Menschen waren zu töricht gewesen, diese Warnung zu verstehen.

Eine Weile wollten sie nach dem ausgestandenen Schrecken noch rasten. Auch Fedder musste sich erst einmal beruhigen: Hatte er doch schreckliche Ängste um Kerrin ausgestanden, als er nach ihrem Hilfeschrei entdeckte, welche Gefahr sie unmittelbar bedrohte. Er war sicher, in Zukunft würde ihr das eine Lehre sein, nie mehr ohne Schusswaffe den Rastplatz oder das Lager zu verlassen.

»Für uns unerfahrene Inselfriesen bedeutet es schon eine ganze Menge, was wir uns hier freiwillig aufgeladen haben«, begann Kerrin nach einer Weile, in der jeder seinen Gedanken nachgehangen hatte.

»Felsabbrüche, Gletscherspalten, kleine Bäche, die sich unvermittelt in reißende Flüsse verwandeln, oder ein verirrter Wolf: All das kennen wir Föhringer doch nicht! Unsere kleine Welt ist flach; das Gefährlichste auf Föhr ist hin und wieder ein Iltis. Nicht einmal Füchse oder Ratten gibt es bei uns.

Ich bin oft am Überlegen, Fedder, ob wir das Ganze nicht doch sein lassen sollten. Vielleicht wäre es am besten, an der Westküste ein Schiff zu suchen, das uns nach Hause bringt, meinetwegen auf größten Umwegen – bloß weg von Grönland.«

»Das ist nicht dein Ernst, Meisterin! Jetzt haben wir es so weit geschafft, da sollten wir unter keinen Umständen aufgeben. Die bisherigen Anstrengungen und Mühen, alles wäre umsonst gewesen. Seit wann bist du so kleingläubig? Ich denke, die Aussichten, den Commandeur zu finden, sind gar nicht so schlecht.

An der Westküste Grönlands gibt es viel mehr Siedlungen als im Osten; irgendwer hat bestimmt Beobachtungen hinsichtlich eines hochgewachsenen, älteren weißen Mannes gemacht, der mit Eskimos unterwegs ist.«

»Woher willst du das wissen, Fedder? Vielleicht haben sie meinen Vater längst irgendwo ausgesetzt, wo er …«

»Halt ein, Meisterin! Es ist nicht gut, Befürchtungen laut auszusprechen; sie könnten wahr werden.«

»Reiner Aberglaube«, widersprach Kerrin. Aber sie ließ sich Fedders Worte durch den Kopf gehen. Vermutlich hatte er recht. Nach einer kleinen Weile schirrten sie erneut die Hunde an, und weiter ging die Reise gen Westen.

Kerrin war hin und her gerissen.

Einerseits begrüßte sie die kommende Jahreszeit mit längeren Tagen, allmählich wärmenden Sonnenstrahlen, dem Schmelzen des Eises und dem spärlichen Bewuchs des kargen Bodens. Andererseits war ihr die Vorstellung, die Schlitten und die Hunde wegzugeben, ein Gräuel. Vor allem an die schöne und kluge Ninotschka hatte sie sich mittlerweile gewöhnt und würde sie schmerzlich vermissen.

SECHSUNDZWANZIG

DER ARKTISCHE SOMMER machte rasante Fortschritte, und es bedurfte enormer Umwege, um das Hundegespann noch auf sicherem Schneegrund führen zu können. Vermehrt trafen sie auf vereinzelte winzige Siedlungen.

»Morgen werden wir versuchen, die Hunde zu verkaufen«, kündigte Fedder an. »Wir nähern uns der Küste an der Straat Davis, wo auch viele Walfänger unterwegs sind. Darum ist der Westen auch um einiges dichter besiedelt als der Osten, wo die Walfangschiffe oft im Eis feststecken bleiben und gar nicht bis ans Ufer gelangen.«

Darüber wusste nun gerade Kerrin bestens Bescheid – hatte sie doch alles bereits miterlebt. Aber sie wollte Fedder nicht schon wieder daran erinnern. Er sollte sie nicht für eine Aufschneiderin halten.

»Wenn ich mich nicht sehr geirrt habe, müssten wir die Küste etwa zwischen den Orten Sukkertoppen und Kangâmiut erreichen«, fuhr Fedder fort. »Wobei Sukkertoppen eigentlich nicht auf dem Festland, sondern auf einer kleinen Insel liegt. Einerlei! Wir sollten jedenfalls auf einen der beiden Fjorde treffen, die von den beiden Orten aus ins Landesinnere hineinreichen. Da werden wir uns nach einem *umiak* umsehen und uns auf dem Wasserweg in Richtung Norden aufmachen.«

»Könnten wir vielleicht wenigstens einen der Hunde behalten?«, fragte Kerrin zaghaft. »Mich von Ninotschka zu trennen fiele mir sehr schwer.«

Das entlockte Fedder ein Lächeln. »Geht mir genauso«, brummte er. »Mal sehen, was sich machen lässt! Es ist gar nicht sicher, ob wir die Schlittenhunde überhaupt loswerden – hier benützt man sie ja im Allgemeinen gar nicht.« Ihre Reiseroute zur Westküste verlief nämlich ein gutes Stück weiter südlich der eigentlichen »Hundegrenze«, wie die Inuits den nördlichen Polarkreis nannten; südlich davon wurden in der Regel keine Schlittenhunde mehr eingesetzt, da die Stärke der Schneedecke sehr unterschiedlich und keineswegs verlässlich ausfiel.

Kerrin wusste darum, wunderte sich jedoch trotzdem ein

199

bisschen: Hatte sie doch bei einigen Familien Hunde gesehen. Aber sie verkniff sich jeden Widerspruch, um ihren Begleiter nicht unnötig zu reizen.

Gegen Mittag erreichten sie eine winzige Ansiedlung mit Namen Marmiut. Der Sippenälteste musste sich erst lange und
umständlich mit den Männern der Familie unterhalten, ehe
er zu einer Entscheidung fand. Dass er die Hunde überhaupt
übernehmen wollte, kam sozusagen einem Gnadenakt gleich.
Und wenn sie dafür ein *umiak* eintauschen wollten, müssten
sie noch einiges drauflegen, ließ der Alte sie wissen.

Nur dass er auf die große Ninotschka Wert legte – daran
ließ er keinen Zweifel.

Fedder beschloss, Kerrin den Grund dafür zu verschwei-
gen. Aufgrund ihrer Größe würde die Hündin gewährleisten,
dass die Familie für die nächsten Wochen genug Fleischvor-
rat besäße ...

An Geld waren die Eingeborenen nicht besonders inte-
ressiert. Erst als Kerrin sich schweren Herzens dazu durch-
rang, ihm noch eine wunderschöne Bernsteinkette zu überlassen, ging der alte Inuit auf den Handel ein und überließ ihnen
mit großzügiger Gebärde das Boot, während seine Söhne die
Hunde an Pflöcken vor seiner Hütte festbanden.

»Der Schmuck war meine letzte Erinnerung an meinen bei
einer Meuterei getöteten Verlobten, Kapitän Jens Ockens«,
murmelte Kerrin traurig. »Er hat sie mir geschenkt, bevor er
nach Ostindien abfuhr. Nach seiner Rückkehr sollte unsere
Hochzeit sein – aber daraus ist leider nichts geworden.«

»Ich habe die Föhringer davon sprechen hören, Meisterin. Es tut mir leid, dass du dieses Andenken opfern musstest.
Aber andernfalls hätten wir das Boot nicht bekommen.«

Was nun folgte, war der Abschied von den Schlittenhunden,

die sehr wohl zu wissen schienen, dass sie neuerdings einem anderen Herrn – auf welche Weise auch immer – zu dienen hätten.

»Machen wir es kurz«, schlug Fedder vor. »Je länger wir das Abschiednehmen hinauszögern, desto schlimmer wird es für uns und für die Hunde.«

Beim Weggehen hatte Kerrin noch lange das traurige Winseln im Ohr, das Ninotschka ihnen nachsandte.

Das Gepäck war rasch auf das *umiak* umgeladen, das bereits an einer flachen Uferstelle des Fjords für sie bereitlag.

Natürlich hatte Kerrin die Gelegenheit genutzt und versucht, von den Eskimos etwas über einen älteren weißen Mann zu erfahren, der möglicherweise in Begleitung von Grönländern unterwegs war. Tatsächlich hatte der Sippenälteste eine Andeutung gemacht, dass er vor etwa eineinhalb Jahren einen Mann gesehen habe, auf den ihre Beschreibung zu passen schien.

»Ja, eine Handvoll Inuits war bei ihm!«, bestätigte der alte Mann. Als Kerrin, die gewaltsam einen Jubelschrei unterdrückte, nach der Richtung fragte, in der die Gruppe sich bewegt habe, schüttelte er jedoch den Kopf.

»Daran erinnere ich mich nicht mehr«, behauptete er.

Als Fedder das Boot bereits ein gutes Stück den Fjord hinab in Richtung Meer gerudert hatte, erzählte ihm Kerrin davon.

»Du hättest ihm noch etwas zum Geschenk anbieten müssen, dann hätte er dir weitere Auskunft gegeben«, behauptete der junge Mann. »Ganz sicher weiß er genau, wohin diese Leute gegangen sind! Die Eskimos fragen jeden, den sie treffen, wohin er zu gehen beabsichtigt.«

»Daran habe ich überhaupt nicht gedacht. Was für eine Närrin ich doch bin! Sollen wir umkehren?«

»Dafür sind wir schon zu weit den Fjord hinuntergefahren.

Aber es ist wohl klar, dass sie den Weg nach Norden eingeschlagen haben – da gehe ich jede Wette ein.«

Seine Stimme klang so bestimmt und keinen Widerspruch
duldend, dass Kerrin nichts mehr dazu sagte. Insgeheim nagte
allerdings der Groll an ihr: Woher wollte er das denn so genau
wissen? Es deckte sich zwar mit den Erkenntnissen, die sie
bereits besaßen – dennoch war es nicht unmöglich, dass die
Inuits ihre Pläne mittlerweile geändert hatten. Schweigend
nahm Kerrin das zweite Paddel in die Hand, um ihren Begleiter widerwillig zu unterstützen.

Die Fahrt bis zum Ende des Fjords verlief ziemlich schweigsam. Es gab nichts zu sagen. Die großartige grönländische
Landschaft, die sie vom Fjord aus überblickten – Felsen, teils
nackt und schroff, teils mit Eis bedeckt, manche mit wahren
Blütenteppichen des purpurroten Steinbrechs, des leuchtend
gelb blühenden Mohns oder winzig kleiner blauer Blümchen
überzogen, deren Namen Kerrin nicht kannte –, war so bezaubernd schön, dass es einem ohnehin die Sprache verschlug.

Dazu eine Unmenge von Vögeln, die in den schroffen Klippen ihre Nester gebaut hatten, wie etwa der Schneesperling,
der Ende April hierhergekommen war und von den Eskimos als Vorbote des Frühlings angesehen wurde. Aber auch
die arktische Seeschwalbe hatte jetzt – es war immerhin Ende
Mai – längst zu brüten begonnen. Ihre Jungen würden in den
nächsten Tagen schlüpfen.

An einer Stelle des Fjords wurde es heikel. Eismassen ver-
sperrten ihnen plötzlich den Weg. Eine gewaltige Gletscherzunge, vorwärtsgeschoben vom mächtigen Inlandeis, hatte
sich auf ihrem Weg ins Meer quer über das Wasser des Fjords
gelegt und riegelte ihn ab.

»Gütiger Himmel! Hoffentlich finden wir eine Lücke,
durch die wir das *umiak* steuern können!«

Die Lage der beiden war keineswegs ungefährlich; unmittelbar vor ihnen türmten sich gewaltige Eismassen auf, die eine undurchdringliche Mauer zu bilden schienen, während links und rechts der Fjord, von schroffen Felsen eingezwängt, keine Möglichkeit bot, das Boot ans Ufer zu steuern und an Land zu gehen.

Kerrin war versucht, ihr Heil in der Anrufung Ögirs zu suchen, nach altem germanischem Glauben der Beherrscher des schiffbaren Meeres. Irgendwie schienen ihr in diesem nordischen Land die heidnischen Götter der Ahnen näherzustehen als die christliche Dreifaltigkeit …

Da erspähte Fedder, der erstaunlicherweise sehr ruhig geblieben war, einen Spalt im Eis, durch den das *umiak* sich steuern ließ; die Rinne war zum Glück breit genug. Zu beiden Seiten wurden Kerrin und Fedder von den blauen Klötzen der mächtigen Gletscherzunge überragt; die Temperatur in dem eisigen Labyrinth war zudem beträchtlich gefallen.

Insgeheim bewunderte Kerrin ihren Begleiter, der in aller Seelenruhe das Boot zwischen den abgesplitterten Eisbrocken hindurchdirigierte. Nach einer Weile war das Hemmnis überwunden, und sie vermochten ihre Fahrt durch den Fjord bei strahlendem Sonnenschein fortzusetzen.

An dessen Ende lag eine weitere kleine Siedlung mit Namen Kangâmiut, wo sie von einer Schar Kinder erwartet wurden. Da es für grönländische Verhältnisse richtiggehend heiß war, hatte Kerrin sich ihrer Mütze entledigt, wobei ihr goldblondes Haar auch bei den erwachsenen Inuits für beträchtliche Aufregung sorgte. Nicht nur die Kinder, auch die Erwachsenen wollten es anfassen und streicheln – beinahe so, als handele es sich um das kostbare Fell eines schönen, unbekannten Tieres.

Die jüngeren Grönländerinnen scharten sich um Fedder,

203

bewunderten den gut aussehenden, hochgewachsenen Weißen mit seinem blonden Haar und den blauen Augen.

Unwillkürlich kam Kerrin der Inuit-Brauch in den Sinn, fremden Männern über Nacht eine Frau als »Gastgeschenk« zu überlassen. Sie ertappte sich dabei, dass sie – sollte es dazu kommen – sehr verärgert sein würde, falls Fedder von dem Angebot Gebrauch machen würde.

Gleich darauf schämte sie sich über diese Anmaßung: Sie sollte im Gegenteil großzügig darüber hinwegsehen; es würde ihn möglicherweise von ihr ablenken …

Diese lange Reise hatte unmerklich begonnen, einiges in ihr zu verändern. Mit einem gewissen Erschrecken kam Kerrin zum Bewusstsein, dass ihre Moralvorstellungen anfingen, löcherig zu werden.

Energisch rief sie sich zur Ordnung. Es wäre leicht, mit Fedder eine Liebelei anzufangen, und durchaus angenehm, aber wie sollte es daheim mit ihnen weitergehen? Heiraten wollte sie ihn nicht. Sie würde ihn also vor den Kopf stoßen müssen und damit bitter kränken – und das hätte Fedder nicht verdient.

Von einer einheimischen Familie wohlwollend aufgenommen und eingeladen in ihr mit Lehm verfugtes und mit Moos gedecktes Bruchsteinhaus, verbrachten Kerrin und Fedder etliche Stunden bei bitterem Tee, der wie üblich nach Tran schmeckte, und kleinen Häppchen, die überraschend wohlschmeckend waren. Sie saßen auf dicken Matten, während man sich in einem Gemisch aus Holländisch, Dänisch und Friesisch unterhielt, untermalt mit lebhaften Gesten.

Nicht zum ersten Mal stellte Kerrin fest, dass die Eskimos ein überaus humorvolles Völkchen waren, das gerne lachte und durchaus Sinn für Situationskomik besaß. Der Familienälteste bestätigte überdies, dass er einen Weißen, begleitet von Inuits, auf dem Weg weiter nach Norden gesehen habe.

»Meine Landsleute schienen großen Respekt vor dem alten Mann zu haben.«

Aufgefallen war ihnen auch, dass der Fremde fast gar nicht sprach und ein wenig seltsam gewirkt habe, so, als sei er zwar körperlich anwesend, mit seinen Gedanken jedoch weit weg …

Kerrin hegte keinen Zweifel, dass es sich um Roluf Asmussen gehandelt hatte. Diese Gewissheit richtete sie auf und weckte neuen Mut in ihr. Wieder einmal schien das Ziel in greifbarere Nähe gerückt zu sein.

Weil sie sich so glücklich fühlte, nahm sie auch das scharfe Getränk entgegen, das die Frau des Sippenältesten ihnen kredenzte, ein stark alkoholisches Gebräu – an dem sie allerdings nur nippte, um den Rest heimlich in die dicke Filzmatte rinnen zu lassen.

Mit einer gewissen Sorge beobachtete sie, dass Fedder dem Getränk mehrmals kräftig zusprach; sein Gesicht war bereits ganz rot, und seine Zunge zeigte gewisse Unsicherheiten beim Sprechen. Auch dass eine der ganz jungen Frauen sich eng an ihn schmiegte, ihm über das Gesicht streichelte und ihn mit kleinen Häppchen fütterte, ließ er willig über sich ergehen. Nicht nur das, er schien die Aufmerksamkeit des Mädchens regelrecht zu genießen.

Als die Familie Anstalten machte, sich zu entkleiden, um sich schlafen zu legen, nahm Kerrin dies zum Anlass, sich für die Gastfreundschaft zu bedanken und die Hütte beinah fluchtartig zu verlassen. Sie rechnete damit, dass Fedder, der noch in Ruhe austrinken wollte, ihrem Beispiel alsbald folgen werde.

Draußen, wo die Sonne immer noch nicht untergegangen war, atmete Kerrin tief durch. Die klare reine Luft war eine Wohltat nach dem Rauch und dem Trangestank, der in der Behausung der Inuits geherrscht hatte.

205

Da Fedder sich offenbar nicht losreißen konnte, war sie gezwungen, allein das kleine Zelt aufzubauen. Aber mittlerweile hatte sie Routine darin, und in Kürze kuschelte sie sich – ausgekleidet bis auf ein langes Unterhemd – in ihren warmen Fellsack, der in den immer noch bitterkalten Nächten unumgänglich nötig war.

Aus der Ferne war mächtiges Getöse zu hören, das sie jedes Mal aufschrecken ließ, obwohl sie dessen Ursache längst kannte: Es war ein Gletscher, der kalbte, was bedeutete, dass ein abgebrochenes Stück Eis – manchmal so groß wie ein Haus oder eines der Kaufmannsschiffe, die nach Übersee fuhren – ins Wasser platschte.

Der ersehnte Schlaf wollte sich nicht einstellen. Ständig musste Kerrin an Fedder denken und an das hübsche Inuitmädchen, das sich so auffällig um ihn bemüht hatte. Ärgerlich versuchte sie, diesen Gedanken auszublenden – aber er ließ sich nicht verdrängen. Was, wenn die beiden die Nacht zusammen verbrachten? Zerknirscht musste sie sich eingestehen, dass sie eifersüchtig war. Aber sie wollte Fedder doch gar nicht, da war sie sich ganz sicher gewesen …

»Warum stelle ich mich eigentlich so dumm an?«, überlegte sie schließlich laut. »Fedder ist ein hübscher Mann, ehrlich, tapfer, treusorgend und zuverlässig; dazu liebt er mich aufrichtig. Was will ich denn noch mehr? Einen besseren Ehemann kann ich mir doch überhaupt nicht wünschen!«

Der Gedanke an die junge Eskimofrau, die Fedder ganz selbstverständlich ihre Sympathie gezeigt hatte und ihre Bereitschaft, ihm für diese eine Nacht zu gehören, machte sie auf einmal unsagbar wütend.

Und dann war da noch die Tatsache, dass Fedder keinerlei Anstalten gemacht hatte, ihr zu folgen, als sie die Hütte so schnell verlassen hatte. Damit hatte er deutlich signalisiert, dass er durchaus für eine andere Frau zu haben sei! So einfach war das.

»Na warte, Freundchen!«

Kerrin geriet mehr und mehr in Wut über Fedders Verhalten. Und sie musste zugeben, es gäbe wahrlich schlimmere Übel, als den schmucken Fedder Nickelsen zu heiraten. Mit ihm bräuchte sie sich wahrlich nicht zu schämen – im Gegenteil! Die heiratswilligen Frauen auf Föhr würden voller Neid auf sie blicken …

Gleich darauf übermannte sie endlich der Schlaf.

Mitten in der Nacht erwachte Kerrin unsanft. Jemand war zu ihr in den Schlafsack gekrochen, hatte ihr die Arme um den Hals gelegt, den Kopf auf ihre Brust fallen lassen – und schnarchte zum Gotterbarmen.

Automatisch wollte sie sich zur Wehr setzen, was in dem engen Schlafsack äußerst schwierig war. Wie war Fedder – sie erkannte ihn jetzt an seinem Gemurmel und auch an der ordentlichen Branntweinfahne – überhaupt ins Zelt gelangt, ohne sie aufzuwecken? Demnach musste sie wirklich sehr tief geschlafen haben.

Die befremdliche Situation mit dem wie ein Bär schnarchenden Fedder reizte sie unwillkürlich zum Lachen.

»Na, du bist mir ja ein sauberer Bräutigam!«

Wie auch immer! Das Ganze musste ein Ende haben; so konnte sie unmöglich wieder in den Schlaf finden. Ihn wegzuschieben war nicht möglich. Wie ein Stein lag er auf ihr und schlummerte wie ein satter, zufriedener Säugling. Erneut kicherte sie und überlegte, was nun zu tun war.

Wie immer, wenn sie in der freien Natur übernachteten, hatte sie auch in dieser Nacht einen Dolch bei sich, um sich gegebenenfalls gegen menschliche oder tierische Angreifer wehren zu können. Es drohte ihr demnach keine ernsthafte Gefahr, wenn sie nach draußen ging, um Fedders Schlafsack zu holen, der noch, zusammen mit dem restlichen Gepäck, in der Hütte der Inuit lag. Sie würde also versuchen, aus dem Schlafsack zu kriechen und sich ein neues Bett zurechtzumachen. Schwer genug war auch dieses Unterfangen, denn Fedder lag da wie ein tonnenschwerer Felsklotz, und es fiel ihr nicht leicht, sich unter ihm aus dem Schlafsack herauszuwinden.

»Ich hätte nicht zulassen dürfen, dass er sich mit dem abscheulichen Fusel so sinnlos betrinkt«, machte sie sich selbst Vorwürfe, ehe sie ein erneuter Lachanfall schüttelte.

Es war zu komisch, wie der große Kerl sich wie ein maulendes Kleinkind herumwälzte, um erneut eine bequeme Schlafposition zu finden. Zum Glück wachte er nicht auf.

»Hier bist du, Kerrin? Wieso hab' ich denn in deinem Schlafsack gelegen?«, fragte ein verwunderter Fedder am nächsten Morgen, als er Kerrin vor dem Zelt antraf.

Offensichtlich hatte er keine Ahnung, was letzte Nacht geschehen war. Was Kerrin anbelangte, sollte es auch so bleiben.

»Ach weißt du, die müssen wir gestern verwechselt haben. Ist ja nicht weiter schlimm.« Ihren leicht dahingesagten Worten zum Trotz beobachtete Kerrin ihn scharf. Aber Fedder schien tatsächlich an einer Gedächtnislücke zu leiden.

Das war gut so: Dann erinnerte er sich auch bestimmt nicht mehr an die hübsche Grönländerin …

Kerrin beschloss, sich endlich über ihre Gefühle für Fedder klar werden zu müssen. Es ist überfällig, dass Fedder endlich weiß, woran er ist und worauf er zählen kann, dachte sie, das bin ich diesem ehrlichen Mann einfach schuldig. So wie bisher kann es auf keinen Fall weitergehen.

SIEBENUNDZWANZIG

»MEIN LIEBER! Welche Freude, Euch hier begrüßen zu dürfen!« Hedwig Sophie umarmte Christian August.

Er war ein hoher Geistlicher und Bruder ihres bei Klissow gefallenen Gemahls und rechnete sich gute Chancen aus, demnächst Fürstbischof von Lübeck zu werden.

»Ihr könnt Euch nicht vorstellen, wie sehr ich es vermisse, mich unter wohlmeinenden Freunden aufzuhalten. Das Leben hier am Hof wird zunehmend unangenehmer! Die leidige Politik verdirbt mir allmählich die gute Laune.«

Der junge Herr wusste zwar Bescheid, wo Hedwig Sophie der Schuh drückte, vermochte ihr allerdings nicht zu helfen. In dieser verfahrenen Situation waren Personen mit mehr Einfluss gefragt. Schweden, Dänemark und Russland kümmerten sich primär um ihre eigenen Belange, und da konnte es leicht geschehen, dass kleinere Fürstentümer wie das Schleswig-Holstein-Gottorfische zwischen den rivalisierenden Machtblöcken zerrieben wurden. Es bedurfte besonderer Klugheit und ausgesuchtester Diplomatie, um Schaden vom Land abzuwenden. Wie der geistliche Herr wusste, stritten zwei sehr starrköpfige Herren am Hof seiner Schwägerin um das Vorrecht, die Richtlinien zu bestimmen, nach denen im Herzogtum regiert werden sollte.

»Liebste Schwägerin! Mit außerordentlichem Vergnügen bin ich Eurer Einladung gefolgt, um Euch ein wenig aufzuheitern. Ich weiß, Eure Räte sind in ihren Ansichten gespalten, und die Herren Geheimen Räte Magnus Wedderkop und Baron Görtz kämpfen mit allen Mitteln – auch mit solchen von unschöner Art, wie ich vernommen habe – um die Vorherrschaft im Land. Eine wahrhaft ungute Entwicklung!«

»Zumal es sich anfangs ganz anders anließ«, fügte die Her-

209

zogin, die sich für den Besuch des Schwagers besonders herausgeputzt hatte, hinzu. »Da regierten beide gemeinsam und in aller Eintracht. Jetzt ist es so, dass Wedderkop ein Freund der Schweden ist, was ich natürlich aus naheliegenden Gründen sehr begrüße; aber zugleich verordnet er meinem Land die striktesten Sparauflagen, die Ihr Euch vorstellen könnt!

Das empfinde ich, die ich immerhin ein klein wenig an Annehmlichkeiten für mich und meinen Sohn, den künftigen Herzog, beanspruchen möchte, als äußerst lästig, wie Ihr sicher nachempfinden könnt, lieber Schwager. Inzwischen lebt jede Bauersfrau bequemer und komfortabler als ich – ihre Herzogin!«

Christian August griff nach dem goldenen, mit Brillanten besetzten Brustkreuz über seinem schwarzen Talar und sagte nichts dazu. Was die schöne Hedwig Sophie da von sich gab, war wohl die unverfrorenste Übertreibung, die er je gehört hatte …

»Görtz, dem ich die Verwaltung der Finanzen anvertraut habe, bemüht sich jedoch redlich, neue Steuerquellen zu erschließen, damit ich den Hof überhaupt noch finanzieren kann! Dafür schätze ich ihn sehr – aber meine unverständigen Untertanen hassen ihn geradezu.«

Die Miene der Herzogin war reichlich empört, aber ihr Schwager musste sich ein Grinsen verkneifen. War doch allseits bekannt, dass Görtz die überwiegend bäuerliche oder seefahrende Bevölkerung als Melkkuh für den landesherrlichen Luxus betrachtete und die Untertanen schamlos ausbeutete.

»Was meint denn dieser friesische Pastor dazu, den Ihr Euch an den Hof geholt habt, meine Liebe?«

Der Vormund von Hedwig Sophies Sohn Carl Friedrich

schien bestens informiert über die Anwesenheit von Pfarrer Brarens.

»Er traut Görtz nicht über den Weg! Das hat er zwar nicht laut ausgesprochen – aber ich fühle seine ablehnende Einstellung ihm gegenüber«, platzte die Herzogin heraus.

Ein kluger Mann, dachte der Edelmann bei sich. Auch er war der Meinung, die aufwändige Hofhaltung müsste mindestens um die Hälfte gekürzt werden. Allein der Umbau des Schlosses – vom verstorbenen Herzog 1698 in Angriff genommen und 1702 beendet – hatte Unsummen verschlungen.

Auffällig und gut gelungen erschien dabei der Kontrast zwischen der kleinteiligen Unregelmäßigkeit des älteren Baus und der regelmäßigen Großzügigkeit des mit 27 Fensterachsen breiten Südflügels, der den größten Raum des alten Schlosses, die »gotische Halle«, aufnahm.

Christian August hatte auf den ersten Blick erkannt, dass die Gottorfer damit die Nordfassade des Schlosses in Stockholm kopiert hatten, die der Bruder der Herzogin, König Karl XII., neu hatte errichten lassen. Der Unterschied zu Gottorf war nur, dass das Königreich Schweden sich den Luxus leisten konnte …

Aber es ging ihn im Grunde nichts an – und Christian August lag nichts daran, die Laune seiner charmanten Schwägerin noch mehr zu verderben.

Hedwig Sophie verstand es, einem geschätzten Gast das Leben so angenehm wie möglich zu machen – weshalb sollte ausgerechnet er damit beginnen, dass Sparmaßnahmen durchgesetzt würden? Hedwig Sophie wäre mehr als verstimmt und sein Aufenthalt alles andere als angenehm.

Als Nächstes erkundigte er sich beiläufig, nur um das leidige Thema zu wechseln, nach ihrer Bekannten, dieser nordfriesischen »Wunderheilerin«.

»Ihr sprecht von Kerrin Rolufsen? O Gott! Ihr verdanke ich ebenfalls eine Riesenenttäuschung! Anstatt als gute Freundin bei mir zu sein, mich zu unterhalten und zu ermutigen, was macht dieses Unglücksweib? Ihr werdet es nie erraten, Schwager!«

Ein wenig neugierig war Christian August jetzt doch. Als er erfuhr, auf welches absurde Abenteuer die junge Frau sich eingelassen hatte und was sie damit bezweckte, war er anfangs sprachlos. Nach einigem Nachdenken ließ er sich zu der bewundernden Äußerung hinreißen:

»Wahrlich ein Phänomen, diese unerschrockene Tochter eines friesischen Walfängercommandeurs! Falls sie jemals heil aus Grönland zurückkehren sollte, möchte ich Euch ersuchen, sie mir vorzustellen.

Sie ist hübsch, sagtet Ihr?«, fügte er dann mit scheinbarem Desinteresse an.

»Oh, Kerrin ist sehr schön! Die richtige Mischung zwischen einem blonden Engel und einer echten Friesendeern. Das genaue Gegenteil von mir schwarzhaarigem Geschöpf!«

Der letzte Satz klang kokett und wurde mit dem nötigen unschuldigen Augenaufschlag gesagt. Der Schwager mochte ja ein frommer Geistlicher sein, aber blind war er sicher nicht ...

Obwohl Hedwig Sophie der Gedanke an eine zweite Ehe ferner lag als der Mond, war ihr auf einmal die Vorstellung einer kurzweiligen heimlichen Liebschaft gar nicht mehr so zuwider.

Das hätte auch den Vorteil, dass Christian August den Hof irgendwann wieder verlassen müsste – ein nicht zu unterschätzender Vorteil bei einer nicht auf Dauer angelegten Liaison. Ein Geliebter aus dem Hofstaat führte unweigerlich zu lästigem Gerede – und es war bekanntlich um ein Vielfaches komplizierter, einen nicht-klerikalen Galan wieder loszuwerden.

Um sich nicht in Träumereien zu verlieren, ließ die Herzogin Gabriele von Liebenzell rufen, die Carl Friedrich holen sollte, damit ihr Sohn seinen geistlichen Vormund begrüßen konnte.

Nachdem der Knabe wieder gegangen war, lobte Herr Christian August Gewandtheit, Benehmen und gutes Aussehen seines jungen Neffen.

»Und sehr klug für sein Alter scheint mir der kleine Herzog auch zu sein!« Damit war für den Ziehvater das Thema beendet, und er begann, sich erneut nach Kerrin zu erkundigen, der »kleinen Friesenhexe«, wie er scherzhaft anmerkte.

»Erlaubt, dass ich Euch widerspreche, verehrter Freund!«

Hedwig Sophie war nicht gewillt, diese launige Bemerkung im Raum stehen zu lassen. »Bei Kerrin Rolufsen handelt es sich nicht um ein beliebiges Kräuterweib, das zur Erweiterung seines Wissens ein paar schlaue Bücher gelesen hat!

Sie ist eine begnadete Seherin und dazu eine große Heilerin, eine, wie sie unsere Vorfahren unendlich verehrt haben.«

»Demnach ist sie also eine Frau, vor der ein frommer Christenmensch sich in Acht nehmen muss?«, erkundigte sich der Geistliche plötzlich misstrauisch.

Da Hedwig Sophie ein gewisses Lauern in seinem Blick zu erkennen glaubte, erschrak sie insgeheim. Hatte sie etwa schlafende Hunde geweckt? Das fehlte noch! Um das Gesagte abzuschwächen, ließ sie ihr berühmtes glockenhelles Lachen erklingen, das jeden Mann gefangen nahm.

»Aber nicht doch, liebster Schwager! Kerrin ist nicht nur die Nichte meines derzeitigen Lieblingsgeistlichen Brarens, sondern eine unbescholtene, aufrichtige und fromme protestantische Christin! Die frömmste, die Ihr Euch überhaupt wünschen könntet! Ich habe noch nie etwas Unehrenhaftes an ihr bemerkt.«

213

»Was möglicherweise nur bedeutet, meine Liebe, dass sie sich gut zu tarnen weiß!«

Jetzt erschrak die Herzogin wirklich. Mit ihrer Aussage hatte sie womöglich größeren Schaden angerichtet: Geistliche hatten in Glaubensdingen ein enorm weitreichendes Gedächtnis – und nachtragend waren sie bekanntermaßen auch.

»Ich werde mich immer und ewig für die Lauterkeit meiner liebsten Freundin verbürgen«, sagte sie betont würdevoll und erhob sich abrupt, um ihm den Arm zu reichen, damit er sie zur Tafel führen konnte. Der Haushofmeister hatte ihr von der Salontüre her das Zeichen gegeben, dass angerichtet sei.

ACHTUNDZWANZIG

FEDDER VERHIELT SICH WEITER SO, als wäre am vergangenen Abend nichts von Bedeutung vorgefallen.

»Ich war noch eine Weile bei den Eskimos«, entschuldigte er sich bei Kerrin. »Ich wollte in Ruhe austrinken, aber die jungen Mädchen haben mir immer von Neuem nachgeschenkt – und ich vertrage ja nicht viel! Sie meinten, ich könne ja bei ihnen schlafen, um dich nicht zu wecken, aber das war mir dann doch zu gefährlich«, bekannte Fedder in verblüffender Unschuld. »Ich habe gemacht, dass ich aus der Hütte hinauskam, und bin in unser Zelt gekrochen. Von da ab weiß ich nichts mehr. Ich muss wohl sofort eingeschlafen sein. Hoffentlich habe ich dich nicht zu sehr gestört, Kerrin. Das täte mir leid. Ich verspreche dir, künftig beim Genuss von Schnaps vorsichtiger zu sein.«

Er blickte sie treuherzig an. Irgendwie war Kerrin gerührt

von seinen Worten. Er wirkte beinah wie ein kleiner Junge, der fürchtet, seine Mutter verärgert zu haben …

»Aber da ich mich in *deinen* Schlafsack gelegt habe, bedeutet das, dass du auch nicht mehr ganz nüchtern gewesen sein kannst – schließlich hast *du* doch die beiden Schlafsäcke zuerst vertauscht! Immerhin bist du als Erste schlafen gegangen …«

»Sehr scharfsinnig von dir, mein Lieber!«

Kerrin lächelte und ging nicht weiter darauf ein. »Ich konnte das starke Zeug auch nicht vertragen und bin daher früher gegangen.«

In Zukunft würde sie besser auf ihn aufpassen, wenn es ans Trinken ging.

Der kommende Tag ließ ihre Fahrt beinah zur Zerreißprobe werden. Frühzeitig waren sie an diesem Morgen aufgebrochen, um per Boot ihren Weg nach Norden aufzunehmen; dieses Mal ganz nah an der buchtenreichen, felsigen, zum Teil steilen Küste. Oftmals reichte das Gletschereis bis nahe ans Ufer heran. Teile des ewigen Eises brachen mit ungeheurem Donnern ins Meer, um danach in den verschiedensten Farben, Formen und Größen als schwimmende Eisberge ihren Weg nach Süden anzutreten.

»Wir kommen hier nicht weiter!«, schrie Fedder mit einem Mal. Ein zu Tal donnernder Wasserfall und abbrechende Eismassen verursachten einen so ohrenbetäubenden Lärm, dass die dicht hinter ihm sitzende Kerrin ihn kaum verstehen konnte.

»Was sollen wir um Gottes willen tun?« In ihrer Stimme flammte Panik auf.

Natürlich blieb der Ausweg, sich mit dem *umiak* weiter

vom Festland zu entfernen und sich mehr gegen die Mitte der Straat Davis hin zu orientieren. Aber so weit sie auch nach Westen blickten: Überall waren Eisberge, kleinere Brocken, aber auch riesige Gebilde, die sich bei jedem Ruderschlag näher an sie heranzuschieben schienen.

»Das Eis wird uns einschließen!«

Kerrin schluckte, schon der bloße Gedanke daran, sich mit minimalem Vorrat an Nahrung und Trinkwasser in einem schmalen flachen Holzboot aufzuhalten, das nur durch einen Überzug aus Robbenhaut geschützt war und von den Eismassen festgehalten und mit Leichtigkeit zermalmt werden konnte, war furchterregend. Gewaltsam riss sie sich zusammen. Ihre Nerven durften ihr jetzt keinen Streich spielen.

Sie musste an ihren immer wiederkehrenden Traum glauben, in dem Terke ihr weissagte, sie werde alles gut überstehen. Schließlich handelte es sich um das Vermächtnis ihrer Mutter – und sie als gehorsame Tochter hatte versprochen, dieses Vermächtnis anzunehmen und ihren Vater aus der Eishölle Grönlands nach Hause zu bringen.

»Wir fahren einfach weiter und hoffen, dass es besser wird«, schlug Fedder mangels einer vernünftigeren Alternative vor. Kerrin zuckte die Achseln; eine bessere Idee hatte sie auch nicht.

Nach einer halben Stunde war der Spuk tatsächlich vorbei. Was sie jetzt vom Boot aus erkennen konnten, war blanker Fels an Land; teilweise wuchsen frisches Gras, niedrige Kräuter und bunt leuchtende Blumen auf der dünnen und überaus kargen Erdschicht. Und immer wieder ergossen sich mehr oder weniger üppige Wasserfälle ins Meer, sodass sie vom Ufer gebührend Abstand halten mussten.

Das Ganze kostete nicht nur Nerven, sondern erforderte auch viel Muskelkraft. Obwohl Kerrin ihr Bestes gab, kamen sie an diesem Tag nicht sehr weit voran. Weit oben im Nord-westen, in Richtung Baffin Bay, konnten sie im Dunst Walfän-gerschiffe erahnen.

Während Kerrin ihre Arme vor Muskelschmerzen kaum noch bewegen konnte, arbeitete ihr Gehirn umso lebhafter. Nach einigen Stunden hatte sie ihre Entscheidung getroffen. Sie war sich jetzt sicher.

Doch wie sollte sie sich Fedder nun zuwenden? Immerhin hatte sie ihm neulich eine so deutliche Abfuhr erteilt, die ihn nicht nur zutiefst gekränkt, sondern auch bewirkt hatte, dass er alles daransetzte, ihr ja nicht zu nahezukommen, denn eine weitere Zurückweisung würde sein männlicher Stolz nicht mehr verkraften. Wie konnte sie ihm ihren plötzlichen Ge-fühlsumschwung erklären, die Veränderungen, die in ihr vor-gegangen waren?

Er musste ihr einfach glauben, dass sie ihn wirklich gern hatte, ihn respektierte und achtete und bereit war, sich ihm anzuvertrauen und ihr weiteres Leben mit ihm zu teilen – falls er sie überhaupt noch wollte. Zum ersten Mal dämmerte ihr die Möglichkeit, er könnte sie zurückstoßen. Auf einmal lag ihr alles daran, sich ihm zu offenbaren und sich ihm – auszu-liefern. Ein anderes Wort wollte ihr nicht einfallen.

Etwa um die Mittagszeit hielt Fedder Ausschau nach ei-ner Möglichkeit, das *umiak* ohne größere Schwierigkeiten an Land zu setzen.

»Hier, denke ich, ist ein guter Platz zum Anlanden«, hörte sie Fedders Stimme wie von weither an ihr Ohr dringen, und Kerrin riss sich zusammen.

»Gut! Machen wir Rast. Ich bin bereits todmüde – kein Wun-der! Ich habe vergangene Nacht nicht sehr gut geschlafen!«, fügte sie lächelnd hinzu. Ein Seitenblick auf ihren Begleiter zeigte, dass das schlechte Gewissen noch immer an ihm nagte.

Kaum setzten sie ihren Fuß aufs Trockene, waren sie auch schon umringt von einer Schar Kinder, die bettelten. Auch ein paar Erwachsene waren darunter, die mehr oder weniger offen die Hand aufhielten. Das war neu! Bisher war es noch nie vorgekommen, dass sich die erwachsenen Einheimischen so weit erniedrigten, Fremde um Unterstützung anzugehen, ohne im Gegenzug wenigstens ein kleines Geschenk zu präsentieren oder zumindest eine geringe Dienstleistung anzubieten.

Fedder wollte die Aufdringlichsten schon verscheuchen, da fiel ihm Kerrin ins Wort. »Die Leute sehen krank aus! Vor allem die Kinder sind in einem erbärmlichen Zustand; die meisten von ihnen sind völlig unterernährt!«

»Jetzt, wo du es sagst, Meisterin, sehe ich es auch!«

Fedders Stimme wurde um einiges milder. Kerrin versuchte nun, ein Gespräch mit einer alten Frau zu beginnen, welches Unglück sie und ihre Gefährten denn betroffen habe. Die Unterhaltung gestaltete sich schwierig. Aber mit vielem Grimassieren und Gestikulieren und unter Zuhilfenahme mehrerer Sprachen schälte sich allmählich das tragische Schicksal dieser Eskimosippe heraus.

Sie waren Opfer einer unbekannten Krankheit geworden. Am Ende des vergangenen Winters hatte die Seuche vielen ihrer Familienangehörigen den Tod gebracht, die übrigen aber in unsagbares Elend gestürzt, da diese Krankheit hauptsächlich die Jungen und Starken dahingerafft und die Alten und Kinder – nahezu unfähig, sich Nahrung zu beschaffen – zurückgelassen hatte. Eine höchst merkwürdige Sache!

»Die Vorräte an Speck und getrocknetem Fleisch sind lange schon aufgebraucht, und wir Alten haben nicht die Kraft, Robben zu jagen. Selbst das dicke Eis aufzuhacken und nach Fischen zu angeln geht über unsere Kräfte. Jetzt im Frühjahr versuchen wir zwar mühsam, Vogelnester auszuplündern. Aber allein das Klettern an der Steilküste, wo die Vogeleier zu finden sind, ist für uns nutzlose Alte kaum zu schaffen und für die Kleinen zu gefährlich.«

Der alten Inuitfrau diese Auskünfte zu entlocken dauerte längere Zeit und wurde von vielen Seufzern, von Weinen und Händeringen unterbrochen. Selbst nahe daran, in Mitleidstränen auszubrechen, war Kerrin sofort bereit, das Wenige an Nahrung, das Fedder und sie noch besaßen, mit den Eingeborenen zu teilen.

Viel war es nicht, was sie der alten Frau namens Dunek vor die Füße legten, um es nach ihrem Gutdünken an die Mitglieder ihrer Sippe zu verteilen: ein paar trockene Kekse, einige Streifen Speck und den restlichen Vorrat an Trockenfleisch, das man erst in Wasser aufkochen musste, um es genießbar zu machen.

Dass es auch anders zu verspeisen war, lernten sie von den hungernden Eskimos. Die schnitten sich kleinere Brocken ab, steckten die ledernen Stücke in den Mund und kauten ewig lange darauf herum.

Kerrin erbot sich, sich auf die Suche nach Grönlandsalat zu machen, was die alte Frau lebhaft begrüßte. Ja, dieses Kraut sei lebensnotwendig, bestätigte sie. In Ermangelung der Robben, deren Mageninhalt sie gleich nach der Schlachtung der Tiere roh zu verzehren pflegten, da dieser den wertvollen Tang enthielt, waren sie auf Grünfutter, das auf der Erde wuchs, angewiesen.

Bei dieser Erklärung der Alten war Kerrin sich nicht sicher, ob sie alles richtig verstanden hatte. Da es sich so ekelhaft anhörte, hielt sie es für möglich, sich vielleicht verhört zu haben oder nicht über den ausreichenden Wortschatz zu verfügen.

Fedder seinerseits erbot sich, für die Eskimos auf die Jagd

zu gehen und möglichst viel an Wild zu schießen, damit sie frisches Fleisch bekämen. Einer der alten Männer wollte sich ihm anschließen, um ihm die Stellen zu zeigen, wo eine Jagd Erfolg versprechend sei. Ein Angebot, das Fedder gerne annahm.

Dann machten Kerrin und er eine seltsame Entdeckung.

Das bisschen an Essen, das zur Verfügung stand, wurde von der Sippenältesten – ohne jeden Widerspruch – nur an die etwas älteren Kinder verteilt. Die alten Weiber und Männer sowie die Allerjüngsten gingen leer aus – die Alte selbst nahm sich nicht das kleinste Stück. Eine einzige Ausnahme bildete der bejahrte Jäger, der sich als Fedders Führer zur Verfügung stellen wollte. An ihn teilte Dunek reichlich aus.

Die Neugier plagte Kerrin so sehr, dass sie sich ein Herz fasste und sich bei ihr erkundigte, warum sie die Lebensmittel so und nicht anders verteilt habe.

Die Begründung kam prompt und war für Kerrin in ihrer harten Konsequenz erschreckend.

»Die Jüngsten und wir alten Leute werden sowieso sterben – ein Wunder, dass wir die Seuche bis jetzt überlebt haben. Die etwas älteren Kinder haben jedoch möglicherweise Aussicht, am Leben zu bleiben – vor allem, wenn dein Mann bei der Jagd erfolgreich sein sollte. Dem alten Jäger habe ich nur zu essen gegeben, damit er genügend Kraft hat, deinen Mann zu begleiten und ihm den richtigen Weg zu weisen.

Bei uns im Norden ist es zur Winterszeit Sitte, dass die Alten des Stammes, die schwach und zu nichts mehr nütze sind, sich zurückziehen, sich auf eine Eisscholle setzen und aufs Meer hinaustreiben lassen, dem sicheren Ende entgegen.«

Als sie Kerrins entsetzte Miene sah, fügte die Eskimofrau hinzu: »Wozu soll man sie noch füttern, wenn es doch viel besser ist, der Sippe nicht zur Last zu fallen, sondern zu den Ahnen einzugehen?«

Kerrin musste schlucken; auch Fedder verschlug es die Sprache. Später meinte Kerrin zu ihm, wie bedauerlich wenig sie doch wüssten über diese noch so ursprünglich lebenden Menschen, ihre Anschauungen und Gebräuche.

»Ich bin nicht traurig darüber«, wehrte der junge Mann ab. »So genau will ich gar nicht Bescheid wissen über ihre barbarischen Sitten.«

Kerrin war da anderer Meinung; aber sie wollte keinen Streit beginnen, jetzt, wo Fedder kurz davor war, mit dem alten Eskimo loszuziehen und einer Herde Moschusochsen nachzuspüren, die sich angeblich in der Nähe aufhalten sollte.

Unwillkürlich erwachte in Kerrin die Erinnerung an ihren Vater, der damals ebenfalls versucht hatte, diese ziegenartigen Geschöpfe, die zwar Ochsen genannt wurden, aber mit Rindern nichts gemein hatten, zu jagen. Hin und wieder hatten sie und Fedder Herden dieser Tiere mit den weitgeschwungenen, spitzen Hörnern und dem dichten, fast bis zum Boden reichenden schwarzbraunen Fell in weiter Entfernung dahinziehen sehen.

Nähere Bekanntschaft mit ihnen wollte Kerrin auch nicht schließen. Mit einer Körperlänge von über zwei Metern erschienen sie ihr nicht geheuer.

»Komm gesund wieder, Fedder!«, rief sie ihrem Begleiter nach; aber der war schon samt dem alten Inuit von einer Nebelwand verschluckt worden. So vermochte sie nur noch sein Lachen und die Abschiedsworte zu hören, die wie durch Watte zu ihr drangen: »Keine Sorge, Meisterin! Du wirst mich schon nicht los! In spätestens drei Tagen …« Den Rest des Satzes verschluckten die Nebelschwaden.

NEUNUNDZWANZIG

In dieser Nacht lag Kerrin in ihrem kleinen Zelt lange wach. Duneks Einladung, zusammen mit all den noch am Leben gebliebenen Familienmitgliedern im Haus zu schlafen, hatte sie freundlich, aber bestimmt abgelehnt. Womöglich lauerte diese abscheuliche Krankheit noch in dem Gemäuer und übertrug sich auf sie.

Ich habe eine wichtige Aufgabe zu erfüllen und darf keine unnötigen Risiken eingehen, sagte sie sich. Selbst auf die Gefahr hin, dass die Grönländer über die Absage beleidigt sein sollten.

Als sie endlich in einen unruhigen Halbschlaf sank, träumte sie von Roluf Asmussen, der – irgendwo auf Grönland, um etliche Jahre gealtert, aber körperlich gesund – auf ihr Kommen wartete.

»Sag, ist es denn wirklich wahr, dass ich mit meiner Suche Erfolg haben werde?«

Sie richtete diese Frage an die Person, von der sie wusste, dass ihr stets eine ehrliche Antwort zuteilwurde: An ihre lange verstorbene Mutter, der sie auf unerklärliche Weise noch genauso stark verbunden war wie seit Jahren schon.

Zu ihrem Erstaunen war es dieses Mal jedoch nicht Terke, die darauf reagierte, sondern eine junge, schlanke, hochgewachsene Frau von großer Schönheit, mit flammend rotem, dichtem, langem Haar, sehr heller Haut und großen türkisfarbenen Augen.

»Mutter«, sagte die schöne Frau, »habt keine Sorge! Ihr werdet meinen Großvater heil nach Hause bringen!«

»Kaiken«, flüsterte Kerrin verzückt. »Bist du es wirklich? Wie schön du bist, mein Kind!«

Im Traum erschien es Kerrin keineswegs absonderlich, Harres erwachsener Tochter zu begegnen, die auf Föhr vermutlich gerade ihre ersten Krabbelversuche absolvierte. Es bereitete ihr nur Kummer, dass sie nicht Zeugin von Kaikens ersten Schritten ins Leben werden konnte. Auch die ersten Sätze, die das Kind von sich geben würde, würde sie vermutlich nicht hören ...

Aber: Was bedeutete dieser kleine Verzicht schon gegen das unsagbare Glück zu wissen, dass das kleine Mädchen sich wohl befand? Andernfalls könnte es sich nicht zu einer so auffallenden Schönheit entwickeln ... Und die Botschaft, die Kaiken ihr verkündet hatte, hätte nicht beglückender sein können: Der Commandeur war am Leben und würde dank ihr seine Heimat Föhr wiedersehen!

Was zählten schon die Strapazen, die Gefahren, der gelegentliche Hunger und die Angst vor dem Unbekannten?

»Ich danke dir, mein Kind!«, konnte Kerrin gerade noch flüstern, ehe das Traumgesicht so schnell verschwand, wie es erschienen war.

Dieses Mal gelang es ihr, mit der Gewissheit in tiefen Schlaf zu sinken, dass in Kaiken derselbe Geist lebte wie in ihrer Großmutter Terke – und in ihr selbst. Auch Harres Tochter wohnte offenbar die Fähigkeit inne, Gesichte zu haben und anderen im Traum zu erscheinen, wobei Kerrin aufrichtig hoffte, dem Mädchen wäre auch die Gabe des Heilens verliehen.

Kaiken stünde damit in der in ihrer Familie seit vielen Generationen überlieferten Tradition weiser Frauen, die ihren Anfang bei jener Kaiken genommen hatte, die man vor zweihundert Jahren auf Föhr als Hexe verbrannt hatte.

Es war bereits heller Tag, und die Sonne stand schon ziemlich hoch, als Kerrin endlich erwachte. Sie fühlte sich benommen und wusste erst nicht, wo sie sich im Augenblick aufhielt. Dann fiel es ihr wieder ein.

Die selbstauferlegte Pflicht, nach den hungernden Inuits zu sehen, trieb sie an aufzustehen, obwohl sie sich noch unendlich müde fühlte. Dazu kam ein dumpfer Druck auf ihren Schläfen. Nur eine ganz kleine Weile wollte sie noch liegen bleiben.

Sie musste unbedingt den Grönlandsalat suchen!

Erneut war sie eingenickt, aber dieser Gedanke veranlasste sie, sich aufzusetzen und zu versuchen, sich aus dem Schlafsack herauszuwinden. Als sie kraftlos zurücksank, dämmerte ihr, dass mit ihr etwas nicht stimmte. Außerdem war ihr auf einmal schwindelig, alles drehte sich um sie.

»Mein Kopf«, flüsterte sie heiser. Er fühlte sich schwer und heiß an und schmerzte bei der geringsten Bewegung. »Ich habe Fieber.«

Erschrocken fasste sie sich an die glühend heiße Stirn; dazu war ihr auf einmal speiübel. Was hatte Dunek über die Krankheit berichtet, die ihr Dorf heimgesucht hatte? Ihr waren vor allem die jungen kräftigen Leute zum Opfer gefallen …

Das wäre fatal. Wie sollte sie sich helfen, so kraftlos, wie sie sich fühlte? Nicht einmal um Hilfe zu rufen vermochte sie. Das Zelt war zu weit vom Haus der Inuits entfernt, und ihre Stimme war wie weggezaubert; sie brachte nur krächzende Laute hervor.

Kerrin versuchte, zum verschlossenen Zelteingang hinüberzusehen, aber sie schaffte nicht einmal das: Ihr Nacken tat zu weh, war steif und ließ sich nicht mehr bewegen.

Ich werde hier liegen bleiben und sterben, schoss ihr durch den Kopf, und Panik begann sich in ihr breitzumachen. Dann siegte zum Glück ihr Verstand. Die alte Eskimofrau würde nach ihr sehen, wenn sie nicht auftauchte. Dunek schien noch einigermaßen bei Kräften zu sein.

Still blieb Kerrin liegen und wartete.

Selbst wenn die Inuits sich nicht um mich kümmern sollten, wird Fedder mir helfen, sobald er von der Jagd zurückkehrt, beruhigte sie sich selbst. Ich muss nur drei Tage lang durchhalten – und das werde ich ja wohl noch schaffen.

Dann fiel ihr der wunderbare nächtliche Traum ein. Kaiken hatte ihr prophezeit, dass sie heil nach Föhr gelangen würde. Daran wollte sie sich festklammern.

Im Augenblick verursachte ihr allein der Gedanke an Essen bereits Übelkeit. Nur starker Durst quälte sie. Das Fieber stieg an und gaukelte ihr Ereignisse und Dinge vor, die es gar nicht gab.

So entführten die Fieberfantasien sie in einen dichten Zauberwald, in dem zwei riesige starke Wölfe sie verfolgten. Aus einem ihr unbekannten Grund wusste sie, es handelte sich um Sköll und Hati, Söhne der Riesin Gygur. Die beiden verschlangen hin und wieder Sonne und Mond, was die Menschen auf der Erde als Sonnen- und Mondfinsternis erlebten.

So hatte es einst eine der weisen alten Frauen in dem Dorf Alkersum auf Föhr ihr und ihrem Bruder erklärt. Offensichtlich hatte Gygur, die heidnische Göttin, Kerrin zur Feindin erklärt und ließ sie von ihren Söhnen belagern.

Aber unerschrocken hielt sie ihnen ihren *tupilak*, das grönländische Zauberamulett entgegen, und feige verkrochen sich die Bestien.

Diese Tat trug ihr in ihren Fieberträumen die unverbrüchliche Freundschaft von *Urd*, *Werdandi* und *Skuld* ein, den *Nornen* der Vergangenheit, der Gegenwart und der Zukunft. Wobei sie es in ihrem Fieberwahn für ganz richtig empfand, dass

Urd ihr als gealterte Terke erschien, sie selbst *Werdandi* war, *Skuld* hingegen die Züge der erwachsenen Kaiken trug.

Endlich dämmerte Kerrin in traumlosen Schlaf hinüber, immer wieder unterbrochen von weiteren märchenhaften Abenteuern.

Als sie erneut erwachte, lag sie auf einer primitiven Bettstatt auf einem Eisbärenfell, und Fedder blickte besorgt auf sie nieder.

»Wo bin ich denn?«, erkundigte sie sich erstaunt. »Wieso liege ich hier?«

»Kannst du dich an nichts mehr erinnern, Meisterin?« Der junge Mann klang beinahe ein wenig gekränkt.

»Als ich nach zwei Tagen mit einem erlegten Moschusochsen zurückkehrte, fand ich dich todkrank, fiebernd und bewusstlos in dieser halb verfallenen Steinhütte liegend. Die Eskimos hatten dich aus dem Zelt herausgeholt und in diesen Bau geschafft, um dich besser versorgen zu können. Allerdings wussten sie wenig mit dir anzufangen, außer, dir Wasser einzuflößen ...

Sie waren sehr erleichtert, als ich wieder da war. Annähernd eineinhalb Wochen lang habe ich dich mit kaltem Wasser abgerieben, um das Fieber zu senken. Meistenteils hast du förmlich geglüht; vor allem dein Kopf glich einem Backofen. Ich habe dir immer wieder Wasser zwischen die Lippen geträufelt; recht viel mehr wusste ich leider auch nicht! Ich hatte bereits Sorge, du würdest überhaupt nicht mehr zu dir kommen!«

Der liebevolle Blick, mit dem er sie musterte, ließ ihr Herz vollends dahinschmelzen. Fedder war ein gütiger und wertvoller Mensch, ein Kamerad im besten Sinne, der es wahrlich verdiente, dass man ihn hoch schätzte – und liebte.

Wohlige Wärme durchströmte sie – und sie stammte eindeutig nicht von den Tierfellen, mit denen Fedder sie zugedeckt hatte.

Jetzt erst fiel Kerrin auf, dass sie unter der Decke aus Seehundfell vollkommen nackt war. Diese Erkenntnis ließ sie dunkelrot werden vor Scham. Dann jedoch fand sie es am klügsten, so zu tun, als bemerke sie es gar nicht.

»Du hast mir mit Sicherheit das Leben gerettet, mein Lieber! Auf Essen kann man lange Zeit verzichten, aber ohne Wasser wäre ich gestorben. Ich stehe zutiefst in deiner Schuld, Fedder.«

»Du hättest dasselbe für mich getan, Meisterin«, wehrte Fedder bescheiden ab. »Ich bin nur froh, dass es dir wieder besser geht.«

Sehr bald verspürte Kerrin mächtigen Appetit, und die alte Dunek brachte ihr ein Stück gesottenes Moschusochsenfleisch, das sie, ausgehungert wie sie war, mit regelrechter Gier verschlang. Inzwischen war sie angekleidet, und das immer noch klamme, mit ihrem Schweiß durchtränkte Bettzeug lag draußen in der Sonne zum Trocknen. Auch dafür hatte Fedder gesorgt.

Die Inuits, inzwischen durch den Nachschub an Nahrung einigermaßen gekräftigt, kamen nacheinander zu ihr und bezeugten ihre Freude darüber, dass sie die rätselhafte Seuche überlebt hatte.

»Ähnliche Symptome hat es vor vielen Jahren auf Sylt gegeben«, erinnerte Kerrin sich. »Damals hatte es überwiegend Kinder getroffen. Manche haben es damals nicht überlebt, einige trugen schwere Schäden für ihr weiteres Leben davon, und nur die wenigsten erlangten ihre frühere Gesundheit vollkommen zurück.«

»Was waren das für Schäden?«, wollte Fedder wissen, der von dieser Krankheit noch nie gehört hatte. Vermutlich hatte er sich zu dieser Zeit als Robbenjäger an Bord eines Seglers aufgehalten.

»Es war ganz schrecklich.«

Kerrin musste schlucken, als sie sich daran erinnerte. Man hatte neben verschiedenen anderen Heilern auch sie, trotz ihrer Jugend, zu Hilfe gerufen. Ihre Kräfte hatten sich damals schon auf den Inseln herumgesprochen. Aber in diesem Fall hatte nur Gott, der Herr, zu helfen vermocht.

»Einige waren nach dem Abklingen der Krankheit blind oder hatten ihr Gehör eingebüßt, andere hatten Schwierigkeiten beim Sprechen, und bei einigen war die Erinnerung an ihr früheres Leben wie ausgelöscht: Sie wussten nichts mehr und hatten alles vergessen und verlernt, was sie einst gekonnt hatten; zu lesen etwa oder wenigstens den eigenen Namen zu schreiben. Andere hatten die Begriffe von Alltagsgegenständen vergessen oder erkannten ihre eigenen Eltern und Geschwister nicht mehr.«

»*Jiises Krast!* Was hattest du jetzt für ein Glück, Meisterin! Ich mag gar nicht daran denken, was dir leicht hätte widerfahren können! Stell dir vor, meine Rückkehr von der Jagd hätte sich noch um einige Tage verzögert!«

Fedder sah sie so liebevoll an, dass auch der letzte Rest von Kerrins Zweifeln an der Richtigkeit ihrer Entscheidung wie im Wind zerstob.

Die nächsten beiden Tage musste sich Kerrin noch schonen. Behutsam und in kleinen Portionen gewöhnte sie ihren Magen an normale Essensrationen und gab widerstandslos ihrem starken Schlafbedürfnis nach. »Seltsam, dass ich so müde bin; während der Krankheit habe ich doch weiß Gott genug Zeit im Bett verbracht!«, wunderte sie sich.

Manchmal lag sie auch nur auf dem Bärenfell und träumte

vor sich hin, wobei sie an die Decke der winzigen Steinbehausung starrte. Wieder und wieder überdachte Kerrin ihr Verhältnis zu Fedder, der sich nach wie vor rührend um sie bemühte. Er würde es nicht wagen, sich ihr noch einmal zu nähern. Zweifellos musste sie den ersten Schritt tun …

DREISSIG

IN DER DRITTEN NACHT nach dem Beginn ihrer Genesung lud Kerrin ihren Begleiter ein, sich zu ihr auf das Bett zu setzen.

»Komm zu mir, Fedder! Nimm mich in den Arm!«

Als sie sein erstauntes Zögern gewahrte, fügte sie erklärend hinzu: »Ich fühle mich so allein, kalt und einsam.«

Fedder, der nicht sicher war, ob er sich verhört hatte, musterte sie verunsichert.

»Wenn dir kalt ist, Meisterin, werde ich dir eine weitere Decke besorgen«, kündigte er an und machte Anstalten, die Hütte zu verlassen.

»Nein, nein! Bitte bleib bei mir.«

Auffordernd rückte sie beiseite, um ihm Platz auf dem Bärenfell zu machen. Da begann Fedder zaghaft zu begreifen. Er vermochte sein Glück kaum zu fassen. Woher stammte ihr Sinneswandel? Immer noch vorsichtig näherte er sich der Bettstatt, um sich zögernd neben Kerrin niederzulassen.

Kerrin, bis zum Hals zugedeckt, sah ihm aufmunternd lächelnd in die blauen Augen.

»Komm unter die Decke, Fedder, unter meinem Robbenfell ist es angenehm warm.«

Innerlich jubelte er bei ihren Worten. Dann packten ihn erneut Zweifel. Machte sie sich lustig über ihn? Aber der Ausdruck in ihren schimmernden Meeraugen sagte etwas anderes. Sie meinte es ernst mit ihm.

Er entledigte sich seiner Kleider, kroch zu ihr unter die Decke und entdeckte, dass auch sie nackt war. Als er sie an sich drückte und leidenschaftlich küsste und sie seine Liebkosungen ebenso stürmisch erwiderte, erfühlten seine tastenden Hände, dass sie – obwohl durch die Krankheit um einiges dünner geworden – eine prachtvolle Figur besaß, schlank, muskulös und doch sehr weiblich. Er hatte ihren Körper bei den unumgänglichen Gelegenheiten, die bei der Krankenpflege angefallen waren, zwar zu sehen bekommen, aber sie nun leibhaftig zu spüren, sie an sich zu pressen und streicheln zu dürfen, ließ ihn vor Glück und Verlangen verstummen.

Auch Kerrin genoss die lange vermissten, ja, beinah schon vergessenen Zärtlichkeiten, mit denen Fedder sie nun förmlich überschüttete. Fraglos war er in Liebesdingen nicht unerfahren, was Kerrin, die selbst bisher nur einem einzigen Mann gehört hatte, als äußerst angenehm empfand. In der Dunkelheit der primitiven steinernen Unterkunft konnte Kerrin sich fallen lassen, musste sich nicht verstellen und ihre Bedürfnisse verhehlen.

Der Herrgott wird einem verlobten Paar die Sünde schon verzeihen, dachte Kerrin, als sie erschöpft neben Fedder niedersank. Sie hatte bereits nach den ersten Küssen deutlich gemacht, dass sie ihn als Ehemann wollte und nicht bloß als Zeitvertreib. Ein Geständnis, das Fedder, der vollkommen überrascht war, in einen Jubelschrei ausbrechen ließ. So sehr er es sich gewünscht hatte – nie im Leben hatte er noch damit gerechnet. Er konnte sein Glück kaum fassen.

Erst gegen Morgen, als es längst Zeit war aufzustehen, fielen beide in den tiefen Schlaf befriedigter Erschöpfung. Ehe

Kerrin die Augen zufielen, dachte sie noch, welch gute Wahl sie doch mit Fedder getroffen hatte: Er war ein aufrechter und ehrenwerter Mann, stammte zwar aus keiner reichen, aber aus einer anständigen und bei den Föhringern wohl angesehenen Familie, die immer ihr rechtschaffenes Auskommen gehabt hatte. Und: Er würde sie nicht als bequemes Abenteuer betrachten – wie ihre einstige große Liebe, der Edelmann, dessen Namen sie unbedingt vergessen wollte –, es getan hatte.

Speziell Fedders Vater, dem ehemaligen Kerkermeister Nickel, war sie zu größtem Dank verpflichtet. Ohne seinen Beistand im Kerker wäre sie seinerzeit das Opfer gieriger Gefängniswärter geworden. Er hatte sie unter seinen Schutz genommen und Schlimmeres verhindert.

Ob Fedder davon wusste? Sie war nicht sicher; sein Vater war ein wortkarger Friese gewesen, der seine guten Taten nicht in alle Welt hinausposaunte. Es erfüllte Kerrin heute noch mit Genugtuung und Freude, dass sie nach ihrer Freilassung dem älteren Mann gegen seine Schmerzen in Bein und Rücken hatte helfen können.

Unwillkürlich seufzte sie. Nickel lag bereits seit einer ganzen Weile auf dem Nieblumer Gottesacker.

Als sie die Augen nach Stunden wieder aufschlug und entdeckte, dass Fedder bereits aufgestanden, Feuer in der Hütte gemacht und ihr einen Tee aus ihren mitgebrachten Kräutern aufgebrüht hatte, traten ihr unwillkürlich Tränen in die Augen.

»Du bist sehr aufmerksam, und ich danke dir so sehr!«, sagte sie und schenkte ihm ein Lächeln, das ebenso ehrlich gemeint war wie ihre Worte.

Der Gedanke an die vergangene Nacht machte sie leicht erröten – aber nicht allzu sehr. Dafür hatte sie sie zu sehr genossen. Eigentlich konnte sie gar nicht mehr verstehen, weshalb sie so lange gezögert hatte, sich ihm hinzugeben.

Bei Fedder konnte sie sicher sein, dass er daheim nichts ausplaudern würde, er würde sie nie kompromittieren.

In ihrem Fall wäre das besonders ungut: Es genügte, dass man sie für eine *Towersche* ansah, für eine, die es nicht mit dem christlichen Glauben hielt, sondern eher mit Geistern, Feen und den alten germanischen Götzen. Sollte jetzt noch der Vorwurf aufkommen, eine leichtfertige, lasterhafte Person zu sein, wäre ihr Ansehen auf der Insel wohl endgültig dahin. Schon um Kaikens willen konnte sie sich einen schlechten Ruf nicht leisten.

Unwillkürlich stieß sie einen Seufzer aus, worauf Fedder prompt besorgt fragte, was er denn für sie tun könne, nachdem er ihr mit einem zärtlichen Kuss einen Guten Morgen gewünscht hatte.

»Mir geht es gut«, behauptete sie mit blitzenden Augen. »Ich werde etwas Fleisch essen, dann sollten wir aber endlich weiterziehen. Zu viel Zeit haben wir durch mich schon verloren! Außerdem sollten wir im nächsten Ort, den wir erreichen, Brot kaufen. Das vermisse ich am meisten. Alle unsere Kekse haben wir den verhungernden Inuits überlassen; wir brauchen Nachschub.«

Fedder protestierte umgehend: »Dass du wieder gesund bist, ist doch das Allerwichtigste für mich – und für deinen Vater!«

»Ach, Fedder, was täte ich nur ohne dich?«, brach es spontan aus Kerrin heraus. Er schloss sie in seine Arme, und sie küssten sich ausgiebig.

Als sie ihm leise ins Ohr flüsterte, wie sehr sie die letzte Nacht genossen habe, meinte er: »Uns verbindet etwas ganz Besonderes, meine Liebste«; Kerrin stimmte ihm zu. Aber noch während sie die Worte aussprach, fühlte sie, wie eine eiskalte Hand über ihren Rücken strich, und schauderte leicht zurück.

Sollte dies etwa ein böses Omen sein? Ehe sie darüber nachdenken konnte, war das Gefühl der Bedrohung auch schon vorüber, und auf Fedders Nachfrage, dem ihr Zurückweichen nicht verborgen geblieben war, antwortete sie leichthin, sie müsse sich nun endlich etwas anziehen.

Da lachte Fedder und sah ihr zu, wie sie sich ankleidete. Früher hatte er sich stets höflich umgedreht, sobald sie Anstalten machte, sich an- oder auszuziehen.

Erst wunderte sie sich ein wenig, dann fiel ihr ein, dass er sie während ihrer Krankheit, bei der er sie versorgt und gewaschen hatte, jeden Tag vollkommen nackt gesehen hatte – also, wozu sich mit Ziererei herumschlagen?

»Ich bin jetzt einmal kurz weg, Fedder. Den Tee werde ich trinken, sobald ich wieder da bin«, sagte sie, küsste ihn rasch auf die Wange und schob seine Hand, in der er ihr den dampfenden Becher hinhielt, sanft beiseite, ehe sie sich bückte und in ihrem Medizinbeutel herumkramte. Sie fand, was sie suchte, und ließ es in der Tasche ihres Umhangs verschwinden.

Kerrin kannte ein Plätzchen, etwas entfernt von dem Steinhaus und den Eskimo-Behausungen, die nach der Seuche größtenteils verwaist waren, wo sie sich ungestört einer Sache widmen konnte, die ihr angesichts der nächtlichen Ereignisse dringend geboten erschien.

Schwanger zu werden bedeutete in ihrem Fall ein echtes Unglück – egal, von welcher Seite man es betrachten wollte.

Mit einem Kind unter dem Herzen, bei mehr als armseligen Verhältnissen, auf der Wanderung durch ein unwirtliches, ja, menschenfeindliches Land, auf der Suche nach einem Verschollenen – es wäre der reinste Albtraum! Womöglich würde sie das Kind in Grönland zur Welt bringen müssen – in einer der primitiven Steinhütten oder gar in ihrem Zelt … Erneut schauderte sie.

Eine Empfängnis galt es mit allen ihr bekannten Mitteln zu verhindern. Viele waren es nicht – und die meisten waren ihr hier in der eisigen Wüste ohnehin verwehrt.

Dass sie nötig sein könnten, damit hatte sie auf Föhr nicht im Traum gerechnet – und folglich auch nichts dergleichen mit nach Grönland genommen.

Gut, dass sie wenigstens daran gedacht hatte, sich vor dem intimen Beisammensein mit Fedder eine Art Wattebausch einzuführen, den sie selbst aus feinsten weißen Wollfädchen zurechtgezupft hatte, wobei sie ein Stückchen ihres wollenen Hemdes geopfert und dieses in winzigste Teilchen zerfasert hatte.

Dieses primitive Verhütungsmittel hatte hoffentlich seinen Zweck erfüllt, und Kerrin tauschte es nun gegen einen zweiten Faserbausch mit einer Lösung aus Alkohol und Essig aus, die sie sonst zum Reinigen von Wunden benutzte.

»Mehr kann ich hier und heute nicht machen. Lieber Gott, mach, dass es auch wirkt!«

Kaum hatte sie den Satz ausgesprochen, kam ihr die Absurdität ihrer Bitte zu Bewusstsein: Für diese Art von Anliegen waren wohl eher andere Mächte zuständig … Aber um nicht noch mehr Schuld auf sich zu laden, unterließ sie es, sich einer Heidengöttin anzuvertrauen.

Einigermaßen beruhigt kehrte sie zu Fedder zurück, wo sie ihren inzwischen kalt gewordenen Tee trank. Gemeinsam aßen sie eine Kleinigkeit, ehe sie Vorbereitungen trafen, sich von Dunek und den übrigen Inuits zu verabschieden.

Die Zukunft nicht zu kennen war eine Gnade, der Kerrin in der nächsten Zeit teilhaftig wurde. So blieben ihnen noch einige kostbare Stunden, die sie auf ihrer Weiterreise auf dem *umiak* in größter Eintracht verbrachten. Beide malten sich lebhaft aus, wie es sein würde, wenn sie den Gesuchten endlich fänden.

Fedder zweifelte keinen Augenblick daran, dass ihm das Wohlwollen des Commandeurs sicher wäre und es von ihm auch keinerlei Einwände gegen eine Hochzeit mit seiner Tochter gäbe. So wünschte er sich von Herzen einen schnellen Erfolg bei ihrer Suche nach Roluf Asmussen.

Kerrin war noch mit etwas anderen Überlegungen beschäftigt. Wie sollte sie ihrem Vater ihr Verhältnis zu Fedder erklären? War er womöglich enttäuscht über ihre Leichtlebigkeit?

Aber dann wischte sie die Bedenken beiseite: Weshalb sich Sorgen machen? Der Commandeur war ein vernünftiger Mann, der pragmatisch dachte – und sie liebte.

Gegen Mittag schlug Fedder eine kurze Rast vor. Die Stelle, an der sie anlandeten, war eine seichte, sandige Bucht mit dunkelblau in der Sonne glänzendem Wasser, in dem sich weiter zurückliegende Felsabbrüche spiegelten.

In noch etwas größerer Entfernung zeichneten sich die gewaltigen Eismassen ab, die das Landesinnere bedeckten und in mächtigen Gletscherzungen dem Meer zustrebten, wo sie als Eisblöcke in bizarre Formen zerbrachen und mit donnerndem Getöse in die Straat Davis stürzten.

Sie zogen das *umiak* gemeinsam an Land und suchten sich eine trockene Stelle aus, wo sie ihre Mittagsrast zu halten gedachten. »Hier wächst sogar saftiges Gras«, freute sich Kerrin. »Und schau dir den herrlichen blauen Blumenteppich an! Fast zu schade, um sich draufzulegen.«

»Für dich, Kerrin, ist nichts zu schade!«, behauptete Fedder im Brustton der Überzeugung. Er hatte sich mittlerweile umgesehen und auf einem Felsen in der Nähe auf halber Höhe eine Nische entdeckt, die mit zauberhaften weinroten Blüten bewachsen war und zu Fuß mit Leichtigkeit zu erreichen war.

»Warte! Ich werde dir einen Strauß dieser herrlichen Blumen pflücken und ihn dir zu Füßen legen!«

Nach einem leidenschaftlichen Kuss eilte Fedder davon. Gerührt blickte Kerrin ihm nach. Es war nicht allzu weit bis zu dem Felsenband, das er entlanglaufen müsste, um zu dem Fleck zu gelangen, auf dem die roten Blumen auf dünnen hohen Stängeln im Windhauch leise schaukelten.

Eigentlich schade um die schönen Blüten, dachte Kerrin. Es wäre besser, man ließe sie da stehen, wo sie der Liebe Gott hat wachsen lassen. Aber wenn Fedder unbedingt wollte ... Sie freute sich sehr über den Eifer, den er an den Tag legte, um ihr eine Freude zu machen.

Sie legte sich nieder und blinzelte in den Himmel, wo im Augenblick eine breite weiße Wolkenwand die Sonne verdeckte. Es war warm; sie setzte sich auf und zog die Schuhe aus, krempelte die weiten Hosenbeine hoch bis zu den Knien und nahm das Kopftuch ab, das sie um ihr langes Haar gebunden hatte.

Mit beiden Händen durchkämmte sie die rotblonde Haarflut, die sich immer noch ein wenig feucht anfühlte nach der morgendlichen Wäsche. In der warmen Luft würde ihr Haar bald getrocknet sein. Sie legte sich ins Gras zurück und fühlte sich rundum zufrieden und beinahe glücklich. Dann fielen ihr die Augen zu.

EINUNDDREISSIG

KERRIN FUHR HOCH. Was für ein grässlicher Laut! Nur einem Menschen in Todesnot entrang sich ein derartiger Schrei! Sie sprang auf; augenblicklich ging ihr Blick zu dem Felsenturm, den Fedder hatte erklimmen wollen, und sie sah gerade noch, wie ihr Geliebter weiter unten auf einem Felsvorsprung aufschlug.

Neben dem furchtbaren Geräusch, das beim Aufprall seines Körpers entstand, war auch das Prasseln losen Gesteins zu hören, welches den Sturz wohl verursacht hatte. Erst nach einer Weile war es still – totenstill.

Kerrin stand wie erstarrt. Bewegungsunfähig, mit vor Entsetzen geweiteten Augen, starrte sie auf den Unglücksort. Nur allmählich gelang es ihr, sich aus der Lähmung zu lösen und dorthin zu laufen, wo der Aufprall erfolgt war – wohl wissend, dass jede Hilfe zu spät kam. Aus solcher Kirchturmshöhe zu fallen bedeutete für jedermann das Ende.

Als Kerrin bei Fedder angelangt war, ließ sie sich neben ihm nieder, ohne sich um das Blut zu scheren, das aus mehreren Wunden floss. Sie barg seinen Kopf in ihrem Schoß, schloss ihm die blauen, in tödlichem Erschrecken weit aufgerissenen Augen und wiegte ihn sachte wie ein kleines Kind – so, wie sie es auch mit Kaiken immer getan hatte, um sie zum Einschlafen zu bringen. Dabei summte sie eine wehmütige Melodie, deren Herkunft ihr unbekannt war, die gleichsam unbewusst aus ihrem Inneren strömte.

Nach einer Weile erst begann sie ein kurzes Gebet zu sprechen, dessen Text ihr von den Trauergottesdiensten in der Kirche ihres Oheims bekannt war.

Immer noch saß sie, Fedders Leichnam im Arm, unterhalb der Unglücksstelle mit den blutroten Blumen.

»Viel zu früh haben die Nornen den Faden deines Lebens durchschnitten, mein guter Freund, viel zu früh!«, flüsterte Kerrin unendlich traurig. Sie bedauerte aufrichtig, ihm ihre Gefühle kein einziges Mal offen gestanden zu haben, und hoffte verzweifelt, er habe ihre Liebe trotzdem gespürt.

Jetzt erst flossen ihre bisher krampfhaft zurückgehaltenen Tränen. Jäh durchfuhr sie der Schmerz der endgültigen Trennung und ließ sie laut aufschreien vor tiefer Trauer und heißer Wut darüber, dass das grausame Schicksal sie nun zwang, ganz allein in der Ödnis Grönlands zurechtzukommen.

Dass sie in dieser Stunde des Verlusts überhaupt an *sich* zu denken vermochte, beschämte Kerrin allerdings zutiefst. Sie versuchte sich an die Worte eines weiteren Gebets zu erinnern, das ihr Oheim bei Totenfeiern am Grab zu sprechen pflegte. Dann faltete sie die Hände, richtete ihre Augen gen Himmel und begann zu beten.

Anschließend ließ Kerrin Fedders Kopf sanft auf die Wiese sinken, küsste ihn noch einmal auf die bleichen Lippen, flüsterte ihm leise »leb wohl, mein guter Freund« zu, und legte ihm die zum Gebet gefalteten Hände auf die Brust.

Sie richtete sich auf und blickte noch eine Weile sinnend nieder auf diesen Mann, der sie wahrhaftig geliebt hatte und sein Leben verlor, als er ihr zum Zeichen seiner Liebe einen Strauß Blumen hatte pflücken wollen.

Nun war Kerrin ganz allein auf sich gestellt – eine absolute Unmöglichkeit in diesem Land. Unfähig, das mit Gepäck beladene *umiak* auch nur zu Wasser zu lassen, geschweige denn es nach Norden zu rudern, wäre sie gezwungen, nur mit dem Wenigen, das sie tragen konnte, an der Küste entlangzumarschieren – samt den zeitaufwändigen Umwegen, die sie der zahlreichen Fjorde wegen in Kauf nehmen müsste.

Sie würde auch Mühe haben, Fedder zu begraben. Seufzend kehrte sie zum Boot zurück, um geeignetes Werkzeug zu holen. Bald war offensichtlich, dass sie es tatsächlich nicht schaffte. Die Erdschicht war zu dünn, um eine Grube zu graben – da nützte auch das mitgeführte Gerät nichts.

Bei jedem Spatenstich stieß das eiserne Blatt mit einem widerlichen Kreischen auf nackten Fels. Schließlich war Kerrin so verzweifelt, dass sie den Spaten von sich warf, sich neben Fedders Leichnam setzte und bitterlich weinte.

Lange saß sie so da und gab sich hemmungslos ihrer Trauer und Verzweiflung hin – wobei sie nicht bemerkte, dass ein Augenpaar sie heimlich beobachtete, verständnisvoll und mitleidig.

Als ihre Tränen versiegt waren, hatte Kerrin einen Entschluss gefasst: Sie würde nirgends mehr hingehen. Es war sinnlos! Sie wusste ja nicht einmal, wo und in welcher Entfernung sich der nächste bewohnte Ort befand.

Gegen den gefürchteten Scharbock könnte sie sich mit Grünzeug versorgen; geradezu üppig sprießte es ringsum. Aber sie hatte weder Brot noch Kekse und nur noch ein wenig gekochtes Fleisch.

Moschusochsen mit dem Gewehr zu jagen traute sie sich nicht zu, und Rentiere gab es hier nicht; Vögel zu fangen oder auch nur ihre Eier zu stehlen war auch nahezu unmöglich: Dazu müsste sie, wie Fedder, in die Felsen klettern, was sich bei der Brüchigkeit des Gesteins von selbst verbot.

Sogar das Angeln, das ihr auf dem Eis so gut gelungen war, war jetzt ein zweifelhaftes Unterfangen: Zu den wenigen Löchern in der Eisdecke waren die Fische geschwommen, weil sie hin und wieder nach Insekten schnappten, aber jetzt war das Eis überall auf den Bächen und Fjorden getaut – und woher sollte sie die nötigen Köder nehmen?

Bestenfalls ließ sich ihr Hungertod eine Zeit lang hin-

auszögern. »Gott will offenbar, dass ich mit meinem Gefährten auf Grönland sterbe – so soll es denn sein.«

Auf einmal war sie vollkommen ruhig. Um sich gegen ihr
Schicksal aufzulehnen, war sie viel zu erschöpft; offenbar litt
sie immer noch an den Nachwirkungen ihrer Erkrankung.
Einzig dazu vermochte sie sich aufzuraffen, aufzustehen und
eine Menge Blüten zu sammeln, die sie über Fedders Leichnam verstreute.

Eigentlich gehörte es sich, einem christlichen Verstorbenen
ein Kreuz zwischen die Finger zu stecken, aber das besaß Kerrin nicht – nicht einmal zwei Hölzchen, die sich zu dem christlichen Symbol zusammenfügen ließen. So entfernte sie an einem Teil der Blumen die Stängel nicht, sondern fügte sie zu
einem Strauß zusammen, den sie ihm zwischen die erstarren-
den Finger steckte.

Dann setzte sie sich neben den geschmückten Toten, um
die übliche Wache zu halten, wie es daheim auf Föhr Brauch
war. Sie würde hier sitzen bleiben, bis der Todesengel auch zu
ihr kam.

»*At komt dach so, üüs üs Hergod det haa wal!*« (»Es kommt
doch so, wie unser Herrgott es haben will!«), sagte sie laut,
wie um sich selbst von der Richtigkeit ihrer Entscheidung zu
überzeugen. Die Sonne stand bereits tief am Horizont, und es
war merklich kühler geworden.

ZWEIUNDDREISSIG

Ein leises Hüsteln ließ Kerrin zusammenfahren. Zu Tode
erschrocken wandte sie sich nach dem vermeintlichen Störenfried um. Nur einige Schritte von ihr entfernt stand, wie aus

dem Boden gestampft, ein Inuit, ausgerüstet wie ein Jäger, mit geschulterter Flinte und einem ausgebeulten Sack für die erlegte Beute. Ein scharfes Messer steckte in seinem Gürtel aus Robbenleder; die langen Hosen, das weite Hemd mit Kapuze sowie die kniehohen Stiefel schienen ebenfalls aus Seehundhaut gefertigt.

Er lächelte im Näherkommen und zeigte – obwohl noch jung – ein schadhaftes Gebiss mit zwei Zahnlücken vorne im Oberkiefer. Unwillkürlich stand Kerrin auf, um ihm entgegenzugehen. Aus irgendeinem merkwürdigen Grund erregte es ihren Widerwillen, dass ein Fremder ihren Geliebten so schutzlos daliegen sah.

»Wer bist du und was willst du?«, fragte sie ihn auf Dänisch. Ihre Stimme klang reichlich barsch. Sofort blieb der Bursche stehen. Er verzichtete darauf, näher zu kommen, um sie nicht noch mehr zu erschrecken.

»Keine Angst, Frau! Mein Name ist Mánarse, und ich bin einer der Jäger eines Stammes, der derzeit weiter oben im Norden lebt. Ich habe gesehen, was mit deinem Mann geschehen ist und dass du sehr traurig darüber bist. Ich möchte dir helfen, ihn zu bestatten.«

Kerrin, die sich ihres rüden Tonfalls schämte, nannte ihm auch ihren Namen und fügte hinzu, dass sie bereits versucht habe, ein Grab für Fedder zu schaufeln: »Der Boden ist aber zu hart.«

Mánarse nickte. »Ich weiß, Frau. Es ist harter Fels. Aber dennoch kannst du den Leichnam nicht einfach so liegen lassen. Die wilden Tiere würden ihn sich holen.«

»Verbrennen will ich ihn aber nicht«, wehrte Kerrin entsetzt ab. Diese Art der Bestattung hatte sie immer schon als barbarisch empfunden – es erinnerte an Höllenfeuer …

»Nein, nicht verbrennen, Frau. Aber ich kann dir hel-

241

fen, ihn gut mit Steinen zu bedecken, damit kein Tier an ihn herankommt«, schlug Mánarse Kerrin vor. Das erschien ihr nach kurzem Nachdenken sehr vernünftig. Dann konnte sie Fedder ruhigen Gewissens zurücklassen, wenn sie weiterzog.

Auf wundersame Weise war ihr Entschluss, aufzugeben und sich aufs Sterben vorzubereiten, vollkommen vergessen …

Erstaunlich, was die bloße Anwesenheit eines einzigen Mitmenschen ausmacht, dachte sie verblüfft, als der Grönländer ihr etwas Pemmikan, das er aus seinem Beutel zog, reichte und ein reichlich hartes Stück Brot dazu.

»Iss erst, Frau!«, forderte Mánarse sie freundlich auf. »Dann kannst du mir helfen, die Steine zu sammeln.«

»Woher kannst du so gut Dänisch?«, fragte Kerrin, während sie gierig in das altbackene Brot biss.

»In unserem Dorf lebt seit Langem ein weißer Mann, ein alter dänischer Geistlicher; Pater Beowulf nennt er sich. Meine Leute lieben und verehren ihn sehr; außerdem hat er eine Inuitfrau zum Weib genommen. Wer will, darf zu ihm kommen und die dänische Sprache lernen, welche die meisten Weißen, die hierherkommen, sprechen. Es freut mich, wenn du mir sagst, dass ich deine Sprache gut gelernt habe.«

»Meine Sprache ist eigentlich das Friesische«, stellte Kerrin richtig, während sie an dem lederartigen Trockenfleisch kaute. »Aber die dänische Sprache verstehe und spreche ich auch.«

In der nächsten Stunde sammelten sie beide größere flache Steine ein und häuften sie über Fedders zerschmettertem Körper in mehreren Schichten auf, um sicherzugehen, dass er vor wilden Tieren geschützt war. Zum Glück fanden sie genügend Material. Am Fuß des brüchigen Felsens hatte sich eine

Menge losen Gerölls und kleinerer Steinplatten angesammelt, die für diesen Zweck taugten.

Bald türmte sich eine mannshohe Pyramide über dem Toten auf, und Mánarse gab das Zeichen, dass es genug sei.

»Nichts und niemand wird jemals die ewige Ruhe deines Mannes stören«, behauptete der Eskimojäger.

Obwohl noch etwa ein ganzer Monat bis Mittsommer vergehen würde, blieb die Nacht sommerhell, wenn auch für Kerrin reichlich kühl. Sie wickelte sich in eine Decke, während der weniger empfindliche Grönländer so blieb, wie er war. Kerrin würde Totenwache halten, und ganz selbstverständlich schloss Mánarse sich an; sein Volk pflegte diesen Brauch ebenso. Wie unter einem Zwang erzählte ihm Kerrin den Grund ihrer Anwesenheit in der Wildnis Grönlands.

Der Mann nickte. Ja, dass sie ihren Vater suchte, das konnte er verstehen; für eine liebende Tochter ziemte sich das.

Die dämmerigen Nachtstunden zogen vorüber; teilweise träumte Kerrin vor sich hin: von Föhr, von Muhme Göntje und Oheim Lorenz, von Eycke und von Kaiken – und auch von Kaikens Vater.

Der liebe Gott mochte wissen, wo Harre sich in der Weltgeschichte herumtrieb, immer auf der Suche nach Motiven und Abenteuern.

Unwillkürlich stahl sich ein Lächeln auf Kerrins Lippen. Als sie eine angenehme Männerstimme ein schwermütiges Lied, dessen Text sie nicht verstand, singen hörte, wurde sie abrupt in die Gegenwart versetzt: Mánarse war offenbar dabei, für den ihm unbekannten weißen Mann einen Totengesang auf Grönländisch anzustimmen. Dieses Mitgefühl rührte an Kerrins Herz und ließ erneut ihre Tränen fließen.

Am nächsten Tag begleitete der Inuit sie ein Stück weit

nach Norden, wobei er einen Teil ihrer Ausrüstung schleppte; den Großteil hatte sie zurücklassen müssen, genau wie ihr *umiak*. Als Dank für seine Hilfe hatte sie alles an Mánarse verschenkt, der sich sehr gefreut und sogleich begonnen hatte, kleine Kieselsteine um seine neue Habe zu legen, als Zeichen, dass diese Dinge einen Besitzer hatten.

»Geh zu Pater Beowulf, Frau. Wenn dir ein Mensch etwas über deinen Vater sagen kann, ist er es. Er kennt viele Leute und weiß über fast alles Bescheid. Ich werde dir erklären, wie du zu ihm kommst«, bot er an.

Gegen Abend trennten sich Kerrins und Mánarses Wege. Sie hatten einen weiteren Fjord erreicht, dessen tiefblaues Wasser sich wie ein Lindwurm ins felsige Landesinnere wand. Von ferne grüßten die in der Sonne glitzernden gewaltigen Eismassen.

»Wie soll ich über das Wasser gelangen?«

Ratlos stand Kerrin am Ufer des Fjords, der tief unter ihr lag. Ihr Begleiter deutete nach unten.

»Dieser Weg führt dich genau zu einer Stelle, wo immer ein Boot liegt, das jedermann benutzen darf, um auf die genau gegenüberliegende Seite des Fjords zu rudern. Dort lässt man das Boot an Land zurück, wo es auf denjenigen wartet, der nach Süden zurück möchte.«

Das war eine feine Sache und zeugte von der Ehrlichkeit der Einheimischen: Nie käme es einem Grönländer in den Sinn, so ein Fährboot zu stehlen. Jetzt vermochte Kerrin auch den Pfad nach unten zum Ufer auszumachen. Zwar sehr schmal, aber mit in den Fels gehauenen Stufen ausgestattet, machte er einem den Abstieg leichter.

»Ich werde dich nach unten begleiten, Frau, und dir beim Tragen helfen.«

Als Kerrin endlich auf der einfach gebauten Fähre stand,

ihre Sachen verstaut waren und die Leinen losgebunden waren, reichte ihr Mánarse die lange Stange, mit der sie auf die Gegenseite staken musste.

Die Strömung war zum Glück nur sehr schwach, es fanden sich auch keinerlei Eisschollen auf dem Wasser. Daher wehrte Kerrin auch Mánarses Angebot ab, sie auch noch hinüberzurudern. Die kurze Strecke würde sie alleine bewältigen.

Es waren noch insgesamt drei solcher größeren Fjorde und ein paar kleinere, die sie zu überwinden hätte, ehe sie bei Pater Beowulfs Steinhütte angekommen sei, ließ der freundliche Eskimo sie wissen. Bei jedem aber würde sie ein Boot zum allgemeinen Gebrauch finden. Zum Abschied umarmte ihn Kerrin ohne jede Verlegenheit.

»Mögen die guten Götter dich alle Zeit beschützen, Frau«, wünschte er ihr. »Mögest du Erfolg haben bei deiner Suche.« Worauf sie ihm herzlich dankte und ihm weiteres Jagdglück und glückliche Heimkehr zu seiner Familie wünschte.

»Vielleicht lassen es die guten Geister zu, dass wir uns eines Tages wieder begegnen. Bis dahin viel Glück und Gesundheit!«

Damit wandte der Mann sich ab und begann, den steilen Pfad hinaufzusteigen. Nur einmal noch wandte er sich nach ihr um, um ihr nachzuwinken.

»Der Herrgott möge dich behüten, mein Freund«, murmelte Kerrin und hob eine Hand zum Gruß.

Überrascht, wie leicht ihr das Staken von der Hand ging, hatte Kerrin Muße, über ihr weiteres Vorgehen nachzudenken. Sie würde es schaffen! Jetzt war sie schon so weit gekommen, hatte Grönland durchquert, Hunger und Kälte getrotzt, war von einem Wolf verfolgt worden und von einer schweren Krankheit genesen.

»Herr, du hast mich reichlich geprüft – am schwersten, als du meinen Gefährten vor meinen Augen hast sterben lassen. Aber als ich am Boden lag, hast du mir einen grönländischen Engel geschickt, um mich wieder aufzurichten. *Föl toonk, leewer God, föl toonk!*«

Sie ließ es gemächlich angehen; sie wollte ihre Kräfte schonen, denn es war möglich, dass sie noch weit von ihrem Ziel entfernt war. Erst nach fast zwei Stunden erreichte sie das gegenüberliegende Ufer. Sie wusste nicht genau, wo sie sich gerade aufhielt. Dass sie sich immerhin bereits ein gutes Stück nördlich des Polarkreises befand, hatte ihr Mánarse noch verraten.

Als sie ihm sagte, wo sie die Schlittenhunde verkauft hatten, hatte er erst erstaunt reagiert, ehe er zu lachen begann.

Als Kerrin wissen wollte, was ihn so erheiterte, hatte er gemeint: »So weit südlich von der Hundegrenze kauft kein vernünftiger Inuit Schlittenhunde, weil er sie im Allgemeinen gar nicht brauchen kann – außer zum Schlachten und Essen.«

Der Gedanke, dass ihr schönes Hundegespann samt seiner klugen Leithündin in einem grönländischen Kochtopf gelandet war, machte sie immer noch ganz trübsinnig. Sie hoffte, dass der Eskimo, der sie seinerzeit schamlos übers Ohr gehauen hatte, doch noch einen Käufer für die klugen und starken Samojeden gefunden hatte.

Das Anlanden am jenseitigen Ufer war gar nicht so schwer, das Gelände flach und ziemlich eben; etliche dicke Pflöcke waren im Boden verankert, woran sich das Tau festmachen ließ. Ohne es sich erklären zu können, hatte Kerrin hin und wieder das Gefühl, nicht allein zu sein. Rasch blickte sie sich um, sah aber niemanden. Sie musste über sich selbst lächeln.

Ihr war nicht nach menschlichem Kontakt, und sie umging die Hütten einer nahe gelegenen Siedlung weiträumig, ehe sie

246

an einer Stelle haltmachte, die ihr zum Übernachten geeignet erschien. Es war ein leicht erhöhter Platz, der ihr eine geradezu gigantische Aussicht aufs Wasser sowie auf die schneebedeckten Gipfel im Landesinneren gewährte.

Richtig dunkel wurde es um diese Jahreszeit schon lange nicht mehr, und um den Anblick der majestätischen Natur bis zum Letzten auszukosten, beschloss Kerrin, ihr kleines Zelt nicht aufzubauen. Es würde genügen, in den Schlafsack zu kriechen.

Eine Idee, die sich noch als gut erweisen sollte.

Sie schätzte die Zeit auf kurz vor Mitternacht und beschloss, es sei angebracht, sich von dem Schauspiel einiger vor dem Hintergrund des immer noch blutroten Abendhimmels schwebender Eissturmvögel loszureißen und sich um Schlaf zu bemühen. Der nächste Tag würde ihr viel Kraft abverlangen.

In diesem Augenblick erkannte sie die Gefahr, die langsam aber stetig und ohne vom Kurs abzuweichen, auf sie zukam.

»O mein Gott! Bloß das nicht!«

Panisch sprang Kerrin auf und starrte auf den riesigen weißen Eisbären, der ihre Fährte aufgenommen hatte und offenbar gewillt schien, sich nun endlich seine Beute zu holen. Das Gefühl, das ihr tagsüber suggeriert hatte, etwas oder jemand halte sich in ihrer Nähe auf, war die lautere Wahrheit gewesen! Wäre sie doch nur zu den Inuits gegangen … Dazu war es jetzt zu spät.

Zitternd vor Angst erwartete Kerrin die Annäherung des wilden und offenbar hungrigen Tieres. Sie hatte gehört, Eisbären seien zwar neugierig und wollten alles genau untersuchen, was ihnen unbekannt erschien – aber einem Menschen würden sie sich nur nähern, wenn sie Hunger litten und ihn als Beute betrachteten.

»Und diese Beute werde *ich* sein! Lieber Herrgott, lass mich tot umfallen, damit ich nicht miterleben muss, wie dieses Untier mich mit seinen riesigen Raubtierzähnen bei lebendigem Leib zerreißt!«, betete sie laut und voller Panik.

Die menschliche Stimme schien den Polarbären zu irritieren. Er blieb stehen und verharrte eine Weile, wobei er seinen Kopf hin und her schwingen ließ und mit der Nase in der Luft zu wittern schien.

Er wollte den Geruch seines Opfers aufnehmen und vermochte gewiss ihre schreckliche Todesangst zu riechen. Da fiel ihr siedend heiß das Gewehr in ihrem Gepäck ein. Warum hatte sie es während der Nacht nicht zu sich genommen, sondern sich leichtsinnigerweise mit ihrem Dolch begnügt? Mit dem lächerlichen Ding würde sie nicht wagen, sich gegen den weißen Koloss zu verteidigen! Dazu müsste sie dem Höllenvieh ja allzu nahe auf den Pelz rücken, und freiwillig täte sie das nicht.

Blitzschnell rechnete sie sich ihre Möglichkeiten aus, an die Schusswaffe zu gelangen, ehe der Bär bei ihr wäre.

Ich muss es zumindest versuchen, überlegte sie halb wahnsinnig vor Angst

Hektisch kramte Kerrin in ihren Sachen, warf das meiste daneben auf den Boden; schließlich bekam sie den Schaft des Jagdgewehrs zu fassen. Sie zog und zerrte, aber irgendwie schien sich der Lauf der Waffe verhakt zu haben; sie bekam die Flinte einfach nicht los. Vor Todesangst, Wut und Erschöpfung begann sie laut zu schluchzen.

Ein Blick sagte ihr, dass der *nanuk*, wie die Eskimos den Eisbären nannten, nur noch wenige Meter von ihr entfernt verharrte, ehe er sich zu seiner vollen Größe aufrichtete. Das mächtige Tier ließ ein Gebrüll hören, das ihr das Blut in den Adern gefrieren ließ ...

Als Kerrin sich sicher war, dass alles verloren war – das verdammte Gewehr steckte immer noch in ihrem Gepäck fest –, da schien es ihr, als ob sich im Gelände rechts neben ihr ein großer dunkler Schatten näherte ...

Was es auch sein mochte, das jetzt in fliegender Hast herbeischoss, ein zweiter Bär, ein Wolf – Kerrin war es einerlei. Gottergeben schloss sie die Augen; ihr letzter Gedanke galt Kaiken, deren Aufwachsen sie nun nicht mehr erleben würde ...

Als eine Weile nichts geschah, öffnete Kerrin vorsichtig die Augen – und glaubte, ihnen nicht trauen zu dürfen! Kein zweiter Bär war es, nein! Auch kein Wolf, der versuchte, dem größeren Fressfeind das Futter streitig zu machen.

Es war ... Aber das war unmöglich! Unter gar keinen Umständen konnte das sein!

Und doch war es so: Ninotschka war hier, die Leithündin ihres Schlittenhundegespanns. Irgendwie hatte die Hündin es geschafft, sich loszureißen und dem drohenden Tod zu entrinnen. Dann hatte sie die Fährte ihrer früheren Besitzer gesucht, die Spur aufgenommen und war ihnen offenbar nachgelaufen. Tränen der Rührung stiegen Kerrin in die Augen.

Dann überstürzten sich die Ereignisse. Der Eisbär, sichtlich überrascht von dem Angriff eines zwar großen und tapferen, aber im Vergleich zu ihm schmächtigen Gegners, stürzte sich mit zornigem Gebrumm auf die Hündin, um ihr mit der Pranke einen tödlichen Hieb zu verpassen.

Aber Ninotschka war schlau und wendig. Geschickt wich sie der riesigen Tatze aus, und mit einem Satz gelang es ihr, sich im Halsfell des Bären zu verbeißen. Wütend versuchte der Bär, den so unverhofft aufgetauchten Feind abzuschütteln. Aber der ließ nicht locker; Kerrin sah Blut aus der Halswunde des *nanuk* rinnen.

»Ninotschka, liebe treue Seele«, murmelte sie. Ihre Angst galt jetzt nicht mehr nur ihr selbst, sondern auch der Hündin, die sich so heldenmütig für sie einsetzte. Endlich gelang es ihr, das Gewehr aus dem Gepäck zu lösen. Während sie überprüfte, ob es geladen war, ging der Kampf der beiden Tiere weiter. Es bestand kein Zweifel darüber, wer Sieger bleiben würde.

Ein Hund war einem Polarbären hoffnungslos unterlegen.

Immerhin hatte Ninotschkas Angriff Kerrin Zeit verschafft, sich entsprechend zu bewaffnen. Mit eisernem Willen war sie nun bemüht, die Flinte ruhig zu halten, den Eisbären anzuvisieren – und zu warten, bis sie freies Schussfeld hatte. Sie wollte ja nicht die Hündin treffen, die immer noch hartnäckig versuchte, dem Bären die Kehle durchzubeißen.

Der Höllenlärm, den die kämpfenden und sich ineinander verkeilenden Tiere machten, hatte ein paar Inuits aus dem kleinen nahe gelegenen Ort angelockt. Vorsichtig schlichen sie näher, als sie erkannten, worum es sich handelte. So bekamen die Eskimos noch mit, wie der Eisbär der Hündin mit seinen messerscharfen Krallen den Leib aufschlitzte und Ninotschka wie lästiges Ungeziefer weit von sich weg schleuderte.

Als das schmerzvolle Gejaule der Schlittenhündin verstummte und Kerrin sicher war, dass sie den grässlichen Bissen und Hieben des Bären endgültig erlegen war, drückte sie ab. Dass es Kerrin tatsächlich gelang, den riesigen *nanuk* mit einem einzigen Schuss ins Herz zu erledigen, versetzte die Grönländer in helles Entzücken. Sie konnten nicht verstehen, dass die weiße Frau darüber nicht jubelte, sondern stattdessen über dem zerfetzten Kadaver des Hundes bittere Tränen vergoss.

Später, als sich Kerrin beruhigt hatte und in einer der warmen Hütten saß, um sich von dem Schrecken zu erholen, erzählte ihr ein jüngerer Inuit, der leidlich die dänische Sprache beherrschte, dass man sich heute noch die wundersame Geschichte einer weißen Frau erzählte, der es vor vielen Jahren gelungen war – jenseits der Straat Davis, also auf dem amerikanischen Kontinent –, mit einem einzigen Gewehrschuss einen riesigen *aklak* zu erlegen, einen Grizzlybären.

Als Reaktion kamen Kerrin erneut die Tränen – was die Grönländer in ihrer Meinung bestätigte, die Weißen allesamt bildeten ein reichlich merkwürdiges Volk, das man nur schwer zu begreifen vermochte.

DREIUNDDREISSIG

AM FOLGENDEN TAG, den Kerrin wie eine Schlafwandlerin hinter sich brachte, indem sie einfach Schritt vor Schritt setzte, ohne die Umgebung zu beachten, suchte sie, als es Zeit wurde, einen nächtlichen Ruheplatz zu finden, von sich aus die Nähe von Einheimischen.

Ein winziges Dörfchen kam ihr gerade recht, um dort ihr Quartier aufzuschlagen. Ein ähnliches Abenteuer wie das in der vergangenen Nacht überstandene würde sie nicht ertragen. Als sie daran dachte, dass sie den Eskimos das Fell des Eisbären überlassen hatte, im Tausch gegen ihre Zusage, diesen ganz besonderen Hund, der sein Leben für sie geopfert hatte, anständig zu begraben, kamen ihr erneut die Tränen. Keinen Augenblick zweifelte Kerrin daran, dass die Hündin gewusst hatte, gegen einen ausgewachsenen Eisbären keine Chance zu haben. Und doch hatte sie es auf sich genommen, ihr durch einen tollkühnen Angriff die Gelegenheit zu verschaffen, das Gewehr in Stellung zu bringen und damit ihr Leben zu retten.

Ehe sie weiter darüber nachsinnen konnte, liefen bereits die Inuit-Kinder der kleinen Ansiedlung zu ihr, um ihr blondes Haar zu bewundern und ihre hellen Augen zu inspizieren. Hinterdrein kamen die Mütter, und nach einer Weile rückten gemächlich auch die Männer an, soweit sie nicht auf der Jagd oder beim Fischen waren.

Kerrin hatte etliche *kajaks* mit Fischern gesehen, die in Richtung Straat Davis unterwegs waren, um im tieferen Meeresteil ihr Glück mit Netzen zu versuchen. Ganz weit draußen hatten Kerrins scharfe Augen sogar mehrere Walfangsegler erspäht, die in Richtung Baffin Bay unterwegs waren.

Blitzartig fiel ihr ein, dass ihre allererste Walfängerfahrt eigentlich auch diesen Weg hätte nehmen sollen. Leider hatten damals ihrem Vater die Barbaresken einen Strich durch die Rechnung gemacht – nordafrikanische moslemische Seeräuber, ausgerechnet unter der Führung eines norddeutschen protestantischen Kapitäns …

Hastig schob sie die unerfreulichen Erinnerungen an dieses Abenteuer beiseite.

Die erwachsenen Grönländer dieses Ortes waren nicht gerade unfreundlich, aber doch ziemlich reserviert. Kerrin glaubte, es hinge damit zusammen, dass sie als weiße Frau allein unterwegs war. Man schien sie ein wenig zu fürchten.

Zum Schlafen richtete sie dieses Mal wieder ihr kleines Zelt auf, in dessen Innerem es um einiges finsterer war als draußen; die Mitsommernacht rückte unaufhaltsam näher.

Am nächsten Morgen brach sie früh auf. Da sie sich erneut von einigen Dingen getrennt hatte, konnte sie zügig voranschreiten über steinige Pfade, mit Moos und Flechten überzogene Wege, vorbei an vereinzelt stehenden, höchstens etwa kniehohen Kiefernstämmchen. Recht viel größer wurden die spärlichen Bäume in diesen nördlichen Breiten nicht. Eben durchschritt sie einen Wiesenfleck, auf dem geradezu üppiges Grün zusammen mit Kräutern und Blumen spross. Er wurde von den reich verzweigten Armen eines Bächleins durchflossen, das Süßwasser führte, wie Kerrin durch vorsichtiges Probieren aus der hohlen Hand feststellte. Es schmeckte köstlich, frisch und rein – und war zudem überraschend wohltemperiert.

In bester Laune setzte Kerrin ihren Weg nach Norden fort und atmete genussvoll den Duft von Gräsern, Farn und Moos ein, als sie jäh erstarrte. Aus dem Augenwinkel meinte sie einen Schatten gesehen zu haben. Um sich zu vergewissern, dass sie keinem Trugbild zum Opfer gefallen war, verlangsamte sie ihren Schritt und blickte sich vorsichtig um.

In der Tat, sie irrte sich nicht! Es war ein Wolf, der ihr geduckt folgte. Es war dieses Mal kein weißer Polarwolf, sondern ein Tier mit graubraunem Sommerfell.

Drohte ihr erneut eine Auseinandersetzung mit einem Raubtier? Immerhin hatte sie dieses Mal ihr Gewehr über der Schulter hängen. In einer Umhängetasche war die Munition, womit sie die Jagdflinte neu laden konnte. Fedder hatte ihr so oft gezeigt, wie sie damit umgehen musste. Sie hoffte, die nötige Ruhe zu besitzen, um alles richtig zu machen.

Forsch blieb sie stehen, drehte sich nach ihrem vierbeinigen Verfolger um, um ihm mutig entgegenzublicken, nahm die Waffe von der Schulter, um sie provokativ vor den Augen der Bestie schussbereit zu machen. Dann ließ sie das Gewehr samt den Kugeln vor Schreck fallen.

Dies war jetzt unzweifelhaft ihr Ende!

Kein Fedder, kein Mánarse, kein anderer Mensch war weit und breit in ihrer Nähe, der ihr dieses Mal hätte beistehen können – und keine Ninotschka!

Es handelte sich keineswegs nur um einen Wolf, der sie beharrlich verfolgte – es war ein ganzes Rudel, das sie, strategisch klug platziert, bereits umzingelt hatte und ihr somit jede Rückzugsmöglichkeit versperrte. Sowohl von vorne wie von hinten und an beiden Seiten sah sich Kerrin von lauernden Raubtieren umgeben, die gar kein Hehl aus ihrer Absicht machten, sie in die Zange zu nehmen, zu Fall zu bringen und zu töten.

Der Schock saß tief; am liebsten hätte sie sich einfach fallen lassen und ihr grausames Schicksal angenommen. Es handelte sich immerhin um sechs ausgewachsene Wölfe, und jeder Widerstand schien vollkommen sinnlos.

Dann begannen sich in Kerrin Überlebenswille und Kampfgeist zu regen. So leicht würde sie sich ihren Feinden nicht ergeben – jetzt, wo sie sich ihrem Ziel so nah fühlte, dass sie insgeheim jeden Augenblick damit rechnete, Roluf Asmussen zu begegnen. Das Gewehr aufheben, laden, einen der Wölfe anvisieren und abdrücken war beinahe eins.

Ohne groß zu überlegen, fast automatisch erfolgten ihre Bewegungen – genauso wie Fedder es sie damals gelehrt hatte, nach dem Abenteuer mit dem Polarwolf, der als Einzelgänger unterwegs gewesen war. Der Schuss knallte so laut, dass sie – im ersten Augenblick noch ganz taub davon – den Todesschrei des getroffenen Raubtiers gar nicht vernahm.

Aber die junge Frau sah, wie der Wolf sich in der Luft überschlug und dann wie ein gefällter Baum liegen blieb. Um nachzusehen, ob er wirklich tot war, ging Kerrin scheinbar furchtlos ein paar Schritte auf den am Boden liegenden Wolf zu.

Die anderen fünf hatten sich so erschreckt – ob über den Knall oder die Tatsache, dass ihr Gefährte regungslos auf der Erde lag, wusste Kerrin nicht –, dass sie sich ein ganzes Stück weit zurückzogen, um das weitere Geschehen aus vermeintlich sicherer Entfernung zu beobachten.

254

Kerrin beugte sich über den Kadaver des Wolfes, dessen gebrochene Augen seltsam stumpf wirkten. Ihn brauchte sie nicht mehr zu fürchten.

»Die Wölfe dürfen niemals merken, dass du Angst vor ihnen hast. Du musst unter allen Umständen den Anschein erwecken, als seiest du die Herrin des Geschehens, damit sie Respekt vor dir haben – ohne das bist du von vornherein verloren.« Diesen Satz hatte ihr Fedder immer wieder eingehämmert. Kerrin wandte sich innerlich zitternd von dem leblosen Raubtier ab und kehrte auf den Pfad zurück, den sie vorhin eingeschlagen hatte. Sie gedachte, ihren Weg fortzusetzen, als bekümmerten die Raubtiere sie gar nicht. Jeder Herzschlag schien in ihren Ohren zu dröhnen – die Wölfe mussten es gleichfalls hören. Unbeirrt ging sie ihren Weg weiter, das Gewehr aufrecht im Arm haltend.

Und tatsächlich! Die wilden Tiere wichen Kerrin in weitem Bogen aus und ließen sie ziehen, während sie selbst sich zu ihrem toten Kameraden zurückzogen. Noch lange verfolgte Kerrin das unheimliche Geheul des Rudels, das um den Leichnam eines der Ihren herumhockte und sich dabei die Seele aus dem Leib jaulte.

Je weiter sich die junge Frau vom Ort des Geschehens entfernte, desto mehr verstärkte sich ihr Mitleid mit dem toten Wolf. Er war ein schönes Tier gewesen, ein starker Rüde, bestimmt der Anführer des Wolfsrudels. Aber sie hatte keine andere Wahl gehabt; entweder sie oder er.

Kerrin gönnte sich eine Rast an einem geschützten Platz, einer großen Höhle, wo sie sich sicher glaubte vor Wind, Regen und möglichen Verfolgern. Es sah zwar im Augenblick nicht nach Gefahr aus, aber man konnte ja nie wissen – auch das hatte ihr Fedder immer wieder eingeschärft. Oh, Fedder! Sie vermisste ihn so sehr! Unvermittelt brach Kerrin nach der soeben überstandenen Nervenanspannung in Tränen aus, ehe sie in der zum Pfad hin offenen Höhle mit hohem Felsengewölbe in einen traumlosen Schlaf hinüberglitt. Ihr Zelt hatte sie nicht aufgebaut.

Es mussten etliche Stunden vergangen sein, als ein ungutes Gefühl sie unvermittelt aufschrecken ließ.

»Jiises Krast!«, entfuhr es ihr unwillkürlich. Das war ein wahrer Albtraum! Es konnte gar nicht Wirklichkeit sein, was sie da vor sich sah: Fünf graue Wölfe schlichen sich an, die übrigen des sie verfolgenden Rudels! Sternförmig tappten sie gemächlich auf Kerrins Grotte zu, in der sie lediglich von hinten durch eine Felswand geschützt war, während der Feind jederzeit von vorne und von den Seiten auf sie eindringen konnte.

Wo war das Gewehr? Die Waffe lag neben ihr. Wie von Sinnen begann Kerrin nach der Munition zu suchen. Sie war in einer Tasche jenes Umhangs, auf dem sie seit Stunden gelegen hatte. Die Schachtel mit den Kugeln endlich zu finden kostete sie wertvolle Zeit, die sie dringend gebraucht hätte, um die Lage genauer zu überblicken.

Fahrig, mit von der Kälte klammen Fingern, versuchte sie, die Waffe zu laden. Dabei fiel ihr die Gewehrkugel herunter. Mühsam musste sie sie erst zwischen den kleinen Steinen der Felsengrotte herausklauben. Da! Endlich!

»Rein damit!«

Kerrin schrie beinahe. Da fiel ihr das Ding zum zweiten Mal aus der Hand. Unwillkürlich schluchzte sie laut auf. Es war wie verhext! Die Wölfe aber kamen seelenruhig näher. Als die Flinte endlich geladen war und Kerrin versuchte, eines der aufs Korn genommenen Tiere zu erlegen, klemmte der Mechanismus der Waffe; die Kugel blieb im Lauf stecken.

Mit Sicherheit war dies ihr Ende. Sie konnte jetzt nur noch versuchen, das Jagdgewehr als Prügel zu benutzen, um die

Angreifer abzuwehren. Aber allein gegen fünf? Es war aussichtslos. Die Frage lautete nur, wie lange sie das Unvermeidliche hinauszuzögern vermochte …

»Vater, hilf mir!«, schrie Kerrin wie von Sinnen.

Und in der Tat, Rettung nahte.

Nicht durch Commandeur Asmussen, sondern durch einen Einheimischen, der in der Nähe Fallen für Schneehasen aufstellte. Der Inuit wollte nachsehen, ob sich eines der weißen Pelztiere darin verfangen hatte.

Sobald der Mann das zielstrebig dahinlaufende Wolfsrudel erspäht hatte, war er ihm vorsichtig gefolgt; jetzt erledigte er in aller Ruhe das erste Tier, das sich soeben anschickte, in die Grotte zu tappen, in der offenbar eine Frau Zuflucht gesucht hatte.

Für Kerrin hätte es kein lieblicheres Geräusch geben können als den hässlichen Knall, der sich aus dem Gewehr des Eskimos löste, den Angreifer in den Hinterkopf traf, ihm dabei den halben Schädel wegriss und ihn zu Boden schleuderte, wo er augenblicklich alle viere von sich streckte. Von den erschrocken fliehenden Bestien erledigte der Mann noch eine weitere; die drei übrigen Wölfe suchten panisch das Weite.

Ein abschließend abgefeuerter Flintenschuss verfehlte sein Ziel, aber für Kerrin war die Gefahr vorbei.

»Ich bin Teramauk«, stellte der Schütze sich vor, als er auf Kerrin zuging. Er war ein gut aussehender junger Inuit, der Kerrin sofort an Kutikitok erinnerte, jenen Grönländer, dessen Bekanntschaft sie auf ihrer ersten Reise gemacht hatte. Er hatte sie damals auch zu Inukitsok, seinem Großvater und zugleich dem Schamanen der Sippe, geführt, dem sie bekanntlich ihren Schutzgeist, den *tupilak* verdankte, jenes bizarre, aus Walrossbein geschnitzte Geistwesen, das sie bisher noch nie auf einen ihrer Feinde losgelassen hatte. Das reine Vorzeigen des Talismans sollte genügen, um seine Besitzerin zu beschützen.

Kerrin war so aufgewühlt, dass sie Teramauk ihre ganze Geschichte erzählte. Der Eskimo hörte ihr aufmerksam und nur mit wenigen Zwischenbemerkungen zu.

Es war, als habe sich ein Schleusentor geöffnet; Kerrin war einfach nur dankbar, sich einem anderen Menschen mitteilen zu können.

»Zu dem weißen Pastor, den du erwähnt hast, kann ich dich bringen«, verkündete er, als Kerrin geendet hatte. »Es ist nicht sehr weit bis zu dem Ort, wo er wohnt. Pater Beowulf hat es vor langer Zeit von Dänemark zu uns Inuits verschlagen. Er hat uns den christlichen Glauben gebracht – jedenfalls einem Teil von uns. Die meisten glauben immer noch an die Naturgeister.

Er hat sogar eine Frau aus meiner Familie geheiratet, nachdem sie sich als Erste hatte taufen lassen«, berichtete der Mann stolz, der sein ordentlich gescheiteltes schulterlanges Haar zu einem Zopf geflochten trug.

Er saß im Schneidersitz vor Kerrin – in respektvollem Abstand, wie es sich gehörte, wenn Mann und Frau, die kein Paar waren, allein miteinander waren. Um den Hals trug Teramauk an einem Band aus Walfischhaut ein kleines, aus Walrosszahn geschnitztes Kreuz.

Kerrin hatte neuen Mut gefasst. »Auf! Lass uns zu Pater Beowulf gehen«, schlug sie vor, und bereitwillig erhob sich der Inuit. Erst hatte er jedoch noch etwas zu erledigen.

Er musste den erlegten Wölfen das Fell abziehen. Wenn sie um diese Jahreszeit auch kein dichtes Winterfell trugen, würden die zusammengenähten Bälger immerhin zu einem Vorleger taugen.

Anschließend half Teramauk Kerrin, ihre wenigen Habse-

ligkeiten zu schleppen. Im Laufe der vergangenen Wochen –
im Augenblick war es beinahe Mitte Juni – waren ihre Besitz-
tümer stark zusammengeschmolzen. Es wurde Zeit, dass ihre
abenteuerliche Reise zu einem guten Ende fand.

VIERUNDDREISSIG

IN EINEM WINZIGEN ORT, der garantiert auf keiner einzigen
noch so guten und genauen Landkarte Kalaallits zu finden
war, gelangten Kerrin und ihr einheimischer Führer zu dem
Häuschen des hochbetagten Paters Beowulf.

So hinfällig der Körper des über achtzigjährigen Geistlichen
sein mochte, so wach war sein Geist. Fürsorglich betreut von
seiner um viele Jahrzehnte jüngeren Frau, die anlässlich ihrer Bekehrung zum Christentum den Namen Lisbeth gewählt
hatte, fühlte der Pastor sich rundum wohl und war gern bereit,
sich mit Kerrin zu unterhalten.

»Ja, da gibt es einen älteren Mann, der von einer fernen Insel namens Föhr – zu Dänemark gehörig – stammt«, setzte er
Kerrin in Kenntnis. Die junge Frau war so aufgeregt, dass sie
es dabei beließ. Die genauen Herrschaftsverhältnisse auf ihrer
Heimatinsel spielten jetzt wahrlich keine Rolle.

»Von den Einheimischen ist der Mann wohlgelitten«, fuhr
der Pater nach einer längeren Pause fort. Deutlich war zu erkennen, dass es ihm schwerfiel, Dänisch zu sprechen. »Ja,
man kann sagen, sie verehren ihn sogar und leben seit einiger Zeit einträchtig mit ihm zusammen – obwohl er es meines Wissens abgelehnt hat, eine der Ihren zur Frau zu nehmen.«

Kerrins Freude kannte keine Grenzen! Obwohl Pater Beowulf ein frommer Pastor war, umarmte sie den alten Mann heftig.

Am liebsten wäre sie vor Freude mit ihm in dem einzigen Raum der bescheidenen Hütte herumgetanzt. Aber das verboten seine schwachen Beine – von der gebotenen Schicklichkeit einmal ganz abgesehen.

Nein, den Namen des Betreffenden wusste Pater Beowulf nicht mehr. Aber an den Beruf des Gesuchten vermochte er sich noch zu entsinnen.

»Er soll einst ein bekannter Schiffsführer gewesen sein …«, meinte Beowulf mit zunehmend schwächerer Stimme. Für Kerrin das letzte Steinchen in dem komplizierten Mosaik! Felsenfest war sie nun überzeugt davon, dass es sich um ihren Vater handelte.

Diese Nacht verbrachte sie im Haus des Paters. Es war eine winzige, äußerst bescheidene Bleibe, gemauert aus Bruchsteinen, abgedichtet mit Erde und Moos, während das Dach aus Treibholz bestand und mit Grassoden belegt war.

Lange hatte Kerrin nicht mehr so ruhig und tief geschlafen.

Anderntags überredete Pater Beowulf Teramauk dazu, Kerrin zum Sommerplatz jener Eskimofamilie zu begleiten, bei der sich der verschollene Commandeur aller Voraussicht nach aufhielt. Der Jäger machte zwar deutlich, dass ihm der Auftrag überhaupt nicht zusagte – offenbar hatte er andere Pläne –, aber die Autorität des alten Priesters gab den Ausschlag; Teramauk fügte sich – wenn auch widerwillig.

Bevor sie losgingen, zeigte Kerrin dem jungen Inuit heimlich ihren *tupilak*. Obwohl seit Jahren getaufter Christ, verfehlte der Talisman seine Wirkung auf ihn nicht. Er wusste noch sehr genau – ohne dass Kerrin viel dazu sagen musste –, welche geheime Macht diesen bizarren Figürchen innewohnte …

260

Für Kerrin waren die kommenden Tage angefüllt mit Mühsal und Entbehrungen. Das begann bereits beim Marschtempo des Jägers, bei dem sie nur schwer mitzuhalten vermochte. Selbst in ebenem Gelände fiel es ihr schwer, mit Teramauk, der leichtfüßig vorwärtsstrebte, Schritt zu halten. Der größte Teil der zu überwindenden Strecke war felsig und überdies mit losem Geröll bedeckt.

Dank des kurzen arktischen Sommers waren die Hochflächen jetzt nahezu schnee- und eisfrei. Dafür gab es sumpfige Stellen und tückische Moraste, in denen ein unaufmerksamer Wanderer leicht versinken konnte. Dementsprechend war die Mückenplage.

Nachdem Kerrin zahlreiche Stiche abbekommen hatte, blieb sie endlich stehen, rief Teramauk, der ein ganzes Stück vorauslief, und bat ihn innezuhalten.

»Warum tun dir die stechenden Biester nichts, während sie sich auf mich geradezu stürzen?«, erkundigte sie sich verärgert. Ohne sie einer Antwort zu würdigen, griff der Inuit in eine Felltasche, die an seinem Ledergürtel baumelte, und entnahm ihr eine kleine Dose, die er Kerrin zuwarf.

»Einreiben!«, befahl er kurz und ging langsam weiter. Kerrin drehte das Ding in der Hand und betrachtete es von allen Seiten. Es handelte sich um eine Schachtel aus Birkenrinde – eine wahre Rarität, waren Bäume jedweder Art in Grönland doch nahezu unbekannt.

Neugierig öffnete Kerrin das Döschen und roch an dem braunschwarzen Inhalt. Puh! Der Gestank der Salbe war grässlich, und Kerrin kämpfte gegen Brechreiz an. Im ersten Augenblick war sie versucht, den Deckel sofort wieder zu schließen. Das Summen der Stechmücken rief ihr jedoch den Sinn des Doseninhalts in Erinnerung; die Alternative bestand darin, weiter gnadenlos zerstochen zu werden.

»Also, meinetwegen!« Sie seufzte, tauchte den Zeigefinger in das schmierige Zeug und begann, die ranzig riechende Masse auf ihrem Gesicht und dem Hals zu verreiben.

Die Salbe ließ sich zum Glück leicht verstreichen und zog schnell in die Haut ein. Und, o Wunder! Die Schnaken machten plötzlich einen Bogen um sie; die roten, bereits angeschwollenen, brennenden und juckenden Quaddeln hörten auf, Kerrin zu quälen. Begeistert vom Erfolg behandelte sie jetzt auch ihre Hände und Arme bis zum Ellbogen.

Mit neuem Elan nahm sie ihr Bündel auf und marschierte tapfer hinter Teramauk her. Als sie ihn eingeholt hatte, wollte sie ihm die Salbendose zurückgeben. Aber er wehrte ab.

»Das kannst du behalten, Frau«, meinte er großzügig. »Du wirst die Salbe noch öfter brauchen. Ich habe noch mehr davon. Alle Inuits führen im Sommer einen Vorrat dieses Mittels mit sich, um die Quälgeister zu vertreiben.«

Erneut stieg Kerrins Hochachtung vor der Anpassungsfähigkeit der Einheimischen. Ihr Geschick ermöglichte es ihnen, unter den extremen klimatischen Verhältnissen zu überleben.

Im Gegensatz zu den Wikingern, musste sie plötzlich denken. Die hatten einst auch auf Föhr gesiedelt und bei ihrem Verschwinden Dinge zurückgelassen, die spielende Kinder manchmal noch in Höhlen auf der Insel fanden.

Ihr Oheim hatte ihr erzählt, dass diese Nordmänner, die sich einst – von Norwegen und Dänemark kommend – auf Grönland angesiedelt und mehrere Jahrhunderte dort gelebt hatten, auf einmal um das Jahr 1500 spurlos verschwanden, nachdem sich das Klima dramatisch verschlechtert hatte.

Gegen die von Nordosten eingewanderten Eskimos *und* die schreckliche Kälte anzukämpfen, das war zu viel für die Wikinger gewesen.

Kerrin bedankte sich überschwänglich bei ihrem einheimischen Führer für die Mückensalbe. Der Inuit hatte seine gute Laune allmählich wiedergewonnen und schien es ihr nicht mehr übel zu nehmen, ihretwegen seine Pläne ändern zu müssen.

Die Rasten, die sie einlegten, verbrachten sie mit angeregtem Plaudern, wobei es hauptsächlich Kerrin war, die von ihrer Heimatinsel Föhr erzählte.

Aber immer wieder geriet sie auch beim Anblick all der Schönheit ringsum ins Schwärmen. Tief unten glitzerte im Sonnenlicht das tintenblaue Wasser der weit ins Land hineinragenden Fjorde.

»Links vorne kannst du bereits die Baffin Bay erkennen, ein Gebiet, das die weißen Waljäger auch gerne ansteuern.«

O ja! Das wusste Kerrin nur zu gut …

Vereinzelt waren unten im Fjord Boote auszumachen. Es handelte sich um *kajaks*, wie Kerrins gute Augen erkannten; geschlossene Einmannboote für Männer, gefertigt aus Holz, Knochen und Sehnen, bespannt mit Tierhäuten und ausgestattet mit einem Sitzloch, in dem der Unterleib und die Beine des Mannes steckten, während Oberkörper, Arme und Kopf herausragten. Bewegt wurden diese Boote mit einem Doppelpaddel, wobei die Eskimos erstaunliche Geschwindigkeiten zu erzielen vermochten.

Eine geradezu überirdische Ruhe lag über der Landschaft, die nur hin und wieder durch die Schreie auffliegender Möwen oder Wildgänse durchbrochen wurde. Die Feuchtigkeit der Luft ließ das Gras üppig sprießen, und ein weißgelber Blütenteppich überzog in großen Flecken die sanft gewellte Landschaft.

Tief atmete Kerrin die reine Luft ein und blinzelte in den weißblauen Himmel. So stellte sie sich das Paradies vor.

Die nächsten Tage vergingen für Kerrin einerseits quälend langsam: Ihre Sehnsucht, den geliebten Vater endlich in die Arme zu schließen, war schier übermächtig. Aber andererseits verging die Zeit auch wie im Flug, wenn sie überlegte, welch langen Weg sie und Teramauk gemeinsam zurücklegten.

Für einen Grönländer mochte es ja ein Spaziergang sein, aber für Kerrin bedeutete es eine ungeheure Strapaze.

Während des Gehens – wobei der Inuit längst in stillschweigender Übereinkunft seinen Schritt dem ihren angepasst hatte und neben ihr hertrottete – schwieg Kerrin meistens. Das sparte Kräfte, die sie bitter nötig hatte. An ihrer locker sitzenden Kleidung war ersichtlich, wie stark sie an Gewicht verloren hatte. Ihr Körper schien nur noch aus Knochen, Muskeln und Sehnen zu bestehen, während die weiblichen Rundungen sich verflüchtigt hatten. Ein Gutteil Schuld an dieser Veränderung trug auch die schwere Krankheit, die sie erst kürzlich überwunden hatte.

»O Frau, sieh mal!«

Der Eskimo, der sich aus irgendeinem Grund nach wie vor weigerte, Kerrin beim Namen zu nennen, flüsterte nur, um das Bild, das sich jetzt auch ihren Augen bot, nicht zu stören. Es waren mehrere Schneehasen, die sich in einer abseits vom Pfad liegenden, geschützten Senke tummelten.

Allerdings waren sie als solche nicht ohne Weiteres zu erkennen, denn das weiße Fell hatten sie jetzt im Sommer gegen ein braunes eingetauscht.

Es handelte sich um eine Hasenmutter, die ihre vier munteren Jungen säugte, und um drei weitere erwachsene Tiere. Dass Teramauk weniger die Idylle anrührte, sondern dass er ganz anderes im Sinn hatte, wurde Kerrin erst deutlich, als ihr Führer die Büchse vorsichtig von der Schulter nahm.

»Ach, deshalb hast du dich so ruhig verhalten?«

Sie sprach absichtlich laut, um die arglosen Geschöpfe zu warnen. Und tatsächlich! Sämtliche Hasen – auch die kleinen – hoppelten davon, als die menschliche Stimme ihre langen Löffel erreichte.

Verärgert über die verpatzte Gelegenheit, an Hasenbraten zu gelangen, schulterte Teramauk seine Flinte, grummelte etwas Unverständliches und lief wieder vorneweg, ohne sich um die um vieles langsamere Kerrin zu scheren.

Als sie bereits dachte, die Etappe, die sie heute zurücklegen mussten, nähme niemals ein Ende, sah sie ihren Begleiter ein Stück weit entfernt stehen, wo er offenbar auf die Nachzüglerin wartete.

»Ab jetzt geht es nur noch bergab, Frau«, verkündete er und deutete in die Tiefe. Jetzt erst erkannte Kerrin, wie hoch oben sie bisher marschiert waren und wie tief unter ihnen sich ein weiterer Fjord sowie, weiter draußen, das tiefblaue Meer auftaten.

Und noch etwas fiel ihr auf: Das grellweiß glitzernde Inlandeis, gut zweihundert Schritt dick, reichte ziemlich nah ans Meeresufer heran. Es sah zwar beeindruckend aus, erfüllte Kerrin jedoch mit einer ungguten Vorahnung.

»Man könnte beinah denken, das Eis habe die Absicht, sich ins Meer hineinzuschieben«, entfuhr es Kerrin unwillkürlich. In diesem Augenblick geschah es auch schon. Zwar war es zum Glück nicht die gesamte Eismasse, die ins Rutschen geriet, aber auch so war das Spektakel höchst beeindruckend. Ein gigantisches Stück löste sich und sauste mit unglaublicher Wucht ins nahe Meer, das wild aufgischtete – ganz so, als wäre ein unterirdischer Vulkan ausgebrochen.

Das ohrenbetäubende Bersten und Krachen des Eises hielt eine ganze Weile an, als sich immer wieder neue gewaltige Brocken lösten und ins plötzlich türkisfarbene Wasser platschten. Selbst das Eis hatte seine Farbe geändert! Es leuchtete nicht nur in reinem Weiß, sondern in tiefem Violett, in Zartlila, Hellblau, Türkis und Grau. Ja, beinah schwarz zeigten sich nicht nur einige der Trümmer, die im Meer schwammen, sondern auch die riesige Abbruchkante, die entstanden war.

Plötzlich kehrte absolute Stille ein.

»Mein Gott«, murmelte Kerrin wie betäubt und noch erschüttert von dem soeben erlebten Naturschauspiel. »Wenn ich mir vorstelle, Boote hätten sich an der Stelle befunden, die normalerweise spiegelglatt ist, jetzt aber einem Ruinenfeld gleicht! Ganz so, als hätten gemeine Riesen mutwillig den Palast der Eiskönigin zerstört!«

»Ja, das wäre schlimm gewesen«, bestätigte Teramauk bedächtig. »Wir Inuits passen zwar immer auf, weil wir die Anzeichen erkennen, wenn ein Gletscher sich anschickt zu kalben – aber hin und wieder verunglückt doch jemand.

Dieses Bild von den Riesen, der Eiskönigin und ihrem zerstörten Palast gefällt mir sehr! Woher hast du das?«

»Ich weiß es nicht mehr«, murmelte Kerrin abwesend. »Wahrscheinlich handelt es sich um ein Märchen, das ich als Kind gehört habe.«

Langsam stiegen sie in steilen Serpentinen bergab zum Fjord, wo sie die Dächer einiger Eskimohütten sehen konnten.

»Hier also lebt mein Vater?«

Ihr Schritt stockte; sie konnte auf einmal keinen Fuß mehr vor den anderen setzen. Die jahrelange Anspannung fiel plötzlich ab von ihr; es fühlte sich für sie an, als ob jemand zentnerschwere Gewichte von ihren Schultern nähme.

»Mir kommt es vor, als würde ich in der Luft schweben, federleicht und ohne Bodenhaftung!«

»Du bist erleichtert, weil du am Ziel deiner Wünsche bist,

Frau. Du hast nie am Erfolg gezweifelt, nicht wahr?« Teramauk hörte sich bewundernd an. »Die allerletzte Strecke musst du allerdings alleine gehen – hier trennen sich unsere Wege endgültig! Deine Sachen können hier liegen bleiben; es wird sich im Dorf einer finden, der sie dir zum Haus deines Vaters bringt. Lebe wohl, Kerrin! Möge Gott allezeit mit dir und deinem Vater sein!«

Ehe sie sich bei ihm für seine Begleitung bedanken konnte, hatte er sich umgewandt, war den steilen Pfad zurückgelaufen und um eine Felsnase verschwunden. Sie starrte auf die Stelle, wo der Inuit eben noch gestanden hatte …

Ihr Gepäck hatte Teramauk zurückgelassen, und Kerrin ließ die Dinge, die sie noch mitschleppte, daneben niederfallen. Der Weg hinunter zu den Hütten war heikel, und in ihrer Aufregung war sie womöglich nicht mehr ganz trittsicher und würde die Hände zu Hilfe nehmen müssen. Behutsam machte sie sich an den Abstieg. Auf einmal hielt sie inne.

Was war es noch gewesen, was er zum Abschied zu ihr gesagt hatte und was vom Üblichen abgewichen war? Sie kam nicht gleich darauf.

Der einheimische Jäger war getaufter Christ; darum war es nicht verwunderlich, dass er sie und Commandeur Roluf Gottes Gnade anbefahl. Langsam ging sie weiter zu dem winzigen Ort an der Landspitze des Fjords, wo ihr unerwartetes Erscheinen mit Sicherheit für Aufsehen sorgen würde.

Dann fiel ihr plötzlich ein, was ihr an Teramauks Abschiedsworten so bemerkenswert erschienen war:

»Niemals zuvor hat er meinen Namen ausgesprochen. Tagelang war ich nur irgendeine Frau für ihn. Erst als wir uns trennten, hat er mich *Kerrin* genannt! Warum nur?

Ich vermute, ich kann stolz darauf sein.«

Schneller als erwartet erreichte sie das Dorf. Wie üblich lie-

fen ihr Kinder entgegen. Noch nie hatten die Kleinen eine
weiße Frau gesehen. Ihr Geschrei war dementsprechend …

Ohne zu zögern, steuerte Kerrin auf die größte Hütte im
Dorf zu; wusste sie doch in ihrem Herzen, dass sich hinter der
Mauer dieses schlichten Baus das Ziel all ihrer Wünsche ver-
barg.

Ehe Kerrin die Tür erreichte, öffnete sich diese; ein hochgewachsener, aber gebeugter, älterer Mann trat blinzelnd ins
Freie. Als Roluf Asmussens Blick Kerrin traf, blieb er stehen
und starrte sie schweigend an.

FÜNFUNDDREISSIG

Je weiter das Jahr voranschritt, desto mehr vermisste
Göntje Brarens ihren Mann. Der Geistliche hielt sich nach
wie vor am herzoglichen Hof in Gottorf auf. Eigentlich hatte
er kaum etwas zu tun – außer die beiden Streithähne Magnus
Wedderkop und Baron Görtz daran zu hindern, sich gegenseitig zu zerfleischen. Immer noch buhlten die Herren um die
Gunst der Herzogin Hedwig Sophie – und damit um den politischen Einfluss im Herzogtum.

Das Leben am Hof langweilte den Pastor. Die alltäglichen
Zerstreuungen und Lustbarkeiten, wie festliche Diners bei
Kerzenschein und Tanzvergnügen mit kindischen Spielereien,
ödeten ihn an.

Wann immer es möglich war, entzog er sich den Vergnü-
gungen – stets darauf achtend, für sein Fernbleiben plausible
Begründungen zu haben und durch seine Absagen die Herzogin nicht zu brüskieren. Was ihm hingegen gefiel, waren die
Schachpartien, die er mit dem Schwager der Herzogin aus-

trug, oder die Ballspiele, die der körperlichen Ertüchtigung dienten. Da er trotz seines nicht mehr jugendlichen Alters noch sehr gut aussah, blieb es auch nicht aus, dass ihm manche Damen regelrecht nachstellten.

Im Allgemeinen bedeuteten die überwiegend recht deutlichen »Angebote« für seine Tugend keine Gefährdung. Nur bei einigen wenigen charmanten Vertreterinnen des schönen Geschlechts fiel ihm die Abstinenz nicht ganz so leicht …

Künftig würde er immer sofort eine Ausrede parat haben müssen, um sich der Peinlichkeit zu entziehen, den zudringlichen Weibern einen Korb zu geben.

Meistens verbrachte er die gleichförmigen Tage am Hof mit Lesen in der großartigen Bibliothek des Schlosses.

Über der *Sphaera Copernicana*, einem Modell des kopernikanischen Weltbildes, sowie beim Betrachten der Astronomischen Uhr aus dem Jahre 1651, von dem Lübecker Uhrmacher *Nikolaus Siebenhaar* konstruiert, konnte der Pastor ganze Tage verbringen. Sooft er im *Gottorfer Codex* blätterte und die nicht weniger als 1180 Pflanzenabbildungen umfassende Sammlung des Hamburger Blumenmalers Hans Simon Holtzbecker bewunderte, wünschte er sich seine Nichte Kerrin herbei.

Sie wäre darüber ebenso begeistert wie über das Werk der Malerin und Kupferstecherin Maria Sibylla Merian, von der sie ein Buch mit kolorierten Stichen unwahrscheinlich realistischer Blumendarstellungen besaß.

Lorenz Brarens' einziger und größter Wunsch war, wieder nach Hause zurückkehren zu dürfen, auf seine Insel, zu seiner Familie und zu seinen Schäfchen, für deren Seelenheil er sich verantwortlich fühlte.

Aber sooft er auch das Thema Heimreise anschnitt – und durchaus auch gute Gründe dafür anzuführen wusste, die seine Gegenwart in Nieblum geboten erscheinen ließen –, drang er nicht wirklich damit durch. Herzogin Hedwig Sophie hörte sich seinen Wunsch jeweils verständnisvoll an, zeigte sich auch durchaus bereit, seiner Bitte zu entsprechen, ja, sie machte ihm Hoffnung, dass sie ihn recht bald ziehen ließe – und wenn der Termin seines Abschieds sich näherte, wusste sie tausend Gründe, um seinen Aufenthalt noch ein wenig zu verlängern.

Zu des Pastors Lieblingsbeschäftigungen gehörte auch das Briefeschreiben. Mit dem Universalgelehrten Gottfried Wilhelm Leibniz verband ihn bekanntlich eine langjährige Freundschaft. Auch an diesem Nachmittag konnte Lorenz Brarens ein Schreiben seines Freundes, überbracht durch einen herzoglichen Domestiken, entgegennehmen.

Leibniz beklagte sich wieder einmal bitter. Die Rivalität mit Isaac Newton machte ihm offenbar schwer zu schaffen. Doch den Geistlichen aus Föhr ödete der Zank allmählich ein wenig an, und er empfand großes Heimweh nach seiner Insel. Zum Glück wusste er zu diesem Zeitpunkt noch nichts von dem Ärger, den seine gute Göntje wieder einmal auszustehen hatte.

Der heftige Streit entzündete sich jäh anlässlich eines tragischen Todesfalls. Wenn der Herrgott ein Kind zu sich nahm, war das stets eine traurige Sache. Leider waren diese Fälle keineswegs selten; häufig aber waren die Frauen, die trauernd am Grab ihres Jüngsten standen, bereits wieder schwanger mit dem nächsten Geschwister.

Dieses Mal war es anders.

Mette Steffensen, Bäuerin und Fischersfrau aus Nieblum, hatte Kerrin beim Schollenpricken im Wattenmeer einst beleidigt und ihr unterstellt, mit bösen Mächten gemeinsame Sache zu machen. Die anderen Frauen, darunter auch Göntje,

270

hatten Mette deshalb streng getadelt und zur Ordnung gerufen.

So wagte Mette es nur heimlich, gegen die Inselheilerin zu hetzen.

Ende Mai hatte Mette eine Tochter zur Welt gebracht, ein armseliges kränkliches Geschöpf mit Wasserkopf, dünnen Beinchen und Ärmchen und mächtig aufgetriebenem Leib. Die Niederkunft war als Sturzgeburt erfolgt, viel zu früh und auf dem Heimweg von dem kleinen Feld, das sie allein mit einer älteren Verwandten ihres Mannes, Thorke Almundsen, bewirtschaftete.

Als Mette die Missbildungen des Kindes sah, schrie sie vor Entsetzen laut auf. »Nein, nein, nein! Das Balg hat mir der Teufel geschickt! Nimm es weg, Thorke, schlag es tot! Ich will es nicht mehr sehen!«, brüllte sie vollkommen außer sich.

Ihr Geschrei lockte mehrere Nachbarinnen herbei, die bereits das Schlimmste vermuteten, als sie die wie von Sinnen um sich schlagende, kreischende Mette erreichten. Irgendwie müsste man die arme Frau doch beruhigen können!

Ein einziger Blick auf das Kind genügte allerdings, um die hilfsbereiten Bäuerinnen verstummen zu lassen. Doch nur für einen kurzen Moment.

»O mein Gott!« »Das ist ja ein Wechselbalg!« »Wo ist denn dein Kind? Haben es die Unterirdischen verschleppt?« »Um Himmels willen!« »Der Herr möge uns Föhringern beistehen! Das ist ein Werk des Teufels!«

Die Schreie gingen wild durcheinander. Mehrere Nachbarinnen beeilten sich, schleunigst zu verschwinden. Einige aber blieben. Fragend schauten sie auf Thorke, Mette Steffensens angeheiratete Base.

»Warst du bei der Geburt dabei? Hast du Mette geholfen, dieses Ding auf die Welt zu bringen?«

Thorke, die sich angegriffen fühlte, glaubte, sich verteidigen zu müssen. »He! He! Jetzt aber mal langsam, ja? Was kann ich denn dafür, wenn Mette sich offensichtlich mit dem *düüwel* eingelassen hat! Von ihrem Mann Steffen kann das Balg ja kaum sein!«, setzte sie noch einen drauf.

»Steffen Steffensen wird sich schön bedanken für diese Tochter«, murmelte eine ältere Bäuerin. Scheue Blicke streiften die immer noch auf der Erde liegende Mette.

»Ein Pfarrer muss her«, warf die Jüngste in der gaffenden Runde ein. *»Hi skel det amskafting uunluke!«*

Einmütig nickten alle. Natürlich war es nötig, dass ein Pastor sich diesen Wechselbalg anschaute. Sollte der Geistliche dann entscheiden, was damit zu geschehen habe. Nur dumm, dass Pastor Brarens nicht zur Verfügung stand – er hielt sich immer noch in Gottorf auf. Und bis man einen Stellvertreter aus Boldixum oder Süderende holen könnte, würde es eine kleine Ewigkeit dauern.

»Das schadet nicht«, meldete sich mit überraschend kräftiger Stimme Mette, die unglückliche Mutter, zu Wort. »Bis ein Pastor kommt, hat der Herrgott wahrscheinlich selbst eingegriffen. Mir scheint, das Geschöpf ist so schwach, dass es sowieso nicht lange lebt.«

Mette hörte sich dabei so gefühllos an, dass ein paar der Nachbarinnen unwillkürlich fröstelten. Dass sie der mögliche Tod ihres eigenen Kindes so gar nicht berührte, stieß die Frauen ab, zumal das Kleine auf einmal kläglich zu wimmern begann – was den Mutterinstinkt der Bäuerinnen weckte.

Die Magd Gondel fasste sich ein Herz, hob das armselige Menschlein auf und wickelte es in ihre Schürze. »Steh auf, Mette«, befahl sie barsch. »Ich werde dir dein Mädchen nach Hause tragen. Du bist seine Mutter und hast dich darum zu kümmern – da führt kein Weg dran vorbei.«

Die Übrigen – froh, dass eine der Ihren die Initiative und damit gewissermaßen die Verantwortung übernommen hatte, nickten eifrig. Freilich, Mette musste sich um ihre seltsam aussehende Tochter kümmern! Wer sollte es sonst tun?

Mette ließ sich aufhelfen und schwankte ergeben neben Gondel nach Hause. Die Frauen standen noch eine Weile beisammen, hielten Klönschnack über das verstörende Ereignis und versuchten, eine Erklärung zu finden; wobei jede von Herzen froh war, selbst nicht mit einem Kind geschlagen zu sein, das aussah wie ein Odderbanki, ein Unterirdischer …

Zum Erstaunen der Insulaner überlebte das Kind die ersten Wochen. In Windeseile hatte sich auf Föhr die Nachricht von der Geburt des missgebildeten Säuglings verbreitet; sogar die beiden Inselpastoren von Sankt Laurentii und Sankt Nicolai kamen eigens nach Nieblum geritten, um diesen Nachwuchs Mettes und Steffens in Augenschein zu nehmen.

Die Herren glaubten weder an Wechselbälger noch an Odderbankis. Schon allein beim Gedanken daran, der Teufel könne mit einer Menschenfrau ein Kind gezeugt haben, sträubten sich ihnen die Haare. Man lebte schließlich im 18. Jahrhundert!

Das trichterten sie auch ihren verunsicherten Schäflein mit großem Nachdruck ein, um »katholisch gefärbten Unfug« erst gar nicht aufkommen zu lassen. Das Kind war einfach schwer krank.

Für Mette und ihren Mann – beide todunglücklich über diesen Familienzuwachs – brachen harte Zeiten an. Sie brachten die wenige Zeit, die sie miteinander verlebten, damit zu, sich gegenseitig mit Schuldzuweisungen zu überhäufen. Nachbarn erzählten sich von lautstarken Auseinandersetzungen, die mitunter in Handgreiflichkeiten ausarteten.

Nichtsdestotrotz gedieh das kleine Mädchen. Der monströse Bauch wurde kleiner, Arme und Beine dagegen länger und kräftiger. Die anfangs struppigen schwarzen Haare wurden im Laufe der Wochen weicher und geschmeidiger – nur das Gesicht ähnelte nach wie vor dem einer alten Frau.

Mette lag seit der Entbindung mit ihrer Base in Streit; was zur Folge hatte, dass sie die Feldarbeit fortan allein zu bewältigen hatte. Ohne es deutlich auszusprechen, nahm sie es Thorke übel, dass diese nicht umgehend eingegriffen und das Kind gleich nach der Geburt beseitigt hatte, ehe jemand etwas von der Tragödie mitbekam.

Ihre Vorhaltungen gingen so weit, dass Thorke ihre Habseligkeiten packte und auf den Hof einer anderen Verwandten auf der Nachbarinsel Amrum zog.

Auf dem Weg zu ihrem kleinen Rübenfeld, ihr Kind, das sie immer noch nicht hatte taufen lassen, in ein Tuch eingewickelt auf dem Rücken tragend, begegnete Mette der Pastorin. Göntje – obwohl die Ältere der beiden – grüßte die andere zuerst und erkundigte sich dabei nach dem Kind.

»Es geht ihm gut«, beschied Mette sie kurz angebunden und wollte sich an ihr auf dem schmalen Marschpfad vorbeidrücken.

»Lass mich deine Tochter doch mal ansehen! Vielleicht kann ich dir irgendwie helfen? Mein Mann, der Pastor, hat so viele schlaue Bücher und womöglich …«

»Bemüh dich nicht, Göntje Brarens! Du wärst bestimmt die Letzte, die mir helfen würde! Außerdem brauch' ich keine Hilfe; meiner Tochter geht es sehr gut. Und jetzt lass mich vorbei!«

Dabei versetzte sie Göntje einen ziemlich harten Stoß, der die ältere Frau zum Straucheln brachte und um ein Haar in die verkrüppelten Holundersträucher fallen ließ, die links und rechts den kleinen Graben neben dem Weg säumten.

Die unverhältnismäßige Grobheit erschien Göntje verdächtig, und ihr Misstrauen erwachte. Sie raffte sich auf und eilte der förmlich davonrennenden Mette hinterher. Sie bekam das Tuch auf Mettes Rücken zu fassen, in dem diese ihr Kind verwahrte, wie die meisten Mütter, die ihre Säuglinge mitnahmen, um sie in den kurzen Arbeitspausen während der Feldarbeit zu stillen.

Energisch packte Göntje die junge Mutter am Oberarm und veranlasste sie zum Stehenbleiben. Ehe Mette zu reagieren vermochte, streifte sie ihr die Rückentrage samt Inhalt ab und wickelte das kleine Bündel auf.

»Was fällt dir ein, du unverschämtes Weibsstück?«, kreischte Mette empört und versuchte, der Älteren das Tuch samt Inhalt zu entreißen. Aber Göntje war stärker, als sie aussah. Sie versetzte der anderen einen Schubs, der sie stolpern ließ.

»Du weckst das Kleine auf«, verlegte die sich nun aufs Jammern; aber irgendwie schien sie aufzugeben. So senkte sie auch nur beschämt den Kopf, als die Pastorin ihr das tote Kind unter die Nase hielt.

»Dieses arme Wesen weckt wohl keiner mehr auf!«

Göntje wickelte den Körper des Kindes erneut in das Tuch ein.

»Was wolltest du tun? Es auf deinem Acker verscharren, wie einen toten Hund, oder was?«

Mette würdigte sie keines Blickes. Sie schien über etwas zu brüten. Gleich darauf schrie die Fischersfrau wie von Sinnen: »Sie hat mein armes Kind umgebracht! Göntje, du Mörderin! Du hast meine Kleine erwürgt!«

»Bist du verrückt geworden? Deine Tochter war doch längst tot!«, wies die Pastorin den absurden Vorwurf von sich. Aber unverdrossen kreischte Mette weiter: »Göntje Brarens ist eine Mörderin! Sie hat mein Kind getötet! Zu Hilfe, Mord!«

Ihr durchdringendes Organ alarmierte eine Reihe von Leuten, die sich in der Nähe auf ihren kargen Feldern zu schaffen machten. Bald strömten sie alle in die Richtung, die Mettes Geschrei ihnen wies. Schließlich drängte sich etwa ein gutes Dutzend auf dem schmalen Pfad.

»Wer soll wen ermordet haben?« »Wer ist denn umgebracht worden?« »Ich seh' keinen Toten!« »*Was* sagst du, Mette?« »Die Frau vom Pastor soll dein Kind umgebracht haben?« »Bist du irre?« »Warum hätte Göntje das tun sollen?«

Göntje fand es an der Zeit, sich zu Wort zu melden und den Sachverhalt richtigzustellen.

»Mette hat sich geweigert, mich einen Blick auf ihre Tochter werfen zu lassen, als ich sie darum gebeten habe. Dagegen hat sie behauptet, dass es dem Kind gut gehe. Ihr seht selbst, *wie gut* es der armen Kleinen geht!«

»Weil du sie umgebracht hast«, behauptete Mette wütend.

»Nenne mir einen einzigen Grund, weshalb ich ein solches Verbrechen hätte begehen sollen! Was geht mich dein Kind an?«

»Ja, das möchte ich auch wissen!«

Eine Frau, die offensichtlich bald Mutterfreuden entgegensah, schaute misstrauisch auf Mette. »Von dir, Mette, wissen wir allerdings, wie ungern du dieses kranke Kind überhaupt angenommen hast!«

»Das stimmt nicht!«, setzte sich die Angesprochene prompt zur Wehr. »Ich hab' die Kleine richtig lieb gewonnen, vor allem, seit es ihr besser ging.«

»Wer's glaubt!«

»Na, Mette, da sagen aber deine Nachbarn, die sich dauernd deinen Krach mit Steffen anhören müssen, was ganz anderes!«

»Du hast deiner Tochter, die du angeblich so geliebt hast, nicht einmal einen Namen gegeben!«, fügte Göntje hinzu. Dieser Vorwurf saß. Eine Weile war Mette still. Aber sie fing sich schnell.

»Ich wollte auf unseren Pastor warten, das wird ja wohl noch erlaubt sein!«

Das war schwer zu widerlegen. Aber so leicht ließ Göntje sich nicht abspeisen.

»Schauen wir uns doch mal gemeinsam das tote Kind an«, schlug sie vor. »Dann finden wir vielleicht heraus, woran es wirklich gestorben ist.«

Mette wollte das auf alle Fälle verhindern, aber die Umstehenden forderten es. Als Göntje ihnen den Körper des toten Kindes zeigte, ging ein Seufzer des Mitleids durch die Schar.

Einer der Bauern, ein Neu-Föhringer, der aus Helgoland stammte und in einen hiesigen Hof eingeheiratet hatte, legte eine seiner schwieligen Hände auf den Bauch des Kindes.

»Kein bisschen Wärme ist in dem Kind zu spüren«, stellte er fest. »Die Leiche ist eiskalt. Hätte Göntje das Mädchen umgebracht, müsste es noch ganz warm sein.«

»Ha! Ein Zeichen, dass unsere gute, ach so fromme Frau Pastor eine ganz Besondere ist, eine, vor der man sich in Acht nehmen muss, wenn ihr versteht, was ich meine!«

»So?«, stellte sich eine andere Frau dumm. »Was denn für eine? Eine *Towersche* etwa?« Die Bäuerin begann zu lachen.

»Pah!«, tat Mette schnippisch. »Jeder auf Föhr weiß, dass alle Weiber aus der Brarens- und Asmussen-Sippe Hexen sind! Das war vor Hunderten von Jahren schon so – warum sollte es heute anders sein?«

»Das reicht, du missgünstiges Stück!« Junger Elen Frederiksen, eine von Kindheit an gute Freundin Kerrins, regte sich mächtig auf. »Gib doch zu, dass du selbst es gewesen bist, die

dieses Kind, das dir von Anfang an lästig war, umgebracht hat!
Du bist eine Mörderin und du wirst auch dafür büßen!«

»Genauso muss es gewesen sein«, schlossen sich andere an.
»Um die Tat zu vertuschen, wolltest du die Kleine auf deinem
eigenen Acker verscharren wie ein Stück Aas. Pfui Teufel!«,
kam es wiederum von Junger Elen.

»Und dann besitzt sie noch die Frechheit, es der Pastorin
anzuhängen. Was sagt man dazu?«

Der ältere Bauer war empört, alle anderen schüttelten ent-
rüstet die Köpfe.

»Nein! So war es nicht! Ich hab' nichts mit dem Tod meiner
Kleinen zu tun! Ich bin eine gute Mutter! Göntje Brarens war
es. Ich schwör's!«

»Ja, schwöre du nur«, hielt ihr Göntje entgegen. »Du
glaubst, bei einer Mörderin fällt ein Meineid auch nicht mehr
ins Gewicht.«

»Das letzte Wort wird das Gericht sprechen!« Darüber waren sich alle einig.

Man nötigte Mette ins Dorf zurück, um den örtlichen Behörden den Fall anzuzeigen, weil Lorenz Brarens als Vertreter
der herzoglichen Gewalt nicht anwesend und der Bauernvogt
gerade auf Reisen war.

Eine grimmige Prozession war es, die aus der Marsch nach
Nieblum zurückkehrte. Göntje fiel es zu, die Kindesleiche zu
tragen. Behutsam drückte sie das armselige Bündel an sich
und sprach leise ein Gebet für die arme Seele dieses unglücklichen Geschöpfs, das nur so kurz auf Erden gelebt – und doch
für so viel Aufregung gesorgt hatte.

Der gegen sie, die Frau des Pastors, erhobene Vorwurf – so
absurd er auch sein mochte – war schlimm. Wenn nur ein paar
Leute sich Mettes Behauptung insgeheim zu eigen machten,
würde das genügen, ihren guten Ruf auf Dauer zu ruinieren.

SECHSUNDDREISSIG

ERSCHROCKEN UND STOCKSTEIF blieb Kerrin vor der einfachen Hütte stehen. Obwohl sie keinen Zweifel hegte, um wen es sich handeln musste, erkannte sie Roluf Asmussen im ersten Augenblick nicht. Ihr Blick wanderte über die schlanke, sehnige Gestalt, die gebeugt daherschlurfte wie ein alter Mann. Er schickte sich offenbar an, das Haus zu verlassen.

Der Commandeur trug Eskimokleidung, seiner Größe wegen gewiss eine Sonderanfertigung, die ihn jedoch gut kleidete, wie seine Tochter sich widerwillig eingestand. Der weiße, aus gegerbtem Robbenleder gefertigte Kittel mit einer engen, den Kopf umschließenden Kapuze – von den Inuits *anorak* genannt –, die braunen halbhohen Stiefel aus Seehundfell und die zotteligen Eisbärfellhosen veränderten ihn stark.

Nichts an seinem Äußeren erinnerte mehr an den eleganten, wohlhabenden Walfängercommandeur, der einst zu den Honoratioren der Insel Föhr gehört hatte.

Gleichzeitig wurde Kerrin deutlich, dass es nicht die ungewohnte Kleidung und das lange, aus der Kapuze hervorlugende Haar waren, die ihr den Vater so fremd erscheinen ließen: Er selbst war es, der sich stark verändert hatte: Der einst kritisch-intelligente Blick seiner durchdringenden blauen Augen erschien Kerrin stumpf und gleichgültig: Ganz offensichtlich erkannte er sie nicht mehr.

Dennoch war sie von seinem Anblick überwältigt. Sie löste sich aus ihrer Erstarrung und stürzte auf den so lang Vermissten zu, warf sich ihm an den Hals und schluchzte.

»Vater! Vater! Sie leben! Ich bin so glücklich, Sie endlich gefunden zu haben. Jetzt wird alles gut! Wir fahren nach Hause, mein über alles geliebter Papa!«

Roluf zeigte immer noch kein Anzeichen des Erkennens. Aus der Nähe betrachtet fiel Kerrin eine riesige, wenn auch gut verheilte Narbe auf – quer über die Stirn, bis weit unter den Haaransatz reichend. Offenbar hatte Roluf Asmussen sich eine schwere Schädelverletzung zugezogen. Hatte er einen Gedächtnisverlust erlitten?

Er schaute die junge fremde Frau, die sich ihm da so unvermittelt an den Hals geworfen hatte, mit erstauntem Blick an, machte sich vorsichtig los, als befürchte er einen Angriff, und murmelte etwas, das sie nicht verstand; es musste Grönländisch sein.

»Ich bin Ihre Tochter, Commandeur Asmussen! Ich bin wegen Ihnen, der Sie verschollen waren, nach Grönland zurückgekehrt, um Sie zu suchen. Seit dem zeitigen Frühjahr bin ich unterwegs und jetzt endlich habe ich Sie aufgespürt. Nun werden wir beide nach Föhr zurückkehren, liebster Vater!«

Eine Reaktion seinerseits war so gut wie nicht erkennbar.

»Mein Gott, er versteht mich nicht!«

Kerrin befand sich am Rande der Verzweiflung; ihre Enttäuschung war einfach zu groß. Wie oft hatte sie sich in ihren Träumen das glückselige Wiedersehen ausgemalt! Wie sie sich vor Freude weinend in den Armen liegen würden. Bisher hatte nur sie Tränen vergossen. Der Commandeur machte den Eindruck, als zöge er es vor, von den Zudringlichkeiten dieses überspannten Frauenzimmers verschont zu bleiben.

Seine Tochter war ratlos. Wie sollte sie jetzt vorgehen?

Da stand auf einmal Inukitsok vor ihr, der alte Schamane. Auch er war aus dem wie üblich aus Bruchsteinen und Rasenziegeln erbauten Haus getreten und begrüßte sie mit einem breiten Lächeln seines nahezu zahnlosen Mundes. Die Falten in seinem braunen Gesicht hatten sich noch ein wenig tiefer eingegraben als beim letzten Mal, aber seine kohlschwarzen Augen funkelten noch ebenso lebendig und klug wie damals.

»Sei gegrüßt, weise Frau!«

Ohne Zögern schritt der Alte auf Kerrin zu und zog sie an seine Brust. »Du bist uns hochwillkommen. Wir haben dich längst erwartet«, behauptete er schlicht und bat sie, in sein Haus einzutreten. Kerrin verbeugte sich ehrerbietig vor dem Greis und folgte seiner Einladung. Auf ein Zeichen des Inuit trottete Roluf Asmussen hinterher.

»Wenigstens *du* erkennst mich noch, heiliger Mann.«

Kerrin seufzte und nahm nach seiner Aufforderung im Schneidersitz auf einem Eisbärenfell Platz.

»Wie ich sehe, geht es dir gut, Inukitsok. Das freut mich sehr. Aber sage mir doch, hat mein Vater etwa die Sprache verloren?«, erkundigte sie sich und warf Roluf Asmussen, der sich ihr gegenüber niedergehockt hatte und sie gleichgültig anstarrte, einen wehmütigen Blick zu.

»Du musst Geduld haben mit deinem Vater«, verlangte Inukitsok. »Wir fanden ihn damals, etwa zwei Wochen nachdem er verschwunden war, in einer Felsenspalte eingeklemmt, schwer verletzt und fast verhungert. Dass er Schneewasser getrunken hat, hat ihn wohl vor dem Verdursten gerettet. Er hatte etliche Brüche, aber die sind mittlerweile gut verheilt. Bisher spricht er nur wenig.«

»Und wenn, dann auf Grönländisch«, hörte Kerrin eine bekannte Stimme aus dem Hintergrund der dämmrigen, nur mit wenigen, absolut notwendigen Gerätschaften ausgestatteten Hütte. Erfreut drehte sie sich nach dem Sprecher um und erkannte den Enkel des Schamanen, Kutikitok.

Das ließ sie erfreut aufspringen, um den jungen Mann zu begrüßen – allerdings nicht mit einer Umarmung; er konnte es womöglich falsch auffassen. Aber ihr Händedruck war über-

281

aus herzlich. Am wohlwollend-bewundernden Augenausdruck des Jägers war ersichtlich, wie gut sie ihm gefiel.

Dann gab es noch ein weiteres Wiedersehen: Auch das alte Weiblein, Großmutter Naduk, lebte noch und freute sich ganz offensichtlich sehr, Kerrin wiederzusehen.

Nur meinem eigenen Vater bin ich gleichgültig, dachte sie bitter. Ausgerechnet er, der doch die Ursache aller Entbehrungen, Mühen, Abenteuer und Beschwerden gewesen ist! Seinetwegen hat mein Bräutigam Fedder sogar sein Leben in diesem unwirtlichen Land verloren!

Die Absurdität dieses Sachverhalts zerrte gewaltig an ihren Nerven und veranlasste sie – zu ihrem eigenen Entsetzen – zu einem Lachanfall. Sie lachte und lachte und vermochte gar nicht mehr, damit aufzuhören. Schließlich liefen ihr die Tränen übers Gesicht, und immer noch wurde sie von dem nervösen Lachkrampf geschüttelt.

Die Inuits lachten anfangs mit, obwohl sie den Grund für ihre vermeintliche Erheiterung gar nicht kennen konnten. Oder doch? Mittlerweile glaubte Kerrin, dass diese Menschen über ein intuitives Gespür für Stimmungen und Befindlichkeiten verfügten.

Als ihr Blick auf ihren Vater fiel, der sie mittlerweile genauer ins Visier nahm und tadelnd ansah, verebbte endlich das zwanghafte Lachen.

»Entschuldigt bitte«, bat Kerrin, wobei nicht ersichtlich war, ob sie die Eskimos meinte oder ihren Vater. Der alte Schamane blickte ihr tief in die Augen. Dann meinte er: »Dein Herz blutet vor Trauer über ein Wiedersehen, das du dir in deinen Träumen ganz anders ausgemalt hast. Du bist enttäuscht – vielleicht sogar erbittert wegen der Anstrengungen, die du auf dich genommen hast! Jetzt glaubst du, alles sei der Mühe nicht wert gewesen.«

Verwirrt darüber, dass der alte Mann in ihr wie in einem offenen Buch zu lesen schien, blickte Kerrin zu ihm auf.

»Ich sage dir, Kerrin Rolufsen, du wirst deinen Vater wiederfinden – so, wie du ihn gekannt hast! Aber es wird dauern, bis es so weit ist. Du brauchst viel Geduld – und Liebe. Aber davon hast du genug in deinem Herzen.«

»Du bist ein weiser Mann, Inukitsok, ein großer Seher deines Stammes. Ich vertraue deinen Worten.«

Kerrin verbeugte sich im Sitzen und nahm gleichzeitig von Naduk einen Becher entgegen, den die alte Frau ihr reichte.

»Trink, mein Kind!«, sagte sie und lächelte sie an.

Kerrin unterließ es, nach dem Inhalt des Bechers zu fragen. Schweigsam zog sich danach Kutikitoks Großmutter in den Hintergrund des runden Gebäudes zurück, ebenso scheu wie damals.

Kerrin trank von dem Tee, und beinah sofort wurde ihr leichter zumute. Mit Kutikitok tauschte sie nun ein paar Erinnerungen an ihren letzten Aufenthalt aus. Da hörte sie ihren Vater sprechen, der auf Grönländisch einige Worte an den alten Mann richtete, worauf dieser mit dem Finger auf sie deutete und Roluf antwortete. Der Commandeur hatte sich mittlerweile seiner warmen Kleider entledigt und kauerte in Hemd und knielangen Hosen aus Robbenleder auf einem auf dem Boden ausgebreiteten braunen Fell. Von welchem Tier es stammte, wusste Kerrin nicht.

»Was hat mein Vater gesagt?«, erkundigte sie sich neugierig. Fast ein wenig peinlich war dies dem alten Schamanen, aber er dachte nicht daran, die junge Frau zu belügen.

»Er will wissen, wer die schöne junge Frau mit dem roten Haar ist!«

»Oh! Sag ihm, seine Tochter dankt ihm für das Kompliment – auch wenn mein Haar mehr blond als rot ist.«

Kerrin bemühte sich, leichthin zu sprechen, auch wenn es ihr schwerfiel. Es tat weh, vom eigenen Vater nicht erkannt zu werden.

»Als ich ihm sagte, wer du bist, hat er geantwortet, dass es eine Schande für ihn sei, sich nicht an dich zu erinnern!«

Seine Reaktion ließ immerhin die Hoffnung zu, dass Roluf sich zumindest bemühen wollte, seine Erinnerung wiederzugewinnen. Kerrin wandte sich direkt an ihn.

»Ich bin Kerrin«, begann sie. »Haben Sie mich verstanden, Papa? Ich heiße Kerrin!« Bewusst wiederholte sie ihren Namen. Vielleicht war der Klang imstande, seiner Erinnerung auf die Sprünge zu helfen.

Der Commandeur nickte. »Kerrin«, wiederholte er.

»Wir, Sie und ich, Vater, stammen von der nordfriesischen Insel Föhr.«

Das sagte ihm offenbar gar nichts.

»Sie hatten einst eine Frau, Terke. Sie war meine und Harres, meines drei Jahre älteren Bruders, Mutter. Harre ist Maler geworden und lebt jetzt in Spanien, und ich bewirtschafte unseren Hof auf Föhr. Terke ist leider bei der Geburt Ihres dritten Kindes gestorben!«

Keine Reaktion. Fast tat Roluf ihr leid. Es musste quälend für ihn sein, sein Gedächtnis verloren zu haben. Aber so schnell würde Kerrin nicht aufgeben.

»Ihr Vetter heißt Lorenz Brarens, und der Name seiner Frau ist Göntje! Oheim Lorenz ist der Pastor vom Friesendom Sankt Johannis in Nieblum auf Föhr, *uun Naiblem üüb Feer!*«

Aber auch der Hinweis auf Föhringisch zeigte keine Wirkung. In diesem Augenblick vermisste Kerrin ihren Verlobten Fedder schmerzlich.

Da fiel ihr ein, dass ihr Vater immer ein frommer Christ gewesen war. Sie würde es mit *dö tjiin Gebooten*, den Zehn Geboten, versuchen.

Sie wählte absichtlich den Text einer föringischen Katechismus-Übersetzung aus dem Jahre 1625, aus dem auch Oheim Lorenz bei seinen Andachten zu zitieren pflegte. Womöglich löste der von Kindheit an wohlvertraute Wortklang etwas in Roluf Asmussen aus. Langsam begann sie zu sprechen.

Es war nicht ersichtlich, ob der Text aus dem Alten Testament, den er einst schon als Kind auswendig gelernt hatte, irgendeine Saite in seinem Inneren zum Klingen brachte. Aber seine Tochter gab nicht auf und sprach weiter:

»Dü skälh ei faalsk tjüügh jin dan Naist.«

Kerrin warf ihrem Vater einen auffordernden Blick zu. Gerade die Einhaltung dieses Gebots, kein falsches Zeugnis wider seinen Nächsten zu geben, war ihm zeitlebens ein ganz besonderes Anliegen gewesen. Üble Nachrede hatte er geradezu gehasst. Aber auch jetzt fand sie kein Anzeichen des Erkennens. Unverdrossen deklamierte Kerrin weiter.

»Dü skälh ei begiar dan Naist sin Hüs.

Dü skälh ei begiar dan Naist sin Wüf, san Knecht,

sin Liifoomen, sin Kreiter of al, wat sin as.«

Kerrin erinnerte sich, dass ihr Oheim darauf immer besonderen Wert gelegt hatte, dass keiner seines Nächsten Haus, Weib, Knecht, Magd, sein Vieh oder alles, was ihm gehörte, begehren solle. »Missgunst und Neid bedeuten die Zerstörung jeder Gemeinschaft«, hatte er immer wieder gepredigt. »Und auf einer kleinen Insel wie Föhr ganz bestimmt.«

Jedoch auch das löste bei Roluf keinerlei Erinnerung aus.

Kutikitok warf ihr einen mitleidigen Blick zu. »Wie mein Großvater schon sagte, du musst Geduld haben, Kerrin. Sprich jeden Tag mit ihm über die Vergangenheit – und irgendwann wird er sich ihrer entsinnen.«

»Dein Wort in Gottes Ohr, mein Freund.«

Kerrin war nicht so optimistisch. Immerhin glaubte sie noch an die Möglichkeit, die Erinnerung ihres Vaters werde spätestens dann erneut aufflammen, wenn er Föhrer Boden betrat ...

Etwas wollte sie an diesem Tag noch versuchen. Bisher hatte sie ihm nur von anderen Personen berichtet, von Terke, von Harre, von Vetter Lorenz und Muhme Göntje und von ihr selbst. Nur über seine eigene Person hatte sie noch kein einziges Wort verloren.

»Sie waren bis zu Ihrem Unfall ein berühmter Commandeur auf verschiedenen Walfängern, Vater! Sie waren sehr erfolgreich, und die holländische Reederei, für die Sie tätig wurden, war überaus zufrieden mit Ihnen. Die Herren aus Amsterdam haben Sie immer sehr gut entlohnt.

Offiziere und einfache Seeleute haben sich darum gerissen, jedes Frühjahr mit Ihnen auf Große Fahrt gehen zu dürfen, Papa!«

»Ach ja? War das so?«

Immerhin schienen ihn diese Worte seiner Tochter ein wenig zum Nachdenken über seine Vergangenheit anzuregen. Aber das winzige Fünkchen erlosch gleich wieder. Als er hilflos die Achseln zuckte, gab Kerrin es auf.

Aber nur für diesen Tag, nahm sie sich vor.

Während sie Zeit mit Roluf verbracht hatte, war Kutikitok so freundlich gewesen, ihr Gepäck ins Haus zu holen, das sie vor dem Abstieg zum Dorf hatte liegen lassen.

SIEBENUNDDREISSIG

NEBEN DER MIT ASCHE bedeckten Feuerstelle inmitten des Rundbaus wurden zwei große Felle ausgebreitet. Auf einem davon schliefen der alte Schamane und seine Frau Naduk, während sich das andere Kerrin und ihr Vater teilen sollten. Inzwischen wusste Kerrin, dass es sich dabei um die Pelze zweier riesiger *aklaks* handelte, wie die Inuits die Grizzlybären bezeichneten.

»Sie sind das Geschenk eines befreundeten Indianerhäuptlings von der anderen Seite der Baffin Bay, genannt Baffin Land«, vertraute ihr der Sippenälteste mit Stolz in der Stimme an.

Naduk hatte den Europäern das größere Fell zugewiesen, weil Roluf aufgrund seiner Körperlänge mehr Platz brauchte. Eine bemerkenswerte, wiederum wie selbstverständlich gewährte Freundlichkeit, die Kerrin anrührte. Sie schämte sich dafür, keinerlei Gastgeschenke dabeizuhaben für diese Familie, der sie so unendlich viel zu verdanken hatte.

Sie müsste sich unbedingt noch etwas einfallen lassen …

War es doch keineswegs normal, dass Einheimische, die im Allgemeinen mit den Walfängern nicht viel zu tun hatten, nach ihrem Vater gesucht hatten, als die Kunde von seinem unerklärlichen Verschwinden bis zu ihnen gedrungen war. Als sie ihn endlich aufgespürt hatten, hatten sie ihn aus einer tiefen Felsspalte herausgeholt – auch kein ganz leichtes Unterfangen.

Dann hatten sie sich seiner angenommen, wo es doch ein Leichtes gewesen wäre, ihn seinem Schicksal zu überlassen …

Sie hatten ihren schwer verletzten Vater gepflegt, seine Wunden versorgt, seine gebrochenen Knochen geschient, ihn mitgenommen und ihn mit Nahrung und Kleidung versorgt, als sei er einer der Ihren.

Seinetwegen hatten sie sogar ihre übliche Wanderroute geändert, die für diese Familie normalerweise quer übers grönländische Festland führte, und waren an der Küste entlangmarschiert. Und alles nur, weil der Schamane in seinem Herzen wusste, dass sie irgendwann kommen würde und er annahm, sie würde den bequemeren Küstenweg wählen.

Nach dem Wiedersehen mit ihrem Vater gelang es Kerrin erst spät einzuschlafen. Es hatte sie auch gewundert, dass die alte Grönländerin keine Schlafmatte für ihren Enkel ausgelegt hatte; aber sie hatte nicht neugierig erscheinen und nachfragen wollen.

Der junge Inuit selbst war es gewesen, der, ehe er seine Großeltern verließ, ganz nebenbei davon sprach, das Haus seiner Frau Aleqa aufzusuchen. Demnach hatte er in der Zwischenzeit geheiratet ...

Das war nicht weiter verwunderlich. Kutikitok war ein schöner und anziehender Mann. Von Kindern hatte er allerdings nichts erzählt.

Ihr neben ihr liegender Vater schlief sehr unruhig. Hin und wieder laut aufseufzend und vor sich hin murmelnd, wälzte er sich von einer Seite auf die andere und hinderte seine Tochter am Einschlafen, obwohl sie rechtschaffen müde war.

Eigentlich war müde der falsche Ausdruck. Vollkommen ausgelaugt, körperlich und seelisch erschöpft war Kerrin. Aus ihrem Vorhaben, zusammen mit Roluf möglichst in den nächsten Tagen die Inuits zu verlassen, würde wohl nichts werden. Sonst drohte ihr völliger Zusammenbruch – und damit würde weder ihrem Vater noch ihr gedient sein.

Der Rückweg würde ihre restlichen Kräfte verbrauchen. Sie würde zuerst ihre Reserven wieder auffüllen müssen.

Mit den Gedanken daran und an ihr Vorhaben, das Gedächtnis ihres Vaters aufzufrischen, schlief Kerrin schließlich gegen Morgen ein.

Der Schamane weckte sie erst, als das Feuer in der gemauerten Mulde inmitten der Einraumhütte bereits loderte und Naduk eine Mahlzeit aus Fischstücken, Wurzeln, Grönlandsalat, Wasser und Stücken fetten Robbenspecks zubereitete.

Obwohl Kerrin großen Hunger verspürte, verursachte ihr der Geruch der Speisen nicht gerade Appetit. Aufrichtig gesagt, widerte der tranige Gestank sie an. Aber sie musste etwas essen, um Kräfte zu sammeln.

Als habe Inukitsok ihr Grausen vor dem Fisch-Speck-Eintopf geahnt, reichte er ihr etwas Pemmikan sowie einen Kanten steinhartes Brot, das die Inuit vor längerer Zeit gegen Robbenfelle von der Besatzung eines Walfängers eingetauscht hatten, der sich auf dem Weg in die Baffin Bay befand. Kerrin war ganz gerührt über diese Gabe. In Tee eingetunkt würde das Brot gut essbar sein.

Ihr Vater, der überraschenderweise auf ihren Morgengruß freundlich reagierte, indem er laut auf Inselfriesisch »gudmaaren!« antwortete und sie dabei sogar offen anschaute, war zu ihrer Überraschung damit beschäftigt, aus einem Narwalzahn eine Figur zu schnitzen.

Hoffentlich keinen *tupilak*, war ihr erster Gedanke.

Das hätte Kerrin höchst bedenklich gefunden – ungeachtet der Tatsache, dass sie selbst so einen heidnischen Talisman ihr Eigen nannte – und sogar an dessen Zauberkraft glaubte. Aber bei ihr war das nicht weiter verwunderlich; schließlich war sie keine besonders gute Protestantin ... Zu ihrer Erleichterung handelte es sich jedoch um einen kleinen Eisbären, einen *nanuk*, der unter Rolufs geschickten Fingern allmählich Gestalt annahm.

Inzwischen war auch Kutikitok aufgetaucht und lächelte sie

289

an. Alle waren angezogen, nur sie lag noch fast nackt unter der Felldecke. Als die Grönländer spürten, dass es ihr peinlich war, sich in diesem Zustand, den sie selbst als vollkommen normal betrachteten, zu präsentieren, wandten sie ihr demonstrativ den Rücken zu, indem sie vorgaben, etwas Wichtiges zu tun zu haben, um ihr Zeit zu geben, sich anzuziehen.

Als sie Hose und Bluse angezogen hatte, suchte sie ihr Amulett aus ihren Sachen heraus, um dem alten Mann eine Freude zu machen. Er hatte es ihr doch damals geschenkt.

»Oh! Der Geist von *Kora Tukuta*!«

Der Schamane schmunzelte. »Er wird dich dein Leben lang beschützen, habe ich dir damals prophezeit. Und das hat er offenbar getan – ohne dass du ihn ins Leben gerufen und gegen deine Widersacher hast antreten lassen, weise Frau!«

»Das habe ich nicht getan, heiliger Mann – obwohl ich manchmal sehr nahe daran gewesen bin.«

»Der *tupilak* wird weiterhin auf dich aufpassen, sofern du ihn mit Respekt behandelst und mit Klugheit verwendest.«

Den letzten Satz raunte Inukitsok ihr zu und blickte ihr dabei tief in die Augen. Etwas erschrocken nickte Kerrin ihm zu, als sie den eindringlichen Unterton in seiner Stimme bemerkte.

Es sah ganz danach aus, als wüsste der Medizinmann von künftigen Ereignissen in ihrem Leben, bei denen sie der Hilfe überirdischer Mächte bedürfte. Es erschien ihm wichtig, sie vor übereilten Entschlüssen zu warnen. Sorgfältig packte Kerrin ihren Schutzgeist weg, damit er nicht verloren ginge.

Inukitsok riet ihr auch, noch mindestens zehn Tage lang seine Gastfreundschaft in Anspruch zu nehmen, obwohl er wisse, dass sie sich die Heimkehr herbeisehnte.

»Ich weiß, heiliger Mann, dass du mir gewogen bist und mich immer gut beraten wirst. Es wäre dumm von mir, nicht auf dich zu hören.« Kerrin spürte selbst, dass sie noch einer gewissen Zeit der Erholung bedurfte.

»Heute Abend wirst du unser Gast auf dem Bärenfest sein, das wir – vor allem die jungen Frauen – einmal im Jahr zu Ehren der Eisbärengöttin feiern«, kündigte Naduk an. Das bedeutete für Kerrin und für Roluf Asmussen eine willkommene Ablenkung.

Es klang verheißungsvoll, und Kerrin war neugierig, was es damit auf sich hatte.

Nach der abendlichen Mahlzeit fanden sich die Inuit-Frauen, eingehüllt in Eisbärenfelle, auf dem Platz in der Mitte des winzigen Dorfes ein.

Der Schamane Inukitsok schlug auf eine Trommel – immer im gleichen Takt –, und die als Bären verkleideten Frauen begannen, um ein Feuer zu tanzen, das hell lodernd auf dem Dorfplatz brannte. Sie sangen dabei ein Lied, das, wie Kutikitok ihr zuflüsterte, von der Eisbärenmutter handelte, die ihre Kleinen im Winter in einer Schneehöhle zur Welt bringt und sie erst im Frühling präsentiert.

Das Lied – eine Art leicht dissonanter Sprechgesang – war in höchstem Maße eintönig und zog sich für Kerrins Dafürhalten endlos hin. Auch der Tanz der Frauen, die mit unbeholfenen Schritten in ihren dicken weißen Fellkostümen die immer gleichen Bewegungen ums Feuer vollführten, wobei die Eisbärenköpfe auf ihren Rücken im Takt hin und her schlenkerten, schien eine Ewigkeit zu dauern. Kerrin vermutete sie in Trance …

Allmählich wurde auch sie vom immer gleichen Rhythmus gepackt. Wie unter Hypnose erhob sie sich und mischte sich wie selbstverständlich unter die tanzenden Eskimofrauen.

Eine Bärin nach der anderen sank schließlich vor Erschöpfung zur Erde und wurde vom Schlaf übermannt. Auch Kerrin wurde von Müdigkeit überwältigt; als eine der letzten Frauen fiel auch sie zu Boden.

Am Morgen danach erwachte sie zu ihrem Erstaunen im Haus des Schamanen unter der Decke, genau wie am Morgen zuvor – als alle anderen bereits munter waren.

»Du bist sicher noch müde vom Tanzen«, meinte Inukitsok. »Du kannst noch liegen bleiben und weiterschlafen, wenn du möchtest.«

Aber das wollte Kerrin auf keinen Fall. Sie erinnerte sich an alles und wollte mehr über den Anlass dieses Festes wissen.

»Warum ist es nicht ein Eisbärengott, der verehrt wird, sondern eine Göttin, und weshalb handelt es sich vor allem um ein Fest der Frauen?«

Der alte Mann setzte sich zu ihr und begann zu erklären.

»Seit wir Grönländer den Eisbären jagen, verehren wir ihn auch als Gott. Er ist groß, stark und mächtig – ein würdiger Gegner für jeden Jäger. Aber er ist auch gütig und schenkt uns sein Fleisch zur Nahrung, sein wärmendes Fell als Schutz vor dem eisigen Winter und seine Krallen und Zähne als Schmuck. Sogar seine Knochen und Sehnen finden Verwendung beim Bau unserer Kanus.«

Der Schamane hielt eine Weile inne, wie um der fremden weißen Frau Gelegenheit zu geben, das Gesagte zu verstehen.

Kerrin nickte, und der alte Mann fuhr fort.

»Sooft wir auch ein weibliches Tier erlegt haben – noch niemals fanden wir in ihrem Leib ein Junges, gleichgültig, zu welcher Zeit des Jahres wir auch immer sie töten. So grenzt es für uns an ein Wunder, wie es kommt, wenn die Bärin im Frühjahr, sobald sie ihre Schneehöhle verlässt, Nachwuchs – oftmals sogar zwei- oder dreifachen – mit sich führt!«

Kerrin staunte aufrichtig. Sie überlegte. »Jetzt verstehe ich, weshalb eure Frauen die Bärinnen vergöttern und verehren: Sie wünschen sich von der Eisbärengöttin die gleiche wundersame Fruchtbarkeit!«

Der Schamane strahlte. Kerrin hatte es begriffen. Doch eigentlich hatte er es von ihr auch nicht anders erwartet.

Großvater und Enkel würden an diesem Tag mit den *kajaks* auf den Fjord hinausfahren und versuchen, eine fette Robbe zu erlegen, während es Aufgabe der Großmutter war, die jüngsten Enkel zu hüten, deren Mütter ihre beiden ältesten Töchter waren, die Kerrin noch nicht bewusst zu Gesicht bekommen hatte. Vermutlich waren sie gestern beim Bärentanz auch dabei gewesen.

Auch heute waren die Frauen, darunter auch Aleqa, Kutikitoks junge Frau, mit einem Teil der Männer unterwegs, um an Land Schneehasen zu jagen.

»Wenn du erlaubst, Naduk, werde ich mich zu dir setzen, mit dir zusammen ein Auge auf die Kinder haben – und nebenbei versuchen, meinem Vater ein wenig Erinnerung an früher zu entlocken.«

»Ich wünsche dir viel Glück dabei, Kerrin!«, meinte Kutikitok, ehe er seinem Großvater nacheilte, der die Behausung mit zwei Harpunen für den Seehundfang verließ; wobei er die mit Robbenleder überzogene Holztür weit aufzog, sodass der helle Sonnenschein ins Innere der dämmrigen Sommerhütte drang.

»Lass uns nach draußen gehen, uns vor das Haus setzen und den warmen Schein der Sonne genießen«, schlug Naduk vor. Seit ihrer letzten Begegnung hatte sie ein wenig Dänisch gelernt.

Einen Stoß warmer Winterkleidung legte sich die alte Frau bereit, die sie auszubessern gedachte. Vor dem Haus hockten bereits ein halbes Dutzend Kleinkinder und warteten brav auf

293

die Großmutter. Einige krabbelten umher und brabbelten vor sich hin. Die Kleinen trugen grönländische Tracht, die haargenau derjenigen der erwachsenen Inuits glich.

»Der Winter kommt schneller, als wir es uns vorstellen.«

Die zahnlose alte Frau lachte laut, als sie Kerrins verdutzte Miene sah.

»Es ist doch noch nicht einmal der Sommer so richtig gekommen – und du sprichst bereits vom Winter?«

»Es stimmt aber, was Naduk sagt!«

Zu Kerrins großer Überraschung hatte ihr Vater das auf Dänisch geführte Gespräch verfolgt und gab seinen Kommentar dazu in reinstem Deutsch ab.

»Mein Gott, Papa! Sie haben mich verstanden und mir auf Hochdeutsch geantwortet! Das ist ja großartig!«

Wenn das der Anfang seines Erinnerns war, dann konnte sie sich auch mit seiner grönländischen Tracht abfinden, die ihn für sie so fremd erscheinen ließ. Auch in Kerrins Traumgesichten hatte Roluf Asmussen stets die Kleidung eines Inuit getragen ...

Im Lauf dieses Tages lernte der Commandeur eine Menge verschiedener Begriffe neu, die er aufgrund der Hirnverletzung vergessen hatte.

Immer wieder berichtete ihm Kerrin von Föhr und seinen Verwandten und Bekannten; vom Glücklichen Matthias beispielsweise, der als Walfängercommandeur ein Vermögen gemacht hatte und jetzt im Alter – hoch geachtet von den Insulanern – die Früchte seines arbeitsreichen und gefährlichen Lebens genoss.

Dazu fiel Roluf sogar eine Episode ein: »Matthias hat einen großen Leuchter für die Sankt-Laurentii-Kirche in Süderende gespendet«, sagte er unvermittelt, »und alle haben ihn dafür gelobt.«

294

Am liebsten wäre Kerrin vor Freude gesprungen, so lächelte sie ihn nur an und erzählte ihm vom Friesendom in seiner Heimatgemeinde Nieblum und von dem Gottesacker, auf dem seine Frau Terke und sein jüngster Sohn Ocke lagen, worauf der Commandeur allerdings nur vage reagierte.

Auch von Harre und seinen Knabenstreichen wusste sie ihrem Vater manches zu berichten und natürlich von seinen langen Gesprächen mit Schwager Lorenz Brarens.

Selbst die Tiere, die ihm einst wichtig waren, sein schwarzer Hengst Harold etwa, auf dem er einst über die Insel zu reiten pflegte, und seine geliebten Hunde, allen voran der große Rüde Odin, kamen in Kerrins lebhaften Schilderungen vor.

Weil sie es verstand, so farbig und temperamentvoll zu berichten, löste dies im Gedächtnis ihres Vaters immer wieder bruchstückhafte Erinnerungen aus, die Kerrin nach einer gewissen Zeit für ihn zu einem sinnvollen Ganzen zusammensetzen wollte.

ACHTUNDDREISSIG

MIT DEM ERGEBNIS der ersten Tage war Kerrin sehr zufrieden. Ihr Vater machte kleine Fortschritte und wirkte insgesamt lebhafter. Der stumpfe Ausdruck in seinen Augen war zunehmend interessierten Blicken gewichen.

Inukitsok und Kutikitok waren erfolgreich: Zwei Ringelrobben brachten die Jäger nach Hause; das bedeutete Fleisch und Speck für die ganze Familie.

Ringelrobben, klärte Kutikitok Kerrin auf, waren die kleinste der vorkommenden Seehundarten.

»Aber sie setzen mehr Fett an als andere Seehunde. Wenn sie am fettesten sind, macht der Speck die Hälfte ihres Gewichtes aus, was für uns sehr wichtig ist.«

Weil dem jungen Eskimo Kerrins Interesse sichtlich schmeichelte, fuhr er fort. Zu Kerrins geheimer Freude zeigte sogar ihr Vater eine gewisse Anteilnahme. Es schien, als ob in seinem Kopf eine verschlossene Tür aufgesprungen und er Stück für Stück bereit sei, seine Umgebung mit wachen Sinnen wahrzunehmen.

Kerrin konnte beobachten, wie auf dem Platz vor den nahezu kreisförmig angeordneten Sommerhütten der Schamane Inukitsok und sein jüngerer Bruder Enos den Robben das Fell abzogen, nachdem sie ihnen den Kopf abgetrennt hatten.

»Der Seehund liefert uns Grönländern alles, was wir zum Leben brauchen.«

Kerrin hörte dem jungen Jäger weiter mit Interesse zu. »Sein nahrhaftes, würziges Fleisch ist da, um den Hunger zu stillen, seine Haut gibt uns Kleider und Stiefel, den Überzug für die *kajaks* und Riemen zum Verschnüren unserer Ausrüstung, wenn wir weiterziehen. Außerdem benützen wir die Haut im Winter als Zelt, und zugleich dient sie als Dach unserer Sommerhäuser.

Am wichtigsten ist der dicke, weiße Speck, den wir über dem Feuer schmelzen und zum Kochen verwenden, zum Heizen und als Füllung für die Lampen, um es im Winter in den Häusern hell zu haben.«

Wie aufs Stichwort wurden Kerrin und Roluf Zeuge, wie Enos und Inukitsok mit dolchartigen Jagdmessern die feste Fettschicht von den gehäuteten Körpern ablösten – eine ziemlich blutige Arbeit. Insgeheim ekelte sich Kerrin davor. Sie war froh, nicht gezwungen zu sein, selbst mit Hand anlegen zu müssen.

»Nur während zweier Monate im Sommer können wir die Tiere im offenen Wasser vom *kajak* aus mit der Harpune erlegen.«

»Muss ich mir das so ähnlich wie den Walfang vorstellen?«, erkundigte sich Kerrin, die ihren Blick von dem blutigen Geschehen abwandte, dem alle Familienmitglieder, auch die kleinsten, mit Spannung beiwohnten.

»Ganz recht, Kerrin! Wichtig ist, dass der Jäger sich im *kajak* ganz lautlos an die Robbe heranpirscht.«

Kerrin fiel jener Tag ein, an dem sie vor Jahren ihren Bruder begleitet hatte, der sich im Wattenmeer vor Föhr ebenfalls mit einem Boot an Seehunde heranmachte – aber nicht, um sie zu töten, sondern um die friedlichen Tiere zu malen.

»Ich habe auch ein Gewehr, aber das verwende ich nur auf der Jagd gegen Eisbären oder Wölfe«, ergänzte Kutikitok.

Den letzten Satz beachtete Kerrin kaum mehr, denn als sie erneut den Kopf wandte und ihren Blick auf die Männer und ihr unappetitliches Tun auf dem Platz richtete, wurde sie Zeugin eines Vorfalls, der sie im ersten Augenblick zutiefst verstörte.

»Meine Güte! Was tun deine Leute denn da?«

Kutikitok lachte bloß. »Was denkst du denn? Sie essen die Leber, sie wird roh gegessen. Sie spendet Kraft und enthält wichtige Stoffe, die unser Körper braucht, um gesund zu bleiben.«

Das mochte schon seine Richtigkeit haben; trotzdem – es war kein schöner Anblick.

Aus Höflichkeit unterließ Kerrin allerdings jeden Kommentar.

»Andere Länder, andere Sitten«, hörte sie die Stimme ihres Vaters, der leise neben sie getreten war und anscheinend dieselbe Beobachtung wie seine Tochter gemacht hatte.

Die Reaktion darauf und sein Verständnis, dass Kerrin davor graute, war ein weiteres Zeichen, dass sein Gehirn immer besser arbeitete – worüber sie große Erleichterung empfand. Falls ihr Vater weiter solche Fortschritte machte, wäre er bald wieder der Alte …

»Was geschieht mit dem Fleisch der Robben?«, wollte Kerrin wissen. »Wird das etwa auch roh verspeist?«

»Das wird in Wasser gekocht und schmeckt vorzüglich«, behauptete Kutikitok, dem seine junge Frau Aleqa gerade ein Stück der Leber reichte. Als Jäger eines der erbeuteten Tiere hatte er Anspruch auf einen besonders großen Anteil.

Der Inuitjäger grinste schelmisch: »Ich weiß, dass ich dir keinen Gefallen täte, wenn ich dir einen Bissen Leber anböte, Kerrin, drum lasse ich das lieber!«

Das fehlte noch! Rohe Leber – nie im Leben brächte Kerrin das Zeug hinunter.

»Ich danke dir für dein Verständnis, mein Freund!«

Sie seufzte erleichtert auf – ehe sie bereits der nächste Hieb traf. Sie glaubte ihren Augen nicht zu trauen, als sie miterlebte, wie ihr Vater Kutikitoks Offerte, ein Stück der Delikatesse zu kosten, lächelnd annahm und davon abbiss, sodass seine Lippen und sein Bart von Robbenblut gerötet waren.

Es ist wahrhaftig Zeit, dass wir von Grönland verschwinden, dachte Kerrin leicht panisch. Commandeur Asmussen schien inzwischen sehr anfällig für befremdliche Sitten zu sein.

Als hätte der alte Schamane, der immer noch mit dem Zerteilen der Robbe beschäftigt war, ihre Gedanken gelesen, verließ er die Gruppe, die um die blutigen Kadaver der Seehunde stand und mit Behagen deren rohe Leber vertilgte.

Er gesellte sich zu Kerrin, Roluf, Aleqa und seinem Enkel Kutikitok.

»Ich weiß, junge Schamanin, dass dir manche unserer Gewohnheiten nicht gefallen! Aber glaube mir, sie haben alle einen praktischen Nutzen. Ich danke dir jedenfalls dafür, dass du nicht laut schreiend vom Platz gerannt bist!«

Beim letzten Satz grinsten er und alle, die ihn gehört hatten. Sogar der Commandeur ließ sich zu einem belustigten Mundwinkelzucken hinreißen …

Kerrin jedoch erschrak bei der ungewöhnlichen Anrede. Was mochte der alte Mann nur in ihr sehen?

Kutikitok, dem es offensichtlich einen Heidenspaß machte, sie zu schockieren, zog Kerrin ein Stück beiseite und begann, sie auf einen ganz besonderen Festschmaus vorzubereiten, den man anlässlich der Abschiedsfeier für sie und ihren Vater auszurichten gedachte. Alles war noch streng geheim …

»Was wird es denn zu essen geben?«, erkundigte Kerrin sich vorsichtig. Mittlerweile war sie auf alles Mögliche gefasst.

»Bereits vor drei Monaten hat mein Großvater eine fette Ringelrobbe erlegt«, begann der junge Jäger geheimnisvoll. »Er hat ihr nur das Fell abgezogen, die Robbe im Ganzen unter einem Haufen von Steinen begraben, um sie vor hungrigen Wölfen und Füchsen zu schützen und um keine Eisbären durch den Geruch anzulocken.«

Geduldig wartete Kerrin darauf, was nun kommen sollte.

»Am Tag eures Abschieds wird mein Großvater die Steine wieder abtragen und die Robbe aufschneiden. Alle geladenen Gäste werden nun mit ihren Messern Stücke aus dem Fleisch schneiden, um es roh zu verzehren.«

Bereits vom Zuhören wurde Kerrin übel.

»Du wirst staunen, wie die Ringelrobbe in kürzester Zeit aufgegessen sein wird – lediglich der zähe Speck und die Knochen werden übrig bleiben.«

Kerrin wurde blass, und Kutikitok musste herzlich lachen.

»Das rohe Fleisch mitsamt den Innereien hat durch die

lange Lagerung einen ganz besonders scharfen und würzigen Geschmack angenommen, den wir Inuits über alles schätzen.«

»Darin unterscheiden wir uns gewaltig, mein Lieber«, brachte Kerrin mit Mühe hervor. »Wir würden sagen, das Fleisch ist nach so langer Lagerung verfault und ungenießbar!«

Allein die Vorstellung, von dieser Delikatesse nur zu probieren, machte, dass sich ihr der Magen umdrehte. Sie begann fieberhaft zu überlegen, wie sie dieser grässlichen Abschiedsfeier entgehen könnte.

»Keine Angst, Kerrin! Für dich und deinen Vater wird es gebratenen Fisch geben«, beendete Kutikitok Kerrins Leiden.

»Auch so einen alten, vor langer Zeit getöteten?«, fragte Kerrin vorsichtig. Da konnte der Jäger sie beruhigen. Der Fisch wäre vollkommen frisch, versicherte er.

Alle Grönländer der kleinen Siedlung, nördlich der Disko-Bucht, zwischen Umanak und Upernavik gelegen, hielten seit Tagen Ausschau nach einem der zahlreichen europäischen, meist dänischen oder holländischen Segelschiffe, die in der Baffin Bay nach Walen jagten und nicht selten bis Upernavik, ja, bis hinauf nach Savigsivik segelten, während ganz mutige Commandeure – je nach Witterungs- und Eisverhältnissen – sich sogar bis nach Thule zu den Polareskimos wagten, die sich aus gefrorenem, in Blöcke geschnittenem Schnee ihre kreisrunden Hütten erbauten, sogenannte *iglus*.

Der Schamane hatte seine Leute – auch die Kinder – dazu angehalten, die Augen offen zu halten nach den Seglern, die nicht selten an einem der zahlreichen Fjorde der Westküste Grönlands vor Anker gingen, um mit den Eingeborenen geschnitzte Schmuckgegenstände aus Narwalzähnen, bestickte Hemden aus Robbenhaut oder Eisbärenfelle gegen Werkzeuge, Tabak und Alkohol zu tauschen.

Der Hauptzweck in diesem Fall war natürlich, den Kapitän eines solchen Walfängers zu veranlassen, Roluf Asmussen und seine Tochter Kerrin mit nach Hause zu nehmen, oder zumindest in die Nähe von Föhr.

Die allgemeine Suche – auch Roluf und Kerrin beteiligten sich daran – war tatsächlich von Erfolg gekrönt; und zwar schneller als gedacht. Als die Späher einen Segler ausmachten, der sich von Norden her mit äußerster Vorsicht zwischen den kleineren und größeren Eisschollen und Eisbergen hindurchschob, war das Geschrei groß.

Umgehend setzten sich die jungen Männer in ihre am Ufer des Fjords vertäut liegenden *kajaks*, um dem Walfänger entgegenzupaddeln und ihn in ihrer Siedlung willkommen zu heißen. Es dauerte eine Weile, ehe das Schiff mit dem Namen *Meerspinne* tatsächlich anlegte und der Kapitän und seine Seeleute von Bord gingen.

Kaum an Land, wurden sie schon von den Frauen empfangen, die ihnen allerlei Gewänder aus gegerbten Häuten, Stiefel aus Seehundfellen, Muschelketten und aus Walross- und Narwalzähnen geschnitzte Figuren, Tabakdosen und sogar Brieföffner anboten.

Verblüfft stellte Kerrin fest, dass ein Trubel wie auf einem Dorffest mit Jahrmarkt herrschte. Die sonst so ruhig wirkenden Grönländer gestikulierten lebhaft, unterhielten sich fröhlich und lachten.

Kerrin hatte sich ausbedungen, persönlich mit dem Schiffscommandeur verhandeln zu dürfen. Sie wollte sicher sein, dieses Mal einen freundlichen und ehrlichen Kapitän zu finden. Sollte ihr das Wesen des Mannes aus irgendeinem Grund nicht zusagen, wollte sie lieber abwarten, bis der nächste Segler vorbeikäme – trotz ihrer Sehnsucht, endlich den Heimweg anzutreten.

Kapitän Hauke Paulsen, Commandeur der *Meerspinne*, war nicht wenig erstaunt, unter all den Eskimofrauen eine Weiße zu entdecken, die ihn zu einer Unterredung bat. Als sie ihm allerdings ihren Namen nannte und die Insel, von der sie stammte, horchte er auf.

»Ist es möglich, Mademoiselle, dass Sie mit dem bekannten Commandeur Roluf Asmussen verwandt sind, der seit einiger Zeit an der Ostküste Grönlands als verschollen gilt?«, fragte er höflich.

»Der ältere Mann dort hinten, der vor der Hütte sitzt, wie ein Eskimo gekleidet ist und an einer Figur schnitzt, ist eben-dieser Roluf Asmussen, und ich bin seine Tochter!«

Als Hauke Paulsen die dramatischen Umstände erfuhr, die dazu geführt hatten, dass Vater und Tochter eine Mitfahrgele-genheit zur Heimkehr suchen mussten, blieb ihm erst einmal vor Überraschung der Mund offen stehen.

»Es ist unfassbar, Mademoiselle, was Sie da sagen!«, be-hauptete der Kapitän ein ums andere Mal. Auch einige sei-ner Offiziere hatten Schwierigkeiten, das Gehörte für wahr zu halten.

Vor allem Paulsen tat es leid, von der Kopfverletzung des Föhringer Commandeurs und von den Auswirkungen auf sein Gedächtnis zu hören.

»Ich kenne Commandeur Asmussen von früher«, wandte sich der Bootsmann, Fröd Popsen aus Amrum, an Kapitän Paulsen. »Ich will zu ihm hingehen und sehen, ob er mich noch erkennt.«

Kerrin verstand ihn sehr wohl: Der Mann wollte sich nur vergewissern, ob sie ihm nicht bloß ein Märchen aufgetischt hatte, um eine billige Mitfahrgelegenheit zu erschwindeln.

Als der Bootsmann zurückkehrte, nickte er seinem Kapitän zu. »Es ist tatsächlich Commandeur Asmussen – obwohl man

302

ihn nur schwer wiedererkennt! Sein Geist hat durch den Unfall tatsächlich gelitten. Er tut sich schwer mit dem Sprechen, und es hat eine ganze Weile gedauert, bis er sich erinnerte, wer ich bin.«

»Es wird mir eine Ehre sein, Sie und Ihren verehrten Herrn Vater auf meinem bescheidenen Schiff mit nach Amsterdam zu nehmen«, betonte Commandeur Hauke Paulsen und verbeugte sich vor Kerrin. Selbstverständlich würde er nichts für die Passage verlangen.

Aber dabei fühlte Kerrin sich nicht wohl; auf Almosen konnte sie getrost verzichten. Sie würde die beiden Plätze bezahlen. Das sicherte ihnen immerhin eine eigene Kabine zu.

Was sie verwunderte, war die Tatsache, dass der Segler so frühzeitig den Heimweg antrat. Jetzt war doch die beste Walfangzeit! Als sie das Schiff genauer betrachtete, fiel ihr aber auf, dass die Schaluppen an den Bordwandseiten, bis auf eine einzige, fehlten.

Bei der *Meerspinne* handelte es sich um eine Brigg, ein Segelschiff mit Fock- und Großmast, das hauptsächlich Walfischtran, getrocknete Dorschleber, Walrosszähne und daraus angefertigte Dekorations- und Schmuckartikel geladen hatte, wie sie von Steuermann Dirck Sammesen aus Sylt erfuhr, einem nicht mehr ganz jungen Seemann, auf den die schöne, so unerwartet aufgetauchte blonde Frau mächtigen Eindruck machte.

»Da unser Stauraum unter Deck bis auf die letzte Handbreit voll beladen ist, können wir getrost den Rückweg nach Amsterdam antreten.«

NEUNUNDDREISSIG

In der folgenden Nacht hielt Kerrin im Traum wiederum Zwiesprache mit ihrer verstorbenen Mutter Terke. Sie hörte lediglich Terkes Stimme, die Verstorbene selbst zu sehen blieb ihr verwehrt. Manches Mal war das so in ihren Traumgesichten, und Kerrin war keineswegs irritiert.

Terkes warme und liebenswürdige Stimme war ihrer Tochter auch im wachen Zustand noch gegenwärtig, während das Aussehen der Mutter im Laufe der vergangenen Jahre mehr und mehr verschwamm. Dagegen hatten die Empfindungen von Liebe, Geborgenheit und Fürsorglichkeit mit der Zeit noch zugenommen.

»Vor dir und deinem Vater liegen noch gewaltige Abenteuer!« Nun, davon hatte sie schon einige überstanden – und mit den angekündigten würde es hoffentlich genauso sein.

Doch dann brachte Terke etwas vor, was Kerrin zuerst gar nicht glauben wollte. Es musste sich um einen Irrtum handeln!

»Mutter, das kann nicht dein Ernst sein«, widersprach sie. Im Gegensatz zum Vater, den sie seit Langem ehrfurchtsvoll mit »Sie« ansprach, duzte Kerrin die Mutter auf deren eigenen Wunsch hin. »Ausgerechnet du willst von mir verlangen, dass ich deinen Mann zu Beatrix van Halen bringe?«

»Mein Liebes, sie hat ein Anrecht darauf, ihren Geliebten zu sehen – ich bin schon lange nicht mehr seine Frau, Kerrin. Bitte, erfülle mir diesen Wunsch!«

»Dein Wille ist für mich heilige Verpflichtung, Mutter! Obwohl ich nichts lieber täte, als so schnell wie möglich nach Föhr zu segeln.«

Da aber war das Traumbild bereits verschwunden.

Als Kerrin nach etlichen Stunden unruhigen Schlafes erwachte, fühlte sie brennendes Heimweh. Der Wunsch, nach Hause zu gelangen, war so stark, dass ihr die Tränen kamen.

»All die grandiosen Schönheiten Grönlands, die einen ob ihrer Wucht beinah erschlagen, gebe ich gerne dahin, wenn ich nur meine friesische Heimat wiedersehe, mit den sturmumtosten Halligen, dem Wattenmeer, den Salzwiesen, dem Strandhafer, dem hohen Himmel samt den tief hängenden Wolken und den kreischenden Möwen, den Brachvögeln und Brandgänsen, den Enten und den majestätisch dahinstaksenden Störchen und den Austernfischern.«

Sie wischte sich die Augen. Selbst nach den allgegenwärtigen Schafen und ihren Lämmern sehnte sie sich.

Ein Lächeln stahl sich auf ihr Gesicht, als sie an Kaiken dachte, die vermutlich bald schon mit ihren ersten Gehversuchen begann. Nicht minder stark war ihre Sehnsucht nach Oheim Lorenz und nach Muhme Göntje. Und auch die alte Eycke vermisste sie schmerzlich.

Dieser Tag war der letzte, den sie in der Obhut der Inuits verbringen würde. Die Grönländer hatten ein Fest geplant, ihrem Vater und ihr zu Ehren. Kapitän Hauke Paulsen und seine Mannschaft waren ebenfalls eingeladen.

Während Kerrin sich fertig machte, erinnerte sie sich schmunzelnd an den kulinarischen Hochgenuss, auf den die Eskimos sich so sehr freuten – und den sie gottlob nicht zu teilen brauchte. Auf den gebratenen Fisch hingegen freute sie sich.

Waren für den Festschmaus die Frauen zuständig, so war es die Aufgabe des Schamanen, sich mit den Geistern der Ahnen in Verbindung zu setzen.

»Das gelingt meinem Großvater durch das Schlagen auf seine Schamanentrommel, zu deren dumpfen Klängen er tanzen wird und sich dadurch in Trance versetzt«, erklärte Kutikitok das Verhalten des alten Mannes.

Dieser hatte eine große, mit Seehundfell bespannte Trommel vor sich stehen, und an seinem Gewand hingen viele kleine Glöckchen und Metallstückchen, die verschieden hohe klingelnde und klirrende Töne von sich gaben, sobald der alte Mann begann, sich zum Klang der Trommel zu bewegen.

Erst langsam, dann immer schneller drehte er sich, dabei den Boden mit nackten Füßen stampfend. Inukitsok wirkte entrückt; Kerrin vermutete, der Schamane habe ein Rauschmittel zu sich genommen, was sein Enkel bestätigte.

»Das ermöglicht es ihm, eine Seelenreise zu den Geistern der Ahnen zu unternehmen, die er befragen will.«

Kerrin verstand. »Inukitsok ist also der Mittler zwischen der Welt der Geister und der Gemeinschaft der lebenden Menschen …«

»Das Ziel ist, gewisse Erkenntnisse zu erlangen, die uns einfachen Menschen in aller Regel verwehrt sind. Darüber hinaus vermag mein Großvater böse Geister zu bannen. In diesem Fall die Dämonen, die dir und deinem Vater auf eurem Heimweg schaden möchten. Er fleht die guten Geister an, euch gnädig ihre Hilfe und ihren Beistand zu gewähren.

Du musst wissen, Kerrin, die Trommel ist der Sitz der hilfreichen Geister. So kann der Schamane, der sie schlägt und damit diese Geister beschwört, Kranke heilen, Unheil abwehren, Verstorbene auf ihrem Weg zu den Ahnen geleiten – und einen Blick in die Zukunft werfen.«

Kerrin, die zum ersten Mal so etwas miterlebte, war tief beeindruckt. Ein Blick in die Runde zeigte ihr, dass nicht nur sie, sondern alle wie gebannt auf das Geschehen starrten, das sich in ihrer Mitte abspielte. Sogar Roluf Asmussen schien hingerissen zu sein.

Der dumpfe Trommelklang, das Klirren der Glöckchen und Metallteilchen, die stampfenden Füße des Schamanen, sein beschwörender Sprechgesang: All dies trug dazu bei, eine Atmosphäre der Verzauberung zu erzeugen, die sich wie ein Bann über die Anwesenden legte.

Auch Kerrin vermochte sich diesem Phänomen nicht zu entziehen. Für sie versank die Gegenwart, ihre Umgebung begann sich aufzulösen. In gewissem Maße teilte sie die Trance des Schamanen; so war es auch ihr gestattet, einen kurzen Blick in die Zukunft zu werfen.

Als nach einiger Zeit die Benommenheit von ihr wich, erinnerte sie sich nur noch daran, ihren Vater glücklich vereint mit Beatrix van Halen gesehen zu haben. Terke würde demnach recht behalten! Jetzt verstand Kerrin auch den Wunsch ihrer Mutter, Roluf zu dieser Frau zu bringen; mit ihr würde er sein weiteres Leben in Gesundheit und vor allem in Zufriedenheit verbringen.

Nachdem das gemeinsame Festmahl beendet war, zu dem die Seeleute zum Leidwesen des Schamanen mit etlichen Flaschen Alkohol beitrugen, ging es ans Geschenkeverteilen.

Es waren hauptsächlich von Hand gefertigte Kleidungsstücke, die sie auf der langen Heimreise noch bitter nötig haben würden. Am besten gefielen Kerrin eine mit vielen kleinen bunten Perlen bestickte Windbluse und ein Paar warme Seehundsstiefel. Sie waren so gearbeitet, dass die Fellseite nach innen gekehrt und die Sohlen mit Eisbärfell und Heu isoliert waren. Besser konnten Beine und Füße nicht vor beißender Kälte geschützt werden.

Kurz bevor Vater und Tochter an Bord der *Meerspinne* gingen, brachten die einzelnen Familienmitglieder Kerrin noch selbst gefertigte Ketten aus Walrosszähnen und kleine Figürchen als Erinnerungsgaben. Commandeur Asmussen wurde ähnlich bedacht. Dazu erhielten beide noch je eine Robbenfellmütze mit Ohrenklappen von Naduk und gefütterte Handschuhe von Aleqa.

»Jetzt kann euch der arktische Winter, dessen Beginn ihr vielleicht noch miterleben werdet, nichts mehr anhaben!«

In dem Augenblick, als Großmutter Naduk ihre runzlige braune Hand in Kerrins legte und sie der alten Frau in die von unzähligen Falten umgebenen schwarzen Augen sah, wusste sie in ihrem Innersten, dass der kommende Grönlandwinter für Naduk der letzte sein würde.

Als Kerrin auch Aleqa zum Abschied umarmte, spürte sie, dass die junge Eskimofrau ihr etwas in die Hand drückte. Es war eine aus schwarzer Robbenhaut geflochtene Kette, an der ein Anhänger baumelte. Es handelte sich um eine fünf Finger breite Scheibe aus schwarzem poliertem Stein, in den ein aus weißem Walrosszahn geschnitztes Teil eingesetzt war, das dem Messer mit breiter Klinge ähnelte, das Inuitfrauen zum Speckschneiden und Zerteilen von Seevögeln benützten. Oben auf der Scheibe war ein kleines rotes Steinkügelchen aufgesetzt.

»Oh, wie hübsch«, sagte Kerrin erfreut und betrachtete das ungewöhnliche Schmuckstück. »Kannst du mir verraten, was es bedeutet?«

Aleqa strahlte. »Es freut mich, dass es dir gefällt, weise Frau! Ich habe es für dich angefertigt – mithilfe von Naduk, wie ich gestehen muss. Mir war der Sinn nicht geläufig, aber die alte Frau kennt ihn noch: Die runde Form steht für Anfang und Ende des Lebens, die Farbe Weiß für die Gebeine der Ahnen, die Farbe Rot für das Blut des Lebens und das Schwarz für die Düsternis der Gedanken!«

Im ersten Augenblick war Kerrin etwas betroffen. Sie überlegte eine Weile. »Ich verstehe«, meinte sie dann zögernd.

»Die Erinnerung an die Ahnen bedeutet Vergangenheit, der rote Lebenssaft die Gegenwart und die Schwermut steht für die Zukunft!«

»Du hast es nur beinahe erfasst«, widersprach die junge Inuitfrau. »Was das Vergangene anbelangt, hast du richtig geraten, aber die düsteren Gedanken stehen für die Gegenwart; das Blut des Lebens hingegen deutet auf Kommendes hin, auf die lebendige Zukunft!«

Spontan zog Kerrin Aleqa an ihre Brust und küsste sie. »Du bist eine wunderbare Freundin und eine großartige Frau! Dein Mann kann sich glücklich preisen, dich zur Gefährtin zu haben. Hilf mir bitte, die Kette anzulegen. Ich werde sie fortan immer tragen!«

Stolz tat die Eskimofrau, worum Kerrin sie gebeten hatte.

Um sich zu revanchieren, verschenkte Kerrin den größten Teil ihrer Kleidung sowie kleinere Dinge wie Kämme, Haarnadeln, Schleifen, Taschentücher und etliche Stücke Seife, die sie ganz zuunterst in einem Beutel noch gefunden hatte, während ihr Vater seinem Freund, dem Schamanen, und seinem Enkel einige von ihm gefertigte Schnitzarbeiten aus Walrossbein überreichte.

Für Naduk jedoch hatte er seinen alten Commandeurshut aufbewahrt. Dieser, obwohl reichlich verbeult und ausgebleicht, hatte der alten Frau immer schon gefallen. Als er ihn ihr zum Dank beim Abschied überließ, setzte sie ihn sofort auf und strahlte.

Kutikitok merkte man deutlich an, dass er Kerrin nur ungern ziehen ließ.

Auch Kerrin hatte mit jedem Tag, den sie in der Siedlung verbrachte, die physische Anziehungskraft des jungen, kraftvollen und attraktiven Jägers stärker gespürt. Dazu war er klug, besonnen und tapfer. Für Inuitverhältnisse war der junge Jäger beinah ein Riese, der seine Familienmitglieder um Haupteslänge überragte.

Insgeheim hatte sie es bedauert, dass er eine Frau hatte, doch zu ihrem eigenen Erstaunen hatte sie nicht einmal Scham über ihr geheimes Verlangen empfunden. Jetzt jedoch schickte sie sich an, den Heimweg in ihre vertraute friesische Umgebung anzutreten – und da galten andere Gesetze, die auch für sie aufgrund ihrer protestantischen Erziehung verpflichtend waren.

Nachdem die *Meerspinne* abgelegt und man sich mit Winken und lautstark geäußerten Glückwünschen voneinander verabschiedet hatte – sogar die alte Naduk ließ es sich nicht nehmen, samt der neuen Kopfbedeckung am Anlegeplatz des Seglers auszuharren, bis das Schiff hinter der Felsenecke des Fjords außer Sicht gelangte –, erhaschte Kerrins Blick noch eine kleine rührende Szene am Ufer: Aleqa fasste scheu nach der Hand ihres Mannes – so, als wolle sie ihn an ihre Gegenwart erinnern.

Sie muss gespürt haben, dass ein unsichtbares Band gespannt war zwischen mir und ihrem Mann, dachte Kerrin, aber sie hat mich ihre Eifersucht nie spüren lassen.

Auf einmal fühlte sie nicht Bedauern, sondern Erleichterung darüber, dass sie sich nichts vorzuwerfen hatte. Aleqa war eine großartige Frau.

Kapitän Hauke Paulsen persönlich geleitete seine Gäste zu einer kleinen Kajüte, ihrem Quartier während der Überfahrt nach Holland.

Es handelte sich eigentlich um das Logis von Steuermann Dirck Sammesen, der seinerseits nun bei seinem Freund, dem

Bootsmann Fröd Popsen, unterschlüpfte. Das schmale Klappbett überließ Kerrin ihrem Vater; sie selbst würde auf einer am Boden liegenden, mit Werg gefüllten Matratze nächtigen.

Der winzige Raum – knapp oberhalb der Wasserlinie liegend – bot durch ein Bullauge Gelegenheit, einen Blick auf das Meer zu werfen, in dem zahlreiche kleinere und größere Eisschollen nach Süden trieben.

»Lass uns an Deck gehen, Vater«, schlug Kerrin vor, als zwei Matrosen ihr Gepäck gebracht und umgehend verstaut hatten. Wie immer staunte Kerrin auch hier, wie klug der beengte Platz auf einem Segler von den Schiffskonstrukteuren ausgenützt war: Das meiste Gepäck fand unter dem Bett seinen Platz und in einem in die Schiffswand integrierten Schrank.

Mittlerweile hatte ein Wechsel der Witterung stattgefunden. Die Sonne war hinter tief hängenden grauen Wolkenmassen verschwunden, und das eben noch grünsilbern schimmernde Meerwasser verwandelte sich in eine blauschwarz gefärbte Brühe. Jetzt kam sogar ein kräftiger Wind auf, sodass die Wellen bald mit Schaumkronen bedeckt waren.

Kerrin fröstelte und wäre gern wieder in ihre Kajüte verschwunden, aber als ihr klar wurde, wie sehr ihr Vater es genoss, nach langer Zeit wieder an Deck eines Seglers zu stehen und seine Nase in den Wind zu halten, brachte sie es nicht übers Herz, ihm den Spaß zu verderben.

Alles, was geeignet schien, die abgestumpften Sinne des ehemaligen Commandeurs zu neuem Leben zu erwecken, war als Beitrag zu seiner vollständigen Genesung willkommen.

»Nein, danke, Papa!«, wehrte sie sein galantes Angebot ab, sie zu ihrer Kajüte zu geleiten. »Wir bleiben an Deck, solange Sie es wünschen. Lassen Sie uns die Sicht genießen und Abschied von Grönland nehmen!«

311

VIERZIG

»JA, KOMM HER ZU MIR, mein Schätzchen!· Fein machst du das!«

Göntje war selig über die Fortschritte von Kerrins kleiner Ziehtochter. Die Pastorin breitete die Arme aus und fing das kleine Mädchen mit den rotgoldenen Locken auf, die bereits so lang waren, dass Eycke ihr niedliche Zöpfchen geflochten hatte.

»Deine Mama wird staunen, wenn sie aus Grönland zurück ist und sieht, was du schon alles kannst!«

Kaiken gluckste und schmiegte sich an Göntje, die sie mit Schwung aufgehoben und jetzt auf dem Arm zu den Pferden hinübertrug, die auf der Wiese hinter dem Pfarrhof gemächlich das Gras abrupften. Göntje hatte den Beschluss gefasst, Kerrin nicht mehr als Kaikens Muhme zu bezeichnen, nachdem Antje Erkens, die leibliche Mutter des Kindes, Föhr verlassen und ihre Tochter zurückgelassen hatte.

Das junge Ding wollte auf dem Festland – unbeschwert durch Kind und Verantwortung – ein neues Leben beginnen. Nach anfänglichem Widerstreben war das Göntje durchaus recht. Mittlerweile liebte sie die kleine Kaiken geradezu abgöttisch, schleppte sie überall mit hin und berichtete allen von den rasanten Fortschritten, die sie machte. Eine Marotte der ältlichen Frau, deren eigene Kinder längst erwachsen waren, für die durchaus nicht jedermann Verständnis zeigte …

»Ich weiß gar nicht, was die Pastorin immer für ein Gedöns mit der Kleinen macht!«, beschwerte sich Mette Steffensen, die seit jeher keine Gelegenheit versäumte, sich über Kerrin und die Brarens-Familie auszulassen. »*Öler lidj haa uk een smok kint!*« (»Andere Leute haben auch ein schönes Kind!«)

Als Mette merkte, dass mehrere ihre Meinung teilten, legte

sie nach: »Göntje will uns glauben machen, dass dieses uneheliche, rothaarige Geschöpf was ganz Besonderes ist!«

»So ausnehmend hübsch finde ich das Gör gar nicht«, meldete sich eine andere junge Frau zu Wort, die selbst eine Tochter in Kaikens Alter hatte. Dabei blickte sie liebevoll auf ihr glatzköpfiges, greinendes Mädchen.

»Ja, ja! Bei Pastorens muss alles immer vom Feinsten sein. Selbst wenn dem nicht so ist, tut man so, als ob! Dass die Deern nun mal keinen Vater hat, ist ja wohl kaum wegzuleugnen!«

Diesen verbalen Trumpf musste Mette unbedingt noch ausspielen, ehe die Pastorin um die Ecke bog, wo die Klatschweiber eng beisammenstanden.

»Wie geht's denn so mit eurem Familienzuwachs, Göntje?«, erkundigte sich eine der Dörflerinnen scheinheilig. »Arg mager ist die Kleine ja immer noch! Ist sie überhaupt gesund?«

»Aber natürlich ist Kaiken gesund! Putzmunter wie ein Fisch im Wasser, was denkst du denn?« Göntje klang gekränkt. »Sie fängt schon an, richtig zu laufen. Nicht wahr, mein Püppchen?«

Die Pastorin küsste das Kind liebevoll, und Kaiken strahlte sie an, während sie an ihren grauen Haaren zupfte, die aus dem unter dem Kinn geknüpften Kopftuch hingen.

»Na, da habt ihr euch ja ein richtiges Sonnenscheinchen zugelegt!«

So wie Mette das Kompliment aussprach, klang es allerdings eher wie eine Beleidigung. Die Pastorin reagierte auch dementsprechend. »Wie meinst du das, Mette Steffensen? Das hört sich ja eher nach Schimpf als nach Lob an!«

»Ha! Wie werd' ich das schon meinen? Bei solchen Blagen, deren Mütter nicht gerade die anständigsten waren und wo man nicht mal den Vater kennt, weiß man ja nie, wie sie sich später auswachsen, nicht wahr?«

Die Umstehenden nickten beifällig.

»Was sagt denn der Pastor dazu, dein Mann?«, warf eine Bäuerin mit verkniffenem Mund in die Gesprächsrunde, ehe Göntje auf die Unverschämtheit Mettes zu reagieren vermochte.

Göntje schnappte nach Luft. Das wurde ja immer schöner!

»Der Pfarrer war natürlich damit einverstanden! Was denkt ihr denn? Schon mal was von christlicher Nächstenliebe gehört? Wer hätte sich denn um das liebe kleine Mädchen kümmern sollen?«

Erbost drehte Göntje sich um und marschierte mit Kaiken auf dem Arm energisch weiter.

»Na ja! Wenn es den Segen der Kirche hat, wird es wohl seine Richtigkeit haben«, murmelte eine der Dörflerinnen; gleich darauf löste die Runde sich auf. Was sollten sie sich um die rothaarige Göre scheren?

Göntje indes ließ der Vorfall nicht ruhen. Sie hatte es im Gefühl, dass sich da wieder etwas zusammenbraute, etwas Ungutes, geeignet, ihre Familie bis ins Mark zu treffen – so wie es damals gewesen war, als man ihrer Nichte Kerrin andichtete, eine Hexe zu sein.

»Dieses Mal bin ich vorgewarnt und werde mich wappnen!«

Göntje bat den Pastor von Sankt Nikolai zu einer Unterredung und versicherte sich seiner Unterstützung.

Bei dieser Gelegenheit erkundigte sich der Pfarrer diskret, ob Frau Göntje möglicherweise etwas über Heimkehrpläne ihres Gatten wisse. Göntje konnte das Interesse schon verstehen: Mussten doch er und sein Amtsbruder von Sankt Laurentii wechselweise für ihren Mann einspringen.

»Leider schreibt mein Mann in seinem letzten Brief nichts von einer baldigen Rückkehr, sondern im Gegenteil, dass ihn die Frau Herzogin noch am Hof behalten will. Ich vermisse ihn mittlerweile sehr.«

Den Pfarrer in Süderende wollte Göntje am nächsten Tag aufsuchen, um sich für alle Fälle auch seines Beistands gegen missgünstige und ehrabschneiderische Zeitgenossen zu versichern.

Moicken Harmsen, die ehemalige Hebamme, stand ganz auf Göntjes Seite und noch eine ganze Reihe anderer rechtschaffener Frauen. Die beiden Inselpastoren hatten ihren jeweiligen Gemeindemitgliedern am Sonntag ordentlich ins Gewissen geredet; eine ganze Weile blieb es danach ruhig.

Aber Neider und sonstige Gegner gaben nicht so leicht auf. Zumal sie sich in diesem Fall im Recht fühlten. Wo gab es denn so etwas, dass ein uneheliches Balg wie eine Prinzessin behandelt wurde?

»Da muss doch schon noch ein Unterschied gemacht werden!«, ereiferte sich wieder einmal ausgerechnet Mette. »Wenn auf einmal jeder alles darf und alles gleich ist, dann brauchen wir auch keine Kirche, keine Religion und keinen Pastor mehr!«

Das leuchtete auch manchem, bisher noch Unentschlossenen ein.

»Der unsere kümmert sich ja schon lang nicht mehr um uns!«, behaupteten einige aus der Nieblumer Gemeinde. »Das Leben bei den schönen Damen am Hof ist eben um vieles kurzweiliger als die betuliche Existenz als Inselpfarrer!«

»Und bestimmt interessanter als mit seiner alten Göntje!«, kreischte Birte Martensen und wollte sich ausschütten vor Lachen.

»Wenn man vom Teufel spricht!«

Mette zeigte mit dem Finger auf die des Weges kommende Göntje. Sie schleppte dieses Mal nicht Kaiken mit sich herum, sondern trug einen Topf mit Suppe zu einer armseligen Taglöhnerfamilie ans andere Ende des Dorfes, deren Ernährer im letzten Herbst vom Walfang nicht zurückgekehrt war.

Vor Jahren hatte Pastor Lorenz Brarens eingeführt, dass unverschuldet in Not geratene Frauen und Kinder von der Gemeinde unterstützt wurden. Die Gemeindemitglieder wechselten sich ab in tätiger Nächstenliebe und spendeten Essen, Kleidung und Dinge des häuslichen Bedarfs, halfen bei fälligen Reparaturen am Haus und unterstützten sie noch bei mancherlei anderen Gelegenheiten, indem sie etwa den Witwen und ihren älteren Kindern Arbeit verschafften.

»Wieder mal auf dem Pfade der Mildtätigkeit?«, erkundigte Mette sich spitz und setzte dabei eine scheinheilige Miene auf. »Der Herr wird's dir einst im Himmel lohnen, Pastorin!«

»Dein gnädiges Einverständnis vorausgesetzt, liebe Mette!«

Dabei würdigte Göntje die ewig stichelnde Mette Steffensen keines Blickes. Hocherhobenen Hauptes wollte sie ihres Weges gehen, sorgfältig auf den Topf achtend, um nichts zu verschütten.

Aber so einfach wollten die Weiber sie nicht ziehen lassen.

»Auf ein Wort, Frau Pastor! So viel Zeit muss sein!«

»Man könnte ja glatt denken, du bist dir zu gut, um mit uns zu klönen!«

»In Gottes Namen, was willst du, Mette?«

Göntje blieb stehen, setzte den Topf jedoch nicht ab, sondern hielt ihn nach wie vor an beiden Henkeln fest, um zu zeigen, dass sie nicht vorhatte, Ewigkeiten mit dummem Geschwätz auf der Dorfstraße zu vertun.

Da Mette noch mit sich zu ringen schien, ob sie etwas sagen sollte, stieß eine Nachbarin sie mit dem Ellbogen an. »He, Mette, dir liegt doch was auf der Seele; spuck's endlich aus!«

Mette stellte sich mit in die Hüften gestemmten Armen vor Göntje in Positur und schrie die Pastorin an: »Bist du jetzt zufrieden, dass die alte Marret Diderichsen endlich unter der Erde ist, ja? Oft genug hast du sie ja in der letzten Zeit aufgesucht, zusammen mit dem roten Balg, dem ich und viele andere nicht über den Weg trauen! Von welchem Vater der Bastard auch immer abstammen mag, geheuer ist er uns nicht!

Wo gibt es denn so was, dass ein kleines Kind mit neun Monaten läuft wie ein Zweijähriges? Und mit dem Sprechen fängt die Kleine auch schon an, wie man uns berichtet hat! Das soll uns mal jemand beweisen, dass das mit rechten Dingen zugeht!

Sogar die zweiten Zähne soll das Balg schon haben!«

Falls Mette geglaubt hatte, Göntje mundtot zu machen, hatte sie sich getäuscht.

Ganz langsam stellte die Pastorin ihren Suppentopf auf die Erde, richtete sich hoch auf und trat nah an die Jüngere heran. Die Zuhörerinnen verharrten ganz still.

»Bist du jetzt fertig mit deinen gemeinen Unterstellungen?«

Auch Göntje stemmte die Arme in die Seiten und blickte ihre Kontrahentin verächtlich an.

»Also jetzt der Reihe nach und ganz langsam, damit es auch in dein Spatzenhirn hineingeht, Mette! Bekanntlich bist du ja nicht die Schnellste im Denken.«

Damit erntete die Pastorin den ersten Lacher. Provozierend langsam formulierte sie ihre nächsten Worte: »An Kaiken, liebe Mette, ist nichts Sonderbares festzustellen. Weder läuft sie, noch spricht sie mit ihren neun Monaten oder hat mehr als eine Handvoll Zähne im Mund. Außerdem kann ich jeden beruhigen, der denkt, Kaiken müsse sich ihrer Herkunft schämen: *Mein Neffe Harre Rolufsen ist ihr Vater!* Kurz vor seiner Abreise nach Spanien war er mit Antje Erkens zusammen – gewiss eine Sünde, aber kein Verbrechen, nicht wahr? Harre weiß nicht mal, dass er Vater geworden ist!«

Diese Enthüllung sorgte für große Überraschung. Obwohl eigentlich so naheliegend, hatte niemand an den Maler gedacht. Durch seine häufige Abwesenheit von der Insel schien der junge Mann irgendwie gar nicht mehr dazuzugehören …

Göntje wandte sich von Mette ab und sprach jetzt die Umstehenden direkt an. »Vielleicht versteht ihr jetzt, warum es der Pastor und ich für angebracht hielten, dass jemand aus der Familie sich um das arme Kind kümmert? *Kaiken ist eine von uns!*

Antje, seine Mutter, ist blutjung und heillos überfordert. Wir sind Kerrin sehr dankbar dafür, dass sie sich bereitfand, Mutterstelle an der Kleinen zu vertreten.

Ich denke, dagegen kann der frömmste Christenmensch nichts haben – im Gegenteil! Außer vielleicht unsere bibeltreue und Gott wohlgefällige Mette!«

Jetzt war lautes spöttisches Gelächter zu hören. War Mette Steffensen doch bekannt dafür, dass sie in aller Regel den sonntäglichen Kirchgang schwänzte und auch sonst nicht gerade ein moralisch vorbildliches Leben führte … An die Sache mit ihrer schwer behinderten Tochter, deren plötzlicher Tod bis heute nicht aufgeklärt war, musste man dabei gar nicht rühren.

Allmählich merkte die solchermaßen Vorgeführte, dass diese Runde für sie wohl verloren war. Sie versuchte, sich davonzustehlen. Aber da kannte sie Göntje schlecht!

»Hiergeblieben, Verleumderin!«

Die Pastorin packte die um vieles jüngere Frau derb am Arm und riss sie zurück.

»Und jetzt zum Sterbefall der armen Marret Diderichsen! Sie war eine liebe alte Frau, die ihr Lebtag lang geschuftet hat. Müd' und abgeschunden war die gute Seele, und sie hat sich über jeden meiner Besuche gefreut – zumal die eigenen Kinder längst aus dem Haus und in alle Winde zerstreut sind.

Vor allem an Kaiken hatte sie ihre Freude; wollte sie doch immer selbst gerne Enkelkinder haben; ein Wunsch, der ihr verwehrt geblieben ist.«

Die Umstehenden seufzten. Ja, ein hartes Los für jemand, der so alt gewesen war wie Marret Diderichsen.

»Die schreckliche Sommerhitze, von der wir alle seit Mai geplagt werden, hat ihr schwerer zu schaffen gemacht als uns Gesunden. Sie litt an Atemnot und Herzbeschwerden. Da halfen schließlich auch die Heilkräuter nicht mehr, die meine Nichte Kerrin mir dagelassen hat, ehe sie abreiste.

Jeder weiß, woran Marret letzten Endes gestorben ist: am hohen Alter, an Erschöpfung, ihrer Gebrechlichkeit und an der fürchterlichen Gluthitze, die auch uns allmählich auslaugt, falls sich das Wetter nicht bald ändert.« Göntje holt tief Luft.

Ehe die anderen etwas dazu bemerken konnten, fuhr sie, an Mette gewandt, fort: »Wie böswillig, unverschämt, hinterhältig, gemein und ehrabschneiderisch muss man eigentlich sein, um ein kleines unschuldiges Kind des Mordes an einer kranken alten Frau anzuklagen? Ganz zu schweigen davon, dass du *mir* unterstellst, ich wäre froh über Marrets Tod!«

Mette war totenbleich geworden. Sie begann zu stottern.

»Ich hab' doch nicht …«

»Doch, Mette, das hast du!«, donnerte ihr Göntje zornig ins Gesicht.

»Huuchste tidj, a snütj tu hual, Mette!«

Das kam jetzt ganz energisch von Birte Martensen, die sich inzwischen schämte, sich auch nur einen Augenblick lang über die Pastorin lustig gemacht zu haben.

Dass es für Mette an der Zeit war, das Maul zu halten, dem konnten alle nur beipflichten. Als die sich wegschlich, standen die Frauen noch einen Moment beisammen und schüttelten die Köpfe über Mettes Verhalten – wobei sie glatt vergaßen, ihr anfangs lebhaft zugestimmt zu haben …

Endlich konnte die Pastorin die inzwischen lauwarme Suppe zu den Gemeindearmen bringen.

EINUNDVIERZIG

Tag für Tag absolvierte Kerrin mit ihrem Vater eine Reihe von Gedächtnisübungen. Sie übte mit ihm deutsche Redewendungen des Alltags, Sprichwörter und Ausdrücke aus der Seefahrt ein – was allmählich ganz gut klappte.

Mitten in ihrer dritten Nacht an Bord, etwa auf der Höhe des kleinen Orts Kangâmiut, ereignete sich um ein Haar eine schreckliche Katastrophe. Es tat einen dumpfen Schlag, der jeden weckte, der nicht ohnehin zur Nachtwache eingeteilt war.

Die Wucht war so stark, dass Roluf Asmussen beinahe aus der Koje fiel. Dinge, die nicht besonders gesichert waren, purzelten durcheinander, und Kerrin rollte von ihrem Strohsack, wobei sie sich schmerzhaft den Kopf an einem Schemel stieß.

»Mein Gott! Was ist denn los?«

»Hörte sich für mich ganz nach dem Zusammenprall mit einem Eisberg an! Hoffen wir, dass die *Meerspinne* nicht zu großen Schaden genommen hat! Sonst sähe es böse aus …«

Kerrin fiel aus allen Wolken. Ihr Vater hatte den Vorfall richtig eingeordnet und in verständlichem Deutsch die Gefahr beschrieben, in der sie schwebten. War das der Durchbruch?

Von draußen waren aufgeregte Schreie zu hören; Matrosen und Offiziere riefen aufgeregt durcheinander. Die Stimmen des Bootsmanns und die des Kapitäns erhoben sich jetzt über den allgemeinen Geräuschpegel. Sofort herrschte Ruhe. Commandeur Asmussen war bereits in seine neuen Kleider geschlüpft. Kapitän Hauke Paulsen war so freundlich gewesen, ihm Sachen von sich zu überlassen.

»Ich werde nachsehen, Kerrin, was los ist. Du bleibst, bitte, in der Kajüte, bis ich wiederkomme und dir Bescheid gebe.«

Das war der alte Commandeur! Kurz und bündig machte er seine Ansage, und seine Tochter freute sich über den sprunghaften Fortschritt, den ihr Vater gemacht hatte – wenn sie auch nicht beabsichtigte, ihm zu gehorchen.

Kaum war er verschwunden, streifte auch Kerrin sich das Nötigste über, um nicht zu frieren und um an Deck nicht Anstoß zu erregen. Ein Zusammenprall mit einem Eisberg wäre ungefähr das Schlimmste, was ihnen zustoßen könnte. Es konnte nicht weniger als Schiffbruch bedeuten – mit all seinen schrecklichen Folgen – vor allem in nordischen Gewässern.

Sie hatte keine Ahnung, wie weit die *Meerspinne* vom Land entfernt war. Vermutlich war das Festland nur schwimmend zu erreichen, was in diesen Breiten den sicheren Tod bedeutete. Das einzelne Boot, vertäut an der Bordwand, würde beileibe nicht ausreichen, alle heil ans rettende Ufer zu bringen.

Bedeutete das jetzt das endgültige Aus?

Angesichts der hoffnungslosen Lage empfand Kerrin eine merkwürdige Unaufgeregtheit. Sollte der Herr über Leben und Tod solches beschließen, war es nicht zu ändern. Wichtig erschien ihr in diesen wenigen Augenblicken nur, ihren Vater bei sich zu haben.

Wir werden gemeinsam in den Himmel fahren, wenn es denn Gottes Wille ist, dachte sie, immer noch seltsam gelähmt. Flüchtig durchzuckte sie der Gedanke an Kaiken.

Kleines Mädchen, dachte sie, du wirst einst meine Nachfol-

321

gerin sein! Wenn meine Spuren im Sand längst verweht sein werden, wirst du, liebes Töchterchen, nicht nur meinen Platz als Heilerin einnehmen, nein! An dir, Kaiken Harresen, ist es, eine wahrhaftige Seherin zu sein. Du wirst die Zukunft erkennen und sie denen kundtun, welche die Wahrheit ertragen – und sie jenen verweigern, die zu schwach sind, dieses Wissen zu empfangen.

Bis es aber so weit ist, werden – falls ich dazu nicht mehr imstande sein sollte – Muhme Göntje und Oheim Lorenz dich beschützen und zu einer klugen und gütigen jungen Frau erziehen, die ihre Macht nur zum Wohle ihrer Mitmenschen einsetzen wird.

Während Kerrin diese Überlegungen durch den Sinn gingen, war sie an Deck gelangt, wo andere schon dabei waren, den entstandenen Schaden zu begutachten. Zum Glück ging die Sonne um diese Jahreszeit überhaupt nicht mehr unter. Es war so hell, dass man ein Buch hätte lesen können.

Vor dem Bug des Seglers ragte eine mächtige Wand aus blaugrünem Eis auf – ein riesiger Eisberg.

»Was meinen Sie, Commandeur Asmussen?«, hörte Kerrin Kapitän Paulsen ihren Vater fragen. »Ich denke, wir haben gerade noch mal Glück gehabt! Oder, wie sehen Sie das?«

»Der Herr sei gelobt! Dank seiner Güte sind wir einer schrecklichen Katastrophe entgangen«, stellte Kerrins Vater fest. »Dank auch Ihrem großartigen Steuermann, Dirck Sammesen! Er hat uns durch seine umsichtige Fahrweise vor einem furchtbaren Unglück bewahrt. Die paar Schrammen kann die *Meerspinne*, denke ich, verkraften. Sie lassen sich leicht ausbessern.«

Kerrin wusste gar nicht mehr, wie ihr geschah.

Da war einmal die wunderbare Tatsache, dass das Schiff den offenbar nur leichten Zusammenprall gut überstanden hatte; und dann war da der nicht minder erstaunliche Sachverhalt, dass ihr Vater ganz augenscheinlich wieder im Besitz seiner Geisteskräfte war!

Kerrin stieß einen Jubelschrei aus und stürzte sich – ohne sich um Kapitän, Steuermann oder Bootsmann zu kümmern – auf Roluf Asmussen und fiel ihm schluchzend um den Hals.

»Oh, Papa! Sie haben Ihr Gedächtnis und Ihre Sprache wiedergefunden! Ich kann gar nicht sagen, wie glücklich mich das macht.«

Noch vor dem Abendessen ordnete Kapitän Hauke Paulsen eine Betstunde an, um dem Herrn für die Rettung zu danken. Offiziere und Mannschaft erschienen vollständig an Deck, wo die Feierstunde abgehalten wurde. Jedem Einzelnen stand überdeutlich die Gefahr vor Augen, der man nur knapp entronnen war.

Kerrins Vater hatte zuvor eine Bitte an den Kapitän gerichtet, und er hatte sie ihm gerne gewährt.

»Ich kann gut verstehen, Commandeur Asmussen, wie es Sie danach drängt, Gott für Ihre unglaubliche Rettung Ihren Dank auszusprechen. So überlasse ich Ihnen gerne die Auswahl der Bibelstelle für unsere kleine Andacht.«

Roluf und Kerrin suchten ihre Kajüte auf, um sich auf die Betstunde vorzubereiten. Kerrin reichte ihrem Vater die Bibel, die sie während ihrer gesamten Grönlandreise im Gepäck mitgeführt, aber niemals benützt hatte, wofür sie sich jetzt ein bisschen schämte.

»Ehe ich eine passende Stelle aussuche, Kerrin, möchte ich mich bei dir bedanken, mein liebes Kind. Wärest du nicht gekommen, wäre ich vermutlich für immer in Grönland geblieben. Mein Geist war wie gelähmt. Die Gedanken gingen wirr in meinem Kopf durcheinander. Ich ahnte zwar, dass etwas

Wichtiges in meinem Leben gewesen sein musste – aber es fehlte mir die Erinnerung daran.

Das war das Schlimmste: Ich vermisste so Vieles – konnte es aber nicht fassen und noch weniger benennen!

Setz dich zu mir, Tochter, und sage mir, wie du auf die abenteuerliche Idee kamst, mich in Grönland suchen zu wollen. Es kann doch nicht sein, dass du diese Reise *allein* unternommen hast! Wer hat dich begleitet, Kerrin? Und wo ist er jetzt?«

Kerrin, glücklich darüber, dass ihr Vater endlich für sie und ihre Absichten Interesse zeigte, war nur zu gerne bereit, ihm von ihren Träumen zu erzählen, in denen ihr ihre Mutter Terke erschienen war und sie veranlasst hatte, ihren einstigen Mann und den Vater ihrer Kinder in der eisigen Wildnis zu suchen und nach Hause zu bringen.

»Auf ein bloßes Traumgesicht hin hast du das alles auf dich genommen, mein liebes Kind?«

Der Commandeur war fassungslos.

»Der Traum hat sich mehrere Male wiederholt, Papa! Schließlich wollte ich mich Terkes Auftrag nicht mehr länger verschließen. Und die Bilder von Ihnen, die ich im Schlaf sah, waren so eindrücklich, dass sich Oheim Lorenz und sogar Muhme Göntje meiner Bitte nicht mehr entziehen konnten. So erteilten sie mir schließlich nicht nur ihre Erlaubnis, sondern ließen mir jede mögliche Unterstützung zukommen.

Ohne Monsieur Lorenz' Hilfe hätte ich es niemals geschafft. Am schwierigsten war es, einen passenden Begleiter zu finden.«

»Das kann ich mir vorstellen.« Der Commandeur schüttelte den Kopf. »Der Mann durfte der Strapazen wegen nicht zu alt sein. Und jüngere Männer fahren bei uns in aller Regel als Fischer, Robbenjäger oder Walfänger zur See, um ihr Brot zu verdienen.«

»Nun, genügend Geld habe ich geboten, um den Verlust mehr als großzügig aufzuwiegen! Das Problem war, dass viele, die geeignet gewesen wären, sich wegen ihrer Frauen oder Bräute nicht getrauten, mich auf die unwägbare Reise quer durch Grönland zu begleiten.

Die ledigen Burschen dagegen wurden von den anderen ausgelacht, weil die es für Irrsinn hielten, Sie, Papa, der so lange verschollen war, noch lebendig aufzuspüren.«

»Aber wie es scheint, hattest du doch Erfolg!«

Beinah atemlos hing der Commandeur an Kerrins Lippen. Das Ganze glich einem Märchen …

»Es war Fedder Nickelsen, Vater, der sich bereitfand, mich, entgegen aller Warnungen und Verunglimpfungen seiner Freunde, zu begleiten. Fedder betrachtete es als Abenteuer, das den Einsatz auf alle Fälle lohnte. Der Ärmste!«

»Sag mir, was ist mit Fedder Nickelsen? Wo ist er?«

Unvermittelt brach Kerrin in Tränen aus. Roluf Asmussen ahnte bereits das Schlimmste. Als seine Tochter ihm vom Tod des tapferen jungen Mannes berichtete und die näheren Umstände des Unglücksfalles schilderte, war der Commandeur tief betroffen.

Dann drängten sich ihm weitere Fragen auf: »Sag mir, mein Kind, wie um alles in der Welt schafftest du es, dich alleine durch die Wildnis zu schlagen?«

»Als das Unglück geschah, war ich bereits kurz davor, Sie bei den Inuits aufzuspüren, Papa.«

»Mit anderen Worten«, unterbrach Kerrins Vater seine Tochter, »falls sich die Suche noch länger hingezogen hätte, wäre das vermutlich auch dein Tod gewesen, Kind! Du allein hättest dich doch niemals zurechtgefunden!«

Kerrin musste ein Schmunzeln unterdrücken. Immerhin hatte sie einige Tage mutterseelenallein verbracht, und dann war sie eine Zeit lang in Begleitung des Eskimo-Jägers unterwegs gewesen. Aber das verschwieg sie ihrem Vater lieber.

Dann suchten sie gemeinsam in der Friesenbibel nach einer Stelle, die ihnen für die Andacht geeignet schien. Sie einigten sich auf »*det Gliknis faan de barmhartigh Samariter*«. Das Gleichnis vom barmherzigen Samariter erschien in vielerlei Hinsicht geeignet, es den Seeleuten zu Gehör zu bringen und anschließend darüber zu predigen.

»Sobald Sie ein paar Sätze in Friesisch vorgelesen haben, Papa, werde ich sie jeweils ins Dänische übersetzen«, bot Kerrin an.

»Einverstanden, mein Kind. Die Predigt selbst werde ich dann allerdings auf Dänisch halten. Ich bin überaus glücklich und auch ein bisschen stolz auf die Ehre, diese Andacht abhalten zu dürfen. Hoffentlich schaffe ich es auch. Es wäre schrecklich, sollten mir plötzlich die Worte fehlen. Ich habe noch große Lücken, Kerrin, aber mit deiner Hilfe werde ich sie allmählich schließen – Stück für Stück.«

»Das werden Sie, Papa; das werden Sie ganz bestimmt!«

ZWEIUNDVIERZIG

Kerrins Herz quoll nahezu über vor Freude und Stolz, als sie ihren Vater hoch aufgerichtet vor den Seeleuten stehen sah, wo er mit weittragender Stimme und deutlicher Aussprache auf Friesisch, das er sonst nur selten benützte, die Geschichte vom barmherzigen Samariter zu lesen begann, die viele Parallelen zu seiner eigenen aufwies und Kerrin beim Gedanken an die Qualen, die er erlitten haben musste, erschauern ließ.

Im Anschluss schilderte der Commandeur noch einmal

326

die genauen Umstände seiner eigenen wunderbaren Rettung durch die Grönländer, ihre Barmherzigkeit, ihr Mitgefühl und ihre Bereitschaft, den verletzten Fremdling aufzunehmen und für lange Zeit zu versorgen – bis ein neues Wunder geschah und seine geliebte Tochter sich aufmachte, ihn zu suchen – und ihn schließlich entdeckte.

Roluf fand mit schlichten Worten genau den richtigen Ton, und manch ein rauer Seemann konnte seine Rührung nicht verbergen und wischte sich heimlich eine Träne aus dem Augenwinkel. Viele bewundernde Blicke trafen Kerrin, die über das Lob nicht wenig verlegen war.

Dann schlug Kerrins Vater den Bogen zu einer ganz anderen Begebenheit, die jedoch nicht weniger wunderbar gewesen war: der glimpflich ausgegangene Zusammenprall mit dem riesigen Eisberg, der gleich einer mächtigen Felsenburg vor der *Meerspinne* aus dem Wasser geragt und sie zu zerschmettern gedroht habe.

»Die Hand Gottes lag über jedem Einzelnen von uns, um uns zu beschützen vor Tod und Verderben. Amen.«

Bootsmann Fröd Popsen stimmte zum Abschluss noch ein Lieblingslied der Mannschaft an: *God feart min Leewenthskap*, was nichts anderes hieß als »Gott lenkt mein Lebensschiff«. Die Seeleute, auch Kerrin und ihr Vater, stimmten inbrünstig mit ein.

Kurz darauf, beim Essenfassen, waren sich ausnahmslos alle einig, selten so einen zu Herzen gehenden Gottesdienst miterlebt zu haben. Ab diesem Tag überwanden auch die einfachen Matrosen ihre anfängliche Scheu und wagten es nun, den Commandeur genauer über seine Erlebnisse bei den Eskimos auszufragen.

Auch Roluf Asmussen lag noch etwas auf der Seele, was er am Abend in ihrer Kajüte zur Sprache brachte.

»Ich habe mich schon lange gefragt, Kerrin, wie es kam, dass mein Schwager Lorenz, den ich nur als äußerst umsichtigen Mann kenne, es dabei beließ, dich mit nur einem einzigen Begleiter auf so eine gefährliche Reise gehen zu lassen! Mich wundert es außerordentlich, dass er nicht dafür Sorge trug, dich mit mindestens zwei Beschützern auszustatten! Wie leichtsinnig das war, hast du anlässlich Fedder Nickelsens Tod ja erlebt!«

»O nein, Papa! Er hat es nicht dabei belassen. Oheim Lorenz hatte mir in die Hand hinein versprochen, dass er einen sehr guten und verlässlichen Mann als Mitfahrer für mich gefunden habe, der im Amsterdamer Hafen zu uns stoßen werde. Leider muss diesem Mann, dessen Namen mir der Pastor nicht verraten wollte, etwas in die Quere gekommen sein! Jedenfalls haben Fedder und ich vergebens auf ihn gewartet.«

Diese Neuigkeit ließ den Commandeur zwar verstummen, stimmte ihn jedoch sehr nachdenklich.

Als Kerrin Kapitän Paulsen den Vorschlag unterbreitete, Torlick Bohsen, dem Schiffschirurgen, bei Bedarf zur Hand zu gehen, nahm er das Angebot mit Freuden an. Auch der Schiffsmedicus hatte nichts gegen eine Helferin an seiner Seite einzuwenden.

»Ich denke, die Männer werden nicht Nein sagen, Käpt'n! Ich wette, die Krankmeldungen unter der Mannschaft werden sprunghaft ansteigen, sobald sich das herumspricht!«, grinste Torlick. Er war ein verwitweter Apotheker aus Ostfriesland in mittleren Jahren, der angeheuert hatte, weil er nach dem Tod seiner Frau das Alleinsein an Land nicht mehr ertrug, wie er Kerrin eingestand.

Kerrin glaubte nach wie vor fest daran, dass ihr Vater in

Kürze wieder ganz gesund sein werde. Er erinnerte sich wieder an beinahe alles aus der Vergangenheit, verstand und sprach Deutsch, Holländisch und Dänisch – sogar das Föhrer Friesisch hatte er nicht vergessen. Lediglich die Aussprache mancher Buchstabenverbindungen bereitete ihm noch hin und wieder Schwierigkeiten; gelegentlich geriet seine Zunge ins Stolpern, vor allem, wenn er schnell sprach.

Kerrin dachte daran, dass sie ihn bald wieder an Beatrix van Halen verlieren würde. Das stimmte sie einen Augenblick lang traurig; Eifersucht wallte in ihr auf. Ein Gefühl, das sie allerdings beschämte: Das Glück ihres Vaters musste für sie das Wichtigste sein. Unermüdlich machte sie mit den Sprechübungen weiter und erzählte ihm von einstigen Föhrer Begebenheiten und von Erlebnissen auf See, die ihnen gemeinsam waren. Vor allem Kerrins plastische Schilderung der Kaperung durch die Barbaresken – muselmanische Seeräuber unter der Führung eines abtrünnigen christlichen Kapitäns – erwies sich als eine der erfolgreichsten.

Die Erinnerung daran überfiel den Commandeur gleichsam wie eine riesige Woge, die über seinem Haupt zusammenschlug. Die Worte sprudelten nur so aus ihm heraus. Zu Kerrins geheimem Entzücken machte sich auch sein Sprachfehler kaum noch bemerkbar.

Als seine Tochter am nächsten Tag auf Harre und seine Malerei zu sprechen kam, reagierte Roluf mit großem Interesse. Diesen Aspekt hatte Kerrin bis jetzt noch gar nicht berührt. Zum ersten Mal erkundigte ihr Vater sich klar und deutlich nach seinem Sohn: »Malt Harre immer noch mit Vorliebe Seehunde, Möwen und Kröten?«

»Ich denke schon, Papa! Aber inzwischen hat er auch die Porträtmalerei entdeckt – immerhin eine munter sprudelnde Einnahmequelle. Zumal Oheim Lorenz ihm vermögende Personen als Kundschaft vermittelte. Harre beklagte sich nur darüber, dass seine Modelle alle weder still sitzen wollen noch es ertragen können, auf den Gemälden nicht so schön zu erscheinen, wie sie zu sein glauben. Aber Harre ist für Wahrhaftigkeit – was bei den Porträtierten nicht immer gut ankommt!«

Das erheiterte Roluf Asmussen so sehr, dass er dröhnend lachte. »Das sieht meinem Sohn ähnlich: Immer absolut ehrlich, bis hin zur Unverschämtheit! Da wird Harre noch einiges lernen müssen, falls er von seiner Kunst leben will.«

Dem konnte Kerrin nur beipflichten. Was sie ihrem Vater vorerst verschwieg, war, dass Harre Föhr längst verlassen hatte und wahrscheinlich dauerhaft in Spanien zu leben gedachte. Davon, dass er eine kleine Tochter hinterlassen hatte, ließ sie ebenfalls noch kein Wort verlauten.

DREIUNDVIERZIG

DEN NÖRDLICHEN POLARKREIS hatte die *Meerspinne* längst in südlicher Richtung überwunden. Man näherte sich bereits der Südspitze Grönlands – ein Meeresgebiet, das nach Auskunft Kapitän Hauke Paulsens nicht ohne Tücken war. Stürmisches Wetter und raue See machten dort den Seefahrern das Leben schwer.

Das hatte Fedder Nickelsen auch schon gewusst und Kerrin bewogen, Schlittenhunde zu kaufen …

»Aber es nützt nun mal nichts! Da müssen wir durch, wenn wir Holland, via Island, ansteuern wollen!«

Kapitän Paulsen gab sich zuversichtlich, man werde mit der *Meerspinne*, dank ihrer hervorragenden Bauweise und der Erfahrung seiner geschickten Mannschaft, alles gut überstehen.

Auch Roluf Asmussen sah keinerlei Schwierigkeiten. Es müsste schon mit dem Teufel zugehen, wenn sie in Turbulenzen gerieten, versicherte er Kerrin, die ein wenig ängstlich war wegen all der Schauergeschichten, die die Matrosen zum Besten gaben.

Da war die Rede von schrecklichen Orkanen, die die Masten wie dünne Hölzchen knickten und die Leinwand der Segel zerrissen und davonflattern ließen; von stockfinsterer Nacht mitten am Tag, die einem die Sicht raubte; von peitschenden Regengüssen, die über das Deck fegten und alles, was nicht fest vertäut war, über Bord spülten und von vielen ähnlichen, angeblich selbst erlebten Begebenheiten …

»Das Garn, mein Kind, das die Männer da gesponnen haben, war nur dazu gedacht, dich zu erschrecken!«, versuchte Asmussen Kerrin zu ermutigen.

Die Umrundung von Grönlands Südspitze verlief denn auch ohne besondere Zwischenfälle. Freilich war es sehr stürmisch und nicht gerade leicht, den richtigen Kurs zu halten. Aber weder überraschte sie ein Eisregen noch ein schweres Gewitter – und eins der vielen Seeungeheuer ließ sich ebenfalls nicht blicken.

Fast bedauerte Kerrin es ein bisschen, dass alles so unspektakulär verlief. Die *Meerspinne* nahm Kurs auf Island.

Das Unheil, das die Besatzung der *Meerspinne* schließlich doch noch ereilte, war um kein Jota geringer, als schlimmste Wetterkapriolen es hätten sein können: An Bord brach eine bis dahin unbekannte Seuche aus.

Auch Kerrin, die der Schiffsmedicus anfangs zurate zog, hatte darüber noch nirgendwo in ihren Büchern oder denen ihres Oheims gelesen.

Die Männer hatten blaue Flecken und manche sogar Beulen im Gesicht, dennoch war es nicht die Pest. Es handelte sich auch nicht um die nicht minder gefürchtete Cholera. Es waren weder die Pocken noch der grässliche Scharbock.

»Es ist eine teuflische Mischung all dieser schrecklichen Krankheiten und Seuchen, die unsere Leute reihenweise umkippen lässt, Käpt'n!«

Der Meister, wie sie auch hier den Schiffsarzt nannten, war ratlos. Es war ein Albtraum: Die Leute fielen einfach um. Manche mit Schaum vor dem Mund, manche mit Beulen, einige zuckten mit Armen und Beinen, andere lagen stocksteif – und etlichen sah man überhaupt nicht an, dass ihnen etwas fehlte: Sie starben einfach.

Etliche litten an quälendem Durst, vermochten aber nicht zu trinken, andere hatten schmerzhaften Durchfall, wieder andere erbrachen sich ständig. Jeder Einzelne schien an einer anderen Krankheit zu leiden.

Allen gemeinsam war nur – der Tod. Als einen der Ersten ereilte er ausgerechnet den Meister.

Kerrin bemühte sich tage- und nächtelang um die von der rätselhaften Seuche Befallenen. Vergebens! Die Krankheit war so heftig, dass es ihr lediglich gelang, den Männern die ärgsten Schmerzen zu nehmen und das extrem hohe Fieber zu lindern.

Unaufhörlich war sie damit beschäftigt, Salbenverbände mit Arnika und Ringelblume oder Zinkleim auf aufbrechende Geschwüre zu geben und Weidenrindenextrakt gegen die Fieberschübe sowie magenberuhigende Säfte und Minztee mit zerstoßenem Kümmel gegen die Übelkeit, das Erbrechen, die Verdauungsbeschwerden und den Durchfall, der die Kranken zusätzlich schwächte.

In ihrer Hilflosigkeit griff sie zu einem ganz speziellen Mittel, dessen Anwendung sie in aller Regel vermied: zu Opium nämlich, das sie in Amsterdam einem reisenden Apotheker abgekauft hatte, der es angeblich selbst in Südostasien erworben hatte.

Es wirkte auch tatsächlich gegen die wässerige Diarrhö und betäubte den Schmerz; aber die Männer starben trotzdem. Im ersten Schreck argwöhnte Kerrin, sie habe sich womöglich in der Dosis geirrt. Aber sie war eigentlich sicher, sich genau an die Angaben des Händlers gehalten zu haben. Dennoch wagte sie nicht mehr, das Medikament zur Anwendung zu bringen.

Ihr Vorrat an Kopfwehpulver schrumpfte allmählich, und selbst der Verbandsstoff drohte zur Neige zu gehen.

Alles wäre für Kerrin zu ertragen gewesen, hätte sich auch nur der geringste Erfolg ihrer Bemühungen gezeigt. Aber alles nützte nichts: Die von der rätselhaften Seuche betroffenen Männer starben einer nach dem anderen.

Insgesamt wurden von der Erkrankung zwölf Seeleute befallen; elf von ihnen erlagen ihr. Darunter waren der fünfzehnjährige »Moses«, ein für sein Alter sehr robuster und kräftig erscheinender Schiffsjunge von der Hallig Oland, sowie der Zweite Offizier und der für die sicher verstaute Schiffsladung verantwortliche Küper – Männer in der Blüte ihrer Jahre und vorher vollkommen gesund.

Die restlichen acht Toten waren einfache Matrosen – auch sie bärenstarke Kerle in vermeintlich bester Kondition.

Nach einer Woche etwa ebbte die Krankheit so plötzlich ab, wie sie begonnen hatte. Es ergaben sich keine neuen Fälle mehr, und der eine Seemann, der Glück gehabt hatte und von vornherein nicht unter den schlimmsten Symptomen gelitten hatte, erholte sich schnell.

Die Stimmung an Bord hatte sich – wie nicht anders zu erwarten – wieder einmal um einhundertachtzig Grad gedreht.

Die Männer, die vorher zu Kerrin so freundlich gewesen waren bedachten sie jetzt mit ausgesprochen feindlichen Mienen. Sie kehrten ihr den Rücken zu und verweigerten ihr sogar die Antwort auf Nachfragen zu ihrem Befinden.

Einige Matrosen wurden beim Kapitän vorstellig und plädierten dafür, während der restlichen Überfahrt Kerrin (und ihren Vater am besten gleich mit) in die Bilge zu sperren, den Kielraum des Schiffes, in dem sich das Leckwasser sammelte.

Aus schierer Angst vor weiteren Katastrophen verlangten ein paar ganz Radikale gar, Kerrin sang- und klanglos über Bord zu werfen. Für sie galt es als erwiesen, dass sie die Schuld an dem Desaster trug. Wer außer dieser Hexe hatte sich denn Tag und Nacht mit den Kranken beschäftigt? Statt ihnen zu helfen, wie man es von einem Meister erwartete, hatte sie ihren Tod verschuldet.

Überhaupt: So eine seltsame Krankheit! Sie vermuteten, dass sie auch diese furchtbare Seuche dem gefährlichen Weib zu verdanken hätten, und behaupteten, die Frau sei ihnen von vornherein nicht ganz geheuer gewesen.

Davon hatte der Kapitän allerdings nichts bemerkt, und ihr Ansinnen machte Hauke Paulsen sehr wütend; er warf die Männer aus seiner Kajüte. Das Ergebnis war, dass die Matrosen sich an Deck aufbauten und im Chor »Weiber an Bord bedeuten Unglück! Das weiß doch jeder – außer unser Kapitän!« und »Weg mit der Hexe!« skandierten.

Das Ganze roch gefährlich nach einer handfesten Meuterei – und so ganz sicher schien der Kapitän sich auch nicht zu sein, inwieweit Kerrin vielleicht doch eine gewisse Mitschuld an dem Debakel trug.

Um für momentanen Frieden zu sorgen, kündigte Paulsen an, auf Island anzulegen – und dann sähe man weiter. Zuerst aber wolle man den toten Seeleuten ein ehrenvolles Begräbnis auf See gewähren.

Darüber entspann sich ebenfalls eine längere Debatte. Etliche Verwandte und Freunde der Verstorbenen verlangten vom Schiffsführer, man solle die Leichen – gut in Segeltuch eingenäht – in die Heimat mitnehmen, um sie dort auf ihren heimischen Friedhöfen beizusetzen. Das allerdings lehnte Kapitän Paulsen wegen der langen Wegstrecke und der damit verbundenen Seuchengefahr strikt ab.

Zu der feierlichen Veranstaltung unter Teilnahme des empfindlich geschrumpften Seemannschors, dem Verlesen von zum Anlass passenden Bibelsprüchen durch den Bootsmann und einer kurzen, aber zu Herzen gehenden Ansprache des Kapitäns wurden weder Kerrin noch Commandeur Asmussen eingeladen.

Ihm nahm man die Verbindung zu seiner unheimlichen Tochter übel, die es mit ihren Hexenkünsten immerhin geschafft hatte, ihn selbst vor der Seuche zu bewahren.

Kerrins Vater verwahrte sich natürlich gegen die infamen Anschuldigungen, die seine Tochter trafen. Auf sie ließ er nichts kommen – vor allem nicht die haltlosen Vorwürfe einer Schar ungebildeter, abergläubischer Matrosen.

»Ich verlange von Ihnen, Kapitän Paulsen, dass Sie sich mannhaft hinter mich und meine Tochter stellen – und dass Sie eine öffentliche Entschuldigung durch jene Männer veranlassen, die den Ruf Kerrins beschädigt haben. Man mag meiner Tochter nachsagen, dass sie eigenwillig und starrköpfig ist und nicht immer nach den üblichen Konventionen lebt – aber noch niemand hat jemals ihre fachliche Kompetenz als Heilerin in Zweifel gezogen!

Sie wissen selbst, Kapitän, dass es Krankheiten gibt, gegen die alle menschliche Heilkunst versagt. Meiner Tochter zu unterstellen, sie habe die Seuche gar zu verantworten, übersteigt jedes erträgliche Maß!«

Hauke Paulsen wand sich vor Verlegenheit. Natürlich gab er seinem prominenten Commandeurskollegen recht. Aber auf der anderen Seite war da seine aufgebrachte Mannschaft – und die forderte nun einmal besondere Maßnahmen ihres Schiffsführers.

Da es ihm an Rückgrat fehlte, faselte er davon, dass es seine Pflicht sei, für »Frieden unter der Mannschaft« und »Ruhe an Bord« zu sorgen, und brachte noch allerlei dünne Ausreden vor.

Um sich schließlich aus der Affäre zu ziehen – es graute ihm nämlich ganz offensichtlich vor einer drohenden Meuterei seiner Leute –, hatte er sich zu folgender Entscheidung durchgerungen: Auf Island sollten Vater und Tochter von Bord gehen, während die *Meerspinne* sich mit frischen Vorräten und vor allem mit Trinkwasser versorgte.

»Von dort aus werden Sie mit Leichtigkeit ein anderes Schiff finden, das bereit ist, Sie beide aufzunehmen und nach Holland zu bringen«, behauptete Kapitän Paulsen.

Weder Kerrin noch ihr Vater vermochten den feigen Kapitän umzustimmen, gleichgültig, welches Argument sie vorbrachten.

»Sie müssen mich und meine delikate Lage verstehen«, verlangte Paulsen beinah wehleidig, als sei er selbst der am ärgsten Betroffene. »Mir sind sozusagen die Hände gebunden, nicht wahr! Aber um Ihnen meinen guten Willen zu beweisen, werde ich Ihnen den Betrag, den Sie mir für die Passage bezahlt haben, selbstverständlich zurückerstatten!«

Commandeur Asmussen, vor dessen Augen sich auf einmal alles drehte, da ein rasender Kopfschmerz ihn überfiel, sagte nichts mehr darauf. Aber Kerrin war so wütend, dass sie dem

Kapitän damit drohte, ihm das Geld vor die Füße zu werfen, sollte er es wagen, ihr die Summe wieder auszuhändigen.

Mit stolz erhobenem Kopf verließ sie Hauke Paulsens Kajüte, während ihr Roluf Asmussen schwankend nachfolgte.

Danach ging alles sehr schnell. An einer dem Kapitän geeignet erscheinenden Uferstelle an Islands Westküste legten sie an, in der Bucht einer Halbinsel mit Namen Snæfellsness.

Vom Ankerplatz aus war es nicht weit bis zu einer winzigen Ortschaft namens Hellisandur, zu der sich gleich etliche Matrosen aufmachten, um Lebensmittel und Wasser für die Weiterfahrt zu fassen. Einer der Männer, offenbar von Mitleid mit den zwei Ausgesetzten bewegt, bot ihnen an, sie zu dem Dorf mitzunehmen. Aber bald zeigte sich, dass es Kerrins Vater immer schlechter ging und er unmöglich das Tempo der Männer durchzuhalten vermochte.

Auf Kerrins Bitte, doch ein bisschen langsamer zu gehen, wurde sie von anderen aus der Gruppe nur spöttisch belacht.

»Wir haben es eilig, von Island wegzukommen. Ihr zwei dagegen habt doch alle Zeit der Welt!«

Einer meinte gar: »Ich kann mir nicht vorstellen, dass man auf euch beide irgendwo wartet. Am besten wird es sein, ihr bleibt einfach hier!«

Eine Weile versuchten Kerrin und der Commandeur, der sich kaum noch auf den Beinen halten konnte, mit den Seeleuten weiter Schritt zu halten. Doch auf einmal blieb Roluf Asmussen, der mittlerweile ganz gelb im Gesicht war, stehen.

»Ich kann nicht mehr, Kerrin«, seufzte er und ließ sich neben dem Pfad auf einem Stein nieder.

»Ruhen Sie sich nur aus, Papa! Den richtigen Weg finden wir später auch alleine. Immer geradeaus, habe ich die Männer sagen gehört. Sie sehen gar nicht gut aus, Papa! Gewiss sind Sie übermüdet.«

Sie ahnte natürlich, dass es nicht allein Müdigkeit war, die ihrem Vater zu schaffen machte. Kerrin nahm die Hand ihres Vaters in die ihre und fühlte dabei am Handgelenk unauffällig nach seinem Puls. Sie erschrak; das Blut in der Ader pochte mit einer Schnelligkeit, die nichts Gutes verhieß. Automatisch fasste sie an Rolufs Stirn. Glühend heiß fühlte sie sich an.

Kerrin schauderte. Wenn dies die gleiche Seuche war, welche die anderen Männer niedergestreckt hatte, dann waren sie verloren.

Sie schaute sich um.

Die Matrosen waren längst nicht mehr zu sehen. Das Gelände war leicht hügelig, aber felsig. Immer wieder ragten Felsbrocken aus der Erde. Zwischen den Steinplatten wuchsen vereinzelt Gräser, aber den überwiegenden Bewuchs bildeten verschiedene Moose in unterschiedlichen Grüntönen.

Es blieb ihnen nichts anderes übrig, als hier an der Stelle zu bleiben, an der Roluf Asmussen zusammengebrochen war. Zum Glück war es nicht kalt. Von Grönland waren sie an wesentlich niedrigere Sommertemperaturen gewöhnt – die Eismenge im Landesinneren strahlte dort immerwährende Kälte nach allen Seiten aus. Auf Island dagegen mussten sie zu dieser Jahreszeit nicht gerade mit Erfrierungen rechnen.

Sie würde ihrem Vater die eine Decke, die sie zum Glück behalten hatten, überlassen. Eigentlich hatte Kerrin auch sie an die alte Naduk verschenken wollen, als abgemacht war, an Bord der *Meerspinne* zu gehen. Leichtsinnigerweise hatte sie geglaubt, derlei nicht mehr zu benötigen, aber ihr Vater hatte sie gottlob zurückgehalten.

Was für eine schreckliche Lage, in die sie da geraten waren …

VIERUNDVIERZIG

EHE KERRIN, mutterseelenallein mit dem Todkranken, ohne Nahrung und Wasser, endgültig der puren Verzweiflung anheimfiel, da es Roluf von Minute zu Minute schlechter ging, erschien Rettung im letzten Augenblick. Der Commandeur musste sich ständig übergeben, und nichts wollte gegen die rasenden Kopfschmerzen helfen, da näherte sich ein einsamer Reiter.

Kerrin hatte ihn schon seit längerer Zeit beobachtet, wie er auf einem stämmigen Braunen mit hellem Schweif und heller Mähne in ihre Richtung unterwegs war und genau auf sie zuhielt. In kurzer Entfernung folgte ihm ein zweiter berittener Mann.

Sie sprang auf und schwenkte die Arme, um die beiden Reiter auf sich aufmerksam zu machen. Dabei rief sie auf Dänisch um Hilfe.

Als der erste Mann, gekleidet wie ein Jäger und ausgerüstet mit Pfeil und Bogen, sein Pferd zügelte und auf den am Boden Liegenden, der von Fieberfantasien geschüttelt wurde, niederblickte, fielen Kerrin zwei Dinge auf.

Erstens war der Jäger, der jetzt abstieg, ein wahrer Hüne und sah umwerfend gut aus, und zweitens baumelte ein silbernes Kreuz an einer Silberkette um seinen Hals.

War er ein Geistlicher? Oder wollte er nur demonstrieren, dass er, als einer der wenigen, bereits die Taufe empfangen hatte?

Das Rätsel war schnell gelöst.

»Gott grüße Euch! Mein Name ist Nils Andersen; ich bin Däne, stamme eigentlich aus København und bin hier seit Jahren der Pastor einer kleinen Gemeinde protestantischer Christen. Mein Heimatort ist Stapi, schräg gegenüber von Hellissandur.«

Er grinste und zeigte dabei eine gesunde, weiße und vor allem lückenlose Zahnreihe. Auch das war bei einem Mann, den Kerrin auf Anfang dreißig schätzte, nicht unbedingt selbstverständlich.

Zur Begrüßung reichte er ihr seine riesige Hand, in der die ihre fast gänzlich verschwand: »Willkommen auf Island!«

Inzwischen war auch der zweite Reiter, ein Mann mittlerer Größe, bei ihnen angekommen. Seine schmalen braunen Augen und das glatte schwarze Haar ließen darauf schließen, dass er zur Hälfte Eskimo war. Der Name, mit dem er sich vorstellte, Oriak Fredericksen, bestätigte die Vermutung.

»Ihr Begleiter ist schwer krank und bedarf sofortiger Hilfe«, unterbrach der dänische Pastor jede weitere Unterhaltung. »Wir bringen Euch in unser Dorf und in den Pfarrhof. Was ihm fehlt und wie es dazu kam, dass Ihr hier gestrandet seid, könnt Ihr mir auf dem Weg dorthin erzählen.«

Die vernünftige zupackende Art des Dänen imponierte Kerrin sehr. Sie beobachtete, wie er seinem Jagdkameraden eine kurze Anweisung gab, während er Kerrin mit Schwung auf sein eigenes Reittier setzte und Oriak das Gepäck der Fremden seinem eigenen Pferd auflud.

Was sollte jetzt mit ihrem Vater geschehen? Kerrin erschrak im ersten Augenblick. Doch sie wurde umgehend ihrer Sorge enthoben: Der hünenhafte Pastor nahm den nahezu besinnungslosen, nicht gerade leichten Commandeur auf seine Arme und schickte sich an, Roluf Asmussen den ganzen Weg über wie ein Kind zu tragen, während Oriak, den sie auf Mitte zwanzig schätzte, die beiden Pferde am Zügel führte.

Wie selbstverständlich passten alle ihre Schrittgeschwindigkeit derjenigen des Pastors an; dabei war es gut möglich, sich näher miteinander bekanntzumachen und sich zu unterhalten.

Kerrin, froh darüber, auf dem unebenen steinigen Gelände

reiten zu dürfen, betrachtete ihren Retter mit ausgesprochenem Wohlgefallen. Pastor Nils sah so aus, wie Kerrin sich immer einen echten Wikinger vorgestellt hatte, da sie genauso, wie er auftrat, in den Büchern ihres Oheims abgebildet waren:

Hochgewachsen, mit breitem Brustkorb, mächtigen Ober- und sehnigen Unterarmen und dazu langen muskulösen Beinen, die in wadenlangen engen Hosen aus Elchleder steckten. Das aschblonde schulterlange, leicht gewellte und verstrubbelte Haar sowie das schmale Gesicht mit hellbraunem Dreitagebart machten ihn unglaublich jung. Der durchdringende Blick seiner auffallend blaugrauen Augen verlieh ihm geradezu den Anschein einer gewissen Verwegenheit.

Sie kam nicht umhin, sich einzugestehen, dass er ihr ausnehmend gut gefiel. Seiner geistlichen Profession zum Trotz hatte er noch etwas Wildes, Ungezähmtes an sich, das sie unwahrscheinlich anzog …

Das liegt nur an seiner Kleidung, versuchte sie sich einzureden, mit schwarzem Talar und Beffchen oder gar einer Halskrause – sorgfältig barbiert und mit ordentlich gescheitelten und gekämmten Haaren – wird er weit weniger attraktiv sein.

Wenn es etwas gab, was sie an ihm ein wenig störte, dann war es seine laute Stimme. In ungewöhnlich scharfem Ton verurteilte er die Handlungsweise Kapitän Hauke Paulsens als feige, verantwortungslos und in höchstem Maße unchristlich.

»Wenn der Kerl mir je unter die Augen träte, würde ich ihm die Geschichte vom barmherzigen Samariter höchstpersönlich einbläuen!«

Kerrin traute ihm das ohne Weiteres zu.

Da hätte Paulsen schlechte Karten, freute sie sich im Stillen diebisch. Leider wird es nie dazu kommen – obwohl ich es dem Hasenfuß von Herzen gönnte.

»Auf alle Fälle müsst Ihr, wenn Ihr nach der Genesung des

Commandeurs in Amsterdam ankommt, bei der niederländischen Schifffahrtsbehörde vorstellig werden und den ungeheuerlichen Fall anzeigen! Meines Wissens durfte der Kapitän das gar nicht. Zumindest hätte er sich darum kümmern müssen, dass Ihr und Euer Vater ordentlich unterkommt und versorgt werdet. Euch einfach auszusetzen war geradezu ein Verbrechen!«

»Möge er in der Hölle schmoren!«, meldete sich auch Oriak empört zu Wort – und der Pastor rügte ihn keineswegs für diesen wenig christlichen Wunsch.

Nils Andersen war es sogar möglich, dem Kranken, der zwischenzeitlich immer wieder in Ohnmacht fiel, ein paar verständliche Sätze zu entlocken. Kerrin hörte, wie ihr Vater sich bei Pfarrer Andersen bedankte, ihn wie ein Kind in sein Haus zu tragen und dort aufnehmen zu wollen.

»Eure Tochter, die eine Heilkundige ist, wie sie mir erzählt hat, und meine Wirtschafterin, die sich auch gut mit Heilpflanzen auskennt, werden Euch bald wieder auf die Beine bringen, Commandeur!«

Alles in allem wurde es ein eher stiller Heimweg. Jeder schien nach einer Weile seinen eigenen Gedanken nachzuhängen, und Roluf war die Hälfte der Zeit nicht bei Bewusstsein. Was Kerrin anbelangte, kam sie vor lauter Kummer über die erneute Krankheit ihres Vaters gar nicht dazu, der wunderschönen Landschaft, die sie durchquerten, mehr als einen flüchtigen Blick zu gönnen.

Um den Gesprächsfluss nicht völlig einschlafen zu lassen, rang Kerrin sich schließlich zu einer Frage durch.

»Das Jagdglück war Euch heute wohl leider nicht hold?«

Sie spielte darauf an, dass sie keinerlei Beute bei ihm oder seinem Begleiter gesehen hatte.

»Auf halber Höhe des bereits hinter uns liegenden Snæfellsjökull – übrigens zweifelsfrei einer der schönsten Berge Islands – fiel uns draußen auf See der Zweimast-Segler auf, der sich der Küste näherte«, schickte der Pastor sich an, sein Jagdpech zu erklären. »Das machte Oriak und mich neugierig. So ritten wir wieder hinunter, um nachzuschauen, was es damit auf sich habe. Es hätte sich ja auch um einen Notfall an Bord handeln können.«

»Stattdessen fandet Ihr uns«, flüsterte Roluf Asmussen, der seit einigen Minuten wieder bei Besinnung war. »Mir geht es etwas besser; Ihr dürft mich nun absetzen; ich vermag alleine zu laufen, Pastor.«

»Wie Ihr wollt, Commandeur.«

Mit langsamen, tastenden und noch sehr unsicheren Schritten bewegte Asmussen sich vorwärts. Immerhin konnte man bereits in einiger Entfernung das Dorf Stapi ausmachen. Der Jagdfreund des Pastors bot Kerrins Vater an, auf seinem Pferd zu reiten. Das Gepäck könne man auf beide Tiere verteilen; die Islandpferde seien äußerst robust und kräftig.

Aber zu ihrem Erstaunen lehnte Asmussen das Angebot ab. Er zog es vor, auf eigenen Beinen in den Pfarrhof zu gelangen. Obwohl man jetzt zwar um ein Mehrfaches länger brauchen würde, drängte ihn keiner der Männer, sich zu beeilen: Es ging immerhin um die Würde des älteren Kapitäns.

Nach insgesamt gut drei Stunden langte man in Stapi an. Als die Dorfbewohner ihren Pastor kommen sahen, liefen ihm Kinder und jüngere Erwachsene entgegen. Sie waren gespannt, welche Beute die beiden Jäger gemacht hatten.

Als sie stattdessen die Fremden zu Gesicht bekamen, die junge Frau und einen älteren, offenbar kranken Mann, der sich nur noch mühsam auf den Beinen hielt, war ihr Erstaunen groß.

Von dem vor Anker gegangenen Schiff, das mittlerweile vermutlich längst wieder den Naturhafen in Richtung Amsterdam verlassen hatte, wussten sie natürlich nichts.

Als eine der Ersten fiel Kerrin eine junge Frau auf, die sich durch die Menge drängte, um den Pfarrer willkommen zu heißen. Geschickt vermied Nils Andersen, dass ihm das hübsche Weib allzu nahe kam, indem er sie am Arm packte und zu Kerrin und ihrem Vater drehte, ehe die Frau ihn mit einem Kuss auf die Wange zu begrüßen vermochte.

»Sag Guten Tag zu unseren Gästen, Ingke!«, befahl er. »Und dann richte umgehend das Gästezimmer her für die beiden. Der Herr ist schwer krank und bedarf sorgfältigster Pflege.«

Seine Stimme klang keineswegs barsch, aber doch sehr bestimmt, sodass die Magd umgehend gehorchte. Der Blick, den sie Kerrin dabei unter langen schwarzen Wimpern zuwarf, war indessen alles andere als liebenswürdig. Kerrin scherte sich nicht darum, vor allem als sie sah, dass Ingke zu Roluf umso liebenswürdiger war.

Sie knickste kokett vor Kerrins Vater, ehe sie ihm ihren Arm reichte und ihn beim Erklimmen der wenigen steinernen Treppenstufen stützte, die zum Eingang des aus Treibholz gebauten und mit Moos gedeckten Pfarrhauses führten.

Mich braucht dieses Weib ja nicht zu mögen – Hauptsache, sie nimmt die Pflege meines Vaters ernst, dachte Kerrin, um Gleichgültigkeit bemüht. Insgeheim war sie aber doch verärgert über das ablehnende Verhalten.

Sie konnte allerdings die gut aussehende Magd – halb Grönländerin, halb Schwedin, wie Nils Andersen ihr erklärte – genauso wenig leiden. Dass es möglich war, jemanden auf den ersten Blick hin zu verabscheuen – hier war der Beweis! Kerrin zuckte mit den Achseln. Sei's drum!

Auch Oriak betrat das Haus, indem er Kerrins und Rolufs

Gepäck mitschleppte. Der Pastor machte eine überaus laute, entschuldigende Bemerkung über seine bescheidene Behausung, wobei Kerrin unwillkürlich zusammenzuckte. Um keinen falschen Eindruck entstehen zu lassen, beeilte sie sich, das erstaunlich geräumige Heim des Pfarrers als sehr schön und gemütlich zu loben.

»Ich bin nur ein klein wenig erschrocken über Ihre laute Stimme.« Sie war sichtlich verlegen.

»Dafür muss ich um Verzeihung bitten«, entgegnete Pastor Nils, wobei er seine Lautstärke deutlich dämpfte. Er lächelte sie an. »Ihr müsst wissen, Frau Kerrin, so zu brüllen habe ich mir angewöhnt, um den sturen Isländern den christlichen Glauben möglichst nachdrücklich einzuhämmern!«

Dabei lachte er so dröhnend und ansteckend, dass Kerrin, trotz des Kummers über ihren Vater und der Verärgerung über Ingke, herzlich und laut mitlachen musste. Sie sah dem Pastor in die ehrlichen Augen und wusste, dass alles gut werden würde.

FÜNFUNDVIERZIG

NATÜRLICH WAREN Mette Steffensens Anschuldigungen gegen Göntje – und erst recht gegen die kleine Kaiken – völlig haltlos und wurden auch von niemandem für bare Münze genommen. Im Gegenteil! Allzu durchsichtig war Mettes Versuch, von ihrer eigenen Schuld, ihre verstorbene Tochter betreffend, abzulenken; der Verdacht, diese getötet zu haben, erhielt im Laufe der vergehenden Wochen weitere Nahrung.

Erneut geriet die Fischersfrau in den Fokus der Gerichtsbarkeit. Sie sollte endlich den plötzlichen Tod ihres kleinen Mädchens schlüssig erklären – was ihr äußerst schwerfiel.

Mehrere Insulanerinnen konnten nämlich bezeugen, dass das Kind sich bald nach der Geburt erholt habe und es trotz seines befremdlichen Aussehens durchaus lebensfähig gewesen sei.

Die Richter befragten auch ihre Verwandte, mit der sie sich zwischenzeitlich überworfen hatte. Die zögerte nicht und sagte aus, Mette habe es ihr zum Vorwurf gemacht, das Kind nicht gleich nach der Entbindung umgebracht zu haben. Sie habe das natürlich weit von sich gewiesen, und deshalb habe es Streit mit Mette gegeben.

Diese Aussage hätte Mette tatsächlich gefährlich werden können. Kein Wunder, dass sie vehement alles leugnete. Auch ihr Mann Steffen wurde befragt, und angesichts des vorher durch Nachbarinnen bestätigten Streits mit seiner Frau blieb ihm nichts anderes übrig, als zuzugeben, dass sie sich wegen des Kindes jeden Tag in den Haaren gelegen hätten.

Wobei er allerdings behauptete, er habe gewollt, dass Mette sich um die Kleine kümmere, während sie davon nichts habe wissen wollen. Mette jedoch beschwor bei Gott genau das Gegenteil: Er habe von ihr verlangt, den »Teufelsbastard« zu beseitigen!

Somit stand Aussage gegen Aussage. Außerdem war es kaum noch möglich, den Zeitpunkt des Todes genau zu bestimmen. Niemand konnte bestätigen, wann das unglückliche Geschöpf tatsächlich verstorben war, ob bereits zu Hause oder erst, von der Mutter unbemerkt, auf dem Feld – und warum. Vermutungen ersetzten nun einmal keine Beweise.

Schließlich ließ man Mette laufen. Die beschwor weiterhin lauthals ihre Unschuld und wies beharrlich unter Anrufung des himmlischen Herrn jede Schuldzuweisung weit von sich. Dennoch blieb der Verdacht, ihr eigen Fleisch und Blut ermordet zu haben, zeitlebens an ihr kleben.

In Zukunft waren die Frauen mehr als vorsichtig, sobald ein Gerücht aufkam, als dessen Urheberin man Mette Steffensen ausmachen konnte.

Dass Göntje so rasch aus der Schusslinie gelangte, war nicht allein ihrem großen Ansehen auf der Insel und der mehr als dürftigen Beweislage zuzuschreiben – es fehlte auch jede logische Begründung für eine solche Tat: Warum in Gottes Namen hätte sie sie überhaupt begehen sollen? Was hatte sie mit Mettes Kind zu schaffen?

Die Sache war augenblicklich vom Tisch, nachdem ihr Mann, der Pastor von Sankt Johannis, wieder heimgekehrt war. Göntje weinte vor Glück, als sie Lorenz nach der langen Zeit seiner Abwesenheit in ihre Arme schließen konnte.

»Mein Schreiben an die Frau Herzogin hat offensichtlich gewirkt!«, jubelte die ältliche Pastorin.

»Das war ein hervorragender Gedanke von dir, ma chère!« Der Pastor war ehrlichen Herzens froh, wieder daheim zu sein. Nach der schlimmen Anschuldigung durch Mette Steffensen hatte sich die arme Göntje keinen anderen Rat mehr gewusst, als ihren Mann um Hilfe zu bitten. Er wüsste, wie man sich vor Gericht zu verhalten hatte – und überhaupt! Sie benötigte dringend seinen männlichen Beistand.

Also hatte Göntje sich ein Herz gefasst und beschlossen, der geliebten und verehrten Landesmutter einen ausführlichen Brief zu schreiben.

Was Herzogin Hedwig Sophie so gut an diesem langen, naiven, mit zahlreichen orthografischen Fehlern gespickten Schreiben gefiel und ihr ans Herz rührte, war die Tatsache, dass die Pastorenfrau nicht nur über ihr eigenes Missgeschick klagte, sondern – wenn auch verlegen und reichlich unbeholfen – ihrer Sehnsucht nach dem Gatten Ausdruck verlieh.

»Sie müssen umgehend nach Föhr zurück, Pfarrer Brarens«, entschied die Herzogin. »Ich lasse Sie zwar nur ungern ziehen, das wissen Sie! Aber der Kummer Ihrer Frau greift mir ans Herz. Gehen Sie mit Gott und bringen Sie diese leidige Geschichte mit der aberwitzigen Anschuldigung gegen Ihre Frau zu einem baldigen und guten Ende. Gott befohlen, lieber Pastor Brarens!«

Natürlich war der Geistliche glücklich, von der Landesherrin die Erlaubnis zur Heimkehr zu erhalten – wenngleich ihm die Umstände, denen er die Gunst verdankte, Sorge bereiteten.

Und da war noch etwas, was sein Hochgefühl um einiges trübte: Obwohl er sich bei seinen Unterredungen mit Hedwig Sophie deutlich dafür eingesetzt hatte, das Herzogtum möge seine unbedingte Unterstützung schwedischer Politik zugunsten einer allmählichen Annäherung an dänische Positionen ändern, hatte er bei der Herzogin keinerlei Anzeichen für eine diesbezügliche Kehrtwende feststellen können.

Allzu stark war ihre Anhänglichkeit gegenüber ihrem Bruder, dem Schwedenkönig. Hedwig Sophie glaubte, ihm unbedingte Loyalität zu schulden. Der um ein Jahr Jüngere sah sich als großer Kriegsheld, und mittlerweile war es so, dass ihn seine Eroberungsfeldzüge mehr interessierten als das eigene Land und dessen Verwaltung. Mochten ihn auch seine Minister und Berater – ja, sogar die eigene Schwester – ermahnen und geradezu anflehen, seine Sorge auch dem Vaterland Schweden angedeihen zu lassen, stießen ihre Vorhaltungen bei König Karl XII. auf taube Ohren.

Der junge ehrgeizige Monarch wurde das Gefühl nicht los, man nehme ihn nicht ernst. Trotz seiner achtunddreißig

Kriegsschiffe und zwölf Fregatten, die er in der Ostsee liegen hatte, verspotteten die Dänen die schwedischen Seeleute als »Bauern, die ihre Hände in Salzwasser tauchen«.

So kam es ihm gut zupass, als man ihm holländisch-englischen Beistand in Aussicht stellte. Sowohl England als auch den Vereinigten Niederlanden war daran gelegen, in Nordeuropa Frieden zu haben. Man rechnete damit, dass der französische König nach dem spanischen Thron greifen werde und man in Kürze gegen Frankreich Krieg führen müsse, um Ludwig XIV. nicht zu übermächtig werden zu lassen. So konnte man an anderer Stelle keine Verwicklungen gebrauchen …

Aber das war alles noch in der Schwebe, und Pastor Brarens traute König Karl von Schweden zu, notfalls, sobald man ihn zu sehr in die Enge drängte, Schleswig-Holstein zu opfern.

Lorenz Brarens war sich sicher, Hedwig Sophie begriff die politischen Zusammenhänge sehr wohl.

»Blut ist nun einmal dicker als Wasser, mein lieber Pastor«, antwortete die Herzogin jedoch, sooft er mit all seinem diplomatischen Geschick versuchte, das kleine Herzogtum aus der allzu engen Umklammerung Schwedens zu befreien.

Als Föhringer lag ihm naturgemäß ein Bündnis mit den Dänen näher. Dass er nun die Heimreise antrat, ohne wenigstens ein klein wenig an Umdenken erreicht zu haben, stimmte ihn traurig und verdrossen.

Nach seinem Eintreffen auf der Insel Föhr war innerhalb eines einzigen Tages die absurde Klage Mettes gegen Göntje gegenstandslos. Die Richter kannten den Pastor als integren und weithin anerkannten Theologen und Gelehrten. So bedurfte es seinerseits auch nicht vieler Worte, um die lächerliche Angelegenheit vom Tisch zu fegen.

Nachdem das Gericht Mette nach Hause entlassen hatte,

mit der ernsten Ermahnung, sich nie wieder zu haltlosen Behauptungen hinreißen zu lassen, geeignet, andere Leute zu beleidigen, zu kränken oder verdächtig zu machen, suchte Pastor Lorenz Brarens sie auf.

»*Du sollst kein falsch' Zeugnis geben wider deinen Nächsten!* So steht es geschrieben, Mette – und das weißt du auch. Ich selbst habe es dir damals beim Konfirmandenunterricht beigebracht. Ist denn gar nichts, weder in deinem Kopf noch in deinem Herzen, davon haften geblieben?«

Mette – beschämt über die Vorhaltung ihres Pfarrers, den sie immerhin achtete und sogar ein bisschen fürchtete – lief rot an.

»Doch, Herr Pastor, ich erinnere mich daran. Ich verspreche Euch auch, ich werde nie wieder andere verleumden. Aber in diesem Fall wusste ich mir nicht anders zu helfen. Ich habe wirklich geglaubt, Göntje habe meine Kleine auf dem Gewissen.«

Der strenge Blick des Pfarrers, der nach wie vor auf ihr ruhte, ließ sie ihren letzten Satz korrigieren.

»Nein, es stimmt nicht! Nicht Eure Frau Göntje hatte ich im Verdacht, sondern die Kleine, diese Kaiken, den kleinen Kobold mit den feuerroten Haaren! Dem Trollkind habe ich auch zugetraut, die alte Marret Diderichsen auf dem Gewissen zu haben!

Aber das war nur, weil ich da noch glaubte, sie wäre irgendein Bastard ohne anständigen Vater, ein Wechselbalg, den ein Unterirdischer gezeugt hat«, behauptete sie mit verblüffender Naivität. »Keiner hatte mir gesagt, dass Harre Rolufsen der Erzeuger der Kleinen ist!«

»Mette, Mette!«

Bekümmert schüttelte der Pastor sein Haupt.

»Du solltest öfters beten, Frau, und dich regelmäßig zu den

Andachten und Gottesdiensten in unserer Kirche sehen lassen! Das eine würde deinem Gemüt guttun, das andere würde dir Halt in der Gemeinde verschaffen. Glaubst du nicht?«

Mette schwieg zwar noch verstockt, aber der Pastor konnte förmlich sehen, wie es in ihrem Inneren arbeitete.

»Ich denke, der Grund, warum du oft so missgünstig gegen andere bist, liegt darin, dass du schrecklich einsam bist, Mette. Sogar deinen Mann hast du von dir fortgeekelt!«

Unvermittelt brach Mette in Tränen aus.

Als Lorenz Brarens das Häuschen der Bäuerin verließ, hatte er ihr versprochen, ihren Mann zu bewegen, wieder unter das gemeinsame Dach zu schlüpfen … Dazu konnte er zumindest die Gewissheit mitnehmen, dass sie wenigstens versuchen wollte, sich zu bessern. Eine Bewährungsprobe ihrer neuen Friedfertigkeit stünde in Kürze an.

Am nächsten Morgen stand Pastor Lorenz Brarens schon in aller Herrgottsfrühe auf, um einen langen Spaziergang an der Küste entlang zu unternehmen. Barfüßig wollte er entlang des Wattenmeers dahinschlendern. Im unmittelbaren Kontakt mit dem nassen Sand, einzelnen kleinen Wellen, die ans Ufer leckten, mit den Wattwürmern und all dem kleinen Krabbelgetier, das in Wasserlöchern darauf wartete, bis die Flut erneut anrollte und sie sich wieder im nassen Element tummeln konnten.

Lorenz Brarens liebte es, ohne Schuhe im Sand zu gehen; nicht einmal die Aussicht, in einen Seeigel oder auf eine scharfrandige Muschel zu treten, vermochte ihm diese Freude zu verleiden. Wie hatte er das in Gottorf vermisst …

Sein Blick schweifte über das Watt, hinüber nach der Hallig Langeness, wo derzeit gerade einmal zwei Warften bewohnt waren. Pastor Brarens nahm sich vor, demnächst mit

351

dem Boot überzusetzen und seine dortigen Pfarrkinder aufzusuchen. Obgleich nur sehr gering an Zahl, sollten sie sich dennoch nicht vergessen fühlen.

Von Juni bis Anfang Juli war Wurfzeit für die Robbenmüt-
ter. Aufmerksam äugte Lorenz Brarens über das Watt, ob er
auf einer der zahlreichen Sandbänke Jungtiere ausmachen
konnte. Tatsächlich! Nicht weit vom Ufer entfernt lagen drei
Seehundmütter mit ihren Heulern.

Ein Stück vor dem Goting Kliff ging der Sand in rauen
Fels über, und der Pastor zog es vor, sich vom Ufer zu entfer-
nen und den Weg über die Wiesen zu nehmen, auf denen die
Schafe der Nieblumer Dörfler weideten.

Die im zeitigen Frühjahr geborenen Lämmer machten einen gesunden und munteren Eindruck. Die Tiere waren sehr
zutraulich; hin und wieder blockierten sie ihm sogar den Weg,
um ihn neugierig anzustarren.

»*Weide meine Lämmer! Weide meine Schafe!*«, zitierte Pastor Brarens unwillkürlich den Auftrag des Herrn aus der Bibel. Das wollte er tun, mit all seinen bescheidenen Kräften!
Er war überglücklich, wieder auf seiner Insel sein zu dürfen.

Im Weitergehen fielen ihm Kiebitze auf, selbst aus weiterer
Entfernung zu erkennen an ihrem unverwechselbaren Feder-
schopf. Beinahe am Wegesrand brütete eine Schar von Austernfischern, hübsche, schwarzweiße, dohlengroße Vögel mit
auffallend roten Beinen und ebensolchen Schnäbeln, mit denen es ihnen sogar gelang, Muscheln aufzuknacken. Sie glaubten, ihre Nester gegen den einsamen Wanderer verteidigen
zu müssen, indem sie lauthals schrien und dicht über seinem
Kopf flogen, um ihn glauben zu machen, sie planten einen Angriff. Befreit brach der Pastor in herzliches Lachen aus.

Dann schweifte sein Blick erneut weit übers Watt, wo allmählich die Flut hereindrängte. Für Lorenz Brarens bedeu-

tete genau das, was er jetzt vor Augen hatte, das Paradies auf Erden: der unendlich hohe, beinah wolkenlose Himmel, das Blöken der Schafe, das Gekreisch der Möwen, das Schnattern der Wildgänse und Enten, das Geheul des Windes und das sanfte Plätschern der gemächlich anrollenden Meereswellen …

Er ließ sich im Sand nieder, zwischen Flecken von Dünengras, an einer Stelle, die von der Sonne bereits getrocknet und erwärmt war. Er seufzte tief. Es half nichts: Er musste sich dem Gehörten stellen – ob er wollte oder nicht! Und obwohl er immer noch nicht begriff, was da eigentlich vorgegangen war. Die Folgen indes konnten so fürchterlich sein, dass ihm nach wie vor davor graute, sich damit zu befassen.

Die halbe Nacht hatte der Pastor deswegen im Gebet verbracht, wobei er den Herrn inständig anflehte, seine Nichte Kerrin zu beschützen und heil heimkehren zu lassen.

Als Lorenz Brarens am vergangenen Abend das Fährboot in By de Wyk verlassen hatte, wo nach dem Willen der Herzogin Hedwig Sophie ein befestigter Hafen gebaut werden sollte, hatte er eifrig Ausschau nach einer möglichen Mitfahrgelegenheit gehalten. Natürlich holte ihn keiner seiner Knechte ab – er selbst hatte gewollt, dass seine Heimkehr für Göntje und die anderen eine Überraschung sein sollte.

Aber den ganzen Weg vom Schiffsanleger in Wyk bis nach Nieblum zum Pfarrhof zu marschieren, hatte er wenig Lust – selbst wenn er das große Gepäck bei Bekannten abladen konnte und nur die kleine Tasche mitnähme.

Irgendeiner käme schon mit Pferd und Wagen des Weges, um einen Freund oder Verwandten, der von Dagebüll herüberkam, abzuholen, dachte er.

Tatsächlich kam jemand.

Einer, mit dem er nie und nimmer gerechnet hätte – zumindest nicht zu dieser Zeit.

»*Jiisus Krast!* Ich glaub's ja nicht! Lorenz, mein Lieber! Warum hat mir keiner verraten, dass du von Gottorf zurückkommst? Ich bin ganz zufällig hier, liebster Vetter! Steig auf, ich kutschiere dich natürlich zum Pfarrhof nach Naiblem!«

»Himmel, Matz! Das ist aber mal eine freudige Überraschung! Wie lange seid ihr, Kerrin und du, schon zurück aus Grönland? Wart ihr erfolgreich?«

Stürmisch umarmte Brarens seinen entfernten Verwandten. Matthias Harmsen war ein Vetter Göntjes von der Insel Amrum, wo er als kinderloser Witwer und vermögender ehemaliger Walfängercommandeur ein allzu geruhsames Leben führte und deshalb froh gewesen war über des Pastors Ansinnen, dessen Nichte nach Grönland zu begleiten.

»Genau die Sorte Abenteuer, die ich brauche«, hatte Matz im zeitigen Frühjahr gemeint und sofort in die Hand seines geistlichen Verwandten eingeschlagen. Leider könne er – dringender Geschäfte wegen – mit Kerrin erst in Amsterdam zusammentreffen.

»Was meinst du denn damit, Lorenz?«, fragte er nun verdutzt und versteifte sich, sodass der Pastor ihn umgehend losließ.

»Witzbold! Ich frage dich, wie lange ihr schon wieder aus Grönland zurück seid!«

»Mein lieber Vetter, ich denke, hier liegt ein Irrtum deinerseits vor! Ich war nicht in Grönland! Am vereinbarten Treffpunkt im Amsterdamer Hafen habe ich deine Nichte jedenfalls nicht vorgefunden, sondern deinen Gewährsmann, der mir ausgerichtet hat, Kerrin hätte es sich anders überlegt und würde lieber mit einem anderen Begleiter fahren. Ich gebe ja zu, dass ich darüber schon ein bisschen enttäuscht war!«

Harmsen lachte, um seinen Worten die Schärfe zu nehmen. »Was denn für ein Gewährsmann, um Gottes willen?« Der Pastor fühlte Schwindel in sich aufsteigen und musste sich am Ärmel des anderen festhalten.

»He, he! Was ist los mit dir? Du bist ja auf einmal ganz blass!«

Besorgt musterte Matz Harmsen den Pfarrer. »Stimmt das womöglich gar nicht, was der Kerl mir angeblich von dir hat ausrichten lassen?«

»Kein einziges Wort davon ist wahr, Matz! Wer um alles in der Welt war denn dieser Mensch?«, ächzte Lorenz Brarens.

»Kein anderer als der Föhrer Harpunier Boy Carstensen, der Sohn aus der bekannten Kapitänsfamilie von Carsten Volkwartsen! Wie hätte ich denn ahnen sollen, dass das Schwein mich so dreist belügt?«

»Dich trifft keine Schuld, Vetter!« Dem Pastor versagte fast die Stimme. »Warum nur hat der Unglücksmensch das getan?«

»Das frage ich mich allerdings auch! Boy hatte ja bereits wieder auf einem Walfänger angeheuert – kam also selbst als Begleiter deiner Nichte nicht infrage!«

Der ehemalige Amrumer Commandeur schüttelte den Kopf. »Er muss irgendwie von unserem Treffpunkt erfahren haben – Seeleute plappern gern, auch wenn sie das Gegenteil behaupten – und hat die Gelegenheit genutzt, selbst zum Hafen zu kommen, mich abzufangen und mir diesen Bären aufzubinden.«

»Der Kerl muss sehr überzeugend gewesen sein, wenn du ihm ohne Weiteres geglaubt hast.«

»Auf Ehr' und Seligkeit, Vetter! Ich hatte nicht den geringsten Grund, an dem, was er vorbrachte, zu zweifeln.«

»Ich mache mir jetzt natürlich große Sorgen um meine

Nichte: Was passiert, wenn Fedder Nickelsen, den sie als einzigen Beschützer dabeihat, etwas Ernsthaftes zustößt? Ich will gar nicht daran denken!«

»Diesen Schweinehund Boy Carstensen greife ich mir, das kannst du mir glauben! Der soll sich ja warm anziehen!«

Das glaubte der Pastor seinem Verwandten aufs Wort. Er fragte sich nur, ob es je dazu käme. Er hatte den Eindruck, Boy habe längst den Plan gefasst, sich auf Föhr nicht mehr blicken zu lassen. Der böse Streich, den er Kerrin und seinem Vetter gespielt hatte, wäre dann gewissermaßen sein Abschiedsgeschenk gewesen …

»Hatte der junge Kerl denn Grund, sich irgendwann über Kerrin zu ärgern?«, hörte er Matthias Harmsen fragen.

»Vor Jahren war da mal etwas. Meine Nichte mochte zwar nie darüber reden, aber die Gerüchte wollten wissen, er wäre zudringlich geworden, und sie hätte ihn abgewiesen. Aber Genaues weiß ich darüber nicht.«

Matz Harmsen war völlig außer sich angesichts der Gefahren, in denen seine junge Verwandte womöglich steckte. Der Pastor war bemüht, ihn zu besänftigen, und schlug vor, nun nach Nieblum zu fahren.

Neben Matz Harmsen auf dem Kutschbock sitzend, hatte er nicht einmal die Heimfahrt zu genießen vermocht. Nur noch nach Hause hatte er gewollt – und das so schnell wie möglich.

Jetzt, im Sonnenschein, allein auf weiter Flur, ohne einen Menschen, nur mit Vögeln und Schafen als friedliche Mitgeschöpfe, sah die Welt eigentlich nicht mehr ganz so düster aus.

Mit Gottes Hilfe würde alles gut werden. Daran glaubte der Pfarrer fest. Nur Geduld brauchte er, viel Geduld …

SECHSUNDVIERZIG

NOCH AM GLEICHEN ABEND wurde offenbar, dass Ingke sich als die rechtmäßige Hausherrin im Pfarrhaushalt betrachtete. Dementsprechend ungnädig gab sie sich gegen Kerrin. Kaum dass sie deren Bemühungen um ihren kranken Vater gestattete. Sie hielt sich selbst für eine begnadete Heilerin, und in diesem Sinne äußerte sie sich auch Kerrin gegenüber.

»Ich habe schon viele wieder gesund gemacht, ehe Ihr gekommen seid, Frau!«, bemerkte sie spitz.

Erst war Kerrin über das Verhalten der Haushälterin empört; dann wurde sie neugierig. Womöglich konnte sie von der arroganten Person ja etwas lernen? Sie beschloss, ihr erst einmal das Feld zu überlassen.

Soll sie doch zeigen, was sie draufhat, dachte Kerrin, aber ich werde ihr keinen Augenblick von der Seite weichen, sondern im Gegenteil jeden einzelnen Handgriff, den sie unternimmt, genauestens überwachen. Und wehe, sie tut etwas, was meiner Meinung nach meinem Vater schaden könnte, dann war es das letzte Mal, dass ich ihre Behandlung geduldet habe. Da kann sie protestieren, so viel sie will!

Zu ihrer größten Überraschung erwies sich Ingke als äußerst behutsame, einfühlsame und überlegte Pflegerin. Seit dem Augenblick, in dem der Commandeur sich im Pfarrhof ins Bett gelegt hatte, litt er wieder an schrecklichen Fieberschüben, die ihn des Öfteren das Bewusstsein verlieren ließen.

Er begann zu fantasieren und versuchte immer wieder aufzustehen. Wenn ihn Kerrin zurück ins Bett bringen wollte, wehrte er sich nach Kräften, sodass sie es Ingke überließ, ihn zu besänftigen. Sollte die sich von ihrem Vater, der sich wehrte und dabei ungeahnte Kräfte entwickelte, herumschubsen lassen ...

Was sie verblüffte, war, dass er sich bei der Magd sanft wie ein Lamm verhielt, sich widerspruchslos zu Bett bringen und wie ein krankes Kind zudecken ließ.

Obwohl er mit Sicherheit nicht wusste, wo er war, was mit ihm geschehen war und wer sich um ihn kümmerte, reagierte er auf Ingkes sanfte Stimme und duldete es, dass sie ihm Medizin einflößte, während er noch kurz zuvor bei Kerrin in kindischem Trotz die Lippen zusammengepresst und sich auch nach mehrfachem Bitten nicht bequemt hatte, die bitteren Tropfen aus Weidenrinde zu schlucken, die das Fieber senken sollten.

In den wenigen wachen Momenten blickte er dankbar zu Ingke auf – während er Kerrin überhaupt nicht beachtete.

Kerrin fand sich damit ab. Sie war selbst todmüde und zermürbt von den überstandenen Querelen auf der *Meerspinne*, den lächerlichen und ungerechten Anfeindungen der Mannschaft – und der riesengroßen Enttäuschung über die Feigheit des Kapitäns Hauke Paulsen.

Nach einiger Zeit betrat Nils Andersen die Krankenstube. Er wollte sich nach dem Zustand des Commandeurs erkundigen und die beiden Frauen zum Essen bitten.

Erst jetzt fiel Kerrin auf, wie hungrig sie war. Sie freute sich darauf, endlich etwas in ihren knurrenden Magen zu bekommen. Die letzte warme Mahlzeit hatten sie und Roluf am vergangenen Abend zu sich genommen.

Ingke wollte das Krankenbett nicht verlassen, so folgte nur Kerrin dem Pastor – wobei sie sich ein Lächeln gestattete, als sie beobachtete, wie der hünenhafte Mann sich automatisch bückte, sooft er einen Raum betrat oder verließ, um sich den Kopf nicht am Türrahmen zu stoßen.

»Das Haus habt wohl nicht Ihr gebaut oder für Euch bauen lassen, nicht wahr?«, rutschte es ihr heraus, als sie in dem schmalen Flur, der zum Küchenanbau führte, hinter ihm herging.

»O nein! Ganz bestimmt nicht!«

Nils Andersen ließ ein dröhnendes Lachen hören. »Wäre es so gewesen, wären Türen und Decken um einiges höher ausgefallen! Wie oft ich mir den Kopf angeschlagen habe an den verflixten Balken, konnte ich zum Schluss gar nicht mehr zählen. Mein Vorgänger im Amt war wohl um einiges kürzer als ich.

Es dauerte eine Weile, ehe ich endlich gelernt hatte, mich im Pfarrhaus zu bewegen, ohne mir Beulen einzuhandeln!«

Er lachte Kerrin an und öffnete für sie die Tür zur Küche, die zugleich Wohnstube war und damit Mittelpunkt der gesamten Hausgemeinschaft. Zwischen mehreren Knechten und Mägden fiel Kerrin ein hübsches kleines Mädchen auf, etwa drei Jahre alt und ebenso aschblond wie der Pastor. Mit riesigen, strahlend blauen Augen sah das Kind der fremden Frau neugierig entgegen.

Das Mädchen rutschte von seinem Schemel und rannte auf Nils Andersen zu. »Papa, wer ist die schöne Frau, die du da mitgebracht hast?«, erkundigte sich die Kleine mit zartem Stimmchen und deutete mit einem Fingerchen auf Kerrin. »Bleibt sie jetzt bei uns?«

Die Anwesenden lachten, während der Hüne sich bückte und das im Vergleich zu ihm winzige Geschöpf auf den Arm nahm und zärtlich auf die rosige Wange küsste.

»Das, mein Schatz, ist Frau Kerrin, die zusammen mit ihrem kranken Papa, Kapitän Roluf Asmussen, eine Zeit lang bei uns bleiben wird. Erst wenn der Kapitän wieder ganz gesund ist, werden sie die Weiterfahrt nach Hause antreten.«

»Wird Ingke ihn wieder gesund machen?«

Aha, dachte Kerrin, Ingke war in diesem Haushalt offenbar für das körperliche Wohlbefinden aller zuständig. Irgendwie versetzte ihr das einen weiteren Stich. Den ersten hatte Kerrin beim Anblick der Kleinen verspürt. Wenn Nils Andersen der Vater des Mädchens war, musste es dazu auch eine Mutter geben – wo war sie? Und vor allem: Wer war sie?

Bitte nicht die unfreundliche Ingke, die ich für die Hauswirtschafterin gehalten habe, bat Kerrin im Stillen. Das laute Organ des Pastors riss sie aus ihren Überlegungen.

»Darf ich Euch meine Tochter Anke vorstellen, Frau Kerrin? Sei artig, mein Schatz, und sag der Dame Guten Tag!«, forderte der Hausherr das Kind auf und stellte es wieder auf den Boden.

Zutraulich näherte sich das Mädchen der fremden blonden Frau; aber als es dicht vor Kerrin stand und an ihr hochschaute, steckte es doch aus Verlegenheit einen Finger in den Mund und schwieg. Scheu sah sich Anke nach ihrem Vater um, der ihr aufmunternd zulächelte. Da fasste sich das Kind ein Herz und piepste: »Willkommen im Pfarrhof von Stapi!«

»Ich danke dir, Anke! Ich bin Kerrin und komme von weither, von einer Insel, die Föhr heißt und wo man auch Dänisch spricht, genau wie auf Island. Ich bin deinem Papa sehr dankbar, dass mein kranker Vater und ich bei euch sein dürfen.

Du bist ein sehr hübsches kleines Mädchen, Anke. Gewiss bist du auch sehr lieb und immer folgsam, nicht wahr?«

Anke nickte ernsthaft und löste damit erneut bei den auf Schemeln um den Tisch sitzenden Erwachsenen Gelächter aus.

»Na, na! Mit dem Bravsein hat es manchmal so seine liebe Not!«, ließ sich die Stimme des Pastors gutmütig vernehmen.

Dann bat er Kerrin, sich zu Tisch zu setzen, und Kerrin grüßte die Anwesenden, von denen sie neugierig gemustert wurde. Während des Tischgebets, das Nils Andersen sprach, ehe jeder nach seinem Löffel griff, sah sie sich unauffällig nach einer jungen Frau um, die als Ankes Mutter infrage kam.

360

Nils Andersen, als Hausherr am Kopfende auf einem Stuhl mit geschnitzter Lehne und mit Leder überzogenen Armstützen sitzend, entging der suchende Blick nicht. Als könne er Gedanken lesen, erklärte er Kerrin die Situation.

»Meine Frau Astrid – Gott hab sie selig – starb bei der Geburt unseres zweiten Kindes vor gut zwei Jahren. Auch das Kind ist gestorben. So hat sich zum Glück Ingke meiner Tochter erbarmt; sie versorgt meine Kleine neben ihren alltäglichen Pflichten als Pfarrhaushälterin. Wofür ich ihr überaus dankbar bin.«

»Das mit Eurer Frau tut mir aufrichtig leid. Ihr Verlust muss überaus schmerzlich für Euch sein! Wie gut, dass Ingke sich um Eure Tochter kümmert.«

Kerrin ließ ihren Blick diskret über das Dutzend Männer und Frauen am Esstisch schweifen. Dabei fiel ihr auf, dass ausnahmslos alle die Köpfe tief über ihre Breischüsseln gebeugt hatten, um nicht etwa hochschauen und bestätigend nicken zu müssen.

Kerrin, von jeher äußerst feinfühlig, was die Gemütslage anderer Menschen anbetraf, wusste jetzt Bescheid: Ingke war nicht nur Ersatzmutter für Anke, sondern auch Ersatzfrau für den Pastor ... Eine Sache, die ihr überhaupt nicht gefiel – auch wenn sie das Ganze gar nichts anging.

Jetzt verstand sie auch, warum Ingke sich so auffallend um Roluf bemühte! Eigentlich war ihr der Kranke gleichgültig, sie wollte lediglich den Wunsch ihres Geliebten mustergültig erfüllen – in der Hoffnung, sich unentbehrlich zu machen.

Das Tischgespräch, im Großen und Ganzen nur von Kerrin und dem Pfarrer bestritten, drehte sich natürlich um Kerrin und den erkrankten Commandeur, um ihre abenteuerliche Reise durch Grönland und um das Pech mit Kapitän Hauke Paulsen, der sie brutal auf Island ausgesetzt hatte.

Scheu bewundernde Blicke des Gesindes streiften Kerrin. Kaum dass die Knechte und Mägde ihre Breischüsseln mit dem Hafermus und die Becher mit Schafsmilch geleert hatten, erhoben sie sich und verließen nacheinander das Zimmer, wobei jeder dem Hausherrn ein »Der Herrgott möge es Euch vergelten, Herr Pastor« zumurmelte.

Schließlich saßen beide allein am Tisch. Anke war von einer älteren Magd aus der Wohnküche geführt worden – sie sollte ins Bett gebracht werden. Nur ein ganz junges Ding räumte noch die Breischalen und die Becher sowie Kerrins und des Pastors Silberlöffel weg und trug sie zum Spülstein.

Die dienstbaren Geister hatten ihre hölzernen Löffel hingegen sauber abgeleckt und in einer Schublade an der Längsseite des Tisches verstaut. Jeder hatte ein Zeichen oder auch einen Buchstaben in den Griff geritzt, um sein Besteck bei der nächsten Mahlzeit wiederzuerkennen …

»Genau wie bei uns zu Hause auf Föhr geht es auch bei Euch zu, Pastor Andersen! So sehr ich die Gastfreundschaft der Eskimos auf Grönland genossen habe, so gut tut es jetzt, vertraute Sitten und Gebräuche – und ähnliche Speisen – hier auf Island zu genießen. Der ewige Fisch, das Robbenfleisch und die zähen Moschusochsen wären auf Dauer nichts für mich!«

Das konnte Nils Andersen ihr nachfühlen.

»Dass mein Vater Kapitän auf einem Walfänger war, wisst Ihr ja schon, aber Ihr sollt auch erfahren, dass mein Oheim auf Föhr ebenfalls Geistlicher ist. Er ist der Pfarrer der Sankt-Johannis-Kirche in Nieblum, auch Friesendom genannt!«, berichtete Kerrin mit unverhohlenem Stolz.

Die Unterhaltung war lebhaft; gelegentlich lachten sie beide laut und herzlich. Das ging so lange, bis sie sich der Tatsache bewusst wurden, ganz allein in der Stube zu sein. Längst war die junge Dienstmagd zur Tür hinausgeschlüpft.

Wie bei etwas Unrechtem ertappt, sprangen beide auf. Kerrin murmelte, sie müsse unbedingt nach ihrem Vater sehen, und der Pastor gab vor, für die morgige Predigt – am nächsten Tag war Sonntag – noch etwas vorzubereiten.

»Ich komme später nach, um mich vom Gesundheitszustand Eures Vaters zu überzeugen«, versprach er, und Kerrin kam es vor, als erröte er dabei leicht. Fühlte er sich etwa zu ihr hingezogen?

Gewiss bildete sie sich das nur ein. Und warum? Sie gab sich umgehend selbst die Antwort: Weil ich, dummes Huhn das ich bin, mich Hals über Kopf in ihn verliebt habe! Anscheinend werde ich niemals vernünftig. Mittlerweile sollte ich eigentlich wissen, dass ich mit Männern kein Glück habe.

Vor der Kammertür, hinter der sie Ingke rumoren und kichern sowie die schwache Stimme ihres Vaters eine Episode zum Besten geben hörte, verharrte Kerrin. Irgendwie widerstrebte ihr das Zusammentreffen mit Ingke, die – zu ihrem Leidwesen – sehr attraktiv war.

Das prachtvolle dichte schwarze Haar floss ihr seidig über den Rücken bis zur Taille und erinnerte Kerrin an Rabenflügel. Ihre Haut war glatt und von sanfter heller Bräune, die großen, beinah schwarzen Mandelaugen versprühten Feuer und Leidenschaft. Dazu war sie rank und schlank gebaut, wie Kerrins kritischem Blick gleich zu Anfang aufgefallen war.

Kein Wunder, dass Nils Andersen sie sich in sein kaltes Witwerbett geholt hat, dachte sie verdrießlich. Nun, ob mir das nun gefällt oder nicht – so ist es eben.

Sie drückte die Klinke zur Kammertür auf.

Ingke saß nicht auf dem Stuhl, sondern auf dem Bettrand neben Roluf Asmussen und fühlte seinen Puls. Alles war zwar durchaus unverfänglich – und doch hatte Kerrin den Eindruck, ein Störenfried zu sein. Die beiden, die sich gerade noch so gut unterhalten hatten, verstummten schlagartig.

»Du kannst jetzt gehen, Ingke. In der Küche sind noch Brei und Milch übrig, falls du Hunger hast. Ich werde jetzt die Nachtwache bei meinem Vater übernehmen.«

Ingke wollte erst etwas einwenden, aber Kerrins Tonfall war so bestimmend gewesen, dass Ingke ihren bereits geöffneten Mund wieder schloss und sich mit einem leise gemurmelten »Gute Nacht und gute Besserung, Herr Commandeur« verabschiedete.

Kerrin hingegen würdigte sie keines Wortes, sie knickste lediglich beiläufig vor ihr und verschwand lautlos.

»Ihr Glück, dass sie nicht noch obendrein die Tür zugeknallt hat!«, brummte Kerrin ungehalten. »Was bildet die Person sich eigentlich ein? Immerhin ist sie hier bloß Magd!«

Kerrin äußerte die Kritik nur leise, dennoch hatte Roluf sie verstanden.

»Warum bist du so ungehalten, mein Kind? Ingke ist eine ganz reizende Person. Und als Heilerin taugt sie wirklich etwas! Ich fühle mich schon um einiges besser! Du könntest wirklich netter zu ihr sein!«

Kerrin bemühte sich, beherrscht zu antworten: »Das sind ja wundervolle Neuigkeiten, Papa! Ich werde vielleicht von dieser Magd noch etwas lernen können.«

Sie legte ihre kühle Hand auf die Stirn des Commandeurs.

»In der Tat, Vater! Das Fieber ist gesunken. Was machen die Leibschmerzen?«

Die verspürte Roluf noch immer, aber viel schwächer; die Koliken ließen sich nicht so schnell vertreiben – jedoch der Drang, sich zu übergeben, war verschwunden.

»Meine Kopfschmerzen sind auch fast weg«, freute sich der Commandeur. »Ich denke, Kerrin, es wird nicht nötig sein, dass du aufbleibst und an meinem Lager die Nacht über Wache hältst. Lege dich getrost ins andere Bett und versuche, etwas Schlaf zu bekommen. Du siehst sehr müde aus, mein liebes Kind.«

Das konnte Kerrin nicht leugnen. Aber ihr Pflichtbewusstsein sträubte sich noch dagegen.

»Es könnte sein, Papa, dass …«, begann sie, wurde aber sofort unterbrochen.

»Ganz recht: Könnte! Muss aber nicht! Sollte etwas sein, werde ich dich rufen, und dann kannst du immer noch nach mir schauen. Also, Kerrin, bitte, keine Widerrede!«

Das klang sehr verlockend.

In diesem Augenblick klopfte es sachte an der Tür, und auf ihr »Herein!« tauchte der Hausherr auf, der sich nach seinem kranken Gast erkundigte.

SIEBENUNDVIERZIG

BALD DURFTE KERRIN ENTDECKEN, dass der Wikinger, wie sie Nils Andersen insgeheim nannte, auch leisere und durchaus einschmeichelndere Töne zu benutzen wusste. Sogar ihrem Vater, der sich ganz allmählich auf dem Wege der Besserung befand, fiel auf, dass der Pastor seiner Tochter unverhohlen den Hof machte.

Soweit es den Commandeur betraf, war er damit nicht unzufrieden – zumal Kerrin diese Gefühle zumindest im Ansatz zu erwidern schien. Gewiss empfand sie noch Trauer über den Tod Fedders, aber auf Dauer würde sie nicht alleine bleiben wollen.

Roluf würde es nur sehr bedauern, sie möglicherweise an einen Mann zu verlieren, der sein Leben in Island zu verbringen gedachte. Die Entfernung nach Föhr war nicht gerade gering. Die Aussicht, künftig auf beide Kinder verzichten zu müssen, stimmte ihn nicht gerade froh. Wie es aussah, würde er auch seinen Sohn Harre kaum jemals mehr zu Gesicht bekommen, falls dieser Ernst machte mit seinem Entschluss, sich auf Dauer in der Fremde niederzulassen.

Aus purem Egoismus würde er sich Kerrin allerdings niemals in den Weg stellen. Er gönnte ihr ihr Liebesglück aufrichtigen Herzens.

Nachdem es ihm besser ging, erwog er für sich ernsthaft eine erneute Annäherung an seine holländische Braut, Beatrix van Halen – falls sie ihn überhaupt noch wollte …

Während der Sommertage und -wochen, die er im Haus des Pastors verbrachte, dachte er mit großer Sehnsucht und Liebe an Mijnfrou Beatrix, an die Frau, der es nach den vielen Jahren, die er als Witwer verbracht hatte, gelungen war, sein fast verdorrtes Herz zu erobern und ihn für eine zweite Ehe bereit zu machen.

Sobald wir in Amsterdam sind, werde ich meinen ganzen Mut zusammennehmen und sie aufsuchen, beschloss der Commandeur. Dass er wahrscheinlich seinen Wohnsitz nach Holland verlegen müsste, machte ihm allerdings zu schaffen. Seine geliebte Insel Föhr aufzugeben – das würde ihn sehr schwer ankommen.

Kerrin war mit anderen Dingen beschäftigt. So spontan Nils Andersens Gefühle für sie aufgeflammt waren, so schnell hatte auch sie sich aufs Heftigste in ihn verliebt.

Sie genoss nicht nur die temperamentvolle Werbung des schönen Dänen, sie erwiderte seine Empfindungen auch mit einer Leidenschaft, die sich mit keiner ihrer bisherigen Erfahrungen vergleichen ließ.

Sie erinnerte sich an die schüchterne Zuneigung, die sie ihrem einstigen Bräutigam, Kapitän Jens Ockens, entgegengebracht hatte, den seine meuternde Mannschaft später in Südostasien erschlug. Sie erschien ihr heute wie eine kindische Schwärmerei.

Was sie für Nils Andersen empfand, war sogar noch um einiges stärker als ihre einstigen Gefühle für den untreuen Edelmann am Gottorfer Herzogshof, Claus von Pechstein. Er hatte ihr damals das Herz gebrochen, indem er eine Adelsdame heiratete und sie lediglich als Geliebte behalten wollte. Und die einzige Liebesnacht mit Fedder Nickelsen war zwar wunderschön gewesen, würde aber kein ganzes Leben ausfüllen ...

Kerrin wusste weder, wie es mit Nils Andersen weitergehen sollte, noch, ob der Pastor überhaupt um ihre Hand anzuhalten gedachte.

Womöglich war sie für ihn bloß ein angenehmer Zeitvertreib, der ihm solange gelegen kam, bis ihr Vater wieder ganz gesund war und sie die Heimreise antraten? Dann hatte er ja immer noch Ingke, die ihm in einsamen Nächten sehr gerne das Bett wärmen würde. Sie war eine begnadete Heilerin, dank deren Können Roluf Asmussen überraschend gute Fortschritte machte, und Nils hatte zugegeben, dass sich die Magd bis zu Kerrins Ankunft nicht nur um das Wohl seiner kleinen Tochter gekümmert hatte ...

Kerrin vermutete, Ingke habe sich tatsächlich Hoffnungen gemacht, »Frau Pastor« zu werden. Sie spürte den Hass der Hauswirtschafterin, der mit jedem weiteren Tag, den Kerrin im Haus des Pastors verbrachte, wuchs. Sollte sie sich entschließen, dauerhaft zu bleiben, würde sie Ingke entlassen müssen ...

So gering die Erfahrungen Kerrins in den oftmals schwierigen Mann-Frau-Beziehungen sein mochten, einer Sache war sie sich völlig sicher: Nichts konnte gefährlicher sein als die Eifersucht und die Rachegefühle einer verschmähten Frau …

Aber so weit war es noch nicht, und Kerrin schob jeden störenden Gedanken an Ingke und deren Wut beiseite und gab sich lieber ihren Tagträumereien hin, während sie ungeduldig darauf wartete, bis es nach dem Abendbrot still wurde im Haus und sie zu Nils in die Kammer schlüpfen konnte, ohne Gefahr zu laufen, dabei von dienstbaren Geistern beobachtet zu werden.

Vor den Hausgenossen hielten Nils und Kerrin sich zwar zurück, was Worte, Blicke und Berührungen anging; dennoch wusste jeder im Pfarrhof Bescheid – und damit auch im Dorf Stapi.

Schnell machte die Liebe des Pastors zu der fremden Frau die Runde, und die Reaktionen der Gemeindemitglieder fielen ganz unterschiedlich aus. Die einen gönnten ihrem Pfarrer das neue Glück mit einer schönen Frau, andere wiederum standen zu Ingke und meinten, sie habe gewissermaßen ältere Rechte. Insgeheim tadelten sie Pastor Nils dafür, dass er seine verdiente Haushälterin so einfach beiseiteschob.

Und dann gab es die Klügeren, die meinten, das Ganze ginge sie überhaupt nichts an; es sei ausschließlich Sache von Herrn Andersen, wen er sich als Gefährtin erwähle. Aber die waren in der Minderheit.

Die Gerüchte über den Pastor und seine friesische Geliebte verbreiteten sich allmählich über die ganze Halbinsel Snæfellsness im Westen Islands.

Von Stapi ausgehend, umrundeten sie den Berg Snæfellsjökull nach Norden hinauf bis zum Dorf Hellissandur, verbreiteten sich südöstlich nach Olafsvik und Grundarfjörður, weiter nördlich bis Stykkishólmur, wanderten südwärts bis zum Ort Miklholt und von da zurück nach Westen bis zum Dorf Buðr und waren damit fast wieder am Ausgangspunkt Stapi angelangt.

Es lag in der Natur der Sache, dass – je weiter sich das Gerede verbreitete und sich damit von seinem Ursprung entfernte – Neues hinzugedichtet und vieles maßlos aufgebauscht wurde. Zur Gerüchtebildung trugen Ingkes weinerliche Schilderungen das Ihrige bei, um Kerrin bei vielen in ein schiefes Licht geraten zu lassen.

So verwandelte sie sich in den Köpfen vieler Menschen im Laufe des Sommers von der lästigen Konkurrentin zur lasterhaften Rivalin, der kein Mittel zu schlecht war, um einer anderen den Mann abspenstig zu machen.

Ingke versteckte sich eines Tages, als sie wusste, der Pfarrer würde zu einem Krankenbesuch nach Olafsvik reiten, im Stall und stellte Nils, nachdem der Knecht die Isländerstute Mari gesattelt hatte und verschwunden war.

»Darf ich davon ausgehen, Herr, dass meine Arbeit bei Euch zu Ende sein wird, sobald Ihr dem Pfarrhof eine neue Herrin gegeben habt?«, fragte sie scheinheilig. »Es wäre mir sehr recht, Herr, wenn Ihr es mich wissen ließet, damit ich mich nach einer anderen Stelle als Magd umsehen kann.«

Der Pastor warf Ingke einen scharfen Blick zu. Obwohl die sich redlich um Gleichmut bemühte, erkannte er den glühenden Hass in ihrer Stimme. Rasch senkte die Magd den Kopf, um das zornige Funkeln in ihren Augen zu verbergen. Mit gespielter Demut griff sie nach seiner Hand und küsste sie inbrünstig.

»Ich danke Euch, Herr, für alles Gute, das ich von Euch empfangen habe. Es würde mich sehr glücklich machen, wenn Ihr mich auch nach Eurer Heirat bei Euch behieltet.

Ich würde der neuen Herrin genauso treu dienen, wie ich Euch gedient habe.«

Das klang aufrichtig. Nils Andersen, dessen Gewissen sich Ingkes wegen meldete, war froh, dass sie sich so vernünftig verhielt.

»Es freut mich, dass du so einsichtig bist, Ingke. Ich befürchtete schon, du könntest aus unserer zeitweiligen Beziehung den Schluss ziehen, ich würde dich irgendwann zu meiner Ehefrau nehmen. Ich bin sehr erleichtert!«

Ingke musste sehr an sich halten, nicht auf ihn loszugehen. Wie töricht und gefühllos er doch war. Sie hatte in ihm immer etwas ganz Besonderes gesehen. Jetzt wusste sie, dass er war wie alle anderen.

Laut aber sagte sie und lachte sogar dabei: »Wo denkt Ihr hin, Herr! Ich weiß, dass ich zum einfachen Gesinde gehöre. Kerrin Rolufsen dagegen ist reich und gebildet und vermag Euch gewiss mehr zu bieten als eine Magd.«

»Ich danke dir nochmals, Ingke! Du warst mir eine große Stütze nach Astrids Tod – ohne dich hätte ich es kaum geschafft! Ich sehe keinen Grund, warum du den Pfarrhof verlassen solltest, wenn ich verheiratet bin. Kerrin wird glücklich sein, eine so tüchtige und treue Hilfskraft zu besitzen.«

Ingke glaubte, sich verhört zu haben. Der Pastor schien allen Ernstes zu glauben, sie und diese Friesenhexe würden friedlich zusammenleben können! Als ob sie jemals so tief sinken würde, von diesem dahergelaufenen Weib Befehle entgegenzunehmen.

Sich zu einer demütigen Miene zwingend, knickste sie höflich vor dem Pastor, der Mari inzwischen aus dem Stall geführt und sich in den Sattel geschwungen hatte. Ehe er endgültig davonritt, rief er ihr noch zu: »Pass mir ja gut auf den Commandeur auf, Ingke! Zu meiner und Kerrins Hochzeit muss er vollkommen gesund sein!«

O ja! Auf den Alten würde sie ein ganz besonderes Auge haben. Da würde Pastor Andersen noch staunen. Ingke wandte sich voller Ingrimm ab und lief zurück ins Haus.

Nur zähneknirschend hatte die Haushälterin sich fürs Bleiben entschieden, als sie sich vor die Alternative gestellt sah, sich entweder mit ihrem untergeordneten Stand als gewöhnliche Magd zu bescheiden oder den Pfarrhof zu verlassen. Letzteres hätte bedeutet, dem Mann, den sie mit der ganzen Kraft ihres Herzens liebte, nie mehr nahe zu sein, ihn womöglich überhaupt nie mehr zu sehen.

Das würde sie nicht ertragen. Sie liebte und hasste ihn zugleich; obgleich sie der Ehrlichkeit halber eingestehen musste, dass er ihr in der Tat niemals Hoffnungen gemacht hatte, sie eines Tages zu heiraten.

Aber so leicht würde Ingke sich ihren Traum nicht zerstören lassen. Sie beschloss, Kerrin als der künftigen Frau des Herrn nach außen hin zu gehorchen – aber insgeheim dachte sie nicht daran, sich der friesischen Hexe zu unterwerfen.

Ausgerechnet den Commandeur suchte sie sich als erstes Opfer aus. Der Vater ihrer größten Feindin verdankte im Wesentlichen nur ihr seine Heilung. Sie wusste, wie sehr Kerrin Roluf Asmussen liebte und wie sehr es sie schmerzen würde, ihn erneut leiden zu sehen.

Sie würde seinen guten Genesungszustand schleunigst rückgängig machen und verabreichte dem Ahnungslosen nun gewisse Kräuterauszüge, die sich auf sein Gedächtnis und sein Denkvermögen auswirkten. Innerhalb weniger Tage war Roluf ein geistiges Wrack – vergleichbar mit seinem Zustand kurz nach dem tragischen Sturz und der schweren Kopfverletzung.

Er sprach kaum und das Wenige war wirr und unverständlich. Mit Müh und Not erkannte er seine Tochter, aber woher er stammte und wer er war, schien erneut wie hinter einer grauen Nebelwand verschwunden zu sein. Er nahm weder an den Betstunden des Pastors noch an sonstigen geselligen Zusammenkünften mehr teil; eine große Gleichgültigkeit hatte ihn erfasst.

Kerrin konnte sich diesen Rückfall nicht erklären und war dementsprechend besorgt und unglücklich. Nicht einmal die Liebe des Pastors vermochte es, ihr darüber hinwegzuhelfen.

Als sie in einer der hellen Sommernächte neben ihrem Liebsten lag, wartete Kerrin, bis ihre Atemzüge wieder ruhiger wurden, ehe sie das Thema Hochzeit zur Sprache brachte. Ein für alle Male wollte sie Klarheit darüber, wie er zu Ingke stand.

»Ich möchte nicht das Gefühl haben müssen, eine andere Geliebte von dir unglücklich zu machen, mein Liebster«, begann sie diplomatisch.

Doch Nils war nur zu gerne bereit, seiner Braut die Skrupel zu nehmen.

»Nein, Kerrin, da ist keine, der ich jemals Hoffnungen gemacht hätte, sie könnte meine liebe Frau Astrid ersetzen. Das blieb allein dir vorbehalten!«

Das hatte Kerrin nur hören wollen. Erneut wandte sie sich dem starken, männlich schönen Körper zu, den zu liebkosen sie nicht müde wurde.

Im Dorf und auf der ganzen Halbinsel Snæfellsness mehrten sich die Gerüchte, die »unverschämte Fremde« habe sich mit einem Halbverrückten, den sie als ihren Vater ausgebe, ins Pfarrhaus eingeschlichen, unter dem Vorwand, von einem Kapitän auf Island ausgesetzt worden zu sein.

»Wenn es denn wahr ist«, folgerten Ingkes Anhänger, »dann wird dieser Mann schon gewusst haben, warum er sich das Hexenpack rechtzeitig vom Hals geschafft hat! Ohne guten Grund tut kein Kapitän so etwas, weil er strengste Bestrafung fürchten muss.«

»Diese Kerrin muss eine ganz gefährliche Hexe sein! Hat sie doch sogar unseren Pastor verzaubert, der ihr allem Anschein nach mit Leib und Seele verfallen ist!«

Diese Verleumdung, von Ingke geschickt in die Welt gesetzt und von Klatschmäulern in Windeseile in der gesamten Gegend verbreitet, war durchaus nicht ungefährlich. Die Menschen waren überaus abergläubisch.

Es dauerte nicht lange, und auch die Ratsherren und sonstigen Honoratioren sowie der Bischof in Skálholt erfuhren gerüchteweise von den dubiosen Vorgängen in einem Pfarrhof im äußersten Westen Islands. Der Vertreter des dänischen Königs kündigte seinen Beratern an, er werde die Sache aufmerksam verfolgen, um gegebenenfalls einschreiten zu können.

Sollte sich der Verdacht gegen die Friesin erhärten, werde er selbst den König in København darüber informieren. Friedrich IV. hatte zwar im Augenblick genug mit der Politik und den Widrigkeiten des noch keineswegs beendeten Großen Nordischen Krieges zu tun, aber das Thema Hexen und Zauberei alarmierte den König von Dänemark allemal.

»Was ist das anderes als schwarze Magie, wenn ein Frauenzimmer dem anderen den Mann durch teuflische Künste abspenstig macht und ihn dazu bringt, sie zu heiraten und aus einer Mätresse eine ehrbare Frau zu machen?«, fragten sich schlichte Gemüter.

ACHTUNDVIERZIG

DA WAR ER ALSO WIEDER, der alte Vorwurf gegen Kerrin!
Obwohl er in diesem Fall eher auf die mit giftigen Substan-
zen wie Stechapfel und Einbeere agierende Ingke gepasst
hätte.

Die, um die es in Wahrheit ging, ahnte davon nichts. Der
Zustand ihres Vaters bekümmerte Kerrin sehr. Trotzdem genoss sie ihre leidenschaftliche Beziehung zu Nils – als Ver-
lobte nahmen beide an, sich die ehelichen Freuden getrost
ohne schlechtes Gewissen erlauben zu dürfen.

Hatte nicht der große Martin Luther selbst behauptet, dass
»die Ehen im Himmel geschlossen« würden? Und dass gar die
formale Eheschließung nur »ein weltlich Ding« sei?

Heimlich schlich sich Kerrin jede Nacht in die Kammer
ihres Bräutigams, nachdem sie ihrem Vater Gute Nacht gewünscht hatte. Der Herrgott werde schon ein Auge zudrü-
cken, behauptete der Pastor; bei den Menschen war er sich
da nicht so sicher. Es war klüger, vor dem Gesinde auf Diskre-
tion zu achten.

Als ahne sie etwas, verbannte Kerrin Ingke neuerdings vom
Krankenbett ihres Vaters. Und siehe da! Allmählich ging es
ihm wieder besser. Die Blockade in seinem Kopf löste sich,
und von Tag zu Tag begann er sich wohler zu fühlen.

Eines Abends hatte Kerrin längere Zeit als gewöhnlich am
Lager des Commandeurs verbracht. Als sie auf Zehenspit-
zen durch den Flur des bereits totenstillen Pfarrhauses zum
Schlafzimmer ihres Bräutigams schlich, glaubte Kerrin, hinter
der Kammertür eine weibliche Stimme zu hören, deren Klang
ihr nur zu bekannt war.

Augenblicklich verharrte sie, um zu lauschen, was Ingke
Wichtiges vorzubringen habe, was nicht bis zum Morgen Zeit

gehabt hätte. Gleich darauf stieg ihr die Zornröte ins Gesicht. Das Weib war wirklich dreist!

»Ich weiß wohl, Herr, dass Ihr mir verboten habt, mich Euch erneut zu nähern! Aber ich musste Euch heute einfach aufsuchen, verzeiht mir! Habt doch Erbarmen mit mir, Herr!«, hörte Kerrin die jammernde Stimme der Magd. »Ich halte diese Verbannung nicht länger aus! Was habe ich Euch denn getan, dass Ihr mich so bitter bestraft?«

Kerrin, die am ganzen Leib vor Empörung zitterte, hielt sich krampfhaft am Geländer fest, um nicht blindlings vor Wut ins Schlafgemach zu stürzen, die Rivalin zu ohrfeigen und sie anschließend an ihren pechschwarzen Haaren aus der Kammer zu schleifen und die Treppe hinunterzuwerfen.

Die strenge Stimme des Pastors hielt sie zurück.

»Steh sofort auf! Was fällt dir ein, du unseliges Geschöpf! Wir knien nur vor Gott, unserem Herrn!

Das letzte Mal, als wir uns unterhielten, Ingke, schienst du mir recht vernünftig zu sein. Was soll jetzt dieser Aufstand? Was willst du hier? Ich habe dich nicht an mein Bett gerufen – und werde das auch nie mehr tun! Das weißt du. Also: Finde dich damit ab, wenn du kannst! Wenn nicht, verlass mein Haus für immer!«

»Ach, liebster Herr! Es ist gerade so, als stießet Ihr mir ein Messer mitten ins Herz!«

Kerrin hörte, dass Ingke hysterisch zu weinen begann, und sie knirschte unwillkürlich mit den Zähnen vor Wut. Sie sorgte sich jetzt doch: Würden Ingkes Tränen Nils womöglich erweichen?

Ihre Skrupel waren indes unnötig. Deutlich war ihr Verlobter durch die Tür zu hören, wie er die einstige Geliebte zurechtwies.

»Geh jetzt und beruhige dich, Frau! Ich sage es nicht noch

einmal! Zwinge mich nicht, dich tatsächlich vom Pfarrhof weg-
zuschicken.«

Der letzte Satz war zwar wieder leise gesprochen, klang
aber durchaus ernsthaft. Zu Kerrins Genugtuung hörte Ingke
abrupt mit dem Schluchzen auf.

Kerrin zog es vor, sich in eine Mauernische zurückzuziehen.
Sie legte keinen Wert darauf, von der aufgewühlten Feindin
vor der Schlafzimmertür des Mannes angetroffen zu werden,
den diese für sich zurückgewinnen wollte. Kaum hatte sie sich
in die Ecke gedrückt, öffnete sich die Tür, und Ingke tauchte
auf, die sich davonschlich wie eine geprügelte Hündin.

Einen Augenblick lang flammte Kerrins Mitleid mit der
Verschmähten auf; ja, sie vermochte sogar so etwas wie Verständnis für sie aufzubringen: Ingkes Schicksal war bitter,
aber leider nicht ungewöhnlich. Jede Frau in dienender Stellung wusste, womit sie zu rechnen hatte, wenn sie sich mit
einem höhergestellten Herrn auf eine intime Beziehung einließ. Nur in den seltensten Fällen ging daraus eine Ehe hervor.

Nils Andersen übte seit Neuestem jeden Tag mit Commandeur Roluf Asmussen die korrekte Aussprache des Dänischen
und das Aufsagen von bestimmten Psalmen – betrachtete er
den älteren Herrn doch bereits als seinen Schwiegervater, den
er an seinem Hochzeitstag stolz der Pfarrgemeinde in der Kirche zu präsentieren gedachte.

»Wenn Ihr erlaubt, cher Papa, werde ich Euch, sobald die
Witterung und Eure Gesundheit es erlauben, zusammen mit
Kerrin – die bis dahin meine Angetraute sein wird – nach
Amsterdam begleiten zu der Frau Eures Herzens, zu Mijn-
frou Beatrix van Halen. So kann mich die Dame gleich als Teil
Eurer Familie kennenlernen!«

Die Aussicht, nicht allein die Heimreise antreten zu müssen, entzückte den Commandeur ungemein; insgeheim hatte er befürchtet, sich von seiner Tochter in Island für lange Zeit, womöglich für immer, verabschieden zu müssen. Die Entscheidung des Pastors verlieh ihm Mut und Auftrieb und beschleunigte zu Ingkes Leidwesen seine Genesung.

Daraufhin ließ die Pfarrhaushälterin im Dorf verbreiten, nur den zweifelhaften Zauberkünsten seiner Tochter müsse man die Wiederherstellung des Kapitäns in so kurzer Zeit zuschreiben.

Aber dieses Mal ignorierten die meisten Leute Ingke: Die Aussicht auf eine große Hochzeitsfeier im Pfarrhof, zu der natürlich alle Gemeindemitglieder zu Speis' und Trank, Musik und Tanz eingeladen waren, überwog bei Weitem die bösartigen Unterstellungen der eifersüchtigen Magd.

Als Pastor Andersen den Hochzeitstermin auf der Kanzel öffentlich verkündete – genau am Weihnachtstag 1706 sollte er stattfinden –, raste Ingke innerlich förmlich vor Wut und Eifersucht. Was konnte sie tun, um diese Heirat zu verhindern? Immerhin schrieb man bereits Mitte Oktober.

Sie wusste, aufgrund ihrer ärmlichen Herkunft und ihrer mangelnden Bildung wäre auch ohne Kerrins Auftauchen eine Heirat mit Nils Andersen mehr als unwahrscheinlich gewesen. Doch sie stellte keine Ansprüche. Ihr würde es reichen, wenn alles wieder so würde, wie es nach Astrids Tod gewesen war. Wenn nur Kerrin endlich verschwinden würde! Nun, von allein würde das nicht geschehen. Ingke ertappte sich bei dem Gedanken, wie schwer es wohl wäre, der verhassten Konkurrentin etwas zustoßen zu lassen. Doch nein, das wagte sie nicht – nicht bei Kerrins sonderbaren Kräften …

In ihrer Verzweiflung verfiel sie auf den verhängnisvollen Gedanken, Kerrins Vater nicht nur wie bisher krank und hinfällig zu machen, um ihre Feindin zu ärgern – nein! Sie würde den Commandeur töten.

Natürlich auf eine Weise, dass man ihr nichts nachweisen könnte. Das würde der unverschämten Hexe Kerrin zu denken geben und in ihr die Furcht wachrufen, sie könnte womöglich die Nächste sein. Gut möglich, dass sie dann endlich von Island und aus dem Haus des Gemeindepfarrers verschwand. Außerdem war es üblich, nach dem Tod eines nahen Verwandten ein Trauerjahr einzuhalten und keine Feste zu feiern. Damit wäre die verdammte Hochzeit um zwölf Monate verschoben – und während so langer Zeit konnte unendlich viel geschehen …

Mit dem Gefühl, dass doch nicht alles aussichtslos war, machte sie sich wieder an ihre Arbeit.

Wie die meisten Isländer extrem abergläubisch, versuchte es Ingke zuerst, indem sie die Elfen anrief, jene Naturgeister, die unter der Erde, im Wasser und in der Luft lebten. Es gab Licht- und Dunkelelfen, die sowohl Gutes wie Böses zu bewirken vermochten – je nachdem, wer sich an sie wandte und was man im Gegenzug zu geben bereit war.

Nachts verließ die verblendete Magd das Haus, um nicht von anderen Dienstboten dabei überrascht zu werden, wie sie höchst merkwürdigen Ritualen frönte, um ihre Verbindung zum verborgenen Volk herzustellen. Die Ställe mied sie wohlweislich; dort schliefen Rossknechte und Stallmägde, deren Aufmerksamkeit sie nicht gebrauchen konnte.

Sie war darauf angewiesen – wollte sie nicht in der nächtlichen Kälte erfrieren –, ausgerechnet die Dorfkirche für ihre heidnischen Zwecke zu missbrauchen. Doch um die Liebe des Pastors aufs Neue zu gewinnen, war ihr jedes Mittel recht. Sollte Nils jemals davon erfahren, wäre dies ihr letzter Tag auf dem Pfarrhof. Vermutlich würde er sie als gemeine Frevlerin der weltlichen Obrigkeit ausliefern.

Mehrere bizarre Rituale vollzog sie vor dem Altar; sie bestanden aus bestimmten Anrufungen, Gesängen und Tänzen sowie kleinen Geschenken, die sie abschließend in einer kleinen Felsenhöhle ablegte, unterhalb des auf einem Hügel liegenden Kirchhofs. Trotz des völlig vereisten Weges, der dorthin führte, wagte sie den Abstieg, um sich die Elfen geneigt zu machen.

Einen Monat später – es war mittlerweile der 15. November – zeigte sich, dass all ihre Mühe vergebens gewesen war. Der Commandeur blühte zusehends auf. Der Gedanke, seine geliebte Kerrin bald mit einem frommen und gebildeten Mann verheiratet zu wissen, ließ ihn von Tag zu Tag lebendiger und gesünder werden.

»Ich muss endlich stärkere Geschütze auffahren«, murmelte Ingke wütend. »Die Zeit bis Weihnachten drängt. Es ist bereits Mitte November, und spätestens drei Tage vor Heiligabend soll er in der Grube liegen!«

Beim Klang ihrer eigenen Worte zuckte die Frau zusammen. Aber nicht, weil der grausame Inhalt sie schockierte, sondern aus Angst, jemand könne sie womöglich gehört haben und sich seinen eigenen Reim darauf machen.

Ein rascher Blick nach allen Seiten beruhigte sie. Es herrschte tiefster Winter, und die Tage blieben wie die Nächte stockdunkel, denn die Sonne ging beinahe gar nicht mehr auf. Die Sicht war schlecht und die Wege nur mit einer Laterne zu begehen.

Ich muss mich zusammenreißen, dachte die Magd leicht panisch. Vor allem darf ich meine Haushaltspflichten nicht vernachlässigen!

Am Morgen hatte sie bei Nils Andersen leisen Unmut erweckt, als sie vergaß, ihm die Milch leicht anzuwärmen. Sie hatte den Krug aus der kalten Speisekammer geholt, ihm die eiskalte Milch in seinen Becher gegossen und vor ihn hingestellt, ohne das Gefäß erst noch in die Bratröhre des gemauerten Herds zu stellen.

Erst nachdem er ihr einen sanft tadelnden Blick zugeworfen hatte, fiel ihr das Versehen auf, und sie bereinigte es sofort. Dann allerdings unterlief ihr ein weiteres Ungeschick. Anstatt dem Pastor seine Milch lauwarm vorzusetzen, vergaß sie sie auf dem Herd, und als es ihr wieder einfiel, war der Inhalt des Bechers beinah verkocht.

»Ingke, Ingke!«, hatte Pastor Nils sie milde tadelnd zurechtgewiesen, »wo hast du nur deine Gedanken?«

Eine berechtigte Frage; aber sie hatte es vorgezogen, ihm in Anwesenheit der übrigen Hausgenossen keine Auskunft darüber zu erteilen.

NEUNUNDVIERZIG

KERRINS GEGEN INGKE ausgesprochenes Verbot, sich ihrem Vater zu nähern, ließ sich leicht umgehen. Ab sofort belauerte die Magd ihre Feindin; sooft sie diese bei Nils wusste, konnte sie sicher sein, den Commandeur alleine anzutreffen. Sie gab sich freundlich und liebenswürdig wie immer und plauderte nett mit dem älteren Herrn.

Einige Tage später schlug Nils Andersen seiner Braut vor, sie mitzunehmen nach Haukadalur. Das hübsche kleine Dorf war seine erste Pastorenstelle auf Island gewesen.

»Ich habe dort immer noch gute Freunde, die ich jedes Jahr

vor Weihnachten aufsuche. In den ersten Jahren auf der Insel haben sie mir am meisten über das entsetzliche Heimweh nach København, das mich gequält hat, hinweggeholfen.

Ich würde dir gerne meinen besten Freund Örvar Smárason und seine Frau Jófridur Ákadóttir vorstellen. Örvar ist der reichste Bauer am Ort und besitzt den größten Hof. Sein Haus ist beinahe hundert Jahre alt, aber es sieht aus wie neu, weil er ständig daran arbeitet und immer wieder ein Stück daran anbaut. Es wird dir dort sicher gefallen.«

Kerrin war begeistert von der Aussicht, nicht nur diesen schönen Hof, sondern auch die isländische Landschaft kennenzulernen. Bisher waren ihre Ausflüge mehr oder weniger auf die nähere Umgebung begrenzt gewesen.

Nachdem es Roluf nun wieder gut ging, erwogen Kerrin und Nils, ihm vorzuschlagen, sie nach Haukadalur zu begleiten.

Aber der Commandeur dankte; den ganzen Weg zu reiten war ihm im Winter doch zu anstrengend. »Das ist etwas für junge Leute«, meinte er. »Ich werde mich hier in Stapi schon nicht langweilen.«

»Das denke ich auch, Papa. Ich bitte dich nur um eines: Halte dir Ingke vom Leib. Ich traue ihr nicht!«

Der Commandeur unterdrückte ein Schmunzeln – und versprach es. Er hatte schon bemerkt, dass Kerrin auf die attraktive Magd eifersüchtig war. Am nächsten Morgen ritten Nils Andersen und seine Braut bereits nach dem Frühmahl los.

Beinahe sofort unternahm Ingke einen Annäherungsversuch beim Vater ihrer Todfeindin, der diesem keineswegs zuwider war. Im Gegenteil! Sooft Ingke sich zu ihm setzte, um ihm Geschichten von den auf Island allgegenwärtigen Elfen oder Trollen zu erzählen oder auch nur Klatschgeschichten aus dem Kirchdorf, genoss der Commandeur ihre Gegenwart.

Und wenn sie ihm etwas Besonderes zu essen oder zu trinken anbot, verschmähte Roluf es auch nicht: Es schmeckte jedes Mal vorzüglich. Wie hätte er von ihren kaltblütigen Plänen ahnen können?

»Eure Tochter mag es nicht, wenn ich zu Euch komme«, sagte Ingke ihm am Morgen von Kerrins und des Pastors Abreise geradeheraus und ließ dabei Bedauern in ihre Stimme einfließen. »Ich fürchte, ich werde Euch künftig nicht mehr in Eurer Kammer aufsuchen können!«

»Das wäre ja noch schöner! Ich genieße deine Gegenwart, mein liebes Kind! Wir brauchen es Kerrin ja nicht zu verraten! Ich werde ihr jedenfalls nichts sagen – und von den guten Dingen, die du mir zusteckst, auch nichts!«

Genüsslich schob der Commandeur sich einen kleinen runden Kuchen in den Mund, eine in Schafbutter gebackene Teigkugel, gefüllt mit einer Art süßem Gelee.

Möge dir das Ding im Hals stecken bleiben, wünschte ihm Ingke insgeheim, obwohl sie den baldigen Tod des freundlichen älteren Herrn bedauerte. Eigentlich wollte sie ja Kerrin damit treffen.

Ingke hatte sich bewusst für ein langsam wirkendes Gift entschieden, das erst nach mehreren Tagen oder gar Wochen zum Tod führte. Falls der Commandeur dann plötzlich mit Schaum vor dem Mund umfiel und unter qualvollen Krämpfen starb, wäre Ingke zwar traurig über sein Schicksal, aber sie wäre ihrem Ziel, Nils zurückzugewinnen, ein gutes Stück näher. Außerdem würde sie dafür sorgen, dass keine Spur zu ihr führte. Sie würde zur rechten Zeit darauf hinweisen, dass Kerrin schon gewusst haben werde, warum sie der Haushälterin des Pastors jeden Umgang mit ihrem Vater untersagt habe: damit man Kerrin nämlich nicht selbst auf die Schliche käme …

O ja, Ingke hatte sich jede Einzelheit genauestens überlegt und das Ganze oft genug im Geiste durchgespielt, um Pannen zu vermeiden.

Um ja niemandes Argwohn zu erregen, war Ingke zu Nils Andersen und Kerrin vor ihrem Reiseantritt nach Hauka-dalur besonders ehrerbietig gewesen; jeden Tag hatte sie sich scheinbar unterwürfig beim Pastor nach dem Befinden des Herrn Commandeurs erkundigt, ohne jemals den Versuch zu machen, sich Kerrins Vater zu nähern.

So könnte Ingke zu jeder Zeit vor dem Richter und den Geschworenen eines *things* beschwören, den Herrn schon eine ganze Ewigkeit nicht mehr allein aufgesucht zu haben.

Bei den gemeinsamen Mahlzeiten in der Küche, an denen Roluf natürlich teilnahm, hatte sie peinlich darauf geachtet, ihn niemals von sich aus anzusprechen. Niemand hätte an Ingkes Betragen etwas Verdächtiges bemerken können.

Außerdem hatte sie Kerrin vor allen anderen Hausbewohnern sogar ihre Mitarbeit an deren Brautkleid angeboten! Wer könnte bei so viel Liebenswürdigkeit noch von feindseligen Gefühlen der Haushälterin gegen den geehrten Gast und seine Tochter sprechen?

Kerrin allerdings wusste Ingkes Mitwirken geschickt zu verhindern, indem sie behauptete, bereits genügend Frauen für die Näh- und Stickarbeiten gefunden zu haben. Insgeheim fürchtete sie tatsächlich, die Rivalin könne einen Fluch gegen sie und ihr Eheglück in das Gewand mit einweben, einnähen oder einsticken. Dieses Risiko wollte sie nicht eingehen.

Ingke konnte nicht wissen, dass Kerrin von Jugend an vor bedeutsamen Ereignissen im Schlaf von Gesichten heimgesucht wurde. Auch dieses Mal war es so. Allerdings waren Kerrin und Nils bereits einen ganzen Tag lang unterwegs und hatten einen Schlafplatz im Schafstall eines Bauern gefun-

383

den, dessen einsames Gehöft zwischen den Ansiedlungen Kolbeinsstaðr und Alftartunga in der Nähe eines Moores lag.

Zum Umkehren war es zu spät, denn ihr Verlobter hoffte, wenn alles weiter so gut lief, bereits am nächsten Abend in Haukadalur einzutreffen.

Im Traum offenbarte Terke ihrer Tochter, dass sie vor Weihnachten noch viel Kummer erleben werde.

Kerrin war beunruhigt, beschloss jedoch, Nils nichts von ihrem Traumgesicht zu erzählen; unbeschwert sollte er das Wiedersehen mit seinen Freunden genießen dürfen.

Die winterliche Landschaft übte großen Reiz auf Kerrin aus. Es war zwar eisig kalt, aber noch war kein Schnee gefallen, und es sah auch nicht danach aus, als ob er bald fallen würde. Island erschien Kerrin um einiges vielfältiger und reizvoller als Grönland, obwohl es um diese Jahreszeit nicht richtig Tag werden wollte. Nur während einiger Stunden herrschte eine gewisse Dämmerung, die sie als sehr geheimnisvoll empfand. Sie ließ ahnen, wie herrlich die Landschaft sein musste, sobald sommerlicher Sonnenschein alles überstrahlte.

Als sie es Nils gegenüber erwähnte, war er sehr glücklich darüber, dass Kerrin offenbar Gefallen an ihrer zukünftigen Heimat fand. Einträchtig ritten sie nebeneinander her, in gemäßigtem Tempo, um Kerrin Gelegenheit zu geben, alles genau zu betrachten.

»Auf den ersten Blick mag Island auf fremde Besucher grau und eintönig wirken, aber die Insel ist sehr abwechslungsreich. Das musste ich auch erst lernen, als ich – von Dänemark kommend – vor zehn Jahren die Stelle als Pastor angetreten habe.«

Nils lachte, als er sich daran erinnerte, wie enttäuscht er gewesen war, als er von Bord gegangen war und nur grauschwarze Felsen ohne jeden Bewuchs erkennen konnte.

»Ich glaubte mich regelrecht auf den Mond versetzt – so

kahl und unwirtlich erschien mir die Insel. Am liebsten hätte ich kehrtgemacht, um sofort wieder nach København zurückzufahren. Man muss das Land im Sommer erkunden; und dann gelangt man an Stellen, die so unvorstellbar schön sind, dass man sich kaum davon trennen mag.«

»Die braunen Wiesenhänge links und rechts stelle ich mir im Sommer herrlich grün und übersät mit Blumen vor«, meinte Kerrin begeistert. »Dazwischen die kleinen dunklen Moorseen und darüber die giftgelb gefärbten Felsen – das muss ein zauberhafter Anblick sein! Da stören selbst die schwarzen Steinbrocken nicht mehr.«

»Das Gelbe ist giftiger Schwefel, der in heißen Quellen aufgelöst ist und sich am Uferrand absetzt. Der Geruch ist zwar nicht angenehm, aber im heißen Schwefelwasser zu baden bedeutet eine wahre Wohltat für den Rücken und die Gelenke.

Die schwarzen Klumpen sind nichts anderes als erstarrte Lava. Diese Masse ist einst als flüssig glühender Brei aus den Vulkanen hochgeschleudert worden, wo er dann am Boden erkaltet ist.«

»Das kenne ich von der Insel Jan Mayen!«

Kerrin schauderte bereits beim Gedanken an die trostlose Ödnis dieses winzigen gottverlassenen Erdenflecks zwischen dem Nordmeer und der Grönlandsee.

»Hier ist es tausendmal schöner!«, rief sie euphorisch aus. »Was mich an Island so fasziniert, sind die vielen hohen Berge, teils bewachsen, teils mit Gletschern bedeckt. Gebirge kenne ich von meiner norddeutschen Heimat überhaupt nicht.«

Unwillkürlich musste sie lachen. »In Schleswig-Holstein kennt man den Spruch: ›Bei uns kannst du am Freitagabend schon sehen, wer dich am Sonntagmorgen besuchen kommt!‹ So flach ist das Land!«

385

Der Pastor lächelte. In Dänemark war es ganz ähnlich. Sie ritten dicht nebeneinander – und waren einfach glücklich. Die Sonne stand nur einige Handbreit über dem roten Horizont, darüber schimmerte der Himmel blaugrau; dabei war es so kalt, dass Mensch und Tier weiße Atemwolken ausstießen. Die gelbbraune Ebene hatten sie schon vor einer ganzen Weile verlassen und felsiges, leicht, aber stetig ansteigendes Gelände erreicht. Eine Zeit lang ritten sie am Ufer eines Gletschersees entlang, der mit einer dicken Eisschicht bedeckt war.

»Dieser See ist durch den riesigen Langjökull-Gletscher, den man linker Hand im Dunst schwach erkennen kann, entstanden. Wir müssen im nächsten Frühsommer noch einmal hierher reiten, Kerrin! Dann ist das Wasser tief blaugrün, und es wimmelt hier von Dutzenden verschiedener Seevögel.

Die meisten fliegen am Ende des Sommers in wärmere Gegenden – aber im Mai kommen sie wieder und brüten hier. Dann verstehst du dein eigenes Wort nicht mehr vor lauter Tschilpen, Zwitschern, Gezirpe und Gezeter. Ich werde dir die Steilklippen zeigen, auf denen die Vögel auf engstem Raum ihre Brut aufziehen!«

»Darauf freue ich mich jetzt schon! Auch daheim auf Föhr habe ich oft Stunden damit verbracht, Vögel zu beobachten.

Meinst du, wir könnten bald eine Rast einlegen, Nils?«, fragte Kerrin nach einer Weile schüchtern; lange Ritte war sie nicht mehr gewohnt, und ihr Rücken tat weh.

»Aber natürlich! Ein kleines Stück weiter vorne gibt es eine windgeschützte Stelle am Hang mit einem wunderbaren Blick auf den See und die Ebene, aus der wir gekommen sind.

Falls wir Glück haben und die Sicht einigermaßen klar ist – wovon ich eigentlich ausgehe –, reicht sie bis zum Fjord Hvalfjörður mit seinen vielen Booten! Die Menschen in dieser

Gegend leben überwiegend vom Fischfang. Das bergige Land bietet größeren Schafherden zu wenig Nahrung.«

»Das ist in Föhr anders.« Kerrin lächelte. »Da hat jeder Bauer eine Schafherde – auch wenn er hauptberuflich als Seemann sein Brot verdient.«

Das felsige Plätzchen, das Nils Andersen zielsicher ansteuerte, erwies sich als geradezu ideal. Auf den Satteldecken ließ es sich gut niederlassen und die Aussicht genießen. Selbst im winterlichen Zwielicht bot sich ein grandioser Ausblick über das weite Land. Im Sommer, bei strahlendem Sonnenschein, musste er überwältigend sein.

»Na, habe ich dir zu viel versprochen?«, erkundigte sich Nils.

»Hier könnte ich für immer bleiben«, entfuhr es Kerrin spontan. Dann küssten sie sich lange und leidenschaftlich.

Während Nils sie im Arm hielt und ihr Gesicht mit Küssen bedeckte, kam – obwohl sie sich dagegen sträubte – der Gedanke in ihr auf, ob Nils wohl auch mit Ingke schon hier gewesen war …

Sei nicht dumm, schalt sie sich selbst, und verdirb dir nicht diese schöne Stunde mit müßigen Überlegungen. Was auch mit Ingke gewesen sein mag, es gehört längst der Vergangenheit an.

Aber ein winziger Stachel blieb doch in ihrem Herzen zurück.

Nachdem sie etwa drei Stunden auf langsam ansteigenden Bergpfaden weitergeritten waren, befanden sie sich auf einer flachen, durch umliegende Felsen geschützten Hochebene. Kerrin deutete auf merkwürdige kleine grüne Hügel, die aus dem Erdboden ragten und seltsamerweise alle etwa dieselbe Größe aufwiesen.

»Was hat es damit auf sich?«, fragte sie ihren Begleiter neugierig. »Man könnte fast meinen, dass es sich um die geheimnisvollen Behausungen der hier allgegenwärtigen Elfen handelt!«

»Um Himmels willen! Bitte, kein Wort über Elfen! An die glaubt hier wirklich jeder – auch die Getauften lassen es sich nicht nehmen, diese grässlichen Spukgestalten in Notzeiten anzurufen und ihnen sogar Gaben zu opfern – statt sich an unseren gütigen Herrn Jesus zu halten! Ich kann dich beruhigen, was du vor uns liegen siehst, ist nichts anderes als unser Ziel, nämlich der Hof meines lieben Freundes Örvar Smárason und seiner Frau Jófridur!

FÜNFZIG

DIE WENIGEN TAGE IN HAUKADALUR bei Nils' Freunden Örvar Smárason und Jófridur Ákadóttir waren traumhaft schön. Das Paar begrüßte sie mit großer Herzlichkeit; beide freuten sich ganz offensichtlich, den Pastor mit neuer Gefährtin wiederzusehen.

»Es wurde auch langsam Zeit, dass wieder Ordnung in dein Leben einkehrt, lieber Freund!«, sagte ihm Örvar geradewegs ins Gesicht. »Auf Dauer braucht ein Mann ein Eheweib, das bereit ist, mit ihm Freud und Leid zu teilen, gemeinsam Kinder großzuziehen – und miteinander alt zu werden.«

Dabei warf Örvar – auch er gewissermaßen ein sanfter Riese – seiner kleinen, zierlichen Jófridur einen zärtlichen Blick zu und streichelte ihre von der Bauernarbeit schwielige Hand. Obwohl sich beide eine große Familie gewünscht hatten und Jófridur bis jetzt schon achtmal niedergekommen war, hatte nur ein Mädchen überlebt.

Etwa im gleichen Alter wie Anke, war die strohblonde Kleine ein rechter Wildfang, der sich aber mächtig auf die Geburt eines Brüderchens freute. Daran, dass ihre Mutter dieses Mal einen Knaben unter dem Herzen trug, zweifelte das Mädchen keinen Augenblick lang: »Eine Schwester ist viel zu langweilig!«, verkündete es altklug.

Dass Jófridur einer weiteren Entbindung im Frühjahr entgegensah, hatte Kerrin auf den ersten Blick erkannt, trotz der dicken Kleidung. Als sie in die Augen der Frau schaute, wusste sie zudem, dass die Geburt gut verlaufen und das Kind tatsächlich ein gesunder Junge sein werde. Spontan war sie versucht, es der werdenden Mutter zu verkünden. Sie unterließ es dann doch; es erschien ihr nicht besonders klug, sich von Anfang an als Hellseherin bei den Freunden ihres künftigen Ehemannes einzuführen. Alles, was geeignet war, sie in die Nähe von Hexen zu rücken, galt es zu vermeiden.

Das Haus der Familie war eigenartig, aber in der für Island nicht ungewöhnlichen Torfbauweise errichtet. Die kannte Kerrin noch nicht; daher ihre anfängliche Verwunderung. Mit seinen vier weißen Giebeln und den acht Räumen gehörte es zu den großen bäuerlichen Anwesen, dessen älteste Teile laut Örvar noch aus dem 16. Jahrhundert stammen sollten:

»Im Jahre 1573 hat mein Urahne, genannt Örvar der Eisbärtöter, an dieser Stelle ein kleines Haus mit nur einem einzigen Raum errichtet, in dem er mit seiner Frau und vier Kindern lebte und arbeitete, wo man auch kochte, aß und schlief. Als sein ältester Sohn, Einar Örvarson, eine eigene Familie gründete und den Hof übernahm, baute er zwei weitere Zimmer an – und so ging es weiter. Wenn Jófridur unser Kind zur Welt gebracht hat, werde ich selbst auch noch einen Anbau vornehmen.«

Kerrin war von der absonderlichen Bauweise fasziniert. Holz war auf Island in den gebirgigen Gegenden Mangelware, so hatte man lediglich die tragenden Teile des Gebäudes aus diesem kostbaren Material erbaut. Die Wände bestanden aus je zwei Holzbrettern von geringer Stärke; um die Wärmedämmung sicherzustellen, hatte man dicke Schichten von Torfrasen dazwischengestopft.

Es leuchtete ein, dass sich diese Torfhäuser aus Gründen der Standfestigkeit nur ziemlich klein errichten ließen. Um mehr Wohnraum zu erzielen, griff man zu dem schlauen Dreh, einzelne Gebäude dicht aneinanderzusetzen und mit einem durchgehenden Korridor zu verbinden.

Auf Nachfrage erfuhr Kerrin, dass in Örvars Hof ein etwa sechzig Schritt langer Gang die insgesamt acht Einraumhäuser miteinander verband.

Insgeheim verglich Kerrin dieses Haus mit den anderen Torfhäusern, die sie bisher in Haukadalur gesehen hatte. Seiner Größe nach und gemessen an der weißen Holzverkleidung der Vorderfront, musste es sich bei Örvar um einen ziemlich reichen Hofbesitzer handeln. An einem Ende des etwa drei Schritte breiten Korridors lag die große Kammer, in der sich im Augenblick alle aufhielten, die sogenannte *baðtofa*.

Das war der größte Raum und somit das Wohnzimmer des ganzen Hofes: Hier arbeiteten, aßen und schliefen die Knechte und Mägde.

Für Kerrin eine etwas gewöhnungsbedürftige Anordnung. Auf Föhr schliefen in den Kammern zwar auch mehrere Leute, gelegentlich auch im selben Bett, aber hier zählte sie insgesamt zehn Bettstellen in einem einzigen Raum.

Auf Örvars Hof konnten locker zwanzig Menschen und mehr übernachten. Jetzt, bei Tag, sah Kerrin sechs Mägde und etliche Knechte auf den Betten sitzen. Die Frauen verrichteten die üblichen winterlichen Handarbeiten, indem sie dicke Pullover und Mützen strickten, Schafwolle verspannen oder Pantoffeln bestickten. Die Männer führten bisher unerledigte Reparaturen und andere im Sommer liegengebliebene Arbeiten aus, wie das Schnitzen von Heugabelstielen, von Löffeln und Bechern aus Walrossbein und Walknochen oder das Flechten von Seilen aus Pferdehaar.

Die Fensterseite in der ziemlich finsteren *baðstofa* überließen die Knechte den Frauen; das Nähen und Spinnen erforderte viel Licht. Die Hausfrau Jófridur beeilte sich, den Gästen einen Imbiss vorzusetzen. Dazu bat sie den Pastor und seine Braut an einen im Nu von den Knechten aufgestellten Tisch, der zusammengeklappt draußen im Korridor gelehnt hatte und nur zur Essenszeit benutzt wurde, um in der Wohnstube keinen Platz wegzunehmen.

Licht spendeten ein paar kleinere Öllampen. Kerrin überlegte, dass es auch im Sommer ziemlich finster in den einzelnen Räumen sein musste: Licht konnte nur durch die kleinen Fenster oberhalb der Türen hereinfallen.

Außerdem sah sie sich vergeblich nach einem Ofen oder einer sonstigen Feuerstelle um. Offensichtlich wurde die *baðstofa* nur durch die Körperwärme der Hausbewohner beheizt, was, wie Kerrin zu Recht vermutete, dazu führte, dass sich die Bediensteten nachts samt der Kleidung unter den Schafwolldecken verkrochen.

Gewisse Utensilien, die auf den Betten herumlagen, erlaubten die Schlussfolgerung, dass die Frauen unterhalb der kleinen Fensterchen schliefen, während die Männer ihre Lager auf der gegenüberliegenden Wandseite bezogen. Somit war der gebotenen Schicklichkeit Genüge getan …

Eine Truhe oder gar einen Schrank konnte das Gesinde nicht für sich in Anspruch nehmen. Alles, was man besaß und von dem man nicht wollte, dass andere es sahen oder gar anfassten, musste man unter das Kopfkissen legen.

Wo der Bauer und seine Frau wohl schliefen? Später würde sie Nils darüber befragen.

In der *baðstofa* nahmen Örvar und Jófridur zusammen mit ihren Gästen die Abendmahlzeit ein. Ausnahmsweise würde das Gesinde später essen.

»Normalerweise setzen sich Herr und Knecht gemeinsam zu Tisch«, flüsterte Nils Kerrin zu, die sich darüber wunderte, dass die Leute weiter ihren Beschäftigungen nachgingen. »Das ist heute nur uns zu Ehren so.«

Kerrin war ein Regalbrett aufgefallen, das über jeder Bettstatt an der Wand angebracht war. Auch darauf konnte man ein paar Habseligkeiten unterbringen. Manche schienen außer einem kleinen Kruzifix aus Lavastein gar nichts zu besitzen.

Nur etwas nannte jeder sein Eigen: ein *askur* genanntes, hölzernes Gefäß, meist mit Deckel – vom jeweiligen Besitzer mehr oder weniger kunstvoll verziert –, das als Schüssel für Suppe oder Brei benutzt wurde. Eine jüngere Magd, die zum Gotterbarmen schielte, bediente bei Tisch. Sie trug eine große Schüssel herbei, aus der es gewaltig dampfte und der ein etwas fader Duft entstieg.

Kerrin merkte erst jetzt, wie hungrig sie war. Seit über zwei Tagen die erste warme Mahlzeit – da war es ihr gleichgültig, ob es besonders lecker war; Hauptsache, sie bekam etwas Warmes in den Magen.

Jeder erhielt von der Magd zwei große Schöpfkellen einer Art Eintopf in einem tiefen Holzteller vorgesetzt und dazu ein großes Stück Brot. Es handelte sich um fettige Entensuppe mit Trockengemüse und Graupen sowie Stücke von grob geschnittenem Entenfleisch, samt den Hälsen, Köpfen und Füßen …

Kerrin zog es vor, erst nur die heiße Brühe zu schlürfen, ehe sie sich ans Fleisch machte. Sie schaute auf ihre Gastgeber, um deren Tischmanieren nachzuahmen. Als sie sah, dass Bauer und Bäuerin die Ententeile mit den Fingern aus der Suppe fischten und das Fleisch von den Knochen nagten, tat sie es ihnen gleich. Es mundete nicht allzu schlecht.

Zum Glück war Kerrin beim Austeilen insoweit verschont geblieben, als sie in ihrer Schüssel wenigstens keinen Entenkopf samt Schnabel vorfand – lediglich ein Fuß mit ledriggelber Haut und zähen Schwimmhäuten schwamm zwischen den Bruststücken herum. Kerrin fischte ihn heraus und ließ ihn in einem unbeobachteten Augenblick unter den Tisch fallen. Mochten ihn sich die Hunde holen, die sich zu Beginn der Mahlzeit unter dem Tisch verkrochen hatten.

Dem Besuch zu Ehren las der Hausherr nach dem Essen – jetzt schlürften auch die Bediensteten geräuschvoll ihren Gerstenbrei mit Entensuppe – im Schein einer kleinen Öllampe aus den alten isländischen Sagas vor.

Nils – obwohl protestantischer Priester – störte sich keineswegs an den Geschichten von den alten Göttern, den Elfen und Zwergen. Für ihn waren das wunderschöne Märchen, die auch ein gläubiger Christ nicht vergessen sollte – gehörten sie doch seiner Meinung nach zum kulturellen Erbe der Nordvölker.

Seine liberale Haltung, die auch Kerrins Oheim in Maßen vertrat, hatte sie gleich zu Anfang für ihn eingenommen, als Nils ihr wie nebenbei verraten hatte: »Ich liebe es geradezu, hin und wieder in eisigen Winternächten, wenn der Nordwind heulend ums Haus streicht, die alten heidnischen Geschichten zu lesen oder zu hören!«

Allmählich wurde Kerrin müde.

Der Kopf wurde ihr schwer, und sie vermochte nur noch mit

Mühe, die Augen offen zu halten. Vielleicht machte ihr auch die warme Luft in der Wohnstube zu schaffen, die durch die vielen, hier versammelten Menschen reichlich verbraucht war. Sie überlegte, wo man sie zum Schlafen unterbringen werde.

Hoffentlich nicht in der *baðstofa*, zusammen mit all den vielen Menschen, dachte sie besorgt.

Als habe Jófridur ihre Gedanken erraten, erhob sie sich, nachdem ihr Mann eine weitere Elfen-Geschichte beendet hatte, und wünschte allen Hausgenossen eine Gute Nacht und Gottes Segen. Das war anscheinend das Zeichen, dass nun Schlafenszeit war und jedermann sich zu Bett begeben solle. Alle standen auf, zwei Knechte klappten den Tisch zusammen und trugen ihn nach draußen in den Korridor, wo er, an die Außenwand gelehnt, seiner nächsten Verwendung harrte.

Wie Kerrin erfuhr, gehörte die Frühmahlzeit nicht dazu; die nahm man auf dem Bett sitzend ein, nachdem sich jeder selbst in der Küche sein *askur* mit Brei oder Milch gefüllt und sich ein Stück Brot dazu genommen hatte.

Dass das Leben auf dem Hof eines wohlhabenden Bauern so überaus einfach war, störte Kerrin nicht; doch sie war erleichtert, dass es im Pfarrhof ihres Bräutigams zivilisierter zuging. Auch in Föhr lebte man um einiges bequemer – fand sie jedenfalls.

Alle Hausbewohner, einschließlich Bauer und Bäuerin, standen im Kreis und reichten einander die Hände; Örvar bat seinen Freund Nils, ausnahmsweise an seiner Statt den Abendsegen über alle zu sprechen.

»Vom Pastor gesprochen, muss der Segen doppelt wirken«, meinte der Hausherr gutgelaunt und grinste. Dass Örvar dabei ein klein wenig lallte, lag daran, dass Lesen durstig machte und er sich viele Male seinen Trinkbecher mit dem süßen, von Jófridur selbstgebrauten Bier hatte auffüllen lassen.

Gerne erfüllte Nils die Bitte. Er wählte ein uraltes dänisches Bittgebet, das alle hier Versammelten während der Nacht vor Krankheit, Sünden, Elend, Tod, Albdrücken und sonstigen Nöten beschützen sollte.

Der altertümliche Text klang in Kerrins Ohren etwas seltsam; weil ihre Dänischkenntnisse nicht ganz perfekt waren, verstand sie auch nicht jedes Wort. Aber das Wesentliche des schlichten, aber sehr innigen Gebets griff ihr ans Herz. Sie fühlte sich auf wundersame Weise behütet und geborgen im Schutz dieses einfachen Hauses. Nachdem jedermann das abschließende »Amen« gemurmelt hatte, schloss die Hausfrau noch die übliche Bitte an, keiner möge einem anderen aus der Hausgemeinschaft irgendetwas übel nehmen oder nachtragen.

Das war eine Sache, die von großer Klugheit zeugte, fand Kerrin: Jeder Streit, der über Nacht in den folgenden Tag hinübergenommen wurde, verschlimmerte sich in aller Regel, und die Fronten verhärteten sich noch mehr: Zwistigkeiten sollten am gleichen Tag noch beigelegt werden; eine vernünftige Maßnahme, sobald viele Menschen auf kleinstem Raum beieinander lebten, wo jeder auf jeden angewiesen war und sich auf den anderen verlassen können musste.

Sie beschloss, sich künftig diese Sitte in ihrem eigenen Haushalt zur Regel zu machen.

Als eine Magd mit Namen Birgitta sie und Nils zu der Gästekammer führte, wo sie, weitab von den anderen, Ruhe für die Nacht finden sollten, war Kerrin aufs Neue verblüfft: Man ließ sie offensichtlich nicht nur allein in einem Zimmer, sondern sogar zusammen in einem Bett schlafen – ungeachtet der Tatsache, dass sie noch nicht verheiratet waren.

Auf Föhr wurde so etwas – offiziell – nicht geduldet … Geschwätzig ließ Birgitta das Paar wissen, es gäbe zwar noch ein zweites Gästezimmer auf dem Hof – aber auch das wäre so eisig kalt, dass es einer Person allein nicht zuzumuten war, die Nacht dort zu verbringen. »Zu zweit könnt ihr euch eng unter dem Federbett zusammenkuscheln«, setzte sie hinzu und legte eine weitere Schafwolldecke aufs Bett. »So braucht keiner von euch zu frieren.«

Endlich ließ Birgitta Nils und Kerrin allein. Die junge Frau schauderte trotz des Wollkleides und der Mütze, die sie auch im Haus nicht abgelegt hatte.

»Kein Wunder, dass es hier so grässlich kalt ist«, grummelte sie verdrossen. »Warum hat man das Gästezimmer gleich hinter der Eingangstür hingesetzt, durch die der eisige Wind pfeift, weil sie nicht ganz dicht abschließt?«

Nils zuckte die Achseln. Dann grinste er. »Hast du bemerkt, Örvar und Jófridur haben sich ihre eigene Schlafkammer gleich neben der Küche eingerichtet, um von der Ofenwärme zu profitieren. Das Gesinde macht sich gegenseitig warm – und wir zwei werden das unter dem Federbett auch tun!«

Geschwind schlüpfte Kerrin ins Bett, wo sie sich im Schutz der dicken Wolldecke auszog. Schläfrig ließ sie dann ihren Kopf auf das mit Heu gefüllte Kopfpolster sinken. Licht musste man keines machen; der helle Schein, der vom Mond und von Tausenden von Sternen am nächtlichen Himmel ausging und durch das Fensterchen in der Eingangstüre hereinfiel, reichte vollkommen aus, um sich zurechtzufinden.

Nils verließ noch einmal kurz das Haus, um die Latrine in einiger Entfernung aufzusuchen – nichts anderes als eine einfache Grube, über die ein Sitzbrett mit einem Loch gelegt war. Der Schicklichkeit halber und um von verwilderten Hunden nicht belästigt zu werden, hatte man davor aus mehreren Treibholzbrettern eine Art mannshohen Schutzzaun angebracht.

Kerrin hatte sich reiflich überlegt, ob sie Maßnahmen gegen eine eventuelle Empfängnis ergreifen sollte. Schließlich hatte sie sich dagegen entschieden. Seit sie und Nils einander die Ehe versprochen hatten, schien es ihr nicht mehr geboten, ein Kind zu verhindern. Sollte es ein paar Wochen zu früh zur Welt kommen – wen scherte es?

Als Nils wiederkam – einen Schwall eisiger Luft mit sich hereinbringend –, erwartete ihn seine Braut bereits sehnsüchtig.

Sie bettete ihren Kopf auf seine Brust, und der Duft ihrer langen, jetzt offenen Haare strömte angenehm in seine Nase. Im Pfarrhof hatte Kerrin sie nach dem Waschen noch mit einem Sud aus dem Rest getrockneter Lindenblüten, die sie noch von zu Hause besaß, gespült. Die Wirkstoffe sollten ihrem rotblonden Haar noch mehr Leuchtkraft und Glanz verleihen. Doch vor allem roch es gut.

»Ich liebe dich, Kerrin«, hörte sie Nils sagen, »mehr als alles andere auf der Welt. Ich bin dem Herrn von ganzem Herzen dankbar, dass er dich zu mir geführt hat. Du bist das größte Geschenk, das ich in meinem Leben erhalten habe, Liebste! Nach Astrids Tod war ich überzeugt, nie mehr mein Glück zu finden. Die Zukunft erschien mir kalt und düster. Ich weiß wohl, dass Verzweiflung zu jenen Sünden zählt, die dem Herrn ein Gräuel sind. Offenbar hat er mir verziehen.«

Erst gegen Morgen, als auf dem Korridor vor der Kammer das Gesinde bereits geschäftig hin und her lief, fanden beide in den Schlaf.

EINUNDFÜNFZIG

ANFANG DEZEMBER – mitten in den Hochzeitsvorberei-
tungen – streckte den Commandeur erneut eine rätselhafte
Krankheit nieder. Für Kerrin war das Ganze durch ihr Traumgesicht nicht sehr überraschend; dennoch litt sie mit.

Roluf plagten schmerzhafte Magenkrämpfe, Erbrechen,
Fieber und Appetitlosigkeit, dazu kamen Halluzinationen,
gelbe Flecken im Gesicht, ein geröteter Rachen und Heiser-
keit, sodass man ihn kaum verstehen konnte. »Papa weiß nicht
mehr, wo er ist, Nils! Er denkt, er sei noch in Grönland und
die Eskimos zwingen ihn, rohes Robbenfleisch zu essen!«

Was Kerrin größte Sorge bereitete, war, dass ihr Vater nicht
nur die Nahrung verweigerte, sondern auch das Trinken. »So
bleibt das Gift längere Zeit in seinem Körper, anstatt möglichst schnell ausgeschieden zu werden.«

»Bist du sicher, dass dein Vater vergiftet wurde, Liebes?«

Da war sich Kerrin vollkommen sicher. Sie glaubte auch zu
wissen, *wer* dafür verantwortlich war; ihr fehlten nur die Beweise, um mit dem Finger auf die Schuldige zu deuten und
sie des Verbrechens laut anzuklagen. Auch gegenüber ihrem
Bräutigam hielt Kerrin sich mit Vermutungen lieber zurück.

Der Pastor war sehr betroffen, aber ratlos. Ob er selbst etwas ahnte, darüber schwieg er sich aus. Noch etwas gab zu
größter Sorge Anlass: Roluf Asmussen hörte auf, Deutsch zu
sprechen. Was er – selten genug – äußerte, schien Grönländisch zu sein. Bald verstummte er ganz.

»Wir müssen die Hochzeit verschieben!«

Kerrin, die sich so sehr darauf gefreut hatte, hatte sich
schweren Herzens zu der schmerzlichen Entscheidung durchgerungen.

»Das macht mich sehr, sehr traurig«, betonte Nils Andersen. »Aber ich weiß, es hat keinen Sinn, ein Fest zu planen, solange dein Vater so schwer krank ist. Verschieben wir die Feier aufs spätere Frühjahr. Dann ist es warm, und Herr Roluf wird bis dahin, so Gott will, wieder wohlauf sein.«

Die Adventszeit, normalerweise die Zeit froher Erwartung der Ankunft des Herrn, verlief dieses Mal eher still. Niemand schien sich so recht auf Weihnachten zu freuen – mit Ausnahme der Kinder.

Die kleine Anke, die man sorgsam von dem Kranken fernhielt, sollte nicht unter der gedrückten Stimmung leiden. Ihr zuliebe riss Kerrin sich auch zusammen und verbrachte täglich einige Stunden mit ihrer künftigen Stieftochter.

Bei Versteckspielen in der Scheune und in den Ställen oder bei Fangspielen mit der aufgeweckten Kleinen im Hof gelang es ihr sogar für kurze Zeit, ihren Kummer zu vergessen.

Während sie Wache am Bett des Commandeurs hielt, nähte sie eine Puppe für Anke. Sie ließ die Mägde so lange suchen, bis sie ihr die nötigen Sachen beschafft hatten, um eine möglichst echte Friesenpuppe in der typischen bunten Feiertagstracht, die der Stolz jeder Föhringerin war, anzufertigen.

Tag und Nacht saß Kerrin an Rolufs Krankenlager; nur gelegentlich ließ sie sich von Nils ablösen. Er musste immer fast Gewalt anwenden, um sie aus der Kammer des Commandeurs zu entfernen.

»Es nützt niemandem, wenn du zusammenbrichst, Kerrin! Du vergisst nicht nur das Essen, sondern auch das Schlafen. Ich mache mir nicht nur große Sorgen um meinen Schwiegervater, sondern auch um dich, meine künftige Frau!« Die Bedenken des Pastors waren keineswegs übertrieben.

Kerrin sah schlecht aus, mit dunklen Ringen unter den Augen, die nicht mehr in lebhaftem Grünblau funkelten, sondern in ihrem blassen Gesicht in mattem Grau erschienen. Die ohnehin schlanke Kerrin hatte überdies noch einiges an Gewicht verloren. Ingke ging ihr nach Möglichkeit aus dem Weg. Falls sich ein Zusammentreffen nicht vermeiden ließ, kam es Kerrin so vor, als unterdrücke die andere krampfhaft ein schadenfrohes Grinsen. Aber vielleicht irrte sie sich auch.

Mittlerweile war Kerrin zu erschöpft, um sich über die Magd noch groß Gedanken zu machen. Zudem hatte sie mit ihrem eigenen schlechten Gewissen zu kämpfen: War die Erkrankung ihres Vaters vielleicht die Strafe Gottes für ihr sündhaftes Treiben mit Nils?

Dieser Vorwurf, den sie sich selbst machte, nagte an ihr wie der Wurm im Holz. Unbeschwert hatten sie nur an ihr Glück gedacht und sich nicht an die göttlichen Gebote gehalten. Nun plagten sie Reue und Scham.

Am Morgen des Weihnachtstages herrschte klirrende Kälte. Ein schneidender Wind wehte und machte den Weg zur Dorfkirche für die Gemeinde äußerst unangenehm. Seit Monaten war es nun schon trocken; es fehlte an Regen beziehungsweise an einer schützenden Schneedecke, unter der das Getreide keimen und sich auch manche Tiere verkriechen konnten, um Winterruhe zu halten. Sorgenvoll blickten die Bauern auf Island in den eisengrauen Himmel. Falls der Schnee noch lange ausblieb, würde das im Spätsommer ausgebrachte Saatgut erfrieren, und im kommenden Jahr drohte eine Hungersnot.

Das Christentum war vor ungefähr 700 Jahren auf Island eingeführt worden. Natürlich hatte man auch Kirchen errichtet, wenn auch oftmals sehr kleine, wobei für Fundament und Grundmauern die reichlich vorhandenen Bruchsteine Verwendung fanden. Nur für die tragende Konstruktion nahm man das wertvolle Treibholz, für Wände und Dach standen

Torf- und Grassoden zur Verfügung. Auch Nils Andersens Kirche entsprach dieser Bauart.

Bald hatten die Gemeindemitglieder ihre Plätze eingenommen. Wobei in den engen Bänken die Frauen auf der Nordseite saßen und die Männer auf der helleren Südseite. Die Reichen durften vorne sitzen, während die Armen des Dorfes sich mit den hinteren Plätzen begnügten.

Obwohl Pastor Andersen sich redlich bemühte, durch seine Predigt über das freudige Ereignis der Geburt Jesu und durch die Auswahl froher Weihnachtslieder die Herzen seiner ihm anvertrauten Gemeinde heiterer zu stimmen, gelang es ihm nicht, die insgesamt gedrückte Atmosphäre aufzuhellen.

Heimlich ging das Gespenst einer drohenden Hungersnot unter den Leuten um, mit all seinen fürchterlichen Begleiterscheinungen, wie Seuchen und andere Malaisen.

Kerrin konnte von Nils nicht dazu bewegt werden, an der Weihnachtsandacht teilzunehmen. Sie wollte am Bett ihres todkranken Vaters verweilen.

»Keine ruhige Minute hätte ich, Liebster, obwohl ich nichts lieber täte, als mit dir und den anderen in der Kirche das Christfest zu feiern! Verzeih mir bitte!«

Nils verstand den inneren Zwiespalt, der sie quälte. Er selbst hatte nur noch wenig Hoffnung, dass der Zustand seines Schwiegervaters sich jemals besserte. Insgeheim rechnete er fest damit, der nächste Gottesdienst, den er in seiner kleinen bescheidenen Kirche abhielte, wäre die Totenandacht für Roluf Asmussen …

Als Nils Andersen sich anschickte, den Segen über die Gemeinde zu sprechen, war der kleine Bau mit dem schlichten Altar, den wenigen Bänken und der mit naiven Bibeldarstellungen bemalten Kanzel plötzlich erfüllt von einem unheimlichen, zutiefst bedrohlichen Geräusch.

Jedermann blickte auf, um zu lauschen und festzustellen, was es sein könnte – und woher es kam. Der Pastor ließ die segnend erhobenen Hände sinken und horchte ebenfalls. Nicht von oben schien das Geräusch zu kommen – nein, es musste sich im Gegenteil um ein Grummeln und Rumoren tief in der Erde handeln.

Gütiger Herr! Ein Dröhnen und Krachen im Inneren des Snæfellsjökull war es! Ein Angstschrei aus den Kehlen der Versammelten löste sich und brach sich an der hölzernen, wie ein Schiffsbauch gewölbten Decke. Die Älteren unter den Kirchenbesuchern wussten auch um die Ursache: Der nahe gelegene Vulkan brach aus! »Der Berg bewegt sich!«, kreischte eine alte Frau.

Wildes Geschrei ertönte; jedermann versuchte, möglichst schnell ins Freie zu gelangen, um nach Hause zu eilen. Die meisten hatten sehr alte oder ganz junge Angehörige daheim, um die sie sich sorgten.

Auch das Vieh im Stall musste unter allen Umständen ins Freie getrieben und gerettet werden. Alles hatte man in Sicherheit zu bringen, ehe der rote Glutstrom es bedeckte und unrettbar vernichtete. Island war eine Vulkaninsel, und beinahe jedes Jahr brach einer der noch tätigen Feuerberge aus. Waren bewohnte Siedlungen in der Nähe, richtete so ein Feuer speiender Berg großen Schaden an.

Auch Pastor Andersen rannte hinter den Leuten her, wobei er Mühe hatte, nicht über den langen Talar zu stolpern. Um leichter laufen zu können, raffte er den Chorrock hoch und stopfte ihn in den Bund seiner Hose aus grauem Filz. Das mochte merkwürdig aussehen, aber auf Eleganz kam es jetzt nicht an.

Voller Schrecken und zugleich fasziniert beobachteten die Menschen das schaurig-schöne Schauspiel, das sich ihnen bot.

Ohne das geringste Warnzeichen war dieser Ausbruch des Snæfellsjökull, der über viele Jahre ruhig geblieben war, erfolgt – ausgerechnet am heiligen Christfesttag!

Sollte der Herrgott ihnen damit ein Zeichen gegeben haben? Furchtsam blickten sie einander an; der alles überwuchernde Aberglaube regte sich.

Wer unter ihnen war so ein großer Missetäter, dass Gott der Herr sie allesamt für dessen Sünden bestrafte?

Noch schleuderte der Berg riesige schwarze Aschewolken in den Himmel – und zwar in solche Höhen, dass ein menschliches Auge ihr Ende nicht mehr zu erspähen vermochte. Die Menge stöhnte, als der Großteil wieder zurück zur Erde fiel, alles in weitem Umkreis mit einer heißen, pulvrigen Rußschicht bedeckend.

Die schwarzen Körnchen tanzten in der Luft und strahlten dabei so viel Hitze ab, dass die Luft sich drastisch erwärmte. Der Staub reizte die Augen, die sofort zu tränen begannen, und die Atemwege, sodass bald alle husteten und nach sauberer Luft lechzten. Aber die gab es hier auf längere Sicht nicht mehr.

Man hätte schon sehr schnell aus Stapi fortreiten müssen, um den Auswirkungen zu entfliehen. Aber ihre Häuser waren hier im Dorf rings um die Kirche verstreut, und solange es irgendwie möglich war, würde niemand Haus und Hof im Stich lassen. Das Krachen und Rumpeln im Berg hielt an.

Plötzlich endete der schreckliche Ascheregen, der alles mit einer dunkelgrauen Staubschicht bedeckt hatte: die Hausdächer, die schneefreien Wiesenflächen, auf denen so schnell kein Vieh mehr weiden würde, die wenigen Sträucher und die paar mageren Bäume sowie die Kleidung, die Haare und die Gesichter eines jeden, der sich im Freien aufhielt; die blonden Bärte der Männer waren rußschwarz.

Die vor der Kirche angebundenen Pferde der Kirchgänger wieherten furchtsam – aber irgendwie seltsam gedämpft. Keinen einzigen Hund hörte man bellen, kein Schaf blöken – so, als wagten selbst die Tiere nicht, sich laut über das Strafgericht des Himmels zu beschweren, um nicht womöglich noch größeres Unheil heraufzubeschwören …

Dann erfolgte der nächste Schlag: Statt heißer Asche spie der Vulkan nun glühende Lava aus, die er ebenfalls in die Höhe schleuderte. Das flüssige Gestein aus dem tiefsten Inneren des Snæfellsjökull fiel zurück auf den Kraterrand, von wo aus es seinen Lauf als glühend rote zähflüssige Masse die Berghänge hinunter nahm und sich mit hoher Geschwindigkeit auf jene Bauernhäuser zubewegte, die von ihren Eigentümern aus Leichtsinn viel zu nahe am Berg erbaut worden waren.

Die Unglücklichen, die nun binnen Minuten ihr Hab und Gut verloren, mussten vom Kirchhof aus zusehen, wie es sich rächte, die Warnungen ihres Pfarrers und anderer vernünftiger Männer einst in den Wind geschlagen zu haben. Einem Vulkan, mochte er noch so lange schlafen, durfte man niemals trauen.

Kerrin, die im Haus geblieben war, um bei ihrem Vater zu wachen, hatte gleich beim ersten dumpfen Rumpeln den Puppenkörper, den sie gerade mit weicher Wolle ausstopfte, auf Rolufs Bettdecke fallen lassen.

Der Ton erschien wie erzeugt von einer mächtigen ehernen Glocke, die tief unter der Erde angeschlagen wurde. Kerrin sprang auf, um ans Kammerfenster zu laufen. In diesem Augenblick erwachte ihr Vater aus seinem totenähnlichen Schlaf und sah seine Tochter direkt an.

Sofort fiel Kerrin auf, dass sein Blick so klar war wie seit Langem nicht mehr; augenblicklich vergaß sie den Lärm, der von draußen durch das geschlossene Fenster hereindrang. Um sicher zu sein, sich nicht zu täuschen, beugte sie sich über den Commandeur und näherte ihr Gesicht dem seinen.

Trotz der dürftigen Beleuchtung durch zwei Wachskerzen war sie sich nicht sicher gewesen. Das Licht musste selbst tagsüber brennen, da man in der kalten Jahreszeit auch zu Mittag wegen der herrschenden Finsternis kaum etwas sehen konnte. Doch es war kein Irrtum!

Roluf erkannte seine Tochter, er sprach sie sogar an, und seine Stimme klang ruhig und bestimmt, als er sie um einen Schluck Wasser bat. Um ganz sicherzugehen, legte sie ihre Hand auf seine Stirn. Das Fieber war gefallen!

»Sie sind über den Berg, Papa!«, jubelte Kerrin. »Herrgott, was bin ich froh! Nils wird außer sich sein vor Freude! Ach, Vater! Wir beide haben uns solche Sorgen um Sie gemacht. Es schien, als wollten Sie überhaupt nicht mehr bei uns bleiben!«

Sie goss ihm Wasser aus dem Krug ein und half ihm, es zu trinken. Gierig schlürfte der Commandeur das Nass mit Lippen, die vom tagelangen Fieber ganz spröde und aufgerissen waren. Danach half sie ihm, sich im Bett bequemer aufzusetzen, indem sie ihm mehrere Kissen in den Rücken schob.

In diesem Augenblick flog die Tür auf, und der Hausherr stürzte herein. Gespannt blickten Kerrin und Roluf ihm entgegen.

ZWEIUNDFÜNFZIG

»Der Vulkan ist ausgebrochen!«

»Ach, das war der Lärm, den ich gehört habe? O mein Gott!«, rief Kerrin entsetzt. »Als das Bersten, Krachen und Grummeln am schlimmsten war, wollte ich nachsehen – genau in diesem Augenblick ist Papa aufgewacht und verlangte zu trinken!«

»Was für ein seltsamer Zufall! Aber einerlei! Hauptsache, Ihr bleibt bei uns, Schwiegervater.«

»Möge der Herrgott alle Betroffenen vor dem Schlimmsten bewahren«, wünschte sich Kerrins Vater. »Mir scheint, der schlimmste Lärm hat seit einer Weile aufgehört oder zumindest nachgelassen.«

»Ja, so ist es, Herr Roluf. Wir haben Glück im Unglück! Der Herr hatte Erbarmen mit uns Dörflern von Stapi. Soweit ich und andere es erkennen konnten, scheint nicht der eigentliche Hauptkrater des Snæfellsjökull ausgebrochen zu sein, sondern ein kleinerer Bergstock, am Hang ein Stück unterhalb der Kuppe.

Und gottlob ist unser Dorf nicht gefährdet! Die flüssige Lava ergießt sich in eine andere Richtung, in menschenleeres Gebiet. Lediglich die beiden Höfe, die auf der südöstlichen Bergseite angesiedelt wurden, sind dem Untergang geweiht mit allem, was sich darin befindet!«

»Solange es keine Menschen sind, die zu Schaden kamen, kann man alles wieder neu aufbauen«, meinte Roluf mit schwacher Stimme. »Ich erbiete mich, zum Dank für meine Genesung – die ebenso spontan erfolgt ist wie der Ausbruch meiner Erkrankung – eine ansehnliche Summe zu spenden! Sie soll all denen eine Hilfe sein, die durch den Vulkanausbruch Einbußen erlitten haben.«

»Gott segne Euch für Eure Großherzigkeit, lieber Schwiegervater!«

»Noch bin ich es nicht, mein lieber Pastor! Vielleicht überlegt es sich ja meine Tochter noch einmal. Womöglich zieht sie
es vor, eine alte Jungfer zu werden; wer weiß?«

Kerrin kam nicht dazu, etwas zu erwidern, denn in diesem
Moment füllte sich die Krankenstube, deren Tür der Pastor
hatte offen stehen lassen. Im Nu hatte sich das gesamte Gesinde um das Bett versammelt und pries Christus, den Erlöser,
dessen Geburtstag man heute feierte, dass er den Todkranken
auf so wundersame Weise habe genesen lassen. Kaum einer
auf dem Hof hatte ihm dieses Mal eine Chance eingeräumt, er
könne die Krankheit überleben.

In der Euphorie blieb es nicht aus, dass eine beherzte Magd
den Mund auftat und eine brisante Beobachtung preisgab, die
darin gipfelte, sie habe die Haushälterin Ingke vor zwei Wochen dabei beobachtet, wie diese dem Kapitän etwas eingegeben habe. »Ich habe mir damals nichts dabei gedacht«, entschuldigte sich die jüngere Frau. »Der Herr kam ja so gut aus
mit Ingke. Oft habe ich sie miteinander lachen gesehen. Und
wenn sie ihm Leckerbissen zugesteckt hat, hat das dem Herrn
sehr gut gefallen.«

»Und *was* hast du damals beobachtet, Gerhild?«

Die Stimme des Pastors klang ungeduldig. Gerhild neigte
zur Weitschweifigkeit, und wenn man sie nicht drängte, dauerte es ewig, ehe sie zum Kern einer Sache kam.

Die Magd spreizte sich ein bisschen; sichtlich genoss sie es,
so unerwartet im Mittelpunkt der Aufmerksamkeit zu stehen.
Das energische Räuspern des Pastors ließ es ihr jedoch geraten erscheinen, zum Punkt zu kommen.

Sie habe mit angesehen, wie Ingke Tropfen aus einem
Fläschchen in den Tee des Herrn geschüttet hätte. Und merk-

407

würdig gelächelt habe sie dabei und gleich darauf das Fläschchen wieder in ihrer Rocktasche verschwinden lassen.

Stolz sah Gerhild sich im Kreise der Anwesenden um.

»Wenn dir das verdächtig vorkam, warum um Himmels willen hast du dann nichts gesagt, Gerhild, sondern seelenruhig
zugeschaut, wie Ingke dem Commandeur den Tee zu trinken
gab?«

Der Zorn über so viel Unvernunft war dem Pastor deutlich
anzumerken.

Gerhild duckte sich etwas und senkte beschämt den Kopf.
Nach einer Weile stotterte sie verlegen, sie habe gedacht, es
handele sich um Medizin.

»Wo ist Ingke überhaupt?« Suchend sah sich Kerrin nach
der Genannten um. Im Krankenzimmer war sie jedenfalls
nicht.

»Während der Andacht stand sie noch neben mir«, behauptete die jüngste Magd, ein armes verschüchtertes Ding, dessen hübsches Gesicht durch ein Feuermal entstellt war, das
sich über die gesamte linke Gesichtshälfte bis zur Stirn hinauf erstreckte.

In dem allgemeinen Durcheinander, als alle aus der Kirche nach draußen gerannt waren, um mit Schrecken das Naturschauspiel zu verfolgen, das direkt vor ihren Augen ablief,
schien Ingke verschwunden zu sein.

»Nein, nein!«, widersprach Bertil, ein älterer Knecht. »Ich
habe sie noch gesehen, als sie wie wir alle auf den Snæfellsjökull gestarrt hat!«

Eine kurze Befragung ergab, dass Ingke noch mit den anderen ins Pfarrhaus zurückgekehrt war. Jetzt meldete sich Gerhild wieder zu Wort: »Das war es doch, was mich endlich stut-
zig gemacht hat!«, behauptete sie. »Nachdem Ingke von der
überraschenden Genesung des Herrn Commandeurs erfah-

408

ren hat, ist sie wie in Panik aus dem Pfarrhof gerannt. Das sah mir irgendwie nach schlechtem Gewissen aus.

Ich habe ihr noch nachgerufen, wohin sie es so eilig hätte. Und nachgesehen habe ich ihr, solange ich konnte. Sie ist in Richtung des Berges gelaufen.«

Diejenigen vom Gesinde, die dieselbe Beobachtung gemacht hatten, erklärten jetzt, sich zuerst keinen Reim darauf gemacht zu haben. Man hatte geglaubt, sie habe in der Nähe etwas Wichtiges vergessen und wolle es holen. »Wie kann auch jemand so verrückt sein, direkt in Richtung eines Feuer speienden Berges zu rennen?«, formulierte es einer der Pferdeknechte.

Aber jetzt ergab das Ganze durchaus Sinn.

»Ingke hatte wohl die berechtigte Angst, man werde sie jetzt zur Rechenschaft ziehen, weil sie versucht hat, den Vater meiner Braut zu töten!«

Der Pastor war auf einmal kreidebleich, und Kerrin griff nach seiner Hand. »So muss es sein, Nils! Der haargenaue Zeitpunkt ist es, der Ingke zu verstehen gab, dass übernatürliche Kräfte sich gegen sie stellten – und das hat sie in Panik versetzt.

Nach meiner Meinung will sie nun ihrem Leben ein Ende machen, hält sie sich doch für verflucht von den Geistern des Snæfellsjökull!«

Einen Augenblick herrschte lähmende Stille in der Schlafkammer. Gleich darauf redeten alle durcheinander, bis der Pastor Ruhe gebot. Aber ehe er etwas zu sagen vermochte, meldete sich überraschend Roluf Asmussen zu Wort.

»Stell einen Suchtrupp aus kräftigen Männern zusammen, Schwiegersohn! Hoffentlich könnt ihr sie noch einholen«, wandte er sich an die Knechte. »Ich möchte nicht die Ursache für die Wahnsinnstat dieser Frau sein! Offenbar hat sie vor, sich in den brodelnden Krater zu stürzen.«

»Mein Schwiegervater hat recht! Selbstmord ist eine große Sünde gegen Gott, den Spender allen Lebens – das müssen wir unter allen Umständen verhindern! Ingke soll sich vor dem *Alþingi* in Þingvellir verantworten für das, was sie getan hat!«

Kerrin wusste inzwischen, dass dies die höchste politische Instanz in Island darstellte, welche Parlament und Gericht in sich vereinigte. Þingvellir diente bereits seit dem Jahre 930 als Hauptversammlungsort sämtlicher Isländer und war auch der Schauplatz wichtiger Entscheidungen gewesen, wie etwa der Einführung des Christentums im Jahre 1000.

Den Männern war deutlich anzumerken, dass sie wenig Lust verspürten, sich dem immer noch polternden, grummelnden und spuckenden Vulkan anzunähern. Wohl hatte der Ascheregen aufgehört, und auch die glühende Lava floss kaum noch über den Kraterrand – aber bis sie erkaltete und erstarrte, würde es wohl noch eine ziemliche Weile dauern. Und der Gestank nach Rauch, Ruß, Asche und Schwefel war ebenfalls sehr unangenehm.

Deutlich stand allen eine Frage ins Gesicht geschrieben: »Warum sollen wir unsere Gesundheit, womöglich gar unser Leben opfern für eine Frau, die um ein Haar zur Mörderin geworden ist und die sich jetzt selbst bestrafen will, indem sie sich das Leben nimmt?«

Nils Anderson ging darauf nicht ein, sondern betonte, wie wichtig es sei, die Frau vor Gericht zu stellen und sie ihrer gerechten Sühne zuzuführen. Er hoffe, man werde sie noch rechtzeitig einholen.

Insgeheim murrend machten sich die Männer des Suchtrupps unter der Leitung ihres Hofherrn auf den Weg. Offen gegen ihren Pastor aufzubegehren wagten sie nicht. Kerrin überlegte kurz, ob sie sich der Gruppe anschließen solle, entschied sich aber dann doch dagegen. Es schien ihr unpassend, sich vor der geschlagenen Rivalin als Siegerin zu präsentieren, falls man diese noch lebend anträfe. An Ingkes Schuld zweifelte sie hingegen keinen Augenblick.

Doch das Schicksal schien es nicht vorgesehen zu haben, dass man der flüchtenden Ingke habhaft wurde. Ihre Spuren führten den Berg hinauf; aber ehe die Männer sich in der eisigen Kälte und bei Dunkelheit an den gefährlichen Aufstieg machen konnten, mussten sie bereits wieder umkehren.

Ein unvorstellbar schweres Schneegestöber beendete die Suche nach der unglücklichen Frau. Lange hatten die Bauern auf der Insel auf Schnee gewartet – und nun war er urplötzlich da! Und zwar in einer solchen Fülle, dass man im Schein der Tranlampen keine Schneeflocken mehr erkannte, sondern nur noch eine undurchdringliche grauweiße Wand. Dazu heulte ein grässlicher Sturm, der die Schneemassen im Nu haushoch auftürmte.

»Ingke wird sich wohl nie mehr vor einem weltlichen Gericht verantworten müssen.«

Nils klopfte sich den Schnee von den Schultern seines Umhangs und reichte ihn der Magd mit dem Feuermal, damit diese ihn in der Küche zum Trocknen über die Herdstange hängen konnte.

»Vielleicht steht Ingke längst vor ihrem göttlichen Richter und muss für ihre Taten büßen«, meinte er traurig. »Ich will für ein Weilchen in die Kirche hinüber und für ihre arme sündige Seele beten.«

Kerrin war froh, dass er sie nicht aufgefordert hatte, ihm dabei Gesellschaft zu leisten. Sie war noch nicht so weit, jener Frau zu verzeihen, die sie so sehr gehasst hatte und die bereit gewesen war, um ihretwillen einem anderen Menschen das Leben zu nehmen. Es würde lange dauern, ehe sie zur Vergebung bereit war. Sollte einstweilen ihr künftiger Ehemann beim Herrgott Fürbitte für die ehemalige Geliebte einlegen …

War es denn nicht auch wahr, dass Nils eine gewisse Mitschuld an dem Drama anzulasten war?

In ihrem Gedankengang wurde Kerrin von ihrem Vater unterbrochen, der sie bat, ihm aus dem Bett zu helfen und ihm behilflich zu sein, seinen Schlafrock anzulegen, der über dem Fußende des Bettes lag.

»Ich bin immer noch ein wenig klapprig vom langen Liegen, weißt du«, entschuldigte er sich bei seiner Tochter, der man die Strapazen der vergangenen Wochen deutlich ansah. Sie müsste sich dringend einmal richtig ausschlafen.

Ingke blieb verschollen. Auch nach dem Ende des schweren Schneegestöbers, als man die Suche nach ihr erneut aufnahm, deutete nichts darauf hin, dass sie noch am Leben war. Hinweise, wohin sie geflohen sein und Schutz gefunden haben könnte, gab es ebenso wenig.

Man ging allgemein davon aus, die junge Frau habe es tatsächlich geschafft, sich in den immer noch Feuer speienden Krater zu stürzen, um dort einen grässlichen Tod zu erleiden.

Um kein falsches Mitleid mit der Selbstmörderin aufkommen zu lassen, beeilten sich sowohl Nils Andersen als auch Roluf Asmussen, den Leuten klarzumachen, dass Ingke einen schnellen Tod gewählt hatte.

»Die Dämpfe müssen sie umgehend bewusstlos gemacht haben, sie hat bestimmt nichts mehr gespürt«, wiederholte der Pastor auch bei seiner Predigt am ersten Tag des neuen Jahres, in der er selbstverständlich auf die Tragödie einging.

DREIUNDFÜNFZIG

Die Lust auf ein fröhliches Hochzeitsfest war Kerrin vergangen. Ingkes trauriges Ende machte ihr mehr zu schaffen, als sie selbst für möglich gehalten hatte.

Wie sehr musste das arme Weib gelitten haben?

Ingke hatte nichts verbrochen, war im Gegenteil gewissenhaft ihren Aufgaben als Haushälterin und Mätresse des Pfarrers nachgekommen. Dazu hatte sie sich nebenbei als gute Ersatzmutter für Anke erwiesen.

Alles hat sich für die Ärmste geändert, nachdem ich wie aus heiterem Himmel aufgetaucht bin, dachte Kerrin. Sie verdient trotz ihrer Verfehlungen eher mein Mitleid als meine Verachtung!

Kerrin glaubte mittlerweile fest daran, dass die Magd krank im Kopf geworden war; ja, wahrscheinlich war sie gar nicht verantwortlich gewesen für das, was sie anzurichten versucht hatte.

Nils hat sie grausam behandelt, ging es ihr durch den Kopf, und ich bin um keinen Deut besser, ich habe es zugelassen! Es wäre barmherziger gewesen, sie weit weg zu schicken, um nicht mit ansehen zu müssen, wie ich mich sorglos an ihre Stelle setze!

Die Gewissensbisse setzten Kerrin zu und machten sie traurig, schärften aber gleichzeitig ihren Blick für andere Menschen, mit denen es das Leben nicht so gut meinte wie mit ihr. Da war vor allem Ásthildur, die junge Magd mit dem entstellenden Feuermal im Gesicht. Jeder konnte sehen, dass sie hoffnungslos in einen der Dörfler verliebt war, in Oriak nämlich, den Halbgrönländer, des Pastors liebsten Jagdgefährten, der einer der besten Fährtenleser Islands war.

Obwohl selbstständiger Bauer auf einem kleinen Stück

Land, das er gemeinsam mit seinem Vater und seiner Inuit-Mutter bewirtschaftete, verdingte er sich gelegentlich als Knecht auf dem Pfarrhof oder begleitete Nils Andersen auf Streifzügen über die Insel.

Oriak behandelte Ásthildur zwar genauso freundlich wie alle anderen auf dem Hof, war aber im Übrigen sehr zurückhaltend und vermied es, mit ihr allein zu sein. Von rechts betrachtet war die junge Magd ausgesprochen hübsch, auch an ihrer schlanken, biegsamen Gestalt war nichts auszusetzen – aber wehe, sie drehte einem die linke Gesichtshälfte zu! Sie war von einem roten Blutmal bedeckt, das fast die Form eines Ahornblatts hatte. Nie könnte Oriak sich an den Makel gewöhnen.

Kerrin wollte ein Experiment wagen. Hatte sie bisher ihr Geschick nur an allerlei Krankheiten und Leiden erprobt, sollte es diesmal die Befreiung von einem lästigen Makel sein. Deutlich spürte Kerrin, dass das riesige Mal die liebenswerte Magd sehr unglücklich machte und ihr die Möglichkeit raubte, ein glückliches und erfülltes Leben zu führen.

Um keine Hoffnungen zu wecken, die sich später als falsch herausstellten, passte Kerrin eine günstige Gelegenheit ab, zu der es möglich war, sich Ásthildurs Gesicht völlig unverfänglich vorzunehmen. Die bot sich bereits am nächsten Tag: Ásthildur klagte leise über schreckliche Kopfschmerzen.

Damit stand sie keineswegs allein; beinahe alle Bewohner von Stapi litten darunter. Verursacher war der viele Ruß und Staub, der bei jedem Windhauch in die Luft stieg und sich anschließend in dicken Schichten auf alles legte und bei jedem Atemzug in die Lunge gelangte, Hals, Nase und Augen reizte und Kopfweh bedingte. Nils Andersen vermutete, das werde noch wochenlang so weitergehen; vor dem Frühjahr schien keine Besserung in Sicht.

Im Augenblick empfahl es sich, möglichst daheim in den vier Wänden zu bleiben und nur im äußersten Notfall das Haus zu verlassen. Wegen der ungeheuren Schneemassen, die vom Himmel fielen, blieb auch wenig anderes zu tun.

»Ich sehe, wie sehr dich der Kopfschmerz plagt, Ásthildur!«

Kerrin ging auf die Magd zu, die ihr scheu ausgewichen war, um der künftigen »Frau Pastor« im Flur den Vortritt zu lassen. Sie schleppte ein schweres Bündel mit Brennholz, womit der Herd in der Küche angeschürt werden sollte.

»Leg das Feuerholz hinter der Küchentür ab und dann komm zu mir in meine Kammer. Ich will versuchen, dich von deinem Leiden zu befreien, Ásthildur.« Während sie auf das junge Ding mit den rot entzündeten Augen wartete, ballte Kerrin die Hände zu Fäusten und drückte sie gegen ihre eigene Stirn.

»Herrgott im Himmel und alle guten Geister, steht mir bei! Es muss mir möglich sein, dem armen Mädchen zu helfen, sodass es den Mann bekommen kann, den es über alles liebt!

Oriak soll keine Ursache mehr haben, sich von Ásthildur abgestoßen zu fühlen. Im Gegenteil! Er soll sie lieben und zur Frau begehren! Lieber Gott, bitte, lass mich erfolgreich sein! Ich bitte dich um Ásthildurs willen gar herzlich darum. Amen.«

Da betrat auch schon schüchtern und zögerlich die Magd das Stübchen, das Kerrin sich zum Lesen, für Handarbeiten und die Herstellung von Arzneien für die Zeit ausbedungen hatte, die sie noch auf Island verbringen würde, ehe sie ihren Vater nach Föhr begleitete.

»Leg dich einfach auf den Boden, mein Kind.«

Kerrin deutete auf mehrere nebeneinanderliegende, mit Heu gefüllte Kissen. Gehorsam tat Ásthildur, wie ihr befohlen. Sie lag auf dem Rücken, die Arme locker neben dem Körper.

»Jetzt mach die Augen zu, meine Liebe, und denk an etwas Schönes! Egal, was es ist: Eine sommerliche Blumenwiese, kleine Hündchen, kleine Kinder – oder ein junger Mann, der dir besonders gut gefällt!«

Die Magd lief rot an. So brauchte Kerrin gar nicht erst nachzufragen, worauf Ásthildur ihre Gedanken richtete ...

»Erschrick nicht, mein Kind – ich setze mich nun hinter dich und bette deinen Kopf auf meinen Schoß. Dann lege ich dir meine Hände ums Gesicht und werde dich eine ganze Weile so halten. Während du ein bisschen schläfst, will ich darum beten, dass dein Schmerz vergeht ...« Den letzten Satz sprach Kerrin so leise, dass er kaum noch zu verstehen war. Sie summte eine eigenartige Melodie, eine, die stets aus ihrem tiefsten Inneren hervorströmte, sobald sie eine Behandlung vornahm, die aus dem üblichen Rahmen ihrer Heilertätigkeit fiel.

Im Nu war das junge Mädchen eingeschlafen. Während Kerrins kühle Hände sich um Ásthildurs Wangen schlossen, erflehte sie Gottes Hilfe mittels eines Gebets, das sie oft von Oheim Lorenz gehört hatte, immer dann, wenn er um den Segen des Himmels für einen Bedürftigen betete.

Es kam ihr vor, als erwärme sich ihre linke Handfläche leicht, mit der sie das Feuermal bedeckte, während ihre rechte kühl blieb. Um dieses Gefühl zu verstärken, richtete Kerrin ihre Gedanken auf die alte germanische Heidengöttin Freyja, Göttin der Schönheit und der Liebe – was ihr in diesem Falle durchaus passend erschien.

Einst hatten ihr die weisen Frauen von Alkersum von Freyja, der Gemahlin Odurs, dem Gott des Sommers, erzählt. Als Kind hatte sie aufmerksam gelauscht und in ihrem Gedächtnis bewahrt, dass diese Göttin – obwohl vom Schicksal mit großer Schönheit bedacht, in Liebesleiden wohl bewandert war: Odur, der angebetete Gemahl, verließ sie stets beim Herannahen des Winters – ohne dass sie den Grund für sein Verschwinden erfuhr.

Jedes Mal, wenn der Gatte sie verlassen hatte, wich von Freyja jede Freude, alles Glück; sogar die Blumen auf der Wiese welkten, die Kraft der Sonne wurde schwächer und die Tage kürzer. Sie suchte den Geliebten lange Zeit – über ein halbes Jahr lang –, um ihn schließlich zu finden: auf grüner Aue, inmitten von Blüten, im hellen Sonnenschein, umspielt von Vogelsang.

Aber jedes Jahr, sobald das Sternbild der Jungfrau unterging, verließ Odur seine Gemahlin Freyja erneut. Der ewige Kreislauf von Suchen und Finden, von schmerzlicher Sehnsucht und beglückender Wiedervereinigung begann aufs Neue.

Wenn eine höhere Macht das Leiden Ásthildurs ermessen konnte, dann war es Freyja, die Schöne. Lange verharrte Kerrin in ihrer Trance. Erst ein zaghaftes Klopfen an der Kammertür ließ sie in die Gegenwart zurückfinden.

Das junge Mädchen in ihrem Schoß schlief noch. Kerrin legte den Finger der rechten Hand auf die Lippen, um so ihren Vater zu bitten, mit seinem Anliegen noch eine Weile zu warten.

Leise schloss Roluf die Tür, um Kerrin bei dieser Behandlung nicht zu stören. Es gab nichts Wichtiges. Er hatte sie nur fragen wollen, ob sie heute noch bereit sei, abwechselnd mit ihm laut aus einem Buch vorzulesen, das er im schmalen Bücherschrank seines künftigen Schwiegersohns entdeckt hatte.

Es war die Beschreibung eines friesischen Seefahrers aus Helgoland, der in jungen Jahren nach Nordamerika ausgewandert war, sich zu den Indianern begab, ihr naturnahes Leben teilte, mit ihnen zusammen jagte und Feste feierte. Sogar eine einheimische Frau heiratete er und zog mit ihr drei Kinder groß.

Im Alter jedoch überkam ihn machtvoll das Heimweh nach Friesland; so war er nach dem Tod seiner Frau nach Helgoland zurückgekehrt und hatte im Jahre 1699 mit beinahe siebzig Jahren dieses Büchlein verfasst, für das sich der Commandeur nun brennend interessierte.

Als die Tür sich behutsam hinter ihrem Vater geschlossen hatte, empfand Kerrin einen stechenden Schmerz in ihrer linken Hand, der bis zum Ellbogen ausstrahlte.

Das Stechen verstärkte sich und schoss, einer lodernden Flamme gleich, hoch bis in ihre linke Schulter. Unwillkürlich stöhnte sie auf. Davon erwachte Ásthildur. Schlaftrunken öffnete das junge Mädchen die Augen, entdeckte sich selbst auf weichen Kissen auf dem Boden liegend und sprang erschrocken auf. Als Magd mitten am Tage zu schlafen war ein Zeichen von Faulheit und Pflichtvergessenheit …

Unwillkürlich blickte sie sich schuldbewusst um. Aber da stand kein strenger Herr und keine missgelaunte Herrin, sondern Kerrin, die schöne Friesin, die sich erboten hatte, ihr den lästigen Kopfschmerz zu nehmen.

»Oh! Ich spüre kein Weh mehr in meinem Kopf!«, entfuhr es der Magd. »Tausend Dank, Frau Kerrin! Eure Hände vermögen wahre Wunder zu bewirken. Ich werde mir ein Geschenk für Euch ausdenken, um meinen innigen Dank auszudrücken!«

Kerrin sah das Mädchen an. Sie hasste es, wenn sie mit Wundern in Verbindung gebracht wurde – leidvolle Erfahrung hatte sie gelehrt, diesem Lob mit Misstrauen zu begegnen. Allzu schnell folgte häufig der Vorwurf der Zauberei nach … Aber in diesem Falle konnte sie selbst nicht anders, als an ein Wunder zu glauben: Ásthildurs Gesicht war vollkommen rein!

Sie hielt die Magd, die sich anschickte, die Kammer zu verlassen, zurück. Um ja keinem Irrtum zu unterliegen, entzündete Kerrin drei weitere Kerzen, um Ásthildurs linke Gesichtshälfte genau zu untersuchen.

Kein Zweifel! Das hässliche Feuermal, unter dem die junge Frau seit ihrer Geburt vor neunzehn Jahren gelitten hatte, war wie weggeblasen! Nicht einmal die allerkleinste Narbe zeugte noch davon: Es war so, als habe es sich nie auf diesem bildhübschen Gesicht befunden …

»Du verspürst tatsächlich keinerlei Schmerz mehr hinter deiner Stirn? Oder ist es nur gewandert und hat sich jetzt womöglich an anderer Stelle festgesetzt? Empfindest du irgendwelche Schmerzen?«

Kerrin wollte es genau wissen, ehe sie das Mädchen seinen häuslichen Pflichten überließ. Ihr Auftauchen würde ohnehin für allerhand Aufruhr beim Gesinde sorgen.

»Wasch dir das Gesicht, Mädchen! Mir scheint, du hast im Schlaf geweint«, verlangte Kerrin. Sie wies auf die weiße irdene Waschschüssel mit dem Krug samt Tuch, die auf einem kleinen hochbeinigen Tischchen stand. Darüber hing ein Spiegel – ein Geschenk, das Nils seiner Braut am Morgen des Christfesttages überreicht hatte. Er hatte das wertvolle Stück aus Venedig via dänische Hauptstadt Kopenhagen speziell für Kerrin anfertigen und besorgen lassen. Derlei Luxusartikel wurden seit Anfang des 16. Jahrhunderts in Venedig hergestellt.

Ásthildur tat, wie ihr von Kerrin befohlen. Sie war so glücklich, von den bohrenden Schmerzen hinter der Stirn befreit zu sein, dass sie buchstäblich alles für die liebe Herrin getan hätte. Kerrin beobachtete sie scharf.

»Du darfst ruhig in den Spiegel schauen, meine Liebe, ohne dich der Sünde der Hoffärtigkeit schuldig zu machen!«, ermunterte sie das junge Ding, endlich ihre Verwandlung in eine Schönheit zu begutachten. Erst vermochte das Mädchen es nicht zu glauben.

»Verzeiht, Frau Kerrin! Kann es sein, dass Euer Spiegel fehlerhaft ist? Er zeigt nicht die Wahrheit! Wo ist mein verdammtes Feuermal?«, schrie sie dann zornig und wie von Sinnen.

Gerade noch konnte Kerrin die plötzlich außer sich Geratene davon abhalten, mit der Faust wütend ins Glas zu schlagen, das sie zu verhöhnen schien.

»Der Spiegel muss verhext sein«, flüsterte Ásthildur mit erstickter Stimme, während Scham und Wut in ihren Augen funkelten. Abrupt drehte sie sich weg. Da trat Kerrin neben sie und zwang die junge Frau, erneut einen Blick in den Spiegel zu wagen.

»Wo ist er denn verhext, mein Kind? Schau mich an im Spiegel! Erkennst du den kleinen braunen Leberfleck auf meiner Oberlippe? Und die zerzausten Haare, die dringend gebürstet werden sollten, weil sie nach allen Seiten abstehen: Verbirgt sie der Spiegel etwa?«

Die Augen der Magd begannen zu glänzen, der verhärmte Zug in ihrer Miene verschwand.

»Aber Frau Kerrin, das würde ja bedeuten, dass das abscheuliche Ding auf meiner Wange tatsächlich verschwunden ist?«

»Das, meine Liebe, scheint mir auch so zu sein! Ich habe ein Gebet für dich gesprochen, und der Herr in seiner unendlichen Güte hatte ein Einsehen! Zugleich mit dem Weh im Kopf hat er dir auch das Feuermal genommen. Du wirst ihm doch nicht etwa nachtrauern, oder?«

Kerrin versuchte, das Ganze herunterzuspielen. Sie vermochte es ja selbst kaum zu glauben, dass es ihr wahrhaftig gelungen war: Immerhin war Ásthildur seit ihrer Geburt damit gezeichnet gewesen. Dennoch: Jedes übermäßige Aufsehen für die Person, die das bewirkt hatte, konnte von Übel sein. Kerrin war ein gebranntes Kind, wenn es darum ging, was naiver Hexenglauben und kindische Dämonenfurcht anzurichten vermochten.

Andererseits: Auch sie glaubte nicht an einen Zufall; immer noch schmerzte ihre linke Hand, ja, ihr ganzer linker Arm bis zur Schulter hinauf stand in Flammen – so, als sei das Feuermal auf sie übergesprungen.

Scheinbar beiläufig krempelte Kerrin ihren Ärmel hoch, insgeheim befürchtend, das Mal jetzt auf ihrem Arm zu finden; aber da war nichts zu sehen.

»Du bist sehr, sehr hübsch, meine Liebe.«

Kerrins Stimme klang bewegt, und sie musste sich abwenden, um nicht in Tränen auszubrechen. »Mach dich jetzt wieder an deine Arbeit, mein Kind – und freu dich, dass deine Kopfschmerzen weg sind. Und was das Feuermal anbelangt: Danke jeden Tag dem Herrgott, der das durch seine Gnade bewirkt hat.

Noch etwas, ehe du gehst, Ásthildur: Nicht mir sollst du etwas schenken, sondern spende lieber etwas für die Armen, wenn du dich dankbar erweisen willst. Alles, was ich kann, verdanke ich schließlich nur dem Herrn!«

Jetzt konnte Kerrin nur hoffen, dass ihre gute Tat nicht allzu hohe Wellen schlüge. Außerdem war ihr ein wenig bang, was Nils dazu sagen würde.

VIERUNDFÜNFZIG

ANFANG JUNI KEHRTE Boy Carstensen nach Föhr zurück.

In dieser Saison waren er und die Mannschaft seines Walfängers *Seeadler III* vom Pech verfolgt. Kaum hatten sie Kerrin Rolufsen auf der verlassenen Insel Jan Mayen abgesetzt, war es mit ihrem Jagdglück vorbei. Die Beute erwies sich als ausgesprochen kläglich – der Himmel mochte wissen, weshalb.

Im Nordmeer bis hinauf nach Spitzbergen wimmelte es von Walen verschiedenster Art, vom Nordkaper bis zum Buckelwal –, aber erlegt wurden sie nur von den anderen. Während man auf der *Seefalke I*, dem Schwesterschiff der *Seeadler III*, kaum noch wusste, wohin mit all dem Speck der getöteten Tiere, konnten Boy und seine Kameraden sich die meiste Zeit mit Würfeln und Kartenspielen vertreiben.

Das hatte Commandeur Knut Johannsen bei strenger Strafe untersagt, denn die Matrosen pflegten um Geld zu spielen, und das führte erfahrungsgemäß zu handfestem Streit und nicht selten zu blutigen Schlägereien mit erheblichen Verletzungen. In seiner überheblichen Art jedoch glaubte Boy, der als Harpunier zu den Offizieren auf dem Schiff gehörte, er könne sich über die Befehle seines Kapitäns hinwegsetzen.

So verleitete er die Männer, die vor Langeweile fast eingingen, zu riskanten Glücksspielen und zum Genuss von Alkohol, den er in Amsterdam an Bord geschmuggelt hatte.

So konnten er und sein Kamerad Diederich Thedesen ihren Mitspielern nun schamlos das Geld aus der Tasche ziehen. Geld, das diese gar nicht hatten – und aller Voraussicht nach, wenn die Flaute so weiterging, auch am Ende der Fangsaison nicht besitzen würden.

Auf Jahre hinaus stünden die Männer bei ihm und seinem zweifelhaften Freund tief in der Kreide, denn dass Boy sie für den konsumierten Schnaps auch noch ordentlich blechen ließ, verstand sich von selbst. »Mir leuchtet das durchaus ein, Commandeur Johannsen, dass wir so vom Pech verfolgt werden«, hatte er seinem Kapitän und den Männern eindringlich dargelegt. »Das ist der Fluch der verdammten Föhringer Hexe, die Sie in Holland an Bord genommen haben! Man hätte das zauberische Weibsstück nicht auf Jan Mayen aussteigen lassen, sondern sie samt ihrem sauberen Begleiter auf hoher See über Bord schmeißen sollen! Weiß der Deibel, in welch sündigem Verhältnis die beiden gestanden haben …«

Die meisten Männer glaubten ihm aufs Wort. Nur Knut Johannsen war nicht mehr ganz so naiv. Freilich war er froh gewesen, als er Kerrin losgeworden war; erhoffte er sich davon doch endlich Ruhe unter seinen Leuten.

Aber von dem dümmlichen Hexengeschwätz wollte er nichts mehr hören. Er hoffte im Gegenteil inständig, die Commandeurstochter und ihr Begleiter hätten bald eine Möglichkeit gefunden, diesem gottverlassenen Eiland Jan Mayen den Rücken zu kehren.

»Mir schien, du selbst, Harpunier Carstensen, hattest ein Auge auf die schöne Frau geworfen! Wie ich weiterhin annehme, hast du dir bei ihr allerdings einen Korb geholt und bist deswegen so wütend auf sie!«

Einige Matrosen feixten bereits hinter Boys Rücken. Als er sich anschickte, dem Kapitän lebhaft zu widersprechen, ging der darauf nicht ein.

»Ich habe sehr wohl die Blicke gesehen, die du der jungen Frau hinterhergesandt hast, mein Lieber! Die waren eindeutig; da brauchst du gar nichts abzustreiten! Und sag jetzt nicht, das Frauenzimmer habe dich verhext. Das hatte Kerrin Rolufsen nun wirklich nicht nötig!«

Da hatte Boy Carstensen lieber den Mund gehalten. Es war

nicht ratsam gewesen, den Commandeur zusätzlich zu reizen – dessen Laune war bereits auf dem Tiefpunkt angelangt.

»So ein lausiges Fangergebnis habe ich in den dreizehn Jahren, die ich jetzt schon zur See fahre, noch nie erlebt«, murmelte er vor sich hin, als er im Herbst 1706 wieder seinen Fuß auf die Insel Föhr setzte. Als Junggeselle lebte Boy immer noch unter dem Dach seiner Eltern und weitgehend auf deren Kosten, obwohl er auf die dreißig zuging. Ein Zustand, der seinem Vater, einem ehemaligen, in Europas Norden wohl angesehenen Walfängercommandeur, zusehends lästig wurde.

»Mit deinen ewigen Weibergeschichten machst du unserer Familie nur Schande«, nörgelte auch an diesem Tag der Alte, der sich nichts sehnlicher wünschte als eine freundliche hübsche Schwiegertochter und ein paar schmucke Enkel.

Rückendeckung erhielt Boy allerdings von seiner Mutter, die über Gebühr an ihrem Sohn hing und es völlig in Ordnung fand, dass er sich Zeit ließ, ehe er sich endgültig band.

Was wiederum Vater Carsten Carstensen zunehmend vergrämte. Kaum war Boy auf der Insel angekommen, hatte er sich wie nebenbei nach Kerrin Rolufsen und Fedder Nickelsen umgehört sowie nach Matz Harmsen. Von Letzterem behauptete ein Bekannter, er sei schwer krank und liege daheim auf Amrum auf den Tod darnieder und werde kaum jemals wieder aufstehen.

Und was Kerrin und Fedder anbelangte, so gab es keine Nachricht von ihnen. Boy Carstensen atmete erleichtert auf. Es schien ganz so, als käme er wieder einmal ungeschoren davon.

Stillschweigend ging er davon aus, dass zwei so unerfahrene Abenteurer in den eisigen Weiten Grönlands nur eine geringe Überlebenschance hätten. Dann könnte ihn auch keiner jemals zur Rechenschaft ziehen, dass er das Auftauchen von Kerrins zweitem Begleiter verhindert hatte ...

Er ahnte ja nicht, dass Pastor Brarens längst über den bösen Streich, den er sich erlaubt hatte, informiert war.

Da die Stimmung zu Hause nicht die allerbeste war, beschloss Boy den Dorfkrug aufzusuchen, um seine Heimkehr gebührend zu feiern – obwohl es nach dieser desaströsen Fangsaison wahrlich nichts zu feiern gab.

Als Boy bereits beim dritten Krug Bier saß und nach dem dritten Glas Schnaps griff, um seinen Freunden im Dörpskroog zuzuprosten, ging die Tür auf, und Boy – schon leicht benebelt – glaubte zuerst, einer Täuschung zu unterliegen. »Hä?«

Er riss sich zusammen und fasste den Ankömmling bewusst scharf ins Auge. Kein Zweifel, er war's!

»Ich dachte, du liegst im Sterben!«, knurrte er Matz Harmsen ungnädig an.

Der ältere Kapitän ließ ein ungutes Lachen hören, wobei er grimmig die Brauen runzelte. Sich zu Boy dicht hinunterbeugend, zischte er: »Tut mir ausnehmend leid, dass ich dich so enttäuschen muss, ich bin dem Tod noch mal von der Schippe gesprungen! Ich kann mir schon denken, dass dir das zusetzt, du krummer Hund, du!«

»He! He! Jetzt mach aber mal halblang, ja?«, glaubte einer von Boys Getreuen dem nicht mehr ganz Nüchternen beistehen zu müssen. »Warum beleidigst du unseren guten Freund?«

Auch die meisten anderen am Tisch grummelten unwillig. Sie hatten beträchtliche Spielschulden bei Boy und waren auf seinen guten Willen angewiesen, ihnen bei der Rückerstattung Aufschub zu gewähren.

Boy selbst hatte es immer noch die Sprache verschlagen;

425

dümmlich stierte er auf den vom Totenbett wieder Auferstandenen. Ganz in Gedanken stellte er dann das Glas mit dem *Köm* wieder auf die Tischplatte zurück.

»Guter Freund, ja?« Matz Harmsen brach in lautes Gelächter aus. »Was haltet ihr dann davon, Leute?« Und der ehemalige Kapitän klärte die Anwesenden darüber auf, was Boy sich im Frühjahr 1706 im Hafen von Amsterdam geleistet hatte. Erst erntete er Totenstille, dann brach ein wütender Protest gegen Boy Carstensen los.

»Du gemeiner Hund!«, war noch das Harmloseste, was er sich anhören durfte. Vor Schreck stürzte der Beschuldigte schnell den dritten Kümmelschnaps hinunter – wohl um Zeit zum Nachdenken zu gewinnen. Als er sich danach zu verteidigen suchte, indem er ein flapsiges »war doch alles nur Spaß! Hab doch nicht gedacht, dass der alte Döskopp darauf hereinfällt!«, hören ließ, war es ganz aus.

Der neben ihm sitzende Matrose versetzte ihm eine schallende Ohrfeige, und die beiden Seeleute, die ihm gegenüber Platz genommen hatten, schütteten Boy ihr Bier ins Gesicht.

»Sei froh, dass die Krüge nicht gleich hinterherfliegen«, schrie ihn ein anderer an, der demonstrativ von ihm abrückte.

So einen Lärm in seiner Kneipe hatte der langjährige Wirt des Dörpskroogs in Naiblem schon lange nicht mehr erlebt. Vorsichtshalber griff er nach dem Haselstecken, den er hinter dem Schanktisch in Bereitschaft hielt, um renitente Gäste zur Vernunft zu bringen.

Boy war noch keineswegs volltrunken; er wischte sich mit der Hand den Bierschaum aus dem Gesicht. Langsam wurde ihm klar, dass er sich gegen die Angriffe zur Wehr setzen musste, wollte er sein Ansehen nicht ganz verspielen. Am besten dürfte ihm das nach seiner Ansicht gelingen, wenn er seine Fäuste sprechen ließe.

Seine Schlagkraft und Rohheit bei Raufereien waren gefürchtet und hatten ihm bisher immer noch Respekt verschafft.

»Du dämlicher Giftzwerg, das lügst du dir alles zusammen!«, schrie er wie von Sinnen.

Er stürzte hinter dem Tisch hervor und wollte sich auf Matz Harmsen stürzen, dem er körperlich haushoch überlegen war. Aber dieses Mal sollte er sich gleich zweimal verrechnet haben. Erstens hatte er nicht nur Matthias Harmsen gegen sich, sondern weit über die Hälfte der anwesenden Seeleute und Bauern, die sich mittlerweile gegen ihn stellten, und zweitens war mittlerweile ausgerechnet der Pastor im Dorfkrug aufgetaucht.

Als die Sache brenzlig zu werden drohte, hatte die Wirtin ihn als Schlichter geholt – ohne zu ahnen, dass genau der Pfarrer einer der Hauptbetroffenen war.

Kaum hatte Birte trotz ihrer Leibesfülle die Distanz zum Pfarrhof in beachtlichem Tempo zurückgelegt und ihr Anliegen aufgrund ihrer Kurzatmigkeit stockend und mit etlichen Pausen vorgebracht, wurde Lorenz Brarens augenblicklich hellhörig, als der Name Boy Carstensen fiel. Der Bursche kam ihm gerade recht!

Pastor Brarens wechselte nicht einmal das Schuhwerk, und Zeit zum Überstreifen eines Umhangs ließ er sich auch nicht. Im Dorfkrug wunderte sich allerdings niemand darüber, ihren sonst so korrekt gekleideten Pfarrer an diesem Abend in Hemdsärmeln und Pantoffeln zu sehen – sie waren mit anderen Dingen beschäftigt.

Die Stimmung war aufs Äußerste angespannt; Schimpfworte und Beleidigungen flogen hin und her. Dass es keine Gläser und Krüge waren, dafür sorgte der Wirt, der sofort die Tische leer räumte, an denen die Kontrahenten saßen. Es fehlte bloß noch der eine zündende Funke, und im Dörps-kroog bräche eine handfeste Schlägerei aus.

Lorenz Brarens ging schnurstracks auf Boy Carstensen zu. Dicht baute er sich vor dem jungen Mann auf, der mit erhobenen und geballten Fäusten den Eindruck eines gereizten Bullen machte.

»Willst du tatsächlich auf deinen Pastor losgehen?«, fragte er den verblüfften Seemann und baute sich breitbeinig vor ihm auf. Obwohl beinah doppelt so alt, aber noch ein Stück größer als der Harpunier, galt Lorenz Brarens als ein Mann, der ausnehmend flink und darüber hinaus gut in Form war und unter Zuhilfenahme einiger besonderer Kniffe schon weitaus Kräftigere auf die Bretter geschickt hatte.

»Nein, nein! Natürlich nicht, Herr Pastor!«, stotterte Boy Carstensen und nahm sogleich die Fäuste herunter. Schlagartig war er nüchtern geworden.

»Teufel noch eins! Wo kommt Ihr denn jetzt her?« Boy schwante nichts Gutes. Vor lauter Schreck redete er den Pfarrer sogar in der dritten Person an, wozu er sich sonst nicht herabließ. Falls des Pastors Nichte zu Schaden käme, weil es ihr in Grönland an ausreichend männlichem Schutz fehlte, dann müsste er sich auf etwas gefasst machen!

»Ich will von dir nur eines wissen, Seemann. Und sobald du meine Frage zufriedenstellend beantwortet hast, kannst du dich meinetwegen weiter volllaufen lassen – wenn dir der Wirt noch etwas gibt und wenn die anderen Gäste dich dann noch unter sich dulden wollen!«

»Was ist das für eine Frage, Pastor Brarens?«

Weit entfernt von seiner üblichen Großmäuligkeit, hörte sich Boy jetzt beinahe demütig an.

»Wer hatte dir den Auftrag erteilt, meinen Verwandten, Kapitän Matthias Harmsen, im Hafengebäude von Amsterdam abzufangen und ihm die falsche Botschaft zu überbringen, er sei überflüssig und solle sich nicht weiter um meine Nichte kümmern? Er solle vielmehr zurück nach Amrum fahren und das Feld einem Jüngeren überlassen?«

Lorenz Brarens begann den Satz ziemlich leise; aber mit jedem weiteren Wort schwoll seine Stimme weiter an, und zuletzt hallte sie wie Donnergrollen durch die niedrige Gaststube, sodass die Scheiben klirrten.

Der Harpunier sank auf die Bank zurück, die er jetzt allein für sich hatte.

»Wer mich beauftragt hat, wollt Ihr wissen, Pastor?«

Boy versuchte, Zeit zu gewinnen, weil ihm keine passende Antwort einfiel. Wen sollte er beschuldigen? Insgeheim verfluchte er sich, nicht eher an einen Sündenbock gedacht zu haben, dem er die Verantwortung aufhalsen konnte. Vor lauter Verlegenheit biss er sich die Unterlippe blutig.

»Den Namen, Boy, nur den Namen will ich hören! Das muss ja ein sehr mächtiger Mann gewesen sein, der dich zu diesem Bubenstreich verleitet hat. Hat er dich wenigstens gut dafür bezahlt, dass du es auf dich nahmst, unter Umständen sogar den Tod einer jungen Frau auf dein Gewissen zu laden!«

Ein Wutschrei löste sich aus etlichen Kehlen.

»Ich höre dich nicht, Boy Carstensen!« Der Pfarrer hatte seine Stimme wieder unter Kontrolle und sprach ganz ruhig.

»Red schon, Mensch! Sag endlich den Namen, den unser Pastor zu hören verlangt!«, forderte Birte, die Wirtin, ihn auf.

Der Harpunier aber saß da wie ein Häuflein Elend und starrte Löcher in die Tischplatte.

»Wird's bald?«

Jetzt mischte sich auch der Wirt noch ein und fuchtelte mit dem Haselstock herum. Endlich hob Boy müde den Kopf und schaute Lorenz Brarens in die Augen.

»Ich muss sagen, wie es ist, Pastor! Ich kann Euch keinen Namen nennen, denn es gibt keinen Anstifter!«

»Du willst damit mir und allen Anwesenden allen Ernstes verkünden, *du allein* habest dir die Frechheit geleistet, einen erfahrenen Kapitän, den ich gebeten hatte, auf meine Nichte achtzugeben, böswillig und frech zu belügen?

Dir muss klar gewesen sein, Boy, dass dies unter Umständen das Ende für Kerrin bedeuten kann! Bisher haben wir nämlich nichts von ihr oder Fedder Nickelsen gehört!«

Die wütenden Kommentare der Seeleute schwollen erneut bedrohlich an. Vor allem Fedder war bei den meisten sehr beliebt. Pastor Brarens winkte verächtlich ab.

»Lasst den Unseligen, Leute!«, gebot der Geistliche. »Soll er es allein mit seinem Gewissen ausmachen. Dir, Boy Carstensen, rate ich dringend: bete jeden Tag zum Herrgott, dass er Kerrin Rolufsen heil nach Föhr zurückkommen lässt. Es möchte dir sonst übel ergehen! Im Falle von Kerrins Tod werde ich dich vor Gericht bringen. Dann sollen die Richter entscheiden, wie man mit einem Menschen verfährt, der Leib und Leben eines anderen aus lauter Bosheit verspielt hat!«

»Den dürfen wir nicht mehr laufen lassen, Monsieur Brarens! Der Saukerl würde mit seinem Boot abhauen, Gott weiß, wohin!«, rief einer der Gäste.

Diese Meinung teilten eigentlich alle – und die wenigen, die noch zu Boy hielten, wagten es nicht, den Mund zu seinen Gunsten aufzumachen.

Man beschloss, ihn provisorisch bis zum nächsten Morgen im Geräteschuppen des Dörpskroog einzusperren. Morgen würde man den Richter und die zwölf Räte verständigen, die über ihn zu Gericht sitzen und über sein weiteres Schicksal befinden sollten.

Als der Wirt ihm mit einem Strick die Hände auf dem

Rücken zusammenschnürte, lachte Boy Carstensen höhnisch auf. »Ist mir schon klar, dass ihr euch allesamt so selten einmütig gegen mich zeigt, ihr Memmen! Jeder von euch, der bei mir Spielschulden hat, glaubt jetzt vermutlich, seiner Verpflichtung ledig zu sein! Aber da täuscht ihr euch, Freunde!«

Ehe der Wirt und einige seiner Kameraden ihn auf den Hof hinausbegleiteten, spuckte Boy noch verächtlich auf den Boden der Wirtsstube. Seine Blässe und die herabgesunkenen Schultern verrieten allerdings, wie es ihm in Wahrheit zumute war.

FÜNFUNDFÜNFZIG

DIE KUNDE DER SPONTANHEILUNG der Magd verbreitete sich wie ein Lauffeuer; erst auf der Halbinsel Snæfellsness, dann über Vesturland, den Westteil Islands. Sie erreichte sogar den winzigen Ort Reykjavik, um sich von da aus bald über ganz Island auszubreiten.

»Unser kleines Dorf hätte ohne dich niemals so einen hohen Grad an Bekanntheit gewonnen!«

Kerrin fragte sich, ob Nils das als Kompliment meinte. Man hatte dem Pastor angekündigt, im zeitigen Frühjahr werde sich ein Abgesandter des Bischofs in den äußersten Westen bemühen, um sich mit eigenen Augen ein Bild von den wundersamen Vorgängen zu machen.

Das klang nicht besonders verheißungsvoll. Sooft ein Vorfall solche Kreise zog, waren die Folgen meistens unangenehmer Natur. Im Stillen hoffte Nils, zu diesem Zeitpunkt mit Kerrin und Roluf bereits auf See zu sein. So würde die Visitation auf

einen späteren Termin verschoben werden, und die aufgereg-
ten Gemüter hätten sich bis dahin wieder beruhigt.

Kerrin war der Rummel von Herzen zuwider. Wäre da nicht
die Glückseligkeit der zu wahrer Schönheit erblühten Ásthildur gewesen, hätte sie es im Nachhinein vorgezogen, nichts
dergleichen getan zu haben. Tatsächlich fühlte sich Oriak seitdem unwiderstehlich zu der Magd hingezogen. Die meiste
Zeit trieb er sich auf dem Pfarrhof herum, um nach ihr Ausschau zu halten. Kerrin freute sich aufrichtig für die beiden –
trotz des unangenehmen Aufsehens.

Viele der Einheimischen betrachteten die künftige Frau Pastor jetzt als Wundertäterin und suchten auf geradezu pene-
trante Art ihre Nähe; andere wiederum wichen ihr scheu aus,
weil sie Kerrin allerhand übernatürliche Kräfte zuschrieben,
die ihnen durchaus nicht nach dem Willen des Herrn zu sein
schienen … Inzwischen war es Frühling des Jahres 1707, und
die Tage wurden hell und warm; der Sommer schien nicht
mehr allzu weit entfernt. Der Commandeur hatte sich glän-
zend erholt. Zu Kerrins und ihres Bräutigams großer Freude
strotzte der ältere Herr vor Gesundheit. Er war Mitte fünfzig,
sah jedoch mindestens um zehn Jahre jünger aus.

»Der Aufenthalt bei uns hat Euch gutgetan, Schwiegervater!« Kerrin wollte nicht zurückstehen: »Ihre liebe Braut in
Amsterdam wird Augen machen, Papa, wenn sie Sie so gesund
und munter wiedersieht!«

Kerrins Vater war in dieser Hinsicht zurückhaltender.

»Vorausgesetzt, Beatrix hat auf mich gewartet!«, bremste
der Commandeur ihre Euphorie. Aber daran zweifelte Kerrin
nicht einen Augenblick.

Man begann, die Sachen, die man mitnehmen wollte, zu-
sammenzupacken. Gegen Ende des Winters hatte Nils seinen

Bischof, der in Skálholt residierte, gebeten, einen Ersatzpastor nach Stapi zu schicken, der ihn für etwa ein halbes Jahr vertreten sollte. Zu Weihnachten wollte er wieder bei seiner Gemeinde sein – zusammen mit seiner Frau Kerrin und der kleinen Pflegetochter Kaiken.

Schweren Herzens hatte sich Kerrin entschlossen, ihrem geliebten Föhr nach ihrer Heirat Lebewohl zu sagen und ihr künftiges Leben mit ihrem Mann auf Island zu verbringen. Bedingung war gewesen, dass Nils Kaiken als seine Tochter annehmen und allezeit für sie sorgen wollte wie für sein eigen Fleisch und Blut. Das hatte er mit Freuden zugesagt.

»Dann hat mir der Herr eben zwei Töchter geschenkt«, schmunzelte er. »Ob Gott uns beiden auch noch gemeinsame Nachkommen bescheren wird, muss erst die Zeit erweisen.«

Kerrin beschlichen leise Zweifel. Obwohl sie seit einiger Zeit keinerlei Maßnahmen mehr ergriff, um eine Empfängnis zu verhüten, wurde sie nicht schwanger. Allmählich musste sie der Tatsache ins Auge sehen, vielleicht niemals selbst Mutter zu werden.

Nils bemühte sich nach Kräften, sie nichts von seinen Bedenken hinsichtlich der Folgen ihrer »Wundertat« wissen zu lassen. Er hoffte, bis es zu einer Anhörung durch den Abgesandten des Bischofs käme, wäre genügend Zeit vergangen, um die Erinnerung daran ein wenig verblassen zu lassen.

Aber Kerrin vermochte er nicht zu täuschen. Sie fühlte, dass sich etwas zwischen ihr und ihrem Verlobten verändert hatte. Sooft er glaubte, sie bemerke es nicht, musterte er sie insgeheim so intensiv, als versuche er ihre Gedanken zu lesen …

Im Laufe der Wochen verflüchtigte sich dieses Gefühl wieder, und zuletzt war Kerrin der Meinung, wieder einmal überempfindlich gewesen zu sein und sich alles nur eingebildet zu haben.

Der verheerende Vulkanausbruch würde die allernächste Umgebung auf der Halbinsel Snæfellsness in ihrer landschaftlichen Schönheit auf Jahre hinaus beeinträchtigen. Aber der Pastor wollte Roluf Asmussen, den er längst wie seinen eigenen Vater ins Herz geschlossen hatte, wenigstens einen groben Eindruck von der Schönheit Islands vermitteln. So fasste er den Plan, zusammen mit Kerrin und ihrem Vater, begleitet von seinem treuen Gefährten Oriak, eine kleine Rundreise zu Pferd über die Insel zu unternehmen.

Ein Vorschlag, den der Commandeur begeistert aufnahm. Und doch trieben ihn neben seiner Freude, wieder einmal längere Zeit auf einem Pferderücken zu sitzen, plötzlich ganz andere Bedenken um. Er hatte auf einmal Sorge, ob sie in diesem Jahr dann noch eine Rückfahrmöglichkeit nach Holland finden könnten. Da vermochte ihn Nils jedoch zu beruhigen.

»Sobald wir gegen Mitte Mai zurück sind, Schwiegervater, machen wir uns auf die Suche nach einem geeigneten Segler, der Kurs auf Holland hält. Davon gibt es nämlich gar nicht so wenige! Viele kommen aus Amerika, um Handel zu treiben oder um das alte Europa zu besuchen, besonders jene Länder, aus denen einst ihre Vorfahren in die Neue Welt ausgewandert sind.

Wir können es in Hellisandur versuchen. Der dortige Hafen wird gerne von Handelsschiffen aus Amerika angefahren, aber viele gehen auch ab von Hafnarfjörður, etwas südlich von Reykjavik.«

»Den schönsten und stolzesten Segler werden wir uns auswählen, Papa!«, jubelte Kerrin. »Und nicht wie arme Leute wollen wir reisen, sondern in der besten Kajüte logieren, die das Schiff zu bieten hat!« Die Männer lachten; auch Nils konnte verstehen, wie sehr sie sich danach sehnte, erst Amsterdam und dann – endlich, endlich – ihr geliebtes Föhr, ihren verehrten Oheim Lorenz, alle Verwandten und Bekannten und nicht zuletzt die kleine Kaiken nach langer Zeit wiederzusehen.

Stolz könnte sie allen ihren künftigen Ehemann vorstellen. Der Höhepunkt jedoch würde ihre Trauung durch Oheim Lorenz im Friesendom sein. Hunderte von Leuten gedachte sie einzuladen …

»Meine Kleine wird bereits laufen können und die ersten Worte sprechen«, vermutete Kerrin hoffnungsvoll.

»Erkennen wird sie mich allerdings nicht mehr«, meinte sie dann ein wenig traurig. »Aber es wird nicht lange dauern, bis mein kleiner Schatz wieder Zutrauen zu mir fasst. Du wirst sie auch bezaubernd finden, Liebster. Kaiken ist ein wunderbares kleines Mädchen!«

»Ich verspreche dir, bei allem, was mir heilig ist, Kaiken wie mein eigen Fleisch und Blut zu lieben.«

»Das weiß ich, mein Liebster! Auch ich betrachte deine Tochter Anke als mein eigenes Kind.«

Ganz stimmte das nicht – noch nicht. Kerrin erkannte, dass sie sich bisher viel zu wenig um Nils' Tochter gekümmert hatte. Nach wie vor war die Erziehung hauptsächlich den Mägden überlassen, seit Ingke nicht mehr da war. Sie nahm sich vor, das in Zukunft zu ändern; die Kleine war ihr immer noch ein wenig fremd.

Ehe sie eines klaren, aber kalten Morgens zu ihrem kleinen Rundritt über die Insel Island aufbrachen, verrichteten sie noch gemeinsam mit den Hausgenossen eine kurze Andacht in der Kirche. Kerrins Vater hatte um das Privileg gebeten, vor dem Segen ein Gebet auf Föhringisch vortragen zu dürfen. Nils nahm das Angebot dankbar an – zumal Kerrin sich bereiterklärte, den Text anschließend ins Dänische zu übersetzen. Seiner Meinung nach konnte es auf keinen Fall schaden, wenn sich Kerrin und ihr Vater als gute und praktizierende Protestanten erwiesen.

Kerrin hingegen wunderte sich ein wenig, dass ihr Vater neuerdings immer öfters die heimische Muttersprache, das Nordfriesische, speziell das Föhringische benutzte. In aller Regel bevorzugte er, wie Oheim Lorenz, die Hochsprache, das Lutherdeutsche.

Ein *Maarenbeed*, ein Morgengebet, hatte er sich ausgesucht, in naiv-schlichtem Wortlaut, das auf Föhr jedes Kind, aber auch jeder Erwachsene kannte.

> *»Ik kem nü welher ütj at Baad*
> *an thoonke di, God, för din Gnaad!*
> *Dü wiarst bi mi, ik lus nian Nuad,*
> *ik lewe noch, ik haa noch Bruad.*
> *Uu, bliiw dach daaling uk bi mi!*
> *Ik kön jo goornanth sanher di.*
> *Bewaare mi för Sanh an Skunh,*
> *an skulh ik sterew, nem mi uun! Amen!«*

Roluf Asmussen deklamierte laut, langsam und deutlich, und die Gemeinde lauschte andächtig, obwohl sie offensichtlich von dem Gesprochenen kein Wort verstand.

Das Isländische war ein altertümliches Norwegisch, das es den Einheimischen erlaubte, ihre alten Sagas und die Lieder der Skalden im Original zu verstehen. Sich jedoch mit den Zeitgenossen aus Norwegen zu verständigen war so gut wie unmöglich – geschweige denn mit einem Friesen. Kerrin übersetzte sogleich ein wenig freier:

»Nun erheb ich mich wieder aus dem Bett
und danke dir, o Gott, für deine Gnade!
Du warst bei mir, ich litt keine Not,
ich lebe noch, ich habe noch Brot.
Oh, bleib doch auch heute bei mir!
Ich vermag doch gar nichts ohne dich.
Bewahre mich vor Sünde und Schande,
und sollte ich sterben, nimm mich auf! Amen!«

Gleich nach Beendigung der Morgenandacht sollte die kleine
Gruppe zu Pferd ihren Rundritt antreten.

SECHSUNDFÜNFZIG

VOR DEM GEHÖFT STANDEN die gesattelten Pferde und
stampften bereits ungeduldig. Die Frühlingsluft ließ nicht nur
die Menschen unruhig werden, auch die Tiere spürten das
Aufbrechen der Natur, die Verheißung von Wärme und Fülle.

Noch einmal warf Kerrin einen Blick zurück zum Gesinde,
das ihnen nachsah und winkte. In etwa zehn Tagen würde man
wieder zurück sein.

Die Route, die Nils mit Oriak ausgewählt hatte, ging geradewegs nach Osten. Sie führte über Buðr, nach Miklholt und
von dort bis zur östlichsten Ansiedlung Kolbeinsstaðr an der
Südflanke der Halbinsel Snæfellsness.

Die Pferde ließ man meist gemächlich gehen; Vater und
Tochter sollten so viel wie möglich von der Schönheit Islands
erleben. Ständig schweifte der Blick zu ihrer Rechten über die
blauen Meeresfluten der Faxaflói, wie jener Teil des Atlanti-
schen Ozeans hieß.

In Kolbeinsstaðr hielten sie zum ersten Mal an. Nils wandte sich im Sattel um und deutete auf den weit hinter ihnen liegenden, aber noch gut sichtbaren Snæfellsjökull, der am Weihnachtstag so großes Unheil angerichtet hatte.

»Ich hätte nicht gedacht, dass man ihn von hier aus noch ausmachen kann!«

Roluf Asmussen wunderte sich darüber. Oriak aber behauptete, an klaren Tagen könne man den Vulkan sogar noch von Reykjavík aus sehen.

»Der Snæfellsjökull ist ein mystischer Berg, umwoben von zahlreichen Sagen, die sich über die Jahrhunderte erhalten haben – trotz der Christianisierung.«

Kerrin war versucht, ihrem Bräutigam das Versprechen abzunehmen, ihnen bald einige davon zu erzählen. Als sie jedoch an Ingke denken musste, der genau dieser Berg zum Verhängnis geworden war, ließ sie den Wunsch fallen. Die Erinnerung daran war zu schmerzlich.

Sie konnte auch nicht glauben, dass Nils im Grunde seines Herzens tatsächlich imstande war, so einfach darüber hinwegzugehen – immerhin war die Haushälterin für zwei Jahre seine Geliebte gewesen …

»Viele Isländer glauben, dass sich auf dem Snæfellsjökull der Eingang zur Unterwelt befindet, wo Zwerge und Trolle hausen«, meldete Oriak sich erneut zu Wort. »Das mag ja heidnisches Geschwätz sein, aber unbestritten ist, dass von diesem Berg ungeheure Kräfte ausgehen. Die kann jeder spüren, der sich die Mühe macht, in Richtung Gipfel aufzubrechen.«

»Lasst uns weiterreiten!«

Nils unterbrach die Ausführungen des Jägers und setzte sich erneut an die Spitze der kleinen Gruppe. »Von nun an geht es nach Süden!«

438

Bis Kolbeinsstaðr war Kerrin die Strecke von ihrem letzten Ausflug bekannt. Damals war Winter gewesen, und oft genug hatten ihre Augen getränt, und das Land war ihr dunkel, grau und sogar ein bisschen gruselig erschienen.

Jetzt war das anders, und sie genoss es sehr.

Der Ausblick auf winzige Ansiedlungen – oft nur ein oder zwei Gehöfte –, die Steilküsten, die jäh zum Meer abfielen, der Sandstrand, der Lust machte, vom Pferd abzusteigen, um mit nackten Füßen am Ufer entlangzuschlendern, die bereits sommerlich grünen Wiesen – all das erinnerte sie an ihre Heimatinsel – auch wenn auf Föhr die Steilküsten fehlten, ebenso wie die riesigen kahlen Lavafelder. Vertraut hingegen war der Anblick von Schafen, die das nach Meersalz schmeckende Gras mit Behagen abrupften. Hin und wieder sah man ein paar vereinzelte Rinder.

Sooft Kerrin einen Blick zurückwarf, war da der – unverrückbar und in all seiner trügerischen Harmlosigkeit wie für die Ewigkeit hingesetzte – auf der obersten Spitze immer noch mit Schnee bedeckte Snæfellsjökull, dessen Krater von einem Gletscher bedeckt war.

Wäre Kerrin nicht selbst Zeugin der Eruption geworden, hätte sie niemals vermutet, dass in seinem Inneren die heißeste Hölle tobte, die gelegentlich mit Urgewalt nach außen drängte.

Nachdem sie eine Weile vorsichtig über uralte Lavafelder geritten waren, die mittlerweile von graugelben Flechten und giftgrünen Moosen überzogen waren, erreichten sie einen Fleck, der immerhin hinreichend fruchtbar war, um den Anbau von Gerste und Rüben zu gestatten. Daneben breiteten sich weite hügelige Wiesen aus, auf denen eine Menge Schafe, eine Handvoll Rinder und ein paar Ziegen weideten.

Ein Hirte, gekleidet in einen unförmigen Umhang, der ihm

bis zu den nackten Füßen reichte, marschierte zielstrebig auf sie zu. Ein weit ins Gesicht gezogener Schlapphut machte es schwer, sein Alter zu schätzen.

Nach der behänden Art, mit der er sich bewegte, und der Zierlichkeit seiner Gestalt musste er noch sehr jung sein. Erst als er nahe an die Reiter herangekommen war, verhielt der Hirte, nahm kurz seinen Hut ab, um ihn aber sofort wieder aufzusetzen. Zu ihrer Verblüffung waren graue verfilzte Haarzotteln sichtbar geworden, und sein braunes Gesicht zeigte ein dichtes Geflecht tief in die Haut eingegrabener Runzeln.

Als der Mann den faltigen Mund öffnete, hätte man darin vergeblich nach Zähnen gesucht. Auch ein kümmerliches Büschel bis zur Brust reichender grauweißer Barthaare zeigte den Ankömmlingen, dass es sich um einen sehr alten Mann handelte.

Höflich lüftete Nils seine Kappe und grüßte den Alten mit Anstand. Hirten mochten zwar bitterarm sein und äußerst primitiv leben, aber sie galten allgemein als sehr weise und lebensklug. Andererseits hielt man sie auch für verschrobene und menschenscheue Gesellen, welche die Gesellschaft der Tiere der ihrer Mitmenschen vorzogen. Außerdem schrieb man ihnen geheimes Zauberwissen zu. Es war keinesfalls geraten, es sich mit einem der Ihren zu verderben.

»Ich grüße dich, weiser Mann«, begann Nils Andersen ehrerbietig, um mit dem Hirten ein wenig zu plaudern. Zu ihrer aller Überraschung schenkte der Alte ihm jedoch keinerlei Aufmerksamkeit; er tat, als existiere der junge Mann überhaupt nicht. Seine Augen waren allein auf Kerrin gerichtet.

»Große Meisterin, ich verneige mich vor dir! Es ist mir eine hohe Ehre, dir begegnen zu dürfen!«, krächzte seine raue Altmännerstimme. Tatsächlich zog er wiederum seinen schmutzi-

440

gen und verblichenen Filzhut vom Kopf und beugte sich fast bis zur Erde nieder.

Noch war den Ankömmlingen nicht klar, ob diese Art der Begrüßung ernst gemeint war, oder ob der Alte sich lediglich einen fragwürdigen Scherz erlaubte. Kerrin war ihm noch niemals zuvor begegnet.

»Auch ich wünsche dir einen schönen Tag und unseres Herrgotts reichen Segen, guter Mann!« Kerrin hatte die Absicht, von vornherein klarzustellen, dass sie gläubige Christin war und heidnische Bräuche nicht schätzte.

Den alten Mann schien das nicht zu stören.

»Ich weiß, du bist Kerrin, eine große Heilerin und eine Frau, die in die Zukunft blicken kann. Ich bin Sindri Már Sigfússon und hüte das Vieh unserer kleinen Gemeinde – wenn ich nicht gerade zu einem Kranken gerufen werde, um ihn gesund zu machen.«

Der Alte ließ ein hohes Kichern hören. »Ein unheimlicher Bursche«, flüsterte der Commandeur ihrem Begleiter Oriak zu. Zu seinem Erstaunen glitt der Jäger jetzt aus dem Sattel und sank vor dem Hirten auf ein Knie nieder.

»Ich begrüße dich, ehrwürdiger Sindri Már, Nachfahre der großen Guðriður Þorbjarnardóttir!«, rief er aus, griff dabei nach der braunen runzligen Hand des Hirten und küsste sie ehrfürchtig.

Nicht nur der Pastor, auch Commandeur Roluf kam aus dem Staunen über dieses merkwürdige Gebaren nicht mehr heraus, denn zu ihrer Verblüffung tat Kerrin es Oriak gleich! Auch sie sprang aus dem Sattel und verbeugte sich ihrerseits vor dem Greis.

Da dämmerte es Nils Andersen, dass es sich bei dem Alten um einen berühmten Schamanen handeln musste – vermutlich gehörte der eine oder andere Inuit zu seinen Vorfahren.

Ohne sich je gesehen zu haben, erkannten sich Kerrin und der alte Ziegenhirte. Ihren Namen hatte er vermutlich von Leuten gehört, die sich über das Wunder ausließen, das Kerrin angeblich vollbracht hatte.

Dass seine künftige Frau sich so mit einem Heiden gemeinmachte, gefiel dem Pastor nicht besonders – trotz seiner sonstigen, für einen Geistlichen eher unüblichen Toleranz. Um das weitere Gespräch auf eine weltlichere Ebene zu heben, befragte er den Alten:

»Was hat es mit deiner Herkunft auf sich?«

»Das möchte ich auch gerne erfahren«, murmelte Kerrin. Oriak wollte schon das Wort ergreifen, aber aus Respekt ließ er dem Alten den Vortritt.

»Vor über siebenhundert Jahren, am Ende des 10. Jahrhunderts, wurde in Hellnar auf Island ein Mädchen mit Namen Guðriður Þorbjarnardóttir geboren. Die Skalden priesen ihre Schönheit, ihre Klugheit und ihr gutes Herz.

Nach einigen Jahren zog Guðriður mit ihren Eltern nach Grönland. Sie wuchs zu einer stolzen ansehnlichen Jungfrau heran und heiratete schließlich einen Mann, mit dem sie drei Jahre an der Ostküste Nordamerikas lebte. Dort bekam Guðriður einen Sohn mit Namen Snorri.

Der Knabe war das erste Kind europäischer Abstammung in der Neuen Welt!

Da sie als Fremdlinge jedoch immer wieder in Streit mit den Ureinwohnern gerieten und um ihr Leben und das ihres Sohnes fürchteten, kehrten Guðriður und ihr Mann schließlich wieder nach Island zurück und ließen sich in Skagafjörður nieder, wo sie sehr wohlhabend wurden. Guðriður war sehr angesehen aufgrund ihrer Gabe, Kranke zu heilen, und wegen ihrer offenen Hand für Arme. Wir Isländer verehren sie noch heute. Ich bin stolz darauf, ihr Nachfahre zu sein!«

Es war auffallend, dass Sindri Már sich bei seinen Ausführungen nur an Kerrin, Roluf und Oriak gewandt hatte, obwohl ihm doch zuerst der Pastor die Frage gestellt hatte. Instinktiv erfasste Kerrin den Grund dafür und wurde bleich vor Entsetzen.

Nein, sie weigerte sich entschieden, das zu glauben! Der alte Mann war vermutlich schwach im Geiste und irrte sich mit seiner verheerenden Annahme.

Im Umgang mit Hellsichtigen war Kerrin schon häufiger dem Phänomen begegnet, dass Menschen, denen der baldige Tod bevorstand, von ihnen behandelt wurden, als weilten sie bereits nicht mehr unter den Lebenden. Nach ihrer Denkweise gehörten sie schon zu den Jenseitigen.

Und das sollte für Nils, ihren über alles geliebten, vor Kraft und Gesundheit strotzenden Wikinger gelten? Niemals! Der merkwürdige Alte befand sich im Irrtum – oder er verwechselte ihn mit einem anderen Mann aus ihrer kleinen Gruppe.

Diese Überlegung löste in Kerrin erneut die Angst um ihren Vater aus. Ohne sich von Sindri Már Sigfússon zu verabschieden, stieg Kerrin auf ihre kleine, aber kräftige Isländerstute Maren und machte Anstalten weiterzureiten. Sindri Már, in der Annahme, sie habe ihn womöglich nicht verstanden, rief ihr nach: »Die guten Geister beschützen euch, weise Frau! Dich, deinen Vater und den Jäger!«

Erneut ließ er ihren künftigen Ehemann unerwähnt.

Kerrin floh regelrecht, indem sie der Stute ihre Fersen in die Flanken hieb. Ihr überstürzter Aufbruch – lediglich Oriak wünschte dem seltsamen Hirten noch einen Guten Tag – erstaunte die Männer.

Roluf war sogar regelrecht verstimmt über das unhöfliche Benehmen seiner Tochter. Die aber wollte sich dazu nicht weiter äußern. Sie war bemüht, ihre Flucht als Gedankenlosigkeit hinzustellen und als Sorge, man werde zu viel Zeit mit müßigem Geschwätz vertrödeln. Nils habe doch versprochen, sie zu einem der wunderschönen Wasserfälle zu führen, für die Island so berühmt war und die man unbedingt gesehen haben musste.

»Ich sterbe bereits vor Neugierde!«, behauptete sie.

Das klang so übertrieben, dass ihr keiner der Männer Glauben schenkte. Um die Stimmung nicht weiter zu trüben, unterließen sie es jedoch nachzuhaken.

Mittlerweile war man am Hvalfjörður angelangt, dem längsten Fjord der Südwestküste Islands, der seiner steilen Felswände wegen zu den schönsten Buchten des Landes zählte.

Dreizehenmöwen und Papageientaucher mit ihren bunten Schnäbeln brüteten zu Tausenden in Höhlungen steil abfallender Felsen. Helle Dünenlandschaften und weitläufige sandige Uferstreifen erstreckten sich darunter bis zum türkisfarbenen Meer. Weit im Hinterland erhoben sich gewaltige Berge über sanft geschwungenen Wiesentälern.

Es war Brutzeit, und die Seevögel veranstalteten einen geradezu ohrenbetäubenden Lärm.

Oriak erwies sich als äußerst nützlicher Begleiter. Als Jäger kannte er die Insel ganz genau, vor allem den westlichen Teil Islands. Sie ritten an winzigen Ansiedlungen, gelegen an kleinen Seen oder an den Fjorden, vorüber, deren Bewohner überwiegend vom Fischfang lebten.

Überall vor den Hütten waren Holzgestelle aufgestellt, die zum Lufttrocknen der Fische dienten. Klugerweise waren die Pfähle ziemlich hoch, um die Hunde davon fernzuhalten. Vereinzelt ragten Felsen aus dem Meer, auf denen sich Robben sonnten.

Einer dieser Felsen war allerdings nicht zum Ausruhen geeignet: Er besaß die Form einer menschenähnlichen Figur.

»Der Legende nach ist es eine Trollfrau!«, erklärte Oriak.

»Glauben die Menschen denn immer noch an Trolle und Elfen und ähnlichen Spuk – oder handelt es sich mehr um Folklore?«

Kerrins Vater interessierte sich sehr für die Isländer, würde seine Tochter doch bald für immer bei und mit ihnen leben.

»Aber natürlich tun sie das, Schwiegervater!«

Darüber wusste der Pastor wiederum gut Bescheid. »Den Glauben daran wird keine Kirche und kein Pfarrer aus den Köpfen und Herzen der Isländer reißen können.

Jeder Bauer, der ein Haus errichten will, und jede Gemeinde, die einen Weg anlegen möchte, lässt zuerst durch einen Schamanen oder eine weise Frau die Gegend erkunden, ob da nicht etwa Elfen leben, die sich gestört fühlen – und aus Wut darüber sehr unangenehm werden könnten!«

Nils lachte laut auf. »Sogar mir, ihrem Pastor, haben die alten Leute der Gemeinde dringendst geraten, noch nachträglich den Pferdestall zu versetzen: Er stand angeblich genau auf einem Wohngebiet der Elfen! Die Gläubigen waren erst zufrieden, nachdem der Stall abgerissen und an anderer Stelle wieder aufgebaut war. Auch mein Gesinde war in Sorge wegen der Rachsucht der Elfen.«

»Das bedeutet, die Isländer sind noch abergläubischer als die Leute auf Föhr!« Kerrin konnte es kaum glauben.

»Im letzten Jahrhundert hat man in Hólmavík, einem Dorf im Nordwesten Islands, noch Frauen als Hexen verfolgt und verbrannt! Insgesamt einhundert Jahre lang haben sie in diesem Ort den Hexen den Prozess gemacht. Aber jetzt hat man damit aufgehört!« Oriak war dabei ein gewisses Maß an Stolz über die Fortschrittlichkeit der Isländer anzumerken. Kerrin jedoch wurde bleich und begann unwillkürlich zu zittern.

Sooft die Rede auf dieses dunkle Kapitel kam, vermochte

sie kaum an sich zu halten und hatte Mühe, nicht die Fassung zu verlieren. Nils, dem sie einst in einer stockfinsteren Winternacht ihre eigenen leidvollen Erfahrungen mit dem Hexenwahn offengelegt hatte, beeilte sich, das schreckliche Thema zu wechseln. Zum Glück erreichten sie gerade einen der spektakulärsten Wasserfälle der Insel. Es handelte sich um den Glymur, der mit seiner enormen Fallhöhe der höchste Wasserfall Islands war.

Schätzungsweise fünfzig Mannsschritte breit, zwängte er sich durch einen ebenso breiten Felsspalt, von dem aus er sich mit mächtigem Getöse wie ein weißer schäumender Vorhang in die Tiefe stürzte.

Oriak schätzte die imposante Fallhöhe auf weit über dreihundert Ellen. Dabei untertrieb er noch gewaltig.

»Nach neuesten Messungen«, behauptete Nils Andersen, »sind es sogar fast fünfhundert Ellen! Das habe ich wenigstens gehört.«

Als sie näher heranritten, besprühte die im Sonnenlicht in allen Farben des Regenbogens schimmernde Gischt Rosse und Reiter. Im Tal vereinigten sich die in einzelne Stränge aufgeteilten Wassermassen zu einem großen Bach, der sich unweit des Dorfes Brautarholl in den Hvalfjörður ergoss und damit ins Atlantische Meer floss.

Nicht nur Kerrin war von dem Anblick begeistert. »So etwas überwältigend Prachtvolles habe ich noch selten gesehen! In seiner Schönheit ist dieser Wasserfall vergleichbar mit den gigantischen Eisbergen auf Grönland.«

»Solche Katarakte gibt es in Island zuhauf, meine Liebe!«

Nils wollte die Halbinsel Snæfellsness, seine ganz persönliche Wirkungsstätte als Pastor, nicht ins Hintertreffen geraten lassen.

»Schräg gegenüber von Stapi, bei Grundarfjörður, musst

du wissen, findet sich ein etwas kleinerer, aber mindestens ebenso imposanter Wasserfall!«

Von Oriak kam der Vorschlag, die Pferde hier rasten zu lassen und zu Fuß eine Wanderung ins Landesinnere zu unternehmen, nach Þingvellir, einem Ort in einer ganz bezaubernden Gegend.

Aber Nils winkte ab. Mit einer Frau wollte er sich nicht auf den Weg machen, der zu Recht den Namen »Beinbrecherpfad« erhalten hatte – und den die meisten nicht einmal ihren Pferden zumuteten.

»Wir könnten auch die Heringspfade nehmen, die sind einfacher zu bewältigen!« Gar so leicht war der Jäger von seiner Idee nicht abzubringen. Aber Nils drängte es weiter in Richtung Süden.

Reykjavík, was auf Deutsch »Rauchbucht« bedeutete, hatte diesen Namen vom ersten Siedler, der sich dort niederließ, bekommen, da überall aus Erdspalten Wasserdampf hervortrat – ein Zeichen für den unter dem Erdboden immer noch tätigen Vulkanismus.

Kerrin war ein bisschen enttäuscht, als sie den winzigen Ort mit seiner Handvoll Einwohner erreichten. Ein paar hundert waren es höchstens … Aber manche Isländer glaubten fest daran, dass sich das in Kürze ändern werde. Auch Nils gehörte zu ihnen.

»Wenn erst der Bischofssitz und die Lateinschule von Skálholt hierher verlegt werden, dann wird es mit Reykjavík aufwärtsgehen!«, prophezeite er.

Bei einem verwitweten Pastor, einem weiteren von Nils' Bekannten, verbrachten sie die Nacht. Er hauste ziemlich armselig in einem bescheidenen Pfarrhof, einem kleinen Torfhaus mit Grassodendach. Der Geistliche gab zwar tapfer vor, sich über die Gäste zu freuen, aber nach der todtraurigen Miene

447

und seinem vernachlässigten Äußeren zu schließen, hatte er den Verlust seiner jungen Frau im vergangenen Winter noch längst nicht überwunden.

Am nächsten Morgen beschloss die Gruppe umzukehren, um gegen Mitte Mai, wenn erfahrungsgemäß die meisten Segler auf Island anlegten, an Ort und Stelle zu sein.

SIEBENUNDFÜNFZIG

In GRUNDARFJÖRÐUR, ein Stück weiter im Osten von Hellisandur, wurde der Commandeur fündig: Ein ziemlich neues Schiff, ein Handelssegler, von Nordamerikas Ostküste kommend, mit dem schönen Namen *Seacloud*, würde ihn und seine Tochter auf der Fahrt nach Amsterdam an Bord nehmen.

Bereits in wenigen Tagen, am 20. Mai 1707, sollten die Segel gesetzt werden, nachdem die Frischwasserbehälter der *Seacloud* aufs Neue aufgefüllt waren. Der Kapitän betonte mehrmals, welch große Ehre es für ihn sei, einen Mann, der derartige Abenteuer wie Kapitän Asmussen überstanden habe, als Gast auf seinem Schiff zu beherbergen.

Dass Nils Andersen nicht mit dabei sein konnte, hatte Kerrin anfangs sehr unglücklich gemacht. Ihr Vater, dem der Kummer seiner Tochter ans Herz griff, machte ihr zwar den Vorschlag, auf Island zu bleiben – er sei gesund wie ehedem und käme gut alleine zurecht –, aber davon wollte Kerrin nichts wissen. Außerdem hatte sie Sehnsucht nach Kaiken und ihren anderen Verwandten. Der Pastor selbst war der Verzweiflung nahe. Aber die Vernunft sprach unbedingt dafür, dass er Island und seine ihm anvertrauten Schäflein in Zeiten der Not nicht im Stich ließ.

Der Herr schien die Menschen bestrafen zu wollen; hatte er ihnen doch, kaum dass die ärgsten Schäden des Vulkanausbruchs beseitigt waren, eine Tierseuche geschickt, welche die davon befallenen Schafe innerhalb weniger Tage, ja, oft nur nach ein paar Stunden tot umfallen ließ.

Fast sämtliche Schafe und die wenigen Rinder, die es auf Island gab, gingen innerhalb weniger Tage an der grässlichen Seuche ein. Von der Halbinsel Snæfellsness ausgehend, verbreitete sich die unheimliche Krankheit in Windeseile über ganz Island. Die letzte Getreideernte war durch den vielen Regen im vergangenen Sommer größtenteils vernichtet. Auf Snæfellsness trug die Vulkanasche des Snæfellsjökull nun das Ihrige dazu bei, dass auch die diesjährige Ernte auf der Halbinsel ausfallen würde. Es kam zu Hungersnöten, da es an Vorräten fehlte.

»Wenn die Menschen Not leiden, kann der Pfarrer seine Gemeinde nicht im Stich lassen!«

Darüber durfte es keinen Zweifel geben. Als Nils Andersen seinem Bischof die Botschaft überbringen ließ, er bräuchte keinen Stellvertreter zu entsenden, weinte Kerrin zwar, aber etwas anderes hätte sie von ihrem künftigen Mann gar nicht erwartet.

»Es gibt Zwänge, denen man sich einfach nicht entziehen kann und darf – so schwer es einem auch fallen mag.«

Dem Pastor fiel ein Stein vom Herzen. Obwohl er enttäuscht war, hatte er sich doch unbändig darauf gefreut, die Insel Föhr mit eigenen Augen zu sehen und dort Hochzeit zu feiern.

Einige Tage später weckte der Knecht Sigfús den Pastor kurz vor dem Morgengrauen, indem er kräftig an die Tür der Schlafkammer pochte: »Herr, Herr, kommt schnell! Vor unserer Haustür liegt eine junge Frau mit ihrem Säugling! Noch scheint sie am Leben zu sein, aber das Kind ist tot!«

Bereits bei den ersten Worten des jungen Mannes sprang Kerrin aus dem Bett und warf sich nur einen großen Schal über ihr Nachtgewand. Dicht gefolgt von Nils, lief sie bloßfüßig durchs Haus und riss die Eingangstür auf.

»Nicht einmal die Stufen herauf hat die Ärmste es noch geschafft«, murmelte sie erschüttert. Die junge Mutter drückte das Kleine an ihre magere Brust, und in ihrem Blick mischte sich Verzweiflung mit Hoffnung. »Sigfús hat sich zum Glück geirrt.« Nils seufzte erleichtert auf, als er das hörte. »Das Kind atmet noch«, verkündete Kerrin, »wenn auch nur schwach. Wir werden es zusammen mit seiner Mutter aufpäppeln!«

Nach einigen Tagen häuften sich allerdings die Meldungen über Hungertote. Die Opfer starben reihenweise an Entkräftung; jeden Tag standen Beerdigungen von Leuten an, die buchstäblich keinen Krümel mehr zu essen gehabt hatten. Als Erste traf es wie immer die kleinen Kinder und die alten Menschen.

Kerrin war nun ernsthaft versucht, auf Island zu bleiben, um Nils und seinem Gesinde zu helfen, das Wenige, das er und ein paar der reicheren Insulaner übrig hatten, an die Ärmsten, die gar nichts Essbares mehr besaßen, zu verteilen.

Davon wollte Pfarrer Andersen jedoch nichts wissen. Er überzeugte sie, dass es ihre Pflicht sei, ihren Vater jetzt nicht allein zu lassen. »Du hattest dir geschworen, in getreuer Erfüllung des Vermächtnisses deiner toten Mutter, Roluf Asmussen nach Hause zu bringen – jetzt tu das auch, Liebste!

Keine Frage, dass ich dich lieber bei mir hätte – aber auch für dich gibt es Zwänge, denen du dich zu unterwerfen hast!«, ermahnte er seine Braut.

Dann machte er ihr einen Vorschlag, und Kerrin war mit dem Schicksal beinahe wieder versöhnt: Sobald Seuchenge-

fahr und Hungersnot vorüber seien, würde Nils ihr hinterher-
reisen.

»Ich denke, ihr werdet eine Weile in Holland bleiben, damit
dein Vater das Wiedersehen mit seiner künftigen Frau genießen kann. Vielleicht gibt es sogar eine Hochzeit! Gut möglich,
dass ich dich und Roluf noch bei Mijnfrou Beatrix van Halen
antreffe! Wenn nicht, fahre ich gleich weiter nach Föhr!«

Als Kerrin im Hafen von Grundarfjörður an Deck der *Seacloud* ihrem künftigen Ehemann ein letztes Lebewohl zu-
winkte, überkam sie plötzlich ein unheimliches Frösteln, obwohl die Sonne ungewöhnlich heiß vom Himmel brannte. Ein
eisiger Schauder rann ihr über den Rücken, und sie befürchtete, ernsthaft krank zu werden.

Sie musste sich unbedingt niederlegen, so schwach waren
ihre Beine auf einmal. Beinah war sie froh, als der Segler endlich im Hafen wendete und Fahrt in Richtung der Nieder-
lande aufnahm.

Da es auf dem Schiff angeblich einen Schiffsmedicus gab,
hatte Kerrin die restlichen Medikamente, das Verbandszeug,
die Pinzetten und die Schröpfgläser, die sie noch besaß, Nils
überlassen. In Amsterdam und auch daheim konnte sie sich
erneut mit allem versorgen.

Der Zustand, der sie bis ins Mark erschauern ließ, dauerte
noch Stunden an, als sie längst in der Kajüte lag – ohne jedes
andere Anzeichen einer Erkrankung. Das erschreckte Kerrin
noch mehr. Die Empfindung unerklärlicher Eiseskälte war ihr
nur zu gut als Vorbote eines schlimmen Schicksalsschlags bekannt. Nur: Gegen wen er sich dieses Mal richten würde, das
vermochte sie noch nicht zu sehen.

Vielleicht erscheint mir heute Nacht Terke im Schlaf und
klärt mich auf über das neue drohende Unheil, dachte sie be-
klommen. Um ihren Vater nicht zu beunruhigen, machte sie

451

ihm weis, sie brüte eine ganz einfache Erkältung aus – »nichts, worüber Sie sich Sorgen machen müssten, liebster Papa!«

Als sie nicht zum gemeinsamen Abendessen am Kapitänstisch in der Messe erschien und Commandeur Roluf seine Tochter wegen Unwohlseins entschuldigte, bedauerte das Captain John Hennessy sehr.

Es handelte sich bei ihm um einen stämmigen rothaarigen Riesen schottischer Abstammung, der jedoch auf dem nordamerikanischen Kontinent geboren worden war. Er galt als großer Verehrer schöner Frauen, und Kerrin würde der Tafel, wo sich sonst nur seine Offiziere blicken ließen, zur absoluten Zierde gereichen – hatte er zumindest gehofft.

»Richten Sie Ihrer charmanten Tochter meine allerbesten Genesungswünsche aus«, wandte er sich an seinen Ehrengast Asmussen. »Ich hoffe sehr, dass sie uns bald bei den Mahlzeiten mit ihrer bezaubernden Anwesenheit beehrt!«

Roluf verkniff sich ein Grinsen. Würde seine Tochter, die dick aufgetragene Schmeicheleien und übertriebene Komplimente nicht leiden konnte, den Kapitän hören, war ihr zuzutrauen, dass sie ihr Essen lieber in der Kajüte einnahm, als sich in der Offiziersmesse umschmeicheln zu lassen.

Die erste Nacht auf der *Seacloud* verlief ohne Träume und ohne dass Kerrin die verstorbene Mutter erschien. Das Gefühl einer inneren Kälte blieb zwar auch die nächsten Tage über ihr ständiger Begleiter, aber eine Erkrankung brach nicht aus – nicht einmal der kleinste Schnupfen.

Demnach war es auch nicht notwendig, den Schiffsmedicus, Master Jim, einen gebürtigen Iren, der seit Jahrzehnten an der Ostküste Amerikas lebte, zu konsultieren. Im Gegenteil! Kerrin bot ihm ihre Hilfe an, falls es irgendwann bis Amsterdam angezeigt sein sollte. Sie habe bereits Erfahrung darin, Matrosen zu verarzten, versicherte sie ihm glaubhaft.

»*Goddam, Madam!* Eine höllisch gute Idee, zum Teufel noch eins! Auf dieses Angebot komm' ich gerne zurück, falls es mal brennt! Zum Deibel noch mal! Eine *Lady* als Doktor – da würden die *damned guys* Augen machen, wenn ihnen eine Frau die gottverdammten Pillen in die Hand drückt!«

Kerrin konnte nicht anders, als herzhaft zu lachen. Bei einem Seemann hatte sie es noch nie erlebt, dass er derart deftig fluche. Nach ihrer Erfahrung waren die rauesten Kerle diejenigen, die am ehesten davor zurückschreckten, den Namen des Herrn auf unehrenhafte Weise im Munde zu führen.

Auf ihr vorsichtiges Befragen stellte sich heraus, dass es sich bei Master Jim um einen strenggläubigen Katholiken handelte.

Die See blieb ruhig. In der Ferne konnten die Matrosen einen ganzen Pulk kleiner Schweinswale ausmachen; die großen Nordkaper tummelten sich weiter nördlich.

Nachdem sie die Færøerne, die Färöer Inseln, passiert hatten, begann eine Schlechtwetterperiode. Vorbei war`s mit dem Sonnenschein und dem frischen, kräftigen Lüftchen, das ihnen eine ordentliche Fahrt erlaubte. Der Westwind wurde zusehends heftiger, und die *Seacloud* schlug allerhand Kapriolen.

Sogar einigen der Matrosen wurde speiübel, und Kerrin konnte ihr Versprechen, bei Bedarf mitzuhelfen, in die Tat umsetzen, indem sie dem Schiffsmedicus bei der Versorgung der Männer zur Hand ging. »Von Ihnen kann man eine ganze Menge lernen, Master Jim!« Kerrin musste ihn der Ehrlichkeit halber loben.

»Vor allem beeindruckt mich, wie gut Sie mit den Männern umzugehen wissen! Sie schaffen es, noch dem geringsten Seemann – sogar dem Schiffsjungen – das Gefühl zu geben, er werde von Ihnen mit seinen Wehwehchen ernst genommen!«

»Wir alle sind Seeleute«, erklärte Jim. »Jeder ist mir als Patient gleich wichtig – egal ob Steuermann, Bootsmann oder Käpt'n!«

Nachdem Kerrin dem Schiffsführer von Anfang an klargemacht hatte, dass sie bereits verlobt sei und in Kürze zu heiraten gedenke, erwies sich Kapitän John Hennessy als unaufdringlicher Verehrer, der sich gerne mit ihr über ihre Abenteuer in Grönland unterhielt. Im Gegenzug gestattete er Kerrin und ihrem Vater, sämtliche nautischen Geräte an Bord genau zu untersuchen. Insgeheim verglich Kerrin diese mit denen, die sie auf den Walfangseglern ihres Vaters kennengelernt hatte. Keine Frage: Die stolze *Seacloud* war um einiges moderner – das erkannte sogar ein Laie wie sie … Ein wenig neidisch bestätigte Roluf Asmussen den Eindruck seiner Tochter.

Kurz vor den Shetlandinseln besserte sich das Wetter zum Glück; es reihte sich ein wunderbarer Sommertag an den anderen.

»Sie bringen uns Glück, Miss Kerrin!«, behauptete Kapitän John Hennessy charmant. »So gut wie nie habe ich so ruhige See im Europäischen Nordmeer erlebt!« Das war nun eine Schmeichelei, die Kerrin ausgesprochen gerne hörte. Allzu oft hatte man ihr Gegenteiliges zu verstehen gegeben …

Nach einem kurzen Zwischenstopp auf den grünen Orkneyinseln, wo einige Matrosen, die abgemustert hatten, von Bord gingen, segelte man zügig entlang der Ostküste Britanniens in die Nordsee bis nach Amsterdam.

»Selten habe ich eine Schiffsreise wie diese gemacht, bei der alles ohne die geringsten Komplikationen verlaufen ist, Papa!« Das merkwürdige Kältegefühl, das sie beim Verlassen Islands verspürt hatte, war nicht zurückgekommen.

So sehr sich Kerrin für ihren Vater und Frau Beatrix freute, so traurig machte sie doch der Gedanke an Nils, ihren zurückgelassenen Bräutigam.

Wie er wohl mit dem Elend auf Island zurechtkam? Wäre es ihr als künftiger Pastorenfrau nicht doch besser angestanden, bei ihm zu bleiben und ihn zu unterstützen?

Sie konnte sich vorstellen, dass er kaum noch zum Schlafen kam, bei all den Armen und Elenden, die er zu Pferd aufsuchen und mit dem Allernötigsten versorgen musste. Gewiss, Oriak, sein treuer Helfer und Jagdgefährte, würde ihm unermüdlich beistehen – trotzdem: Ihr Gefühl sagte ihr, dass sie an seine Seite gehörte. Aber es war nun einmal anders entschieden worden.

Ihre Gedanken wanderten wieder zu den Geschehnissen in Amsterdam. Sie liebte ihren Vater über alles und gönnte ihm, dass er eine so gute und hübsche junge Frau bekommen würde. Beatrix van Halen war gütig und liebevoll. Sie hatte es wahrlich verdient, nicht länger als Witwe zu vereinsamen. Und nicht jede Frau hätte die Kraft besessen, so lange auf ihren Verlobten zu warten – zumal seine Wiederkehr mehr als zweifelhaft schien.

Kerrin freute sich aufrichtig über das späte Glück der beiden. Roluf und Beatrix hatten sich für eine sofortige Eheschließung entschieden; so war es Kerrin möglich, daran teilzunehmen. Nachdem die Zeremonie beim örtlichen Pastor vorüber war und man sich mit Verwandten und Bekannten der frischgebackenen Ehefrau zum festlichen Trauungsmahl in ihrem Haus versammelte, ließ Roluf Asmussen seine Tochter seinen Entschluss wissen, er werde in Zukunft in Amsterdam leben.

»Damit habe ich insgeheim schon gerechnet, Papa! Daher enttäuscht mich die Nachricht jetzt auch nicht allzu sehr. Hoffentlich bereuen Sie diesen Schritt nicht irgendwann. Aber dann kommen Sie eben beide nach Föhr, nicht wahr?«

Roluf und Beatrix versprachen hoch und heilig, sie schon sehr bald auf Föhr zu besuchen.

»Ich möchte doch unbedingt die übrigen Verwandten meines Mannes kennenlernen! Vor allem bin ich schrecklich neugierig auf Pastor Lorenz Brarens und seine Frau Göntje!«

Kerrins Stiefmutter war aufrichtig, dessen war Kerrin sich sicher. Ihre Pflegetochter Kaiken würde sie den beiden im nächsten Frühjahr, auf dem Rückweg nach Island, vorstellen.

Kerrin hörte aus dem Gesagten noch anderes heraus: Offenbar hatte ihr Vater mit der Seefahrt abgeschlossen – sonst hätte er keine Pläne für den Sommer gemacht. Ob der Entschluss für immer galt oder nur für die nächste Zeit, blieb dahingestellt.

Sie konnte sich jedenfalls nicht vorstellen, dass ihr Vater nie mehr einen Walfänger kommandieren wollte. Heimlich stellte sie sich – für alle Fälle gewissermaßen – den nötigen Inhalt für eine neue Lappdose zusammen. Vielleicht würde sie ihn ja irgendwann erneut als Schiffsmedica begleiten …

ACHTUNDFÜNFZIG

INSGEHEIM HATTE KERRIN darauf gehofft, Nils werde nach Amsterdam kommen. Sogar die Hochzeit hatte man ein paar Mal verschoben, sooft im Hafen ein Schiff aus Island kommend angekündigt wurde. Jeden Tag schickte Frau Beatrix einen Hausdiener zur Hafenbehörde, um genaue Erkundigungen einzuziehen. Ein Nils Andersen war allerdings nie unter den Passagieren …

»Die Not auf Island muss schlimmer sein als angenommen,

mein Kind«, versuchte Vater Roluf seine bitter enttäuschte Tochter zu trösten. Er wusste genau, was sie fühlte, auch wenn Kerrin versuchte, nach außen hin Gleichmut zu heucheln.

»Es spricht für den edlen Charakter deines Bräutigams, dass er seine Gemeinde nicht im Stich lässt, Kerrin! Du kannst sicher sein, dass dein Oheim Lorenz kein bisschen anders handeln würde!«

Ja, das glaubte Kerrin auch. Trotzdem war es schwer. Und nachts, allein im Bett, vergoss sie heiße Tränen der Sehnsucht – wofür sie sich entsprechend schämte. Hasste sie doch Eigensucht nicht nur bei anderen.

Kaum war sie endlich in Schlaf gefallen, quälten sie Albträume. Dann wiederum erschien ihr Terke und zeigte sich hochzufrieden mit der Heirat ihres früheren Ehemannes. Beatrix van Halen sei die richtige Frau für ihn, behauptete Kerrins Mutter.

Zu Nils Andersen blieben ihre Andeutungen hingegen vage. Sobald Kerrin versuchte, mehr über ihn zu erfahren, löste das Traumgebilde sich auf. Am Morgen erinnerte sich Kerrin dann jeweils an den alten Hirten auf Island, der so getan hatte, als existiere ihr Bräutigam überhaupt nicht mehr …

Zwei Tage nach der Hochzeitsfeier brachte der Diener ein Schreiben von seinem morgendlichen Hafenbesuch mit. Der Hafenmeister habe es ihm in die Hand gedrückt, sagte er. Der Bootsmann eines dänischen Seglers mit Namen *Gamel Dansk* hätte es ihm seinerseits übergeben.

Das dänische Schiff hatte in Hellissandur vorübergehend für zwei Tage haltgemacht, um die weite Strecke von Dundas Harbour am Lancaster Sound, der von der Baffin Bay in westlicher Richtung abzweigte, zu unterbrechen.

Die Jagd nach Walen und die Fahrt insgesamt wären sehr schwierig verlaufen, aber die Beute sei ansehnlich ausgefallen, hatte der Offizier der *Gamel Dansk* schwadroniert, ehe er umständlich zur Sache gekommen war.

»Ein Amtsbruder des Pastors von Stapi hat unserem Kapitän ein Schreiben überreicht, das an eine gewisse Kerrin Rolufsen, die derzeit bei Frau van Halen in Amsterdam lebt, adressiert ist.«

Der Hafenmeister schien froh, das verflixte Schreiben endlich Beatrix' Diener überlassen zu können.

Die Schrift des Pfarrers aus dem Nachbarort von Stapi war nur schwer zu entziffern. Außerdem hatte der Mann sich eines merkwürdigen Mischmaschs aus Isländisch, Holländisch und Dänisch bedient. Den Sinn des Textes zu erfassen gelang Kerrin auch nur dank der Mithilfe von Beatrix, Roluf und eines isländischen Knechts.

»Der Herr sei mein Zeuge: Ich bin verflucht!«, schrie Kerrin außer sich. Haltlos schluchzend warf sie sich ihrem tief betroffenen Vater an den Hals. »Ich verdiene es nicht, am Leben zu sein, wenn mein geliebter Mann das seine verloren hat! Herrgott im Himmel, warum tust du mir das an?« Sie reckte die Faust zum Himmel. »Was habe ich verbrochen, Herr, dass du mir Nils genommen hast? Warum musste er sterben? Nicht nur ich, auch seine Gemeinde braucht ihn!«

Als Roluf Asmussen in seiner Hilflosigkeit vorsichtig begann, von der Weisheit und Güte des Herrn zu sprechen, der allein wüsste, was seinen Geschöpfen zum Heil gereiche, fuhr Kerrin wie eine Furie auf ihn los.

»Ach ja? Haben Sie damals, als meine Mutter im Kindbett sterben musste, auch so gedacht?«, höhnte sie mit bitterem Auflachen. »Soll an seine Allwissenheit und vorgebliche Liebe zu seinen Geschöpfen glauben, wer mag! Wer allwissend ist, kennt auch den Schmerz der Menschen – warum tut er ihnen all das Leid an? Aus purer Lust an der Grausamkeit?«

Erst der schmerzerfüllte Gesichtsausdruck des alternden Mannes über diese Blasphemie brachte sie wieder zur Besinnung. Laut weinend warf sie sich vor dem Commandeur nieder und küsste seine Hände.

»Liebster Papa! Bitte, verzeihen Sie mir! Ich weiß nicht mehr, was ich sage!«, flüsterte sie mit halb erstickter Stimme.

»Mein liebes Kind!«

Der Commandeur hob Kerrin auf, drückte sie an seine Brust und streichelte ihr übers Haar. »Mein armes Mädchen!« Er hörte sich grenzenlos hilflos und überfordert an. Die Nachricht von der Pockenepidemie hatte auch ihn schwer getroffen. Gleich nach ihrer beider Weggang von Island war die Krankheit auf der Halbinsel Snæfellsness ausgebrochen; neben der Hälfte von Stapis Dorfbevölkerung war ihr als einer der Ersten auch Pastor Nils Andersen erlegen.

Ebenso gehörten seine kleine Tochter Anke und Ásthildur, Oriaks Braut, zu den Opfern – neben einer Reihe weiterer Bediensteter.

Der Commandeur hatte seinen künftigen Schwiegersohn nicht nur als aufrechten, klugen und frommen Hirten seiner Gemeinde geschätzt, er hatte ihn geliebt wie einen eigenen Sohn. Auch er vermochte sich der Tränen nicht mehr zu erwehren. Dieser Schlag war einfach zu grausam.

Seine Tochter jetzt so furchtbar leiden zu sehen, ohne ihr helfen zu können, zerriss Roluf Asmussen beinah das Herz. Da spürte er, wie Beatrix sanft nach der Stieftochter griff, um sie in ihre Arme zu ziehen.

Wer könnte geeigneter sein, meine arme Tochter zu trösten, als meine liebe Frau Beatrix – die den Schmerz über den Tod eines geliebten Menschen aus eigener Erfahrung kennt, dachte Roluf Asmussen.

Beatrix führte Kerrin in einen anderen Raum des geräumi-

gen Stadthauses, direkt an einer der zahlreichen Grachten gelegen. Es war ihr ureigenes Refugium, wohin sie sich zurückzuziehen pflegte, sobald sie mit einer Handarbeit beschäftigt
war, ein Buch in Ruhe lesen, einen Brief schreiben wollte oder
eine gute Freundin zum Teetrinken und Plaudern empfing.

Behutsam dirigierte sie Rolufs Tochter auf ein Sofa und
setzte sich dicht daneben. Kerrin ließ ihren Tränen freien
Lauf, und nach einiger Zeit meinte Beatrix behutsam: »Erzähl
mir von Nils, ma chère.«

Kerrin berichtete ihr, zuerst stockend, dann immer lebhafter, von ihrer gemeinsamen Zeit in Island, ihren Erlebnissen
und Erinnerungen. Mit der Zeit begannen ihre Tränen zu ver-
siegen, und sie wurde ruhiger. Ein Gedanke ging ihr immer
wieder durch den Kopf: Sie durfte jetzt nicht verzweifeln. Kaiken brauchte sie.

Es war nicht einmal daran zu denken, Kerrin in ihrem Schmerz
allein zu lassen. Ganz selbstverständlich würden ihr Vater und
Frau Beatrix sie nach Föhr begleiten. Kerrin war sehr dankbar
dafür; es ging ihr nach wie vor ziemlich schlecht. Sie verließen kurz darauf auf einem kleinen primitiven Schmackschiff
den Hafen von Amsterdam und segelten in Richtung nordfriesische Inseln. Kerrins Vater hatte im letzten Augenblick noch
drei Plätze bekommen.

Die Überfahrt verlief weitgehend problemlos, und so konnten sie schon bald in Föhr anlegen.

Das Aufsehen auf der Insel war ungeheuer. Kein einziger
Föhringer hatte noch mit dem Auftauchen des totgeglaubten Commandeurs gerechnet. Jeder wollte Roluf persönlich
die Hand schütteln und sich von seiner leibhaftigen Existenz
überzeugen.

»Wer hat jemals davon gehört, dass ein Mensch jahrelang in

der eisigen Wildnis verschollen war und gesund wieder heimgekehrt ist? Da war der Herrgott selbst am Werk!«

Diese Frage stellten sich buchstäblich fast alle Insulaner.
Nur eine verschwindend geringe Anzahl trieb die Überlegung
um, ob so etwas mit rechten Dingen zugehen könne …

Es war selbstverständlich, dass Lorenz Brarens eine ganz
besondere Willkommensfeier in seiner Kirche abhielt. Dieses
Mal kamen tatsächlich alle Insulaner, die noch laufen konn-
ten: Wieder einmal war der Friesendom viel zu klein für den
Besucheransturm. Ein Teil musste vor der weit geöffneten
Tür stehen bleiben und von draußen an der Andacht teilneh-
men. Sogar von den Nachbarinseln Sylt und Amrum waren die
Menschen herbeigeeilt, sowie von den Halligen Langeness,
Hooge und Oland.

Unglaublich kam ihnen Asmussens Rettung vor – und die
Tatsache, dass seine Tochter ihn gesucht und gefunden hatte,
noch viel mehr! Doch das Aufsehen, das um seine Person gemacht wurde, war Kerrins Vater eher peinlich. Zumal das Unterfangen immerhin den armen Fedder das Leben gekostet hatte. Darauf hinzuweisen wurde der Commandeur nicht
müde: Fedder Nickelsen besaß seit dem Tod seines Vaters auf
der Insel Föhr keine Familie mehr; es bestand die Gefahr,
dass man in der ganzen Wiedersehenseuphorie den tapferen
jungen Mann vergaß.

Andererseits aber freute Roluf Asmussen sich über die Zeichen der Wertschätzung, die die Insulaner ihm entgegen-
brachten. Nicht wenige sandten ihm Willkommensgeschenke
ins Haus.

Rolufs Sorge galt nun vor allem Beatrix, wie sie wohl die
Insel und ihre Bewohner einschätzen und auf sie reagieren
werde. Insgeheim teilte Kerrin die gleichen Bedenken; aller
Zuneigung zum Trotz hielt sie ihre Stiefmutter für ziemlich

461

anspruchsvoll. Sie befürchtete, der mangelnde Komfort auf Föhr könnte der im Luxus aufgewachsenen Dame nur ein geringschätziges Lächeln entlocken.

Vater und Tochter irrten sich. Frau Beatrix Asmussen fand sich nicht nur bestens zurecht, sie gewann auf Anhieb die Herzen von Göntje, Lorenz Brarens und deren Kindern, die anlässlich der grandiosen Familienfeier mit Anhang erschienen waren, sowie der dienstbaren Geister und aller Übrigen, mit denen sie in den folgenden Tagen zusammentraf.

Beatrix war regelrecht begeistert von der Schönheit Föhrs.

»Deine Stiefmutter hat das Herz auf dem rechten Fleck!«, stellte auch Eycke fest, auf deren Schoß die kleine Kaiken am liebsten saß.

Obgleich ein mutiges kleines Mädchen, jagte ihr der Menschenauflauf, der auch vor dem Heim des Pastors nicht haltmachte, Angst ein.

Da hockte sie dann auf den spitzen Knien der alten Frau, in deren Arm geschmiegt, hielt den Daumen im Mund und bettelte darum, dass Eycke ihr immer wieder die alten Geschichten von den Roggfladders und Muunbälkchen erzählte – Märchen, die sie schon Hunderte Male gehört hatte und längst auswendig kannte, die erzählt zu bekommen sie jedoch niemals müde wurde.

Leerte sich abends endlich der *pesel*, die Gute Stube, die man anlässlich des erfreulichen Ereignisses für alle Besucher geöffnet hatte, hüpfte Kaiken vom Schoß der Alten und rannte auf ihren in der Zwischenzeit stämmig gewordenen Beinchen entweder dem Pastor hinterher oder Kerrin.

An die schöne Frau mit dem rotblonden Haar erinnerte sie sich zwar nicht mehr, aber man hatte ihr so oft und so viel von ihr erzählt, dass die Kleine beinah glaubte, sie sei gar nie richtig weg gewesen.

»Ich hab' schon oft von dir geträumt«, flüsterte sie Kerrin bereits zur Begrüßung zu, als die ihre Ziehtochter nach langer Zeit endlich wieder auf dem Arm hielt.

»Auch ich habe dich in einigen meiner Träume gesehen«, gab Kerrin darauf zur Antwort und blickte dem Kind versonnen in die großen grünblauen Augen, die in Form und Farbe den ihren in verblüffender Weise glichen.

NEUNUNDFÜNFZIG

DER, DER AM MEISTEN AUFATMETE, als die Kunde von Asmussens Rückkehr mit seiner Tochter Kerrin die Runde machte, musste nach Meinung der meisten Insulaner zweifelsohne Boy Carstensen sein.

Er schmachtete nach wie vor in einem Kellerloch eines Gebäudes, das die Ratsmänner des Ostteils der Insel für ihre Zusammenkünfte benutzten. Wobei er noch von Glück reden durfte. Die Gangfersmänner des unter dänischer Herrschaft stehenden Westteils der Insel wären mit ihm nicht so human umgegangen.

Dank Pastor Brarens war man ein wenig freundlicher zu dem Inhaftierten. Der Pfarrer von Sankt Johannis hatte darum ersucht, dass die Aufseher den hinterhältigen Burschen nicht schlechter als einen Dieb behandeln sollten. Noch sei ja nicht erwiesen, dass Boy tatsächlich ein Unglück verschuldet habe …

Aber Sonderwünsche wurden ihm nicht erfüllt. Wie alle anderen Übeltäter auch, bekam Boy den gleichen faden Gefängnisfraß vorgesetzt und musste sich wie sie mit einer harten Holzpritsche und – trotz kühler Nächte – mit einer einzigen

Wolldecke begnügen. Einmal wöchentlich war ihm Besuch gestattet, wobei von diesem Recht nur seine Mutter Gebrauch machte.

Sein Vater wünschte ihn nicht zu sehen. Der alte Carsten Carstensen schämte sich für ihn. Er war auch einer der Ersten, der Kerrin aufsuchte und sich nach ihrem Befinden erkundigte.

Als er von Fedders Tod hörte, fuhr ihm ein gewaltiger Schreck durchs Gemüt: Wie leicht hätte Kerrin als alleinstehende Frau den Gefahren Grönlands zum Opfer fallen können!

»Dass mein Junge kein Mörder ist, hat er nur einem gütigen Gott zu verdanken!«, verkündete er jedem, der ihn darauf ansprach.

Der Pastor und Commandeur Asmussen setzten sich für Boys Freilassung ein, nachdem klar erwiesen war, dass man ihm nichts anlasten konnte. So blieb als Anklagepunkt nur noch grober Unfug übrig – und die Strafe dafür hatte er in dem feuchten Kerkerloch bereits verbüßt.

Als man daran ging, die Zellentür für den jungen Harpunier zu öffnen, erlebte man jedoch eine unangenehme Überraschung: Der listenreiche Kerl hatte sich allem Anschein nach bereits vor längerer Zeit selbst entlassen!

Dass ihm dabei einer der Gefängniswärter geholfen haben musste, bedurfte keiner Frage – zumindest hatte einer der Burschen absichtlich weggeschaut, als Boy sich heimlich davongemacht hatte. Wohin er geflohen war, wussten weder seine ihm verbliebenen Freunde noch seine Eltern.

»Sei's drum!«, meinten die glücklichen Grönlandheimkehrer. »Die Hauptsache ist, dass wir heil zurück sind und nicht ständig damit rechnen müssen, diesem unsäglichen Menschen auf Föhr über den Weg zu laufen.« Erst einige Zeit später – nachdem ein Aufpasser sich im Suff verplapperte – kam zutage, dass Boy schon vor Wochen nachts in aller Heimlichkeit auf einem gestohlenen Boot das Weite gesucht hatte, vermutlich mit dem Ziel Malmö in Südschweden, wo seine Mutter Verwandte besaß.

»Von mir aus kann er bleiben, wo der Pfeffer wächst«, verkündete Kerrin – und meinte es auch so. Den Fluchthelfer sollte man hingegen niemals zweifelsfrei ermitteln, trotz starker Verdachtsmomente gegen zwei der Gefängnisaufseher, die sich schon immer für Boy starkgemacht hatten.

Kerrin hatte anfangs Bedenken, wie ihr Vater wohl auf Kaiken reagieren werde, deren Existenz sie ihm bis jetzt bewusst vorenthalten hatte.

Wie würde der durchaus auf Standesehre bedachte Kapitän über ein uneheliches Familienmitglied denken, dessen wahre Mutter eine einfache Magd war, die ihr Kind einfach im Stich gelassen, sich selbst nach Jütland begeben und somit leichtfertig auf ihre mütterlichen Rechte verzichtet hatte.

Es war ein höchst spannender Moment, als Kerrin ihm die muntere Kleine mit den Worten präsentierte:

»Darf ich Ihnen Harres Tochter, Ihre Enkeltochter Kaiken vorstellen, Papa? Bei ihr handelt es sich sozusagen um das wunderbare Abschiedsgeschenk Ihres Sohnes, das er uns allen zu treuen Händen zurückgelassen hat!«

Roluf Asmussens Gesichtsausdruck als verdutzt zu bezeichnen war keine Übertreibung. Der Commandeur konnte spüren, dass ihn alle in der Wohnstube des Pastors mit intensiver Spannung beäugten: Wie würde er die Kleine aufnehmen? Gäbe es da nur kalte Ablehnung – oder konnte man davon ausgehen, er werde die Tochter seines Sohnes als sein eigen Fleisch und Blut anerkennen – irgendwann zumindest?

In der Tat bedurfte es nur weniger Momente, ehe Roluf

dem Liebreiz des Kindes erlag. In Kürze war Kerrins Vater regelrecht verliebt in das kleine Mädchen.

»Sie sieht aus wie du, Kerrin, als du in ihrem Alter warst!
Sooft ich Kaiken ansehe, ist mir, als hätte jemand die Zeit zu-
rückgedreht, du und dein Bruder wären wieder kleine Kinder,
und Terke wäre noch am Leben!«

Beim letzten Satz blickte Roluf sich um, ob Beatrix ihn womöglich gehört habe. Es wäre ihm offenbar peinlich gewesen,
vor seiner zweiten Frau den Namen der ersten zu erwähnen.
Doch Beatrix war durch Göntje abgelenkt. Kerrin in ihrer offenen Art sprach ihren Vater prompt darauf an.

»Beatrix ist eine kluge Frau, Vater, mit einem großen und
gütigen Herzen! Sie weiß, dass Sie Terke sehr geliebt haben –
und dass Sie noch an sie denken, ist für sie ein Beweis, dass
Sie ein Mann sind, der zu tiefen Empfindungen fähig ist. Beatrix wird Sie darum noch mehr schätzen und lieben, Papa.«

Im Stillen wunderte sich Commandeur Asmussen über
seine Tochter. Während seiner Abwesenheit hatte Kerrin
sich gewaltig weiterentwickelt. Wenig erinnerte mehr an das
junge unbeschwerte Ding, das er einst auf Föhr zurückgelassen hatte.

Roluf Asmussen begann zu ahnen, wie viel an Leid und
Schmerz es bedurft haben musste, um seine Tochter zu so
tiefgründigen Erkenntnissen gelangen zu lassen. Zu Kerrins
Überraschung bedankte sich ihr Vater für ihren Zuspruch.

Mittlerweile war der Hochsommer vorüber, und ins Commandeurshaus waren längst wieder Ruhe und eine gewisse Nor-
malität eingetreten. Kerrin übernahm ganz selbstverständlich ihre Pflichten als Hausfrau, wobei Frau Beatrix das Ihrige
dazu beitrug, um die Stieftochter zu unterstützen und zu entlasten.

Das heißt, so oft es ihr die Zeit erlaubte, die ihr für häusliche Arbeiten zur Verfügung stand. Meist nahm ihr neuer Ehemann sie in Beschlag, vor allem darauf bedacht, ihr so viel wie möglich von Föhr, den Nachbarinseln und den Halligen zu zeigen.

Für ihn selbst bedeutete es gewissermaßen eine Art von Abschiednehmen – nach wie vor war der Commandeur entschlossen, sein künftiges Leben in Amsterdam zu verbringen. Nur noch gelegentlich würde er zu Besuch auf die Insel kommen.

»Bei der kurzen Zeit, die mir hier noch bleibt, mein Kind, bitte ich mir aus, so viel wie möglich davon mit Kaiken verbringen zu dürfen«, bat Kerrins Vater seine Tochter.

»Vernarrt ist Herr Roluf in sein Enkelkind«, sagten die Leute, meist mit einem verständnisvollen Lächeln,

»Kaiken ist ein ganz besonderes kleines Mädchen«, betonte der Commandeur gegenüber allen, die zu Besuch kamen. Und es gab keinen unter den Freunden der Familie, der ehrlichen Herzens hätte widersprechen wollen.

Selbst die Föhringer, die früher hinter vorgehaltener Hand über die »unehrliche Brut« gehetzt hatten, waren eingenommen von dem Kind, das eine Lebhaftigkeit an den Tag legte, die jedermann von den Älteren an ihre Ziehmutter erinnerte.

»Es ist grade so, als seist du wiedergeboren worden, Kerrin«, stellte sogar ihre alte Freundin Sabbe Torstensen fest. »Du warst der gleiche Wildfang, der seine Mutter oft genug zur Verzweiflung brachte, sobald er wieder von Kopf bis Fuß verdreckt und mit zerrissenem Gewand daheim auftauchte!

Deine Zöpfe hat dir Terke wohl ein halbes Dutzend Mal am Tag neu geflochten, weil du ausgesehen hast wie ein Odderbanki, mit Strubbelkopf und Haarzotteln in der Stirn.«

Das Lachen der beiden Frauen schallte über den Commandeurshof, und die alte Magd Eycke brummte nur gutmütig: »Wurde auch Zeit, dass wieder Leben ins Haus kommt! Zeitweilig war's hier so still wie auf dem Kirchhof …«

Dass Roluf sich in seiner Großvaterrolle richtig eingelebt hatte und Kaiken am liebsten gar nicht mehr loslassen wollte, fiel allen auf. Auch das kleine Mädchen tapste ihm ständig hinterher, wollte von ihm an der Hand gefasst, auf den Arm genommen und geküsst werden – was eigentlich nicht üblich war. Kinder wurden geliebt, aber man machte kein *Gedöns* um sie.

Der Commandeur entwickelte den Wunsch, Kerrin möge endlich heiraten und ihm weitere Enkel schenken.

»Du wirst doch nicht wollen, dass Kaiken alleine aufwächst? Ein Schwesterchen oder Brüderchen wäre genau das Richtige für sie. Kinder brauchen Geschwister«, insistierte er beinahe jeden Tag, wohl wissend, wie lästig es seiner Tochter war.

»Papa, Sie wissen, wie ich darüber denke! Ich bin mir sicher, dass ich mich für eine Ehe nicht eigne. Ich bin eine Frau, die am besten allein bleiben sollte; ohne es zu wollen, neige ich offenbar dazu, andere unglücklich zu machen, die das Pech haben, sich mit mir einzulassen. Ich bin vom Unglück verfolgt. Ja, vielleicht sogar verflucht! Also, lassen Sie, bitte, ab davon, mich zu einer Heirat drängen zu wollen.«

Als der Commandeur sich aber nicht so schnell abspeisen lassen wollte, ließ Kerrin sich zu der Bemerkung hinreißen, dass er davon ausgehen dürfe, seine Familie werde in der männlichen Linie nicht so bald aussterben …

»Je nun!«, rief Roluf Asmussen aus, »daran habe ich gar nicht mehr gedacht: Aber du hast recht! Es ist ja immerhin möglich, dass Harre sich bald wieder einmal auf Föhr blicken lässt!« Kerrin ließ die spöttische Bemerkung einfach im Raum stehen und gab der Unterhaltung eine andere, weniger heikle Wendung.

Hatte ihr doch erneut geträumt, der Bruder geriete bald in gefährliches Fahrwasser …

Es gab allerdings auch eine großartige Neuigkeit, und Kerrin hätte viel dafür gegeben, sie lauthals verkünden zu dürfen. Aber nachdem sie der Stiefmutter auf den Kopf zugesagt hatte, schwanger zu sein, hatte Beatrix ihre künftige Mutterschaft keineswegs geleugnet, sondern Kerrin nur inständig gebeten, nichts darüber verlauten zu lassen.

»Ich bin bereits im dritten Monat. Du musst dir das vorstellen, Kerrin! Mit fast vierzig Jahren sehe ich zum ersten Mal Mutterfreuden entgegen! Ich möchte das Kind unbedingt in meiner Heimat Holland zur Welt bringen.

Sobald aber Roluf von den Umständen, in denen ich mich befinde, erfährt, wird er die Heimreise bis nach der Geburt verschieben, weil er es für zu gefährlich hielte, mich in diesem Zustand den Gefahren einer Schiffsreise auszusetzen.«

Die beiden Frauen diskutierten eine ganze Weile, ehe Kerrin der Stiefmutter widerstrebend ihr Wort darauf gab.

»Gut! So sei es, Frau Mutter, wenn es tatsächlich Ihr Wunsch ist. Aber ich bitte Sie inständig, wenigstens gute Ratschläge bezüglich Ihrer Schwangerschaft und des kommenden Wochenbetts von mir anzunehmen. Wie Sie wissen, bin ich schon öfters Hebamme gewesen.«

Das sagte ihr Beatrix mit Freuden zu.

»Wenn du so lieb bist und mir Verhaltensmaßregeln geben willst, bin ich dir überaus dankbar, mein Kind! Dass du dich so um mich sorgst, zeigt mir auch, wie lieb du mich mittlerweile hast!«

Dem werdenden Vater würde Beatrix es erst daheim in Amsterdam verraten. Lebhaft malten die Frauen sich aus, wie

Roluf die Nachricht aufnähme – wobei sie sich einig waren, er werde vor Freude aus dem Häuschen geraten.

Als sie seinen Seemannsschritt in der Diele hörten und vermuteten, er sei auf dem Weg in die *dörnsk*, nahm Kerrin die Stiefmutter noch einmal ganz schnell in den Arm. Beatrix herzlich an sich drückend, versicherte sie der Älteren:

»Ich habe Sie tatsächlich so lieb, als wären Sie meine eigene Mutter! Und ich bin überaus froh, dass Terkes Prophezeiungen, mein Vater sei noch am Leben und Sie seien die beste Frau für ihn, sich am Ende bewahrheitet haben! Dass der Herrgott jetzt Ihren Ehebund noch mit einem Kind segnet, ist der endgültige Beweis dafür, dass alles richtig war, was wir getan haben!«

Roluf, die kleine Kaiken auf dem Arm, kam von einem seiner abendlichen Strandspaziergänge zurück, den er mit seiner Enkeltochter unternommen hatte, um mit ihr Muschelschalen zu sammeln und ihr Krabben und Wattwürmer zu zeigen.

»Kein einziges Mal hat die Lütte sich vor dem Viehzeug geekelt«, verkündete der Großvater voller Stolz. »Sie ist eine echte Friesendeern!«

»Na, das wollen wir doch hoffen, Roluf!« Beatrix bedachte ihren Mann und das kleine Mädchen, dem vor Müdigkeit die Augen zufielen, mit ganz besonderer Zärtlichkeit im Blick. »Dein Sohn Harre mag ja ein großer Künstler und Freund des südlichen Auslands sein – ein Inselfriese bleibt er doch sein Leben lang. Und da bekanntlich der Apfel nicht weit vom Stamm fällt …«

SECHZIG

DIE AUFREGUNG ÜBER den Totgeglaubten und seine Tochter Kerrin, über Boy Carstensens Schurkerei und seine Flucht hatte sich inzwischen gelegt; auch Rolufs zweite Heirat war gut aufgenommen worden, was hauptsächlich Beatrix und ihrer herzlichen und verbindlichen Wesensart zu verdanken war.

Nach der Abreise des Commandeurs und seiner Ehefrau zu Herbstbeginn ging alles wieder seinen gewohnten Gang auf der Insel. Die Familien der Seeleute erwarteten die Heimkehrer und freuten sich darauf, dass erneut Leben auf Föhr Einzug halte.

Man hoffte, dass die Männer auf See reichen Fang gemacht hatten und einen ordentlichen Anteil an der Gesamtsumme des Verkaufserlöses nach Hause brachten.

Die gerechte Verteilung des Geldes übernahmen die jeweiligen Reedereien, bei denen die Seeleute angeheuert hatten; die ausbezahlte Summe richtete sich streng nach dem Rang des einzelnen Seemanns.

Waren in der Fangsaison nur wenige Wale erlegt worden, fielen die Beträge, die auf die einfachen Leute der Besatzung verteilt wurden, entsprechend mager aus, während der Commandeur und die Offiziere, wozu Steuermann, Bootsmann, Schiemann, Küper und Harpuniere zählten, ein garantiertes, sehr ordentliches Grundgehalt bezogen, das je nach Ertrag aufgestockt wurde.

Wer immer von den Seeleuten die Gelegenheit erhielt, weiter in der Hierarchie aufzusteigen und dazu Fleiß und die nötige Auffassungsgabe mitbrachte, war bestrebt, sich während der langen Wintermonate an Land die erforderlichen nautischen Kenntnisse anzueignen. Nach bestandener Prüfung beim zuständigen Seeamt besaß er dann die Erlaubnis, sich

471

anlässlich der nächsten Anheuerung um einen höher dotierten Posten zu bewerben.

Gerade das kleine Föhr glänzte mit einem im Vergleich zur Gesamtzahl der Seefahrer außergewöhnlich hohen Bestand an Männern mit Kapitäns- und Steuermannspatenten.

Dass die Föhringer einen geradezu legendären Ruf genossen, hervorragende Walfangspezialisten zu sein, wusste man in ganz Nordeuropa und darüber hinaus. Neider pflegten das auf die dominante Wesensart der Föhringer Weiblichkeit zurückzuführen, die angeblich ihre Männer unaufhörlich dazu drängte, sich beständig weiterzubilden, um mehr Geld nach Hause zu bringen ... Auf der Insel lachte man bloß darüber, sobald die Rede darauf kam: »*Ei masgonstig wees!*«, hieß es dann, »*man eftermaage!*«

Dass die anderen den guten Rat, »nicht neidisch zu sein, sondern es nur nachzumachen«, mit Stöhnen und verzogenen Gesichtern quittierten, sorgte wiederum bei den Föhringer Seeleuten und ihren Frauen für Heiterkeit.

Kerrin fand jetzt erst Zeit und Muße, die Unmenge an Briefen aus dem Gottorfer Schloss zu lesen, die sich seit ihrem Weggang von der Insel im Commandeurshof angehäuft hatten.

Die Herzogin hatte ja regelmäßig geschrieben, bis sie von Oheim Lorenz von ihrem Grönland-Abenteuer erfahren hatte. Aber auch dann waren noch Briefe im Abstand von exakt zwei Monaten eingetroffen.

Die Nachrichten, die Hedwig Sophie verkündete, waren nicht gerade weltbewegend. Eigentlich wurde Kerrin erst jetzt richtig deutlich, wie eintönig und langweilig im Grunde das Leben am Hof war – verglichen mit den Abenteuern, die sie selbst während der vergangenen Monate erlebt hatte.

Trotz der rauschenden Feste, der illustren Persönlichkeiten, die im Schloss ihre Aufwartung machten, der Jagden, die man für die weitgehend zum Nichtstun verurteilten Höflinge veranstaltete, sowie der rauschenden Bälle, die sich jeweils bis in die frühen Morgenstunden hinzuziehen pflegten.

Und was habe *ich* dagegenzusetzen?, fragte sich Kerrin ganz ernsthaft. Sie wusste die Antwort: Jeden Tag die Freude, nicht über Nacht erfroren, sondern noch am Leben und nicht Beute eines wilden Tieres geworden zu sein! Die Hochstimmung, einen Fleck Erde sehen zu dürfen, der seinesgleichen sucht an Schönheit und Wildheit. Das Salz in der reinen Meeresluft riechen zu können und die Pracht von Sonnenuntergängen über dem Eismeer zu schauen. Dazu die Wunder einer Polarnacht mit ihrem fantastischen Leuchten, welche den Glauben an Elfenzauber in lautere Gewissheit verwandelt …

Ja, um nichts in der Welt wollte Kerrin ihre Erlebnisse der jüngsten Vergangenheit missen.

Ein Geräusch an der Kammertür ließ sie aus ihren Gedanken hochschrecken. Kaiken forderte lautstark ihre Aufmerksamkeit. Sofort faltete Kerrin den letzten Brief der Herzogin zusammen und legte ihn zu den übrigen in die Schatulle zurück. Die Tür ging auf, und das kleine Mädchen stapfte mit strahlendem Lächeln auf sie zu, Eycke im Schlepptau.

»Mama, für dich!«, krähte Kaiken und hielt ihr ein winziges Sträußlein mit Gänseblümchen hin, die in der krampfhaft geschlossenen Kinderfaust bereits welk geworden waren. Eycke, die der Kleinen kaum hinterherkam, war mit ihr spazieren gegangen, und da hatte sie unbedingt Blumen pflücken müssen, um ihrer Mutter eine Freude zu machen.

Kerrin war gerührt, wobei die Tatsache, dass die Blumen längst schlapp die Köpfe hängen ließen, keine Rolle spielte.

»Irgendwo hat Mama eine kleine Vase, und dahinein stellen

473

wir sie, gießen Wasser dazu, und die Gänseblümchen werden die Köpfchen wieder heben, mein Schatz!«

Gleich darauf fasste Kaiken nach Eyckes Hand. »Weitergehen, zum Pferdestall!«, forderte sie resolut und zog die alte Frau aus der *komer*. Kaum dass Kerrin es noch schaffte, den kleinen Irrwisch hochzuheben, an ihre Brust zu drücken und ihm schnell einen Kuss aufzudrücken.

Sie konnte sich erneut der Brieflektüre widmen.

Immer wieder beklagte sich die Herzogin bitter über die Einschränkungen, denen sie sich unterworfen sah. Was sich angesichts der zuvor detailliert beschriebenen Festivitäten bei Hof in Kerrins Ohren etwas widersprüchlich anhörte. Kerrin unterdrückte ein Lächeln. »Der ständige kleingeistige Streit zermürbt mich«, beschwerte sich die Herzogin weiter – immerhin sei sie eine Königstochter aus Schweden!

Wie jedem ihrer Briefe fügte sie auch dieses Mal die inständige Bitte hinzu, Kerrin möge sich nach dem Ende ihres Grönlandabenteuers endlich wieder am Hof zu Gottorf blicken lassen.

»Auch der kleine Herzog, mein geliebter Sohn Carl Friedrich, würde dies aufs Lebhafteste begrüßen!«

Die stetige Beteuerung echter Zuneigung durch ihre herzogliche Freundin griff Kerrin ans Herz. Hedwig Sophies Versicherung, sie zu lieben und Sehnsucht nach ihrer Gesellschaft zu haben, schien echt zu sein und nicht nur der üblichen Konvention geschuldet. Kerrin überlegte ernsthaft, die Einladung anzunehmen, obwohl sie eigentlich gedacht hatte, dieses Kapitel für sich abgehakt zu haben.

Die Aussicht, den nach wie vor zu den Gottorfer Höflingen zählenden Edelmann Claus von Pechstein-Manndorf – ihren ersten Liebhaber – samt Gemahlin wiederzusehen, machte ihr einen Aufenthalt im Schloss nicht gerade schmackhaft.

Irgendwann würde sie Hedwig Sophies Einladung Folge leisten. Erst einmal jedoch wollte sie ihr wunderschönes Zuhause genießen, die Ritte über die Insel auf Rebekka, ihrer hübschen rotbraunen Stute. Sie würde alle die Orte auf Föhr aufsuchen, die sie von Kindheit an geliebt hatte. Und Kaiken würde sie mitnehmen, um ihr ihre Heimat genau zu zeigen.

Der Knecht Jon Gaudesson hatte Rebekka gesattelt und Kerrin in den Sattel geholfen. Jetzt hob er noch Kaiken zu ihr hinauf.

Ihre Ziehtochter vor sich im Sattel, schlug Kerrin den Weg zum Strand in Richtung Goting Cliff ein, wo gerade mehrere Fischer mit ihrem Fang zurückkehrten. Um Klönschnack mit den Männern zu halten – den meisten hatte sie bereits bei gesundheitlichen Problemen geholfen –, verhielt sie ihre Stute.

Zum ersten Mal in ihrem Leben sah Kaiken einen riesigen Seehecht. Auf Kerrins Arm sitzend deutete sie mit ihren winzigen Fingerchen auf das Ungeheuer, eine mit den Dorschen verwandte Fischart. Dieses Exemplar musste über drei Ellen messen. Das kleine Mädchen fürchtete sich nicht etwa vor dem Tier, sondern fragte ganz aufgeregt: »Mama! Ist das ein Wa'fiss?«

Großoheim Lorenz hatte ihr nämlich gerade ein Buch mit Illustrationen von Walen gezeigt …

Die Männer grinsten, als Kerrin ganz ernsthaft auf die Frage des Kindes einging.

»Aber der Seehecht ist ein echter Fiss, ja?« Kaiken blickte ganz ernsthaft drein.

»So ist es recht! Da hast du dir ja eine echte Friesendeern angelacht, Kerrin!«

Der Bootsführer Siemens Michelsen, ein älterer Fischer, den sie vor Jahren von einem hartnäckigen Hüftleiden befreit hatte, lachte herzlich. »Bewahr' mir die Lütte für meinen vierjährigen Enkelsohn auf, Kerrin Rolufsen! Der will mal Harpunier auf einem Walfänger werden – und am liebsten bei deinem Vater, dem Commandeur von Naiblem. Die beiden könnten gut zueinander passen. Eine Schwiegertochter mit deinen Meeraugen, Kerrin, die tät' ich mir wünschen! Da dürfte die *seute Deern* sogar von mir aus gern eine waschechte Friesenhexe sein!«

Die Männer lachten schallend – selbst Kerrin konnte sich in diesem Fall ein Schmunzeln nicht verkneifen. Wusste sie doch, dass Siemens Michelsen es auf keinen Fall böse meinte. Sie unterhielt sich mit den Männern noch eine Weile, während Kaiken ihre Augen gar nicht von dem riesigen Fisch abwenden konnte.

»Derzeit hält der sogenannte Friede ja noch an«, warf ein jüngerer Mann ein. »Hoffentlich bleibt das so bis in alle Ewigkeit!«

Bald hatten Siemens und die anderen ihren Fang ausgeladen; die Boote waren am Ufer vertäut. Und während Kerrin, Rebekka am Zügel führend, mit Kaiken auf der Hüfte, den feuchten Sand entlang in Richtung Goting Cliff wanderte und den Verlauf der langsam auflaufenden Flut verfolgte, hatte sie wieder einmal eine Vision.

Bei Tage geschah das selten; meist erschienen ihr die Gesichte nachts, während sie schlief. Dieses Mal war es keine Vorausschau, die glücklich machte. Im Gegenteil, sie kündete nicht von Frieden.

»O nein«, murmelte Kerrin vor sich hin, »dieser grässliche Nordische Krieg ist noch lang nicht vorbei! Wir genießen nur eine Atempause. Geb's Gott, dass sie noch lange andauert – vor allem möge unser kleines schönes Föhr verschont bleiben!«

Rasch wischte sie die deprimierenden Gedanken beiseite und widmete sich lieber ihrer hübschen Ziehtochter, die sie während ihres Selbstgesprächs verwundert betrachtet hatte.

EINUNDSECHZIG

»Je älter man ist, desto schneller verrinnt die Zeit. Das wirst du auch noch merken, Kerrin!«

Göntje ließ sich schwer auf das alte Sofa sinken, das angeblich schon fast hundert Jahre im *pesel* des Commandeurshofs stand. Ein wenig kurzatmig war die Pfarrersfrau in den letzten Wochen geworden, und Kerrin machte sich Sorgen um sie.

Es könnte nicht schaden, ihr bei Gelegenheit die Hände aufzulegen, überlegte sie. Am besten so, dass sie es gar nicht bemerkt …

Göntje hatte oft merkwürdige Ansichten über die nicht dem Üblichen entsprechenden Heilmethoden ihrer Nichte, und gelegentlich musste man sie mit leichtem Nachdruck zu ihrem Glück zwingen.

»Dass die Zeit rast, merke ich schon in meinen noch jungen Jahren, Muhme«, gab Kerrin zur Antwort. Sie goss der Pastorenfrau Tee in ihre Tasse ein und schob ihr das Behältnis mit braunem Zucker zu – auch eine neue Errungenschaft, die man der Handelsschifffahrt nach Übersee verdankte. »Bald ist wieder Weihnachten! Wenn ich daran denke, was ich am vergangenen Weihnachtsfest erlebt habe, dann fühlt es sich an, als wäre alles erst gestern geschehen!«

»Ja, wahrlich ein ereignisreiches Jahr«, sinnierte die Pastorin und begann, in der Tasse zu rühren; trübsinnig betrachtete sie, wie der Zucker sich im heißen Tee auflöste.

»Das kann man wohl sagen.« Kerrin seufzte. »Ich war auf Island, und Papa lag todkrank danieder. Aus Sorge, sein Zustand möchte sich verschlechtern, wagte ich am Christtag nicht einmal, in der Kirche an der Weihnachtsfeier teilzunehmen, die Nils für die Gemeinde abhielt.«

Für eine Weile hingen die Frauen ihren Gedanken nach.

»Dann kam der Vulkanausbruch, und mit einem Schlag veränderte sich alles«, fuhr Kerrin leise fort. »Papa wurde plötzlich gesund, und eine Magd vom Pfarrhof nahm sich das Leben.«

Erschrocken fuhr Göntje auf; Kerrin jedoch, die sich nicht weiter darüber verbreiten wollte, redete gleich weiter. »Die Ernte auf Island war verdorben, und eine Viehseuche ließ die Nutztiere verenden; die Menschen wurden schwer krank, und viele sind verhungert. Auch Nils musste sein Leben lassen – und so verlor ich meinen Bräutigam.

Ach, liebste Muhme Göntje! Wie oft war ich am Verzweifeln. Wenn du und Oheim Lorenz, mein Papa, Beatrix und vor allem Kaiken nicht gewesen wären – ich weiß nicht, ob ich nicht freiwillig aufs Leben verzichtet hätte.«

»Gütiger Herr! Sag doch so etwas nicht, Kind!«

Mit einer Geschwindigkeit, die man der behäbig gewordenen Göntje gar nicht mehr zugetraut hätte, sprang diese von dem quietschenden Diwan auf, trat auf ihre Nichte zu, nahm sie fest in den Arm und strich ihr sachte übers Haar.

Auch etwas, was ihr, der eher spröden Frau, früher kaum in den Sinn gekommen wäre. »Du weißt, wie sehr wir dich alle lieben und brauchen, Kerrin! Also, tu uns so etwas niemals an, ja? Du wirst doch nicht mit so einer schlimmen Sünde Schande über die Familie bringen wollen?« Unwillkürlich brach Kerrin in befreites Lachen aus. Das war die echte Göntje, die gestrenge Pastorin, der das Gerede der Leute stets wichtiger war als alles andere.

»Ach, Göntje! Du wirst dich niemals ändern, nicht wahr? Aber sei beruhigt: So wie du bist, kenne und liebe ich dich.«

Göntje nahm wieder Platz auf dem leise ächzenden Sofa und sah noch längere Zeit betroffen aus. Sie war nicht sicher, ob ihre Nichte wieder einmal einen Scherz gemacht hatte, den sie nicht verstand.

Im Übrigen gab es wichtige Familienprobleme zu erörtern. Vetter Matz und seine Frau Thorke waren unlängst Eltern von Zwillingen geworden.

Die beiden Jungen, quicklebendig, gesund und überaus anstrengend, schienen die gesundheitlich angeschlagene junge Mutter hoffnungslos zu überfordern.

»Ich überlege ernsthaft, Muhme, wenigstens einen der beiden Säuglinge zu mir zu holen! Ob eines oder zwei Kinder auf dem Hof leben, macht wahrlich keinen Unterschied. Eine weitere Amme zu finden ist auch nicht sonderlich schwer. Da gibt es genügend junge Mütter, die Milch für zwei haben. Wie denkst du darüber?«

Göntje, geschmeichelt, von Kerrin um Rat gefragt zu werden, setzte sich aufrecht in Positur und meinte: »Eine wahrhaft großzügige Idee von dir, mein Kind! Das würde meine Schwiegertochter Thorke sehr entlasten. Ihr ist, wie ich gehört habe, ja schon der Haushalt zu viel. Ich verstehe die jungen Weiber heutzutage nicht! Jede glaubt, sie kann daheim Prinzessin sein und …«

Kerrin hörte Göntjes Gejammer nicht weiter zu. Sobald Oheim Lorenzens gute Frau ins Lamentieren kam, hörte sie so schnell nicht wieder auf.

Immerhin hatte die Muhme sie darin bestärkt, ihrem Einfall, ein weiteres kleines Kind zu sich zu nehmen, Taten folgen zu lassen. Gleich am nächsten Tag würde sie Marret, eine ihrer Mägde, die vor Kurzem ihren zweiten Sohn zur Welt gebracht hatte, fragen, ob sie Amme für einen weiteren kleinen Jungen sein wolle.

Nachdem Göntje sich verabschiedet und in den Pfarrhof hinübergegangen war, suchte Kerrin nach ihrer kleinen Tochter.

»Habe ich es mir doch gedacht, dass du bei den Pferden im Stall bist, mein Schätzchen!« Kerrin strich der Kleinen, die in diesem Spätsommer bereits ihren zweiten Geburtstag gefeiert hatte, über den roten Lockenkopf. Sie war Jon Gaudesson hinterhergetappt, der nach einer Stute und ihrem im Frühjahr geborenen Hengstfohlen sah.

»Bitte, Mama, reiten wir zum Strand?«, meinte Kaiken bettelnd.

Ein Wunsch, den Kerrin ihr keinesfalls abschlagen wollte. Sie gab Jon ein Zeichen, ihr Harres Pferd Apollo zu satteln, setzte das Kind vor sich und verließ den Hof.

»Lass uns am Ufer entlangreiten, mein Schatz! Die Sonne steht noch hoch; so habe ich genügend Zeit, um mit dir einen kleinen Ausflug zu machen. Aber am späten Nachmittag muss ich zurück sein. Der Bauernvogt will zu uns auf den Hof kommen und mit mir die nächste Aussaat auf der Allmende besprechen. Das ist sehr wichtig, musst du wissen.«

Unwillkürlich musste Kerrin daran denken, wie umgänglich Vogt Bunde Michelsen war, der vor einigen Jahren den launischen und unfreundlichen Wögen Feddersen abgelöst hatte.

Das fanden alle auf Föhr; sie waren froh über diesen Bauernvogt, mit dem man ein vernünftiges Wort sprechen konnte und der Verständnis zeigte, falls einer der Bauern Pech im Stall oder auf dem Feld gehabt hatte – und der mit der Einforderung der Steuern nicht so unbarmherzig verfuhr, wie sein Vorgänger es gehandhabt hatte.

»Was ist *Aussaat*, Mama, und was heißt *Allmende*?«

Kerrin kam mit dem Erklären gar nicht mehr nach, seit Kaiken begonnen hatte, alles Wissen förmlich in sich aufzusaugen. Nachdem sie ihr die Zusammenhänge erklärt hatte, verfiel sie wieder ins Grübeln. Was würde sich ändern, wenn sie einen der Zwillinge bei sich aufnähme?

»Ich habe vor, einen noch ganz kleinen Jungen von der Nachbarinsel Sylt zu holen! Dann hättest du ein kleines Brüderchen! Würde dir das gefallen, mein Herz?«

Das musste Kaiken erst gründlich überdenken. Vorerst gluckste sie nur vergnügt; endlich war es ihr gelungen, Kerrin das Tuch vollends vom Kopf zu ziehen. Um ein Haar wäre es im Wind davongesegelt …

Es war Zeit umzukehren. Auf einmal hatte Kerrin es eilig, auf den Hof zu gelangen, sich in ihre *komer* zurückzuziehen und zwei Briefe aufzusetzen. Der erste ginge an ihren Cousin Matz und seine junge Frau Thorke; den müsste Jon Gaudesson so schnell wie möglich mit dem Boot nach Sylt schaffen.

Das zweite Schreiben sollte an Herzogin Hedwig Sophie gerichtet sein, mit der dankbaren Annahme ihrer Einladung zum Beginn des Sommers. Je länger sie die Reise nach Gottorf vor sich her schob, desto ärger würde sie ihre liebste Freundin kränken. Das wollte Kerrin auf keinen Fall. Simon Darre musste den Brief nach Wyk zur anschließenden Weiterbeförderung zum Schloss in Gottorf bringen.

EPILOG

»Lefst Freundin, wi wel kem naist Somer!«, rief Kerrin laut und übermütig aus, als sie im Hof einritt; sie schmunzelte über die verdutzten Gesichter von Jon, Simon, Eycke und Marret, wobei Letztere noch nicht ahnte, worum ihre Herrin sie demnächst bitten wollte. Kerrin reichte Eycke ihre Tochter herunter und glitt selbst geschmeidig aus dem Sattel, um Apollo dem Jütländer Jon zu überlassen. Gar nicht schnell genug konnte sie ins Haus gelangen, um ihre Vorhaben in die Tat umzusetzen.

Als Erstes schrieb Kerrin den Brief, der nach Sylt gehen sollte und der ihr leicht von der Hand ging. Als sie jedoch den Kiel einer neuen Gänsefeder anspitzte, um sich dem Schreiben an die Herzogin zu widmen, empfand sie einen leisen Hauch von Widerstreben. Die Euphorie von eben war nahezu verflogen.

Zögernd legte sie die Feder beiseite und griff nach der Schatulle, die sie seit ihrer Rückkehr auf dem Schreibtisch stehen hatte. Das von Nils Andersen aus Treibholz geschnitzte Kästchen war außen kunstvoll mit Rosen bemalt und innen mit schwarzem Samt ausgelegt und enthielt all die kleinen Schätze, die sich im Laufe ihres bisherigen Lebens angesammelt hatten.

Ein paar Schmuckstücke waren es, Geschenke von Vater, Oheim und Bruder, Ohr- und Fingerringe zumeist, eine Brosche und mehrere Silberketten; einige Erbstücke von Terke waren darunter, aber auch besonders schöne Schneckenhäuser und getrocknete Seesterne, von Kaiken im Laufe dieses Sommers für sie gesammelt.

Und natürlich den Ring, den ihr Nils zum Zeichen ihres Eheversprechens an den Finger gesteckt hatte …

Kerrins Interesse galt jedoch ausnahmsweise jenem Stück, das ihr Aleqa, die junge Inuitfrau, beim Abschied von Grönland gegeben hatte. Entgegen ihrem Versprechen, die Kette stets zu tragen, hatte sie das sinnreiche Geschenk nach ihrer Ankunft auf Föhr abgenommen und in die Schatulle gelegt. Vorsichtig entnahm sie den kreisrunden, dreifarbigen Anhänger und hielt ihn in der Hand, nachdem sie das in andere Gegenstände verhedderte Lederband gelöst hatte.

»Die runde Form bedeutet das Leben«, erinnerte sie sich laut, »den Kreislauf von der Geburt bis zum Tod; die Farbe Weiß symbolisiert die Gebeine der Ahnen, das Rot steht für das Blut des Lebens, Schwarz hingegen für Trauer und die Düsternis der Gedanken.«

Beinah krampfhaft hielt Kerrin Aleqas Gabe in ihrer Hand und starrte darauf; so, als suche sie darin Hilfe und Halt. In ihrem Inneren tobte ein Aufruhr: Empfindungen und Verstand, Herz und Kopf lagen wieder einmal im Widerstreit, seitdem sie das Schreiben an die Herzogin plante, worin sie ihr Kommen ankündigen wollte.

Gewaltsam unterdrückte Kerrin das ungute Gefühl, das sie beim Gedanken an Hedwig Sophie zu übermannen drohte. Sie hatte sie vor sich gesehen, letzte Nacht. Aber vielleicht war das Ganze nur ein böser Traum gewesen, kein Gesicht?

»Die Reihenfolge ist wichtig!«, erinnerte sich Kerrin beim Blick auf das Schmuckstück vor sich. »Schwarz mögen meine augenblicklichen Gedanken sein – aber Rot ist die Farbe der Zukunft und des Lebens! Fort mit den unguten Gefühlen«, schalt sie sich selbst und legte die Lederschnur mit dem Anhänger zurück in das Holzkästchen.

Sie griff nach der Feder und tauchte sie energisch ins Tintenfass. Anschließend setzte sie diese so nachdrücklich auf dem Papier auf, dass die schwarze Schreibflüssigkeit winzige Spritzer auf der Seite hinterließ. Irrte sie sich, oder sahen die Tröpfchen tatsächlich wie kleine Tränen aus?

Ernsthaft erwog sie, den Brief auf einem frischen Blatt neu zu beginnen, entschied sich nach kurzer Überlegung jedoch dagegen. Alles Unsinn, dachte sie.

Im Geiste übersetzte sie den vor Kurzem so herzensfroh ausgerufenen Satz aus dem Föhringischen ins Hochdeutsche:

»Liebste Freundin, nächsten Sommer werden wir kommen!«

GEWIDMET

meinem Mann Jörg Weigand, der maßgeblichen Anteil an der Entstehung dieses Buches – einer Fortsetzung von »Die Friesenhexe« – hat: Er gab nicht nur den Anstoß dazu, sondern dank seiner tatkräftigen Unterstützung bei den Erkundungstouren auf Grönland, Island und den Färöer Inseln war es mir möglich, das ganz besondere Flair dieser wunderbaren Flecken Erde in ihrer ganzen Intensität wahrzunehmen und zu verinnerlichen.

Ich hoffe, es ist mir gelungen, diese nachhaltigen Eindrücke auch meinen Lesern zu vermitteln; wobei es mir ein Anliegen war, die Vorgeschichte von Kerrin, der Friesenhexe, sowie der übrigen handelnden Personen insoweit zu rekapitulieren, dass es leicht möglich ist, den Ablauf der Romanhandlung zu verfolgen – auch wenn man den ersten Band noch nicht gelesen haben sollte.

Des Weiteren gilt mein Dank allen Föhringer Insulanern, denen zu begegnen ich im Laufe von dreizehn Jahren das Glück hatte. Jeder und jede Einzelne von ihnen hat – sicher oft unwissentlich – dazu beigetragen, dass ich eine Fülle von Details zusammentragen konnte, die nicht unbedingt in den offiziellen Geschichtsbüchern stehen. Für sie alle gilt: »*Mä en hartelk gröötnis!*«

Karla Weigand, Staufen im Breisgau, Sommer 2013

GLOSSAR

ABERGLAUBE auf Island: Auch im Jahr 2013 sitzt in der isländischen Regierung ein »Elfenbeauftragter«, dessen Aufgabe es ist, dafür zu sorgen, dass weder durch Häuser- noch durch Straßenbau Wohngebiete der Elfen tangiert werden: Sie könnten sich bitter rächen …

ALLMENDE: Gemeinschaftsweide und -anbaufläche der Dorfgemeinschaft; der Ertrag wird geteilt

ANHEUERN: Sich als Seemann zur Arbeit auf einem Schiff verpflichten

BARBARESKEN: Nordafrikanische Piraten muslimischen Glaubens, die nicht selten unter dem Kommando christlicher Kapitäne standen

BARTEN: Die Zähne sind bei den Bartenwalen durch Hornplatten ersetzt, die vom Oberkiefer in die Mundhöhle herabhängen. Diese Wale seihen damit ihre Nahrung – u. a. Plankton und kleines Getier – aus dem Meer.

BEERENBERG: Über 2000 m hoher Vulkanberg auf der Insel Jan Mayen

CHIRURG(US): Titel für den Schiffsarzt, üblicherweise kein studierter Mediziner, sondern ein Wundarzt oder Bader; von der Mannschaft »Meister« genannt

COMMANDEUR: Kapitän eines Walfangschiffes

DITTEN: Getrockneter, in Plattenform gestochener Viehdung, der etwa auf den baumlosen Halligen als Brennmaterial verwendet wurde

DÖRNSK: Im Friesenhaus die einfache Wohnstube für den Alltag

ELLE: Alte deutsche Längeneinheit; je nach Landstrich zwischen 50 und 80 Zentimeter messend

FLENSEN: Abschälen der dicken Speckschicht unter der Haut der Wale mit speziellen langen Messern

GANGFERSMANN: Beamter der dänischen Krone, der in von Dänemark beherrschten Gebieten für Recht und Ordnung sorgte und dänischem Gesetz Geltung verschaffte

GEEST: Sandiges, trockenes, wenig fruchtbares Gebiet; höher gelegen als das vorgelagerte fruchtbare Marschland

GRASTERBRETT: Langes schmales Brett, womit die Hausfrau die Brotlaibe in den bzw. aus dem Backofen beförderte

HALLIGEN: Kleinere Inseln ohne Winterdeiche im nordfriesischen Wattenmeer vor der Westküste Schleswig-Holsteins. Es sind dies Gröde, Habel, Hamburger Hallig, Hooge, Norderoog, Langeness, Nordstrandischmoor, Oland, Süderoog und Südfall. Sie sind Teil des Marschlandes, das durch Schlickablagerungen entstanden ist. Die nicht eingedeichten Halligen werden bei Sturmflut ganz oder teilweise überschwemmt. Die Siedlungen liegen auf *Warften* oder *Wurten.*

HARPUNIER: Seemann, der von der Walfangschaluppe aus mit der Harpune auf Wale zielt

KALAALLIT: Inuitname für Grönland

KOMER: Kammer, Zimmer

KÖÖGEN: Küche im Friesenhaus

KRÄHENNEST: Ausguckkorb oben im Großmast

KÜPER: Verantwortlich für die Speck-, Tran- und Wasserfässer auf Walfängerschiffen

LAPPDOSE: Arzneikiste, für die der Schiffsarzt (»Meister«) verantwortlich war und die immer an Bord sein musste

LEE: Dem Wind abgewandte Seite

LUV: Dem Wind zugewandte Seite

MACKERSCHAFT: Verpflichtung zwischen mehreren Schiffsbesatzungen, nah beisammenzubleiben, sich gegenseitig Hilfe zu leisten, gemeinsam zu jagen und den Ertrag gerecht zu teilen

MARSCH: An Flachmeerküsten vorkommende, aus Schlick aufgebaute fruchtbare Niederung, etwa in Höhe des Meeresspiegels zwischen Watt und Geest gelegen

MESSE: Gemeinschaftsraum, Speisesaal der Offiziere auf Schiffen

MOSES: Jüngster Seemann auf einem Schiff; Schiffsjunge

MUUNBÄLKCHEN: Spukgestalten, die des Nachts allerhand Schabernack treiben

NAIBLEM: Friesischer Name des Föhrer Ortes Nieblum

ODDERBANTJE, ODDERBANKI: Kobold, Unterirdischer, Gnom, der gerne Leute ärgert, aber andererseits auch Haus und Bewohner schützt – falls er sich wohlfühlt (vgl. das englische Wort *odd* für seltsam, merkwürdig)

ÖÖWENEM: Friesischer Name für den Ort Övenum

PEMMIKAN: Zerkleinertes Dörrfleisch von Moschusochsen, vermischt mit gekochten Preiselbeeren, Kräutern und Fett; monatelang haltbar. Üblich auch bei den Indianern Nordamerikas; dort bestand die Speise allerdings aus Büffelfleisch

PESEL: »Gute Stube« im Friesenhaus, die nur benutzt wurde, wenn besondere Gäste zu bewirten waren

PRICKEN: Aufspießen von Fischen, meist Schollen, im Flachwasser in Ufernähe mithilfe eines hölzernen Stabes mit Eisenspitze; traditionelle Arbeit der Frauen, wobei diese in voller Kleidung oft bis zum Bauch im kalten Wasser standen

PRIEL: Wasserlauf, der bei Flut die Insel durchzieht und auch bei Ebbe nie ganz austrocknet

PUKEN: Zwerge, »kleines Volk«

ROGGFLADDERS: Kleine Männchen, die im Roggenfeld hausen

RUTHE: Alte deutsche Längeneinheit, etwa 5 m messend

SCHALUPPE: Fangboot, größeres Ruderboot

SCHARBOCK: Skorbut, Erkrankung infolge von Vitamin-C-Mangel; gehörte zu den gefürchtetsten Krankheiten auf hoher See

SCHIEMANN: Verantwortlich für die gesamte Ladung und ihre sorgfältige Verstauung an Bord

SCHMACKSCHIFF: Kleinerer Transportsegler, der Güter und Seeleute an ihre Bestimmungsorte (in Küstennähe) verschifft; nicht tauglich für größere Fahrten

»SEUTE DEERN«: Süßes Mädchen

TAFTEM: Föhringisch für den Ort Toftum

THING: Germanische Volks- und Gerichtsversammlung aller freien, waffenfähigen Männer an der althergebrachten Thingstätte

TOWERSCHE: »Zauberische«, Unholdin, Hexe

TROLER: Kobold, Troll, böser Geist

UTHLANDE: »Außenlande«, Inseln und Halligen (im Gegensatz zum friesischen Festland)

WARFT, WURTE: Künstlich aufgeschütteter Erdhügel auf einer Insel oder Hallig, um die darauf errichteten Häuser bei Sturmflut vor Überschwemmung zu schützen

WASSERSCHOUT: Holländische Seefahrtsbehörde, bestehend seit 1641

WATT: Bis zu 30 km breiter Saum der niederländisch-deut-
schen Nordseeküste; liegt bei Ebbe ganz oder teilweise trocken
und wird bei Flut vom Wattenmeer überspült. Wird von Prielen durchzogen, verzweigten Zu- und Abflüssen der Gezeiten-
ströme; bietet Lebensraum für Würmer, Schnecken, Muscheln,
Krebse, Fische. An der Oberfläche entsteht aus dem Wattensch-
lick fruchtbarer Marschboden (Landgewinnung). Deutsche Wat-
tengebiete wurden zum Schutzgebiet erklärt: »Nationalpark Wattenmeer« in Niedersachsen, Schleswig-Holstein und Hamburg

Anmerkung zur Namensgebung am Beispiel Roluf Asmussen:
Der patronymischen Namensgebung entsprechend, wurde dem
Vornamen des Täuflings, hier *Roluf*, der Vorname des Vaters, in
unserem Beispiel *Asmus*, sowie *-sen* für Sohn hinzugefügt. Demnach lautete der volle Name: *Roluf, Sohn des Asmus.*
Die meisten Föhringer Familien hielten sich noch bis nach 1800
an diese Sitte.

Große Historische Romane

978-3-453-47113-9

Die Kammerzofe
978-3-453-47031-6

Das Erbe der Apothekerin
978-3-453-40846-3

Die Friesenhexe
978-3-453-47113-9

Leseproben unter **heyne.de**

Jutta Oltmanns

Dramatische Frauenschicksale, große Gefühle und historische Welten

978-3-453-47108-5   978-3-453-40698-8   978-3-453-40984-2

Leseprobe unter **www.heyne.de**

Sina Beerwald

»Die Autorin hat die hohe Kunst
ihres Handwerks bewiesen.«
Bayerisches Fernsehen

978-3-453-26542-4

978-3-453-47085-9

978-3-453-47100-9

Leseprobe unter **www.heyne.de**

Courtney Miller Santo

Ein verwunschener Olivenhain, fünf starke Frauen, und ein Geflecht aus lang gehüteten Geheimnissen - Courtney Miller Santo trifft mit ihrem schwelgerischen Debüt mitten ins Herz

978-3-453-40988-0

www.heyne.de

HEYNE ‹